Contos da Academia dos Caçadores de Sombras

CASSANDRA CLARE
SARAH REES BRENNAN
MAUREEN JOHNSON
ROBIN WASSERMAN

Tradução
Rita Sussekind
Ana Resende

8ª edição

RIO DE JANEIRO
2024

CIP-BRASIL. CATALOGAÇÃO NA PUBLICAÇÃO
SINDICATO NACIONAL DOS EDITORES DE LIVROS, RJ

C78   Contos da Academia dos Caçadores de Sombras / 8. ed. Cassandra Clare... [et al.]; tradução Rita Sussekind, Ana Resende. – 8. ed. – Rio de Janeiro: Galera Record, 2024.

Tradução de: Tales From the Shadowhunter Academy
ISBN: 978-85-01-10685-8

1. Ficção juvenil americana. I. Clare, Cassandra. II. Sussekind, Rita. III. Resende, Ana.

16-38831   CDD: 028.5
                                                                CDU: 087.5

Título original:
Tales From the Shadowhunter Academy

Copyright © 2016 by Cassandra Claire, LLC

Publicado mediante acordo com a autora, c/o BAROR INTERNATIONAL, INC., Armonk, New York, U.S.A.

Todos os direitos reservados.
Proibida a reprodução, no todo ou em parte, através de quaisquer meios.
Os direitos morais do autor foram assegurados.

Texto revisado segundo o Acordo Ortográfico da Língua Portuguesa de 1990.

Direitos exclusivos de publicação em língua portuguesa somente para o Brasil adquiridos pela
EDITORA RECORD LTDA.
Rua Argentina, 171 – Rio de Janeiro, RJ – 20921-380 – Tel.: (21) 2585-2000, que se reserva a propriedade literária desta tradução.

Impresso no Brasil

ISBN 978-85-01-10685-8

Seja um leitor preferencial Record.
Cadastre-se no site www.record.com.br e receba informações sobre nossos lançamentos e nossas promoções.

Atendimento e venda direta ao leitor:
sac@record.com.br

Sumário

Bem-vindo à Academia dos Caçadores de Sombras — 7

O Herondale Perdido — 57

O demônio de Whitechapel — 101

Nada além de sombras — 147

O mal que amamos — 201

Os reis e príncipes pálidos — 269

Língua afiada — 313

O teste de fogo — 353

Nascido para a noite sem fim — 397

Anjos que caem duas vezes — 463

Para todos aqueles que buscam ou tentam ser um herói como Simon: este livro é para vocês, que salvam o mundo inteiro (e talvez a Galáxia).

Bem-vindo à Academia dos Caçadores de Sombras

por Cassandra Clare e Sarah Rees Brennan

Simon a encarou por um longo tempo. Ela era tão absurdamente linda e impressionante que ele achava até demais para suportar.

Bem-vindo à Academia dos Caçadores de Sombras

O problema é que Simon não sabe arrumar malas como um profissional.

Para um acampamento, claro; para dormir na casa de Eric num fim de semana de show, beleza; ou para uma viagem de férias no verão com a mãe e Rebecca, sem problema. Simon era capaz de fazer um bololô com protetor solar e shorts, ou camisetas de bandas e cuecas limpas adequadas sem titubear. Simon tinha preparo para uma vida normal.

E exatamente por isso ele não tinha qualquer preparo para arrumar as malas quando ia para um campo de treinamento de elite onde seres meio--anjos combatentes de demônios, conhecidos como Caçadores de Sombras, iriam tentar moldá-lo para se tornar membro de sua raça de guerreiros.

Em livros e filmes, ou as pessoas eram levadas a uma terra mágica com a roupa do corpo, ou pulavam totalmente a parte da arrumação das malas. Simon agora sentia como se houvesse sido privado de informações críticas por parte da mídia. Será que ele deveria levar facas de cozinha? Será que deveria levar a torradeira e utilizá-la como arma?

Ele não fez nenhuma dessas coisas. Em vez disso, escolheu a opção mais segura: cuecas limpas e camisetas engraçadas. Caçadores de Sombras certamente adorariam camisetas engraçadas, não? Todo mundo adora camisetas engraçadas.

— Não sei o que vão achar de camisetas com piadas sujas na academia militar, amigão — disse a mãe.

Simon virou-se, rápido demais, o coração pulando na garganta. Sua mãe estava à entrada, braços cruzados. O rosto sempre preocupado estava ligeiramente carrancudo com uma dose extra de apreensão, mas ela sobretudo o olhava com amor. Como sempre fez.

Exceto por aquela parte da memória que Simon mal acessava, na qual ele se tornou vampiro e ela o expulsou de casa. Esse era um dos motivos pelos quais Simon estava indo para a Academia dos Caçadores de Sombras, e porque mentira para a mãe dizendo que queria muito ir. Simon pedira a Magnus Bane — um feiticeiro com olhos de gato; Simon realmente conhecia um feiticeiro com olhos de gato de verdade — que forjasse a papelada para convencê-la de que ele tinha uma bolsa de estudos para essa academia militar fictícia.

Ele fez de tudo para não ter que olhar para a mãe todos os dias e se lembrar de como ela o fitara quando sentiu medo dele, quando o odiou. Quando o traiu.

— Acho que escolhi muito bem as minhas camisetas — disse Simon a ela. — Sou um cara muito sensato. Nada ousado demais para os militares. Apenas um atestado de palhaço da turma. Pode confiar.

— Confio, ou não o deixaria ir — disse a mãe. Ela caminhou até ele e o beijou na bochecha, e pareceu surpresa e magoada quando ele se encolheu, mas não fez nenhum comentário, não no último dia dele ali. Em vez disso, colocou o braço ao redor do filho. — Eu te amo. Lembre-se disso.

Simon sabia que estava sendo injusto: a mãe o expulsara de casa pensando que ele não era mais o Simon verdadeiro, e sim um monstro amaldiçoado vestindo o rosto de seu filho. Mas ele achava que ainda assim ela deveria tê-lo reconhecido e amado, apesar de tudo. Ele era incapaz de se esquecer o que ela havia feito.

Mesmo que ela tivesse esquecido, mesmo que na opinião dela ou de qualquer outra pessoa no mundo isso nunca tivesse acontecido.

Então ele precisava ir.

Simon tentou relaxar no abraço dela.

— Estarei muito ocupado — disse ele, dando um aperto no braço da mãe. — Mas vou tentar me lembrar disso.

Ela recuou.

— Desde que se lembre... Tem certeza de que não tem problema pegar carona com seus amigos?

Ela se referia aos amigos Caçadores de Sombras de Simon (que ele fingia serem os colegas da academia militar que o convenceram a se inscrever também). Os amigos Caçadores de Sombras eram o outro motivo pelo qual ele estava indo embora.

— Com certeza — disse Simon. — Tchau, mãe. Te amo.

Ele foi sincero. Nunca havia deixado de amá-la, nem nesta vida, nem em qualquer outra.

Te amo incondicionalmente, dissera sua mãe, uma ou duas vezes, quando ele era mais jovem. *É assim que pais amam. Te amo, não importa o que aconteça.*

Pessoas falam essas coisas sem pensar nas possíveis conjunturas tenebrosas ou nas condições terríveis, no mundo inteiro mudando e no amor escapando. Ninguém imaginava que seu amor seria testado e que fracassaria.

Rebecca tinha mandado um cartão que dizia: *BOA SORTE, SOLDADO!*, lembrou Simon, mesmo quando fora trancado fora de casa, com as portas bloqueadas de todas as maneiras possíveis, com o braço de sua irmã ao seu redor e a voz suave dela ao seu ouvido. Ela o amara, mesmo naquele momento. Era alguma coisa, mas não o bastante.

Simon não podia ficar ali, entre dois mundos e dois conjuntos de lembranças. Precisava fugir. Tinha que partir e se tornar herói, tal como antes. Assim tudo isso faria sentido, tudo teria um significado. E certamente ninguém iria se incomodar.

Simon fez uma pausa antes de jogar a bolsa no ombro e partir para a Academia. Colocou o cartão da irmã no bolso. Saiu de casa em busca de uma vida nova e levou consigo o amor de Rebecca, tal como já havia feito um dia.

Simon ia encontrar seus amigos, muito embora nenhum deles estivesse indo para a Academia. Tinha combinado de passar no Instituto para se despedir antes de partir.

Houve uma época em que ele conseguia enxergar através de feitiços por conta própria, mas agora Magnus precisava ajudá-lo. Simon olhou para a forma estranha e imponente do Instituto, lembrando-se desconfortavelmente de já ter passado pelo lugar e de ter visto um prédio abandonado. Mas isso foi em outra vida. Ele se lembrava de algo, talvez uma passagem da Bíblia falando de crianças que enxergavam através de vidros borrados, mas que crescer significava enxergar as coisas claramente. Dava para ver o Instituto muito bem: uma estrutura impressionante se erguendo adiante. O tipo de prédio construído para fazer com que humanos se sentissem como formigas. Simon empurrou o portão ornado, atravessou a trilha estreita que serpenteava ao redor do Instituto e cruzou o terreno.

As paredes que cercavam o Instituto continham um jardim interno que tinha que lutar para florescer, dada a proximidade a uma avenida nova-iorquina. Havia notáveis caminhos de pedra e bancos, e até mesmo uma estátua de anjo que causou calafrios em Simon, considerando que ele era fã de *Doctor Who*. O anjo não estava exatamente se lamentando, mas parecia deprimido demais para o gosto dele.

Sentados no banco de pedra no meio do jardim, estavam Magnus Bane e Alec Lightwood, um Caçador de Sombras alto, de cabelos escuros, forte e caladão, pelo menos quando Simon estava por perto. Mas Magnus era falante, tinha os olhos de gato supracitados e poderes mágicos, e no momento vestia uma camiseta justa com estampa de zebra e detalhes em rosa. Magnus e Alec namoravam há algum tempo; Simon supunha que Magnus pudesse falar pelos dois.

Atrás de Magnus e Alec, encostadas numa parede de pedra, encontravam-se Isabelle e Clary. Isabelle estava apoiada na mureta do jardim, olhando sobre ela, para o nada. Era como se estivesse posando para uma sessão de fotos extremamente deslumbrante. Mas, verdade seja dita, este era sempre o caso. Era seu talento. Clary, no entanto, encarava Isabelle obstinadamente enquanto falava. Simon achava que Clary conseguiria o que desejava e em algum momento Isabelle prestaria atenção nela. Este era o talento *dela*.

Olhar para qualquer uma delas causava uma pontada no peito. Olhar para ambas desencadeava uma dor permanente.

Então, em vez de fazer isso, Simon procurou por seu amigo Jace, que estava ajoelhado sozinho na grama crescida, afiando uma lâmina curta numa pedra. Simon imaginou que Jace tivesse seus motivos para isso; ou simplesmente sabia que o outro ficava bem assim. Ele e Isabelle possivelmente poderiam fazer um ensaio fotográfico para a *Fodões do Mês*.

Estavam todos reunidos. Só por ele.

Simon teria se sentido tanto honrado quanto amado se não estivesse com uma sensação esquisita, pois só dispunha de alguns fragmentos da lembrança que dizia que ele conhecia estas pessoas, e de uma vida inteira de memória que dizia que todos eram desconhecidos armados e excessivamente intensos. Do tipo que você evita em transportes públicos.

Os adultos do Instituto e da Clave, os pais de Isabelle e Alec e as outras pessoas, foram os responsáveis por sugerir que se Simon quisesse se tornar um Caçador de Sombras, deveria frequentar a Academia. Pela primeira vez em décadas o local estava abrindo as portas para candidatos que poderiam restaurar os exércitos de Caçadores de Sombras, que sofreram muitas baixas na última guerra.

Clary não tinha gostado da ideia. Isabelle não disse absolutamente nada sobre o assunto, mas Simon sabia que ela também não gostava. Jace argumentara que era perfeitamente capaz de treinar Simon em Nova York, e até se oferecera para fazê-lo pessoalmente e levá-lo ao nível do treinamento de Clary. Simon achou comovente, e ele e Jace provavelmente eram mais próximos do que ele se lembrava, mas a terrível verdade era que ele não queria ficar em Nova York.

Não queria ficar perto *deles*. Achava que não conseguiria suportar a expressão constante de todos — principalmente as de Clary e Isabelle — de expectativa decepcionada. Toda vez que o viam, eles o reconheciam e o conheciam, e esperavam coisas dele. E em todas as vezes ele reagia de maneira vaga. Era como assistir a alguém cavando num local onde havia enterrado algo precioso, cavando e cavando e percebendo que o que quer que fosse... não estava mais lá. Mas continuavam cavando mesmo assim, porque a ideia de perder aquilo era tão terrível, e porque... quem sabe?

Quem sabe?

Simon era aquele tesouro perdido. Ele era aquele *Quem sabe?*. E detestava isso. Era este o segredo que tentava esconder deles, o segredo que temia constantemente entregar. Ele só precisava sobreviver a essa última despedida, e aí se afastaria deles até melhorar, até estar mais próximo da pessoa que os demais de fato queriam ver. Assim não se decepcionariam com ele, e ele não seria um estranho. Simon se encaixaria.

Simon não tentou alertar a todos sobre sua presença de uma só vez. Em vez disso, foi para perto de Jace.

— Oi — disse ele.

— Ah — falou Jace de um jeito meio despreocupado, como se não estivesse ali com o exato propósito de se despedir de Simon. Ergueu o olhar, dourado e casual, e então o desviou. — É você.

Jace tinha esse jeitão descolado demais para tudo. Simon imaginava que já tivesse compreendido tal característica e achado charmosa um dia.

— Oi, acho que não vou ter a chance de perguntar outra vez. Eu e você — disse Simon. — Somos bem próximos, não somos?

Jace olhou para ele por um instante, o rosto congelado, daí se levantou e disse:

— Claro. A gente é assim, ó. — Cruzou os dedos. — Na verdade, somos mais assim. — Tentou cruzar de novo. — No início rolou uma tensão entre a gente, e talvez você se lembre disso depois, mas tudo se resolveu quando você me procurou e confessou que estava com dificuldades de lidar com seus sentimentos de inveja intensa, em suas próprias palavras, da minha beleza estonteante e do meu charme irresistível.

— Sério? — perguntou Simon.

Jace lhe deu um tapinha no ombro.

— Sério, cara. Eu me lembro — perfeitamente.

— Tudo bem, que seja. É o seguinte... Alec sempre fica muito quieto perto de mim — disse Simon. — Ele é tímido ou eu fiz alguma coisa que o irritou e não me lembro? Não quero ir embora sem tentar consertar as coisas.

A expressão de Jace assumiu aquela quietude peculiar novamente.

— Que bom que me perguntou isso — falou afinal. — Tem mais uma coisa rolando. As meninas não queriam que eu contasse, mas a verdade é que...

— Jace, chega de monopolizar o Simon — disse Clary.

Ela falou com firmeza, do jeito dela de sempre, e Jace virou-se e atendeu, do jeito dele de sempre, respondendo ao chamado de Clary de um modo que não fazia com mais ninguém. Clary veio andando em direção a eles, e Simon sentiu aquela pontada no peito outra vez enquanto sua cabeça ruiva se aproximava. Ela era tão pequena.

Durante um de seus treinamentos fracassados, em que Simon foi reduzido a um mero espectador após uma torção no pulso, ele viu Jace jogar Clary contra a parede. Ela revidou.

Apesar disso, Simon não conseguia se livrar da sensação de que ela precisava de proteção. Sentir isso era meio que aterrorizante, sentir as emoções sem as lembranças. Simon achava que estava maluco por causa de todos esses sentimentos em relação a desconhecidos, sem respaldo em familiaridades ou experiências das quais pudesse se recordar. Ao mesmo tempo, ele sabia que não estava sentindo ou se expressando o suficiente. Sabia que não estava oferecendo o que queriam dele.

Clary não precisava de proteção, mas em algum lugar dentro de Simon havia o fantasma de um garoto que sempre desejara ser aquele a protegê-la, e ele só fazia magoá-la se mantendo por perto sem conseguir ser este cara.

As lembranças vinham, às vezes numa onda opressora e aterrorizante, mas quase sempre em pequenos cacos, peças de um quebra-cabeça que Simon mal conseguia interpretar. Um dos fragmentos era um lampejo dele caminhando para a escola com Clary, a mão dela tão pequenina e a dele muito pouco maior. Mas ele sentia-se grande naquela época, grande, orgulhoso e responsável por ela. Estava determinado a não a decepcionar.

— Oi, Simon — dizia ela agora. Os olhos brilhavam com lágrimas, e Simon sabia que era o culpado por elas.

Ele pegou a mão de Clary, pequena, porém calejada, tanto por causa das armas quanto por causa da arte. Ele queria achar um jeito de acreditar, muito embora soubesse não ser simples assim, que ela era a protegida dele.

— Oi, Clary. Se cuida — disse ele. — Sei que você consegue — Fez uma pausa. — E cuide de Jace, esse pobre louro desamparado.

Jace fez um gesto obsceno, que na verdade pareceu familiar a Simon, então este soube que o lance deles era esse. Jace abaixou a mão apressadamente quando Catarina Loss surgiu na lateral do Instituto.

Ela era uma feiticeira, como Magnus, e amiga dele, mas em vez de ter olhos de gato, ela era completamente azul. Simon tinha a sensação de que ela não gostava muito dele. Talvez feiticeiros só gostassem de outros feiticeiros. Embora Magnus parecesse gostar muitíssimo de Alec.

— Olá — disse Catarina. — Pronto para ir?

Simon estava louco para ir há semanas, mas agora, que a hora tinha chegado, ele sentia o pânico subindo na garganta.

— Quase — falou. — Só um segundo.

Ele assentiu para Alec e Magnus; ambos retribuíram o gesto. Simon tinha a sensação de que precisava consertar qualquer estranheza entre ele e Alec antes de seguir.

— Tchau, pessoal, obrigado por tudo.

— Acredite, mesmo que parcialmente, ajudá-lo a se libertar de um feitiço fascista foi um prazer — disse Magnus, levantando a mão.

Ele usava muitos anéis, que brilhavam ao sol primaveril. Simon imaginava que ele provavelmente surpreendia os inimigos com suas proezas mágicas, mas também com seu brilho.

Alec só fez que sim com a cabeça.

Simon se inclinou para baixo e abraçou Clary, muito embora o gesto tenha feito seu peito doer mais. O tato e o cheiro dela eram ao mesmo tempo desconhecidos e familiares, mensagens conflitantes corriam pelo cérebro e corpo de Simon. Ele tentou não a abraçar com força demais, ainda que ela meio que o estivesse abraçando com bastante força. Ela estava basicamente esmagando sua caixa torácica. Mas ele não se importou.

Quando soltou Clary, virou-se e abraçou Jace. Clary ficou observando, lágrimas correndo pelas bochechas.

— Uuuf — disse Jace, parecendo muito espantado, mas afagou Simon nas costas rapidamente.

Simon supôs que eles normalmente se cumprimentassem com soquinhos de punho ou coisa do tipo. Ele não sabia qual era o jeito macho de demonstrar camaradagem; Eric abraçava muito. Concluiu que seria bom para Jace e o afagou no cabelo antes de recuar, só para enfatizar.

Então Simon reuniu coragem, deu meia-volta e foi até Isabelle.

Isabelle era a última pessoa de quem ele tinha que se despedir; seria a mais difícil. Ela não era como Clary, que chorava abertamente, ou como qualquer um dos outros, que lamentavam vê-lo partir, mas basicamente encaravam numa boa. Ela parecia mais indiferente do que todos, tão indiferente que Simon sabia que era falso.

— Eu vou voltar — disse Simon.

— Sem dúvida — respondeu Isabelle, olhando para o nada por cima do ombro dele. — Você sempre acaba aparecendo.

— Quando voltar, vou ser incrível.

Simon fez a promessa sem saber se poderia cumpri-la. Sentia como se devesse falar alguma coisa. Ele sabia que era isso que ela queria, que ele voltasse para ela como era antigamente, melhor do que agora.

Isabelle deu de ombros.

— Não pense que ficarei esperando, Simon Lewis.

Assim como sua pretensa indiferença, aquela lhe pareceu uma promessa oposta ao que ela dizia. Simon a encarou por um longo tempo. Ela era tão absurdamente linda e impressionante, que ele achava até demais para suportar. Ele mal conseguia acreditar em suas novas lembranças, mas a ideia de que Isabelle Lightwood tinha sido sua namorada parecia mais inacreditável do que a existência de vampiros, ou o fato de que Simon tinha sido um deles. Ele não fazia ideia de como havia conseguido conquistá-la, e portanto não fazia ideia de como reconquistá-la. Era como pedir a ele para voar. Nos últimos meses, desde que ela e Magnus o procuraram e devolveram o máximo possível de lembranças, Simon a convidara para sair para dançar uma vez, e para tomar um café duas vezes, mas não foi o suficiente. E em todas as vezes Isabelle o observara com cautela e expectativa, à espera de algum milagre que ele era incapaz de executar. Isso significava que ele ficava travado perto dela, tão certo de que ia dizer a coisa errada ou estragar tudo, que mal conseguia falar.

— Certo — disse ele. — Bem, vou sentir saudades.
Isabelle agarrou o braço dele, mas ainda evitava olhá-lo.
— Se precisar de mim, eu vou até lá — disse ela, e o soltou da mesma forma repentina que havia segurado.
— Certo — repetiu Simon, e voltou para o lado de Catarina Loss enquanto ela abria um Portal para Idris, o país dos Caçadores de Sombras. Essa separação era tão dolorosa, desconfortável e bem-vinda que ele não conseguia valorizar o quão incrível era ver a mágica sendo feita diante de seus olhos.
Ele acenou em despedida para aquelas pessoas que mal conhecia e que de algum jeito amava mesmo assim, e torceu para que elas não percebessem o tamanho do seu alívio por estar indo embora.

Simon se lembrava de fragmentos de Idris, torres e uma prisão, e de expressões rijas e sangue nas ruas, mas era tudo da cidade de Alicante.
Desta vez, ele se viu fora da cidade. Estava no campo exuberante, de um lado um vale, e do outro, pastos. Não se via nada além de tons de verde por muitos quilômetros. Havia o verde jade de pastos e mais pastos até o brilho cristalino do horizonte que era a Cidade de Vidro, com suas torres brilhando ao sol. Do outro lado, as profundezas do esmeralda de uma floresta, uma abundância verde-escura coberta pelas sombras. Os topos das árvores farfalhavam ao vento como penachos verdejantes.
Catarina olhou em volta, depois deu um passo, de modo que ficou na boca do vale. Simon a seguiu, e em um passo as sombras da floresta se ergueram, como se sombras pudessem se transformar num véu.
De repente ficaram à vista o que Simon reconheceu como campos de treinamento, trechos de solo limpo talhados na terra, com cercas ao redor, marcações indicando onde Caçadores de Sombras deveriam correr ou lançar, demarcadas tão fundo na terra que Simon conseguia vê-las de longe. No centro do terreno e no coração da floresta, havia um prédio alto e cinza com torres e espirais, a joia para a qual todo o restante servia apenas como pano de fundo. De repente Simon flagrou-se buscando palavras arquitetônicas como "contraforte" para descrever como uma pedra podia ter o formato de asas de andorinha e sustentar um telhado. A academia tinha um vitral bem no centro. No vitral, escurecido pelos efeitos do tempo, ainda dava para ver um anjo brandindo uma espada, celestial e feroz.
— Bem-vindo à Academia dos Caçadores de Sombras — disse Catarina Loss com a voz suave.

Começaram a descer juntos. Em dado momento o tênis de Simon deslizou pela terra macia e quebradiça da ladeira, e Catarina o agarrou pelo casaco para estabilizá-lo.

— Espero que tenha trazido botas de trilha, garoto da cidade.

— Não trouxe nada nem perto de botas de trilha — disse Simon. Sabia que estava arrumando a mala do jeito errado. Seus instintos não lhe enganaram. Mas também não tinham ajudado.

Catarina, provavelmente decepcionada com a comprovada falta de inteligência de Simon, ficou em silêncio enquanto caminhavam à sombra dos galhos, sob o crepúsculo esverdeado criado pelas árvores até estas se tornarem esparsas, e a luz do sol banhar o espaço ao redor e a Academia dos Caçadores de Sombras se assomar ao longe. Ao se aproximarem, Simon começou a notar determinados defeitinhos na Academia, os quais não tinha percebido de longe. Uma das torres altas e esguias se inclinava em um ângulo alarmante. Havia ninhos de aves grandes nos arcos e teias de aranha penduradas, imensas e longas como cortinas esvoaçando sobre algumas das janelas. Um dos pedaços do vitral havia sumido, deixando um espaço escuro no lugar onde deveria estar o olho do anjo, de modo que ele ficou parecendo um anjo pirata.

Simon não teve nenhum bom pressentimento em relação a nenhuma destas observações.

Havia pessoas caminhando na frente da Academia, sob o olhar do anjo pirata. Havia uma mulher alta com uma juba num tom louro-avermelhado, e atrás desta, duas meninas que Simon concluiu serem alunas da Academia. Ambas pareciam ter a idade dele.

Um graveto estalou sob o pé desajeitado de Simon e as três mulheres viraram-se para olhar. A loura entrou em ação, correndo velozmente para cima deles e lançando-se sobre Catarina como se esta fosse uma irmã azul que não via há muito tempo. Ela pegou Catarina pelos ombros, que pareceu extremamente desconcertada.

— Senhorita Loss, graças ao Anjo você está aqui — exclamou. — Está tudo um caos, um caos absoluto!

— Acho que não tive o... prazer — observou Catarina, com uma pausa significativa.

A mulher se recompôs e soltou Catarina, balançando a cabeça de modo que seus cabelos brilhantes voaram sob os ombros.

— Sou Vivianne Penhallow. A, hum, reitora da Academia. É um prazer conhecê-la.

Ela podia falar com formalidade, mas era jovem demais para liderar os esforços de reabertura da Academia e para preparar todas as novas, e desesperadamente necessárias, forças da Clave. Mas pensando bem, Simon imaginava que essas coisas acontecessem quando se era parente do Cônsul. Simon ainda estava tentando entender como o governo Nephilim e as árvores genealógicas de Caçadores de Sombras funcionavam. Todos pareciam ser parentes, e isso era um tanto perturbador.

— E qual é o problema, reitora Penhallow?

— Bem, sem querer ser muito específica, mas as semanas designadas para a renovação da Academia parecem ter sido, hum... "um tanto insuficientes" são as palavras que talvez melhor descrevam a situação — disse a reitora Penhallow, as palavras aceleradas. — E alguns dos professores já... hum... partiram abruptamente. Acho que não pretendem voltar. Inclusive, alguns deles me informaram sobre isso com palavras bem fortes. Além disso, a Academia está um tanto fria e, para ser sincera, mais do que um tanto insegura em termos de estrutura. Para finalizar e não deixar nada de fora, devo lhe dizer que há um problema com os suprimentos alimentícios.

Catarina ergueu uma de suas sobrancelhas claras.

— Qual o problema com a comida?

— Não temos nenhuma.

— Isso é um problema.

Os ombros da reitora caíram e seu peito murchou um pouco, como se guardar tudo aquilo a estivesse confinando num espartilho invisível de estresse.

— Estas aqui comigo são duas das alunas mais velhas, e vêm de boas famílias de Caçadores de Sombras; Julie Beauvale e Beatriz Velez Mendoza. Chegaram ontem e estão se provando essenciais. E este deve ser o jovem Simon — disse ela, sorrindo para ele.

Simon ficou brevemente espantado e sem saber muito bem o motivo, até se lembrar vagamente de que pouquíssimos adultos Caçadores de Sombras haviam demonstrado quaisquer sinais de satisfação em ter um vampiro em seu meio. Claro, ela não tinha qualquer motivo para odiá-lo de cara. Ela também parecia ansiosa por encontrar Catarina, pensou Simon; talvez ela fosse legal. Ou talvez só estivesse ávida para receber a ajuda de Catarina.

— Certo — disse Catarina. — Bem, não é exatamente uma grande surpresa que um prédio abandonado por décadas após uma rebelião não esteja em pleno funcionamento em poucas semanas. É melhor me mostrar os pontos com problemas mais graves. Posso dar um jeito para não termos que passar pela inconveniência de ter um bebê Caçador de Sombras quebrando o pescoço.

Todos encararam Catarina.

— A tragédia incalculável, quero dizer — acrescentou ela, e sorriu alegremente. — Uma das meninas pode ser dispensada para levar Simon até seus aposentos?

Ela parecia ansiosa para se livrar de Simon. Não gostava mesmo dele. Simon não conseguia imaginar o que ele poderia ter feito a ela.

A reitora encarou Catarina por mais um instante e então voltou à realidade.

— Ah, sim, claro. Julie, pode cuidar disso? Coloque-o no quarto da torre.

Julie ergueu as sobrancelhas.

— Sério?

— Sim, sério. É o primeiro quarto depois que você entra na ala leste — explicou a reitora, com a voz esgotada, e voltou-se novamente para Catarina. — Senhorita Loss, mais uma vez, estou muito feliz com sua presença. Você consegue mesmo consertar alguns destes problemas?

— Existe um ditado: é preciso alguém do Submundo para *consertar a bagunça de um Caçador de Sombras* — observou Catarina.

— Eu... nunca tinha ouvido — disse a reitora Penhallow.

— Que estranho — respondeu Catarina, com a voz enfraquecendo enquanto se afastavam. — No Submundo ele é citado com frequência. Muita frequência mesmo.

Simon sobrou, abandonado, e ficou encarando a menina que ficou com ele, Julie Beauvale. Ele gostava mais da aparência da outra menina. Julie era muito bonita, mas seu rosto, nariz e boca eram estranhamente estreitos, dando a impressão de que a cabeça inteira dela estava franzida em reprovação.

— Simon, é isso? — perguntou ela, e sua boca contraída pareceu se contrair ainda mais. — Pode me acompanhar.

Ela virou, seus movimentos precisos como os de um sargento, e Simon a seguiu lentamente pela entrada da Academia até um corredor cheio de ecos com um teto abobadado. Ele inclinou a cabeça e tentou identificar se o gesso esverdeado do teto era um reflexo fraco do vitral ou se seria mofo mesmo.

— Por favor, acompanhe meu ritmo — disse a voz de Julie, flutuando de uma das seis pequenas entradas talhadas na parede de pedra. A dona da voz já tinha sumido, e Simon penetrou a escuridão atrás dela.

A escuridão se revelou apenas uma escadaria mal iluminada, que levava a um corredor de pedra igualmente sombrio. Ainda havia pouquíssima luz, pois as janelas eram pequenas fendas na pedra. Simon se lembrou de ter lido sobre janelas assim, feitas para que ninguém pudesse atirar em você, mas permitindo que você disparasse flechas.

Julie o conduziu por uma passagem, depois por outra, por um lance curto de escadas, por mais uma passagem, atravessou uma salinha circular, o que foi uma mudança agradável, mas que apenas os levou a outro corredor. Toda a escuridão, as pedras e o cheiro esquisito, somados aos corredores, faziam Simon pensar nas palavras "jazigo perpétuo". Estava tentando não pensar nisso, mas lá estavam.

— Então você é uma Caçadora de Demônios — disse Simon, ajeitando a bolsa no ombro e correndo atrás de Julie. — Como é ser isso?

— Caçadora de Sombras, e é isso que você veio descobrir — informou a garota a ele, e em seguida parou diante de uma das muitas portas, a madeira de carvalho manchada, e uma grade de ferro. A maçaneta esculpida para parecer uma asa de anjo. Ela agarrou a maçaneta e Simon notou que a porta devia ter sido aberta tantas vezes ao longo dos séculos que os detalhes da asa do anjo estavam praticamente lisos.

Do lado de dentro via-se um quartinho de pedra, contendo duas camas estreitas — uma delas tinha uma mala aberta em cima — com cabeceiras de madeira esculpida, um vitral em formato de diamante sujo de poeira e um armário largo inclinado, como se estivesse faltando um pé.

Também havia um menino ali, sentado em um banco, que girou lentamente para encará-los, olhando-os de cima, como se o próprio fosse uma estátua num pedestal.

Ele não parecia diferente de uma estátua, se alguém tivesse vestido uma com jeans e uma camisa vermelha e amarela de rúgbi. Os traços do rosto eram definidos e pareciam os de uma estátua, e ele tinha ombros largos e aparência atlética, assim como a maioria dos Caçadores de Sombras. Simon desconfiava que o Anjo não escolhia asmáticos ou qualquer um que já tivesse levado uma bolada na cara na aula de vôlei durante a Educação Física. O menino tinha um bronzeado dourado de verão, olhos castanho-escuros e cabelos castanho-claros cacheados caindo sobre a testa. Ele sorriu ao vê-los, uma covinha se formando numa bochecha.

Simon não se considerava um grande avaliador da beleza masculina. Mas ouviu um grunhido às suas costas e olhou para trás.

O grunhido foi um suspiro explodindo sem controle de Julie, que também, enquanto Simon observava, soltou um risinho lento e involuntário. Simon concluiu que a reação provavelmente indicava que este rapaz era fora do comum em termos de aparência.

Simon revirou os olhos. Aparentemente, todos os homens Caçadores de Sombras eram modelos de cueca, inclusive seu novo colega de quarto. Sua vida era uma piada.

Julie parecia ocupada olhando para o cara no banco. Simon tinha muitas perguntas, tais como "quem é ele?" e "por que ele está num banquinho?", mas não quis incomodar.

— Estou muito feliz que estejam aqui. Agora... não se assustem — sussurrou o rapaz.

Julie recuou um passo.

— Qual é o seu problema? — disse Simon. — Falar "não se assustem" é uma garantia de assustar a todo mundo! Seja mais específico em relação ao problema.

— Tudo bem, entendo o que quer dizer, e seu argumento é válido — continuou o novato. Ele tinha um sotaque, a voz leve, porém retumbante em certas sílabas. Simon tinha quase certeza de que o rapaz era escocês. — Acho que tem um gambá demoníaco no armário.

— Pelo Anjo! — disse Julie.

Simon falou:

— Isso é ridículo.

Então veio um ruído de dentro do armário. Um sibilo rosnado e arrastado que arrepiou os pelinhos da nuca de Simon.

Rápida como um relâmpago e com a graça de uma Caçadora de Sombras, Julie saltou para a cama que estava sem a mala. Simon imaginou que aquela fosse a cama dele. O fato de ele estar ali há dois minutos e já ter uma garota em sua cama seria incrível, exceto por ela ter subido ali para fugir de um roedor infernal.

— Faz alguma coisa, Simon!

— Isso, Simon... você é o Simon? Oi, Simon... por favor, faça alguma coisa em relação ao gambá demoníaco — disse o rapaz no banco.

— Tenho certeza de que não é um gambá demoníaco.

O burburinho dentro do armário estava muito alto, e Simon não estava muito seguro. Realmente soava como se houvesse alguma coisa enorme espreitando.

— Eu nasci na Cidade de Vidro — disse Julie. — Sou uma Caçadora de Sombras e sei lidar com criaturas demoníacas. Mas também fui criada numa casa boa que não era infestada por animais selvagens imundos!

— Bem, eu sou do Brooklyn — disse Simon —, e não quero falar mal da minha cidade amada, ou chamá-la de lixão verminoso onde tem música boa ou coisa assim, mas entendo de roedores. Além disso, acho que fui um roedor, mas por pouco tempo, não me lembro muito bem e não quero falar sobre isso. Acho que dou conta de um gambá... que, mais uma vez, tenho certeza de que não é demoníaco.

— Eu vi, e vocês não! — exclamou o garoto no banco. — Estou falando, era estranhamente grande! *Demoniacamente* grande.

Houve um novo ruído e um farejar ameaçador. Simon se aproximou da mala aberta na outra cama. Havia muitas outras camisas de rúgbi nela, mas por cima tinha outra coisa.

— Isto é uma arma? — perguntou Julie.

— Hum, não — respondeu Simon. — É uma raquete de tênis.

Os Caçadores de Sombras precisavam de mais atividades extracurriculares.

Ele desconfiava que a raquete fosse ser uma arma péssima, mas era o que tinha. Aproximou-se do armário e abriu a porta. Ali, no interior roído e farpado, havia um gambá. Seus olhos vermelhos brilhavam e a boquinha estava aberta, sibilando para Simon.

— Que nojo — disse Julie. — Mate-o, Simon!

— Simon, você é nossa única esperança! — disse o menino no banco.

O gambá fez um movimento, como se fosse avançar. Simon atacou com a raquete, batendo barulhentamente contra a pedra. O gambá sibilou novamente e foi em outra direção. Simon teve a ideia maluca de que o bicho estava fazendo finta, pouco antes de correr por entre suas pernas, então emitiu o que pareceu um grasnido, cambaleou para trás e atacou desgovernadamente em várias direções, acertando a laje em todas as vezes. Os outros dois gritavam. Simon girou para tentar localizar o gambá, de soslaio viu um lampejo de pelos e girou novamente. O menino no banco — numa tentativa de sentir-se confiante, ou num esforço equivocado de ajudar — segurou os ombros de Simon e tentou girá-lo, utilizando a camisa dele como apoio.

— Ali! — gritou ele no ouvido de Simon, que girou por vontade própria, daí foi girado contra a vontade, e andou de costas até colidir no banco.

Sentiu o banquinho desequilibrar e se inclinar contra suas pernas, e o menino em cima dele puxou seus ombros novamente. Simon, que já estava tonto, avançou e viu o corpo peludo do gambá subindo sobre seu tênis, e então cometeu um erro fatal. Atingiu o próprio pé com a raquete. Muito forte.

Simon, o banco, o menino no banco e a raquete caíram no chão de pedra.

O gambá correu porta afora. Simon teve a impressão de que o bicho lhe lançou um olhar vermelho triunfante ao passar.

Simon não estava em condições de correr atrás dele, considerando que estava preso numa bagunça de pés de cadeira e pernas humanas, e que tinha batido com a cabeça na cabeceira da cama.

Ele estava tentando sentar, esfregando a cabeça e sentindo-se um pouco tonto, quando Julie saltou da cama. A cabeceira balançou com a força do movimento e bateu na cabeça de Simon mais uma vez.

— Bem, vou embora antes que a criatura volte para o ninho! — anunciou Julie. — Hum... vou deixar vocês... cuidando disso. — Ela deu uma paradinha junto à porta, olhando na direção que o gambá tinha ido. — Tchau — acrescentou, e correu na direção oposta.

— Ai — disse Simon, desistindo de sentar e se apoiando nas mãos. Fez uma careta. — Muito ai. Bem... isso foi...

Apontou para o banco, para a porta aberta, para o armário nojento e para ele mesmo.

— Isso foi... — continuou ele, e se flagrou balançando a cabeça e rindo. — Que *bela* atuação de três futuros grandes caçadores de demônios.

O menino que não estava mais no banco parecia espantado, sem dúvida por achar o novo colega de quarto um louco que ria de gambás. Simon não podia evitar. Não conseguia parar de rir.

Qualquer um dos Caçadores de Sombras que ele conhecia em Nova York teria cuidado da situação sem pestanejar. Tinha certeza de que Isabelle teria cortado a cabeça do gambá com uma espada. Mas agora ele estava cercado por pessoas que entravam em pânico e subiam em bancos, seres desastrosos que não sabiam lidar com um mero roedor, e ele próprio era um deles. Eram apenas garotos normais.

Foi um alívio tão grande que Simon até ficou tonto. Ou talvez fosse por ter batido a cabeça. Ele continuava a rir, e quando olhou novamente para o colega de quarto, o rapaz o encarou.

— Que pena que nossos professores não testemunharam esse desempenho incrível — observou o novo colega de quarto de Simon seriamente.

Em seguida ele também explodiu numa gargalhada, colocando a mão na boca, formando pés de galinha nos contornos dos olhos, como se ele risse o tempo todo e seu rosto já estivesse acostumado. — Vamos ser incríveis aqui.

Após uma ligeira explosão de histeria relativa a gambás, Simon e seu novo colega de quarto se levantaram e começaram a desfazer as malas e a se apresentar.

— Desculpe por tudo isso. Não sou muito bom com coisas pequenas e rasteiras. Minha expectativa é combater demônios um pouco mais altos. Sou George Lovelace, aliás — disse o menino, sentando-se na cama, ao lado de sua mala aberta.

Simon encarou a própria mala, cheia de camisetas engraçadas, e depois olhou de maneira desconfiada para o armário. Não sabia se podia confiar no armário do gambá para guardar suas camisetas.

— Então você é um Caçador de Sombras?

Ele já tinha entendido como se montava nomes de Caçadores de Sombras, e já tinha enxergado George como Caçador de Sombras à primeira vista. Só que isso foi antes de Simon achar que George poderia ser legal. Agora estava decepcionado. Sabia o que Caçadores de Sombras pensavam a respeito de mundanos. Seria legal ter um amigo novato em relação a tudo isso para enfrentar a escola.

Seria legal ter um colega de quarto descolado outra vez, pensou Simon. Como Jordan. Ele não se lembrava muito bem de Jordan, seu colega de quarto nos tempos de vampiro, mas as coisas das quais se lembrava eram boas.

— Bem, sou um Lovelace — disse George. — Minha família desistiu de caçar demônios durante os anos de 1700 por preguiça, e se estabeleceu nos arredores de Glasgow, consolidando-se como os melhores ladrões de ovelhas da região. A única outra ramificação dos Lovelace desistiu nos anos de 1800; acho que tiveram uma filha que voltou, mas ela morreu, então só sobramos nós. Caçadores de Sombras costumavam aparecer à porta das gerações passadas, e meus corajosos ancestrais diziam "não, vamos continuar com as ovelhas", até finalmente a Clave se cansar da nossa postura e deixar de aparecer. O que posso dizer? Os Lovelace são desertores.

George deu de ombros e fez um gesto de *fazer o quê?* com a raquete de tênis. As cordas estavam quebradas. Continuava sendo a única arma em caso do retorno do gambá.

Simon verificou seu telefone. Não tinha sinal em Idris, que surpresa, e ele o descartou sobre as malas, entre as camisas.

— É um legado nobre.

— Acredita que eu não sabia nada sobre isso até poucas semanas? Os Caçadores de Sombras voltaram para nos procurar outra vez, falando que precisavam de novos, hum, caçadores de demônios na batalha contra o mal, porque muitos morreram na guerra. Tenho que falar, os Caçadores de Sombras, cara, eles realmente sabem conquistar sua mente e seu coração.

— Deveriam fazer panfletos — sugeriu Simon, e George sorriu. — Com vários deles, parecendo bem descolados e vestindo preto. O panfleto poderia dizer "PRONTO PARA SER FODA?". Me coloquem em contato com o departamento de marketing, tenho mais pérolas de onde veio essa.

— Tenho más notícias sobre a maioria dos Caçadores de Sombras e suas habilidades com uma máquina de Xerox — disse George a ele. — Enfim, meus pais sempre souberam disso, apenas nunca me contaram. Afinal, por que eu me interessaria por uma coisinha dessas? Eles diziam que minha avó era louca quando ela falava sobre dançar com fadas! Antes de ir embora, deixei bem claro o que penso sobre guardarem segredos legais. Para ser justo, meu pai disse que a vovó *de fato* está completamente maluca. Só que por acaso fadas realmente existem. Mas provavelmente Bluebell, o amante dela de dez centímetros, não.

— Eu seria capaz de apostar contra — comentou Simon, pensando em tudo que se lembrava sobre fadas. — Mas não apostaria alto.

— Então, você é de Nova York? — começou George. — Que chique.

Simon deu de ombros: não sabia o que dizer, quando sempre vivera confortavelmente em Nova York, e depois descobrira que a cidade e sua alma em si tinham se tornado traidoras. Quando ficou dolorosamente desesperado para sair de lá.

— Como você ficou sabendo disso tudo? Você tem Visão?

— Não — respondeu Simon lentamente. — Não, sou só um cara comum, mas minha melhor amiga descobriu que era Caçadora de Sombras, e filha de um sujeito muito mau. E irmã de outro cara muito mau. Ela é muito azarada com parentes. Acabei indo parar no meio de tudo e, para ser sincero, não me lembro bem de nada porque...

Simon parou de falar e tentou pensar numa forma de explicar a amnésia relativa a demônios que o assolara de um modo que não fizesse George achar que ele sofria dos mesmos problemas que afligiam sua avó. Então viu que George o encarava, os olhos castanhos arregalados.

— Você é Simon — sussurrou. — Simon *Lewis*.

— Certo — disse Simon. — Meu nome está na porta, ou... tem algum registro de admissão que eu devo assinar...?
— O vampiro — disse George. — O melhor amigo de Mary Morgenstern!
— Hum, Clary — disse Simon. — Hum, isso. Gosto de pensar em mim mesmo como o ex-morto-vivo.

O jeito como George olhava para ele, como se estivesse muito impressionado em vez de decepcionado ou cheio de expectativa, era um pouco constrangedor. Simon tinha que admitir que também era legal. Muito diferente da forma com que todas as outras pessoas costumavam olhá-lo, na antiga vida e nesta nova.

— Você não entende. Caí nesse inferno gelado cheio de gosma e roedores, e toda a Academia estava em polvorosa, as pessoas falando sobre esses heróis que têm a minha idade e que de fato estiveram numa dimensão do inferno. Isso deu toda uma nova perspectiva ao fato de os banheiros daqui não funcionarem.

— Os banheiros não funcionam? Mas o que... como...

George tossiu.

— Fazemos comunhão com a natureza, se é que você me entende.

George e Simon olharam pela janela, para a floresta abaixo, com as folhas balançando suavemente ao vento, além dos losangos do vitral. George e Simon voltaram a se encarar, com desânimo e pesar.

— Sério, só se fala em você e no seu grupo de amigos heróis — disse George, voltando para um assunto mais agradável. — Bem, isso e o fato de que temos pombos morando nos fornos. Você salvou o mundo, não foi? E não se lembra. Isso deve ser muito estranho.

— É estranho, George, obrigado por mencionar.

George riu, jogou a raquete quebrada no chão e continuou a olhar para Simon como se este fosse alguém incrível.

— Uau. Simon Lewis. Acho que tenho que agradecer a alguém na Academia Arrepiante por me dar o colega de quarto mais legal.

George o guiou para o jantar, e Simon ficou bastante grato por isso. O salão de jantar se parecia muito com todas as outras salas quadradas de pedra da Academia, exceto pelo fato de que numa das pontas havia uma enorme lareira esculpida exibindo espadas cruzadas e um lema tão gasto que Simon não conseguia ler.

Dispostas ao redor das diversas mesas redondas, havia cadeiras de madeira de diferentes tamanhos. Simon estava começando a acreditar genuinamente que eles tinham mobiliado a Academia com móveis comprados numa venda de garagem de algum velho. As mesas estavam cheias de adolescentes. A maioria tinha pelo menos dois anos a menos do que Simon. Alguns eram até mais jovens do que isso. Simon não tinha percebido que era um dos mais velhos no treinamento para a caça aos demônios, e isso o deixava tenso. Ficou extremamente aliviado ao ver rostos vagamente familiares de pessoas da sua idade.

Julie do rosto enrugado, Beatriz e outro menino os viram e acenaram para que fossem até eles. Simon presumiu que o aceno tivesse sido para George, mas quando sentou, Julie se inclinou para ele.

— Não dá para acreditar que você não me disse que era Simon *Lewis* — falou ela. — Achei que você fosse apenas um mundano.

Simon se afastou sutilmente.

— Sou apenas um mundano.

Julie riu.

— Você entendeu o que eu quero dizer.

— Ela quer dizer que tem uma dívida com você, Simon — disse Beatriz Mendoza, sorrindo para ele. Ela era dona de um belo sorriso. — Não nos esquecemos. É um prazer conhecê-lo, e um prazer tê-lo aqui. Talvez até consigamos ter uma conversa sensata com um menino, para variar. Não temos a menor chance com o Jon aqui.

O menino, que tinha os bíceps do tamanho da cabeça de Simon, se esticou sobre a mesa e ofereceu a mão. Apesar do braço intimidador, Simon a apertou.

— Sou Jonathan Cartwright. Prazer.

— Jonathan — repetiu Simon.

— É um nome muito comum entre Caçadores de Sombras — disse Jon. — Por causa de Jonathan Caçador de Som...

— Hum, não, eu sei, tenho minha própria cópia do *Códex* — disse Simon. Clary tinha lhe dado o dela, na verdade, e ele se divertira lendo as anotações de praticamente todos do Instituto nas páginas. Sentia como se estivesse conhecendo todos eles, em segurança, de longe, onde não podiam vê-lo fracassar e expor suas falhas de conhecimento. — É só que... conheço algumas pessoas que se chamavam Jonathan. Não que alguma delas chame a si mesma de Jonathan. *Chamasse* a si mesma de Jonathan.

Ele não se lembrava muito do irmão de Clary, mas sabia o nome dele. E não tinha lá muita vontade de se lembrar mais.

— Ah, claro, Jonathan Herondale — disse Jon. — Claro que você o conhece. Eu mesmo sou muito amigo dele. Ensinei alguns truques para ele que provavelmente ajudaram nos reinos infernais, certo?

— Está falando de... Jace? — perguntou Simon desconfiado.

— Sim, obviamente — disse Jon. — Ele provavelmente já falou de mim.

— Não que eu me lembre... — disse Simon. — Mas sofro de amnésia demoníaca. Então tem isso.

Jon assentiu e deu de ombros.

— Certo. Que pena. Sem querer me gabar, mas somos muito próximos, eu e Jace.

— Quem me dera ser próxima de Jace Herondale — suspirou Julie. — Ele é *tão* lindo.

— Ele é mais gato que um gato numa toca de gato no dia dos gatos — concordou Beatriz com olhar sonhador.

— Quem é esse? — quis saber Jon, cerrando os olhos para George, que estava apoiado no encosto da cadeira e parecia um tanto entretido.

— Por falar em caras gatos, você quer dizer? Sou George Lovelace — apresentou-se. — Digo meu sobrenome sem me envergonhar, pois sou muito seguro da minha masculinidade.

— Ah, um Lovelace — disse Jon, desfranzindo o cenho. — Sim, pode sentar com a gente.

— Devo dizer, meu sobrenome nunca ajudou — observou George. — Caçadores de Sombras... vai entender.

— Bem, sabe — disse Julie. — Você vai querer andar com as pessoas do seu próprio nicho.

— Como? — perguntou Simon.

— Existem dois nichos diferentes na Academia — explicou Beatriz. — O dos mundanos, em que explicam o mundo em mais detalhes e oferecem o treinamento básico de que tanto necessitam, e o dos Caçadores de Sombras de verdade, onde o treinamento é mais avançado.

Julie sorriu.

— O que Beatriz está falando é que tem a elite e tem a escória.

Simon os encarou, com uma sensação terrível.

— Então... vou ficar com a escória, é claro.

— Não, Simon, não! — exclamou Jon, parecendo chocado. — Claro que não.

— Mas eu sou mundano — repetiu Simon.

— Você não é um mundano comum, Simon — disse Julie. — É um mundano excepcional. Isso significa que no seu caso haverá exceções.

— Se alguém tentar colocá-lo com os mundanos, eu vou dar uma palavrinha com essa pessoa — continuou Jon calmamente. — Qualquer amigo de Jace Herondale, naturalmente é meu amigo.

Julie afagou a mão de Simon. Simon encarou a própria mão como se esta não pertencesse a ele. Ele não queria ser colocado com os perdedores, mas também não ficava confortável quanto a garantirem que ele não seria.

Mas ele tinha a impressão de que se lembrava de Isabelle, Jace e Alec falando coisas negativas sobre mundanos, tanto antes quanto agora. Isabelle, Jace e Alec não eram tão ruins. Era só culpa da criação que receberam: não pensavam as coisas que parecia que pensavam. Simon tinha quase certeza disso.

Beatriz, de quem Simon havia gostado imediatamente, se inclinou na frente de Julie e falou:

— Você mais do que conquistou seu lugar.

Ela sorriu timidamente para ele. Simon não pôde deixar de retribuir.

— Então... eu vou estudar com a escória? — perguntou George lentamente. — Não sei nada sobre Caçadores de Sombras, Submundo e demônios.

— Ah, não — respondeu Jon. — Você é um Lovelace. Vai notar que as coisas virão muito facilmente para você: está no seu sangue.

George mordeu o lábio.

— Se você diz.

— A maioria dos alunos da Academia será da elite — adiantou-se Beatriz. — Nossos novos recrutas são quase todos como você, George. Caçadores de Sombras estão viajando o mundo à procura de pessoas com sangue Nephilim.

— Então é o sangue que garante a elite — elucidou George. — E não o conhecimento.

— É perfeitamente justo — alegou Julie. — Veja o Simon. Claro que ele está na elite. Ele provou que é digno.

— Simon precisou salvar o mundo, e o restante de nós só entra nessa porque temos o sobrenome certo? — perguntou George despretensiosamente. Deu uma piscadela para Simon. — Que azar, cara.

Fez-se um silêncio desconfortável à mesa, mas Simon supôs que ninguém estivesse tão desconfortável quanto ele.

— Às vezes pessoas com sangue de Caçador de Sombras são colocadas na equipe da escória, se forem verdadeiras desgraças — respondeu Julie, sucinta. — Essencialmente, sim, é um nicho reservado para mundanos. É assim que a Academia sempre funcionou no passado; é como vai operar no futuro. Recebemos alguns mundanos, os que têm o dom da Visão ou que pareçam atletas promissores. É uma oportunidade maravilhosa para eles, uma chance para serem muito mais do que sonharam. Mas eles não conseguem acompanhar Caçadores de Sombras de verdade. Não seria justo esperar que conseguissem. Nem todos podem ser Simon.

— Alguns simplesmente não têm aptidão — observou Jon em tom arrogante. — Alguns não vão sobreviver à Ascensão.

Simon fez menção de falar, mas antes que pudesse fazer qualquer outra pergunta, foi interrompido pelo som de uma palma solitária.

— Meus caros alunos, meus Caçadores de Sombras do presente e do futuro — disse a reitora Penhallow, levantando da cadeira. — Sejam bem-vindos, sejam bem-vindos! À Academia dos Caçadores de Sombras. É uma grande alegria vê-los aqui na abertura oficial da Academia, onde treinaremos toda uma nova geração para cumprir a Lei do Anjo. É uma honra ser escolhido para vir para cá, e uma alegria recebê-los.

Simon olhou em volta. Havia mais ou menos duzentos alunos presentes, pensou, agrupados desconfortavelmente em torno de mesas capengas. Novamente percebeu que muitos deles eram um tanto jovens, sujos e desolados. Simon teve compaixão, ao mesmo tempo em que pensava qual seria a situação da água encanada na Academia.

Ninguém parecia honrado em estar aqui. Simon se flagrou pensando mais uma vez nos métodos de recrutamento dos Caçadores de Sombras. Julie falava deles como se fossem nobres, procurando por famílias perdidas de Caçadores de Sombras e oferecendo grandes oportunidades a mundanos, mas algumas dessas crianças pareciam ter doze anos de idade. Simon não conseguia evitar imaginar como era a vida de quem se dispunha a largar tudo para combater demônios aos doze anos de idade.

— Tivemos algumas perdas inesperadas na equipe, mas estou segura de que nos sairemos muito bem com os excelentes profissionais remanescentes — prosseguiu a reitora Penhallow. — Apresento-lhes Delaney Scarsbury, seu mestre de treinamento.

O homem sentado ao lado dela se levantou. Ele fazia os bíceps de Jon Cartwright parecerem uvas comparadas a um melão, e usava um tapa-olho, como o anjo no vitral.

Simon virou-se lentamente para olhar para George, torcendo para que o colega o apoiasse nessa. Articulou:

— *Não pode ser.*

George, que obviamente o apoiou, assentiu e articulou de volta:

— *Caçador de Sombras Pirata!*

— Estou ansioso para esmagá-los até virarem massinha e depois moldar essa massinha em guerreiros vorazes — anunciou Scarsbury.

George e Simon trocaram mais um olhar eloquente.

Uma garota sentada à mesa atrás de Simon começou a chorar. Parecia ter mais ou menos treze anos.

— E esta é Catarina Loss, uma estimada feiticeira que irá ensinar muito sobre... história e tudo mais!

— Oba — disse Catarina Loss, com um aceno apático dos dedos azuis, como se tivesse decidido bater palmas sem levantar as duas mãos.

A reitora prosseguiu:

— Em tempos pretéritos, porque a Academia recebe alunos de todo o mundo, todos os dias servíamos um prato delicioso de uma nação diferente. Certamente pretendemos manter essa tradição! Mas a cozinha não está em perfeitas condições, e por enquanto nós teremos...

— Sopa — completou Catarina secamente. — Tanques e tanques de sopa marrom. Bom apetite, crianças.

A reitora Penhallow continuou com seu aplauso solitário.

— Isso. Bom apetite, pessoal. E mais uma vez, sejam bem-vindos.

Realmente não tinha mais nada além de grandes potes metálicos cheios de uma sopa muito questionável.

Simon entrou na fila para se servir e espiou nas profundezas do líquido escuro.

— Tem jacarés aí dentro?

— Não prometo nada — disse Catarina, inspecionando a própria vasilha.

Simon estava exausto e continuava faminto quando deitou na cama naquela noite. Tentou se alegrar pensando novamente que uma garota tinha estado em sua cama há não muito tempo. Uma garota em sua cama pela primeira vez na vida, pensou Simon, mas então as lembranças vieram como uma nuvem sobre a lua, comprometendo qualquer certeza. Lembrou-se de Clary dormindo em sua cama, quando eram tão pequenos que os pijamas tinham estampas de caminhões e pôneis. Lembrou-se de ter beijado Clary, e do gosto de limonada fresca dos lábios dela. E lembrou-se de Isabelle, cujos cabelos escuros caíam sobre o travesseiro, o pescoço exposto para ele, as unhas dos pés o arranhando na perna, como um filme sensual de vampiros, tirando a parte das unhas dos pés. O outro Simon não tinha sido apenas um herói, mas um grande sedutor. Bem, mais sedutor do que o Simon atual.

Isabelle. A boca de Simon articulou formar o nome dela, afundando então no travesseiro. Ele tinha dito a si mesmo que não ia pensar nela, não até realmente ele voltar a melhorar, ser a pessoa que ela queria que ele fosse.

Ele se virou para deitar de costas e encarar o teto de pedra.

— Está acordado? — sussurrou George. — Eu também. Não paro de pensar na possibilidade de o gambá voltar. De onde ele veio, Simon? Para onde foi?

Os esforços para se tornar um Caçador de Sombras se tornaram claros para Simon no dia seguinte.

Primeiro porque Scarsbury estava tirando suas medidas para os uniformes, o que por si só já era uma experiência aterrorizante. Em segundo lugar, porque isso envolvia diversos comentários ofensivos sobre o físico de Simon.

—Você tem ombros tão estreitos — comentou Scarsbury, pensativo. — Como os de uma moça.

— Sou esguio — informou Simon, com grande dignidade.

Ele olhou amargamente para George, que estava deitado num banco, aguardando Simon acabar de ser medido. O uniforme de George era sem manga; Julie já tinha vindo elogiar o físico e tocá-lo nos braços.

— Vamos fazer o seguinte — disse Scarsbury. — Tenho uniformes para meninas aqui ...

— Tudo bem — respondeu Simon. — Quero dizer, é terrível, mas tudo bem. Pode me dar.

Scarsbury enfiou o tecido preto dobrado entre os braços de Simon.

— Foi feito para uma moça alta — explicou num tom que possivelmente pretendia ser reconfortante, mas definitivamente saiu alto demais.

Todos viraram e encararam os dois. Simon conteve o impulso de fazer uma reverência sarcástica e saiu bruscamente para vestir o uniforme.

Após receberem uniformes, vieram as armas. Alunos mundanos não podiam usar Marcas ou utilizar estelas ou a maioria das armas de Caçadores de Sombras, então recebiam armas mundanas; a intenção era ampliar o conhecimento das crianças Caçadoras de Sombras sobre as armas. Simon temia que seu conhecimento sobre armas fosse tão longo quanto um espaguete.

A reitora Penhallow trouxe grandes caixas de facas assustadoras, que pareciam muito estranhas num ambiente acadêmico, e pediu que selecionassem uma adaga adequada a eles.

Simon pegou uma adaga completamente a esmo, em seguida sentou-se à mesa, balançando a arma.

Jon meneou a cabeça.

— Legal.

— É — falou Simon, retribuindo o meneio de cabeça e gesticulando com a faca. — Foi o que achei. Legal. Bem afiada.

Espetou a adaga na mesa e ela ficou presa. Simon teve que puxá-la da madeira com força.

Simon imaginava que treinar não poderia ser tão ruim quanto ser preparado para treinar, mas acabou sendo muito pior.

Os dias de Academia eram cinquenta por cento preenchidos por atividade física. Era como se metade do dia fosse educação física. Uma educação física bem afiada.

Quando estavam aprendendo o básico do combate com espada, Simon foi colocado para fazer dupla com a garota que ele tinha notado na sala de jantar, aquela que havia chorado quando Scarsbury foi apresentado.

— Ela é da equipe da escória, mas entendi que você não tem tanta experiência com espadas — disse Scarsbury a ele. — Se ela não for suficientemente desafiadora, me avise.

Simon encarou Scarsbury em vez de fazer o que lhe foi mandado, o que dizia que ele não acreditava que um adulto estava chamando uma pessoa de "escória" na cara dela.

Ele olhou para a garota, que estava com a cabeça abaixada, a espada brilhando em sua mão trêmula.

— Oi. Eu sou o Simon.

— Sei quem você é — murmurou ela.

Certo. Aparentemente Simon era uma celebridade. Se ele tivesse todas as suas lembranças, talvez isso parecesse normal. Talvez ele soubesse que merecia, em vez de saber que não.

— Qual é o seu nome? — perguntou ele.

— Marisol — respondeu ela, relutante. Agora que Scarsbury tinha recuado, ele notou, ela não estava tremendo mais.

— Não se preocupe — disse ele de maneira encorajadora. — Vou pegar leve.

— Humm — respondeu Marisol. Agora ela não parecia prestes a chorar; os olhos estavam semicerrados.

Simon não estava acostumado a lidar com crianças muito mais jovens, mas eles dois eram mundanos. Ele sentia uma camaradagem estranha para com ela.

— Está se adaptando bem? Sente saudade dos seus pais?

— Não tenho pais — respondeu Marisol, a voz baixa e fria.

Simon ficou paralisado. Como ele era idiota. Pensou no assunto, por que crianças mundanas viriam para a Academia? Mundanos teriam que escolher entre abandonar os pais, seus familiares, suas antigas vidas. A não ser, é claro, que já não tivessem pais e familiares. Tinha refletido sobre isso, mas havia se esquecido, obcecado com as próprias lembranças e tentando entender como se encaixaria, pensando somente em si. Ele tinha um lar para onde retornar, muito embora não fosse perfeito. Simon tivera escolha.

— O que os Caçadores de Sombras disseram quando foram recrutar você?

Marisol o encarou, o olhar límpido e frio.

— Eles disseram — falou — que eu ia lutar.

Marisol fazia aulas de esgrima desde que tinha aprendido a andar, conforme ele acabou por descobrir. Ela o cortou nos joelhos e o deixou literalmente no chão, cambaleando quando um redemoinho pequeno e pontudo veio para cima dele na área de treinamento, e caiu.

Ele também espetou a própria perna ao cair, mas foi um ferimento leve.

— Pegou leve demais com ela — disse Jon, passando por ali e ajudando Simon a se levantar. — A escória não vai aprender se não for ensinada, você sabe.

A voz dele era gentil; o olhar para Marisol, não.

— Deixe-a em paz — murmurou Simon, mas não mencionou que Marisol o havia derrotado de forma limpa. Todos o consideravam um herói.

Jon sorriu para ele e continuou a circular pelo salão. Marisol nem mesmo olhou para ele. Simon examinou a perna, que ardia.

Nem toda a dor era por causa da espetada. Parte era devido a coisas normais, como correr, mas enquanto Simon tentava correr para acompanhar pessoas muito mais atléticas do que ele jamais fora, ele se lembrava de como seus pulmões nunca haviam ardido por falta de ar, de como seu coração nunca acelerara por esforço excessivo. Ele já tinha sido veloz, mais veloz do que qualquer um desses aprendizes de Caçadores de Sombras, frio, predatório e poderoso.

E morto, lembrou-se ao ficar para trás mais uma vez. Ele não queria estar morto.

Correr ainda era melhor do que montar a cavalo. A Academia os apresentou à montaria na primeira sexta-feira lá. Simon considerou aquilo uma espécie de recompensa.

Todo mundo agia como se fosse uma maravilha. Só os alunos da elite podiam montar, e durante as refeições tiravam sarro da escória por não participar. Aquilo parecia alegrar a Julie e a Jon diante daquela sopa horrorosa interminável.

Simon, precariamente equilibrado sobre uma enorme fera que ao mesmo tempo revirava os olhos e aparentemente tentava sapatear, não gostava nada daquilo. Os integrantes da escória tinham sido enviados para aprender fatos básicos sobre Caçadores de Sombras. Faziam a maioria das aulas separados da elite, e Jon garantira a Simon que eram tediosas. Simon não se importaria em se entediar um pouco agora.

— Si... — falou George, baixinho. — Dica rápida. A montaria funciona melhor se você ficar com os olhos abertos.

— Minha experiência com montaria se reduz ao carrossel do Central Park — rebateu Simon. — Desculpe por eu não ser o Mr. Darcy!

George era, conforme muitas moças observavam, um excelente cavaleiro. Ele mal precisava se mexer para o cavalo atendê-lo, e ambos se movimentavam graciosamente juntos, com o sol iluminando seus cachos idiotas. Ele tinha a aparência certa, fazia tudo parecer fácil e elegante, como um cavaleiro de filme. Simon se lembrava de ter lido livros sobre cavalos mágicos que liam os pensamentos de seus cavaleiros, livros sobre cavalos nascidos no Vento Norte. Tudo parte da função de guerreiro mágico, da posse de uma montaria nobre.

O cavalo de Simon era problemático, ou possivelmente um gênio que havia descoberto que Simon não era capaz de controlá-lo. O animal desviou do rumo para vagar pelo bosque, com Simon em seu lombo implorando, ameaçando e oferecendo subornos. Se o cavalo de Simon fosse capaz de ler pensamentos, então ele era um animal sádico.

À medida que a noite caía e esfriava, o cavalo retornava para o estábulo. Simon não teve qualquer participação na escolha, mas conseguiu desmontar e cambalear para a Academia, os dedos e joelhos completamente dormentes.

— Ah, aí está você — disse Scarsbury. — George Lovelace estava preocupadíssimo. Queria montar uma equipe de busca para procurá-lo.

Simon se arrependeu dos pensamentos amargos sobre as habilidades de equitação de George.

— Deixe-me adivinhar — disse Simon. — As outras pessoas disseram "não, ser abandonado para morrer fortalece o caráter".

— Eu não temi que você fosse ser devorado por ursos nas profundezas da floresta — disse Scarsbury, que parecia nunca ter tido esse tipo de preocupação.

— Claro que não, isso seria um absu...

— Você estava com sua adaga — acrescentou Scarsbury casualmente, e se afastou, deixando Simon falando sozinho.

— Minha... Minha adaga de *matar ursos*? Você realmente acha que matar ursos com uma adaga é um cenário plausível? Que informações você tem sobre ursos nesta floresta? Acho que é sua responsabilidade como educador me informar se há ursos na floresta.

— Nos vemos no treino de lanças logo cedo, Lewis — disse Scarsbury, e continuou marchando sem olhar para trás.

— Existem ursos na floresta? — repetiu Simon para si. — É uma pergunta simples. Por que Caçadores de Sombras são tão ruins em perguntas simples?

Os dias se passaram num lampejo de atividade física terrível e violenta. Quando não era treino de lança, era Simon sendo jogado para lá e para cá numa sala (George se desculpou efusivamente mais tarde, mas isso não ajudou em nada). Quando não era trabalho com adaga, era mais esgrima e derrotas humilhantes diante das lâminas de pequeninos e maléficos Caçadores de Sombras em treinamento. Quando não era espada, era o campo de obstáculos, e Simon se recusava a falar sobre o campo de obstáculos. Julie e Jon estavam se tornando notavelmente descolados durante as refeições, e alguns comentários sobre mundanos eram feitos.

Finalmente Simon cambaleou exaurido para o próximo exercício em futilidade e objetos afiados, e Scarsbury colocou um arco em sua mão.

— Quero que todos tentem acertar os alvos — disse Scarsbury. — E, Lewis, quero que tente não acertar nenhum outro aluno.

Simon sentiu o peso do arco nas mãos. Tinha um bom equilíbrio, pensou ele, fácil de erguer e manejar. Ele colocou a flecha e sentiu a tensão da corda, pronto para soltar, preparado para fazê-la voar pelo rumo que queria.

Ele retraiu o braço, e aí foi muito fácil: bem no meio do alvo. Atirou mais uma vez, e de novo, flechas voando ao encontro do alvo, e seus braços ardiam e o coração batia acelerado com algo que parecia alegria. Ele ficou feliz ao sentir os músculos trabalhando e o coração pulsando. Estava tão feliz por estar vivo outra vez, e por sentir cada momento disso.

Simon abaixou o arco e viu que todos o encaravam.

— Consegue repetir isso? — pediu Scarsbury.

Ele tinha aprendido a atirar flechas no acampamento de verão, mas aqui e agora, segurando um arco, ele se lembrava de outra coisa. Lembrava-se de respirar, do coração batendo, de Caçadores de Sombras observando-o. Ainda era um mundano na ocasião, um mundano que todos desprezavam, mas que tinha matado um demônio. Ele se lembrou: tinha visto que alguma coisa precisava ser feita, e fez.

Um cara não tão diferente de quem ele era agora.

Simon sentiu um sorriso se abrindo em seu rosto, causando dor nas bochechas.

— Consigo. Acho que sim.

Julie e Jon foram muito mais amáveis durante o jantar do que vinham sendo nos últimos dias. Simon contou sobre ter matado o demônio (do que se lembrava) e Jon se ofereceu para ensiná-lo alguns truques com a espada.

— Eu adoraria ouvir mais sobre suas aventuras — disse Julie. — O que conseguir se lembrar. Principalmente se envolverem Jace Herondale. Por acaso você sabe como ele ganhou aquela cicatriz sexy na garganta?

— Ah — disse Simon. — Na verdade... sei. Na verdade... fui eu.

Todos o encararam.

— É possível que eu o tenha mordido. Um pouquinho. Estava mais para uma mordiscada, na verdade.

— Ele era gostoso? — perguntou Julie, após uma pausa pensativa. — Ele *tem cara* de ser delicioso.

— Hum — respondeu Simon. — Ele não é lá muito suculento.

Beatriz assentia ansiosamente. Ambas as meninas pareciam muito interessadas nesta discussão. Interessadas demais. Os olhos delas brilhavam.

— É possível que você tenha subido nele lentamente e abaixado a cabeça para a garganta macia e pulsante dele? — perguntou Beatriz. — Deu para sentir o calor irradiando do corpo dele para o seu?

— Você lambeu o pescoço dele antes de morder? — indagou Julie. — Ah, e teve a oportunidade de sentir os bíceps dele? — Ela deu de ombros.

— Só estou curiosa, vocês sabem, a respeito de técnicas de vampiros.

— Suponho que Simon tenha sido ao mesmo tempo suave e autoritário em seu momento especial com Jace — comentou Beatriz com ar sonhador. — Quero dizer, foi especial, não foi?
— Não! — disse Simon. — Não tenho como ser mais enfático. Mordi muitos Caçadores de Sombras. Mordi Isabelle Lightwood e Alec Lightwood; morder Jace não foi uma experiência única e delicada!
— Você mordeu Isabelle e Alec Lightwood? — perguntou Julie, que estava começando a soar assustada. — O que os Lightwood fizeram para você?
— Uau — disse George. — Eu achava que os reinos demoníacos tinham sido apavorantes e aterrorizantes. Mas parece que basicamente foram um banquete interminável.
— Não foi assim! — disse Simon.
— Será que podemos parar de falar sobre isso? — exigiu Jon, o tom cortante. — Tenho certeza de que todos vocês fizeram o que tinha que ser feito, mas a ideia de Caçadores de Sombras como presas de seres do Submundo é nojenta.
Simon não gostou da forma como Jon disse "seres do Submundo", como se "seres do Submundo" e "nojento" significassem mais ou menos a mesma coisa. Mas talvez Jon fosse naturalmente perturbado. Simon não conseguia se lembrar de ter se incomodado com isso. E Simon não tivera a intenção de transformar seus amigos em presa.
O dia tinha sido muito bom. Simon não queria estragá-lo. Concluiu que estava suficientemente bem-humorado para deixar passar.
Simon sentiu-se melhor em relação à Academia até aquela noite, quando acordou de um cochilo para um dilúvio de lembranças.
As lembranças vinham assim, às vezes, não em caquinhos afiados, mas numa cascata insistente e terrível. Ele já tinha pensado em seu antigo colega de moradia antes. Sabia que tinha tido um amigo, um colega de apartamento, chamado Jordan, e que Jordan tinha sido morto. Mas não se lembrava dos *sentimentos* envolvidos — a forma como Jordan o recebera quando sua mãe o expulsara, as conversas com Jordan sobre Maia, ouvir Clary rir e falar que Jordan era bonito, papear com Jordan, paciente, gentil e sempre enxergando Simon como mais do que uma tarefa, mais do que um vampiro. Lembrava-se de ter visto Jordan e Jace se estranhando, e depois jogando videogame feito idiotas, e Jordan o encontrando dormindo numa garagem, e Jordan olhando para Maia com muito arrependimento.

E se lembrava de estar segurando o pingente da Praetor Lupus de Jordan, em Idris, depois que Jordan já estava morto. Simon já tinha segurado aquele pingente outra vez desde então, depois que recuperou algumas lembranças, sentindo seu peso e perguntando-se o que significaria aquele lema em latim.

Sabia que Jordan era seu colega de apartamento, e que tinha sido uma das muitas vítimas da guerra.

Mas nunca tinha sentido o verdadeiro peso da situação, até agora.

O simples peso da lembrança fez com que ele sentisse como se pedras estivessem sendo acumuladas sobre seu peito, esmagando-o. Simon não conseguia respirar. Ele se livrou dos lençóis, pendurando as pernas na beirada da cama, os pés tocando o chão de pedra com um choque de frio.

— Que... que foi? — murmurou George. — O gambá voltou?

— Jordan morreu — disse Simon sombriamente, e colocou o rosto nas mãos.

Fez-se silêncio.

George não perguntou quem era Jordan, ou por que Simon de repente se importava com isso. Simon não teria sabido como explicar a dor e a culpa em seu peito: ou o quanto se odiava por ter se esquecido de Jordan, muito embora não pudesse ter evitado, ou como era descobrir agora que Jordan tinha morrido e como era ter uma ferida cicatrizada reaberta, tudo ao mesmo tempo. Simon sentia um gosto amargo, como sangue velho, muito velho.

George esticou o braço e colocou a mão no ombro de Simon. Deixou-a apoiada ali, firme, calorosa e forte, algo para ancorar Simon na noite fria e escura das lembranças.

— Lamento muito — sussurrou ele. Simon também lamentava.

No jantar do dia seguinte, tomaram sopa outra vez. Agora já fazia muitos dias que eles tomavam sopa em todas as refeições. Simon não se lembrava da vida antes da sopa e estava desesperado por conquistar uma vida pós-sopa. Ficou se perguntando se os Caçadores de Sombras tinham Marcas para proteger contra o escorbuto.

O grupo habitual estava aglomerado na mesa de sempre, papeando, quando Jon falou:

— Queria aprender sobre demônios com alguém menos formal, menos ligado em pautas, se é que me entendem.

— Hum — disse Simon, que normalmente assistia às aulas sobre demônio com grande alívio por não ser impelido a se mexer. — Não temos todos a mesma... pauta... em relação à caça a demônios?

— Você me entendeu — disse Jon. — Também temos que aprender sobre os crimes dos feiticeiros. Também devemos combater seres do Submundo. É ingenuidade pensar que estão todos domados.

— Os seres do Submundo — repetiu Simon. A sopa se transformou em cinzas na boca dele, o que foi uma melhora, na verdade. — Tipo os vampiros?

— Não! — respondeu Julie apressadamente. — Vampiros são ótimos. Eles têm, você sabe, classe. Em comparação a outros seres do Submundo. Mas se estiver falando de criaturas como lobisomens, Simon, você deve entender que eles não são exatamente o nosso tipo de gente. Se é que podem ser chamados de gente.

Ela disse "lobisomens" e Simon não conseguiu evitar pensar em Jordan, estremecendo como se tivesse sido atingido e incapaz de manter a boca fechada.

Simon empurrou o prato para longe e arrastou a cadeira para trás.

— Não me diga o que devo ou não devo, Julie — falou friamente. — Devo informá-la de que existem lobisomens que valem mais do que centenas de você e Jon. Devo dizer que estou de saco cheio de ouvi-los insultando mundanos e me falando que sou uma exceção especial, como se eu quisesse ser o bichinho de estimação de pessoas que implicam com os mais jovens e mais fracos. E devo dizer que é melhor vocês torcerem para que esta Academia dê certo e mundanos como eu possam Ascender, pois pelo que posso ver, a próxima geração de Caçadores de Sombras não será nada sem a gente.

Ele olhou para George, do mesmo jeito que fazia ao compartilhar piadas na sala de aula e nas refeições, para ver se George concordava com ele.

George estava olhando fixamente para o próprio prato.

— Qual é, cara — resmungou ele. — Não... não faça isso. Vão fazer com que você troque de quarto. Vamos sentar, e todo mundo pode se desculpar, e as coisas podem voltar a ser como antes.

Simon respirou fundo, assimilou a decepção e disse:

— Não quero que as coisas continuem como estão. Quero que as coisas mudem.

Deu as costas para a mesa, para todos eles, marchou para onde a reitora e Scarsbury estavam sentados, e anunciou aos brados:

— Reitora Penhallow, quero ser colocado no grupo dos mundanos.
— Quê? — exclamou Scarsbury. — A escória?
A reitora derrubou a colher na sopa ruidosamente.
— O curso para mundanos, senhor Scarsbury, por favor! Não se refira aos nossos alunos desta maneira. Fico feliz que tenha me procurado para tratar disso, Simon — disse ela após um instante de hesitação. — Entendo que possa estar enfrentando dificuldades com o curso, dada sua natureza mundana, mas...
— Não é uma questão de dificuldade — disse Simon. — É que prefiro não me associar às famílias da elite dos Caçadores de Sombras. Não são meu tipo de gente.
A voz ecoou contra o teto de pedra. Muitos alunos olhavam para ele. Um deles era a pequena Marisol, que o encarava com uma expressão pensativa e espantada. Ninguém disse nada. Só ficaram olhando.
— Beleza, eu já disse tudo que tinha para dizer, agora estou meio constrangido, por isso já vou indo — declarou Simon, e saiu correndo.
Quase deu um encontrão em Catarina Loss, que estava assistindo da entrada.
— Desculpe — murmurou ele.
— Não peça desculpas — disse Catarina. — Aliás, vou com você. Ajudo com as malas.
— O quê? — perguntou Simon, correndo atrás dela. — Eu realmente tenho que me mudar?
— Tem, eles colocam a escória no nível subterrâneo — respondeu Catarina.
— Eles colocam crianças na masmorra e até hoje ninguém observou que este é um sistema nojento?
— É? — perguntou Catarina. — Conte-me mais sobre os Caçadores de Sombras e suas tendências à injustiça. Vou achar fascinante e surpreendente. O pretexto deles é que os níveis inferiores são mais fáceis de ser defendidos, em prol dos alunos que não lutam tão bem quanto os colegas.
Ela marchou para o quarto de Simon e procurou pelas coisas dele.
— Na verdade, nem desfiz a mala direito — explicou Simon. — Estava com medo do gambá no armário.
— Do quê?
— Eu e George também achamos muito misterioso — contou ele animadamente, pegando a mala e colocando as poucas coisas que tinha largado espalhadas. E ele não ia querer se esquecer do uniforme feminino.

— Bem — falou Catarina. — Esqueça os gambás. O que estou tentando dizer é... acho que me enganei quanto a você, Simon.

Ele piscou.

— Hein?

Catarina sorriu para ele. Era chocante, como um pôr do sol azul.

— Eu não estava nem um pouco ansiosa para dar aula aqui. Caçadores de Sombras e seres do Submundo não se dão bem, e eu tento me manter longe dos Nephilim, mais até do que da maioria dos da minha espécie. Mas tive um grande amigo chamado Ragnor Fell, que morava em Idris e deu aula na Academia durante décadas antes de seu fechamento. Ele nunca morreu de amores pelos Caçadores de Sombras, mas gostava deste lugar. Eu... o perdi recentemente, e sabia que este local não poderia operar sem professores. Queria fazer algo em homenagem a ele, apesar de odiar a ideia de ensinar a um bando de pirralhos Nephilim arrogantes. Mas eu amava meu amigo mais do que odeio os Caçadores de Sombras.

Simon assentiu. Pensou em sua lembrança de Jordan, pensou em como doía ao menos olhar para Isabelle e Clary. Sem as lembranças, eles estariam perdidos. E ninguém quer que uma pessoa amada se perca.

— Então eu talvez tenha sido um tanto azeda em relação a vir para cá — confessou Catarina. — Talvez tenha sido azeda em relação a você porque, até onde sei, você não tinha um grande apreço por ser vampiro. E agora está curado, que milagre, e os Caçadores de Sombras logo querem trazê-lo para o bando. Você realmente pode ser um deles, como sempre quis. Você apagou a mácula que é ser um de nós.

— Eu não... — disse Simon, e engoliu em seco. — Não consigo me lembrar de tudo. Então às vezes é como se eu estivesse defendendo as atitudes de outras pessoas.

— Deve ser frustrante.

Simon riu.

— Você não faz ideia. Eu não... eu não queria ser vampiro, acho que não. Não gostaria de voltar a ser um. Ficar preso aos dezesseis anos enquanto todos os meus amigos e minha família cresciam sem mim; ter o impulso de... de machucar pessoas? Eu não queria nada disso. Mas... olha, eu não me lembro de muita coisa, mas me lembro do suficiente. Lembro que eu era uma pessoa, assim como sou agora. Virar um Caçador de Sombras não vai mudar isso, se um dia eu me tornar Caçador de Sombras. Esqueci muitas coisas. Não vou me esquecer disso.

Ele firmou a bolsa no ombro, e assinalou para que Catarina o guiasse até seu novo quarto. Ela o fez, descendo os degraus de pedra que Simon supôs levarem ao porão. Ele não tinha imaginado que mantinham crianças no porão.

A escadaria era escura. Simon colocou a mão na parede para se equilibrar, e em seguida a puxou de volta.

— Ai, que nojo!

— Sim a maioria das superfícies subterrâneas é coberta por gosma preta — disse Catarina, em tom casual. — Cuidado.

— Obrigado. E obrigado pelo alerta.

— De nada — respondeu Catarina, com um tom de riso na voz. Pela primeira vez ocorria a Simon que Catarina talvez fosse legal. — Você falou... se algum dia se tornar Caçador de Sombras. Está pensando em ir embora?

— Agora que toquei nessa gosma, estou — resmungou Simon. — Não. Não sei o que quero, só sei que ainda não quero desistir.

Ele quase repensou quando Catarina o levou até o quarto. Era muito mais escuro do que o anterior, muito embora tivesse a mesma disposição no terreno. As cabeceiras de madeira das duas camas pareciam decadentes, e nos cantos do cômodo a gosma preta estava quase viscosa, transformando-se em pequenas cachoeiras pretas.

— Não me lembro tão bem assim do inferno — observou Simon. — Mas acho que me recordo de ser mais apresentável do que isto.

Catarina gargalhou, em seguida chocou Simon ao se inclinar e lhe dar um beijo na bochecha.

— Boa sorte, Diurno — disse ela a ele, rindo de sua expressão. — E aconteça o que acontecer, não use os banheiros deste andar. De nenhum andar, mas principalmente deste!

Simon não pediu explicações, pois estava apavorado. Sentou-se na nova cama, em seguida se levantou apressadamente por causa do rangido demorado e da nuvem de poeira que se ergueu. Bem, pelo menos ele não precisava dividir o quarto com ninguém — era o rei deste domínio claustrofóbico, gosmento e empoeirado. Concentrou-se em desfazer as malas. O armário deste quarto estava limpo e vazio, o que representava uma melhora significativa. Talvez Simon fosse morar no armário com suas camisetas engraçadas.

Já tinha desfeito as malas há muito tempo quando George entrou, arrastando a dele, e carregando a raquete quebrada no ombro, tal como uma espada.

— E aí, cara.

— E aí — respondeu Simon cautelosamente. — Hum, o que... o que você está fazendo aqui?

George largou a mala e a raquete no chão gosmento, e se jogou sobre a cama. Espreguiçou-se, ignorando o rangido sinistro.

— O negócio é o seguinte, os cursos avançados são muito difíceis — disse George quando Simon começou a sorrir. — E talvez você já tenha ouvido: os Lovelace são desertores.

* * *

Simon ficou mais aliviado ainda por ter George no dia seguinte, assim eles puderam sentar juntos, em vez de ter que dividir uma mesa com mundanos de treze anos de idade, que os olhavam de soslaio quando não estavam sussurrando sobre seus telefones.

O dia se alegrou ainda mais quando Beatriz também veio para a nova mesa.

— Não vou abrir mão do curso avançado para ir atrás de você igual à Cachinhos Dourados aqui — anunciou Beatriz —, mas podemos continuar amigos, certo?

Ela puxou o cabelo de George afetuosamente.

— Cuidado — disse George com a voz cansada e despretensiosa. — Não consegui dormir em nosso quartinho pequeno e gosmento. Existe, acredito, uma criatura morando em nossa parede. Eu ouvi. Andando. Devo confessar, talvez não tenha sido uma decisão inteligente acompanhar Simon. É possível que eu não seja tão inteligente assim. É possível que eu só seja bonito.

— Na verdade... apesar de eu não estar disposta a acompanhá-lo nas aulas chatas e para o eterno desrespeito dos meus amigos... achei muito legal o que você fez, Simon — disse Beatriz.

Ela sorriu, os dentes brilhando, brancos em contraste com a pele marrom, e o sorriso era caloroso e transmitia admiração — basicamente a coisa mais gentil que Simon vira durante todo o dia.

— Tem razão, nossos princípios são idôneos, muito embora nossas paredes estejam infestadas. E ainda teremos algumas aulas interessantes, Si... — disse George. — Além disso, não se preocupe, ainda seremos enviados em missões para combater demônios e rebeldes do Submundo.

Simon se engasgou com a sopa.

— Eu não estava preocupado com isso. Algum de nossos professores está minimamente preocupado com o fato de que enviar pessoas sem superpoderes para combater demônios pode ser um pouco, sem querer ser muito específico, fatal?

— É preciso passar por testes de coragem antes de encarar a Ascensão — disse Beatriz. — É melhor que desistam por medo, ou até mesmo porque tiveram a perna devorada por um demônio, a deixar que tentem Ascender sem condições para isso e morram tentando.

— Ah, que coisa bacana, alegre e normal de se dizer — ironizou Simon. — Caçadores de Sombras são ótimos em falar coisas normais.

— Bem, eu estou ansioso pelas missões — disse George. — E amanhã um Caçador de Sombras vem fazer uma palestra sobre armas menos utilizadas. Espero que haja uma demonstração prática.

— Não em sala de aula — completou Beatriz. — Pense no que uma flecha pesada pode fazer com as paredes.

Este foi todo o aviso que Simon recebeu antes de seguir alegremente para a aula no dia seguinte, com George em seu encalço, e encontrou a reitora Penhallow já presente, falando com um nervosismo alegre. A sala estava bem cheia, tanto de alunos do currículo normal, quanto mundanos.

— ... apesar da pouca idade, uma Caçadora de Sombras de especialidade notável e renomada com armas menos utilizadas, tais como o chicote. Seja bem-vinda à Academia dos Caçadores de Sombras, nossa primeira palestrante convidada: Isabelle Lightwood!

Isabelle virou-se, cabelos lisos e escuros caindo sobre os ombros e a saia preta esvoaçando ao redor das pernas leitosas. Ela usava um batom roxo cintilante, tão escuro que parecia quase preto. Os olhos pareciam pretos, porém mais um fragmento de lembrança alfinetou Simon, obviamente no pior momento possível: lembrou-se das cores dos olhos de Isabelle de perto, um castanho bem escuro, como veludo marrom, tão próximos de preto que quase não fazia diferença, no entanto com anéis mais claros de cor...

Ele cambaleou até a mesa e sentou ruidosamente.

Quando a reitora se retirou, Isabelle virou-se e olhou para a turma com total desprezo.

— Não estou aqui para instruir nenhum de vocês, idiotas — disse ela a eles, atravessando as fileiras de carteiras. — Se querem usar um chicote, treinem com um, e se perderem uma orelha, não fiquem chorando feito bebês.

Muitos dos meninos assentiram, como se estivessem hipnotizados. Quase todos os meninos olhavam para Isabelle como se fossem cobras desejando ser encantadas. Algumas meninas olhavam do mesmo jeito para ela.

— Estou aqui — anunciou Isabelle, concluindo a travessia do perímetro e virando-se para encará-los com olhos penetrantes —, para determinar meu relacionamento.

Simon arregalou os olhos. Ela não podia estar falando dele. Podia?

— Estão vendo este homem? — perguntou Isabelle, apontando para Simon. Aparentemente ela estava *mesmo* falando dele. — Este é Simon Lewis, e ele é *meu namorado*. Então, se algum de vocês pensar em machucá-lo porque ele é mundano, ou, que o Anjo tenha piedade das almas de vocês, pensar em dar em cima dele, eu vou atrás, e acabo com a raça de quem desobedecer.

— Nós somos só amigos — disse George apressadamente.

Beatriz afastou a mesa da de Simon.

Isabelle abaixou a mão. O rubor da exaltação também estava abandonando o rosto dela, como se ela tivesse vindo para falar o que tinha acabado de dizer, e agora que havia gastado sua adrenalina estivesse de fato processando suas palavras.

— Agora vou me retirar — anunciou Isabelle. — Obrigada pela atenção. Estão dispensados.

Ela deu meia-volta e saiu da sala.

— Tenho que... — começou Simon, levantando sobre pernas que não pareciam muito firmes. — Tenho que ir.

— Sim, tem — respondeu George.

Simon passou pela porta e correu pelos corredores de pedra da Academia. Ele sabia que Isabelle era veloz, então acelerou, mais rápido do que jamais havia corrido nos campos de treinamento, e a alcançou no salão. Ela parou sob a luz fraca do vitral quando ele a chamou:

— Isabelle!

Ela ficou à espera. Lábios entreabertos e brilhantes, como ameixas sob uma geleira, prontos para serem provados. Simon conseguia se visualizar correndo para ela, tomando-a nos braços, e beijando-a na boca, sabendo o quão difícil tinha sido para ela fazer aquilo — sua Isabelle, brilhante e corajosa —, e sendo arrastado por um turbilhão de amor e alegria; mas ele via a cena como se através de um vitral, como se estivesse olhando para outra dimensão, uma que conseguia enxergar, mas não exatamente tocar.

Simon sentiu uma pontada quente de dor por todo o corpo, não só no peito, como se tivesse sido atingido por um raio. Mas precisava dizer.

— Não sou seu namorado, Isabelle — falou.

Ela empalideceu. Simon ficou horrorizado pela forma como as palavras saíram.

— Quero dizer, não posso ser seu namorado, Isabelle — disse. — Não sou ele, o cara que era seu namorado. O cara que você quer.

Quase falou: *queria poder ser*. Queria mesmo. Foi por isso ele teve que vir para a Academia, para aprender a ser esse cara que todos queriam de volta. Ele queria ser assim, um herói incrível, como num jogo ou um filme. Teve tanta certeza, no início, de que era isso que queria.

Exceto que desejar ser o cara de antes significava esquecer quem ele era agora: o cara normal e feliz que tinha uma banda, e que podia continuar amando a própria mãe, que não acordava no pior momento da noite para chorar pelos amigos mortos.

E ele não sabia se podia ser esse cara que ela queria, desejando ou não.

— Você se lembra de tudo, e eu... eu não me lembro do suficiente — prosseguiu Simon. — Eu te machuco sem intenção, e pensei que eu poderia vir para a Academia e voltar melhor, mas as coisas não estão melhorando. O cenário todo mudou. Meu nível de habilidade caiu muito, e o grau de dificuldade subiu ao impossível...

— Simon — interrompeu Isabelle —, você está falando como um nerd.

Ela disse quase carinhosamente, mas acabou perturbando Simon mais ainda.

— E também não sei como ser o vampiro sexy e delicado para você!

A boca perfeita de Isabelle sorriu, como uma meia-lua escura em seu rosto pálido.

— Você nunca foi delicado, Simon.

— Ah — disse ele. — Ah, graças a Deus. Sei que você teve muitos namorados. Lembro de alguém do Povo das Fadas e — mais um lampejo de memória, desta vez o mais indesejado — um... Lorde Montgomery? Você namorou um membro da nobreza? Como vou competir com isso?

Isabelle ainda parecia afeiçoada, mas agora o carinho estava diluído em uma boa dose de impaciência.

— Você é o Lorde Montgomery, Simon!

— Não entendo — disse ele. — Quando você vira vampiro, também ganha um título?

Talvez fizesse sentido. Vampiros eram aristocráticos.

Isabelle ergueu os dedos para tocar o cenho. Um gesto que pareceu de esgotamento desdenhoso, como se Isabelle estivesse cansada disso tudo, mas Simon viu que ela estava com os olhos fechados, como se não conseguisse olhar para ele enquanto falava.

— Era só uma brincadeira entre a gente, Simon.

Simon estava farto daquilo tudo: de conhecer partes dela tão bem, e não saber nada sobre outras partes, farto de saber que não era o que ela queria.

— Não — respondeu. — Era uma brincadeira entre ele e você.

— Você é ele, Simon!

— Não sou — Simon disse a ela. — Eu não... não sei ser, é isso que tenho percebido nesses últimos tempos. Achei que pudesse aprender a ser ele, mas desde que cheguei à Academia, aprendi que não posso. Não posso viver o que já vivemos tudo de novo. Nunca vou ser o cara que fez aquilo tudo. Vou fazer coisas diferentes. Vou ser um cara diferente.

— Depois que Ascender, você vai recuperar todas as lembranças! — gritou Isabelle com ele.

— Se eu Ascender, vai ser daqui a dois anos. Não vou ser o mesmo cara daqui a dois anos, mesmo que eu recupere a memória, porque terei muitas outras lembranças. Você não vai ser a mesma garota. Sei que você acreditou em mim, Isabelle, sei que acreditou porque você... você gostava dele. Isso significa mais do que posso te dizer. Mas Isabelle, Isabelle, não é justo que eu tire proveito disso. Não é justo deixar você esperando por ele quando ele não vai voltar.

Isabelle estava com os braços cruzados, os dedos cerrados no veludo roxo da jaqueta, como se oferecesse consolo a si mesma.

— Nada disso é justo. Não é justo que parte da sua vida seja tirada de você. Não é justo que você tenha sido tirado de mim. Estou tão furiosa, Simon.

Simon deu um passo em direção a ela e pegou uma de suas mãos, soltando seus dedos do casaco. Ele não a abraçou, mas se manteve um pouco distante, de mãos dadas. A boca trêmula de Isabelle brilhava, assim como os cílios. Ele não sabia se isso era a Isabelle indomada chorando, ou se era maquiagem cintilante. Tudo que sabia era que ela brilhava, como uma constelação em forma de menina.

— Isabelle — disse ele. — Isabelle.

Ela era tão ela, e ele não fazia ideia de quem era.

— Sabe por que você está aqui? — perguntou ela.

Simon só ficou olhando para ela. A pergunta podia ter tantos significados, e tantas formas de se responder.

— Estou falando da Academia — disse ela. — Você sabe por que quer ser um Caçador de Sombras?

Ele hesitou.

— Eu queria ser aquele cara outra vez — respondeu. — Esse herói de quem vocês se lembram... e esta aqui parece ser uma escola de treinamento para heróis.

— Não é — respondeu ela secamente. — É uma escola de treinamento para Caçadores de Sombras. E sim, eu acho muito legal, e sim, proteger o mundo é muito heroico. Mas existem Caçadores de Sombras covardes, Caçadores de Sombras malvados e Caçadores de Sombras perdidos. Se vai passar pela Academia, tem que descobrir por que quer ser um *Caçador de Sombras* e o que isso significa para você, Simon. Não só porque quer ser especial.

Ele fez uma careta, mas era verdade.

— Tem razão. Eu não sei. Sei que quero estar aqui. Sei que preciso estar aqui. Acredite, se você visse os banheiros, saberia que não é uma decisão fácil.

Ela lançou um olhar desanimado para ele.

— Mas eu não sei o motivo. Ainda não me conheço o suficiente. Eu sei o que lhe disse, no início, e sei o que você queria. Que eu pudesse voltar a ser quem eu era. Eu errei feio, e lamento muito.

— *Lamenta muito?* — rebateu Isabelle. — Você sabe o que significa para mim vir até aqui e fazer papel de boba na frente de toda essa gente? Você sabe... claro que não sabe. Não quer que eu acredite em você? Não quer que eu o escolha?

Isabelle afastou as mãos das dele, virou a cara do mesmo jeito que fez no jardim do Instituto, seu lar. Desta vez, Simon sabia que era totalmente culpa dele.

Ela já estava saindo quando disse:

— Faça como quiser, Simon Lewis. Eu não farei.

Simon ficou tão deprimido depois que Isabelle saiu — depois que ele a afastou —, que achou que nunca mais fosse sair da cama. Ficou deitado ali, ouvindo George falar e esfregar as paredes. Ele tinha limpado uma quantidade impressionante do lodo.

Simon foi para o lugar onde achava que ninguém iria encontrá-lo. Sentou no banheiro. As pedras estavam rachadas ali; havia algo escuro num dos vasos. Simon torceu para que fosse apenas sopa descartada por alguém.

Ele teve meia hora de sossego no banheiro, sozinho com aquelas privadas horrorosas, até George aparecer à porta.

— Ei, cara — cumprimentou George. — Não use estes banheiros. Não tenho como ser mais enfático em relação a isso.

— Não vou usar o banheiro — respondeu Simon sombriamente. — Estou péssimo, mas não sou idiota. Eu só queria ficar sozinho e me jogar em pensamentos depressivos. Quer saber um segredo?

George ficou em silêncio por um instante.

— Se quiser me contar. Não, não precisa. Todos temos segredos.

— Eu afastei a garota mais incrível que já conheci porque sou babaca demais para conseguir ser eu mesmo. Este é meu segredo: quero ser um herói, mas não sou. Todo mundo acha que sou um guerreiro incrível que invocou anjos e resgatou Caçadores de Sombras e salvou o mundo, mas é uma piada. Não consigo nem me lembrar do que fiz. Não consigo imaginar como fiz. Sou totalmente comum, nada especial, e ninguém vai ser enganado por tanto tempo. Nem sei o que estou fazendo aqui. E então. Você tem algum segredo capaz de superar este?

Ouviu-se um gorgolejo baixo numa das privadas. Simon nem olhou. Não estava interessado em investigar o ruído.

— Eu não sou Caçador de Sombras — disse George apressadamente.

Estar sentado no chão do banheiro não era a maneira ideal de ouvir confissões monumentais. Simon franziu o rosto.

— Você não é um Lovelace?

— Não, eu sou Lovelace. — A voz normalmente leve de George estava dura. — Mas não sou Caçador de Sombras. Sou adotado. Os Caçadores de Sombras que vieram me recrutar nem pensaram nisso, nas pessoas com sangue de Caçador de Sombras querendo crianças mundanas e lhes dando nomes Nephilim, e pensando nelas como parte da família. Eu sempre planejei falar a verdade, mas concluí que seria mais fácil quando chegasse aqui, daria menos trabalho decidir me deixar ficar do que resolver se queriam me trazer ou não. E aí eu conheci as pessoas, comecei o curso e concluí que daria conta de acompanhá-los facilmente. Vi o que pensam sobre mundanos. Decidi que não faria mal algum manter o segredo e ficar na turma da elite, e ser como os outros, só por um tempinho.

George enfiou as mãos nos bolsos e olhou fixamente para o chão.

— Mas aí eu conheci você, e você não tinha poderes especiais, e já tinha feito mais do que todo mundo somado. Você faz coisas agora, tipo ir para a turma de mundanos sem precisar, e isso me deu a coragem de ser homem e contar para a reitora que sou mundano, e me transferir também. Você fez isso. O você de agora, certo? Então pare de falar que é um fracassado, porque eu não seguiria um fracassado até um quartinho mofado, ou até um banheiro mofado, e eu fui atrás de você em ambos. — George fez uma pausa e falou agressivamente: — E eu adoraria mudar a frase final, porque soou péssima, mas não sei como fazer isso.

— Vou aceitar a intenção — disse Simon. — E... estou muito feliz que tenha me contado. Desde o começo o que eu queria era um colega de quarto mundano legal.

— Quer saber outro segredo? — perguntou George.

Simon ficou ligeiramente apavorado por receber mais uma confissão, e preocupado com a possibilidade de George ser um agente secreto, mas assentiu ainda assim.

— Todo mundo nesta Academia, Caçadores de Sombras e mundanos, pessoas com Visão e pessoas sem, todos querem ser heróis. Todos torcemos por isso, e buscamos isso, e em breve sangraremos por isso. Você é igual a todos nós, Si. Exceto por uma diferença: todos queremos ser heróis, mas você sabe que pode ser um. Você sabe que em outra vida, num universo alternativo, como queira chamar, você foi um herói. Pode ser outra vez. Talvez não o mesmo herói, mas está na sua natureza fazer escolhas certas e grandes sacrifícios. É muita pressão. Mas pode ter muito mais esperança do que qualquer um de nós. Pense dessa forma, Simon Lewis; eu te acho bem sortudo.

Simon não tinha pensado por este prisma. Ele só ficava pensando que um interruptor ia ser virado, e aí ele voltaria a ser especial. Mas Isabelle tinha razão: não era simplesmente uma questão de ser especial. Simon lembrou-se de ver a Academia pela primeira vez, o quão suntuosa e impressionante parecia de longe, e como parecia diferente de perto. Estava começando a achar que o processo de se tornar Caçador de Sombras era a mesma coisa. Estava começando a acreditar que a coisa toda envolvia se cortar com uma espada, ter seu cavalo fugindo com ele em cima, tomar uma sopa horrorosa, limpar mofo da parede e descobrir lenta e desajeitadamente quem ele realmente queria ser desta vez.

George se apoiou na parede do banheiro, um movimento obviamente precipitado e perigoso, e sorriu para ele. Ao ver aquele sorriso, e ver

George se recusando a ficar sério por mais de um segundo, Simon lembrou-se de outra coisa sobre seu primeiro dia na Academia. Lembrou-se da esperança.

— Por falar em sorte, Isabelle Lightwood é uma gata. Na verdade, ela é melhor do que uma gata: é uma heroína. Ela veio até aqui para avisar para o mundo que você é dela. Está me dizendo que ela não reconhece um herói quando o vê? Você vai descobrir o que está fazendo aqui. Isabelle Lightwood acredita em você, e se isso vale de alguma coisa, eu também.

Simon encarou George.

— Vale muito — respondeu, afinal. — Obrigado por falar todas essas coisas.

— De nada. Agora, por favor, levante-se do chão — implorou George. — Está imundo.

Simon levantou. Saiu do banheiro, George na frente, e os dois quase deram um encontrão em Catarina Loss, que arrastava uma panela enorme sobre as pedras e fazia um barulho de raspagem.

— Senhorita Loss... — disse Simon. — Posso perguntar... o que está fazendo?

— A reitora Penhallow resolveu que não vai pedir suprimentos frescos até que toda esta sopa deliciosa tenha sido consumida. Então vou enterrar a sopa no bosque — anunciou Catarina Loss. — Pegue a outra alça.

— Hum. Tudo bem, é um bom plano — disse Simon, pegando a outra alça da panela e acompanhando Catarina. George os seguiu enquanto avançavam, equilibrando a panela entre eles sem muita firmeza. Enquanto atravessavam os corredores sujos e ecoantes da Academia, Simon acrescentou:

— Só tenho uma perguntinha sobre a floresta. E sobre ursos.

O Herondale Perdido

por Cassandra Clare e Robin Wasserman

Simon estava prestes a discutir, quando um chicote reluzente surgiu das sombras e envolveu o pescoço da garota. Arrancou-a do chão, e ela caiu violentamente, a cabeça batendo no piso de cimento.

O Herondale Perdido

Houve uma época, não muito tempo atrás, em que Simon Lewis estava convencido de que todos os professores de educação física na verdade eram demônios saídos de alguma dimensão do inferno que se nutriam da agonia de uma juventude destrambelhada.

Mal sabia ele que estava praticamente certo.

Não que a Academia dos Caçadores de Sombras tivesse aulas de educação física, não exatamente. E Delaney Scarsbury, o preparador físico, não era mais demoníaco que um Caçador de Sombras que provavelmente achava que decapitar alguns monstros infernais de várias cabeças consistia numa noite de sábado ideal — mas no que dizia respeito a Simon, isto era um mero detalhe técnico.

— Lewis! — berrou Scarsbury, assomando sobre Simon, que estava deitado no chão tentando se convencer a fazer mais uma flexão. — O que está esperando, um convite formal?

As pernas de Scarsbury eram tão grossas como troncos de árvores, e os bíceps não ficavam atrás, infelizmente. Essa, pelo menos, era uma diferença entre um Caçador de Sombras e os professores mundanos de educação física de Simon, que mal davam conta de levantar um pacotinho de batatas chips. Além disso, nenhum dos professores de Simon usava tapa-olho ou carregava uma espada esculpida com Marcas e abençoada por anjos.

Mas em todos os outros aspectos relevantes, Scarsbury era igualzinho.

— Todo mundo de olho no Lewis! — berrou ele ao restante da turma, quando Simon se alavancou numa posição de prancha um tanto trêmula, esforçando-se para não desabar de barriga na terra. De novo. — Pode ser que nosso herói aqui finalmente consiga acabar com seus pobres bracinhos de espaguete.

Felizmente, apenas uma pessoa riu. Simon reconheceu o riso de escárnio inconfundível de Jon Cartwright, filho mais velho de uma família notável de Caçadores de Sombras (conforme ele mesmo sempre era o primeiro a informar). Jon acreditava que tinha nascido para ser grandioso e parecia especialmente irritado porque Simon — um mundano infeliz — tinha conseguido chegar lá primeiro. Ainda que Simon não conseguisse mais se lembrar de tê-lo feito. Jon, é claro, foi quem começou a chamar Simon de "nosso herói". E tal como todos os preparadores físicos perversos antes dele, Scarsbury se mostrou feliz demais por seguir a liderança do garoto popular.

A Academia dos Caçadores de Sombras tinha duas vertentes, uma para os jovens Caçadores de Sombras que tinham crescido neste universo e cuja linhagem os destinava a lutar contra demônios, e uma para os mundanos ignorantes, carentes de destino genético, os quais se esforçavam para acompanhar os primeiros. Os dois grupos passavam a maior parte do dia em turmas separadas, os mundanos estudando artes marciais rudimentares e decorando os pontos mais delicados da Lei Nephilim; os Caçadores de Sombras focando em habilidades mais avançadas: lançamento de *shurikens* e estudos de mitos do Submundo, e também marcando-se com Marcas de uma superioridade detestável e sabe-se lá mais o quê. (Simon ainda tinha esperanças de que em algum lugar no *Códex dos Caçadores de Sombras* estaria o segredo do beliscão Vulcano do nervo. Afinal, como seus instrutores continuavam a lembrá-los: todas as histórias são verdadeiras.) E as duas vertentes iniciavam o dia juntas: todos os alunos, independentemente do nível de experiência, eram aguardados no campo de treinamento ao nascer do sol para uma hora extenuante de exercícios. *Divididos ficamos*, pensou Simon, seus bíceps teimosos se recusando a flexionar. *Unidos nos exercitamos*.

Quando ele contou à mãe que queria ir para a escola militar para que pudesse ficar mais durão, ela reagiu lhe dando um olhar esquisito. (Não tão esquisito quanto se ele tivesse dito que queria ir para a escola de combate a demônios para poder beber do Cálice Mortal, Ascender aos escalões dos Caçadores de Sombras e talvez recuperar as lembranças que lhe haviam sido roubadas numa dimensão do inferno não muito longe dali, mas foi quase isso.) O olhar dela dizia: *Meu filho, Simon Lewis, quer se alistar numa vida na qual é preciso fazer cem flexões antes do café da manhã?*

Ele sacou isso porque era capaz de decifrá-la muito bem — mas também porque uma vez que recuperou a capacidade de falar, ela disse: "Meu filho, Simon Lewis, quer se alistar para uma vida na qual é preciso fazer cem flexões antes do café da manhã?" Aí ela perguntou, me provocando, se ele estava possuído por alguma criatura maligna, e ele fingiu rir, tentando ao menos uma vez ignorar os tentáculos das lembranças daquela outra vida, da sua vida *de verdade*. Aquela na qual ele tinha sido transformado em vampiro e sua mãe o chamara de monstro e o expulsara de casa, protegendo-se detrás de uma barricada. Às vezes, Simon achava que seria capaz de fazer qualquer coisa para recuperar as lembranças que lhe tinham sido tomadas — mas havia momentos em que ele se perguntava se algumas coisas deveriam ficar esquecidas.

Scarsbury, mais exigente do que qualquer sargento, fazia seus jovens alunos executarem *duzentas* flexões todas as manhãs... mas pelo menos ele permitia que todos tomassem o café da manhã antes.

Depois das flexões, vinham as corridas em volta da pista. Depois da corrida, vinham os agachamentos. Depois dos agachamentos...

— Depois de você, herói — zombou Jon, oferecendo a Simon a primeira tentativa na parede de escalada. — Talvez se a gente te der uma vantagem, pode ser que não precisemos esperar tanto tempo para você nos alcançar.

Simon estava exausto demais para dar uma resposta sarcástica. E definitivamente exausto demais para encarar uma parede de escalada, um apoio de pé impossivelmente distante do outro. Ele subiu uns poucos metros, pelo menos, aí fez uma pausa para dar um descanso aos seus músculos rangentes. Um a um, os outros alunos foram ultrapassando-o, nenhum deles parecendo nem um bocadinho sem fôlego.

— Seja um herói, Simon — murmurou ele amargamente para si, lembrando-se da vida que Magnus Bane havia pendurado diante dele em seu primeiro encontro; ou pelo menos o primeiro do qual Simon conseguia se lembrar. — Aventure-se, Simon. Que tal, transforme sua vida numa longa e agonizante aula de educação física, Simon.

— Cara, você está falando sozinho de novo. — George Lovelace, colega de quarto e único amigo verdadeiro de Simon na Academia, içou-se ao lado dele. — Está desequilibrando?

— Estou falando sozinho e não com homenzinhos verdes — elucidou Simon. — Da última vez que verifiquei, eu ainda estava são.

— Não, estou falando do — George acenou para Simon com dedos suados, os quais estavam brancos com o esforço de sustentar seu peso — seu equilíbrio no paredão.

— Ah. Sim. Está ótimo — disse Simon. — Só estou dando vantagem a vocês. Concluí que em condições de batalha são sempre os de camisa vermelha que vão na frente, sabe?

George franziu o cenho.

— Vermelha? Mas nossos uniformes são pretos.

— Não, *camisas vermelhas*. Personagens secundários que são os primeiros a morrer. *Star Trek*? Nada soa familiar... — Simon suspirou ao ver a expressão neutra de George.

George tinha crescido numa zona rural isolada na Escócia, mas não era como se tivesse vivido sem internet ou TV a cabo. O problema, até onde Simon sabia, era que os Lovelace só assistiam a futebol e usavam o Wi-Fi quase exclusivamente para monitoramento de notícias sobre o time Dundee United, e ocasionalmente para comprar comida de ovelhas no atacado.

— Esqueça. Estou bem. A gente se vê lá em cima.

George deu de ombros e voltou a escalar. Simon observava o colega de quarto — um rapaz musculoso e bronzeado com jeitão de modelo — escalar sem qualquer esforço, como se fosse o Homem-Aranha. Era ridículo: George nem mesmo era Caçador de Sombras, não de sangue. Tinha sido adotado por uma família de Caçadores de Sombras, o que o tornava tão mundano quanto Simon. Exceto que, como a maioria dos mundanos — e muito *diferente* de Simon —, ele era um espécime quase perfeito. Repulsivamente atlético, coordenado, forte e veloz, e o mais próximo possível que poderia ser de um Caçador de Sombras desprovido de sangue dos anjos correndo pelas veias. Em outras palavras: um atleta.

A vida na Academia dos Caçadores de Sombras era carente de muitas coisas sem as quais Simon um dia achara que não poderia sobreviver: computadores, música, quadrinhos, encanamento. Ao longo dos últimos meses, ele tinha se acostumado a viver sem tudo isso, mas ainda havia uma carência terrível que ele não conseguia superar.

A Academia não tinha nerds.

A mãe de Simon um dia lhe contou que o que ela mais gostava no fato de ser judia era poder entrar numa sinagoga em qualquer local do mundo e sentir-se em casa. Índia, Brasil, Nova Zelândia, e até Marte — se você pudesse confiar no *Shalom, Astronauta!*, o quadrinho artesanal que tinha sido o ponto alto da aula de hebraico de Simon no terceiro ano. Judeus de todos os lugares rezavam na mesma língua, entoavam as mesmas melodias, as mesmas palavras. A mãe de Simon (que, vale dizer, nunca tinha saído do estado, quanto mais do país) dissera ao filho que enquanto ele conseguisse encontrar pessoas que falassem a língua da sua alma, ele nunca estaria sozinho.

E ela estava cheia de razão. Enquanto Simon encontrasse pessoas que falavam sua língua — a língua de *Dungeons & Dragons* e *World of Warcraft*, a língua de *Star Trek* e mangás e roqueiros indies que tocavam músicas como *Han Shot First* e *What the Frak* — ele se sentiria entre amigos.

Já estes Caçadores de Sombras em treinamento? A maioria deles provavelmente achava que mangá era uma espécie de pé de atleta demoníaco. Simon está fazendo o possível para catequizá-los sobre as coisas boas da vida, mas caras como George Lovelace tinham tanta aptidão para dados de doze lados quanto Simon tinha para... bem, qualquer atividade mais fisicamente complexa do que andar e mascar chiclete ao mesmo tempo.

Conforme Jon previra, Simon foi o último que restou na parede de escalada. Enquanto os outros já tinham subido, tocado o sininho no topo e descido novamente, ele só tinha subido a dez metros do chão. Na última vez em que isso aconteceu, Scarsbury, que possuía um gosto impressionante por sadismo, fez a turma inteira sentar e assistir enquanto Simon sofria para chegar ao topo. Desta vez, o treinador caridosamente interrompeu a sessão.

— Já chega! — gritou Scarsbury, batendo palmas uma vez. Simon ficou imaginando se existia algo como um apito com Marcas. Talvez ele pudesse conseguir um para dar de presente de Natal para Scarsbury. — Lewis, encerre nossa aflição e desça daí. O restante de vocês, sigam para a sala de armas, peguem uma espada e formem duplas para esgrima. — Sua garra de ferro se fechou sobre o ombro de Simon. — Não tão depressa, herói. Você fica.

Simon ficou imaginando se seria este o fim, o momento em que seu passado glorioso finalmente era superado pelo seu presente insignificante, e se ele estava prestes a ser expulso da escola. Mas então Scarsbury chamou diversos nomes — dentre os quais Lovelace, Cartwright, Beauvale, Mendoza —, a maioria Caçadores de Sombras, todos eles os melhores alunos da turma, e Simon se permitiu relaxar, só um pouquinho. O que quer que Scarsbury tivesse para falar, não podia ser tão ruim assim, não se ele também ia dizer para Jon Cartwright, medalhista olímpico em puxa-saquismo.

— Sentem-se — rugiu Scarsbury.

Eles obedeceram.

— Vocês estão aqui porque são os vinte alunos mais promissores da turma — disse Scarsbury, pausando para permitir que assimilassem o elogio.

A maioria dos alunos se alegrou. Simon quis desaparecer. Estava mais para dezenove alunos promissores e um que continuava vivendo de glórias passadas. Sentiu-se com oito anos de idade outra vez, ouvindo sua mãe enchendo o saco da equipe mirim de beisebol para que o deixassem rebater uma vez.

— Temos um ser do Submundo que transgrediu a Lei e precisa ser punido — continuou Scarsbury —, e os poderosos do momento concluíram que é a oportunidade perfeita para que vocês, meninos, se tornem homens.

Marisol Rojas Garza, uma mundana magrela de treze anos de idade que carregava uma expressão permanente de *Eu vou acabar com você*, pigarreou ruidosamente.

— Hum... homens e mulheres — destacou Scarsbury, sem parecer muito contente com isso.

Um burburinho se espalhou pelos alunos, uma mistura de empolgação e alerta. Nenhum deles esperava uma missão de verdade assim tão rápido. Atrás de Simon, Jon simulou um bocejo.

— Chato. Posso matar um rebelde do Submundo enquanto durmo.

Simon, que *de fato* havia matado rebeldes do Submundo enquanto dormia, além de demônios assustadores cheios de tentáculos e Caçadores de Sombras Crepusculares e outros monstros sedentos de sangue que invadiam seus pesadelos, não estava em clima de bocejo. A vontade era mais de vomitar.

George levantou a mão.

— Hum, senhor, alguns de nós aqui ainda são... — Engoliu em seco, e, não pela primeira vez, Simon se flagrou imaginando se ele se arrependia de ter confessado a verdade sobre si; a Academia era um ambiente mais fácil quando você fazia parte da turma de elite de Caçadores de Sombras, e não apenas por a elite não ter que dormir na masmorra — ...mundanos.

— Eu notei, Lovelace — disse Scarsbury secamente. — Imagine minha surpresa quando descobri que alguns de vocês da escória vale alguma coisa.

— Não, quero dizer... — George hesitou, muito mais facilmente intimidado do que qualquer deus do sexo escocês de um 1,95m (uma descrição de Beatriz Velez Mendoza, segundo sua melhor amiga fofoqueira) tinha o direito de ser. Finalmente, ele aprumou os ombros e avançou. — Quero dizer que nós somos *mundanos*. Não podemos ser Marcados, não podemos utilizar lâminas serafim, pedras de luz enfeitiçada, nem nada disso, não temos, tipo, supervelocidade ou reflexos angelicais. Ir atrás de um ser do Submundo quando só tivemos alguns meses de treinamento... não é perigoso?

Uma veia no pescoço de Scarsbury começou a pulsar violentamente, e seu olho bom arregalou tanto que Simon temeu que pudesse explodir (o que, pensou, finalmente poderia explicar o misterioso tapa-olho).

— Perigoso? *Perigoso?* — gritou. — Mais alguém aqui tem medo de um pouquinho de *perigo?*

Se tinham, tinham ainda mais medo de Scarsbury, então ficaram quietos. Ele permitiu que o silêncio imperasse, denso e furioso, durante um agonizante minuto inteiro. Em seguida, franziu o rosto para George.

— Se você tem medo de situações perigosas, garoto, está no lugar errado. Quanto ao restante de vocês da escória, é melhor que descubram logo se vocês têm o que é necessário. Caso contrário, beber do Cálice Mortal irá matá-los, e acreditem, mundanos, serem sugados até a morte por um chupa-sangue seria um jeito mais suave de morrer. — Fixou o olhar em Simon, talvez por Simon um dia já *ter sido* um chupa-sangue, ou talvez porque agora ele parecia o mais propício a ser sugado por um.

Ocorreu a Simon que Scarsbury poderia estar torcendo por isso — que ele poderia ter escolhido Simon para esta missão na esperança de se livrar do aluno mais problemático. Se bem que nenhum Caçador de Sombras, nem mesmo um Caçador de Sombras que ensinava Educação Física, iria tão baixo assim, certo?

Alguma coisa em Simon, algum fantasma de lembrança, o alertou para não ficar tão seguro disso.

— Está entendido? — quis saber Scarsbury. — Alguém aqui quer correr para o colinho da mamãe ou do papai gritando "por favor me salvem do vampiro grande e malvado"?

Silêncio mortal.

— Ótimo — disse Scarsbury. — Vocês têm dois dias para treinar. Depois concentrem-se no quão impressionados todos os seus amiguinhos ficarão quando vocês voltarem. — Ele riu. — Se voltarem.

A sala dos estudantes era escura e mofada, iluminada por uma luz de velas bruxuleante e observada pelas caras sérias dos Caçadores de Sombras do passado, os Herondale, os Lightwood, e até mesmo um ou outro Morgenstern espiando das molduras douradas pesadas nas paredes, seus triunfos sanguinários preservados em tinta a óleo desbotada. Mas oferecia muitas vantagens óbvias em relação ao quarto de Simon: não ficava na masmorra, não era manchada de gosma preta, não tinha um cheiro que poderia ser de meias mofadas, mas também poderia ser dos corpos de ex-alunos apodrecendo embaixo dos tacos de madeira do piso, não tinha o que parecia uma família numerosa e efusiva de ratos correndo atrás das paredes. Mas a vantagem notável de seu quarto, Simon lembrou naquela noite enquanto acampava num canto e jogava baralho com George, era a garantia de que Jon Cartwright e seus tietes Caçadores de Sombras jamais ousariam cruzar a entrada.

— Não tenho nenhum sete — disse George enquanto Jon, Beatriz e Julie entravam na sala dos alunos. — Tem que comprar do monte.

Quando Jon e as duas garotas se aproximaram, Simon de repente ficou *muito* interessado no jogo de cartas. Ou, pelo menos, fez o melhor que pôde. Num colégio interno normal, haveria uma televisão na sala, em vez de um quadro gigantesco de Jonathan Caçador de Sombras, cujos olhos brilhavam tão intensamente quanto sua espada. Haveria música vazando dos quartos e se misturando no corredor, algumas boas, algumas experimentais; haveria e-mails, mensagens de texto e pornografia na internet. Na Academia, as opções para depois da aula eram mais limitadas: havia estudo do *Códex*, ou dormir. Jogar baralho era o mais próximo que se podia chegar de uma jogatina, e Simon ficava um pouco nervoso quando passava muito tempo sem jogar. Ao que parecia, quando você passava o dia treinando para derrotar monstros do mundo real, as missões de *Dungeons & Dragons* perdiam um pouco do apelo — ao menos era o que diziam George e todos os outros alunos que Simon tentara convocar —, o que o deixava com as velhas opções quase esquecidas dos acampamentos de verão; paciência, tapão e mau mau. Simon conteve um bocejo.

Jon, Beatriz e Julie pararam ao lado deles, esperando alguma recepção. Simon torcia para que, caso ele se demorasse o suficiente, os outros simplesmente se retirassem. Beatriz não era tão ruim assim, pelo menos não quando estava sozinha. Mas Julie poderia ter sido talhada no gelo. Ela era dona de uma quantidade suspeitosamente baixa de defeitos físicos — o cabelo louro e sedoso de uma Barbie, a pele de porcelana de uma modelo de cosméticos, mais curvas do que as de qualquer modelo de biquíni dos pôsteres que cobriam a garagem de Eric — e tinha a expressão linha dura de alguém numa missão de busca e destruição por qualquer espécie de fraqueza. Como se não bastasse, ela ainda carregava uma espada.

Jon, é claro, era Jon.

Caçadores de Sombras não praticavam magia — este era um dos dogmas fundamentais de suas crenças —, sendo assim, era improvável que a Academia fosse ensinar a Simon um modo de fazer Jon Cartwright sumir para outra dimensão. Mas sonhar não era proibido.

Eles não se retiraram. Finalmente, George, geneticamente incapaz de ser grosso, abaixou as cartas.

— Podemos ajudar em alguma coisa? — perguntou George, uma lasca de gelo esfriando seu sotaque escocês. A afabilidade de Jon e Julie se fora quando descobriram a verdade sobre o sangue mundano de George, e muito embora George nunca tivesse dito nada a esse respeito, ele claramente não tinha perdoado, nem esquecido a atitude dos dois.

— Na verdade, sim — respondeu Julie. Ela meneou a cabeça para Simon. — Bem, *você* pode.

Descobrir sobre a missão iminente de matar um vampiro não exatamente alegrara o dia de Simon; ele não estava com paciência.

— O que vocês querem?

Julie olhou desconfortavelmente para Beatriz, que estava olhando para os próprios pés.

— Você pede — murmurou Beatriz.

— Melhor você — rebateu Julie.

Jon revirou os olhos.

— Ah, pelo Anjo! Eu falo. — Ele se esticou à sua máxima altura, pousou as mãos nos quadris e olhou de nariz empinado para Simon. Parecia uma pose praticada no espelho. — Queremos que você nos fale sobre vampiros.

Simon sorriu.

— O que querem saber? O mais assustador é Eli do filme *Deixe ela entrar*, o mais brega é o moderno Lestat e o mais subestimado é David Bowie em *Fome de viver*. A mais sexy definitivamente é Drusilla, mas se você perguntar para uma garota, ela provavelmente vai responder que é Damon Salvatore ou Edward Cullen. Mas... — Ele deu de ombros. — Sabe como são as garotas.

Julie e Beatriz estavam com os olhos arregalados.

— Não imaginei que conhecesse tantos! — exclamou Beatriz. — Eles são... são seus amigos?

— Ah, claro, eu e o Conde Drácula somos assim — disse Simon, alisando os dedos um no outro para demonstrar. — E também o Conde Chocula. Ah, e meu melhor amigo é o Conde Blintzula. Ele é um encanto...

— Ele parou de falar quando percebeu que mais ninguém estava rindo. Na verdade, ninguém parecia perceber que ele estava brincando. — São da TV — informou ele. — Ou, hum, do cereal.

— Do que ele está falando? — perguntou Julie a Jon, seu nariz perfeito enrugando em confusão.

— Quem liga? — respondeu Jon. — Eu disse que era perda de tempo. Até parece que ele se importa com alguém além dele mesmo.

— O que quer dizer com isso? — questionou Simon, começando a se irritar.

George pigarreou, visivelmente desconfortável.

— Ah, qual é, se ele não quiser falar disso, é da conta dele.

— Não quando são as *nossas* vidas em risco. — Julie piscava violentamente, como se estivesse com alguma coisa no olho ou... Simon prendeu a respiração. Ela estava tentando conter *lágrimas?*

— O que está acontecendo? — perguntou ele, mais perdido do que nunca, o que significava muita coisa.

Beatriz suspirou e lançou um sorriso tímido a Simon.

— Não estamos pedindo nada pessoal ou, você sabe, doloroso. Só queremos que nos conte o que sabe sobre vampiros de, hum...

— De quando era um sanguessuga — completou Jon por ela. — O que, como deve se lembrar, você foi.

— Mas eu *não* me lembro — observou Simon. — Ou será que você não andou prestando atenção?

— Isso é o que você diz — alegou Beatriz —, mas...

— Mas vocês acham que estou *mentindo?* — perguntou Simon, incrédulo. O buraco negro no centro de suas lembranças era um fato tão central em sua existência que jamais lhe ocorrera que alguém pudesse questionar isso. Qual seria o sentido de mentir a respeito, e que tipo de pessoa faria algo assim? — Vocês todos acham isso? Sério?

Um por um, começaram a assentir... até George, apesar de pelo menos ter tido a decência de parecer envergonhado.

— Por que eu fingiria não lembrar? — perguntou Simon.

— Por que deixariam uma pessoa como *você* entrar aqui, se realmente não soubesse de nada? — rebateu Jon. — É a única coisa que faz sentido.

— Bem, acho que o mundo é muito, muito louco. — Simon se irritou. — Porque foi exatamente isso.

— Um monte de nada, então — disse Jon.

Julie deu uma cotovelada nele, parecendo estranhamente irritada — normalmente ela ficava feliz em concordar com o que quer que Jon dissesse.

— Você disse que seria *gentil*.

— De que adianta? Ou ele não sabe nada, ou não quer nos contar. E quem se importa, na verdade? É só um ser do Submundo. Qual é a pior coisa que pode acontecer?

— Você realmente não sabe, não é mesmo? — disse Julie. — Você já esteve em batalha? Já viu alguém se machucar? Morrer?

— Sou um Caçador de Sombras, não sou? — disse Jon, mas Simon observou que essa não era exatamente uma resposta.

— Você não estava em Alicante, na guerra — respondeu Julie num tom soturno. — Não sabe como foi. Você não perdeu coisa alguma.

Jon foi para cima dela.

— Não me diga o que perdi. Não sei quanto a você, mas eu estou aqui para aprender a *lutar*, para que na próxima vez...

— Não diga isso, Jon — implorou Beatriz. — Não vai ter próxima vez. Não pode ter.

Jon deu de ombros.

— Sempre tem uma próxima vez. — Ele soou quase esperançoso, e Simon entendeu que Julie provavelmente estava certa. Jon falava como alguém que sempre tinha estado muito longe de qualquer tipo de morte.

— Eu já vi ovelhas mortas — comentou George alegremente, tentando deixar o clima mais leve. — Basicamente isso.

Beatriz franziu o rosto.

— Não estou muito a fim de ser obrigada a combater vampiros. Talvez se fosse uma fada...

— Você não sabe nada a respeito de fadas — retrucou Julie.

— Sei que eu não me incomodaria em matar algumas — comentou Beatriz.

Julie murchou subitamente, como se alguém a tivesse espetado e todo seu ar tivesse vazado.

— Nem eu. Se fosse assim tão fácil...

Simon não sabia muito sobre relações entre Caçadores de Sombras e seres do Submundo, mas concluiu muito rapidamente que as fadas eram o inimigo público número um no reino dos Caçadores de Sombras atualmente. O *verdadeiro* inimigo número um, Sebastian Morgenstern, que tinha iniciado a Guerra Maligna e Transformado vários Caçadores de Sombras em zumbis do mal adoradores de Sebastian, já estava morto há algum tempo. Com isso, seus aliados secretos, o Povo das Fadas, tinham que aguentar as consequências. Até Caçadores de Sombras como Beatriz, que realmente parecia acreditar que lobisomens eram pessoas como quaisquer outras, só um pouco mais peludas, e que tinha uma espécie de paixonite de fã pelo infame feiticeiro Magnus Bane, falava nas fadas como se elas fossem uma infestação de baratas e como se a Paz Fria fosse apenas uma pausa antes do extermínio.

— Você estava certo hoje de manhã, George — disse Julie. — Eles não deviam estar nos mandando assim, nenhum de nós. Não estamos prontos.

Jon desdenhou.

— Fale por si.

Enquanto brigavam sobre exatamente quão difícil seria matar um vampiro, Simon se levantou. Já era ruim o bastante todos acharem que ele era um mentiroso — pior ainda: de certa forma, ele meio que era. Não conseguia se lembrar de nada de sua vida como vampiro — nada de útil, pelo menos —, mas lembrava o bastante para ficar extremamente desconfortável com a ideia de matar um.

Ou talvez fosse a ideia de matar *qualquer coisa*. Simon era vegetariano, e a única violência que já tinha cometido na vida tinha sido na tela da TV, explodindo dragões pixelados e lesmas do mar.

Não é verdade, recordou uma voz em sua mente. *Tem muito sangue em suas mãos.* Simon ignorou a tal voz. Não se lembrar de alguma coisa não significava que ela não tenha acontecido, mas às vezes fingir que sim facilitava as coisas.

George agarrou seu braço antes que ele pudesse sair.

— Desculpe por... você sabe — disse ele a Simon. — Eu devia ter acreditado em você.

— Sim. Devia. — Simon suspirou, em seguida garantiu ao colega de quarto que não haveria ressentimento, o que era quase totalmente verdade. Ele estava no meio do corredor meio escuro quando ouviu passos perseguindo-o.

— Simon! — gritou Julie. — Espere um segundo.

Nos últimos meses, Simon descobrira sobre a existência de magia e demônios, aprendera que suas lembranças eram tão frágeis e falsas quanto as velhas bonecas de papel de sua irmã e tinha desistido de tudo que conhecia para se mudar para um país magicamente invisível e estudar sobre caça a demônios. Mesmo assim, nada o surpreendia tanto quanto a crescente lista de garotas lindas que queriam falar com ele urgentemente. Não era nem de longe tão divertido quanto deveria ser.

Simon parou para permitir que Julie o alcançasse. Ela era alguns centímetros mais alta do que ele e tinha olhos castanhos claros salpicados de dourados que mudavam de acordo com a luz. Ali, no corredor escuro, brilhavam num tom âmbar à luz do candelabro. Ela se locomovia com graça, como uma bailarina, se bailarinas fatiassem pessoas com uma adaga Marcada. Em outras palavras, se movimentava como uma Caçadora de Sombras, e pelo que Simon vira dela no campo de treinamento, ela ia ser muito boa.

E como qualquer boa Caçadora de Sombras, ela não era inclinada a se relacionar com mundanos, muito menos mundanos que costumavam integrar o Submundo — mesmo mundanos que, numa vida da qual não se lembravam mais, tinham salvado o mundo. Mas desde que Isabelle Lightwood tinha vindo à Academia para reclamar a propriedade de Simon, Julie o olhava com um fascínio especial. Não tanto como alguém que queria levá-lo para a cama, mas como alguém que queria examiná-lo em um microscópio enquanto arrancava seus membros e escavava seu interior, procurando rastros de algo que pudesse atrair uma garota como Isabelle Lightwood.

Simon não se importava que ela olhasse. Ele gostava da curiosidade aguda em seu olhar, da falta de expectativa. Isabelle, Clary, Maia, todas essas garotas de Nova York, elas alegavam conhecê-lo e amá-lo, e ele acreditava nelas — mas também sabia que elas não *o* amavam, mas sim a uma versão alternativa num mundo bizarro dele, algum sósia em forma de Simon, e quando olhavam para Simon, tudo que viam, tudo que queriam ver, era esse outro cara. Julie podia odiá-lo — tudo bem, ela claramente o odiava —, mas também o *enxergava*.

— É verdade mesmo? — perguntava ela agora. — Você não se lembra de nada? De ser um vampiro? Da dimensão demoníaca? Da Guerra Maligna? Nada?

Simon suspirou.

— Estou cansando, Julie. Podemos só fingir que você me perguntou isso mais um milhão de vezes e eu dei a mesma resposta, e encerrar por aqui mesmo?

Ela esfregou o olho e Simon mais uma vez se perguntou se seria possível que Julie Beauvale tivesse sentimentos humanos de fato, e, por qualquer que fosse o motivo, estivesse chorando lágrimas de verdade. Estava escuro demais no corredor para enxergar qualquer coisa além dos contornos delicados do rosto dela e o brilho do ouro onde seu colar desaparecia no decote.

Simon pressionou a mão contra a clavícula, de repente se lembrando do peso de uma pedra, o lampejo de um rubi, a pulsação uniforme que tanto parecia batimentos cardíacos, o olhar dela quando ela lhe entregara a pedra para ser guardada em segurança, se despedindo, cacos de uma lembrança confusa, impossíveis de montar, mas mesmo enquanto ele se perguntava *de quem* era o rosto, *de quem* era a despedida assustada, sua mente oferecia a resposta.

Isabelle.

Sempre Isabelle.

— Acredito em você — disse Julie. — Não entendo, mas acredito. Acho que eu estava torcendo para...

O tom na voz dela era estranho, algo suave e incerto, e ela pareceu quase tão surpresa quanto ele ao ouvir.

— O quê?

— Pensei que você, mais do que todo mundo, pudesse entender — disse Julie. — Como é lutar pela sua vida. Combater seres do Submundo. Achar que vai morrer. Ver... — A voz não falhou e a expressão não mudou, mas Simon quase conseguia sentir o sangue de Julie virando gelo enquanto ela se obrigava a dizer as palavras — outras pessoas caindo.

— Sinto muito — disse Simon. — Quero dizer, eu sei o que aconteceu, mas...

— Mas não é o mesmo que presenciar — disse Julie.

Simon fez que sim com a cabeça, pensando nas horas que tinha passado ao lado da cama do pai, bem depois de o monitor cardíaco parar, sabendo que ele jamais acordaria. E ele pensou: *tudo bem, eu sei como é.* Ele já tinha visto muitos filmes nos quais o pai do herói morre; imaginou o olhar no rosto de Luke Skywalker, voltando para encontrar os corpos da tia e do tio ardendo em chamas nas ruínas de Tatooine, e achou que sabia o que era a dor.

— Existem coisas que não dá para entender, a não ser que você as tenha vivenciado.

— Alguma vez você já imaginou por que eu estou aqui? — perguntou Julie a ele. — Treinando na Academia, em vez de estar em Alicante, ou em algum outro Instituto em algum lugar?

— Na verdade... não — admitiu Simon, mas talvez devesse ter imaginado. A Academia havia passado décadas fechada, e ele sabia que nesse período, famílias de Caçadores de Sombras tinham se habituado a treinar os próprios filhos. Ele também sabia que a maioria deles, com o fim da Guerra Maligna, continuava a fazê-lo, por não querer que seus amados se afastassem demais.

Então ela desviou o olhar e entrelaçou os dedos, necessitando segurar-se em alguma coisa.

— Vou contar uma coisa agora, Simon, e você não vai espalhar por aí. Não foi uma pergunta.

— Minha mãe foi uma das primeiras Caçadoras de Sombras a ser Transformada — disse ela, a voz abalada. — Então ela já se foi. Depois fugimos para Alicante, assim como todo mundo. E quando atacaram a cidade... trancaram todas as crianças no Salão dos Acordos. Acharam que estaríamos seguras lá. Mas nenhum lugar era seguro naquele dia. As fadas entraram, e os Crepusculares... eles teriam nos matado, todos nós, Simon, se não fosse por você e seus amigos. Minha irmã, Elizabeth. Ela foi uma das últimas a morrer. Eu o vi, aquele homem fada com cabelos prateados, e ele era tão lindo, Simon, como mercúrio líquido, foi nisso que pensei quando ele desceu a espada. Que ele era lindo. — Ela estremeceu toda. — Enfim. Meu pai está inválido agora. Então é por isso que estou aqui. Para aprender a lutar. Para que na próxima vez...

Simon não sabia o que dizer. *Sinto muito* parecia inadequado. Mas Julie parecia sem palavras.

— Por que está me contando isso? — perguntou ele, baixinho.

— Porque quero que alguém entenda que é muito sério, isso que querem que a gente faça. Mesmo que seja só um vampiro contra todos nós. Não ligo para o que Jon diz. Coisas acontecem. Pessoas... — Ela balançou a cabeça com veemência, como se estivesse descartando não só a ele, mas tudo que se passara entre eles. — Além disso, eu queria agradecer pelo que você fez, Simon Lewis. E pelo seu sacrifício.

— Eu realmente não me lembro de ter feito nada — disse Simon. — Não deveria me agradecer. Eu sei o que aconteceu naquele dia, mas é como se tivesse acontecido com outra pessoa.

— Talvez pareça assim — disse Julie. — Mas se você vai ser um Caçador de Sombras, tem que aprender a ver as coisas como elas *são*.

Ela deu meia-volta e começou a retornar para o quarto. Ele estava dispensado.

— Julie? — chamou ele suavemente. — É por isso que Jon e Beatriz estão na Academia? Porque perderam pessoas na guerra?

— Isso você vai ter que perguntar a eles — disse ela, sem olhar para trás. — Todos temos nossas histórias sobre a Guerra Maligna. Todos perdemos alguma coisa. Alguns perderam tudo.

* * *

No dia seguinte, a professora de história, a feiticeira Catarina Loss, anunciou que entregaria a turma a um convidado especial.

O coração de Simon parou. A última convidada a agraciar os alunos com sua presença tinha sido Isabelle Lightwood. E a "palestra" consistira num aviso bruto e humilhante para que todas as mulheres num raio de quinze quilômetros mantivessem as mãos longe do corpinho de Simon.

Felizmente, o homem alto e de cabelos escuros que chegou não parecia ter o menor interesse em Simon ou em seu corpo.

— Lazlo Balogh — disse, seu tom sugerindo que ele dispensava apresentações, mas talvez Catarina devesse ter lhe concedido a honra de oferecer alguma.

— Diretor do Instituto de Budapeste — sussurrou George ao ouvido de Simon. Apesar de sua preguiça autodeclarada, antes de chegar à Academia, George havia decorado o nome de todos os diretores dos Institutos, sem falar nos Caçadores de Sombras famosos da história.

— Vim para lhes contar uma história — disse Balogh, as sobrancelhas formando um V agudo e furioso. Entre a pele pálida, o bico de viúva escuro e o sotaque húngaro, Balogh era mais parecido com o Drácula do que qualquer pessoa que Simon já tivesse conhecido.

Desconfiava que Balogh não teria gostado da comparação.

— Vários de vocês nesta turma em breve enfrentarão sua primeira batalha. Vim para informá-los sobre o que está em jogo.

— Não somos nós que temos que nos preocupar com *o que está em jogo* — disse Jon, e deu um risinho lá de trás.

Balogh o olhou furioso.

— Jonathan Cartwright — disse ele, o sotaque dava um tom sombrio às sílabas. — Se eu fosse o filho dos seus pais, me seguraria na presença dos meus superiores.

Jon ficou branco feito um lençol. Simon sentiu o ódio que irradiava dele, e achou que era bem provável que Balogh tivesse acabado de fazer um inimigo para a vida. Possivelmente, todos na sala acharam o mesmo, porque Jon não era o tipo de pessoa que apreciava a presença de uma plateia em momentos de humilhação.

Ele fez menção de falar, depois desistiu, contraindo a boca numa linha fina e firme. Balogh assentiu, como se concordasse que, *sim*, o outro devia mesmo se calar e arder na vergonha silenciosa.

Balogh pigarreou.

— Minha pergunta para vocês, crianças, é a seguinte. Qual é a pior coisa que um Caçador de Sombras pode fazer?

Marisol levantou a mão.

— Matar um inocente?

Foi como se Balogh tivesse acabado de sentir o cheiro de alguma coisa ruim (o que — considerando que a sala sofria uma leve infestação — não era totalmente improvável).

— Você é mundana — disse ele.

Ela assentiu vorazmente. Era isso que Simon mais gostava naquela menina durona de treze anos: ela nunca se desculpava por ser quem era. Pelo contrário, parecia orgulhosa disso.

— Houve uma época em que nenhum mundano teria sido aceito em Idris — disse Balogh. Olhou para Catarina, que estava no canto da sala. — Assim como nenhum ser do Submundo, aliás.

— As coisas mudam — disse Marisol.

— De fato. — Ele examinou a sala, que estava lotada, tanto de mundanos quanto de Caçadores de Sombras. — Algum dos... alunos mais informados gostaria de tentar um palpite?

Beatriz levantou a mão lentamente.

— Minha mãe sempre disse que a pior coisa que um Caçador de Sombras poderia fazer era ignorar seu dever, e que ela estava aqui para servir e proteger a humanidade.

Simon flagrou os lábios de Catarina formando um meio sorriso.

Balogh virou notavelmente para a direção oposta. Em seguida, parecendo concluir que o método socrático não era tudo isso, ele respondeu à própria pergunta.

— A pior coisa que um Caçador de Sombras pode fazer é trair seus companheiros no calor da batalha — entoou. — A pior coisa que qualquer Caçador de Sombras pode *ser* é um covarde.

Simon não conseguia conter a sensação de que Balogh estava falando diretamente com ele — que Balogh tinha vasculhado dentro da sua cabeça e sabia exatamente o quão relutante Simon estava em brandir sua arma em condições de batalha, contra um ser vivo.

Bem, não exatamente *vivo*, lembrou a si. Ele já tinha combatido demônios, tinha noção disso, e não achava que perderia o sono por isso. Mas demônios eram apenas monstros. Vampiros ainda eram pessoas; vampiros tinham alma. Vampiros, ao contrário das criaturas em seus videogames, se machucavam, sangravam e morriam — e também reagiam. Na aula de inglês, no ano anterior, Simon leu *A glória de um covarde*, um romance tedioso sobre um soldado da Guerra Civil que desapareceu no calor da batalha. O livro, que à época pareceu mais irrelevante do que cálculo, deu sono, mas uma frase ficou gravada em seu cérebro: "Ele era um lunático covarde". Eric também estava na turma, e durante algumas semanas eles resolveram chamar a banda de Lunáticos Covardes antes de se esquecer totalmente de tudo. Mas ultimamente Simon não conseguia tirar a frase da cabeça. "Lunático" no sentido de: louco por achar que ele poderia ser um guerreiro ou um herói. "Covarde" no sentido de: fraco. Assustado. Tímido. Um baita covarde.

— O ano era 1828 — declarou Balogh. — Isso foi antes dos Acordos, não se esqueçam, antes de os seres do Submundo serem colocados na linha e ensinados a ser civilizados.

De soslaio, Simon viu que a professora de história tinha enrijecido. Não parecia sábio ofender uma feiticeira, nem mesmo uma aparentemente imperturbável como Catarina Loss, mas Balogh continuou sem perceber.

— A Europa estava um caos. Revolucionários rebeldes semeavam a discórdia pelo continente. E nos estados germânicos, um pequeno grupo de feiticeiros se aproveitou da situação política para dispensar os piores males sobre a população local. Alguns de vocês mundanos podem estar familiarizados com esse período de tragédia e caos por causa dos contos dos Irmãos Grimm. — Ao notar os olhares surpresos de diversos alunos, Balogh sorriu pela primeira vez. — Sim, Wilhelm e Jacob participaram de tudo. Lembrem-se, crianças, todas as histórias são verdadeiras.

Enquanto Simon tentava assimilar a possibilidade de que em algum lugar da Alemanha poderia haver um enorme pé de feijão com um gigante furioso em seu topo, Balogh continuava sua história. Ele contou para a turma sobre o pequeno grupo de Caçadores de Sombras que tinha sido enviado para "lidar" com os feiticeiros. Sobre a jornada na densa floresta germânica, as árvores vivas com magia sombria, os pássaros e feras enfeitiçados para defender seu território contra as forças da justiça. No coração sombrio da floresta, os feiticeiros invocaram um Demônio Maior e planejavam soltar toda sua fúria contra o povo da Baváira.

— Por quê? — perguntou um dos alunos.

— Feiticeiros não precisam de motivo — respondeu Balogh, com mais um olhar para Catarina. — As invocações da magia sombria são sempre atendidas pelos fracos e facilmente tentados.

Catarina resmungou alguma coisa. Simon se flagrou torcendo para ser uma praga.

— Havia cinco Caçadores de Sombras — continuou Balogh —, mais do que o suficiente para abater três feiticeiros. Mas o Demônio Maior surpreendeu. Mesmo assim, o bem teria triunfado se não fosse a covardia do mais jovem do bando, um Caçador de Sombras chamado Tobias Herondale.

Um burburinho ecoou pela sala. Todos os alunos, tanto Caçadores de Sombras quanto mundanos, conheciam o nome Herondale. Era o sobrenome de Jace. Era o nome dos heróis.

— Sim, sim, todos vocês já ouviram falar nos Herondale — comentou Balogh, impaciente. — E talvez tenham ouvido coisas boas sobre William Herondale, por exemplo, ou seu filho James, ou Jonathan Lightwood Herondale atualmente. Mas mesmo a mais forte das árvores pode ter um galho fraco. O irmão de Tobias e sua esposa morreram nobremente no campo de batalha antes do fim da década. Para alguns, isso foi o suficiente para limpar a mancha do nome Herondale. Mas nem toda a glória ou sacrifício do mundo vai nos fazer esquecer o que Tobias fez, e nem deveria. Tobias era inexperiente e distraído, e foi coagido a participar da missão. Tinha uma esposa grávida em casa e se refugiou na ilusão de que isso poderia liberá-lo de seus deveres. E quando o demônio atacou, Tobias Herondale, que seu nome seja amaldiçoado até o fim dos tempos, deu as costas e fugiu. — E então Balogh repetiu a última parte, batendo na mesa a cada palavra. — *Deu. As. Costas. E. Fugiu.*

Prosseguiu descrevendo em detalhes nojentos e dolorosos, o que aconteceu em seguida: como três dos Caçadores de Sombras remanescentes foram destruídos pelo demônio — um foi eviscerado, outro queimado vivo, outro atacado com sangue ácido e dissolvido até virar pó. Contou que o quarto sobreviveu graças à intervenção dos feiticeiros, que o devolveram aos seus — desfigurado por queimaduras demoníacas que jamais se curariam — como um aviso para ficarem longe.

— Claro, voltamos ainda mais fortes, e pagamos a dívida multiplicada por dez pelo que fizeram com o povo da vila. Mas o pior dos crimes, o de Tobias Herondale, ainda exigia vingança.

— O pior dos crimes? Pior do que massacrar um bando de Caçadores de Sombras? — perguntou Simon antes de conseguir se conter.

— Demônios e feiticeiros não conseguem deixar de ser quem são — respondeu Balogh sombriamente. — Caçadores de Sombras são melhores do que isso. As mortes daqueles três homens pesavam nos ombros de Tobias Herondale. E ele teria sido punido de acordo, se tivesse sido tolo o bastante para dar as caras. Nunca o fez, mas dívidas exigem pagamento. Fizeram um julgamento com o réu ausente. Ele foi declarado culpado e a punição foi cumprida.

— Mas pensei que você tivesse dito que ele nunca tinha voltado? — disse Julie.

— De fato. Então a mulher foi castigada no lugar dele.

— A mulher *grávida* dele? — disse Marisol, que parecia prestes a vomitar.

— *Sed lex, dura lex* — disse Balogh. A frase em latim era repetida desde o primeiro dia na Academia, e Simon estava começando a odiá-la: era frequentemente utilizada como um pretexto para agirem como monstros. Balogh juntou as mãos e contemplou a turma, assistindo satisfeito enquanto sua mensagem era transmitida. Era assim que a Clave tratava a covardia no campo de batalha; isso era justiça, de acordo com o Pacto. — A Lei é dura — traduziu Balogh para os alunos. — Mas é a Lei.

— Escolham com sabedoria — alertou Scarsbury, observando os alunos examinarem as muitas opções afiadas que a sala de armas oferecia.

— Como vamos escolher com sabedoria se você não nos conta o que vamos enfrentar? — reclamou Jon.

— Já sabem que é um vampiro — disse Scarsbury. — Saberão mais quando chegarem ao local.

Simon colocou um arco sobre os ombros e selecionou uma adaga para combate corpo a corpo; parecia a arma com menos potencial para ele se machucar acidentalmente. Enquanto os alunos Caçadores de Sombras se Marcavam com símbolos de força e agilidade, e enfiavam pedras de luz enfeitiçada nos bolsos, Simon prendia uma lanterna numa das laterais do cinto e um lança-chamas portátil na outra. Ele tocou a Estrela de Davi em seu pescoço, pendurada no mesmo cordão em que estava o pingente que Jordan lhe dera — não ajudaria muito, a não ser que este vampiro fosse judeu, mas o fazia sentir-se um pouco melhor. Como se alguém estivesse cuidando dele.

Havia uma carga elétrica de expectativa no ar que fazia Simon se lembrar de quando era uma criancinha, se preparando para um passeio escolar. Claro, uma visita ao zoológico do Bronx ou à central de tratamento de esgoto não apresentava tanto risco de evisceração, e em vez de formar fila para o ônibus da escola, os alunos se reuniam diante de um Portal mágico que os transportaria tridimensionalmente por milhares de quilômetros num piscar de olhos.

— Pronto para isso? — perguntou George, sorrindo. Completamente uniformizado e com uma espada no ombro, seu colega de quarto parecia um guerreiro genuíno.

Por um breve instante Simon se imaginou dizendo não. Levantando a mão e pedindo para não ir. Admitindo que não sabia o que estava fazendo ali, que todas as táticas de luta que tinha aprendido haviam evaporado de sua mente, que queria arrumar as malas, voltar para casa e fingir que nada daquilo acontecera.

— Como jamais estarei — respondeu, e atravessou o Portal.

Pelo que Simon lembrava, viagens de ônibus eram experiências sujas e indignas, com cheiros horríveis, cuspes e vômitos ocasionais de quem enjoava em viagens pela estrada.

Viajar pelo Portal era significativamente pior.

Assim que recuperou o equilíbrio e o fôlego, Simon olhou em volta — e engasgou. Ninguém mencionara *para onde* eles estariam viajando, mas Simon reconheceu o quarteirão imediatamente. Estava em Nova York — não só Nova York, mas no Brooklyn. Em Gowanus, para ser mais específico, uma faixa estreita de parques industriais e armazéns formando um canal tóxico que ficava a menos de dez minutos do apartamento de sua mãe.

Ele estava em casa.

Era exatamente como se lembrava — e, no entanto, extremamente diferente. Ou talvez ele é que estivesse diferente, que depois de apenas dois meses em Idris, ele tivesse se esquecido dos ruídos e aromas da modernidade: o ruído baixo e constante da eletricidade e a bruma espessa dos exaustores de carros, os caminhões buzinando e os dejetos de pombos e pilhas de lixo que por dezesseis anos fizeram parte de seu dia a dia.

Por outro lado, talvez fosse o fato de que agora ele conseguia enxergar através de feitiços de disfarce, agora conseguia ver as sereias nadando no canal de Gowanus.

Este era o seu lar e ao mesmo tempo não era, e Simon sentia a mesma desorientação após os verões nas montanhas do Acampamento Ramah, quando não conseguia dormir sem o barulho das cigarras e o ronco de Jake Grossberg no beliche de cima. Talvez, pensou ele, não fosse possível saber o quanto uma pessoa muda com uma viagem até que ela tentasse voltar para casa.

— Ouçam com atenção, homens! — gritou Scarsbury quando o último aluno chegou pelo Portal. Estavam reunidos na frente de uma fábrica abandonada, as paredes sujas com pichações e as janelas tapadas com tábuas.

Marisol pigarreou, ruidosamente, e Scarsbury suspirou.

— Ouçam, homens e *mulheres*. Aqui dentro tem uma vampira que violou o Pacto e matou vários mundanos. Sua missão é encontrá-la e executá-la. E sugiro que o façam antes do pôr do sol.

— Os vampiros não deveriam poder lidar com isso por conta própria? — perguntou Simon. O *Códex* deixava bem claro que os seres do Submundo podiam se policiar. Simon se perguntava se isso incluía poder julgar vampiros rebeldes antes de executá-los.

Como vim parar aqui?, ficou imaginando — ele sequer defendia a pena de morte.

— Não que isso seja assunto seu — falou Scarsbury —, mas o clã dela a entregou para nós, para que vocês possam sujar um pouquinho as mãos de sangue. Considerem isso um presente, dos vampiros para vocês.

Exceto que "isso" não era um *isso*, pensou Simon.

— *Sed lex, dura lex* — murmurou George ao lado dele com um olhar desconfortável, como se estivesse tentando se convencer.

— Vocês são vinte, e ela é uma só — disse Scarsbury —, e mesmo que essa proporção não baste para vocês, Caçadores de Sombras experientes estarão observando, prontos para entrar em ação quando vocês fizerem besteira. Vocês não os verão, mas eles estarão de olho, e vão garantir que nada lhes aconteça. Provavelmente. E se algum de vocês ficar tentado a dar as costas e correr, lembrem-se do que aprenderam. A covardia tem seu preço.

Quando estavam na calçada sob o sol reluzente, a missão pareceu um tanto injusta. Vinte Caçadores de Sombras em treinamento, todos armados até os dentes; uma vampira capturada, encurralada no prédio por paredes de aço e pela luz do sol.

Mas dentro da velha fábrica, no escuro, imaginando a tremulação de movimento e o brilho de presas por trás de cada sombra, a história era outra. O jogo não parecia mais armado em favor deles — não parecia mais um jogo de forma alguma.

Os alunos se dividiram em pares, rondando a escuridão. Simon se ofereceu para ficar de guarda numa das saídas, torcendo muito para que a coisa toda se parecesse com aquelas partidas de futebol das aulas de Educação Física, quando ele ficava horas no gol e raramente precisava defender um chute bem dado.

Claro, em todas essas vezes, a bola passava acima da cabeça dele e morria na rede, fazendo seu time perder. Mas ele tentava não pensar nisso.

Jon Cartwright estava na porta ao lado de Simon, com uma pedra de luz enfeitiçada na mão. O tempo passou; fizeram o possível para se ignorar mutuamente.

— É uma pena que você não possa usar uma destas — falou Jon afinal, erguendo a pedra. — Ou destas. — Tocou a lâmina serafim pendurada em seu cinto. Os alunos ainda não tinham aprendido a lutar com elas, mas vários Caçadores de Sombras haviam trazido as próprias armas de casa. — Não se preocupe, herói. Se a vampira aparecer, estou aqui para protegê-lo.

— Ótimo, posso me esconder atrás do seu ego imenso.

Jon continuou:

— É melhor ter cuidado, mundano. Se não tiver, vai... — A voz de Jon falhou. Ele recuou até estar pressionado contra a parede.

— Vou o quê? — perguntou Simon.

Jon emitiu um ruído estranhamente parecido com um gemido. Levou a mão ao cinto, os dedos se esticando para alcançar a lâmina serafim, mas passando longe. Seus olhos estavam fixos no ponto logo acima do ombro de Simon.

— Faça alguma coisa! — gritou. — Ela vai nos pegar!

Simon já tinha visto filmes de terror o suficiente para entender a situação. E aquela cena foi o suficiente para fazê-lo querer correr para a porta, fugir para a luz do dia e continuar correndo até chegar em casa, fechar as portas, se esconder embaixo da cama, onde um dia ele havia se escondido de monstros imaginários.

Em vez disso, ele foi se virando lentamente.

A menina que surgiu das sombras parecia ter mais ou menos a sua idade. Seus cabelos castanhos estavam presos num rabo de cavalo alto, seus óculos tinham armação rosa-escura e eram de modelo gatinho vintage, e sua camiseta tinha o desenho de um oficial de *Star Trek* de camisa vermelha e dizia VIVA RÁPIDO, MORRA VERMELHO. Ela, em outras palavras, fazia o tipo de Simon — exceto pelas presas brilhando à luz da lanterna e pela velocidade surreal com que havia atravessado o recinto e chutado a cabeça de Jon Cartwright. Ele sucumbiu ao chão.

— E então sobramos nós dois — disse a menina, e sorriu.

Jamais ocorrera a Simon que a vampira teria sua idade, ou pelo menos aparentaria ter.

— É melhor tomar cuidado com isso, Diurno — falou ela. — Eu soube que voltou a estar vivo, e presumo que queira continuar assim.

Simon olhou para baixo e percebeu que tinha fechado a mão na adaga.

— Vai me deixar sair daqui ou não? — perguntou ela.

— Você não pode sair.

— Não?

— O sol, lembra-se? Faz vampiros virarem pó? — Simon não acreditava que sua voz não estivesse trêmula. Na verdade, não conseguia acreditar que não tinha mijado nas calças. Estava sozinho com uma *vampira*. Uma vampira bonitinha... que ele precisava matar. De algum jeito.

— Verifique seu relógio, Diurno.

— Eu não uso relógio — disse Simon. — E não sou mais um Diurno.

Ela deu um passo para perto dele, aproximando-se o bastante para acariciá-lo no rosto. O dedo dela era gelado, a pele lisa como mármore.

— É verdade que não se lembra? — disse ela, olhando para ele com cautela. — Não se lembra nem de mim?

— Eu... eu te conheço?

Ela passou as pontas dos dedos nos próprios lábios.

— A pergunta é, o quão *bem* você me conhecia, Diurno? Jamais contarei.

Clary e os outros não falaram nada sobre Simon ter amigos vampiros ou... amigos coloridos. Talvez quisessem poupá-lo dos detalhes desta parte de sua vida, quando ele tinha sede de sangue e caminhava pelas sombras. Talvez ele tivesse tanta vergonha que não tivesse contado para eles.

Ou talvez ela estivesse mentindo.

Simon odiava isso, a incerteza. Fazia-o sentir como se estivesse caminhando em areia movediça, cada pergunta sem resposta, cada nova descoberta sobre o passado sugando-o ainda mais.

— Me deixe ir, Diurno — sussurrou ela. — Você jamais machucaria um dos seus.

Ele tinha lido no *Códex* que os vampiros tinham a capacidade de hipnotizar; ele sabia que deveria se proteger contra isso. Mas a garota era dona de um olhar magnético. Ele não conseguia desviar.

— Não posso fazer isso — disse ele. — Você transgrediu a Lei. Matou uma pessoa. Muitas pessoas.

— Como sabe?

— Porque... — Ele parou, percebendo o quão fraco soaria: *porque me contaram*.

Ela adivinhou a resposta assim mesmo.

— Você sempre faz o que mandam, Diurno? Nunca pensa com a própria cabeça?

A mão de Simon cerrou na adaga. Ele ficara com tanto medo de se descobrir um covarde, tão assustado para lutar. Mas agora que estava ali, encarando o suposto monstro, não sentia medo — estava relutante.

Sed lex, dura lex.

Exceto que talvez não fosse tão simples assim; talvez ela apenas tivesse cometido um erro, ou outra pessoa o tivesse feito, talvez ele tivesse recebido a informação errada. Talvez ela fosse uma assassina fria — mas mesmo assim, quem era ele para puni-la?

Ela passou por ele em direção à porta. Sem pensar, Simon correu para bloqueá-la. Sua adaga foi erguida, cortando um arco perigoso pelo ar e sibilando perto da orelha de vampira. Ela se desvencilhou para trás, rindo ao partir para cima dele, os dedos curvados como garras. Então Simon sentiu, pela primeira vez, a adrenalina que lhe fora prometida, a clareza da batalha. Ele parou de pensar em termos de técnicas e movimentos, parou completamente de pensar, e simplesmente agiu, bloqueando e abaixando para escapar do ataque dela, mirando um pontapé em seus tornozelos para lhe dar uma rasteira, cortando a pele pálida com a lâmina, tirando sangue, e quando sua mente voltou a trabalhar, um passo antes de seu corpo, ele pensou: *eu estou fazendo isso. Eu estou lutando. Eu estou vencendo.*

Até ela segurá-lo pelo pulso com um punho de ferro, virá-lo de costas como uma criança pequena e prendê-lo. Ela estava brincando com ele, percebeu Simon. Fingindo lutar, até enjoar daquilo.

Ela abaixou o rosto para perto do dele, perto o bastante para que ele sentisse sua respiração — isso se ela respirasse.

Ele se lembrou, subitamente, do quanto fora frio quando estava morto. Lembrou-se da quietude em seu peito, onde o coração não mais batia.

— Eu poderia devolver tudo a você, Diurno — sussurrou ela. — A vida eterna.

Ele se lembrou da fome e do gosto de sangue.

— Aquilo não era vida — disse ele.

— Também não era morte. — Os lábios dela eram frios no pescoço dele. Tudo nela era frio. — Eu poderia matá-lo agora, Diurno. Mas não vou fazer isso. Não sou um monstro Não importa o que disseram.

— Já disse, não sou mais um Diurno. — Simon não sabia por que estava discutindo com ela, especialmente agora, mas parecia importante expressar em voz alta que estava vivo, que era humano, que seu coração batia outra vez. Principalmente agora.

— Você fez parte do Submundo um dia — disse ela, erguendo-se sobre ele. — Isso sempre será parte de você. Mesmo que se esqueça, eles nunca esquecerão.

Simon estava prestes a discutir, quando um chicote reluzente surgiu das sombras e envolveu o pescoço da garota. Arrancou-a do chão, e ela caiu violentamente, a cabeça batendo no piso de cimento.

— Isabelle? — disse Simon, confuso, enquanto Isabelle Lightwood atacava a vampira, a lâmina brilhando.

Ele nunca tinha percebido o crime horroroso contra a natureza que era ter perdido as lembranças de Isabelle em ação. Claramente este era seu estado natural. Isabelle parada era linda; Isabelle saltando pelo ar, talhando a morte em carne fresca, era de outro mundo, ardendo tão brilhante quanto seu chicote dourado. Ela parecia uma deusa, pensou Simon, e em seguida se corrigiu silenciosamente — ela parecia um anjo vingador, sua vingança veloz e mortal. Antes que ele pudesse se levantar, a garganta da vampira estava aberta, seus olhos mortos revirados, e simples assim, acabou. Ela virou pó; se foi.

— De nada. — Isabelle estendeu a mão.

Simon a ignorou, levantando-se sem a ajuda dela.

— Por que você fez isso?

— Hum, porque ela estava prestes a te matar?

— Não, não estava — respondeu ele friamente.

Isabelle o encarou.

— Você não está chateado comigo, está? Por salvar sua vida?

Foi apenas quando ela perguntou que ele percebeu sua irritação. Estava chateado por ela ter matado a vampira, chateado por ela presumir que ele *precisava* ser salvo e estar cheia de razão, chateado por ela ter se escondido na escuridão, à espera para salvá-lo, muito embora ele tivesse deixado dolorosamente claro que não poderia existir mais nada entre eles. Chateado por ela ser uma deusa guerreira de cabelos escuros, absurdamente sexy e — indo contra todas as probabilidades — aparentemente ainda apaixonada por ele; e ele provavelmente teria que terminar com ela, *de novo*.

— Ela não queria me machucar. Só queria *ir embora*.

— E daí? Eu devia ter *deixado*? Era isso que você estava planejando fazer? Existem outras pessoas no mundo além de você, Simon. Ela matou crianças. Abriu a garganta delas.

Ele não conseguiu responder. Não sabia o que sentir ou o que pensar. A vampira era uma assassina. Uma assassina fria, em todos os sentidos. Mas ele sentiu uma conexão quando ela o abraçou, uma espécie de sussurro no fundo da mente que dizia *somos crianças perdidas unidas*.

Ele não sabia se havia espaço para uma pessoa perdida na vida de Isabelle.

— Simon? — Isabelle parecia uma mola firmemente encolhida. Dava para notar o esforço que ela estava fazendo para manter a voz firme, para manter o rosto desprovido de emoções.

Como posso saber disso?, perguntou-se Simon. Olhar para ela era como enxergar dobrado: uma Isabelle era uma estranha que ele mal conhecia, a outra Isabelle a menina que outro Simon, um Simon melhor, amara tanto que ele teria sacrificado tudo por ela. Havia uma parte dele — uma parte sob as lembranças, além da racionalidade — desesperada para fechar o espaço entre eles, para tomá-la nos braços, alisar seu cabelo para trás, perder-se em seus olhos sem fundo, em seus lábios, em seu amor voraz, protetor e avassalador.

— Você não pode continuar fazendo isso! — berrou ele, sem saber se estava gritando com ela ou consigo. — Não é mais sua função escolher por mim, decidir o que eu deveria fazer ou como eu deveria viver. Quem eu deveria ser. Quantas vezes tenho que lhe dizer para ser ouvido? *Eu não sou ele*. Eu nunca vou ser ele, Isabelle. Ele pertencia a você, eu entendo isso. Mas *eu não*. Eu sei que vocês Caçadores de Sombras estão acostumados a ter tudo à sua maneira, vocês definem as regras, vocês sabem o que é melhor para o restante de nós. Mas não desta vez, tá bom? Não comigo.

Com uma calma deliberada, Isabelle enrolou o chicote no pulso.

— Simon, acho que você está me confundindo com alguém que se importa.

Não foi a emoção na voz de Isabelle que partiu seu coração, mas a ausência dela. Por trás daquelas palavras não havia nada: não havia dor, nem raiva reprimida, só um vazio. Oco e frio.

— Isabelle...

— Não vim aqui por você, Simon. Este é meu trabalho. Pensei que quisesse que fosse seu trabalho também. Se ainda quer isso, sugiro que reveja algumas coisas. Como o jeito como você fala com seus superiores.

— Meus... *superiores?*

— E já que tocou no assunto? Tem razão, Simon. Não conheço esta versão de você. E tenho certeza de que não quero conhecer. — Ela passou por ele, os ombros de ambos se esbarraram pelo segundo mais breve, e então ela saiu do prédio, noite adentro.

Simon ficou olhando para ela, imaginando se deveria segui-la, mas não parecia capaz de fazer os pés se moverem. Ao ouvir a porta batendo, Jon Cartwright abriu os olhos e se levantou devagar.

— Pegamos ela? — perguntou ele para Simon, olhando para o montinho de pó que outrora fora a vampira.

— Sim — respondeu ele, exaurido. — Pode-se dizer que sim.

— Isso aí, muito bem, chupa-sangue! — Jon socou o ar e fez o sinal de metaleiro com os dedos. — Se mexer com um touro Cartwright, vai ganhar uma chifrada.

— Não estou falando que ela *não* transgrediu a Lei — explicava Simon pelo que parecia a centésima vez. — Só estou dizendo que, mesmo que tenha transgredido, por que precisávamos matá-la? Quero dizer... que tal, sei lá, *cadeia?*

Quando atravessaram o Portal de volta para a Academia, o jantar já tinha acabado há muito tempo. Mas como uma recompensa pelo trabalho, a reitora Penhallow abriu a sala de jantar e a cozinha para os vinte alunos que retornaram. Eles sentaram em torno de duas mesas longas, devorando famintos os rolinhos primavera dormidos e o *shawarma* misericordiosamente insípido. A Academia tinha retomado sua política de servir comida internacional, mas infelizmente todos os alimentos eram preparados por um único chef, o qual Simon desconfiava ser um feiticeiro, porque quase tudo o que comiam parecia enfeitiçado para ter gosto de comida de cachorro.

— Porque é isso que fazemos — disse Jon. — Se um vampiro ou qualquer ser do Submundo viola o Pacto, alguém tem que matá-lo. Não prestou atenção?

— Então por que não tem um presídio para seres do Submundo? — perguntou Simon. — Por que não fazem julgamentos para seres do Submundo?

— Não é assim que *funciona*, Simon — disse Julie. Ele tinha pensado que ela ficaria mais afável depois da conversa que tiveram no corredor, mas, se muito, aquilo só serviu para deixá-la mais cortante, mais propensa

a derramar sangue. — Essa não é a sua lei mundana idiota. É a Lei. Entregue pelo Anjo. Maior do que tudo.
Jon assentiu orgulhosamente.
— *Sed lex, dura lex.*
— Mesmo que seja errada? — questionou Simon.
— Como pode ser errada, se é a Lei? Isso é um oximoro.
Os iguais se reconhecem, pensou infantilmente, mas se conteve antes de falar em voz alta. Enfim, Jon era um simples idiota.
— Percebem que todos vocês soam como se estivessem em algum tipo de culto? — reclamou Simon. Ele tocou a estrela que ainda estava pendurada em seu pescoço. Sua família nunca fora particularmente religiosa, mas seu pai sempre adorara ajudá-lo a tentar entender a perspectiva judaica nas dúvidas entre certo e errado. "Sempre tem um pouco de espaço" dizia ele a Simon: "um pouco de espaço para entender as coisas sozinho." Ele ensinara Simon a fazer perguntas, a desafiar a autoridade, a entender e acreditar nas regras antes de segui-las . Existia uma nobre herança judaica de discussão, seu pai gostava de dizer, mesmo quando se tratava de discutir com Deus.
Simon se flagrou imaginando agora o que seu pai iria pensar dele, nesta escola para fundamentalistas, jurando lealdade a uma Lei superior. O que significava ser judeu num universo onde os anjos e demônios caminhavam sobre a Terra, praticavam milagres, carregavam espadas? Pensar por conta própria seria uma atividade mais adequada a um mundo sem qualquer evidência do divino?
— A Lei é dura, mas é a Lei — acrescentou Simon, enojado. — E daí? Se a Lei está errada, por que não as mudar? Sabem como seria o mundo se ainda seguíssemos as leis da Idade das Trevas?
— Sabe quem mais falava assim? — perguntou Jon solenemente.
— Deixe-me adivinhar: Valentim. — Simon fez uma careta. — Porque aparentemente em toda a sua história dos Caçadores de Sombras só um cara se deu ao trabalho de fazer perguntas. É, sou eu mesmo, um supervilão malvado e carismático prestes a fazer uma revolução. É melhor me denunciarem.
George balançou a cabeça em tom de alerta.
— Simon, eu não acho que...
— Se você odeia tanto tudo isto, por que você está aqui? — cortou Beatriz com um tom estranhamente hostil na voz. — *Você* pode escolher a vida que quer viver. — Ela parou abruptamente, deixando algo implícito

no silêncio. Algo, Simon desconfiava que fosse algo como: *diferentemente do restante de nós.*

— Boa pergunta. — Simon pousou o garfo e arrastou a cadeira para trás.

— Ah, qual é, você sequer terminou sua... — George acenou para o prato, como se não conseguisse descrever aquilo como *comida.*

— Perdi o apetite.

Simon estava na metade do caminho para a masmorra quando Catarina Loss o interpelou.

— Simon Lewis — disse ela. — Precisamos conversar.

— Pode ser amanhã de manhã, senhorita Loss? — perguntou ele. — O dia foi muito longo e...

Ela balançou a cabeça.

— Eu sei como foi o seu dia, Simon Lewis. Vamos conversar agora.

O céu estava brilhante com estrelas. A pele azul de Catarina brilhava ao luar e seu cabelo cintilava prateado. A feiticeira insistira que ambos precisavam de um pouco de ar fresco e Simon teve que admitir que ela estava certa. Já estava sentindo-se melhor, só de respirar a grama, as árvores e o céu. Idris tinha estações, mas até agora, pelo menos, não tinham sido como as estações às quais ele estava acostumado. Ou melhor, elas eram como as melhores versões possíveis de si mesmas: todos os dias de outono eram frescos e claros, o ar rico com a promessa de fogueiras e pomares de maçã, a aproximação do inverno marcada apenas por um céu surpreendentemente claro e uma pontada afiada no ar que era quase agradável em sua dor gélida.

— Ouvi o que você falou no jantar, Simon — disse Catarina enquanto caminhavam pelo terreno.

Ele olhou para a professora com surpresa e um pouco de alarme.

— Como pôde?

— Sou uma feiticeira — lembrou ela. — Eu *posso* muita coisa.

Certo. Escola de mágica, pensou ele em desespero, imaginando se algum dia teria alguma privacidade outra vez.

— Quero lhe contar uma história, Simon — começou ela. — É algo que só contei para pouquíssimas pessoas de confiança, e espero que escolha guardá-la para si.

Parecia estranho ela apostar num aluno que mal conhecia, mas pensando bem, ela era uma feiticeira. Simon não fazia ideia do que eles eram capazes, mas estava ficando cada vez melhor em imaginar. Se ele traísse a confiança dela, Catarina provavelmente saberia.

E agiria de acordo.

— Prestou atenção à história de Tobias Herondale na aula?

— Sempre presto atenção — disse Simon, e ela riu.

— Você é muito bom em dar respostas evasivas, Diurno. Você daria uma boa fada.

— Suponho que isso não seja um elogio.

Catarina ofereceu um sorriso misterioso.

— Não sou Caçadora de Sombras — lembrou ela. — Tenho opiniões pessoais sobre fadas.

— Por que continua me chamando de Diurno? — perguntou Simon.

— Sabe que não sou isso mais.

— Somos o que nosso passado fez de nós — disse Catarina. — O acúmulo de milhares de escolhas diárias. Podemos mudar, mas jamais podemos apagar o que fomos. — Ela ergueu um dedo para calá-lo, como se soubesse que ele estava prestes a contra-argumentar. — Esquecer as escolhas não as desfaz, Diurno. É bom você se lembrar disso.

— É isso que você queria me dizer? — questionou ele com a irritação mais visível do que gostaria. Por que todo mundo sentia a necessidade de dizer a ele quem ele era ou quem deveria ser?

— Está impaciente comigo — observou Catarina. — Felizmente, não me importo. Vou contar outra história sobre Tobias Herondale agora. Ouça, ou não, a decisão é sua.

Ele ouviu.

— Eu conheci Tobias, conheci a mãe dele antes mesmo de ele nascer, o vi quando criança lutando para se encaixar em sua família, para encontrar seu lugar. Os Herondale são uma linhagem famosa, conforme você provavelmente sabe. Muitos deles heróis, alguns traidores, muitos deles impetuosos, criaturas selvagens consumidas por suas paixões, seja no amor ou no ódio. Tobias era... diferente. Ele era delicado, doce, o tipo de garoto obediente. Seu irmão mais velho, William, *este* sim era um Caçador de Sombras apto a ser um Herondale, tão corajoso quanto, e duas vezes mais obstinado do que o neto que mais tarde carregou seu nome. Mas Tobias, não. Ele não tinha nenhum talento especial para Caçador de Sombras, e também não morria de amores pela atividade. Seu pai era um homem duro, sua mãe um pouco histérica, embora poucos pudessem culpá-la, com um marido daqueles. Um menino mais ousado poderia ter dado as costas para sua família e suas tradições, concluído que era inadequado para a vida dos Caçadores de Sombras e sair por conta própria. Mas para Tobias? Isso era impensável. Seus pais lhe ensinaram a Lei, e ele só sabia segui-la. Não é tão incomum entre os seres humanos, mesmo quando seu sangue é misturado ao do Anjo. Incomum para um Herondale, talvez, mas se alguém achasse isso, o pai de Tobias fazia com que todos mantivessem suas bocas fechadas. E assim ele cresceu. Casou-se, uma parceria que surpreendeu a todos, pois Eva Blackthorn era o oposto da meiguice. Uma moça de cabeça-quente e cabelos escuros, um pouco como sua Isabelle.

Simon ficou arrepiado. Ela não era *sua* Isabelle, não mais. Ele ficou se perguntando se algum dia tinha sido. Isabelle não parecia o tipo de garota que *pertencia* a alguém. Essa era uma das coisas que ele mais gostava nela.

— Tobias a amava mais do que jamais havia amado qualquer coisa na vida; sua família, seu dever, até ele mesmo. Nesse ponto, talvez, o sangue Herondale pesasse. Ela estava grávida do primeiro filho quando ele foi convocado para a missão na Baváriα... Já sabe como essa história acabou.

Simon fez que sim com a cabeça e sentiu o coração apertado outra vez ao pensar no castigo imposto à mulher de Tobias, Eva. E ao filho que não tinha nascido.

— Lazlo Balogh conhece apenas a versão desta história que lhe foi transmitida por gerações de Caçadores de Sombras. Tobias não é mais uma pessoa aos olhos deles, ou um antepassado. Ele não passa de uma moral da história. Há poucos de nós que se lembram dele como o menino gentil que ele já foi.

— Como você o conhece tão bem? — perguntou Simon. — Eu achei que naquela época, feiticeiros e Caçadores de Sombras não estivessem exatamente... você sabe... se falando.

Na verdade, Simon achava que a situação era mais para se matando; pelo que tinha aprendido com o *Códex* e nas aulas de história, os Caçadores de Sombras do passado perseguiam feiticeiros e outros seres do Submundo do mesmo jeito que grandes caçadores perseguiam elefantes. Por esporte, e com um desapego sedento de sangue.

— Essa é outra história — repreendeu Catarina. — Não estou contando a minha história, estou falando de Tobias. Basta dizer que ele era um rapaz amável, até mesmo com seres do Submundo, e sua bondade foi lembrada. O que você sabe, o que todos os Caçadores de Sombras hoje pensam que sabem, é que Tobias era um covarde que abandonou seus companheiros no calor da batalha. A verdade nunca é tão simples, não é?

Tobias não quis abandonar a esposa quando ela estava doente e grávida, mas ele foi mesmo assim, obedecendo às ordens. Nas profundezas daquela floresta da Bavária, ele encontrou um feiticeiro que conhecia seu maior medo, e o usou contra ele. Ele encontrou uma brecha na armadura de Tobias, encontrou um jeito de penetrar sua mente e o convenceu de que sua esposa corria um perigo terrível. Ele mostrou-lhe uma visão de Eva, sangrando, agonizando e gritando para que Tobias a salvasse. Tobias estava enfeitiçado e congelado, e o feiticeiro mostrou visão após visão de todos os horrores do mundo que Tobias não conseguia suportar. Sim, Tobias fugiu. Sua mente pifou. Ele abandonou os companheiros e fugiu para a floresta, cego e atormentado por pesadelos lúcidos. Como todos os Herondale, sua capacidade desmedida, infinita de amar, era sua grande dádiva e sua grande maldição. Quando achou que Eva estava morta, ele desabou. Eu sei a quem culpar pela destruição de Tobias Herondale.

— Certamente não sabiam que ele tinha enlouquecido! — protestou Simon. — Ninguém poderia puni-lo por isso!

— Eles sabiam — explicitou Catarina. — Não fez diferença. O que importava era a traição ao dever. Eva jamais esteve em perigo, é claro, pelo menos não até Tobias abandonar o posto. Essa foi a ironia cruel da vida de Tobias: ter condenado a mulher pela qual ele teria dado a vida. O feiticeiro lhe mostrou um fragmento do futuro, um futuro que jamais teria acontecido se Tobias tivesse conseguido resistir ao feitiço. Não conseguiu. Não foi encontrado. A Clave procurou Eva.

— Você estava lá — supôs Simon.

— Estava — concordou ela.

— E não tentou contê-los?

— Não perdi meu tempo tentando. Os Nephilim não têm dó de seres do Submundo que interferem. Só um tolo tentaria se meter com os Caçadores de Sombras e sua Lei.

Alguma coisa na maneira como ela falou, torta e sofrida ao mesmo tempo, o fez perguntar:

— Você é uma tola, não é?

Ela sorriu.

— É perigoso chamar um feiticeiro por nomes como este, Simon. Mas... sim. Eu tentei. Procurei por Tobias Herondale, utilizando meios aos quais os Nephilim não têm acesso, e o encontrei vagando pela floresta, louco, sem saber nem mesmo o próprio nome. — Ela baixou a cabeça. — Eu não pude salvá-lo, nem a Eva. Mas salvei o bebê. Isso eu consegui.

— Mas como? Onde...?

— Fiz uso de certa quantidade de magia e astúcia para chegar até a prisão dos Caçadores de Sombras, onde você ficou preso uma vez — disse Catarina, meneando a cabeça para ele. — Induzi o parto e fiz o bebê nascer prematuro, então lancei um feitiço para fazer parecer que ela ainda estava grávida. Eva foi uma guerreira naquela noite, implacável e brilhante na escuridão que se abatera sobre ela. Ela não vacilou, não hesitou e não se traiu com qualquer sinal enquanto caminhava para a morte. Ela manteve nosso segredo até o fim, e os Caçadores de Sombras que a mataram nunca desconfiaram de nada. Depois disso, foi quase fácil; os Nephilim raramente têm algum interesse na vida de seres do Submundo, e seres do Submundo muitas vezes acham isso bastante conveniente. Eles não notaram quando viajei para o Novo Mundo com um bebê. Eu fiquei lá por vinte anos, antes de voltar para o meu povo e meu trabalho, e criei a criança até ele crescer. Ele já morreu há muito tempo, mas ao fechar os olhos ainda consigo ver seu rosto, quando ele era tão jovem quanto você agora. Filho de Tobias e de Eva. Ele era um menino doce, amável como seu pai e feroz como sua mãe. Os Nephilim acreditam numa vida sob leis duras e no pagamento de preços elevados, mas sua arrogância significa que eles não entendem completamente o custo do que fazem. O mundo teria sido pior sem a presença desse menino. Ele possuía um amor mundano e uma vida mundana preenchida com pequenos atos de graça, o que teria significado muito pouco para um Caçador de Sombras. Eles não o mereciam. Deixei-o como um presente para o universo mundano.

— Então você está dizendo que há outro Herondale por aí em algum lugar? Talvez gerações de Herondale sobre as quais ninguém sabe nada? — Havia uma frase do Talmude que o pai de Simon sempre gostava de citar: *aquele que salva uma única vida é como se tivesse salvado um mundo inteiro.*

— É possível — disse Catarina. — Certifiquei-me de que o menino jamais soubesse o que ele era; era mais seguro assim. Se a linhagem dele de fato ainda vive, seus descendentes certamente se consideram mundanos. Só agora, com os Caçadores de Sombras tao dizimados, que a Clave talvez receba de volta seus filhos e filhas perdidos. E talvez existam aqueles de nós que ajudem nessa tarefa. Quando chegar a hora.

— Por que está me contando isso, senhorita Loss? Por que agora? Por que contar?

Ela parou de andar e se virou para ele, o cabelo platinado esvoaçante ao vento.

— Salvar essa criança, esse é o maior crime que eu já cometi. Pelo menos, de acordo com a Lei dos Caçadores de Sombras. Se alguém ficasse sabendo, mesmo agora... — Ela balançou a cabeça. — Mas é também a escolha mais corajosa que já fiz. A que mais me orgulha. Devo obedecer aos Acordos como todo mundo, Simon. Eu faço o melhor para viver conforme a Lei. Mas as decisões são minhas. Há sempre uma lei maior.

— Você diz isso como se fosse fácil saber qual é — disse Simon. — Ser tão segura de si, de que está certa, independentemente do que diz a Lei.

— Não é fácil — Catarina o corrigiu. — É o que significa estar vivo, Simon. Todas as decisões que você toma, fazem de você o que *você é*. Nunca deixe que outros escolham quem você vai ser.

* * *

Quando Simon voltou para o quarto, com a mente girando, George estava sentado no chão do corredor, estudando o *Códex*.

— Hum, George? — Simon olhou para o colega de quarto. — Não seria mais fácil fazer isso lá dentro? Onde tem luz? E não tem gosma nojenta no chão? Bem... — Suspirou. — Menos gosma nojenta, pelo menos.

— Ela falou que tenho que esperar aqui — respondeu George. — Que vocês precisam de privacidade.

— Quem falou? — Mas a pergunta era idiota, porque quem mais seria? Antes que George pudesse responder, ele já estava abrindo a porta e entrando. — Isabelle, você não pode expulsar meu colega...

Parou no meio da frase, de repente se dando conta de que quase havia tropeçado sozinho.

— Não é Isabelle — disse a menina sentada em sua cama. Seus cabelos ruivos estavam presos num coque bagunçado, as pernas cruzadas debaixo do corpo; parecia totalmente à vontade, como se tivesse passado boa parte da vida na cama dele. O que, segundo ela, era o caso.

— O que está fazendo aqui, Clary?

— Vim num Portal — disse ela.

Ele assentiu, esperando. Estava feliz em vê-la, mas doía. Como sempre. Simon se perguntava quando a dor passaria e ele voltaria a sentir a alegria da amizade que sabia ainda existir, como uma planta sob um solo congelado, esperando para voltar a crescer.

— Eu soube do que aconteceu hoje. Com a vampira. E Isabelle.

Simon sentou na cama de George, na frente dela.

— Estou bem, tá? Sem marcas de mordida nem nada. É legal que se preocupe comigo, mas você não pode simplesmente atravessar um Portal e...

Clary riu.

— Vejo que seu ego não sofreu danos. Não estou aqui porque estou preocupada com você, Simon.

— Ah. Então...?

— Estou preocupada com *Isabelle*.

— Tenho certeza de que Isabelle sabe se cuidar.

— Você não a conhece, Simon. Quero dizer, não mais. E se ela soubesse que eu estou aqui, me mataria, mas... dá para tentar ser um pouco mais gentil com ela? Por favor?

Simon ficou horrorizado. Ele sabia que tinha decepcionado Isabelle, que sua existência por si só já era uma decepção constante para ela, que ela desejava que ele fosse outra pessoa. Mas nunca lhe ocorrera que ele, a versão não-vampira, não-heroica, não-sexy de Simon Lewis, poderia ter o poder de machucá-la.

— Sinto muito — soltou ele. — Diga a ela que lamento muito!

— Está brincando? — falou Clary. — Não ouviu a parte em que eu disse que ela me mataria caso soubesse que estou falando com você sobre isso? Não vou falar nada. Estou falando para *você*. Seja cuidadoso com ela. Isabelle é mais frágil do que parece.

— Ela deve ser a garota mais forte que já conheci — disse Simon.

— Ela é isso também — cedeu Clary. E então se remexeu desconfortavelmente, e levantou-se num pulo. — Bem, é melhor eu... quero dizer, sei que você não me quer aqui, então...

— Não é isso, eu só...

— Não, eu entendo, mas...

— Desculpa...

— Desculpa...

Os dois riram e Simon sentiu algo se soltando em seu peito, um músculo que ele nem sabia que estivera contraído.

— Não costumava ser assim, né? — perguntou ele. — Esquisito?

— Não. — Ela ofereceu um sorriso triste. — Era muita coisa, mas nunca esquisito.

Ele não conseguia imaginar isso, ficar tão relaxado com uma garota, muito menos uma garota como ela, bonita, confiante e tão cheia de luz.

— Aposto que eu gostava.

— Espero que sim, Simon.

— Clary... — Ele não queria que ela fosse embora, não ainda, mas não sabia ao certo o que dizer para ela, caso ela ficasse. — Você conhece a história de Tobias Herondale?

— Todo mundo conhece essa história — disse ela. — E, obviamente, por causa de Jace...

Simon piscou, lembrando: *Jace* era um Herondale. O último dos Herondale. Ou pelo menos era o que ele pensava.

Se Jace tivesse família, perdida há gerações, iria querer saber, não? Será que Simon deveria contar para ele? Contar para Clary?

Ficou imaginando um Herondale perdido por aí, uma menina ou menino de olhos dourados que não sabia nada sobre os Caçadores de Sombras ou seu legado sórdido. Talvez eles fossem ficar contentes em descobrir quem realmente eram — mas se Clary e Jace aparecessem à porta deles, contando histórias sobre anjos, demônios e sobre uma nobre tradição de uma loucura desafiadora da morte, talvez eles saíssem correndo na direção oposta.

Às vezes Simon se pegava imaginando o que teria acontecido se Magnus jamais o tivesse encontrado, se jamais tivesse lhe oferecido a chance de voltar ao mundo dos Caçadores de Sombras. Ele estaria vivendo uma mentira, é claro... mas seria uma mentira feliz. Teria ido para a faculdade, continuaria tocando com a banda, flertaria com garotas não-assustadoras, viveria na superfície das coisas, sem saber da escuridão abaixo.

Ele supunha que em sua outra vida, contar a Clary o que ele sabia nem teria sido um dilema; supunha que fossem daquele tipo de amigos que contavam tudo um para o outro.

Mas agora eles não eram amigos de nenhum tipo, lembrou-se. Ela era uma desconhecida que o amava, mas, ainda assim, uma desconhecida.

— O que você acha disso? — perguntou a ela. — Do que a Clave fez com a mulher e o filho de Tobias?

— O que você *acha* que eu acho? — perguntou Clary. — Considerando quem foi o meu pai? Considerando o que aconteceu com os pais de Jace, e como ele sobreviveu? Não é óbvio?

Poderia ser óbvio para alguém que os conhecesse, e conhecesse as histórias, mas não para Simon.

O rosto dela desmoronou.

— Ah.

A confusão de Simon devia estar aparente. Assim como a decepção de Clary — como se ela estivesse lembrando mais uma vez quem ele era, e quem não era.

— Não importa. Digamos apenas que eu considero a Lei importante, mas não a única coisa importante. Tipo, se seguíssemos a Lei sem pensar, será que eu e você algum dia teríamos...

— O quê?

Ela balançou a cabeça.

— Não. Eu prometi a mim mesma que não ia continuar fazendo isso. Você não precisa de um bando de histórias sobre o que aconteceu com a gente, sobre quem você costumava ser. Precisa descobrir quem você é *agora*, Simon. É isso que quero para você, essa liberdade.

Aquilo o impressionou, toda a capacidade de compreensão dela. Como ela sabia o que ele queria sem que ele tivesse que pedir.

Tal fato deu a ele a coragem de perguntar algo que ele vinha ruminando desde a chegada na Academia.

— Clary, quando éramos amigos, antes de você saber sobre caçar demônios e tudo o mais, eu e você éramos... iguais?

— Iguais como?

Ele deu de ombros.

— Você sabe, fãs de música estranha, de quadrinhos e, tipo, *não* gostávamos de educação física.

— Está perguntando se éramos dois nerds desajeitados? — perguntou Clary, rindo outra vez. — Afirmativo.

— Mas agora você é... — Ele apontou para ela, indicando os bíceps tensos, a maneira graciosa, coordenada com que ela se movimentava, tudo o que ele sabia de seu passado e presente. — Você é tipo essa guerreira amazona.

— Devo agradecer? Jace é um bom treinador. E, você sabe, tive forte incentivo para avançar rapidamente. O combate ao apocalipse e tudo o mais. Duas vezes.

— Certo. E acho que está no seu sangue. Digo, faz sentido que você seja boa nessas coisas.

— Simon... — Ela cerrou os olhos, de repente parecendo entender o que ele estava dizendo. — Você compreende que a Caça às Sombras não é só uma questão de volume de massa muscular, certo? O nome não é Academia de Fisiculturismo.

Ele esfregou seus bíceps doloridos pesarosamente.

— Talvez devessem trocar.

— Simon, você não estaria aqui se os encarregados não achassem que você possui o talento necessário.

— Eles acham que *ele* tinha o talento necessário — corrigiu Simon. — O cara com a força vampiresca e... o que quer que os vampiros tenham para apresentar.

Clary se aproximou o bastante para cutucá-lo no peito, e então o fez. Com força.

— Não, *você*. Simon, sabe como chegamos tão longe naquela dimensão demoníaca? Como conseguimos nos aproximar o suficiente de Sebastian para derrubá-lo?

— Não, mas imagino que tenha envolvido muitas mortes de demônios? — perguntou Simon.

— Nem tantas quanto poderiam ter ocorrido, porque *você* bolou uma estratégia melhor — disse Clary. — Uma coisa que aprendeu depois de tantos anos jogando *Dungeons & Dragons*.

— Espera, sério? Está me dizendo que aquilo funcionou na vida real?

— Exatamente isso. Estou dizendo que você nos salvou, Simon. E fez isso mais de uma vez. Não por ser um vampiro, nem por nada que você perdeu. Por causa de quem você é. De quem continua sendo. — Ela recuou e respirou fundo. — Prometi a mim mesma que não faria isso — repetiu ela ferozmente. — Prometi.

— Não — disse ele. — Estou feliz que tenha feito. Estou feliz que tenha vindo.

— É melhor eu ir — disse Clary. — Mas tente se lembrar de Izzy, tá? Sei que não entende, mas toda vez que você olha para ela como se ela fosse uma desconhecida, é como se... é como se pressionasse um ferro quente contra a pele dela. É o quanto dói.

Ela parecia tão segura, como se *soubesse*.

Talvez não estivessem mais falando sobre Isabelle.

Então Simon sentiu, não a pontada de afabilidade que costumava experimentar quando Clary sorria para ele, mas uma inundação poderosa de amor que quase o fez jogar-se nos braços dela. Pela primeira vez ele olhava para ela e ela não era uma desconhecida, era *Clary* — sua amiga. Sua família. A garota que ele jurara para sempre proteger. A menina que ele amava tanto quanto a si.

— Clary — disse ele. — Quando éramos amigos, era ótimo, não era? Quero dizer, não estou apenas imaginando coisas, sentindo como se este fosse o nosso lugar? Tínhamos um ao outro, apoiávamos um ao outro. Formávamos um belo time, certo?

O sorriso dela passou de triste a outra coisa, algo que brilhava com a mesma certeza que ele sentia, de que havia algo de verdadeiro entre eles. Foi como se ele tivesse acendido uma luz dentro dela.

— Ah, Simon — falou ela. — Nós éramos totalmente incríveis.

O demônio de Whitechapel

por Cassandra Clare e Maureen Johnson

Ela saltou para o fogo; Will a segurou e a puxou para trás. Tudo pareceu ficar escuro e silencioso aos ouvidos de Tessa. Ela só conseguia pensar em seu bebê. Sua risada suave, seus cabelos escuros como os do pai, sua doçura, o jeito como a abraçava, seus cílios contra suas bochechas.
De algum jeito, ela havia caído no chão. Era duro contra seus joelhos. James, pensou, desesperada.

O demônio de Whitechapel

— Eu vejo — disse George — com estes meus olhinhos, algo que começa com L.

— É lodo, não é? — disse Simon. Ele estava deitado de barriga para cima na cama. Seu colega de quarto, George, estava deitado na cama oposta. Ambos olhavam fixamente para a escuridão, o que envolvia olhar para o teto, uma bela de uma infelicidade, pois o teto estava nojento. — Sempre é lodo.

— Não — respondeu George. — Teve uma vez que foi mofo.

— Não sei se sabemos a diferença entre lodo e mofo, e detesto ter que me importar com isso.

— De qualquer forma, não era lodo.

Simon refletiu por um instante.

— É... um lagarto? Por favor, me diga que não é um lagarto.

Simon encolheu as pernas involuntariamente.

— Não é lagarto, mas não vou conseguir pensar em outra coisa. Existem lagartos em Idris? Me parece o tipo de lugar onde espantariam os lagartos.

— Não é a Irlanda que faz isso? — disse Simon.

— Acho que não existem limites quanto a espantar lagartos. É claro que se livram deles. Devem ter feito isso. Meu Deus, este lugar tem que ter lagartos...

Havia um leve tremor no sotaque escocês de George agora.

— Existem guaxinins aqui em Idris? — perguntou Simon, tentando mudar de assunto. Ajeitou-se na cama dura e estreita. Não adiantava nada se ajeitar. Todas as posições eram igualmente desconfortáveis. — Temos guaxinins em Nova York. Eles conseguem entrar em qualquer lugar. Sabem abrir portas. Li na internet que conseguem até usar chaves.

— Não gosto de lagartos. Lagartos não precisam de chaves.

Simon pausou por um instante para assimilar o fato de que "lagartos não precisam de chaves" seria um bom nome para um CD: por um segundo soou profundo, mas depois, completamente raso e óbvio, o que fazia você recuar e repensar que podia ser profundo.

— Então o que é? — perguntou Simon.

— O que é o quê?

— O que você viu que começa com *L*?

— Você. Lewis.

Este era o tipo de jogo que se jogava morando num quarto porcamente decorado no porão da Academia dos Caçadores de Sombras, ou, como tinham passado a chamá-lo — no andar mais úmido. George tinha comentado muitas vezes que era uma pena eles não serem lesmas, porque o quarto era perfeitamente configurado para o estilo de vida de uma lesma. Eles tinham chegado a uma aceitação desconfortável do fato de que muitas criaturas tinham feito da Academia o seu lar depois que ela foi fechada. Eles já não entravam mais em pânico quando ouviam barulhos deslizando na parede ou debaixo da cama. Se os ruídos estavam *na* cama, eles se permitiam algum pânico. Isso acontecera mais de uma vez.

Teoricamente, os mundanos (ou escória, como eram chamados frequentemente) ficavam no porão porque era o andar mais seguro. Simon tinha certeza de que provavelmente havia alguma verdade nisso. Mas também havia verdade no fato de que os Caçadores de Sombras tendiam a possuir um esnobismo natural correndo em suas veias. Mas Simon tinha pedido para ficar ali, tanto na escória quanto na Academia dos Caçadores de Sombras em si, por isso não havia motivos para reclamar. Sem Wi-Fi, sem celulares e sem televisão, as noites podiam ser longas. Uma vez que as luzes se apagavam, Simon e George muitas vezes conversavam assim, em meio à escuridão. Noutras eles ficavam em suas respectivas camas num silêncio sociável, cada um sabendo que o outro estava lá. Já era alguma coisa. Era tudo, mesmo, simplesmente ter George no quarto. Simon não tinha certeza se seria capaz de suportá-lo de outra forma. E não tinha a ver só com o frio ou os ratos ou qualquer outra coisa no local, fisicamente falando — era o que estava em sua cabeça, os ruídos cada vez mais intensos, fatias de lembranças. Elas vinham até ele como pedaços de canções esquecidas, melodias que ele não conseguia identificar. Havia lembranças de alegria e medos enormes, mas muitas vezes ele não conseguia ligá-las a eventos ou pessoas. Eram apenas sentimentos, golpeando-o no escuro.

— Você já reparou — disse George — que até os cobertores parecem molhados, quando você sabe que estão secos? E eu vim da Escócia. Conheço lã. Conheço ovelhas. Mas *esta* lã? Há algo de demoníaco nesta lã. Cortei os dedos fazendo a cama outro dia.

Simon resmungou alguma resposta. Não havia necessidade de atenção genuína. Ele e George tinham as mesmas conversas todas as noites. O lodo, o mofo e as criaturas nas paredes, os cobertores ásperos e o frio. Toda noite os assuntos eram estes. Os pensamentos de Simon flutuavam. Tinha recebido duas visitas recentemente e nenhuma delas tinha corrido bem.

Isabelle e Clary, duas das pessoas mais importantes em sua vida (até onde ele sabia dizer), tinham vindo até a Academia. Isabelle veio para fazer sua reivindicação sobre Simon, e Simon — numa jogada que ainda o espantava — disse a ela para lhe dar um tempo. Ele não podia simplesmente voltar a ser do jeito que já tinha sido. Não assim, não quando era incapaz de se lembrar *que jeito* era esse. E então, no exercício de treinamento, Isabelle apareceu de novo e matou uma vampira que estava prestes a derrubar Simon, mas fez tudo friamente. O jeito como ela falou carregava uma apatia angustiante. Depois Clary apareceu. *Tenha cuidado com ela,* dissera Clary. *Ela é mais frágil do que parece.*

Isabelle — com seu chicote e sua capacidade de cortar um demônio ao meio — era mais frágil do que parecia.

A culpa vinha impedindo que ele dormisse à noite.

— Isabelle outra vez? — perguntou George.

— Como você sabe?

— Um palpite provável. Tipo, ela apareceu aqui e ameaçou acabar com qualquer pessoa que se aproximasse de você, e agora parece que vocês não estão se falando, e sua amiga Clary veio para falar dela, e além disso você resmunga o nome dela durante o sono.

— Resmungo?

— Às vezes. Você fala "Isabelle" ou "tia Estele". Pode ser qualquer uma das opções, para ser justo.

— Como resolvo isso? — quis saber Simon. — Nem sei o que estou resolvendo.

— Não sei — disse George. — Mas o dia começará cedo. É melhor tentar dormir.

Fez-se uma longa pausa e então...

— Deve haver lagartos — disse George. — Este lugar não é tudo que um lagarto poderia querer? Frio, feito de pedras, cheio de esconderijos, muitos ratos para comer... Por que continuo falando? Simon, não me deixe falar mais...

Mas Simon permitiu que ele continuasse. Até uma conversa sobre a possibilidade de haver lagartos por perto era melhor do que o que estava se passando pela sua cabeça.

Idris tinha as estações bem-definidas, em geral. Nesse ponto, parecia Nova York — você tinha todas as estações bem distintas. Mas Idris era mais agradável do que Nova York. O inverno não se resumia a lixo congelado e lama suja; o verão não se resumia a lixo pegando fogo e aparelhos de ar condicionado pingando na sua cabeça, parecendo cusparadas vindas lá de cima. Idris era verde no clima mais quente, fresca e tranquila no frio, o ar sempre parecia limpo e cheirava a lareiras.

Quase sempre. E aí havia as manhãs como as dessa semana, que eram todas barulhentas. Ventos que espetavam a cada sopro. Frio que entrava nas roupas. O uniforme de Caçador de Sombras, apesar de prático, não era muito quente. Era leve, permitia fácil movimentação, como deve ser um uniforme de luta. Não era feito para ficar lá fora às sete da manhã quando o sol mal havia nascido. Simon pensou em seu casaco macio em casa, em sua cama, e em sistema de aquecimento em geral. O café da manhã, que parecia uma cola disfarçada de mingau, pesava em seu estômago.

Café. Era disso que esta manhã precisava. Idris não tinha Cafés, nenhum lugar para se entrar e pedir uma xícara fumegante e com o poder de despertar. A bebida do café da manhã na Academia era um chá ralo que Simon desconfiava não ser chá porcaria nenhuma, e sim o escoamento aquoso de uma das muitas sopas horríveis que surgiam dos fundos da cozinha. Ele jurava ter visto um pedaço de casca de batata em sua caneca naquela manhã. E *torcia* para que fosse mesmo casca de batata.

Uma xícara do Java Jones. Era pedir muito?

— Estão vendo esta árvore? — berrou Delaney Scarsbury.

Das muitas perguntas feitas pelo treinador nos últimos meses, esta era a mais direta e mais lógica, e ao mesmo tempo, a mais confusa. Todos viam a árvore claramente. Era a única árvore nesta parte do terreno. Era alta e ligeiramente inclinada para a esquerda.

As manhãs com Scarsbury pareciam o nome de um programa de rádio para pessoas mal-humoradas, mas, na verdade, era só um castigo físico feito para condicioná-los e treiná-los para a luta. E para ser justo, Simon estava em melhor forma agora do que quando chegara.

— Estão vendo esta árvore?

Era uma pergunta tão estranhamente óbvia que ninguém respondeu. Agora todos resmungaram um sim, estavam vendo a árvore.

— Eis o que vão fazer — disse Scarsbury. — Vão subir nesta árvore, caminhar por aquele galho — apontou para o galho mais grosso, talvez a quatro metros e meio do chão — e saltar.

— Não vou, não — resmungou Simon. Burburinhos semelhantes de descontentamento ecoaram pela turma. Ninguém parecia particularmente empolgado com a possibilidade de subir numa árvore e saltar propositalmente.

— Bom dia — disse uma voz familiar.

Simon virou-se para ver Jace Herondale atrás dele, todo sorridente. Parecia relaxado, descansado e totalmente confortável em seu uniforme. Caçadores de Sombras podiam desenhar Marcas de calor. Não precisavam de casacos volumosos e hipoalergênicos. Jace não estava de chapéu, o que permitia que seus cabelos dourados perfeitamente desalinhados balançassem ao vento de forma atraente. Ele estava se mantendo discreto e ainda não tinha sido notado pelos outros, que continuavam ouvindo os berros de Scarsbury acima do barulho do vento enquanto ainda apontava para a árvore.

— Como você veio parar nisso aqui? — perguntou Simon, soprando as mãos para se aquecer.

Jace deu de ombros.

— Só estou dando uma mãozinha atlética — respondeu. — Seria indolente de minha parte negar à mais nova geração de Caçadores de Sombras uma conferida naquilo que podem vir a se tornar se tiverem muita, muita, muita sorte.

Simon fechou os olhos por um instante.

— Você está fazendo isso para impressionar Clary — falou. — E também está aqui para ver como estou.

— Pelo Anjo, agora ele virou telepático — disse Jace, fingindo cambalear de susto para trás. — Basicamente, estão todos ajudando desde que os professores deram no pé. Vou ajudar com o treinamento. Goste ou não.

— Hummm — disse Simon. — Não.

— Ah, qual é — disse Jace, batendo no braço dele. — Você adorava fazer isso.

— Adorava?

— Talvez — respondeu Jace. — Você não gritava. Espera. Não. É, você gritava. Me enganei. Mas é fácil. É só um exercício de treinamento.

— O último exercício envolveu matar uma vampira. No treino anterior, vi uma pessoa levar uma flechada no joelho.

— Já vi coisa pior. Vamos lá. É um exercício legal.

— Não tem nada de divertido aqui — disse Simon. — Esta não é a Academia da Diversão. Eu já devia saber. Já participei de uma banda chamada Academia da Diversão.

— Para auxiliar hoje — gritou Scarsbury —, temos um Caçador de Sombras especialista e fisicamente muito capacitado, Jace Lightwood Herondale.

Ouviu-se um engasgo alto e risadinhas nervosas quando todas as cabeças se viraram na direção de Jace. De repente vieram muitos suspiros femininos, e alguns masculinos também. Simon se sentiu na fila de um show de rock — a qualquer momento, ele pressentia, a multidão poderia explodir em gritinhos nada adequados a futuros caçadores de demônio.

Jace abriu um sorrisão e foi para a frente, para liderar o grupo. Scarsbury o cumprimentou com a cabeça e recuou, os braços cruzados. Jace encarou a árvore por um instante e depois se inclinou casualmente contra ela.

— O truque para cair é não cair — disse Jace.

— Maravilha — comentou Simon baixinho.

— Vocês não estão caindo. Estão escolhendo descer pelo meio mais direto possível. Permanecem no controle da descida. Um Caçador de Sombras não cai: um Caçador de Sombras desce. Vocês já receberam o treinamento mecânico básico sobre como fazer isso...

Simon se lembrava de Scarsbury gritando algumas coisas ao vento, dias antes, que poderiam ser instruções sobre quedas. Frases como "evitem pedras" e "de costas não", e "a não ser que sejam idiotas completos, o que alguns de vocês são".

— ... então agora vamos pegar a teoria e colocá-la em prática.

Jace segurou a árvore e subiu com a facilidade de um macaco, depois foi até o galho, onde ficou de pé, livre e facilmente.

— Agora — ele se dirigiu ao grupo —, eu olho para o chão. Escolho meu local de aterrissagem. Lembrem-se: protejam a cabeça. Se tiver um jeito de quebrar o impulso, qualquer outra superfície para diminuir o tamanho da queda, façam isso, a não ser que seja perigoso. Não mirem pedras afiadas ou galhos que possam perfurá-los ou quebrá-los. Dobrem os joelhos. Mantenham-se relaxados. Se suas mãos sofrerem o impacto, certifiquem-se de que vão usar a palma toda, mas evitem isso. Pés para baixo, depois rolem. Acompanhem a dinâmica do movimento. Espalhem a força do impacto. Assim...

Jace saltou delicadamente do galho para o chão, aterrissando com uma batida contida. Ele rolou no mesmo instante e logo estava de pé outra vez.

— Assim.

Balançou os cabelos levemente. Simon viu várias pessoas ruborizarem quando ele sacudiu a cabeça. Marisol teve que cobrir o rosto com as mãos por um instante.

— Excelente — disse Scarsbury. — É isso que farão. Jace vai ajudar.

Jace interpretou isso como a deixa para subir na árvore outra vez. Ele fazia parecer tão fácil, tão elegante — mão após mão, pés firmes por toda a subida. No alto, ele sentou-se casualmente num recesso do galho e pendurou as pernas.

— Quem começa?

Por um instante, ninguém se movimentou.

— Melhor me livrar disso logo — falou George em voz baixa, antes de levantar a mão e dar um passo.

Apesar de George não ser tão ágil quanto Jace, ele conseguiu subir na árvore. Precisou se segurar bastante e os pés escorregaram várias vezes. Algumas das expressões que proferiu se perderam ao vento, mas Simon tinha certeza de que eram expressões obscenas. Uma vez no galho, Jace se inclinou perigosamente para trás para abrir caminho. George avaliou o galho por um instante, aquela viga solitária e sem apoio se esticando acima do chão.

— Vamos, Lovelace — berrou Scarsbury.

Simon viu Jace se inclinar para oferecer alguns conselhos a George, que continuava agarrando o tronco da árvore. Então, com um meneio de cabeça de Jace, George soltou o tronco e caminhou cuidadosamente pelo galho. Hesitou outra vez, titubeando um pouco ao vento. Aí olhou para baixo, e com uma expressão de dor, saltou do galho e caiu pesadamente no chão. O baque produzido foi mais alto do que o de Jace, mas ele rolou e conseguiu se levantar.

— Nada mal — disse Scarsbury enquanto George cambaleava de volta até Simon. Estava esfregando o braço.

— Você não vai querer fazer isso — disse ele a Simon ao se aproximar. Simon já tinha chegado a essa conclusão. A confirmação não o ajudou em nada.

Simon assistiu a seus colegas escalando a árvore, um por um. Para alguns, a atividade levou até dez minutos de resmungos, arranhões e quedas ocasionais no meio do caminho. Juntamente a isso ouvia-se gritos de Scarsbury: "eu disse, de costas não". Jace ficou na árvore o tempo todo, como uma espécie de pássaro, em certos momentos sorria para os alunos abaixo. Às vezes parecia elegantemente entediado, e andava de um lado a outro do galho para se distrair.

Quando não tinha mais como evitar, Simon se aproximou para a sua vez. Jace sorriu para ele lá do alto.

— É fácil — disse Jace. — Você provavelmente fazia isso o tempo todo quando era criança. Apenas faça.

— Sou do Brooklyn — respondeu Simon. — Não subimos em árvores.

Jace deu de ombros, sugerindo que não podia fazer nada quanto a isso.

A primeira coisa que Simon aprendeu sobre a árvore foi que apesar de ela parecer se inclinar para o lado, na verdade era apenas uma linha reta para cima. E ao mesmo tempo em que a casca era áspera e cortava a carne das mãos, também era escorregadia, por isso toda vez que ele tentava se segurar, se desequilibrava. Ele tentou subir do jeito que tinha visto Jace e George fazendo — aparentemente ambos seguraram a árvore com muita delicadeza. Simon tentou isso, percebeu que era inútil, e agarrou a árvore num abraço tão íntimo, que se perguntou se eles estariam namorando agora. Usando este estranho método de abraço e alguns impulsos parecidos com pulos de sapos, ele conseguiu escalar, arranhando o rosto ao longo do caminho. Cerca de três quartos do caminho para cima, sentiu as palmas das mãos escorregadias de suor e começou a perder a pegada. A sensação de queda o encheu de um pânico súbito e ele agarrou com mais força.

— Você está indo bem — disse Jace com um tom que sugeria que Simon não estava se saindo bem, mas esse era o tipo de coisa que Jace deveria dizer.

Simon chegou ao galho utilizando alguns movimentos desesperados que, olhando de baixo, pareciam péssimos. Certamente houve um ou dois instantes em que sua bunda se apresentou de um jeito nada favorável. Mas ele conseguiu. Ficar de pé era o próximo truque, missão que ele completou com mais abraços no tronco.

— Ótimo — disse Jace, oferecendo um sorriso breve. — Agora é só vir andando até mim.

Jace caminhou de costas pelo galho. *De costas.*

Agora que Simon estava no galho, não parecia estar a quatro metros e meio do chão. Parecia estar no céu. O galho era redondo, desigual e estava mais escorregadio do que nunca. Não era feito para pessoas caminharem ali, principalmente pessoas com os tênis que Simon tinha escolhido naquela manhã.

Mas ele tinha chegado até ali e não ia deixar Jace fazer esse truque de andar de costas pelo tronco enquanto ele se agarrava. Tinha conseguido subir. Descer pela árvore parecia péssimo, então só lhe restava uma opção, e ao menos esta seria rápida.

Simon deu o primeiro passo. Seu corpo começou a tremer imediatamente.

— Olhe para cima — falou Jace com firmeza. — Olhe para mim.

— Preciso olhar para...

— Tem que levantar o olhar para manter o equilíbrio. *Olhe para mim.*

Jace tinha parado de sorrir com desdém. Simon olhou para ele.

— Agora mais um passo. Sem olhar para baixo. Seus pés vão encontrar o galho. Braços esticados para se equilibrar. Não se preocupe com a descida ainda. Olhando para mim.

De algum jeito, deu certo. Simon conseguiu dar seis passos no galho e ficou impressionado em se ver ali, com os braços duros e abertos como asas de avião, o vento soprando forte. Só estava ali num galho de árvore com Jace.

— Agora pode virar para olhar para a Academia. Continue olhando para a frente. Use como um horizonte. É assim que se mantém o equilíbrio: você escolhe um ponto fixo e se concentra nele. Mantenha o peso para a frente, você não vai querer cair para trás.

Não. Simon realmente não queria aquilo. Ele colocava um pé atrás do outro, e então se viu diante da pilha de pedras que compunha a Academia, e seus colegas abaixo, todos olhando para cima. A maioria não parecia impressionada, mas George fez um sinal de positivo.

— Agora — disse Jace —, dobre um pouco os joelhos. Depois vou querer que você salte com um passo largo. Não pule com os dois pés. É só dar um passo. E ao descer, mantenha as pernas juntas e permaneça relaxado.

Isso não deveria ser a coisa mais difícil que ele já tinha feito. Simon sabia que já tinha feito mais. Sabia que tinha combatido demônios e ressuscitado dos mortos. Saltar de uma árvore não deveria ser tão assustador.

Ele deu um passo para o ar. Sentiu o cérebro reagir a essa nova informação — *não tem nada aqui, não faça isso, não tem nada aqui* —, mas o ímpeto já tinha atraído sua outra perna do galho, e então...

A coisa boa que poderia ser dita sobre a experiência é que ela foi rápida. Ponto para a gravidade. Alguns segundos de um medo quase feliz, confusão e em seguida uma sensação de baque forte quando seus pés tocaram a terra. Seu esqueleto trepidou, seus joelhos se dobraram em submissão, seu crânio dolorido apresentou uma queixa formal, e ele caiu de lado no que teria sido uma rolagem se ele tivesse rolado em vez de simplesmente ter ficado ali no chão, meio encolhido.

— Levante-se, Lewis! — gritou Scarsbury.

Jace aterrissou ao lado dele, como uma grande borboleta assassina, quase não fazendo barulho.

— A primeira vez é sempre a mais difícil — disse ele, oferecendo a mão a Simon. — As primeiras dezenas de vezes, na verdade. Não lembro.

Doeu, mas ele não parecia *estar* machucado. Perdeu o fôlego, e precisou de um instante para respirar fundo. Cambaleou ao voltar para onde George o aguardava ostentando um olhar solidário. Os dois últimos alunos completaram a tarefa, ambos parecendo tão ruins quanto Simon, e depois foram liberados para o almoço. A maioria das pessoas saiu mancando pelo campo.

Desde que Catarina enterrou a sopa no bosque, a cozinha da Academia foi forçada a tentar produzir outros alimentos. Como sempre, foi feita uma tentativa de preparar comida internacional, que refletisse as muitas nações de origem dos estudantes. Hoje, Simon foi informado, teriam comida sueca. Almôndegas, molho de frutas silvestres, purê de batatas, salmão defumado, bolinhos de peixe, salada de beterraba e, para arrematar, um troço de cheiro forte que Simon fora informado se tratar de um arenque em salmoura da região Báltica. Simon teve a impressão de que se o responsável pelo preparo soubesse o que estava fazendo, tudo que estava sendo oferecido teria parecido mais gostoso — exceto, talvez, pelo arenque da região Báltica. E em termos de opções vegetarianas, não tinha muita coisa. Ele pegou algumas batatas e o molho de frutas silvestres e raspou uma porção de salada de beterraba do recipiente praticamente vazio. Algum Caçador de Sombras gentil de Alicante claramente teve pena dos alunos e providenciou alguns pães, que foram rapidamente consumidos. Quando Simon conseguiu mancar até a cesta, já estava vazia. Ele girou o corpo para voltar para a mesa e encontrou Jace no caminho. Estava segurando um pão, no qual já tinha dado uma mordida.

— Que tal você sentar comigo?

O refeitório da Academia se parecia menos com um refeitório escolar, e mais com um restaurante barato e horroroso que havia adquirido sua mobília em lixões. Havia mesas grandes e outras pequenas, íntimas. Simon ainda estava dolorido demais para fazer piadas sobre encontros românticos de almoço enquanto acompanhava Jace até uma das mesinhas capengas no canto do recinto. Estava ciente de que todos estavam olhando para eles. Ele meneou a cabeça para George, torcendo para conseguir transmitir o recado de que precisava fazer isso — para ele não se sentir ofendido com o fato de Simon não estar sentando com ele. George retribuiu o gesto.

Jon, Julie e o restante dos alunos da elite, que ficaram arrasados por perder a aula de Queda de Árvores com Jace Herondale, pareciam todos prontos a saltar e resgatar Jace da má companhia que tinha arrumado, levá-lo dali num recipiente feito de chocolate e rosas, e gerar seus filhos.

Uma vez sentados, Jace comeu e não disse uma palavra. Simon ficou observando-o comer e esperou, mas Jace só estava interessado na comida. Tinha se servido com porções generosas da maioria das coisas, inclusive o arenque. Agora que ele estava ainda mais perto, Simon começou a desconfiar que o peixe não tinha passado por salmoura nenhuma. Alguém na famosa cozinha da Academia dos Caçadores de Sombras tinha *tentado* preparar peixe em salmoura — algo que exigia habilidade e total obediência às instruções — e provavelmente acabou inventando uma nova forma de botulismo. Jace comeu. Mas Jace era o tipo de homem ousado que provavelmente ficaria feliz em pescar uma truta de um rio e comer com as mãos enquanto o bicho ainda se debatia.

— Queria conversar sobre alguma coisa comigo? — perguntou Simon finalmente.

Jace espetou uma almôndega com o garfo e olhou para Simon, meditativo.

— Andei pesquisando — disse ele. — A minha família.

— Os Herondale? — perguntou Simon após uma breve pausa.

— Você pode não se lembrar, mas tenho uma história familiar um pouco complicada — falou Jace. — Enfim, só descobri que eu era um Herondale há pouco tempo. Demorei para me adaptar à ideia. É uma família um tanto lendária.

Voltou a comer por alguns minutos. Quando os pratos e vasilhas estavam vazios, Jace se recostou e olhou para Simon por um instante. Simon cogitou provocar, perguntando se Jace se achava a última bolacha do pacote, mas concluiu que ele não entenderia a piada.

Jace continuou:

— Enfim, essa coisa toda começou a me lembrar... bem, de você. É como se todas essas coisas importantes tivessem acontecido na minha história e eu não conhecesse todas elas e estivesse tentando montar uma identidade cheia de buracos. Alguns Herondale foram pessoas boas, outros foram monstros.

— Nada disso precisa afetá-lo — disse Simon. — As escolhas que você faz é que importam, não a sua linhagem. Mas imagino que muitas pessoas na sua vida digam isso. Clary. Alec. — Ele olhou de soslaio para Jace. — Isabelle.

Jace ergueu as sobrancelhas.

— Quer conversar sobre Isabelle? Ou Alec?

— Alec me odeia, e nem sei o motivo — disse Simon. — Isabelle me odeia e sei o motivo, o que é quase pior. Então não, não quero falar sobre os Lightwood.

— É verdade que você tem um problema com os Lightwood — disse Jace, seus olhos dourados brilhando. — Começou com Alec. Conforme sua astuta observação, vocês dois têm um histórico. Mas eu não devo me meter nisso.

— Por favor, me diga o que se passa com Alec — pediu Simon. — Você está me assustando.

— Não — retrucou Jace. — São tantos sentimentos profundo envolvidos. Tanta dor. Não seria certo. Não vim aqui para causar confusão. Vim para ensinar Caçadores de Sombras em potencial a caírem de alturas sem quebrar os pescoços.

Simon encarou Jace, que o encarou de volta com olhos arregalados, dourados e inocentes.

Simon concluiu que na próxima vez em que visse Alec, teria que perguntar sobre os segredos entre eles. Claramente era algo que ele e Alec precisavam resolver sem a intromissão alheia.

— Mas direi o seguinte sobre seu problema com os Lightwood — começou Jace muito casualmente. — Tanto Isabelle quanto Alec têm dificuldade de demonstrar quando sentem dor. Mas consigo enxergar nos dois, principalmente quando tentam esconder. Ela está sofrendo.

— E eu piorei a coisa toda — disse Simon, balançando a cabeça. — A culpa é minha. Eu, com minha memória apagada por algum rei dos demônios. Eu, que não sei o que se passou na minha vida. Eu, o cara sem qualquer habilidade especial, que provavelmente vai ser morto *na escola*. Sou um monstro.

— Não — respondeu Jace calmamente. — Ninguém o culpa por não conseguir se lembrar. Você se ofereceu em sacrifício. Foi corajoso. Salvou Magnus. E salvou Isabelle. E me salvou. Você precisa dobrar mais os joelhos.

— Quê?

Jace estava de pé agora.

— Assim que der o passo para saltar. Dobre os joelhos de cara. Fora isso, você se saiu muito bem.

— Mas e quanto a Isabelle? — perguntou Simon. — O que eu faço?

— Não tenho ideia — respondeu Jace.

— Então você só veio até aqui para me torturar e falar de você mesmo? — questionou Simon.

— Ah, Simon, Simon, Simon — disse Jace. — Você pode não se lembrar, mas é esse tipo de coisa que fazemos.

Com isso, ele se retirou, claramente ciente dos olhares de admiração que acompanhavam cada um de seus passos.

Depois do almoço, eles tiveram aula de História. Normalmente os dois grupos de estudantes se dividiam para as aulas, mas em alguns casos, todos eram reunidos no salão principal. Não havia qualquer grandiosidade no salão, só alguns bancos tortos, e não o bastante para acomodar todos. As cadeiras do refeitório foram trazidas para complementar, mas mesmo assim não havia assentos suficientes. Então alguns alunos (a elite) tinham cadeiras e bancos, e a escória foi colocada no chão, na frente, como crianças do ensino fundamental. Mas depois daquela manhã, algumas horas sentados no chão de pedra frio e vazio era um belo de um luxo.

Catarina assumiu seu lugar no atril capenga.

— Temos uma palestrante convidada hoje — disse ela. — Ela veio nos visitar para falar sobre o papel dos Caçadores de Sombras na escrita da história. Conforme vocês já devem saber, apesar de eu não querer fazer presunções otimistas, Caçadores de Sombras estiveram envolvidos em muitos momentos importantes da história mundana. Em virtude de terem que impedir os mundanos de saberem sobre nós, Caçadores de Sombras às vezes têm que controlar a escrita dessa história. Com isso quero dizer que precisam ocultar coisas. É necessário oferecer explicações plausíveis para o que aconteceu, explicações que não envolvam demônios.

— Tipo em *MIB – Homens de preto* — sussurrou Simon para George.

— Então, por favor, peço total atenção a nossa estimada convidada — prosseguiu Catarina. Ela se pôs de lado e uma jovem alta assumiu seu lugar.

— Sou Tessa Gray — apresentou-se a garota com a voz baixa e nítida. — E acredito na importância das histórias.

A mulher diante do salão parecia estar no segundo ano de faculdade. Vestia-se de forma elegante, com uma saia preta curta, casaco de cashmere e um lenço estampado. Simon já tinha visto aquela moça antes — no casamento de Jocelyn e Luke. Clary disse que Tessa havia desempenhado um papel muito importante em sua vida quando ela era pequena. E também contou que ela tinha mais ou menos cento e cinquenta anos, embora certamente não parecesse.

— Para que vocês entendam essa história, precisam entender quem e o que eu sou. Assim como Catarina, sou uma feiticeira, contudo, minha mãe não era humana, mas uma Caçadora de Sombras.

Ouviu-se um burburinho pela sala, o qual Tessa ignorou.

— Não consigo ostentar as Marcas, mas já vivi entre Caçadores de Sombras, fui mulher de um Caçador de Sombras, e meus filhos foram Caçadores de Sombras. Testemunhei muita coisa que mais ninguém do Submundo jamais viu, e agora sou praticamente a única pessoa viva que se lembra da verdade por trás das histórias que os mundanos inventaram para explicar as ocasiões em que seu mundo encontrou o nosso. Sou muitas coisas. Uma delas, um arquivo vivo da história dos Caçadores de Sombras. Eis uma história que talvez conheçam: Jack, o Estripador. O que podem me falar sobre esse nome?

Simon sabia. Tinha lido *Do inferno* seis vezes. Passou a vida inteira esperando que alguém lhe fizesse uma pergunta sobre Alan Moore. Levantou a mão.

— Foi um assassino — soltou. — Matou prostitutas em Londres no final do século XIX. Provavelmente foi o médico da Rainha Vitória, e a coisa toda foi uma armação Real para encobrir o fato de que o príncipe havia tido um filho bastardo.

Tessa sorriu para ele.

— Está certo quanto a Jack, o Estripador ser o nome dado a um assassino, ou pelo menos, a uma série de assassinos. E isso a que se refere é a conspiração Real, que foi descartada. Acredito que seja também o enredo de um quadrinho e um filme chamado *Do inferno*.

A vida amorosa de Simon era complicada, mas ele sentiu uma pontada, só por um instante, por ter aquela mulher falando de quadrinhos com ele. Ah, enfim. Tessa Gray, nerd gata, provavelmente tinha namorado.

— Vou contar os fatos simples — disse Tessa. — Houve uma época em que meu nome não era Tessa Gray, mas Tessa Herondale. Naquela época, em 1888, em Londres, houve uma série de terríveis assassinatos...

Londres, Outubro de 1888

— Não é apropriado — disse Tessa a seu marido, Will.
— Ele gosta.
— Crianças gostam de tudo, Will. Gostam de doces, de fogo e de tentar enfiar a cabeça na chaminé. Só porque ele gosta da adaga...
— Olha como a segura com firmeza.

O pequeno James Herondale, dois anos de idade, estava de fato segurando muito bem a adaga. Espetou o sofá, soltando uma explosão de penas.

— Patos — disse ele, apontando para as penas.

Tessa se apressou para tirar a adaga da mãozinha e a substituiu por uma colher de madeira. James recentemente havia ficado muito apegado àquela colher de madeira, e a levava para todo canto, recusando-se até mesmo a dormir sem ela.

— Colher — disse James, cambaleando pela sala.
— Onde ele encontrou a adaga? — quis saber Tessa.
— É possível que eu tenha ido com ele até a sala das armas — falou Will.
— É?
— Sim, sim. É possível.
— E é possível que ele de algum jeito tenha conseguido pegar uma adaga do suporte na parede, longe do alcance dele? — perguntou Tessa.
— Vivemos num mundo de possibilidades — disse Will.

Tessa fixou os olhos cinzentos no marido.

— Fiquei vigiando o tempo todo — defendeu-se Will rapidamente.
— Se possível — disse Tessa, apontando com a cabeça para a figura adormecida de Lucie Herondale perto da lareira —, será que dá para você não entregar uma espada a Lucie até ela conseguir ficar de pé? Ou é pedir muito?

— Parece-me um pedido razoável — disse Will, com uma reverência extravagante. — Qualquer coisa por você, minha joia de valor inestimável. Até impedir que minha única filha pegue em armas.

Will ajoelhou, e James correu para ele para mostrar a colher. Will ficou admirando a colher como se fosse uma primeira edição, a mão grande e delicada, cheia de cicatrizes, nas costinhas de James.

— Colher — falou James, orgulhoso.

— Estou vendo, Jamie — murmurou Will, a quem Tessa flagrava cantando canções de ninar galesas para as crianças em suas noites quase sempre insones. Aos filhos, Will demonstrava o mesmo amor que sempre tivera por ela, voraz e inflexível. E o mesmo senso de proteção que ele só havia demonstrado a uma única pessoa: a quem homenagearam quando James fora batizado. O *parabatai* de Will, Jem.

— O tio Jem ficaria impressionado — disse ela a Jamie, com um sorriso. Era como ela e Will se referiam a James Carstairs perto dos filhos, embora entre eles fosse apenas Jem, e em público o Irmão Zachariah, um Irmão do Silêncio temido e respeitado.

— Jem — repetiu James, com clareza, e o sorriso de Tessa cresceu. Will e James inclinaram as cabeças ao mesmo tempo para olhar para ela, os cabelos escuros de ambos emoldurando as respectivas feições. A de Jamie era pequena e redonda, e as gordurinhas de bebê escondiam os ossos e os ângulos de um rosto que um dia seria tão parecido com o de Will quanto seus cabelos. Dois pares de olhos, um azul-escuro brilhante, e outro dourado celestial, olharam para ela com total confiança e uma dose de travessura. Seus meninos.

Os longos, longos dias de verão de Londres com os quais Tessa ainda estava se acostumando, mesmo depois de muitos anos, agora estavam começando a encurtar muito rapidamente. Não havia mais luz solar às dez da noite — agora já começava a escurecer às seis, e o nevoeiro era pesado e um pouco amarelo, e pressionava as janelas. Bridget tinha aberto as cortinas e os quartos estavam mal iluminados, porém aconchegantes.

Era uma coisa estranha, ser Caçador de Sombras e pai. Ela e Will tinham vidas constantemente envolvidas em perigo, e de repente duas crianças muito pequenas se juntaram a eles. Sim, eram duas crianças muito pequenas que vez ou outra pegavam punhais e um dia iriam começar a treinar para se tornarem guerreiras — se assim o desejassem. Mas agora eram simplesmente duas crianças muito pequenas. O pequeno James, correndo pelo Instituto com a colher. A pequena Lucie cochilando em seu berço ou carrinho ou em um dos muitos pares de braços dispostos a acolhê-la.

Ultimamente Will estava um pouco mais cuidadoso, Tessa ficou feliz em perceber, no que dizia respeito a correr riscos. (Em geral. Ela teria que se certificar de que ele não iria mais oferecer adagas às crianças). Bridget normalmente dava conta de cuidar dos meninos, mas Tessa e Will gostavam de passar o máximo de tempo possível em casa. A pequena Anna de Cecily e Gabriel era um ano mais velha do que James e já tinha entrado no Instituto. Ela às vezes tentava sair andando sozinha por Londres, mas sempre era impedida pela tia Jessamine, que ficava de guarda na porta. Se Anna sabia ou não que tia Jessamine era um fantasma, não estava claro. Ela era simplesmente a força amorosa e etérea perto da entrada que a mandava de volta para dentro e a orientava a parar de mexer nos chapéus de seu pai.

Era uma vida boa. Havia uma sensação de segurança que lembrava Tessa de um momento mais tranquilo, quando ela estava em Nova York, antes de saber de todas as verdades sobre si e sobre o mundo em que vivia. Às vezes, quando se sentava com seus filhos diante da lareira, tudo parecia tão... normal. Como se não houvesse demônios, nem criaturas da noite.

Ela se permitia tais momentos.

— O que teremos hoje à noite? — perguntou Will, guardando a adaga numa gaveta. — O cheiro parece de ensopado de cordeiro.

Antes que Tessa pudesse responder, ela ouviu a porta ser aberta e Gabriel Lightwood entrou apressado, com o cheiro de nevoeiro frio em seu encalço. Não se deu ao trabalho de tirar o casaco. Pelo jeito que estava andando e pelo seu olhar, Tessa notava que seu pequeno instante de tranquilidade doméstica tinha chegado ao fim.

— Algum problema? — perguntou Will.

— Isto — respondeu Gabriel. Ele mostrou um jornal chamado *Star*.

— É terrível.

— Concordo — respondeu Will. — Essas porcarias baratas são péssimas. Mas você parece mais incomodado do que deveria.

— Podem ser porcarias baratas, mas ouçam isso.

Ele parou sob um lampião, abriu o jornal, e o chacoalhou uma vez para deixar reto.

— *O terror de Whitechapel* — leu.

— Ah — disse Will. — Isso.

Todo mundo em Londres sabia sobre o terror em Whitechapel. Os assassinatos tinham sido notadamente horríveis. Notícias sobre as mortes preenchiam todos os jornais.

— ... *atacou novamente, e desta vez marcou duas vítimas, uma retalhada e totalmente desfigurada além de qualquer identificação, a outra com a garganta cortada e rasgada. Mais uma vez, ele escapou ileso; e novamente a polícia, com muita franqueza, confessou que não tem nenhuma pista. Estão esperando um sétimo e um oitavo assassinatos, exatamente como esperaram pelo quinto para agirem. Enquanto isso, Whitechapel é assombrada pelo medo. As pessoas temem até mesmo se dirigir a desconhecidos. Apesar das repetidas evidências de que o assassino só tem um objetivo, e atinge apenas uma classe da comunidade, o espírito de terror se espalhou, e ninguém sabe que medidas uma comunidade praticamente indefesa pode tomar para se proteger ou se vingar de qualquer criatura desafortunada que seja confundida com o inimigo. É dever dos jornalistas manter-se de cabeça fria, e não inflamar as paixões dos homens quando o que se deseja é manter a calma e a clareza de raciocínio; e devemos tentar escrever calmamente sobre essa nova atrocidade.*

— Muito lúgubre — disse Will. — Mas o East End é um local perigoso para mundanos.

— Não acho que isto seja mundano.

— Não tinha uma carta? O assassino mandou alguma coisa?

— Tinha, uma carta muito estranha. Estou com ela também.

Gabriel foi até a mesa no canto e a abriu, revelando uma pilha de recortes de jornal.

— Sim, aqui está. *Caro chefe, eu continuo ouvindo que a polícia me pegou, mas eles não vão me corrigir ainda. Eu gargalho quando eles parecem tão espertos e falam sobre estar no caminho certo. Aquela piada sobre o avental de couro me causou verdadeiros ataques de riso. Sou obcecado por prostitutas e não vou parar de rasgá-las até ser preso. Meu último trabalho foi maravilhoso. Não dei nem tempo para a senhorita gritar. Como eles podem me pegar agora? Amo meu trabalho e quero começar de novo. Em breve vocês vão ter notícias de meus joguinhos divertidos. Guardei um pouco do líquido vermelho do último trabalho numa garrafa de cerveja para escrever com ele, mas ficou grosso como cola e não tenho como usá-lo. Tinta vermelha terá que servir, espero. HaHa. No meu próximo trabalho, deceparei as orelhas da senhorita e enviarei para os policiais apenas por diversão, vocês não fariam o mesmo? Guarde esta carta por mais um tempo, até eu trabalhar mais, depois pode descartá-la. Minha faca é tão boa e afiada que quero vol-*

tar a trabalhar logo, se tiver uma oportunidade. Boa sorte. Atenciosamente, Jack, o Estripador.

— É um nome e tanto este que ele deu a si mesmo — disse Tessa. — E bem terrível.

— E certamente falso — disse Gabriel. — Um pouco de mentira inventada pelos jornalistas para continuarem vendendo a história. E boa para nós também, pois atribui um rosto humano, ou pelo menos a aparência de uma mão humana, aos crimes. Mas venham, vou lhes mostrar uma coisa.

Ele acenou para que fossem até a mesa no centro da sala e tirou um mapa de dentro do casaco. Abriu-o.

— Acabei de vir do East End — explicou. — Algo nessas histórias me perturbou, por razões além das óbvias. Fui até lá para dar uma olhada pessoalmente. E o que aconteceu ontem prova minha teoria. Aconteceram muitos assassinatos recentemente, todas as vítimas mulheres, mulheres que...

— Prostitutas — falou Tessa.

— Exato — respondeu Gabriel.

— Tessa tem um vocabulário tão extenso — disse Will. — É um dos aspectos mais atraentes nela. Mas lamento muito pelo seu, Gabriel.

— Will, ouça. — Gabriel se permitiu um longo suspiro.

— Colher! — disse James, correndo para o tio Gabriel e o atacando na coxa. Gabriel afagou o cabelo do menino afetuosamente.

— Você é um menino tão bonzinho — disse ele. — Frequentemente me flagro imaginando como pode ser filho de Will.

— Colher — repetiu James, se inclinando afetuosamente na perna do tio.

— Não, Jamie — disse Will. — Seu honrado pai foi insultado. Atacar, atacar!

— Bridget — disse Tessa. — Pode levar James para jantar?

James foi retirado da sala, arrebatado pelas saias de Bridget.

— O primeiro assassinato — começou Gabriel —, foi aqui. Buck's Row. 31 de agosto. Horrível, com muitos cortes na barriga. O segundo foi na Hanbury Street, dia oito de setembro. Ela se chamava Annie Chapman, e foi encontrada num quintal atrás de uma casa. Este assassinato teve cortes bem parecidos, mas foi muito pior. As vísceras foram simplesmente removidas. Alguns dos órgãos foram postos no ombro dela. Outros simplesmente sumiram. O trabalho foi feito com precisão cirúrgica, e um cirurgião qualificado teria demorado para conseguir executá-lo. Isso foi feito em poucos minutos, a céu aberto, sem muita iluminação. Foi este o trabalho que chamou minha atenção. E agora os últimos assassinatos, que ocorreram há poucas noites, estes realmente foram trabalhos demoníacos. Agora, vejam bem. O primeiro assassinato daquela noite foi aqui.

Ele apontou para um ponto no mapa marcado como Dutfield's Yard.

— É logo na saída da Berner Street, estão vendo? Esta foi Elizabeth Stride, e ela foi encontrada à uma da manhã. Ferimentos semelhantes, mas aparentemente incompletos. E apenas quarenta e cinco minutos depois, o corpo de Catherine Eddowes foi encontrado na Mitre Square.

Gabriel passou o dedo pela rota da Berner Street para a Mitre Square.

— É quase um quilômetro de distância — falou. — Eu mesmo percorri a rota muitas vezes. Esse segundo assassinato teve uma natureza ainda mais terrível. O corpo estava totalmente desmembrado e os órgãos foram removidos. O trabalho foi muito delicado, exigiu grande habilidade. E foi feito no escuro, em não mais do que poucos minutos. Trabalho que teria exigido mais tempo de um cirurgião, e certamente alguma iluminação. Simplesmente não é possível e, no entanto, aconteceu.

Tessa e Will examinaram o mapa por um instante enquanto a lareira crepitava suavemente atrás deles.

— Pode ser que tenha usado uma carruagem — disse Will.

— Mesmo com uma carruagem, não daria tempo de cometer estes atos. E certamente são atos cometidos pelo mesmo ser.

— Não é ação de lobisomens?

— Definitivamente não — respondeu Gabriel. — Nem de vampiros. Os corpos não foram drenados. Não foram consumidos, nem rasgados. Foram cortados, tiveram os órgãos removidos e arrumados, como que fazendo um desenho. Isto — Gabriel cutucou o mapa para enfatizar — é demoníaco por natureza. E deixou Londres em pânico.

— Mas por que um demônio perseguiria apenas essas pobres mulheres? — perguntou Will.

— Devem estar precisando de alguma coisa. O demônio parece pegar... órgãos reprodutores. Sugiro patrulharmos o East End, começando já. Esta região aqui.

Gabriel desenhou um círculo em torno de Spitalfields com o dedo.

— Este é o centro da atividade. Ele deve estar por aqui. Estamos de acordo?

— Onde está Cecily? — perguntou Will.

— Ela já começou a trabalhar. Está lá agora, conversando com algumas das mulheres na rua. Elas acham mais fácil falar com Cecily. Devemos começar imediatamente.

Will assentiu.

— Tenho mais uma sugestão. Como a fera parece atraída por uma classe específica de mulheres, deveríamos usar feitiços de disfarce...

— Ou metamorfos — disse Tessa.

— ... para atrair o demônio.

Os olhos de Will arderam um fogo azul.

— Está sugerindo que utilizemos minha mulher e minha irmã como iscas para essa coisa?

— É o melhor jeito — respondeu Gabriel. — E sua irmã é *minha* mulher. Tessa e Cecily são mais do que capazes, e nós também estaríamos presentes.

— É um bom plano — disse Tessa, encerrando a próxima discussão entre Will e Gabriel (sempre haveria tempo para mais uma).

Gabriel fez que sim com a cabeça.

— Então estamos de acordo?

Tessa olhou nos olhos azul-brilhantes do marido.

— De acordo — disse ela.

— De acordo — falou Will. — Com uma condição.

— E a condição é... — interrompeu Gabriel com um suspiro. — Ah — disse ele. — Irmão Zachariah.

— Esse monstro é violento — disse Will. — Pode ser que precisemos de um curandeiro. Alguém com o poder de um Irmão do Silêncio. É uma situação especial.

— Não consigo me lembrar de uma situação em que você *não* o tenha achado especial e tenha deixado de requisitar a presença dele — comentou Gabriel secamente. — Você chama o Irmão Zachariah até para cuidar de dedo quebrado.

— Estava ficando verde — disse Will.

— Ele tem razão — disse Tessa. — Verde não combina com ele. O faz parecer irritadiço. — Ela sorriu para Gabriel. — Não existe razão para Jem não nos acompanhar. Pode ser que precisemos da presença dele, e não fará mal nenhum tê-lo por perto.

Gabriel fez menção de falar e depois desistiu, fechando a boca com um estalo. Ele não conhecia Jem Carstairs tão bem assim antes de Jem se tornar um Irmão do Silêncio, mas gostava dele. Mesmo assim, ao contrário de sua mulher, Gabriel era uma das pessoas que (claramente) achava estranho que muito embora Tessa já tivesse sido noiva de Jem, ela e Will ainda o consideravam parte da família e tentavam incluí-lo em tudo que faziam.

Havia poucas pessoas no mundo que entendiam o quanto Will e Jem se amaram, se *amavam*, e o quanto Will sentia a falta dele. Mas Tessa entendia.

— Se pudermos salvar uma dessas pobres mulheres, temos que tentar — disse Tessa. — Se Jem puder ajudar, isso será maravilhoso. Se não puder, eu e Cecily faremos tudo que for possível. Espero que você não pense que falta coragem a algum de nós.

Will parou de encarar Gabriel, e voltou-se para Tessa. Olhou para ela e seu rosto suavizou: os traços do menino selvagem e ferido desapareceram, e foram substituídos pela expressão que ele usava frequentemente agora, a de um homem que sabia o que era amar e ser amado.

— Querida — disse ele. Pegou a mão dela e a beijou. — Quem conhece sua coragem melhor do que eu?

— Naquele mês de outubro — disse Tessa Gray —, não noticiaram nenhum assassinato do Estripador. O Instituto de Londres certificou-se de colocar patrulhas nas ruas todas as noites, até o amanhecer. Acredita-se que isso mantinha o demônio afastado.

Já estava escuro lá fora, apesar de serem apenas três da tarde. O corredor tinha ficado consideravelmente mais frio enquanto o sol desbotava, e todos os alunos estavam acocorados e abraçando o próprio corpo para se aquecerem, mas totalmente alerta. Tessa estava falando há algum tempo, mostrando mapas de Londres, descrevendo assassinatos verdadeiramente horríveis. Era o tipo de coisa que prendia a atenção.

— Eu acho — continuou ela, esfregando as mãos —, que está na hora de uma pequena pausa. Voltaremos em meia hora.

Durante as longas aulas com palestras, a Academia era generosa o bastante para permitir uma pausa para o banheiro de tempos em tempos, e mais uma para um chá horroroso, que era servido num dos grandes salões em chaleiras industriais com torneiras, antigas e fumegantes. Simon estava com frio o bastante para aceitar uma xícara. Mais uma vez, algum Caçador de Sombras benevolente ofereceu uma bandeja com bolinhos. Simon conseguiu dar uma olhada rápida antes de todos serem consumidos pelos alunos da elite, que foram os primeiros a ser liberados. Sobraram alguns biscoitinhos horrorosos. Pareciam feitos de areia.

— Hoje está bom — disse George, pegando um biscoito seco. — Bem, não bom, mas mais interessante do que de costume. E gostei da nova professora. Não dá para acreditar que ela tenha... quantos anos ela tem?

— Acho que cento e cinquenta, ou coisa do tipo. Talvez mais — disse Simon. A mente dele estava em outro lugar. Tessa Gray citou dois nomes: *Jem Carstairs* e *Irmão Zachariah*. Aparentemente eram a mesma pessoa. O que era interessante, porque em algum lugar nas lembranças mutantes de Simon, ele conhecia estes nomes. E lembrou-se de Emma Carstairs, olhando para Jace — não conseguia se lembrar o motivo, mas sabia que tinha acontecido —, e dizendo *"os Carstairs devem aos Herondale"*.

Simon olhou para Jace, que estava sentado numa poltrona, sendo paparicado pelos alunos.

— A senhorita Gray está muito bem para cento e cinquenta anos — disse George, olhando para onde Tessa estava, examinando o chá, desconfiada. Ao se afastar da mesa, ela lançou um olhar breve a Jace. Tinha uma tristeza saudosa no rosto.

Naquele instante, Jace se levantou da cadeira, dispersando os puxa-sacos. Todos os alunos da elite abriram espaço para ele e ouviu-se um coro de "Oi, Jace" e alguns suspiros enquanto ele se aproximava de Simon e George.

— Você se saiu muito bem hoje — falou ele para George, que ruborizou e ficou sem fala.

— Eu... ah. Certo. Sim. Obrigado, Jace. Obrigado.

— Ainda está dolorido? — perguntou Jace a Simon.

— Só o meu orgulho.

— É para preceder a queda mesmo.

Simon fez uma careta para a piada.

— Sério?

— Estou esperando para dizer isso há um bom tempo.

— Não é possível. — A expressão de Jace demonstrou que era possível, sim. Simon suspirou. — Ouça, Jace, se der para a gente conversar um segundo...

— Qualquer coisa que queira me contar pode ser dita na frente do meu grande amigo George aqui.

Você vai se arrepender disso, pensou Simon.

— Tudo bem — disse ele. — Vá falar com Tessa.

Jace piscou.

— Tessa Gray? A Feiticeira?

— Ela era Caçadora de Sombras — relatou Simon cautelosamente. — Olha, ela estava contando uma história, um trecho da História, na verdade, e lembra o que Emma disse? Sobre os Carstairs deverem aos Herondale?

Jace enfiou as mãos nos bolsos.

— Claro, eu me lembro. Fico surpreso que *você* se lembre.

— Acho que você deveria conversar com Tessa — disse Simon. — Acho que ela pode contar sobre os Herondale. Coisas que você ainda não sabe.

— Hum — resmungou Jace. — Vou pensar.

Ele saiu andando. Simon ficou observando-o sair, frustrado. Queria se lembrar o bastante sobre como ele e Jace interagiam normalmente, para saber se isso significava que ele ia ignorar seu conselho ou não.

— Ele o trata como um amigo — disse George. — Ou um igual. Vocês realmente se conheciam. Quero dizer, eu sabia disso, mas...

Jonathan Cartwright chegou perto deles, o que não foi nenhuma surpresa.

— Falando com Jace, hein? — disse ele.

— Você é detetive? — retrucou Simon. — Seus poderes de observação são incríveis.

Jonathan agiu como se Simon nem tivesse falado.

— É... eu e Jace vamos botar o papo em dia mais tarde.

— Você vai mesmo manter a farsa de que conhece Jace? — perguntou Simon. — Porque você sabe que agora isso não vai mais funcionar, não sabe? Em algum momento Jace vai vir e vai falar que vocês não se conhecem.

Jonathan pareceu carrancudo. Mas antes que pudesse falar qualquer coisa, o sinal tocou para todos retornarem ao salão e Simon se misturou aos outros. Eles sentaram outra vez, e se ajeitaram para continuar ouvindo a palestra de Tessa.

— Decidimos fazer patrulhas noturnas na área — começou ela. — Nosso dever como Caçadores de Sombras é proteger o universo mundano contra a influência de demônios. Fazíamos rondas, observávamos e alertávamos a todos que podíamos. Dentro do possível, as mulheres que trabalhavam em East End tentavam tomar mais cuidado, evitavam andar sozinhas. Mas para mulheres nesta profissão, a segurança raramente era levada em consideração. Sempre presumi que suas vidas fossem difíceis, mas eu não fazia ideia...

Londres, 9 de novembro, 1888

Tessa Herondale certamente sabia o que era pobreza, sabia que existia. Quando sua tia morreu e ela ficou sozinha, jovem, sem amigos e indefesa em Nova York, sentiu o hálito frio da pobreza, como um monstro em seu encalço. Mas no mês em que ela e Cecily ficaram vagando pelas ruas de Londres sob o disfarce de prostitutas, ela viu como teria sido se a pobreza a tivesse alcançado e dominado.

Elas se vestiram de acordo — roupas velhas e maltrapilhas, maquiagem pesada nas bochechas. Tiveram que usar feitiços de disfarce para o restante, pois a verdadeira marca da prostituta era almejada. Dentes faltando. Icterícia. Corpos magros pela subnutrição e afetados por doenças. Mulheres que passavam a noite inteira andando, por não terem onde dormir ou sentar. Elas se vendiam por trocados para comprar gin para se aquecer, para anestesiar a dor por uma hora, para esquecer a realidade brutal de suas vidas. Se essas mulheres conseguissem dinheiro para arrumar onde dormir por uma noite, isso não significava que teriam uma cama. Teriam um canto no chão, ou até mesmo um pedaço de parede para se apoiarem, com uma corda pendurada para impedir que os dorminhocos caíssem. Quando o dia amanhecesse, seriam jogadas na rua outra vez.

Caminhando entre elas, Tessa sentiu-se suja. Sentiu os restos do jantar na barriga. Ela sabia que sua cama no Instituto estava quentinha e abrigando alguém que a amava e iria protegê-la. Estas mulheres tinham hematomas e cortes. Elas brigavam por esquinas, pedaços de espelho quebrado e retalhos de pano.

E havia crianças também. Sentavam-se nas ruas fétidas, independentemente da idade que tinham. A pele tão suja que parecia que jamais ficariam limpas. Ela se perguntou quantas delas já haviam comido uma refeição quente em suas vidas, servida num prato. Será que um dia conheceram um lar?

Acima de tudo, o cheiro. O cheiro foi o que realmente impregnou na alma de Tessa. O fedor de urina, o solo noturno, o vômito.

— Estou ficando cansada disso — disse Cecily.

— Acho que todo mundo está cansado — respondeu Tessa.

Cecily suspirou tristemente.

— Basta um trajeto de carruagem e as ruas ficam quietas e impecáveis. O West End é outro mundo.

Um bêbado se aproximou e fez uma proposta. Como tinham que interpretar o papel, Cecily e Tessa sorriram e o conduziram a um beco, onde o colocaram num barril de ostras vazia e o largaram lá.

— Um mês fazendo isso e nenhum sinal — disse Tessa enquanto se afastavam do homem de ponta-cabeça que se sacudia no barril. — Ou estamos afastando-o, ou...

— Ou simplesmente não está funcionando.

— Magnus Bane seria útil num momento como este.

— Magnus Bane está aproveitando Nova York — respondeu Cecily. — Você é feiticeira.

— Não tenho a experiência de Magnus. Enfim, já está quase amanhecendo. Mais uma hora e podemos voltar.

Will e Gabriel tinham assumido como posto o bar Ten Bells, que parecia um local central para receber notícias sobre o assassino. De fato, muitos dos locais alegaram tê-lo visto lá com as vítimas antes dos crimes. Às vezes Jem aparecia com notícias da Cidade do Silêncio. Não era incomum que Cecily e Tessa voltassem exaustas para o bar ao amanhecer e descobrissem que Gabriel já havia ido embora e flagrassem Will dormindo, enrolado na túnica do Irmão Zachariah, a cabeça caída na mesa.

Jem estaria lendo um livro, ou olhando pela janela em silêncio. Ele conseguia enxergar, à sua maneira, apesar de seus olhos fechados. Ele fazia uso de um feitiço de disfarce, de modo que sua aparência não chocasse os clientes da taverna. Tessa sempre sentia Cecily tensa quando via Jem: símbolos pretos em seu rosto, e havia uma única faixa branca em seu cabelo escuro.

Às vezes, depois que Cecily e Gabriel saíam, Tessa sentava-se, pousava a mão na de Jem e, com Will dormindo em seu ombro, ficava ouvindo a chuva batendo na janela. Nunca durava muito, contudo, porque ela não gostava de deixar os filhos sozinhos, embora Bridget fosse uma excelente cuidadora.

Era difícil para ambas as famílias. As crianças acordavam e encontravam quatro pais esgotados que desenhavam Marcas de vigília sem parar, e mesmo assim mal conseguiam acompanhar Anna, correndo para lá e para cá com um colete de seu tio, ou James, agitando a colher e tentando encontrar a adaga que tinha visto e adorado. Lucie acordava o tempo todo caçando leite e afago.

E cá estava, mais um amanhecer nas ruas do East End, e para quê? E o amanhecer vinha cada vez mais tarde. As noites eram tão longas. Quando o sol se ergueu sobre a Igreja de Cristo em Spitafields, Cecily se voltou novamente para Tessa.

— Em casa — disse ela.

— Em casa — respondeu Tessa esgotada.

Tinham arrumado uma carruagem para buscá-los naquela manhã na Gun Street. Encontraram Will e Gabriel lá. Eles sempre pareciam piores, pois tinham que passar a noite inteira bebendo gin para se misturarem aos presentes. Naquela noite, Jem não apareceu, e Will parecia inquieto.

— Descobriram alguma coisa? — quis saber Tessa.

— O de sempre — disse Gabriel, com a fala um pouco enrolada. — Todas as vítimas foram vistas com *um homem*. Varia em estatura e aparência.

— Então provavelmente um Eidolon — disse Will. — É tão genérico que pode ser até mesmo um Du'sien, mas não acho que um Du'sien fosse capaz de se aproximar de uma mulher e convencê-la de que ele era um humano de verdade, independentemente do quão embriagada ela estivesse.

— Mas isso não nos diz nada — respondeu Cecily. — Se for um Eidolon, poderia ser qualquer um.

— Mas está sendo muito consistente — disse Will. — Sempre surge na figura de um homem e sempre ataca mulheres. Não estamos chegando a lugar algum com isso.

— Ou estamos chegando a todos os lugares — respondeu Gabriel. — Ele não voltou mais.

— Não podemos fazer isso *eternamente*.

Eles vinham tendo essa mesma conversa todas as noites durante a última semana. Esta terminou como sempre acontecia, com os dois casais recostando-se uns nos outros no banco de trás da carruagem e adormecendo até chegarem ao Instituto. Eles cumprimentaram seus filhos, que estavam tomando café com Bridget, e escutaram com olhos semicerrados enquanto Anna divagava sobre seus muitos planos para o dia e James batia a colher.

Tessa e Will começaram a subir os degraus para o quarto. Cecily esperou por Gabriel, que estava se demorando na sala de estar.

— Já subo — avisou ele, os olhos vermelhos. — Quero ler os jornais.

Gabriel sempre fazia isso — sempre verificava, todas as manhãs. Então Tessa, Will e Cecily foram para a cama. Uma vez em seu quarto, Tessa lavou o rosto na bacia com água quente que Bridget havia deixado. O fogo estava ardendo e a cama estava arrumada, esperando por eles. Deitaram, agradecidos.

Mal tinham dormido quando Tessa ouviu batidas incessantes à porta e Gabriel entrou.

— Aconteceu de novo — disse ele, esbaforido. — Pelo Anjo, essa foi a pior de todas.

A carruagem foi chamada de novo e em menos de uma hora eles estavam de volta ao East End, desta vez de uniforme.

— Aconteceu num lugar chamado Miller's Court, na saída da Dorset Street — disse Gabriel.

Dentre todas as ruas terríveis do leste de Londres, a Dorset Street era a pior. Era uma estrada curta, perto da Commercial Street. Tessa tinha aprendido muito sobre os acontecimentos da Dorset Street nas últimas semanas. Uma dupla de senhorios abusivos controlava quase toda a rua. Eram tantos gritos, tanta pobreza e tanto fedor num espaço tão pequeno, que parecia que o lugar oprimia a ponto de arrancar o ar de seus pulmões. As casas lá eram divididas em pequenos quartos, cada espacinho alugado. Esta era uma rua onde todos tinham olhares vazios, onde o sentimento dominante era o desespero.

No caminho, Gabriel contou o que conseguiu descobrir nos jornais matinais — o endereço (número treze), o nome da vítima (Mary Kelly). Houve um desfile ao longo da cidade pelo dia do prefeito. Mas a notícia do crime havia se espalhado, e foi se difundindo pelo caminho ao longo do percurso do desfile. Meninos jornaleiros gritavam sobre o assassinato e vendiam como nunca. Cecily olhou através da cortina da carruagem.

— Parecem estar comemorando — disse ela. — Estão sorrindo e correndo para comprar jornais. Meu Deus, como as pessoas podem comemorar algo assim?

— É interessante — falou Will, com uma expressão sombria. — O perigo é atraente. Principalmente para quem não tem nada a perder.

— Vai estar um caos lá — comentou Gabriel.

De fato, a multidão já tinha se aglomerado na Dorset Street. Todos os moradores estavam observando a polícia, que tentava conter as pessoas e impedi-las de invadir uma entradinha no meio da rua.

— Ali — disse Gabriel. — Miller's Court. Não vamos conseguir nem chegar perto, a não ser que você entre, Tessa. Tem um detetive ali chamado Abberline, da Scotland Yard. Se conseguirmos trazê-lo aqui, ou algum dos policiais que estão trabalhando lá dentro...

— Vou fazer um deles vir até aqui — disse Will, irrompendo pela multidão.

Voltou alguns minutos depois, com um homem de meia-idade e uma aparência gentil. Parecia muito ocupado e sua testa estava enrugada de preocupação. O que quer que Will tivesse dito a ele, foi o suficiente para tirá-lo da cena do crime.

— Onde é? — perguntou ele, acompanhando Will. — Tem certeza...
— Certeza.

Foi difícil impedir que as pessoas os seguissem, então Cecily, Tessa e Gabriel bloquearam a passagem enquanto Will levava o inspetor por um beco. Ele assobiou alguns instantes depois. Estava na entrada de um quarto barato alugado.

— Aqui — disse Will. O inspetor estava no canto, apagado. Estava nu.
— Ele está bem, mas provavelmente vai acordar em breve. Vista isso.

Enquanto Tessa pegava as roupas e se transformava em Abberline, Will a atualizava com mais alguns fatos que tinha descoberto com as pessoas na rua. Mary Kelly provavelmente foi vista pela última vez às duas e meia da manhã, mas uma pessoa alegou tê-la visto às oito e meia. Independentemente disso, era provável que o que quer que a tivesse matado, tivesse evaporado há muito tempo.

Uma vez que Tessa estava pronta, Will a ajudou a atravessar a multidão pela Dorset Street até a pequena entrada da Miller's Court. Tessa atravessou a passagem escura até um pequeno jardim, que mal tinha largura suficiente para permitir que alguém se virasse ali dentro. Havia diversas casas ali, brancas, cobertas com cal barato. Dúzias de rostos espiavam das janelas quebradas e sujas.

O quarto treze mal era um quarto — claramente fazia parte de um espaço mais largo onde fora construída uma divisória barata. Estava basicamente vazio, continha apenas algumas peças de mobiliário quebrado. Estava muito, muito quente, como se um fogo tivesse ardido ali durante a noite inteira.

Em todo o seu período combatendo demônios, Tessa jamais vira algo assim.

Havia sangue.

Era uma quantidade tão grande que ela ficou imaginando como um corpo tão pequeno podia comportar tanto. Tinha deixado parte do chão preta, e a cama, na qual a mulher se encontrava, estava inteiramente manchada. Não havia outra cor. Quanto à mulher em si — ela não mais o era. Seu corpo estava destruído de um jeito que mal podia ser compreendido. Isso tinha levado algum tempo. O rosto dela — não restava muito para contar a história. Muitas partes tinham sido removidas. Podiam ser vistas em vários lugares ao redor da moça na cama. Havia pedaços sobre uma mesa.

Havia um homem inclinado sobre ela. No chão, a maleta de um médico, então Tessa se aprumou e falou:

— Então, doutor?

O médico virou-se.

— Acho que teremos que levá-la logo. Estão tentando invadir. Teremos que transportá-la com cuidado.

— Por favor, me dê um resumo geral da situação. Preciso de um relatório conciso.

O médico se esticou e limpou as mãos manchadas de sangue na calça.

— Bem, um corte muito fundo na garganta. A cabeça foi quase arrancada. Dá para ver que o nariz se foi, e boa parte da pele. São tantos cortes e incisões no abdômen que mal sei por onde começar. A cavidade abdominal está vazia e as mãos foram colocadas na abertura. Dá para ver que ele deixou partes aqui neste recinto, mas outras estão faltando. O coração se foi. Acredito que a pele sobre a mesa seja das coxas...

Tessa não aguentou mais informações. Era o suficiente.

— Estou vendo — comentou. — Preciso falar com uma pessoa.

— Tome as providências para que ela seja removida — disse o médico. — Não podemos mantê-la aqui. Eles vão entrar. Querem ver.

— Oficial — disse Tessa ao policial que estava junto à porta —, cuide para que tragam a maca.

Tessa se afastou rapidamente, voltou pela multidão, respirando o mais fundo possível para conseguir se livrar do cheiro de sangue e vísceras. Sentiu um enjoo que não experimentava desde as gestações de seus filhos. Will deu uma olhada nela e a abraçou. Cecily avançou e colocou sais aromáticos para ela cheirar. Tinham aprendido que cheirar sais era necessário.

— Tragam o detetive — disse Tessa, após se recuperar. — Precisam dele.

O inspetor foi buscado e vestido. Utilizaram os sais aromáticos e ele foi melhorando lentamente. Uma vez que o colocaram de pé sob a garantia de que ele tinha apenas desmaiado, saíram logo de lá e seguiram para White's Row.

— O que quer que tenha sido — começou Gabriel —, é bem provável que já tenha ido embora há muito. Foi há horas. Com o corpo em local fechado, agiu sem ser notado por um tempo.

Ele pegou seu Sensor, mas não detectou nenhuma atividade.

— Sugiro que voltemos para o Instituto — disse. — Ficamos sabendo o que foi possível aqui. É hora de nos dedicarmos a este problema de uma outra forma. Temos que examinar as pistas que ele deixa.

— As pessoas — disse Tessa.

— As pessoas — corrigiu-se Gabriel.

Estavam mais despertos agora. Tessa ficou imaginando se voltaria a dormir um dia. Considerou o caminho do leste para o oeste mais repugnante desta vez — os prédios limpos, o espaço, as árvores, os parques, as carruagens adoráveis e as belas roupas e lojas. E só a um quilômetro e meio de distância, ou algo assim...

— O que está feito não pode ser desfeito — disse Will, pegando a mão dela.

— Você não a viu.

— Mas vamos pegar a criatura que a atacou.

Assim que viraram na Fleet Street, Tessa sentiu algo errado. Ela não sabia o que era. A rua estava absurdamente silenciosa. Um dos criados de uma das propriedades vizinhas varria as folhas do degrau. Havia um carrinho de carvão e uma carroça de um verdureiro que entregava hortaliças. Ela sentou-se ereta, todas as terminações nervosas tensas, e quando a carruagem parou, ela abriu a porta rapidamente e saltou. Ao verem a reação dela, os outros três foram atrás.

A primeira coisa que confirmou seus temores foi o fato de Bridget não os ter recebido à porta.

— Bridget? — chamou Tessa.

Nada.

Ela olhou para as janelas — limpas, inteiras, escuras. As cortinas tinham sido fechadas. Will abriu a porta.

Encontraram Bridget ao pé da escada. Cecily correu até ela.

— Está inconsciente — constatou. — Mas está respirando. As crianças! Quem está com as crianças?

De forma uníssona, correram pelas escadas. Todas as luzes estavam apagadas, todas as portas fechadas, todas as cortinas também. Todos seguiram em direções separadas, correndo para o quarto de bebê, para os quartos, para todos os cômodos no andar de cima. Nada.

— *Caçadores de Sombras...*

A voz não era masculina, nem feminina, e parecia vir de todos os lugares. Will e Tessa se encontraram no corredor, e Will ergueu uma pedra de luz enfeitiçada.

— O que é você? — gritou ele. — Onde estão as crianças?

— Caçadores de Sombras...

— Onde estão as crianças? Não pode ter interesse nelas. Mostre-se!

— Caçadores de Sombras...

Gabriel e Cecily apareceram, com as lâminas serafim em riste. Will e Tessa alcançaram as suas. Desceram os degraus, olhando em todas as direções.

— Eu os sigo — sibilou a voz, e agora parecia vir de baixo deles. — Caçadores de Sombras. Eu os sigo para casa. Joguem meu jogo.

— Qual é o seu jogo? — quis saber Will. — Jogo o jogo que quiser se você se apresentar.

— O jogo é de esconder. Gosto de esconder. Gosto de pegar... os pedaços. Eu escondo. Eu pego os pedaços.

— Sei que você tem uma forma — disse Will. — Já foi visto. Mostre-se.

— Colher!

O grito veio da direção da sala de jantar. Os quatro correram para a voz. Quando abriram a porta, encontram James na extremidade oposta do cômodo, com a colher erguida.

— James! — gritou Tessa. — Venha com a mamãe! Agora, James!

James riu e, em vez de correr para Tessa, virou-se em direção à enorme lareira, onde uma fogueira enorme ardia alta. Ele correu diretamente para o fogo.

— James!

Will e Tessa correram para ele, mas no meio do caminho o fogo brilhou numa infinidade de cores: azul, verde e preto. O calor irradiou de lá, fazendo-os cambalear para trás.

O fogo desapareceu tão depressa quanto surgiu. Eles correram novamente para a lareira, mas não havia qualquer sinal de James.

— Não, não! — gritou Tessa. — Jamie!

Ela saltou para o fogo; Will a segurou e a puxou para trás. Tudo pareceu ficar escuro e silencioso aos ouvidos de Tessa. Ela só conseguia pensar em seu bebê. Sua risada suave, seus cabelos escuros como os do pai, sua doçura, o jeito como a abraçava, seus cílios contra suas bochechas.

De algum jeito, ela havia caído no chão. Era duro contra seus joelhos. *James*, pensou, desesperada.

A mão fria de alguém se fechou ao redor do seu pulso. Havia palavras em sua cabeça, suaves e baixinhas, frescas como água.

Estou aqui.

Ela abriu os olhos. Jem estava ajoelhado ao seu lado. O capuz de sua túnica estava para trás, os cabelos grisalhos desalinhados.

Está tudo bem. Não era James. Aquele era o demônio em pessoa, tentando enganá-la. James está na casa.

Tessa engasgou.

— Meu Deus! É verdade?

De repente havia braços fortes ao seu redor, envolvendo-a com força.

— É verdade. Jem colocou um feitiço de rastreamento em Lucie e James desde que eles nasceram. Estão vivos, só precisam que a gente os encontre. Tess... Tessa... — Ela sentiu as lágrimas de Will em seu ombro.

Jem ainda estava segurando a mão de Tessa. *Chamei por James*, pensou ela, *e ele veio.*

Tessa ficou onde estava. Era a primeira vez, pensou, que suas pernas tinham ficado tão fracas a ponto de ela sequer conseguir se levantar. Will estava com os braços em volta dela, que segurava a mão de Jem. Isto bastava para mantê-la respirando.

A Cidade do Silêncio acredita que o demônio é uma espécie de trapaceiro. Ele quer que vocês o persigam pelo Instituto. As motivações dele não são claras, mas parecem ser infantis...

— Se for uma criança... — começou Tessa, quase para si.

Os outros olharam para ela.

— Se for uma criança, ele acha que está brincando. Ele brinca com mulheres. Acho que quer... uma mãe.

De repente, foi como se uma grande ventania tivesse sacudido o recinto.

— *Eu brinco* — disse uma voz diferente.

— Jessamine! — disse Will. — Ela está dentro da casa.

— Eu brinco com você — disse a voz de Jessamine, mais alto dessa vez. Parecia vir de todos os cômodos. — Eu tenho brinquedos. Tenho uma casa de bonecas. Brinque *comigo*.

Fez-se um longo silêncio. Em seguida todos os jatos de gás se deflagraram, enviando colunas de chamas azuis quase até o teto. Tão depressa quanto, foram sugadas novamente pelos bicos e o recinto escureceu novamente. O fogo se apagou.

— Minha casa de bonecas é maravilhosa — prosseguiu a voz de Jessamine. — É bem pequena.

— *Bem pequena?* — veio a resposta.
— Traga as crianças e vamos brincar.
Ouviu-se um novo sopro de vento pela sala.
— O quarto de Jessamine — disse Will.
Todos seguiram cuidadosamente para o quarto de Jessamine, cuja porta estava aberta. Lá estava a casa de bonecas de Jessamine, seu grande orgulho, e ao lado dela, a figura transparente e tênue de Jessamine. Um instante mais tarde, alguma coisa desceu pela chaminé, uma espécie de névoa estilhaçada em pedaços que pairou pelo quarto como fragmentos de nuvens. Jessamine estava ocupada brincando de boneca e não prestou atenção em ninguém.
— Precisamos de mais gente para brincar — disse ela.
— *É bem pequena. Tantos pedaços.*
A névoa voou para a casa de bonecas, mas de repente Jessamine se irritou. Transformou-se numa espécie de teia, envolvendo a casinha.
— Precisamos de mais gente para brincar — sibilou Jessamine. — As crianças.
— *Elas estão nas paredes.*
— Nas paredes? — indagou Gabriel. — Como podem...
— A chaminé — disse Cecily. — A criatura usa a chaminé.
Eles correram de cômodo em cômodo. Todas as crianças foram encontradas, dormindo, enfiadas numa chaminé. Anna estava num dos quartos vazios de Caçadores de Sombras. James na cozinha. Lucie no quarto de Cecily e Gabriel. Uma vez que estavam seguros, assim como Bridget, os dois pares de pais voltaram ao quarto de Jessamine, onde a figura brilhante de Jessamine brincava com uma garotinha. Jessamine parecia totalmente concentrada na brincadeira até ver os outros, que menearam a cabeça para ela.
— Agora vamos brincar de outra coisa — disse Jessamine.
A garota se voltou para Jessie e Tessa viu o rosto dela. Era pálido e liso, o rosto de uma criança, mas os olhos eram inteiramente pretos, sem qualquer pedaço branco. Pareciam partículas de carvão.
— *Não. Vamos brincar disso.*
— Você tem que fechar os olhos. É uma brincadeira muito legal. Nós vamos nos esconder.
— *Esconder?*
— Isso. Vamos brincar de esconde-esconde. Tem que fechar os olhos.
— *Eu gosto de esconder.*
— Mas primeiro tem que procurar. Feche os olhos.

A criança demônio, uma garotinha, que mal aparentava mais de cinco anos de idade, fechou os olhos. Assim que o fez, Will a atacou com a lâmina serafim e todo o quarto ficou sujo de icor.

— E acabou — disse Tessa. — O problema, é claro, foi que o restante de Londres não podia ser avisado de que tinha acabado. Jack, o Estripador, tinha sido criado do nada, e agora não havia um Jack, o Estripador, para ser punido. Não haveria captura, nem julgamento, nem enforcamento público. Os assassinatos simplesmente cessaram. Cogitamos simular alguma coisa, mas àquela altura estava todo mundo tão atento que achamos que isso pudesse complicar as coisas. Mas no fim das contas, não precisamos fazer nada. Os jornais prosseguiram com a história. Coisas novas eram publicadas todos os dias, apesar de não haver o que noticiar. As pessoas estavam dispostas a formular teorias próprias, e assim o fazem desde 1888. Todos querem capturar o assassino incapturável. Todos querem ser os heróis da história. E assim tem sido em muitos casos desde então. Na ausência de fatos, a mídia frequentemente cria as próprias histórias. Pode nos poupar de muito trabalho. De muitas maneiras, a mídia moderna é umas das coisas mais valiosas para nós em termos de encobrir a verdade. Não descartem mundanos. Eles tecem suas histórias para que o mundo deles faça sentido. Alguns de vocês mundanos vão nos ajudar a entender melhor o nosso. Obrigada pela atenção — concluiu Tessa. — Desejo toda a sorte do mundo no prosseguimento do treinamento. O que fazem é algo muito corajoso e importante.

— Uma salva de palmas para nossa estimada convidada — disse Catarina.

Tessa foi aplaudida, então desceu e foi até um homem, que lhe deu um beijo delicado na bochecha. Ele era esguio e muito elegante, vestia preto e branco. Seus cabelos escuros tinham uma única mecha branca, complementando o visual dicromático.

Lembranças assolaram Simon, algumas fáceis de acessar, outras escondidas detrás de uma teia frustrante de esquecimento. Jem também havia estado no casamento de Luke e Jocelyn. O jeito como ele sorria para Tessa, e como ela retribuía, deixava óbvia a natureza da relação entre os dois — estavam apaixonados, e compartilhavam o amor mais genuíno e mais real.

Simon pensou na história de Tessa, no Jem que havia sido um Irmão do Silêncio, e que tinha feito parte da vida dela há tantos e tantos anos. Irmãos do Silêncio de fato viviam muito, e a memória anuviada de Simon de fato lembrava alguma coisa sobre alguém que tinha voltado à vida normal por ação do fogo celestial. O que significava que Jem tinha passado mais de cem anos na Cidade do Silêncio até sua missão se concluir. Ele voltou à vida para viver seu amor imortal.

Essa sim era uma relação complicada. Fazia uma leve perda de memória e um antigo status de vampiro parecerem quase normais.

Naquela noite o jantar foi um novo pesadelo culinário: comida mexicana. Havia frangos assados, ou *pollo asado*, ainda com penas, e tortillas quadradas.

Jace não apareceu. Simon não precisou procurar por ele, considerando que todo o refeitório estava em estado de alerta. Se alguém avistasse sua bela cabeça loura, Simon ouviria os suspiros. Depois de tudo isso, Simon e George voltaram para o quarto e encontraram Jace perto da porta.

— Boa noite — cumprimentou ele.

— Sério — respondeu Simon. — Há quanto tempo você está rondando a área?

— Queria falar com você. — Jace estava com as mãos nos bolsos e apoiado na parede, parecendo um anúncio de uma revista de moda. — Em particular.

— As pessoas vão falar que estamos apaixonados — disse Simon.

— Vocês podem usar o nosso quarto — disse George. — Se quiserem conversar. Se é particular, posso colocar protetores auriculares.

— Não vou entrar aí — disse Jace, olhando para a entrada. — Este quarto é tão úmido que provavelmente dá para caçar sapos nas paredes.

— Ah, agora vou ficar com isso na cabeça — disse George. — Detesto sapos.

— Então, o que você quer? — perguntou Simon.

Jace sorriu levemente.

— George, entre no quarto — disse Simon, como se pedisse desculpas.

— Já vou.

George entrou no quarto e fechou a porta. Simon agora estava a sós com Jace num longo corredor, o que parecia uma situação familiar.

— Obrigado — disse Jace, surpreendendo de cara. — Você estava certo em relação a Tessa.

— Ela é sua parente?

— Fui falar com ela. — Jace pareceu timidamente satisfeito, como se uma luzinha tivesse se acendido dentro dele. Era o tipo de expressão que faria meninas adolescentes correrem atrás dele, desconfiava Simon. — Ela é minha ta-ta-ta-alguma coisa-avó. Foi casada com Will Herondale. Eu já conhecia algumas histórias a respeito dele. Ele participou da contenção de uma grande invasão demoníaca no Reino Unido. Ela e Will foram os primeiros Herondale a governar o Instituto de Londres. Quer dizer, não é nada que eu não saiba, historicamente falando, mas é... bem, até onde sei, não existe ninguém vivo com o meu sangue. Mas Tessa tem.

Simon se apoiou na parede do corredor.

— Contou para Clary?

— Contei, passei algumas horas conversando com ela por telefone. Ela disse que Tessa tinha dado a entender algumas dessas coisas no casamento de Luke e Jocelyn, mas não falou nada diretamente. Não queria que eu me sentisse carregando um fardo.

— E você sente isso? — perguntou Simon. — Carregando um fardo, quero dizer.

— Não — disse Jace. — Sinto como se existisse mais alguém que sabe como é ser um Herondale. Tanto a parte boa quanto a ruim. Eu temia por causa do meu pai... que talvez ser um Herondale significasse fraqueza. E depois aprendi mais e achei que talvez esperassem que eu fosse alguma espécie de herói.

— Sim — disse Simon. — Sei como é isso.

Compartilharam um instante de um silêncio bizarro e camarada — o menino que tinha esquecido tudo sobre a própria história, e o que nunca havia conhecido a sua.

Simon interrompeu o silêncio.

— Vai voltar a vê-la? Tessa?

— Ela disse que vai levar a mim e a Clary a uma visita à casa dos Herondale em Idris.

— Você conheceu Jem também?

— Já conhecia — respondeu Jace. — No Basilias, em Idris. Você não se lembra, mas eu...

— Fez com que ele deixasse de ser um Irmão do Silêncio — completou Simon. — Eu lembro.

— Conversamos em Idris — elucidou Jace. — Muito do que ele disse faz mais sentido para mim agora.

— Então você está feliz — falou Simon.

— Estou — respondeu Jace. — Quero dizer, tenho estado muito feliz desde o fim da Guerra Maligna, de verdade. Tenho Clary, e tenho minha família. A única mancha é você. Por não se lembrar de Clary, ou de Izzy. Ou de mim.

— Mil perdões por atrapalhar sua vida com minha amnésia inconveniente — resmungou Simon.

— Não foi isso que eu quis dizer — consertou Jace. — Quis dizer que queria que se lembrasse de mim porque... — suspirou. — Deixa pra lá.

— Olha, Herondale, você me deve uma agora. Espere aqui.

— Por quanto tempo? — Jace pareceu ofendido.

— Pelo tempo que for necessário. — Simon entrou no quarto e fechou a porta. George, que estava deitado na cama estudando, pareceu sorumbático quando Simon avisou que Jace estava no corredor.

— Ele está *me* deixando tenso agora — disse George. — Quem ia querer ser seguido por Jace Herondale, todo misterioso, taciturno e louro... Ah, certo. Muitas pessoas, provavelmente. Mesmo assim, eu preferiria que não.

Simon não se deu ao trabalho de trancar a porta do quarto, em parte por não existirem trancas na Academia dos Caçadores de Sombras, e em parte porque se Jace resolvesse entrar e passar a noite ao lado da cama de Simon, ele o faria, com ou sem tranca.

— Ele deve estar querendo alguma coisa — disse George, tirando a camisa de rúgbi e jogando-a no canto do quarto. — É um teste? Vamos ter que lutar contra Jace no meio da noite? Simon, sem querer fazer pouco caso de todas as suas proezas no que se refere ao combate de demônios, mas não acho que sejamos capazes de vencer essa luta.

— Acho que não — disse Simon, se jogando na cama, que abaixou muito mais do que deveria. Com certeza havia pelo menos duas molas quebradas ali.

Arrumaram-se para dormir. Como sempre, no escuro, falaram sobre o mofo e a possível fauna rastejando em torno deles no escuro. Simon ouviu George se virar em direção à parede, o sinal de que estava indo dormir e que o bate-papo noturno tinha chegado ao fim.

Simon estava acordado, mãos atrás da cabeça, o corpo ainda dolorido por causa da queda da árvore.

— Você se importa se eu acender a luz? — perguntou ele.

— Não, à vontade. Mal consigo enxergar, de qualquer jeito.

Eles ainda falavam em "acender a luz" como se houvesse um interruptor. Tinham velas na Academia — velas socadas que pareciam fabricadas para produzir o mínimo possível de luz. Simon tateou a mesinha ao lado de sua cama, encontrou seus fósforos e acendeu a vela, a qual levou para a cama consigo, equilibrando-a no colo de uma forma provavelmente nada segura. Uma coisa boa sobre o chão absolutamente úmido é que era pouco provável que pegasse fogo. Simon ainda podia se queimar, caso a vela virasse no seu colo, mas era a única maneira de conseguir enxergar e escrever. Ele esticou o braço novamente para procurar papel e uma caneta. Não havia mensagens de texto ali. Nada de digitação. Era preciso ter caneta e papel de verdade. Ele improvisou uma mesinha com um livro, e começou a escrever:

Querida Isabelle...

Será que deveria começar com "Querida"? Era o jeito como se começava as cartas, mas agora que estava visualizando, parecia estranho e antiquado, e talvez íntimo demais.
Ele pegou um novo pedaço de papel.

Isabelle...

Bem, isso parecia seco. Como se ele estivesse irritado, falando o nome dela assim, simplesmente.
Mais um papel.

Izzy,

Não. Definitivamente não. Ainda não estavam prontos para apelidos. Como diabos se iniciava uma carta assim? Simon cogitou um "oi..." casual, ou talvez simplesmente esquecer a saudação e ir direto ao ponto. Mensagem de texto era *tão mais fácil* do que isso. Ele pegou de novo o papel que começava com "Isabelle". Era o meio termo. Teria que servir.

Isabelle,
 Caí de uma árvore hoje.
 Estou deitado na minha cama mofada, pensando em você.
 Encontrei Jace hoje. Pode ser que ele tenha uma intoxicação alimentar. Só queria que você soubesse.
 Eu sou o Batman.
 Estou tentando descobrir como escrever esta carta.

Certo. Era um possível começo, e era verdade.

Preciso falar uma coisa que você já sabe — você é incrível. E sabe disso. Eu sei. Todo mundo sabe. O problema é o seguinte — eu não sei o que eu sou. Tenho que descobrir antes de poder aceitar que sou uma pessoa que merece alguém como você. Não é algo que eu possa aceitar só porque me disseram. Eu preciso conhecer aquele cara. Também sei que sou aquele cara que você amou — só preciso encontrá-lo.

Estou tentando descobrir como fazer isso acontecer. Acho que acontecerá aqui, nesta escola onde tentam te matar todos os dias. Acho que demora um pouco. Sei que coisas demoradas são irritantes. Sei que é difícil. Mas tenho que conseguir isso do jeito mais difícil.

Esta carta provavelmente é idiota. Não sei se você continua lendo. Não sei se vai rasgá-la ou cortá-la com seu chicote ou o quê.

O texto inteiro saiu num fluxo sólido. Ele batucou a testa com a caneta por um instante.

Vou entregar isto a Jace para que ele te dê. Ele passou o dia atrás de mim tipo um Jace-sombra. Ele está aqui para garantir que eu não morra, ou que eu morra, ou talvez por sua causa. Talvez você tenha pedido para ele vir.

Não sei. Ele é Jace. Quem sabe o que ele anda fazendo? Vou entregar isto a ele. Pode ser que ele leia antes de te entregar. Jace, se estiver lendo isto, tenho certeza de que você vai ter uma intoxicação alimentar. <u>Não use os banheiros.</u>

Não era romântico, mas ele resolveu deixar assim mesmo. Talvez Isabelle achasse graça.

Se estiver lendo, Jace, pare agora.

Izzy, não sei por que você esperaria por mim, mas se esperar, prometo me fazer digno da espera. Ou pelo menos vou tentar. Posso prometer que vou tentar.

— *Simon.*

Simon abriu a porta e não se surpreendeu ao ver Jace do lado de fora.

— Aqui — disse Simon, entregando a carta a ele.

— Demorou bastante — disse Jace.
— Agora estamos quites — retrucou Simon. — Vá se divertir na casa Herondale com sua família estranha.
— É o que pretendo — comentou Jace, e deu um sorriso repentino e estranhamente caloroso. Ele tinha um dente lascadinho. O sorriso o fazia parecer ter a idade de Simon, e talvez eles fossem amigos, afinal. — Boa noite, Rebolado.
— Rebolado?
— É, *Rebolado*. Seu apelido. Você sempre fez todo mundo te chamar assim. Eu quase me esqueci de que seu nome era Simon, de tão acostumado que fiquei de chamar você de Rebolado.
— *Rebolado*? O que isso... sequer significa?
— Você nunca explicou — disse Jace, dando de ombros. — Era seu maior mistério. Como eu disse, boa noite, Rebolado. Vou cuidar disso.
Ele ergueu a carta e a utilizou para fazer uma saudação.
Simon fechou a porta. Sabia que a maioria das pessoas do corredor provavelmente tinha feito o possível para escutar a conversa entre os dois. Sabia que de manhã seria chamado de Rebolado, e que jamais poderia fazer alguma coisa quanto a isso.
Mas era um preço módico a se pagar pela carta entregue a Isabelle.

Nada além de sombras

por Cassandra Clare e Sarah Rees Brennan

O mundo ganhou uma tonalidade cinza em câmera lenta, tudo se movendo ainda mais vagarosamente do que James. Tudo corrediço e sem substância: o aríete veio até ele e o atravessou, incapaz de machucá-lo; foi como ser atingido por água. James levantou a mão e viu o ar cinzento cheio de estrelas.

Nada além de sombras

Não conheci nada além de sombras, e pensei que elas fossem reais.
— Oscar Wilde

Academia dos Caçadores de Sombras, 2008

O sol da tarde entrava de maneira aconchegante pelas janelas estreitas da sala de aula, pintando de amarelo as paredes de pedra cinzentas. Tanto os alunos da elite quanto os da escória estavam exaustos devido à longa manhã de treino com Scarsbury, e Catarina Loss estava dando uma aula de História para eles. As aulas de História eram tanto para a elite quanto para a escória, para que todos pudessem aprender sobre a glória dos Caçadores de Sombras e aspirar fazer parte dela. Nesta aula, pensou Simon, ninguém se diferenciava — não que estivessem todos unidos na aspiração à glória, mas estavam todos igualmente entediados.

Até Marisol responder a uma pergunta corretamente e Jon Cartwright chutar as costas da cadeira dela.

— Incrível — sibilou Simon por trás do livro. — Que belo comportamento. Parabéns, Jon. Toda vez que um mundano erra uma resposta, você diz que é porque eles não conseguem chegar ao nível dos Caçadores de Sombras, e toda vez que um de nós acerta uma resposta, você pune. Tenho que admirar sua consistência.

George Lovelace se recostou em sua cadeira e sorriu, dando a deixa para as próximas palavras de Simon.

— Não vejo a consistência, Si.

— Bem, ele é consistentemente um babaca — explicou Simon.

— Consigo pensar em mais adjetivos para ele — observou George. — Mas alguns não podem ser utilizados perto de damas, e outros são galeses, e vocês estrangeiros malucos e não entendem.

Jon pareceu incomodado. Possivelmente pelo fato de as cadeiras estarem longe demais para serem chutadas.

— Só acho que ela não deveria falar quando não é a vez dela — disse ele.

— A verdade é que se vocês mundanos dessem ouvidos a nós *Caçadores de Sombras* — disse Julie —, talvez aprendessem alguma coisa.

— Se vocês Caçadores de Sombras ouvissem alguma coisa — disse Sunil, um menino mundano que morava no mesmo corredor (gosmento) que George e Simon —, talvez aprendessem alguma coisa também.

As vozes estavam se elevando. Catarina estava começando a parecer muito irritada. Simon gesticulou para Marisol e Jon ficarem quietos, mas ambos o ignoraram. Simon sentiu-se igualzinho a quando ele e Clary causaram um incêndio na cozinha dele ao tentarem tostar uvas para criar passas, quando ambos tinham seis anos de idade: impressionado e chocado pelo fato de as coisas terem dado errado tão depressa.

Então ele percebeu que esta era uma lembrança nova. E sorriu ao pensar em Clary com uma uva explodida em seus cabelos ruivos, e deixou a situação na sala de aula evoluir.

— Vou ensinar algumas lições no campo de treinamento — rebateu Jon. — Eu posso desafiá-la para um duelo. Cuidado com o que diz.

— Isso não é má ideia — observou Marisol.

— Ei, calma — disse Beatriz. — Duelar com pessoas de catorze anos é uma péssima ideia.

Todos olharam para Beatriz, a voz da razão, carrancudos.

Marisol fungou.

— Não um duelo. Um desafio. Se a elite nos vencer num desafio, aí eles podem ser os primeiros a falar durante as aulas por uma semana. Se nós vencermos, eles fecham a matraca.

— Eu topo, e você vai se arrepender da sugestão, mundana. Qual é o desafio? — quis saber Jon. — Bastão, espada, arco, adaga, corrida de cavalo, luta de boxe? Estou pronto!

Marisol sorriu com doçura.

— Beisebol.

Todos ficaram muito confusos e os Caçadores de Sombras assumiram expressões de pânico.

— Não estou preparado — sussurrou George. — Não sou americano e não jogo beisebol. É parecido com críquete, Si? Ou tem mais a ver com Hurling?

— Existe um esporte chamado Hurling na Escócia? — sussurrou Simon de volta. — O que vocês jogam uns aos outros? Batatas? Criancinhas? Que estranho.

— Depois eu explico — disse George.

— Eu explico beisebol — disse Marisol com um brilho nos olhos.

Simon tinha a impressão de que Marisol seria uma miniespecialista em beisebol assustadora, tal como era em esgrima. E também tinha a sensação de que a elite teria uma surpresa e tanto.

— E eu vou explicar como uma praga demoníaca quase extinguiu os Caçadores de Sombras — falou Catarina, alto, da frente da sala. — Ou explicaria se meus alunos parassem de brigar e me escutassem por um minuto!

Todos ficaram muito quietos e ouviram humildemente sobre a praga. Só quando a aula terminou que todo mundo voltou a falar sobre o jogo de beisebol. Simon pelo menos já tinha jogado, então ele estava correndo para guardar os livros e sair quando Catarina disse:

— Diurno. Espere.

— Sério, pode chamar de "Simon" — disse ele.

— Os alunos da elite estão tentando reproduzir na escola o que ouviram dos pais — explicou Catarina. — Alunos mundanos devem ser vistos, e não ouvidos, devem aproveitar a honra que é estar entre os Caçadores de Sombras e se preparar para Ascender ou morrer no espírito da humildade. Só que você realmente anda agitando os ânimos deles.

Simon piscou.

— Está me dizendo para não ser tão duro com os Caçadores de Sombras porque esse é o jeito como foram criados?

— Seja tão duro quanto quiser com aqueles idiotinhas — disse Catarina. — É bom para eles. Só estou falando para você perceber o efeito que está causando, e o efeito que pode causar. Você está numa posição quase única, Diurno. Só sei de um aluno que deixou a elite pela escória, sem contar Lovelace, que teria estado na escória desde o começo se os Nephilim não fossem tão presunçosos. Mas ser presunçoso é do que os Nephilim mais gostam.

Aquilo fez o efeito que Catarina imaginara que faria. Simon parou de tentar enfiar sua cópia do *Códex dos Caçadores de Sombras* na mochila e sentou. O restante da turma demoraria um pouco para se preparar antes de começar de fato a jogar beisebol. Simon tinha um tempinho.

— Ele também era mundano?

— Não, era um Caçador de Sombras — disse Catarina. — Frequentou a Academia há mais de um século. O nome dele era James Herondale.

— Um Herondale? Mais um Herondale? — perguntou Simon. — Um monte de Herondale sem fim. Você às vezes tem a sensação de estar sendo perseguida pelo pessoal dos Herondale?

— Na verdade não — respondeu Catarina. — Não que eu fosse me importar com isso. Magnus diz que eles tendem a ser bonitos. Claro, Magnus também diz que tendem a ser malucos. James Herondale foi um caso especial.

— Deixe-me adivinhar — disse Simon. — Ele era louro, convencido e adorado pela população.

As sobrancelhas marfim de Catarina se ergueram.

— Não, eu me lembro de Ragnor mencionando que ele tinha cabelos escuros e usava óculos. Havia outro menino na escola, Matthew Fairchild, que tinha esta descrição. Eles não se davam bem.

— Sério? — disse Simon, e repensou. — Bem, então sou do time de James Herondale. Aposto que esse tal Matthew era um babaca.

— Ah, não sei — disse Catarina. — Sempre o achei muito charmoso, particularmente. A maioria das pessoas achava. Todo mundo gostava de Matthew.

Esse Matthew *devia* ser charmoso, pensou Simon. Catarina raramente falava sobre Caçadores de Sombras em tom de aprovação, mas cá estava ela, sorrindo afavelmente por causa de um menino de cem anos atrás.

— Todos menos James Herondale? — perguntou Simon. — O Caçador de Sombras que foi expulso do curso dos Caçadores de Sombras. Matthew Fairchild teve alguma coisa a ver com isso?

Catarina saiu de trás da mesa de professora e foi até a janela estreita. Os raios do sol poente bateram em seu cabelo em linhas brancas brilhantes, quase conferindo a ela uma auréola. Mas não exatamente.

— James Herondale era filho de anjos e demônios — disse ela baixinho. — Ele sempre foi destinado a percorrer um caminho difícil e doloroso, a beber uma água amarga e doce, a caminhar por espinhos e também por flores. Ninguém poderia salvá-lo disso. Mas algumas pessoas tentaram.

Academia dos Caçadores de Sombras, 1899

James Herondale disse a si que estava enjoado só por causa do balanço da carruagem. Ele estava realmente empolgado em ir para a escola.

Seu pai pegara a nova carruagem do tio Gabriel emprestada para poder levar James de Alicante até a Academia, só eles dois.

Ele não tinha perguntado se podia pegar a carruagem emprestada.

— Não fique tão sério, Jamie — disse o pai, murmurando uma palavra galesa para os cavalos, o que os fez trotar mais depressa. — Gabriel iria querer que a gente usasse a carruagem. Tudo em família.

— O tio Gabriel falou, ontem à noite, que tinha acabado de mandar pintar a carruagem. Muitas vezes. E ele ameaçou chamar a polícia e te prender — disse James. — Muitas vezes.

— Gabriel vai parar de reclamar daqui a alguns anos. — Um olho azul do pai deu uma piscadela para James. — Porque até lá estaremos todos dirigindo automóveis.

— Mamãe disse que você nunca poderá dirigir automóveis — disse James. — Ela fez Lucie e eu prometermos que se algum dia você dirigir, nós não vamos entrar.

— Sua mãe só estava brincando.

James balançou a cabeça.

— Ela nos fez jurar pelo Anjo.

Ele sorriu para o pai, que balançou a cabeça para Jamie, com o vento batendo em seus cabelos escuros. A mãe dizia que Jamie e o pai tinham os mesmos cabelos, mas Jamie sabia que seus cabelos viviam desalinhados. Já tinha ouvido pessoas chamarem o cabelo de seu pai de *rebelde*, o que significava desalinhado com carisma.

O primeiro dia de aula não era um bom momento para James pensar no quanto ele era diferente de seu pai.

Durante o trajeto para Alicante, muitas pessoas os pararam no caminho com a exclamação de sempre: "Ah, senhor Herondale!"

Mulheres Caçadoras de Sombras de diversas idades diziam isso ao seu pai: três palavras que eram ao mesmo tempo suspiro e invocação. Outros pais eram chamados de "senhor", mas sem o "Ah" antes.

Com um pai tão notável, as pessoas tendiam a procurar por um filho que fosse uma estrela menor do que o sol ardente que era Will Herondale, mas ainda assim alguém capaz de brilhar. Sempre ficavam sutil mas inegavelmente decepcionadas ao flagrarem James, que não tinha nada de notável.

James se lembrava de um incidente que deixava a diferença entre ele e o pai muito aparente. Eram sempre os menores momentos que voltavam a James no meio da noite e o atormentavam mais do que tudo, como aqueles cortes quase invisíveis, que são os que mais ardem.

Uma moça mundana foi até eles na livraria Hatchards em Londres. Na opinião de James, a Hatchards era a melhor livraria da cidade, com seu acabamento em madeira escura e fachada com vidraça, que faziam a loja parecer solene e especial, e com seus cantos secretos e esconderijos onde a pessoa podia se aconchegar com um livro e ficar bem quietinha. A família de James frequentemente ia à Hatchards, mas quando James e o pai iam sozinhos, as moças costumavam encontrar um motivo para se aproximar e puxar assunto.

O pai disse à moça que ele passava seus dias caçando o mal e primeiras edições raras. O pai sempre encontrava alguma coisa para falar às pessoas, sempre conseguia fazê-las rir. Parecia um poder estranho e maravilhoso para James, tão impossível de ser alcançado quanto seria para ele se transformar num lobisomem.

James não se preocupava com as mulheres que se aproximavam de seu pai. O pai jamais olhava para nenhuma mulher como olhava para sua mãe, com alegria e gratidão, como se ela fosse um desejo vivo, concedido além de todas as esperanças.

James não conhecia muita gente, mas era bom em observar as coisas silenciosamente. Ele sabia que o que havia entre seus pais era algo raro e precioso.

Ele só se preocupava porque as moças que se aproximavam de seu pai eram desconhecidas com as quais James teria que conversar.

A moça da livraria tinha abaixado e perguntado:

— E o que você gosta de fazer, rapazinho?

— Eu gosto de... livros — respondeu James. Na livraria, com uma porção de livros embaixo do braço. A moça o fitou com pena. — Eu leio... hum... bastante — prosseguiu James, o mestre do óbvio. Rei do óbvio. Imperador do óbvio.

A mulher ficou tão pouco impressionada que saiu sem dizer mais nada.

James nunca sabia o que falar para as pessoas. Nunca sabia como fazê-las rir. Tinha passado treze anos de sua vida basicamente no Instituto de Londres, com seus pais e a irmã, Lucie, e muitos livros. Nunca havia tido um amigo da sua idade.

Agora ele ia para a Academia dos Caçadores de Sombras para aprender a ser um grande guerreiro como seu pai, e a parte de se tornar guerreiro não era nem de perto tão assustadora quanto o fato de que ele teria que conversar com pessoas.

Seriam muitas pessoas.

Ele teria que conversar muito.

James ficou se questionando por que as rodas da carruagem do tio Gabriel não soltaram. Ficou se questionando por que o mundo era tão cruel.

— Sei que você está nervoso por estar indo à escola — disse o pai. — Eu e sua mãe não sabíamos se deveríamos matriculá-lo.

James mordeu o lábio.

— Acharam que eu seria um desastre?

— Quê? — disse o pai. — Claro que não! Sua mãe estava preocupada por mandar para longe a única outra pessoa sensata da casa.

James sorriu.

— Somos muito felizes com a nossa pequena família toda junta — comentou o pai. — Eu nunca acreditei que pudesse ser tão feliz. Mas talvez você tenha sido isolado demais em Londres. Seria bom ter amigos da sua idade, James. Quem sabe você encontra seu futuro *parabatai* na Academia.

O pai podia falar o que quisesse sobre ser culpa dele e da mãe por mantê-lo isolado; James sabia que não era verdade. Lucie tinha ido para a França com sua mãe e conhecido Cordelia Carstairs, e em duas semanas ambas se tornaram o que Lucie descrevia como amigas do peito. A única pessoa que gostava dele era uma menina, e ninguém podia saber sobre Grace. Talvez nem Grace gostasse dele se conhecesse mais alguém.

O fato de ele não possuir amigos não era culpa de seus pais. Era algum defeito nele mesmo.

— Talvez — prosseguiu o pai casualmente —, você e Alastair Carstairs se gostem.

— Ele é mais velho do que eu! — protestou James. — Não vai ter tempo para um novato.

O pai deu um sorriso torto.

— Quem sabe? Essa é a parte mais maravilhosa de se fazer mudanças e conhecer gente, Jamie. Nunca se sabe quando, ou quem, mas um dia um desconhecido vai atravessar a porta da sua vida e transformá-la totalmente. O mundo vai virar de pernas para o ar, e você vai ser mais feliz com isso.

O pai ficou tão feliz quando Lucie ficou amiga de Cordelia Carstairs. O *parabatai* do pai se chamará James Carstairs um dia, embora seu nome oficial, agora que ele pertencia aos Irmãos do Silêncio — a ordem dos monges Marcados que ajudavam os Caçadores de Sombras na escuridão — fosse Irmão Zachariah. O pai contou a James mil vezes sobre quando conheceu o tio Jem, sobre como durante anos o tio Jem foi o único que acreditou nele e o enxergou como ele era. Até a mãe aparecer.

— Já te contei muitas vezes sobre sua mãe e seu tio Jem, e tudo que eles fizeram por mim. Eles me transformaram numa nova pessoa. Salvaram minha alma — disse o pai, sério como raramente ficava. — Você não sabe como é ser salvo e transformado. Por isso concordamos em mandá-lo para a escola. Apesar da saudade terrível que vamos sentir.

— Terrível? — perguntou James, timidamente.

— Sua mãe diz que vai ser corajosa e se manter firme — disse o pai. — Americanos não têm coração. Eu vou chorar toda noite.

James gargalhou. Ele sabia que não ria com frequência, e o pai ficava particularmente satisfeito quando conseguia fazê-lo rir. James, aos treze, era um pouco velho para tais demonstrações de afeto, mas como levaria muitos meses até rever o pai e estava um pouco apavorado por estar indo para a escola, aconchegou-se no pai e pegou a mão dele. O pai segurou as rédeas numa das mãos e entrelaçou a outra à de James, metendo-as no bolso de seu casaco de cocheiro. James apoiou a bochecha no ombro do pai, sem se importar com o balanço da carruagem nas estradas rurais de Idris.

Ele queria um *parabatai*. Queria muito.

Um *parabatai* era um amigo que o escolhia para ser seu melhor amigo, que queria tornar a amizade permanente. Tinham esse tipo de certeza do quanto gostavam de você, esse tipo de certeza de que jamais quereriam recuar em sua decisão. Para James, encontrar um *parabatai* parecia o primeiro passo essencial para uma vida na qual ele poderia ser tão feliz quanto seu pai, ser um grande Caçador de Sombras como o pai, e encontrar um amor tão grande quanto seu pai tinha encontrado.

Não que James tivesse alguma garota específica em mente, disse ele a si, e afastou todos os pensamentos sobre Grace, a garota secreta; Grace, que precisava ser resgatada.

Ele queria um *parabatai*, e isso tornava a Academia mil vezes mais assustadora.

James ficou em segurança por esse tempinho, apoiado no pai, mas daí chegaram ao vale onde ficava a escola, rápido até demais.

A Academia era magnífica, um prédio cinzento que brilhava como uma pérola entre as árvores. Fazia com que James se lembrasse das construções góticas de livros como *Os Mistérios de Udolpho* e *O Castelo de Otranto*. Na fachada cinza da construção havia um enorme vitral cintilando dezenas de cores brilhantes, representando um anjo brandindo uma lâmina.

O anjo olhava para um pátio cheio de alunos, todos conversando e rindo, todos ali para se tornarem os melhores Caçadores de Sombras que pudessem ser. Se James não conseguisse encontrar um amigo ali, sabia, não conseguiria encontrar um amigo em lugar nenhum do mundo.

O tio Gabriel já estava no pátio. Seu rosto ostentava um tom alarmante de vermelho. Ele gritava alguma coisa sobre ladrões Herondale.

O pai voltou-se para a reitora, uma mulher que sem dúvida tinha seus cinquenta anos, e sorriu. Ela ruborizou.

— Reitora Ashdown, será que faria a gentileza de me oferecer um passeio pela Academia? Fui criado no Instituto de Londres, com só mais um aluno. — A voz do pai suavizou, como sempre acontecia quando ele mencionava o tio Jem. — Nunca tive o privilégio de estudar aqui.

— Ah, senhor Herondale! — disse a reitora Ashdown. — Muito bem.

— Obrigado — disse o pai. — Vamos, Jamie.

— Ah, não — disse James. — Eu... eu vou ficar.

Ele sentiu-se desconfortável assim que o pai desapareceu de vista, caminhando de braços dados com a reitora e lançando um sorriso perverso ao tio Gabriel, mas James sabia que precisava ser corajoso, e esta era a oportunidade perfeita. Em meio à multidão, James tinha visto dois meninos que conhecia.

Um era alto para um menino de quase treze anos, com uma cabeleira castanha desalinhada. Ele estava com o rosto virado para o lado oposto, mas James sabia que o menino tinha olhos incríveis cor de lavanda. Já tinha ouvido meninas comentando em festas que aqueles olhos eram um desperdício num menino, principalmente um menino tão estranho quanto Christopher Lightwood.

James conhecia seu primo Christopher melhor do que qualquer outro menino na Academia. Tia Cecily e tio Gabriel tinham passado muito tempo em Idris nos últimos anos, mas antes disso as duas famílias conviveram bastante: foram todos ao País de Gales em algumas férias, antes de vovó e vovô morrerem. Christopher sempre foi ligeiramente esquisito e extremamente vago, mas sempre tratou James bem.

O menino ao lado de Christopher era pequeno e magro como uma ripa, sua cabeça mal chegava ao ombro de Christopher.

Thomas Lightwood era primo de Christopher, não de James, mas James chamava a mãe de Thomas de tia Sophie, pois ela era a melhor amiga da sua mãe. James gostava da tia Sophie, que era muito bonita e sempre gentil. Ela e a família também moravam em Idris há alguns anos, com tia Cecily e tio Gabriel — o marido da tia Sophie era irmão do tio Gabriel. Mas tia Sophie ia sozinha a Londres visitar. James já tinha visto sua mãe e tia Sophie saindo de salas de treinos, trocando risadinhas como se fossem garotinhas da idade de sua irmã, Lucie. A tia Sophie uma vez se referira a Thomas como seu garoto tímido. Isso fez com que James achasse que ele e Thomas podiam ter muito em comum.

Nas grandiosas reuniões de família, quando estavam todos juntos, James já tinha dado algumas olhadelas para Thomas, e sempre o notara quieto e desconfortável às margens de um grupo maior, normalmente observando algum dos meninos mais velhos. Ele queria se aproximar de Thomas e iniciar uma conversa, mas não sabia ao certo o que dizer.

Duas pessoas tímidas provavelmente seriam boas amigas, mas tinha o pequeno probleminha de como chegar lá. James não fazia ideia.

Agora era a oportunidade de James fazê-lo, no entanto. Os primos Lightwood eram sua maior esperança de amizade na Academia. Ele só precisaria se aproximar e falar com eles.

James abriu caminho pela multidão, pedindo desculpas quando outras pessoas lhe davam cotoveladas.

— Olá, meninos — disse uma voz atrás de James, e alguém passou por ele como se não conseguisse vê-lo.

James viu Thomas e Christopher virarem, como flores em direção ao sol. Ambos exibiram sorrisos radiantes idênticos de boas-vindas, e James ficou olhando para a traseira de uma cabeça loura reluzente.

Tinha outro menino da idade de James na Academia, um que ele conhecia um pouco: Matthew Fairchild, cujos pais James chamava de tia Charlotte e tio Henry, porque tia Charlotte praticamente tinha criado seu pai quando ela era a diretora do Instituto de Londres, e antes de se tornar Consulesa, o cargo mais importante que um Caçador de Sombras podia ter.

Matthew não foi a Londres nas poucas vezes em que tia Charlotte e o irmão dele, Charles, foram visitar. Tio Henry tinha sido ferido em batalha anos antes de eles nascerem, e quase não saía de Idris, mas James não sabia ao certo por que Matthew não os visitava. Talvez ele gostasse demais de Idris.

Uma coisa que James sabia com certeza era que Matthew Fairchild *não* era tímido.

James não via Matthew há alguns anos, mas se lembrava dele claramente. Em todas as reuniões de família em que James ficava nas periferias dos grupos, ou escapulia para ler na escada, Matthew era a alma da festa. Ele conversava com adultos como se fosse um adulto. Dançava com idosas. Encantava a pais e avós, e fazia bebês pararem de chorar. Todos adoravam Matthew.

James não se lembrava de Matthew se vestindo de forma tão excêntrica antes de hoje. Matthew vestia um calção até o joelho, enquanto todos os outros vestiam as calças tradicionais, e um paletó de veludo cor de amora. Até seus cabelos dourados e reluzentes estavam escovados de um jeito que parecia mais complicado do que os dos outros.

— Isso não é uma chatice? — perguntou Matthew a Christopher e Thomas, os dois meninos que James queria ter como amigos. — Todo mundo aqui tem cara de pateta. Já estou agoniado de medo, contemplando minha juventude perdida. Não falem comigo, ou posso sucumbir e chorar descontroladamente.

— Calma, calma — disse Christopher, afagando o ombro de Matthew. — O que está te chateando?

— A sua cara, Lightwood — disse Matthew, e deu uma cotovelada nele.

Christopher e Thomas riram, aproximando-se. Obviamente já eram amigos e Matthew era claramente o líder. O plano de James para fazer amigos estava arruinado.

— Hum — disse James, num trágico soluço social. — Oi.

Christopher olhou para ele com uma monotonia amável, e o coração de James, que já estava quase no chão, despencou mais ainda.

Então Thomas disse:

— Oi! — E sorriu.

James retribuiu o sorriso, sentindo-se grato por um instante, e então Matthew Fairchild virou-se para ver com quem Thomas estava falando. Ele era mais alto do que James, seus cabelos claros destacados pelo sol enquanto olhava para ele. Matthew dava a impressão de estar olhando de uma altura muito maior do que de fato estava.

— Jamie Herondale, certo? — entoou Matthew.

James se eriçou.

— Prefiro James.

— E eu preferia estar numa escola dedicada a arte, beleza e cultura em vez de numa casa de pedras assustadora no meio do nada, lotada de palhaços que não aspiram nada além de matar demônios com espadas imensas — disse Matthew. — Mas aqui estamos.

— E *eu* preferia ter alunos inteligentes — disse uma voz atrás deles. — Mas cá estou, dando aula numa escola para os Nephilim.

Todos se viraram e soltaram exclamações em uníssono. O homem atrás deles era dono de cabelos brancos como a neve, coisa que ele parecia muito jovem para ter, e possuía chifres entre as mechas. Mas a característica mais marcante nele, o que James notou de cara, era que tinha pele verde, da cor de uvas.

James sabia que o sujeito provavelmente era um feiticeiro. Inclusive, sabia quem ele devia ser: o antigo Alto Feiticeiro de Londres, Ragnor Fell, que passava parte do tempo na área rural, nos arredores de Alicante, e que tinha concordado em lecionar na Academia esse ano, como uma distração dos seus estudos de magia.

James sabia que feiticeiros eram boas pessoas, aliados dos Caçadores de Sombras. Seu pai frequentemente falava sobre seu amigo Magnus Bane, que foi bondoso com ele quando ele era jovem.

O pai nunca comentou se Magnus Bane era verde. James nunca pensou em perguntar. Agora estava avidamente curioso.

— Quem de vocês é Christopher Lightwood? — perguntou Ragnor Fell com a voz severa. Seu olhar varreu todos eles, e se fixou no que parecia mais culpado do grupo. — É você?

— Graças ao Anjo, não! — exclamou Thomas, e ficou vermelho sob o bronzeado do verão. — Sem querer ofender, Christopher.

— Ah, não me ofendeu — respondeu Christopher gentilmente. Piscou para Ragnor como se não tivesse notado o homem alto, verde e assustador até então. — Oi, senhor.

— Você é Christopher Lightwood? — perguntou Ragnor, num tom ligeiramente ameaçador.

A atenção errante de Christopher se concentrou numa árvore.

— Hum? Acredito que sou.

Ragnor olhou para os cabelos castanhos esvoaçantes de Christopher. James estava começando a temer que ele fosse entrar em erupção como um vulcão verde.

— Não está certo disso, senhor Lightwood? Talvez tenha tido um encontro infeliz quando criança?
— Hum? — disse Christopher.
A voz de Ragnor se elevou.
— O encontro se deu entre sua cabeça e um chão?
Foi então que Matthew Fairchild disse:
— Senhor. — E sorriu.
James tinha se esquecido do Sorriso, muito embora este frequentemente irrompesse com grande efeito em festas de família. O Sorriso fazia Matthew ganhar o direito de ficar acordado até um pouco mais tarde, mais sobremesa no Natal, mais qualquer coisa que ele quisesse. Adultos não resistiam ao Sorriso.
Matthew estava dando tudo de si neste sorriso em particular. Manteiga derreteu. Pássaros cantaram. Pessoas escorregaram entorpecidas em meio à manteiga e ao canto dos pássaros.
— Senhor, perdoe Christopher. Ele é um pouco distraído, mas definitivamente é Christopher. Seria muito difícil confundir Christopher com qualquer pessoa. Garanto, e ele não pode negar.
O Sorriso funcionou com Ragnor do mesmo jeito que funcionava em todos os adultos. Ele abrandou um pouco.
— Você é Matthew Fairchild?
O sorriso de Matthew ficou mais brincalhão.
— Eu poderia negar se quisesse. Poderia negar qualquer coisa se quisesse. Mas meu nome certamente é Matthew. É Matthew há muitos anos.
— O quê? — Ragnor fez uma cara de quem tinha caído num poço de lunáticos e não conseguia sair.
James pigarreou.
— Ele está citando Oscar Wilde, senhor.
Matthew o fitou, seus olhos escuros subitamente arregalados.
— Você é devoto de Oscar Wilde?
— É um bom escritor — respondeu James friamente. — Existem muitos bons escritores. Eu leio muito — acrescentou, deixando claro que tinha certeza de que Matthew não.
— Cavalheiros — interferiu Ragnor Fell, com a voz afiada. — Podem por gentileza deixar de lado a fascinante conversa literária por um instante e ouvir um dos instrutores do estabelecimento ao qual supostamente vieram para aprender? Tenho uma carta aqui a respeito de Christopher Lightwood e o infeliz incidente que tanto preocupou a Clave.

— Sim, foi um acidente muito infeliz — disse Matthew, assentindo severamente, como se tivesse certeza da compreensão de Ragnor.

— E essa não foi a palavra que usei, senhor Fairchild, conforme tenho certeza de vossa ciência. A carta diz que você se ofereceu para assumir toda a responsabilidade em nome do senhor Lightwood, e que promete solenemente manter todo e qualquer explosivo em potencial fora do alcance dele durante seu período na Academia.

James olhou do feiticeiro para Matthew e depois para Christopher, que olhava fixamente para uma árvore com uma benevolência sonhadora. Desesperado, ele olhou para Thomas.

— *Explosivos?* — articulou sem emitir som.

— Não pergunte — disse Thomas. — Por favor.

Thomas era mais velho do que James e Christopher, mas muito menor. Tia Sophie o havia mantido em casa por um ano a mais por ele possuir um perfil mais adoentado. Ele não parecia doente agora, mas continuava bastante franzino. Seu bronzeado, combinado aos cabelos e olhos castanhos e à baixa estatura, o faziam se assemelhar a uma castanha-da-índia pequenina e preocupada. James se flagrou querendo afagar a cabeça de Thomas.

Matthew afagou a cabeça de Thomas.

— Senhor Fell — disse ele. — Thomas. Christopher. Jamie.

— James — corrigiu James.

— Não se preocupe — disse Matthew com grande confiança. — Quero dizer, certamente preocupe-se por estar numa cultura árida de guerreiros sem qualquer estima pelas coisas verdadeiramente importantes da vida. Mas não se preocupe com coisas explodindo, pois não permitirei que nada exploda.

— Isso era tudo que você precisava dizer — falou Ragnor Fell a ele. — E poderia ter dito de maneira bem mais sucinta.

Ele se retirou, um turbilhão de pele verde e mau humor.

— Ele era verde! — sussurrou Thomas.

— Sério — disse Matthew, muito seco.

— Ah, mesmo? — zombou Christopher alegremente. — Não percebi.

Thomas olhou com pesar para Christopher. Matthew o ignorou solenemente.

— Gostei da tonalidade peculiar do nosso professor. Faz lembrar os cravos verdes que os seguidores de Oscar Wilde usam para imitá-lo. Ele fez um dos atores usar um cravo verde no palco em, hum, uma de suas peças.

— Foi em *O leque de Lady Windermere* — disse James.

Matthew claramente estava se exibindo, tentando parecer superior e especial, e James não tinha paciência para isso.

Matthew lançou O Sorriso para ele. James não se surpreendeu ao descobrir que era imune aos seus efeitos fatais.

— Isso — disse ele. — Claro, Jamie, percebo que como um admirador de Oscar Wilde como eu...

— Hum — disse uma voz à esquerda de James. — Vocês novatos não estão aqui nem há cinco minutos, e só conseguem falar sobre um *mundano* que foi preso por indecência?

— Então você também conhece Oscar Wilde, Alastair? — quis saber Matthew.

James olhou para o menino mais alto e mais velho. Ele tinha cabelos claros, mas sobrancelhas escuras, muito marcadas, como pinceladas pretas muito julgadoras.

Então este era Alastair Carstairs, o irmão da melhor amiga de Lucie, com quem seu pai queria que ele fizesse amizade. James tinha imaginado alguém mais amigável, mais parecido com Cordelia.

Talvez Alastair pudesse ser mais amigável se não associasse James ao esnobe do Matthew.

— Conheço muitos criminosos mundanos — disse Alastair num tom gélido. — Leio os jornais mundanos para procurar pistas de atividades demoníacas. Certamente não perco meu tempo lendo peças teatrais.

Os dois meninos que estavam com ele assentiram em prol da solidariedade Nephilim.

Matthew gargalhou na cara deles.

— Naturalmente. Que utilidade pessoinhas tristes e sem imaginação encontrariam nas peças teatrais? — perguntou. — Ou em pinturas, ou na dança, ou em qualquer coisa que torne a vida interessante. Estou tão feliz por estar nesta escola fria e úmida onde vão tentar comprimir minha mente até ela ficar tão limitada quanto a de vocês.

Ele afagou o braço de Alastair Carstairs. James ficou impressionado por ele não ter tomado um soco no meio da cara.

Thomas estava olhando para Alastair com o mesmo pânico que James sentia.

— Podem ir agora — sugeriu Matthew. — Vão. Eu e Jamie estávamos conversando.

Alastair riu, a risada soando mais furiosa do que uma palavra aguda teria soado.

— Eu só estava tentando informar a vocês jovens como fazemos as coisas aqui na Academia. Se são burros demais para aceitar a dica, a culpa não é minha. Pelo menos você tem uma língua na boca, ao contrário deste aqui.

Ele virou-se e olhou feio para James, que ficou tão surpreso e chocado com o rumo dos acontecimentos — ele não tinha feito *nada*! — que simplesmente ficou parado, boquiaberto.

— É, você, o dos olhos peculiares — disparou Alastair. — Está olhando o quê?

— Eu... — disse James. — Eu...

Ele tinha olhos peculiares, sabia disso. Não precisava de óculos de fato, exceto para ler, mas os usava o tempo todo para esconder os olhos. Sentiu que estava ruborizando, e a voz de Alastair soou tão afiada quanto a risada.

— Qual é o seu nome?

— H-Herondale — gaguejou James.

— Pelo Anjo, os olhos dele *são* horríveis — disse o menino à direita de Alastair.

Alastair riu novamente, desta vez com mais satisfação.

— Amarelos. Parece olho de bode.

— Eu não...

— Não se canse, Herondale Cara de Bode — disse Alastair. — Não tente falar. Talvez você e seus amigos possam parar de se obcecar com mundanos e tentar pensar um pouco em pequenas coisas, como salvar vidas e manter a Lei enquanto estão aqui, certo?

Ele continuou, seus amigos rindo com ele. James ouviu as palavras se espalhando pela multidão aglomerada, seguidas de risadas, como as ondas de uma pedra arremessada na água.

Cara de Bode, Cara de Bode, Cara de Bode.

Matthew riu.

— Bem. Mas que...

— Muito obrigado por me colocar nessa. — James se irritou. Virou as costas e se afastou dos dois amigos que havia pretendido fazer na Academia, e ouviu seu novo nome sussurrado ao passar.

James fez o que tinha prometido a si que não faria de jeito nenhum. Arrastou a mala pesada pelo pátio, pelo corredor, e por várias escadas até encontrar uma escadaria que parecia reservada. Então sentou e abriu um livro. Disse a si que só ia ler algumas páginas antes de descer de novo. O Conde de Monte Cristo estava pousando sobre os inimigos num balão.

Horas depois, se deu conta de que o céu estava cinza escuro e os barulhos do pátio tinham desbotado. Sua mãe e Lucie continuavam em Londres, longe, e agora ele tinha certeza de que o pai também já tinha ido embora. Estava preso naquela Academia cheia de desconhecidos. E não sabia nem onde deveria dormir à noite.

Ficou vagando, tentando encontrar os quartos. Não descobriu nenhum, mas se flagrou gostando de explorar sozinho um local tão grande. A Academia era esplêndida, as paredes de pedra brilhavam como se tivessem sido polidas. Os candelabros pareciam feitos de joias, e enquanto James vagava em busca de uma sala de jantar, encontrou muitas belas tapeçarias que retratavam Caçadores de Sombras através das eras. Parou para apreciar um bordado colorido e elaborado de Jonathan Caçador de Sombras lutando durante as Cruzadas, até lhe ocorrer que o jantar provavelmente seria servido em breve, e ele não queria atrair mais atenção para si.

O som de centenas de vozes alertou James quanto à provável localização da sala de jantar. Ele combateu o impulso de fugir, se recompôs e atravessou a entrada. Para seu alívio, as pessoas ainda estavam se reunindo, os alunos mais velhos ainda estavam vagando e conversando entre si com a tranquilidade de quem se conhecia há tempos. Os novatos estavam pairando por ali, tal como o próprio James.

Todos, exceto Matthew Fairchild, que estava avaliando as mesas reluzentes de mogno com desdém.

— Temos que escolher uma mesa bem pequena — disse ele a Thomas e Christopher, seus satélites. — Estou aqui sob protesto. Não vou partilhar pão com os rufiões violentos e os loucos imbecis que vêm para a Academia espontaneamente.

— Sabe — falou James, alto —, Alastair Carstairs estava certo.

— Parece-me muito improvável — respondeu Matthew, depois virou-se. — Ah, é você. Por que ainda está carregando sua mala?

— Não tenho que responder a você — disse James, e estava ciente de que era uma coisa bizarra de se dizer. Thomas piscou para ele, nervoso, como se tivesse confiado em James para não falar coisas bizarras.

— Muito bem — disse Matthew em tom de concordância. — Alastair Carstairs estava certo em relação a quê?

— As pessoas vêm para a Academia porque querem se tornar Caçadores de Sombras melhores, e salvar vidas. Esse é um objetivo nobre e válido. Não precisa desprezar todo mundo que conhece.

— Mas de que outra forma vou me distrair neste lugar? — protestou Matthew. — *Você* pode sentar conosco, se quiser.

Havia um brilho entretido em seus olhos castanhos. James tinha certeza, pela maneira como Matthew olhava para ele, de que estava sendo zombado, apesar de não saber exatamente como.

— Não, obrigado — respondeu James sucintamente.

Ele olhou em volta das mesas, e viu que os Caçadores de Sombras do primeiro ano agora estavam posicionados em torno das mesas em padrões cuidadosos e afáveis. Mas havia outros meninos, e até algumas meninas, que James percebeu serem mundanos. Não era tanto uma questão de roupas, ou porte, mas a maneira como se colocavam: como se estivessem com medo de ser atacados. Os Caçadores de Sombras, por outro lado, estavam sempre prontos para atacar.

Havia um menino com roupas gastas sozinho. James atravessou o salão para sentar à mesa com ele.

— Posso me sentar aqui? — perguntou ele, desesperado o suficiente para ser direto.

— Pode! — disse o outro menino. — Ah, sim, por favor. Meu nome é Smith. Michael Smith. Mike.

James esticou o braço por cima da mesa e apertou a mão de Mike Smith.

— James Herondale.

Os olhos de Mike se arregalaram, claramente reconhecendo o nome Caçador de Sombras.

— Minha mãe cresceu no universo mundano — disse James rapidamente. — Nos Estados Unidos. Em Nova York.

— Sua mãe era mundana? — perguntou uma menina, se aproximando e sentando com eles. — Esme Philpott — acrescentou ela, apertando as mãos deles alegremente. — Não vou manter o sobrenome quando Ascender. Estou pensando em trocar o Esme também.

James não sabia o que dizer. Não queria insultar o nome de uma dama concordando com ela, ou insultar uma dama discutindo com ela. Ele não estava preparado para ser abordado por uma garota desconhecida. Pouquíssimas garotas eram mandadas para a Academia: claro, meninas podiam ser guerreiras tão boas quanto meninos, mas nem todo mundo pensava assim, e muitas famílias de Caçadores de Sombras queriam manter as filhas por perto. Algumas pessoas achavam que a Academia tinha regras demais, e outras, de menos. As irmãs de Thomas, que eram muito respeitáveis, não tinham frequentado a Academia. Rezava a lenda que a prima dele, Anna Lightwood, que era a pessoa menos adequada que se podia imaginar, tinha dito que se a mandassem para a Academia, ela fugiria e se tornaria uma toureira mundana.

— Hum — disse James, que tinha muita lábia com as damas.

— Sua mãe Ascendeu sem problemas? — perguntou Mike ansioso.

James mordeu o lábio. Estava acostumado a todos sabendo a história de sua mãe: a filha de uma Caçadora de Sombras e de um demônio. Qualquer filho de Caçador de Sombras era Caçador de Sombras. Sua mãe pertencia ao mundo dos Caçadores de Sombras tanto quanto qualquer Nephilim. Só que sua pele não comportava as Marcas, e nunca havia existido ninguém como ela no mundo. James não sabia como explicar isso a pessoas que ainda não conheciam a história. Tinha medo de explicar errado e de a explicação refletir mal em sua mãe.

— Conheço muitas pessoas que Ascenderam sem problemas — falou James afinal. — Minha tia Sophie, agora Sophie Lightwood, era mundana. Meu pai diz que nunca houve ninguém tão corajoso, antes ou depois de Ascender.

— Que alívio! — comentou Esme. — Então, acho que ouvi falar em Sophie Lightwood...

— Que descida de nível — disse um dos meninos que James tinha visto com Alastair Carstairs mais cedo. — O Herondale Cara de Bode está sentado com a *escória*.

Alastair e seu outro amigo riram. Foram sentar com outros Caçadores de Sombras mais velhos, e James teve a certeza de ter ouvido as palavras "Cara de Bode" sussurradas mais de uma vez. Sentiu como se estivesse fervendo de vergonha por dentro.

Quanto a Matthew Fairchild, James só olhou para ele uma ou duas vezes. Depois que James o abandonou no meio do salão, Matthew virou a cabeça loura idiota e escolheu uma mesa bem grande para se acomodar. Ele claramente não tinha falado sério sobre ser tão seleto. Sentou-se entre Thomas e Christopher, como um príncipe da corte, fazendo piadas e convocando pessoas para sentarem com ele, e logo sua mesa estava cheia. Encantou vários Caçadores de Sombras e os fez saírem de suas mesas para acompanhá-lo. Até alguns dos alunos mais velhos vieram escutar as histórias aparentemente incríveis de Matthew. Até Alastair Carstairs se aproximou por alguns minutos. Obviamente ele e Matthew eram grandes amigos agora.

James flagrou Mike Smith olhando para a mesa de Matthew avidamente, seu rosto era o de um intruso barrado de toda a diversão, condenado a sempre ficar na mesa menos empolgante e com as pessoas menos interessantes.

James queria amigos, mas não queria ser o tipo de amigo que as pessoas se conformavam em ter por não conseguirem coisa melhor. Exceto que ele era, como secretamente sempre temera, uma companhia fraca e tediosa. Não sabia por que livros não o ensinavam a falar de um jeito que as pessoas quisessem ouvir.

Em algum momento James abordou os professores para que o ajudassem a achar seu quarto. Encontrou a reitora Ashdown e Ragnor Fell imersos numa conversa.

— Sinto muitíssimo — disse a reitora Ashdown. — Essa é a primeira vez que temos um professor feiticeiro, e estamos muito felizes em tê-lo aqui! Devíamos ter limpado a Academia minuciosamente e nos certificado de que não havia qualquer vestígio de um período menos pacífico.

— Obrigado, reitora Ashdown — disse Ragnor. — A remoção da cabeça empalhada de um feiticeiro do meu quarto será suficiente.

— Sinto muitíssimo! — disse a reitora Ashdown mais uma vez. Ela abaixou a voz. — Você conhecia... hum... o cavalheiro falecido?

Ragnor a olhou com desgosto. Mas vai ver era assim que o senhor Fell olhava.

— Se você encontrasse a cabeça de um Nephilim grotescamente arrancada, teria que conhecê-lo para não querer dormir no mesmo aposento que seu corpo profanado?

James tossiu no meio do terceiro pedido frenético de desculpas da reitora.

— Com licença — disse ele. — Alguém poderia me indicar meu quarto? Eu... me perdi e errei o caminho todo.

— Ah, meu jovem senhor Herondale. — A reitora pareceu um tanto satisfeita com a interrupção. — Claro, deixe-me mostrar o caminho. Seu pai deixou um recado para você, que posso transmitir enquanto caminhamos.

Ela deixou Ragnor Fell carrancudo atrás deles. James torceu para não ter feito mais um inimigo.

— Seu pai disse... que charme que é a língua galesa, não? Tão romântica!... *Pob lwc, caraid*. O que significa isso?

James corou, pois já estava velho demais para seu pai chamá-lo por apelidos.

— Significa apenas... boa sorte.

Ele não conseguiu conter o sorriso ao acompanhar a reitora pelos corredores. Tinha certeza de que o pai de mais ninguém tinha encantado a reitora para que ela transmitisse recados secretos aos alunos. Sentiu-se aconchegado e bem-cuidado.

Até a reitora abrir a porta de seu novo quarto, se despedir e entregá-lo ao seu terrível destino.

Era um quarto legal, arejado, com cabeceiras de nogueira e dosséis de linho branco. Havia um armário esculpido e até uma estante de livros.

Havia também uma perturbadora quantidade de Matthew Fairchild.

Ele estava diante de uma mesa que devia ter umas quinze escovas de cabelo em cima, vários frascos misteriosos e um grupo esquisito de pentes.

— Olá, Jamie — disse ele. — Não é uma maravilha estarmos dividindo o quarto? Tenho certeza de que vamos nos dar muito bem.

— James — corrigiu. — Para que todas estas escovas de cabelo?

Matthew o fitou cheio de compaixão.

— Você não acha que isto — apontou para a própria cabeça num gesto de varredura — é assim naturalmente, não é?

— *Eu* só uso uma escova.

— Sim — observou Matthew. — Dá para perceber.

James puxou a mala para o pé da cama, pegou seu livro O *Conde de Monte Cristo*, e voltou para a porta.

— Jamie? — chamou Matthew.

— James! — James se irritou.

Matthew riu.

— Tudo bem, tudo bem. James, aonde você vai?

— Para outro lugar — disse James, e fechou a porta atrás de si.

Ele não conseguia acreditar no azar de ter sido escolhido a esmo para ser colega de quarto de Matthew. Encontrou outra escada onde poderia ler, até concluir que já estava tarde o suficiente para Matthew estar dormindo, daí retornou ao quarto, acendeu uma vela e voltou a ler na cama.

É possível que James tenha passado tempo demais lendo. Quando acordou, Matthew claramente já tinha saído há muito tempo — além de tudo ele acordava cedo — e James estava atrasado para o primeiro dia de aula.

— O que mais se pode esperar do Herondale Cara de Bode? — disse um menino que James nunca tinha visto, então várias outras pessoas riram. James sentou sombriamente ao lado de Mike Smith.

* * *

As aulas em que a elite era separada da escória eram as piores. James não tinha com quem sentar.

Ou talvez a primeira aula do dia fosse a pior, porque James sempre ficava acordado até tarde lendo, para se esquecer de seus problemas, e todo dia se atrasava. Independentemente do horário em que acordasse, Matthew sempre já tinha saído. James presumia que Matthew fazia isso para implicar com ele, pois não conseguia imaginar Matthew fazendo nada de útil tão cedo assim.

Ou talvez as aulas de treino fossem as piores, porque Matthew era excessivamente irritante durante os treinamentos.

— É com pesar que tenho que me recusar a participar — disse ele ao seu professor uma vez. — Considere-me em greve como os mineiros de carvão. Só que com muito mais estilo.

No dia seguinte ele disse:

— Eu me abstenho sob alegação de que a beleza é sagrada, e não há nada de belo nestes exercícios.

No outro dia:

— Eu me oponho por motivos estéticos.

Ele continuou dizendo coisas ridículas por umas duas semanas, até que falou:

— Não vou fazer, porque Caçadores de Sombras são estúpidos e eu não quero estar nesta escola estúpida. Por que um nascimento acidental tem que significar que você deve ser arrancado da sua família, ou que deve viver uma vida curta e horrível combatendo demônios?

— Você quer ser expulso, senhor Fairchild? — rugiu um dos professores.

— Faça o que tiver que fazer — disse Matthew, cruzando os braços e sorrindo como um querubim.

Matthew não foi expulso. Ninguém parecia saber ao certo o que fazer com ele. Os professores dele começaram a faltar, alegando doença, por puro desespero.

Ele só fazia metade do trabalho e insultava a todos da Academia diariamente, e mesmo assim permanecia absurdamente popular. Thomas e Christopher não se afastavam dele por nada. Ele vagava pelos corredores cercado por multidões adoradoras que queriam ouvir mais uma anedota fascinante. O quarto dele e de James vivia lotado.

James passava um bom tempo na escada. E passava mais tempo ainda sendo chamado de Herondale Cara de Bode.

— Sabe — disse Thomas timidamente uma vez, quando James não conseguiu escapar do próprio quarto com rapidez suficiente —, você poderia ficar um pouco mais com a gente.

— Poderia? — perguntou James, e tentou não soar muito esperançoso.

— Eu... gostaria de ver Christopher e você um pouco mais.

— E Matthew — disse Thomas.

James balançou a cabeça silenciosamente.

— Matthew é um dos meus melhores amigos — disse Thomas, quase implorando. — Se passar a conhecê-lo, tenho certeza de que vai gostar dele.

James olhou para Matthew, que estava sentado na cama, contando uma história para oito pessoas acomodadas no piso, olhando para ele com adoração. Encontrou os olhos de Matthew, voltados para a direção dele e de Thomas, e desviou o olhar.

— Acho que tenho que declinar qualquer excedente da companhia de Matthew.

— Isso faz com que você se destaque, sabe — disse Thomas. — Passar mais tempo com os mundanos. Acho que é por isso que... o apelido pegou. As pessoas têm medo de qualquer pessoa que seja diferente. Faz com que temam que todas as outras pessoas também sejam diferentes e na verdade só estejam fingindo ser iguais.

James olhou fixamente para ele.

— Está dizendo que eu deveria evitar os mundanos? Porque eles não são tão bons quanto a gente?

— Não, não é isso... — começou Thomas, mas James estava irritado demais para permitir que ele concluísse.

— Os mundanos também podem ser heróis — disse James. — Você deveria saber disso melhor do que eu. Sua mãe era mundana! Meu pai me contou sobre tudo que ela fez antes de Ascender. Todo mundo conhece pessoas que eram mundanas. Por que deveríamos isolar quem é corajoso o suficiente para tentar ser como a gente, pessoas que desejam ajudar os outros? Por que deveríamos tratá-las como se elas fossem piores do que a gente, até que provem o próprio valor ou morram? Eu me recuso.

Tia Sophie era tão boa quanto qualquer Caçador de Sombras, e já era corajosa muito antes de Ascender. Tia Sophie era mãe de Thomas. Eles deviam saber disso melhor do que James.

— Não foi isso que eu quis dizer — respondeu Thomas. — Não foi o que pensei.

Parecia que, morando em Idris, as pessoas não pensavam em nada.

— Talvez os pais de vocês não contem histórias como o meu — disse James.

— Talvez nem todo mundo ouça histórias como você ouve — disse Matthew do outro lado. — Nem todo mundo aprende.

James olhou para ele. Era uma coisa inesperadamente gentil vinda de Matthew, logo ele.

— Eu conheço uma história — prosseguiu Matthew. — Quem quer ouvir?

— Eu! — disse um coro do chão.

— Eu!

— Eu!

— Eu não — rebateu James, e se retirou.

Mais um lembrete de que Matthew possuía o que James teria dado qualquer coisa para possuir também, de que Matthew tinha amigos e pertencia à Academia, e de que Matthew não ligava a mínima.

Por fim, tantos professores começaram a faltar, com uma overdose aguda de Matthew Fairchild, que Ragnor Fell teve que se encarregar de supervisionar os treinamentos. James ficou imaginando por que ele era o único que conseguia enxergar o absurdo da coisa toda, e que Matthew estava estragando as aulas de todos. Ragnor sabia fazer mágica e não se interessava nem um pouco por guerra.

Ragnor permitiu que Esme trançasse a crina de seu cavalo de modo a fazê-lo parecer um corcel. Concordou em permitir que Christopher construísse um aríete para derrubar árvores, pois seria um bom treinamento caso tivessem que se refugiar num castelo. Ele viu Mike Smith se bater na cabeça com o próprio arco.

— Não devemos nos preocupar com concussões — falou Ragnor placidamente. — A não ser que haja uma séria hemorragia no cérebro, e neste caso ele pode morrer. Senhor Fairchild, por que não está participando?

— Acho violência uma coisa repulsiva — respondeu Matthew com firmeza. — Estou aqui contra minha vontade e me recuso a participar.

— Quer que eu o desnude por magia e o coloque num uniforme? — perguntou o senhor Fell. — Na frente de todos?

— Todos iam adorar, tenho certeza — disse Matthew. Ragnor Fell balançou os dedos e faíscas verdes expeliram das pontas. James ficou feliz em ver Matthew dar um passo para trás. — Pode ser demais para uma quarta-feira — disse Matthew. — Vou vestir meu uniforme, então, certo?

— Vista — disse Ragnor.

Ele estava numa cadeira, lendo um livro. James sentiu muita inveja dele.

James também admirava muito o professor. Finalmente alguém que conseguia controlar Matthew. Depois de todas as declarações de Matthew sobre se abster pelo bem da arte e da beleza, James estava ansioso para ver Matthew fazendo papel de bobo nos campos de treinamento.

— Alguém se oferece para atualizar Matthew no que estamos aprendendo? — perguntou Ragnor. — Considerando que não tenho a menor ideia do que seja.

Foi então que a equipe de Christopher atingiu uma árvore com o aríete. A batida e o caos significavam que não haveria a fila de voluntários para ficar com Matthew que normalmente se formava.

— Eu ficaria feliz em ensinar uma lição a Matthew — disse James.

Ele era muito bom com o bastão. Tinha vencido Mike dez vezes em dez, e Esme nove vezes em dez, sendo que tinha se contido com eles. Era possível que ele também tivesse que se conter com Matthew.

Só que Matthew apareceu de uniforme e — pela primeira vez — parecia um verdadeiro Caçador de Sombras. Muito mais do que James, verdade seja dita, considerando que James era... não tão baixo quanto Thomas, mas ainda não tão alto, e era o que sua mãe chamava de seco. O que era um jeito gentil de dizer "não há evidências de músculos". Várias garotas, inclusive, viraram para olhar para Matthew de uniforme.

— O senhor Herondale se ofereceu para ensiná-lo a lutar com o bastão — disse Ragnor Fell. — Se planejam se matar, por favor, façam isso mais para longe, onde eu não possa ver e não tenha que responder a perguntas constrangedoras.

— James — disse Matthew, a voz que todos gostavam tanto de ouvir, mas que para James sempre soava constantemente zombeteira. — É tão gentil da sua parte. Acho que me lembro de alguns movimentos com o taco, de quando treinava com minha mãe e meu irmão. Por favor, seja paciente comigo. Posso estar um pouco enferrujado.

Matthew atravessou o campo, o sol brilhante sobre a grama verde e sobre seus cabelos dourados, segurando o bastão com apenas uma das mãos. Ele virou para James, que teve a súbita impressão de ter visto olhos semicerrados: um olhar com um propósito sério e genuíno.

Então o rosto de Matthew e as árvores desapareceram quando o bastão deu uma rasteira nas pernas de James, que desabou no chão. James ficou ali deitado e tonto.

— Sabe — falou Matthew pensativamente. — Pode ser que eu não esteja tão enferrujado assim.

James se levantou, agarrando-se ao mesmo tempo ao bastão e a sua dignidade. Matthew se reposicionou em guarda, o bastão tão leve e equilibrado em sua mão como se ele fosse um maestro gesticulando com sua batuta. Ele se movimentava com graça, como qualquer Caçador de Sombras o faria, mas de algum jeito, como se estivesse tocando, e como se fosse começar a dançar a qualquer momento.

James percebeu, para o próprio desgosto, que esta era mais uma coisa em que Matthew era bom.

— Melhor de três — sugeriu ele.

De repente o bastão de Matthew era um borrão entre suas mãos. James não teve tempo de trocar de posição antes de um golpe forte atingi-lo no braço que segurava o bastão, depois no ombro esquerdo, de modo que não conseguiu se defender. James bloqueou o bastão quando este veio em direção ao seu tronco, mas no fim das contas foi apenas um blefe. Matthew o atacou nos joelhos novamente e James acabou caído de costas na grama. De novo.

O rosto de Matthew apareceu em seu campo visual. Ele estava rindo, como sempre.

— Por que parar em três? — perguntou. — Posso ficar aqui e bater em você o dia todo.

James acertou o bastão nos calcanhares de Matthew e o derrubou. Sabia que era errado fazer isso, mas na hora não se importou.

Matthew aterrissou na grama com um gemido surpreso, o qual James considerou brevemente satisfatório. Uma vez no chão, ele pareceu contente por ficar deitado na grama. James se viu sendo observado por um olho castanho em meio a todo aquele verde.

— Sabe — disse Matthew lentamente —, a maioria das pessoas gosta de mim.

— Bem... parabéns! — rebateu James, e se levantou.

Foi exatamente o momento errado para se levantar.

Deveria ter sido o último momento da vida de James. E talvez por ele achar que seria o último, pareceu se prolongar, dando-lhe tempo para enxergar tudo: como o aríete tinha voado pelas mãos da equipe de Christopher na direção errada. As expressões horrorizadas de toda a equipe, e até Christopher prestando atenção em alguma coisa, para variar. Ele viu o grande tronco de madeira voando diretamente para ele, e ouviu Matthew gritando um alerta tarde demais. Viu Ragnor Fell levantar de um pulo, a cadeira voando e o feiticeiro erguendo a mão.

O mundo ganhou uma tonalidade cinza em câmera lenta, tudo se movendo ainda mais vagarosamente do que James. Tudo corrediço e sem substância: o aríete veio até ele e o atravessou, incapaz de machucá-lo; foi como ser atingido por água. James levantou a mão e viu o ar cinzento cheio de estrelas.

Foi Ragnor que o salvou, pensou James enquanto o mundo passava de um tom cinzento esquisito ao preto. Isso era magia de feiticeiro.

Só mais tarde ele soube que toda a turma tinha assistido, esperando uma cena de carnificina e morte, mas em vez disso vira um menino de cabelos escuros dissolver e se transformar numa sombra projetada por nada, um corte no abismo atrás do mundo, escuro e inconfundível ao sol da tarde. O que seria uma morte inevitável, se tornou algo estranho e ainda mais terrível.

Só depois ele soube o quão certo estava. Era magia de feiticeiro.

Quando James acordou, já era noite, e o tio Jem estava lá.

James se levantou da cama e se jogou nos braços do tio Jem. Ele já tinha ouvido falar que algumas pessoas achavam os Irmãos do Silêncio assustadores, com seu discurso silencioso e os olhos costurados, mas para ele, a imagem das vestes de um Irmão do Silêncio significava o tio Jem, sempre significava amor.

— Tio Jem! — exclamou, envolvendo-o pelo pescoço com os braços, face enterrada nas vestes, seguro por um instante. — O que aconteceu? Por que eu... eu me senti tão estranho, e agora você está aqui e...

A presença de um Irmão do Silêncio na Academia não significava nada de bom. O pai sempre procurava pretextos para o tio Jem ir até eles — uma vez ele alegou que um vaso de flores estava possuído por um demônio. Mas aqui era Idris, e um Irmão do Silêncio só seria convocado para uma criança Caçadora de Sombras numa ocasião de extrema necessidade.

— Eu estou... machucado? — perguntou James. — Matthew está machucado? Ele estava comigo.

Ninguém se machucou, disse o tio Jem. *Graças ao Anjo. Só que agora você tem um fardo pesado a carregar, Jamie.*

E o conhecimento transbordou do tio Jem para James, silencioso e frio como um túmulo se abrindo, e, contudo, o cuidado do tio Jem se misturava ao frio. James se afastou do Irmão do Silêncio, tremendo, e se agarrou ao tio Jem ao mesmo tempo, com o rosto molhado de lágrimas e os punhos lhe agarrando a túnica.

Isso era herança de sua mãe, era o que vinha da mistura de sangue de Caçador de Sombras com sangue de demônio, e depois com Caçador de Sombras outra vez. Todos achavam que só porque a pele de James comportava Marcas, ele era um Caçador de Sombras e nada mais, que o sangue do Anjo tinha queimado todo o restante.

Não tinha. Nem o sangue do Anjo conseguia incinerar uma sombra. James conseguia fazer esse truque, um truque que nenhum outro feiticeiro conhecido do tio Jem era capaz de fazer. Ele conseguia se transformar em sombra. Conseguia se transformar em algo que não era de carne e sangue — certamente não do sangue do Anjo.

— O que... o que eu *sou*? — engasgou James, a garganta seca por causa dos soluços.

Você é James Herondale, disse tio Jem. *Como sempre foi. Parte sua mãe, parte seu pai, parte você. Eu não mudaria nada em você se pudesse.*

James mudaria. Ele teria queimado a parte em que era ele mesmo, arrancado, feito qualquer coisa para se livrar dela. Ele tinha nascido para ser Caçador de Sombras, sempre soubera que era um, mas será que algum Caçador de Sombras lutaria ao seu lado, depois de esse horror a seu respeito ter sido revelado?

— Eu vou... eles vão me expulsar da escola? — sussurrou ele ao ouvido do tio Jem.

Não, respondeu tio Jem. Uma sensação de tristeza e raiva tocou James, e depois recuou. *Mas, James, acho que você deveria ir embora. Eles temem que você... contamine a pureza das crianças. Querem bani-lo para onde as crianças mundanas vivem. Aparentemente não se importam com o que acontecerá com os alunos mundanos, e menos ainda com o que acontecerá com você. Vá para casa, James. Eu o levo agora se quiser.*

James desejava ir para casa. Mais do que conseguia se lembrar de ter desejado qualquer coisa, com uma dor que o fazia sentir como se todos os ossos do seu corpo tivessem quebrado e não pudessem ser consertados até ele chegar em casa. Lá ele era amado, e estava sempre em segurança. Seria instantaneamente cercado de calor e afeto.

Exceto...

— Como minha mãe se sentiria — sussurrou James —, se soubesse que fui mandado para casa porque... ela vai achar que é por causa dela.

Sua mãe, com seus olhos cinzentos e seu rosto tenro, tão reservada quanto James, mas tão eloquente quanto Will. James podia ser uma mancha no mundo, podia ser algo que contaminaria as crianças que eram boas Caçadoras de Sombras. Ele estava pronto para acreditar nisso. Mas sua mãe, não. Sua mãe era gentil, adorável e carinhosa. Sua mãe era um desejo realizado e uma bênção na Terra.

James não suportava pensar em como a mãe se sentiria se achasse que o tinha machucado de alguma forma. Se ele pudesse enfrentar a Academia, se pudesse fazê-la crer que não faria diferença para ele, isto a pouparia da dor.

Ele queria ir para casa. Não queria encarar ninguém na Academia. Era um covarde. Mas não era covarde o bastante para fugir do próprio sofrimento e permitir que a mãe sofresse por ele.

Você não é nada covarde, disse tio Jem. *Lembro de uma época, quando eu ainda era James Carstairs, quando sua mãe descobriu que não poderia ter filhos — pelo menos assim ela achava até então. Ela sofreu tanto com isso. Considerou-se tão diferente de tudo que se julgava ser. Eu disse a ela que o homem certo não se importaria com isso, e claro que seu pai, o melhor dos homens, o único para ela, não se importou. Eu não disse a ela... eu era um menino e não sabia como dizer a ela o quanto sua coragem para tolerar a incerteza a respeito de si me tocou. Ela duvidava de si, mas eu jamais duvidei dela. E eu jamais duvidaria de você agora. Vejo em você a mesma coragem que vi nela antigamente.*

James chorou, esfregando o rosto nas vestes do tio Jem, como se fosse menor do que Lucie. Ele sabia que sua mãe era corajosa, mas certamente a sensação que experimentava agora não era coragem; ele imaginaria que fosse uma coisa legal, e não uma sensação capaz de arrasá-lo.

Se você enxergasse a humanidade como eu enxergo, disse tio Jem, um sussurro em sua mente, uma corda salva-vidas. *Há muito pouco brilho e calor no mundo para mim. Sou muito distante de todos vocês. Só existem quatro pontos de calor e brilho no mundo inteiro, que ardem o bastante para que eu sinta algo como a pessoa que fui. Sua mãe, seu pai, Lucie e você. Seu amor, seu tremor e calor. Não deixe que ninguém lhe diga quem você é. Você é a chama que não pode se apagar. É a estrela que não pode se perder. Você é quem sempre foi, e isto é suficiente, e mais do que suficiente. Qualquer um que olhar para você e enxergar escuridão é cego.*

— Mais cego do que um Irmão do Silêncio? — perguntou James, e soluçou.

O tio Jem se tornou Irmão do Silêncio muito cedo, e de uma forma estranha: ele tinha símbolos nas bochechas, mas os olhos, apesar de cobertos, não eram costurados. Mesmo assim, James nunca sabia ao certo o que ele enxergava.

Uma risada veio à mente de James, e ele próprio não tinha rido, então provavelmente fora tio Jem. James se agarrou nele por mais um instante e disse a si que não poderia pedir que tio Jem o levasse para casa afinal, nem para a Cidade do Silêncio, ou para lugar nenhum, desde que tio Jem não o deixasse ali naquela academia cheia de estranhos que nunca haviam gostado dele, e que agora o detestariam.

Eles teriam que ser mais cegos do que um Irmão do Silêncio, concordou tio Jem. *Porque eu o vejo, James. Sempre vou olhar para você para encontrar luz.*

Se James soubesse como seria a vida na Academia depois daquilo, teria pedido para tio Jem levá-lo para casa.

Não esperava que Mike Smith fosse ficar de pé num pulo, horrorizado, ao se aproximar de sua mesa.

— Sente-se conosco — disse Clive Cartwright, um dos amigos de Alastair Carstairs. — Pode ser um mundano, mas pelo menos não é um *monstro*.

Mike fugiu, agradecido. James viu Esme se encolher uma vez quando ele passou por ela no corredor. Ele não impôs sua presença a ela novamente.

Não teria sido tão ruim, pensou James, se tivesse sido em qualquer lugar que não a Academia. Esses eram corredores ocos. Era o lugar onde as crianças eram formadas para Ascender ou crescer no aprendizado de servir ao Anjo.

E esta era uma escola, e era assim que escolas funcionavam. James já tinha lido livros sobre escolas, já tinha lido sobre pessoas mandadas para Coventry, de modo que mais ninguém falava com elas. Ele sabia como o ódio se espalhava entre um grupo feito uma fogueira, e isto apenas entre mundanos diante de estranhezas mundanas.

James era mais esquisito do que qualquer mundano poderia sonhar, mais esquisito do que qualquer Caçador de Sombras poderia acreditar.

Ele saiu do quarto de Matthew e foi para a escuridão. Tinha ganhado um quarto particular, porque nem os mundanos tinham coragem de dormir no mesmo quarto que ele. Até a reitora Ashdown parecia ter medo dele. Todos tinham.

Agiam como se quisessem se benzer quando o viam, mas sabiam que ele era pior do que um vampiro, sendo assim não adiantaria nada. Tremiam quando James olhava para eles, como se seus olhos amarelos de demônio fossem cauterizar um buraco em suas almas.

Olhos de demônio. James já tinha ouvido os cochichos muitas vezes. Nunca pensou que fosse sentir saudade de ser chamado de Cara de Bode.

Ele não falava com ninguém, sentava no fundo da turma, comia o mais rápido possível e depois fugia correndo para que as pessoas não tivessem que olhar para ele enquanto faziam suas refeições. Ele andava sorrateiramente pela Academia, como uma sombra odiada e repugnante.

Tio Jem se transformou em Irmão do Silêncio porque de outra forma teria morrido. Tio Jem tinha um lugar no mundo, tinha amigos em casa, e o verdadeiro horror era não poder estar onde ficava à vontade. Às vezes depois de suas visitas, James flagrava sua mãe à janela, olhando para a rua na qual tio Jem já tinha desaparecido há um bom tempo, e flagrava seu pai na sala de música, encarando o violino que só tio Jem tinha permissão para tocar.

Essa era a tragédia da vida de tio Jem; a tragédia da vida de seus pais. Mas como seria se ele não pertencesse a nenhum lugar do mundo? Se não encontrasse ninguém para amá-lo? E se não pudesse ser um Caçador de Sombras, ou um feiticeiro, ou nada mais?

Talvez assim você fosse pior do que uma tragédia. Talvez você não fosse nada.

James não vinha dormindo bem. Ele caía no sono e acordava assustado, preocupado por estar escorregando naquele outro mundo, um mundo de sombras, onde ele não era nada além de uma sombra do mal entre sombras. Ele não sabia como tinha feito aquilo antes. Morria de medo de que acontecesse de novo.

Mas talvez todo mundo estivesse torcendo por isto. Talvez todos estivessem rezando para que ele se tornasse sombra e simplesmente desaparecesse.

Certa manhã, James acordou e não conseguiu suportar por nenhum momento mais a escuridão e a sensação de que havia uma pedra em sua cabeça, esmagando-o. Ele subiu pelas escadas, cambaleando, e foi para o pátio.

Esperava que ainda fosse noite, mas o céu estava tingido pela manhã, as estrelas invisíveis contra o tom quase branco do céu. As únicas cores encontradas no céu eram o cinza-escuro das nuvens, retorcendo como fantasmas ao redor da lua que desbotava. Estava chovendo um pouco, pingos frios contra a pele de James. Ele sentou no degrau de pedra da porta dos fundos da Academia, levantou a mão e ficou observando a chuva de prata cair no côncavo de sua palma.

Queria que a chuva o lavasse antes de precisar encarar mais uma manhã.

Ele estava olhando para a própria mão enquanto desejava, e viu acontecer. Sentiu a mudança o dominando e viu a mão se tornar sombriamente diáfana. Viu as gotas de chuva atravessando a sombra de sua palma, como se ela não estivesse ali.

Ficou imaginando o que Grace pensaria se pudesse vê-lo agora.

Então ouviu o ruído de pés correndo, batendo forte contra a terra, e por causa do treinamento recebido por seu pai, a cabeça de James levantou para ver se alguém estava sendo perseguido, se alguém estava em perigo.

James viu Matthew Fairchild correndo como se estivesse sendo perseguido.

Surpreendentemente, ele estava de uniforme, e até onde James sabia, o vestiu sem precisar ser ameaçado. Ainda mais surpreendente: ele estava participando de um exercício físico degradante. E corria mais depressa do que James já tinha visto qualquer pessoa correr no treino — talvez até mais rápido do que James jamais havia visto alguém correr na vida —, e corria severamente, com o rosto rijo, na chuva.

James o observou correr, franzindo o rosto, até Matthew olhar para o céu, parar e começar a voltar para a Academia. Por um momento James achou que fosse ser descoberto, pensou em pular e contornar para outro lado do prédio, mas Matthew não foi até a porta.

Em vez disso, parou e se apoiou na parede de pedra da Academia, estranho e solene com seu uniforme preto, cabelos louros rebeldes ao vento e molhados de chuva. Ele olhou para o céu e pareceu tão infeliz quanto James se sentia.

Não fazia o menor sentido. Matthew tinha tudo, sempre tivera tudo, enquanto James agora possuía abaixo de nada. Isso deixou James furioso.

— Qual é o seu problema? — quis saber James.

O corpo inteiro de Matthew tremeu com o choque. Ele se virou para olhar James e o encarou.

— O quê?

— Você talvez tenha notado que a vida não está sendo exatamente ideal para mim neste momento — disse James entre dentes cerrados. — Então pare de fazer tanto drama por nada e...

Matthew não estava mais inclinado contra a parede, e James não estava sentado no degrau. Ambos estavam de pé, e isto não era uma prática de treinamento. James achou que realmente fossem lutar; achou que pudessem acabar se machucando.

— Ah, sinto muito, James Herondale — desdenhou Matthew. — Esqueci que ninguém pode fazer nada aqui, como falar ou respirar, sem suscitar seu julgamento cheio de juízo. Eu devo estar fazendo cena a troco de nada, se é o que *você* diz. Pelo Anjo, eu trocaria de lugar com você num segundo.

— Você trocaria de lugar comigo? — gritou James. — Isso é mentira, é absolutamente falso, você jamais faria isso. Por que faria isso? Por que sequer diria isso?

— Talvez seja o fato de você ter tudo que eu quero — rosnou Matthew. — E nem mesmo parece querer.

— O quê? — perguntou James, confuso. Ele estava na terra dos opostos, onde o céu era chão e todos os nomes dos dias da semana eram lidos de trás para a frente. Só podia ser a única explicação. — O *quê*? O que eu tenho que você pode querer?

— Eles o mandariam para casa se você quisesse — disse Matthew. — Estão tentando afastá-lo. E não importa o que eu faça, ninguém me expulsa. Não o filho da Consulesa.

James piscou. A chuva escorria por suas bochechas e pingava pelo colarinho da camisa, mas ele mal sentia as gotas.

— Você quer... ser expulso?

— Eu quero ir para *casa*, está bem? — Matthew se irritou. — Quero ficar com meu pai!

— Quê? — disse James, inexpressivo, mais uma vez.

Matthew podia insultar os Nephilim, mas independentemente do que dissesse, sempre parecia estar se divertindo a valer na Academia, de um jeito que James não conseguia fazer. James nunca achou que ele realmente pudesse estar infeliz. Sequer havia pensado no tio Henry.

Matthew fez uma careta, como se fosse chorar. Ficou encarando o horizonte, e quando falou, a voz soou dura:

— Você acha que Christopher é ruim, mas meu pai é muito pior — disse Matthew. — Cem vezes pior do que Christopher. Mil. Ele treina a arte de ser terrível há muito mais tempo do que Christopher. Ele é tão distraído e não consegue... não consegue andar. Ele poderia estar trabalhando numa nova invenção, ou escrevendo uma carta para o amigo feiticeiro nos

Estados Unidos sobre sua nova invenção, ou tentando entender por que um velho dispositivo literalmente explodiu, e ele sequer teria notado se o próprio cabelo estivesse pegando fogo. Não estou exagerando. Não é piada, eu já apaguei fogo da cabeça do meu pai. Minha mãe vive ocupada, e Charles Buford está sempre atrás dela e bancando o superior. Eu cuido do meu pai. Eu ouço o que ele diz. Nunca quis vir para a escola e abandoná-lo, e vivo fazendo o possível para ser expulso e voltar.

Eu não cuido do meu pai. Meu pai cuida de mim, James quis dizer a ele, mas achou que poderia ser cruel dizer algo assim quando Matthew nunca tivera tal segurança inabalável.

Ocorreu a James que poderia chegar o dia em que seu pai não pareceria tão sábio, capaz de qualquer coisa, de resolver tudo. Tal ideia o deixou desconfortável.

— Você tem tentado ser expulso? — questionou James. Falou lentamente. *Sentia-se* lento.

Matthew fez um gesto de impaciência, como se estivesse picando cenouras invisíveis com uma faca invisível.

— É isso que venho tentando dizer, sim. Mas eles não me expulsam. Tenho feito a melhor interpretação do pior Caçador de Sombras do mundo, e ainda assim não me expulsam. Qual é o problema da reitora, pergunto? Ela quer sangue?

— A melhor interpretação do pior Caçador de Sombras — repetiu James. — Então você não... acredita naquela conversa toda sobre a violência ser repulsiva, na verdade, na beleza e em Oscar Wilde?

— Não, eu acredito — respondeu Matthew apressadamente. — Gosto muito de Oscar Wilde. E da beleza e da verdade. Mas acho uma loucura que, por nascermos como somos, não possamos ser pintores, ou poetas, ou criar alguma coisa... que tudo que façamos seja matar. Meu pai e Christopher são gênios, sabe disso? Verdadeiros gênios. Como Leonardo da Vinci. Ele foi um mundano que...

— Eu sei quem é Leonardo da Vinci.

Matthew olhou para ele e sorriu: foi O Sorriso, gradual e brilhante como o nascer do sol, e James teve a sensação incômoda de que talvez não fosse tão imune, afinal.

— Claro que sabe, James — disse Matthew. — Por um instante eu me esqueci com quem estava falando. Enfim, Christopher e meu pai são verdadeiramente brilhantes. As invenções deles já mudaram a forma como os Caçadores de Sombras navegam pelo mundo, a maneira como combatem demônios. E todos os Caçadores de Sombras de todos os lugares olham para eles de nariz empinado. Nunca vão enxergar o valor no que eles fazem. E alguém que gostaria de escrever peças, produzir belas artes, os despejariam na rua como se fossem lixo.

— Você... quer isso? — perguntou James, hesitante.

— Não — respondeu Matthew. — Não sei desenhar nada, na verdade. Certamente não sei escrever peças. E quanto menos eu falar sobre minha poesia, melhor. Mas gosto de arte. Sou um ótimo espectador. Eu poderia ser um espectador para a Inglaterra.

— Você poderia, hum, ser ator — sugeriu James. — Quando você fala, todo mundo ouve. Principalmente quando conta histórias.

E também tinha o rosto de Matthew, que provavelmente ficaria bem num palco ou coisa parecida.

— É uma ideia legal — disse Matthew. — Mas acho que prefiro não ser expulso de casa e continuar vendo meu pai de vez em quando. Além disso, acho que a violência é terrível e inútil, mas... Sou muito bom nisso. Inclusive, eu gosto. Não que eu vá deixar nossos professores saberem. Eu gostaria de ser bom em alguma coisa que pudesse acrescentar beleza ao mundo em vez de pintar com sangue, queria mesmo, mas é isso.

Ele deu de ombros.

James não achava mais que fossem lutar, então sentou outra vez. Queria sentar-se.

— Acho que Caçadores de Sombras podem acrescentar beleza ao mundo — disse. — Tipo, para começar, salvamos vidas. Sei que já disse isso, mas é muito importante. As pessoas que salvamos, qualquer uma delas, poderá ser o próximo Leonardo da Vinci ou Oscar Wilde, ou simplesmente alguém que é muito afável, que espalha a beleza deste modo. Ou pode ser simplesmente alguém que... é amado por um outro alguém, do mesmo jeito que você ama seu pai. Talvez você tenha razão quando diz que os Caçadores de Sombras são mais limitados, que não temos todas as possibilidades que os mundanos têm, mas... nós possibilitamos as vidas dos mundanos. Nascemos para isso. É um privilégio. Eu não vou fugir da Academia. Eu não vou fugir de nada. Eu comporto Marcas, e isso faz de mim um Caçador de Sombras, e é isso que serei, queiram os Nephilim ou não.

— Mas você pode ser um Caçador de Sombras sem frequentar a Academia — disse Matthew. — Pode treinar num Instituto, como o tio Will. Era isso que eu queria, para poder ficar com meu pai.

— Eu poderia. Mas... — James hesitou. — Eu não queria ser mandado para casa. Minha mãe teria que saber o motivo.

Matthew ficou calado por um tempinho. Não se ouvia nada além do som da chuva caindo.

— Eu gosto da tia Tessa — disse ele. — Nunca fui a Londres porque não queria deixar meu pai. Sempre desejei... que ela pudesse vir a Idris com mais frequência.

James tinha recebido diversos choques nesta manhã, que na verdade não eram tão ruins, mas esta revelação não foi bem recebida, e era inevitável. Claro que sua mãe ou seu pai quase nunca iam a Idris. Claro, James e Lucie tinham sido criados em Londres, um pouco separados das famílias.

Porque havia pessoas em Idris, havia Caçadores de Sombras arrogantes que achavam que sua mãe não era digna de caminhar entre eles, e seu pai jamais permitiria que ela fosse insultada.

Agora seria ainda pior, agora as pessoas comentariam que ela havia passado seu "defeito" para os filhos. As pessoas diriam coisas terríveis sobre Lucie, James sabia — sobre sua irmãzinha risonha e alegre. Lucie nunca poderia ir para a Academia.

Matthew pigarreou.

— Acho que consigo entender isso tudo. Talvez eu pare de sentir inveja por você conseguir ser expulso da escola. Talvez eu consiga entender que sua motivação é nobre. Contudo, continuo não entendendo por que você precisa deixar tão óbvio que me detesta. Eu sei, eu sei, você é indiferente e prefere ficar o tempo todo sozinho com a literatura, mas, para mim, é particularmente ruim. É muito degradante. A maioria das pessoas gosta de mim. Eu já disse isso. Eu nem preciso me esforçar.

— Sim, você é um ótimo Caçador de Sombras e todo mundo gosta de você, Matthew — disse James. — Obrigado pela explicação.

— Você não gosta de mim! — exclamou Matthew. — Eu tentei com você! E você continua não gostando.

— O negócio é o seguinte — disse James —, eu tendo a gostar de pessoas mais modestas. Humildes, você sabe.

Matthew fez uma pausa, avaliou James por um instante e depois explodiu numa gargalhada. James se impressionou com o quão gratificante era aquilo. Aquilo o deixou confortável para revelar a verdade humilhante.

Ele fechou os olhos e disse:

— Eu estava com inveja de você.

Quando abriu os olhos, Matthew se mostrou desconfiado, como se esperasse algum tipo de pegadinha.

— Do quê?

— Bem, você não é considerado uma abominação amaldiçoada nesta terra.

— Sim, mas... sem querer ofender, James... ninguém além de você o é — observou Matthew. — Você é nossa peça única na escola, tipo uma escultura de um frango guerreiro. Se a gente tivesse algo assim aqui. E de qualquer forma, você já não gostava de mim muito antes de saber que era uma abominação amaldiçoada. Bem, suponho que você esteja simplesmente tentando poupar meus sentimentos. Muito decente da sua parte. Eu enten...

— Não sou indiferente — disse James. — Não sei de onde tirou essa ideia.

— De toda a indiferença, eu acho — especulou Matthew.

— Sou estudioso — explicou James. — Eu leio livros o tempo todo e não sei como falar com pessoas. Se eu fosse uma garota vivendo em tempos antigos, as pessoas me chamariam de erudita. Queria conseguir conversar com as pessoas do jeito que você faz. Queria conseguir sorrir para as pessoas e fazer com que gostassem de mim. Queria conseguir contar histórias e fazer todo mundo me ouvir, e ter pessoas me seguindo onde quer que eu fosse. Bem, não, isso não, porque tenho um ligeiro pavor de pessoas, mas gostaria de poder fazer tudo que você faz ainda assim. Eu queria ser amigo de Thomas e de Christopher, porque gostei deles, e achei que talvez eles pudessem ser... parecidos comigo, e que talvez pudessem gostar de mim também. Você teve inveja de mim por eu poder ser expulso da escola? Eu tive inveja de você primeiro. Tive inveja de tudo em você, e ainda tenho.

— Calma — disse Matthew. — Calma, calma, calma. Você não gosta de mim porque eu sou *muito charmoso*?

Ele jogou a cabeça para trás e riu. Continuou rindo. Riu tanto que teve que sentar ao lado de James no degrau, e depois riu um pouco mais.

— Pare com isso, Matthew — resmungou James. — Pare de rir. Estou partilhando meus sentimentos mais íntimos com você. Isso é muito ofensivo.

— Passei esse tempo todo de mau humor — disse Matthew. — Acha que sou charmoso agora? Você *nem* imagina.

James o socou no braço. Ele não conseguiu conter o sorriso. Viu que Matthew notou e pareceu muito satisfeito consigo.

Algum tempo depois, Matthew chamou James com veemência para o café da manhã e para sentar-se à mesa deles, a qual James notou, só tinha como convidados Christopher e Thomas, uma mesa um tanto restrita, afinal.

Christopher e Thomas, numa nova surpresa para James naquela manhã cheia de surpresas, pareceram felizes em vê-lo.

— Ah, você resolveu não detestar Matthew mais? — perguntou Christopher. — Que bom. Você realmente estava ferindo os sentimentos dele. Mas não devemos falar sobre isso com você. — Ele encarou a cesta de pães com olhos sonhadores, como se fosse uma pintura maravilhosa. — Esqueci disso.

Thomas pousou a cabeça no tampo da mesa.

— Por que você é assim?

Matthew esticou o braço e afagou as costas de Thomas, em seguida salvou Christopher de tocar fogo nas próprias mangas com uma vela. Ele entregou a vela a James, oferecendo um sorriso.

— Se algum dia vir Christopher perto de uma chama, afaste-o do fogo, ou afaste o fogo dele — disse Matthew. — Junte-se a mim na luta justa. Tenho que viver sempre atento.

— Deve ser complicado quando se está cercado por, hum, seu público adorador — disse James.

— Bem — disse Matthew, e fez uma pausa —, é possível — disse ele, e silenciou-se brevemente outra vez — que eu talvez estivesse... me exibindo um pouco? "Olha, se não quiser ser meu amigo, todo mundo quer, e você está cometendo um grave erro?" Talvez eu tenha feito isso. Possivelmente.

— Já acabou? — perguntou Thomas. — Graças ao Anjo. Você sabe que grupos grandes me deixam nervoso! Sabe que nunca consigo pensar em nada para falar para eles! Não sou sagaz como você, ou indiferente e superior como James, nem vivo numa nuvem de loucura como Christopher. Vim para a Academia para fugir das minhas irmãs mandonas, mas elas me deixam muito menos nervoso do que aríetes voando e festas constantes. Dá para, por favor, termos um pouco de sossego e paz de vez em quando?

James olhou fixamente para Thomas.

— Todo mundo me acha indiferente?

— Não, a maioria das pessoas acha que você é uma abominação amaldiçoada na terra — disse Matthew alegremente. — Lembra-se?

Thomas parecia pronto para pousar a cabeça de volta na mesa, mas se alegrou ao perceber que James não se ofendeu.

— Por quê? — perguntou Christopher educadamente.

James o encarou.

— Porque posso me transformar de uma pessoa de carne e osso numa sombra medonha?

— Ah — disse Christopher, seus belos olhos cor de lavanda concentrados por um momento. — Isso é muito interessante — disse ele a James, a voz nítida. — Você deveria permitir que eu e o tio Henry fizéssemos experiências com você. Poderíamos fazer um experimento agora mesmo.

— Não, não poderíamos — disse Matthew. — Nada de experiências na hora do café. Acrescente à lista, Christopher.

Christopher suspirou.

E assim, como se tivesse sido fácil o tempo todo, James tinha amigos. Ele gostou de Thomas e Christopher como sempre soube que gostaria.

Mas dentre todos os seus novos amigos, Matthew era aquele de quem mais gostava. Matthew sempre queria conversar sobre os livros que James tinha lido, ou contar alguma história tão boa quanto um livro. Ele sempre se esforçava para encontrar James quando ele não estava presente, e fazia o mesmo para protegê-lo quando estava. James não tinha muitos assuntos bons para registrar em cartas para mandar para casa: acabava escrevendo cartas que falavam de Matthew o tempo todo.

James sabia que Matthew provavelmente apenas sentia pena dele. Matthew vivia cuidando de Christopher e de Thomas com a mesma atenção dolorosa que devia dispensar ao pai. Matthew era gentil.

Tudo bem. James gostaria muito de dividir o quarto com Matthew, agora que não tinha mais essa opção.

— Por que as pessoas te chamam de Olhos de Demônio, James? — perguntou Christopher um dia quando estavam sentados em volta da mesa estudando o relato de Ragnor Fell sobre os Primeiros Acordos.

— Porque tenho olhos dourados que parecem acesos por fogos infernais sobrenaturais — disse James. Ele tinha ouvido uma garota sussurrando isso e achou que soava um tanto poético.

— Ah — disse Christopher. — Fora isso, você se parece minimamente com seu avô? O demoníaco, quero dizer.

— Você não pode perguntar se as pessoas se parecem com seus avós demoníacos! — ganiu Thomas. — Daqui a pouco vai perguntar se o professor Fell se parece com o pai demoníaco! Por favor, por favor não pergunte ao professor Fell se ele se parece com o pai demoníaco. Ele tem uma língua ferina. Além disso, pode cortá-lo com uma faca.

— Fell? — perguntou Christopher.
— Nosso professor — disse Matthew. — Nosso professor verde.
Christopher pareceu verdadeiramente espantado.
— Temos um professor verde?
— James se parece com o pai — declarou Matthew inesperadamente, em seguida semicerrou os olhos risonhos para James. — Ou vai parecer, quando crescer e a cara dele deixar de ser um monte de ângulos apontando em todas as direções.

James levantou o livro aberto lentamente para esconder o rosto, mas sentiu-se secretamente satisfeito.

A amizade de Matthew fez outros se aproximarem também. Esme cercou James e pediu desculpas por ela e Mike terem sido babacas. Ela também disse que esperava que ele não interpretasse a nova manifestação de amizade de um jeito romântico.

— Na verdade sinto um *tendresse* por Matthew Fairchild — acrescentou Esme. — Por favor, fale bem de mim.

A vida estava muito, muito melhor agora que ele tinha amigos, mas isso não significava que estava tudo perfeito, ou mesmo reparado. As pessoas ainda tinham medo dele, ainda sibilavam "Olhos de Demônio" e murmuravam coisas sobre sombras impuras.

— *Pulvis et umbra sumus* — disse James uma vez, em voz alta após ouvir muitos cochichos. — Meu pai costuma dizer isso. Não somos mais que pó e sombras. Talvez eu só... esteja me adiantando em relação a vocês.

Várias pessoas na sala pareceram alarmadas.

— O que ele disse? — sussurrou Mike Smith, claramente alvoroçado.

— Não é uma língua demoníaca, palhaço — rebateu Matthew. — É latim.

Apesar de tudo que Matthew podia fazer, os sussurros só faziam aumentar. James continuou à espera de um desastre.

E então os demônios foram soltos na floresta.

— Vou ser dupla de Christopher — disse Thomas na sessão de exercícios seguinte, soando resignado.

— Ótimo, eu fico com James — falou Matthew. — Ele me remete à nobreza do estilo de vida dos Caçadores de Sombras. Ele me mantém bem. Se eu me separar dele, vou me distrair pela verdade e beleza. Sei que vou.

Os professores pareciam extremamente satisfeitos por Matthew estar participando dos cursos de treinamento agora, exceto pelos cursos da elite que, segundo Thomas, Matthew continuava determinado a não fazer.

James não sabia por que os professores estavam tão preocupados. Era óbvio que assim que alguém de fato se colocasse em perigo, Matthew correria para ajudar.

James estava contente por saber disso enquanto se dirigiam para o bosque. Estava ventando bastante e parecia que todas as árvores estavam se abaixando para uivar ao seu ouvido, e ele sabia que os alunos mais velhos haviam espalhado caixas Pyxis pela floresta — Pyxis com os demônios mais ínfimos e inofensivos lá dentro, mas ainda assim Pyxis com demônios de verdade, os quais eles teriam que combater. Caixas Pyxis estavam meio fora de moda atualmente, mas às vezes ainda eram utilizadas para transportar demônios em segurança. Se é que se pode falar em segurança quando o assunto é demônio.

Ella, a tia de James que ele nunca chegara a conhecer, tinha sido morta por um demônio de uma Pyxis quando ela era mais jovem do que James agora.

Todas as árvores pareciam sussurrar sobre demônios.

Mas Matthew estava ao lado dele, e ambos estavam armados. James confiava em si para matar um demônio pequenino e quase desprovido de poder, e se podia confiar em si, podia confiar ainda mais em Matthew.

Eles aguardaram, em seguida caminharam, aí esperaram. Houve um ruído entre as árvores: era apenas a combinação do vento com um coelho.

— Talvez os mais velhos tenham se esquecido do nosso bufê de demônios — sugeriu Matthew. — É um belo dia de primavera. Em épocas assim, os pensamentos das pessoas são preenchidos por amor e flores, não por demônios. Quem sou eu para julgar...

Matthew ficou quieto de repente. Daí agarrou o braço de James, com dedos firmes, e James ficou encarando o que Matthew havia descoberto no canteiro.

Era Clive Cartwright, o amigo de Alastair. Estava morto.

Seus olhos estavam abertos, encarando o nada, e sua mão agarrava uma Pyxis vazia.

James segurou o braço de Matthew e o girou num círculo, olhando em volta, esperando. Dava para adivinhar o que tinha acontecido: vamos dar um susto no Olhos de Demônio, um demônio não vai ferir um semelhante, vamos espantá-lo de uma vez por todas com um demônio maior do que ele espera.

James não sabia qual era o tipo de demônio, mas a pergunta foi respondida assim que o ser veio em direção a eles, saindo da floresta.

Era um demônio Vetis, sua forma quase humana, mas não exatamente, arrastando o corpo cinzento e escamoso pelas folhas caídas. James viu as cabeças de enguia nos braços levantados, como as cabeças de perdigueiros numa caçada.

James passou de pele a sombra sem pensar, como o reflexo de alguém que pula na água para salvar um afogado, simples assim. Ele correu até o Vetis sem ser visto e, erguendo a espada, arrancou uma das cabeças do braço. Então se virou para encarar a cabeça no outro braço. Ia chamar Matthew, mas quando olhou para trás o viu claramente, apesar daquele brilho acinzentado do mundo. Matthew já estava com o arco na mão, armado e em riste. Notou os olhos semicerrados de Matthew, o foco determinado que sempre havia estado por trás da risada, e que permanecia mesmo quando a risada era arrancada dele.

Matthew atirou na carantonha com dentes afiados e olhos vermelhos do demônio Vetis ao mesmo tempo que James decepou a cabeça remanescente do outro braço. O demônio cambaleou, depois caiu de lado, se contorcendo.

E James correu por entre as árvores, em meio ao vento e aos ruídos, destemido, com Matthew correndo atrás dele. Encontrou Alastair e o amigo remanescente escondidos atrás de uma árvore. Aproximou-se deles sorrateiramente, uma sombra num turbilhão de sombras de árvores retorcidas, e levantou a espada para a garganta de Alastair.

Enquanto James tocava a espada, ninguém conseguia vê-la. Mas Alastair sentiu o gume da lâmina e engasgou.

— Não era nossa intenção que nada disso acontecesse! — gritou o amigo de Alastair, olhando em volta freneticamente. Alastair foi sábio o suficiente para continuar calado. — Foi ideia de Clive, ele disse que assim finalmente faria você ir embora, ele só queria assustá-lo.

— Quem está assustado? — sussurrou James, e o sussurro veio de lugar nenhum. Ele ouviu o menino mais velho engasgar de medo. — Não sou eu quem está com medo. Se vier atrás de mim outra vez, não serei eu quem vai sofrer. Corra!

A dupla que outrora fora um trio saiu aos tropeços. James apertou o cabo da espada de encontro ao tronco da árvore, e desejou retornar a um mundo de solidez e sol. Encontrou Matthew olhando para ele. Durante todo o tempo Matthew soube onde ele estivera.

— Jamie — disse Matthew, soando desconcertado, porém impressionado. — Isso foi assustador.

— Pela última vez, meu nome é James — corrigiu.

— Não, vou chamá-lo de Jamie por um tempo, porque você acabou de demonstrar um poder misterioso, e chamá-lo de Jamie faz com que eu me sinta melhor.

James riu, trêmulo, e isso fez Matthew sorrir. Só mais tarde ocorreu a eles que um aluno estava morto, e os Caçadores de Sombras temiam e não confiavam no demoníaco — e que alguém seria culpado. James só ficou sabendo no dia seguinte que seus pais tinham sido informados do ocorrido, e que ele, James Herondale, tinha sido oficialmente expulso.

Eles o mantiveram na enfermaria até seu pai chegar. Não disseram que escolheram aquele local porque a enfermaria tinha grades nas portas.

Esme apareceu e deu um abraço em James, e prometeu procurar por ele depois que Ascendesse.

Ragnor Fell entrou, seu passo pesado, e por um momento James achou que ele fosse pedir dever de casa. Em vez disso, Ragnor se postou ao lado da cama e balançou a cabeça chifruda.

— Esperei que viesse me pedir ajuda — disse Ragnor a ele. — Achei que talvez você fosse um feiticeiro.

— Eu nunca quis ser nada além de um Caçador de Sombras — disse James, desamparado.

Ragnor falou, soando desgostoso como sempre:

— Vocês Caçadores de Sombras nunca querem.

Christopher e Thomas fizeram uma visita também. Christopher trouxe uma cesta de frutas, sob a impressão equivocada de que James estava na enfermaria porque estava doente. Thomas se desculpou por Christopher várias vezes.

Contudo, James não viu Matthew até o pai chegar, e este não veio com a missão de encantar a reitora. Seu rosto estava sombrio enquanto acompanhava James pelos corredores cinzentos reluzentes da Academia, sob as cores flamejantes do vitral de anjo, pela última vez. Ele desceu pelas escadas e atravessou os recintos como se desafiasse alguém a insultar James.

James sabia que ninguém o faria, não na frente de seu pai. Cochichariam pelas suas costas, aos seus ouvidos, por toda a vida.

— Você devia ter nos contado, Jamie — disse o pai. — Mas Jem explicou por que não contou.

— Como está mamãe? — sussurrou James.

— Ela chorou quando Jem contou a ela, e disse que você é um doce de menino — disse o pai. — Acho que ela deve estar planejando estrangulá-lo e depois fazer um bolo para você.

— Eu gosto de bolo — disse James afinal.

Todo esse sofrimento, e toda essa tentativa nobre de tentar poupá-la, e para quê?, pensou James enquanto atravessava as portas da Academia. Ele apenas poupou a mãe de um ou dois meses de sofrimento. Torceu para que isso não significasse que ele era um fracasso: torceu para que o tio Jem ainda achasse que valia a pena.

Ele viu Matthew no pátio, as mãos nos bolsos, e se alegrou. Matthew tinha vindo se despedir, afinal. Sentiu que no final das contas valera a pena ficar, por ter feito um amigo assim.

— Você foi expulso? — perguntou Matthew, o que James achou ligeiramente estúpido.

— Fui? — disse ele, apontando para o pai e para a mala.

— Achei mesmo que tivesse sido — disse Matthew, balançando a cabeça com vigor, de modo que seus cabelos cuidadosamente penteados voaram por todos os lados. — Então tive que agir. Mas eu queria ter absoluta certeza. Veja, James, é o seguinte...

— Aquele não é Alastair Carstairs? — perguntou o pai, se animando.

Alastair não encarou o olhar de James ao caminhar em direção a ele. E definitivamente não retribuiu o sorriso alegre do pai. Parecia interessadíssimo nas pedras do pátio.

— Eu só queria dizer que... sinto muito por tudo — resmungou. — Boa sorte.

— Ah — disse James. — Obrigado.

— Sem ressentimentos, parceiro — disse Matthew. — Para fazer uma brincadeira inofensiva, coloquei todas as suas coisas na ala sul. Não sei por que fiz isso! Humor infantil, creio.

— Você fez *o quê*? — Alastair olhou aflito para Matthew, e partiu muito rapidamente.

Matthew voltou-se para o pai de James e pegou a mão dele dramaticamente.

— Ah, senhor Herondale! — disse. — Por favor, me leve com você!

— Matthew, certo? — perguntou o pai. Ele tentou soltar a mão. Matthew a agarrava com extrema determinação.

James sorriu. Ele poderia ter dito ao pai sobre a determinação de Matthew.

— Veja bem — prosseguiu Matthew —, eu também fui expulso da Academia dos Caçadores de Sombras.

— Você foi expulso? — perguntou James. — Quando? Por quê?

— Daqui a mais ou menos quatro minutos — respondeu Matthew. — Porque violei minha palavra solene e explodi a ala sul da Academia.

James e o pai olharam para a ala sul. Estava intacta, parecia capaz de se manter de pé por mais um século.

— Não queria ter que chegar a esse ponto, mas não teve jeito. Entreguei a Christopher certos materiais que eu sabia que ele transformaria em explosivos. Medi tudo cuidadosamente, me certifiquei de que agiam lentamente e fiz Thomas jurar que afastaria Christopher. Deixei um bilhete explicando que a culpa foi toda minha, mas não quero ter que explicar isso para minha mãe. Por favor, me leve com você para o Instituto de Londres, para eu poder aprender a ser Caçador de Sombras ao lado de James!

— Charlotte vai arrancar minha cabeça — disse o pai.

Mas ele pareceu tentado. Matthew brilhava perversamente para ele e o pai gostava de perversidade. Além disso, ele não era mais imune ao Sorriso do que nenhuma outra criatura.

— Pai, por favor — disse James baixinho.

— Senhor Herondale, por favor! — disse Matthew. — Não podemos nos separar. — James se preparou para a explicação sobre verdade e beleza, mas em vez disso Matthew disse, com uma simplicidade devastadora:

— Vamos ser *parabatai*.

James o encarou.

O pai disse:

— Ah, entendo.

Matthew assentiu de maneira encorajadora, e sorriu na mesma medida.

— Aí ninguém poderia se colocar entre vocês dois — disse o pai.

— Ninguém. — Matthew balançou a cabeça ao dizer "ninguém", aí assentiu outra vez. Parecia um serafim. — Exatamente.

— Muito bem — disse o pai. — Todos vocês, entrem na carruagem.

— Pai, você não roubou a carruagem do tio Gabriel de novo, roubou? — disse James.

— Agora o encrencado é você. Ele ia gostar que eu usasse, e teria me emprestado se eu pedisse, só que eu não pedi — disse o pai.

Ele ajudou Matthew a entrar, em seguida subiu para se sentar ao lado de James. Pegou as rédeas e eles partiram.

— Quando a ala sul sucumbir, pode ser que voem escombros — observou o pai. — Qualquer um de nós pode se ferir. — Ele soou bem alegre. — É melhor pararmos no caminho para vermos os Irmãos do Silêncio.

— Parece-me um exag... — começou Matthew, mas James deu uma cotovelada nele. Matthew logo aprenderia sobre a posição de seu pai em relação aos Irmãos do Silêncio.

De qualquer forma, James não achava que Matthew tinha o direito de caracterizar o comportamento de ninguém como excessivo, agora que tinha explodido a Academia.

— Acho que poderíamos dividir nosso treinamento entre o Instituto de Londres e a minha casa — prosseguiu Matthew. — A casa da Consulesa. Onde as pessoas não podem ofendê-lo e podem se acostumar com sua presença.

Matthew falava seriamente sobre treinarem juntos, pensou James. Tinha decidido tudo. E se James passasse mais tempo em Idris, talvez também pudesse ver Grace com mais frequência.

— Eu gostaria disso — disse James. — Sei que você gostaria de passar mais tempo com seu pai.

Matthew sorriu. Atrás deles, a Academia explodiu. A carruagem sacudiu suavemente com a força do impacto.

— Nós não... precisamos ser *parabatai* — disse Matthew, sua voz discreta sob o som da explosão. — Falei para o seu pai me levar para eu poder executar meu plano, mas não... precisamos. Quero dizer, a não ser que você... talvez queira.

James tinha pensado que queria um amigo parecido com ele mesmo, um *parabatai* tímido e quieto, e que partilhasse do mesmo pavor que ele tinha de festas. Em vez disso, cá estava Matthew, que era a alma de todas as festas, que tomava decisões assustadoras com escovas de cabelo, que era inesperada e terrivelmente gentil. Que tinha tentado ser seu amigo e continuado a tentar, muito embora James não soubesse como era tentar fazer amizade. Que tinha sido capaz de enxergar James, mesmo quando este era uma sombra.

— Sim — disse James simplesmente.

— O quê? — falou Matthew, que sempre sabia o que dizer.

— Eu gostaria — confirmou James. Ele agarrou a manga do casaco do pai com uma das mãos, e com a outra, o de Matthew. Ficou segurando-se nos dois até chegar em casa.

Academia dos Caçadores de Sombras, 2008

— Então James encontrou um *parabatai* e deu tudo certo — disse Simon.
— Que ótimo.
James era filho de Tessa Gray, percebeu Simon, no meio da história. Era estranho pensar nisso: parecia aproximar muito aquele menino perdido, ele e seu amigo. Simon imaginava que James devia ser um cara legal. E também gostava de Tessa.
E apesar de ter a impressão — mesmo sem suas lembranças — de que nem sempre tinha gostado de Jace Herondale, gostava dele agora.
Catarina revirou os olhos tão violentamente que Simon praticamente ouviu o movimento, como bolinhas de boliche exasperadas.
— Não, Simon. A Academia afastou James Herondale por ser diferente, e só restou às pessoas que o amavam segui-lo. As pessoas que o afastaram tiveram que reconstruir parte de sua amada Academia, só para constar.
— Ah — disse Simon. — Desculpe, por acaso o recado é que eu deveria captar é "Caia fora, caia fora o mais rápido possível"?
— Talvez — disse Catarina. — Talvez a moral da história seja para confiar nos seus amigos. Talvez o recado não seja que as pessoas do passado agiram mal, mas que agora deveríamos querer fazer melhor. Talvez a moral da história seja que você deveria descobrir essas coisas sozinho. Acha que todas as aulas têm conclusões fáceis? Não seja infantil, Diurno. Você não é mais imortal. Não tem tempo a perder.
Simon interpretou isso como a dispensa que de fato era, e juntou seus livros.
— Obrigado pela história, senhorita Loss.
Ele correu escadaria abaixo e saiu da Academia, mas chegou atrasado, tal como sabia que aconteceria.
Mal tinha saído quando viu a escória, suja e cansada, todos de braços dados, voltando do campo de treinamento. Marisol estava de braço dado com George. Parecia que alguém tinha tentado arrancar todo o cabelo dela.

— Onde você estava, Lewis? — perguntou ela. — Sua presença teria sido útil para comemorar nossa vitória!

Atrás deles vinha a elite. Jon parecia muito insatisfeito, o que deixou Simon com uma sensação profunda de paz.

Confiar em seus amigos, dissera Catarina.

Simon podia falar em favor dos mundanos na sala de aula, mas era muito mais importante que George, Marisol e Sunil também falassem. Simon não queria mudar as coisas se apresentando como o especial, o mundano excepcional, o ex-Diurno, o ex-herói. Todos eles tinham escolhido vir à Academia na tentativa de se tornar heróis. Seus colegas da escória podiam vencer sem ele.

Talvez houvesse mais uma motivação implícita na história de Catarina, pensou Simon.

Ela tinha ouvido a história de seu amigo falecido, Ragnor Fell.

Catarina tinha ouvido as histórias do amigo do mesmo jeito que James Herondale um dia as ouvira de seu pai. Poder recontar as histórias e ter alguém para escutá-las e aprender com elas significava que seu amigo não estava esquecido.

Talvez ele pudesse escrever para Clary, pensou Simon, assim como para Isabelle. Talvez pudesse confiar no amor dela, apesar das tantas vezes em que poderia fracassar diante dela. Talvez ele estivesse pronto para contar histórias sobre si mesmo, e sobre ela. Não queria perder sua amiga.

※ ※ ※

Simon estava escrevendo para Clary quando George entrou, secando o cabelo. Ele tinha se exposto e arriscado a vida no chuveiro do banheiro da escória.

— Oi — disse Simon.

— Oi, onde você esteve durante o jogo? — perguntou George. — Achei que você nunca fosse retornar e eu teria que fazer amizade com Jon Cartwright. Depois pensei nessa coisa de ser amigo de Jon e fiquei desesperado, aí decidi procurar um dos sapos que sei que moram aqui, dar a ele um par de óculos e chamá-lo de Simon 2.0.

Simon deu de ombros, sem saber ao certo o quanto deveria revelar.

— Catarina me segurou depois da aula.

— Cuidado, ou alguém pode começar a espalhar boatos sobre vocês dois — disse George. — Não que eu fosse julgar. Ela obviamente tem... um charme azulado.

— Ela me contou uma longa história sobre Caçadores de Sombras que agiram como babacas, e sobre *parabatai*. O que você acha de toda essa coisa de *parabatai*? O símbolo de *parabatai* é como uma pulseira da amizade que você jamais pode retirar.

— Acho que parece legal — disse George. — Eu gostaria de ter alguém que sempre me apoiasse. Alguém com quem eu pudesse contar quando este mundo assustador ficar ainda mais assustador.

— Pelo visto você já tem alguém para convidar.

— Eu convidaria você, Si — disse George com um sorrisinho desconfortável. — Mas sei que não é recíproco. Eu sei quem você convidaria. E tudo bem. Eu ainda tenho o Sapo Simon — acrescentou ele pensativo. — Apesar de eu não ter certeza se ele tem vocação para Caçador de Sombras.

Simon riu da piada, tal como George pretendia, acalentando o momento desconfortável.

— Como estavam os chuveiros?

— Tenho uma palavra para você, Si — disse George. — Uma palavra muito, muito triste. Arenoso. Mas eu tinha que tomar banho. Estava nojento. Nossa vitória foi incrível, mas foi difícil. Por que os Caçadores de Sombras são tão flexíveis, Simon? Por quê?

George continuou reclamando das tentativas entusiasmadas porém inábeis de Jon Cartwright de se dar com o beisebol, mas Simon não estava ouvindo.

Eu sei quem você convidaria.

Um lampejo de memória veio a Simon, tal como ocorria às vezes, cortando como uma faca. *Eu te amo*, dissera ele a Clary. Ele dissera isto quando achava que ia morrer. Queria que fossem suas últimas palavras, as mais verdadeiras que poderia dizer.

Ele havia passado esse tempo todo pensando em suas duas possíveis vidas, mas ele não possuía duas vidas possíveis. Ele possuía uma vida real, com lembranças reais, e uma melhor amiga real. E tivera a infância como acontecera de fato, de mãos dadas com Clary enquanto atravessavam a rua, e o ano passado como acontecera de fato, com Jace salvando sua vida e com ele salvando a de Isabelle, e tudo com Clary presente, Clary, sempre Clary.

A outra vida, a assim chamada vida normal, sem sua melhor amiga, era falsa. Era como uma tapeçaria gigante retratando sua vida, cenas expostas em fios com as cores do arco-íris, só que com uma das cores — uma das cores mais brilhantes — arrancada.

Simon gostava de George, gostava de todos os amigos da Academia, mas ele não era James Herondale. Ele havia feito amigos antes de vir para cá.

Amigos pelos quais viver, e pelos quais morrer, atrelados a todas as lembranças em comum. Os outros Caçadores de Sombras, principalmente Clary, eram parte dele. Ela era a cor que tinha sido arrancada, o tecido brilhante costurado da primeira à última lembrança. Sem Clary, faltava alguma coisa na estampa da vida de Simon, e as coisas jamais voltariam a ficar bem, a não ser que ela fosse restaurada.

Minha melhor amiga, pensou Simon. Mais um motivo pelo qual vale a pena viver neste mundo, pela qual vale a pena ser Caçador de Sombras. Talvez ela não quisesse ser sua *parabatai*. Deus sabia que Simon não era nenhum superprêmio. Mas se ele sobrevivesse a essa escola, se conseguisse se tornar Caçador de Sombras, recuperaria todas as lembranças de sua melhor amiga.

Ele poderia tentar buscar o mesmo elo que existia entre Jace e Alec, entre James Herondale e Matthew Fairchild. Poderia perguntar se ela aceitaria passar pelo ritual e contar para o mundo o que existia entre eles, e que aquilo era inquebrável.

Ele poderia ao menos convidar Clary.

O mal que amamos

por Cassandra Clare e Robin Wasserman

De repente pareceu muito importante colocar algum espaço entre ele e Michael. O máximo possível.
— Você o quê?
Não foi sua intenção gritar.

O mal que amamos

Havia, pensou Simon Lewis, tantos meios de se destruir uma carta. Você poderia rasgá-la em mil pedacinhos. Poderia queimá-la. Poderia dar para um cachorro comer — ou um demônio Hydra. Poderia, com a ajuda do amigável feiticeiro da vizinhança, transportá-la para o Havaí através de um Portal e jogá-la na boca de um vulcão. E considerando todas as opções disponíveis, pensou Simon, talvez o fato de Isabelle Lightwood ter devolvido sua carta intacta fosse significativo. Talvez fosse até um bom sinal.

Ou, ao menos, um sinal não totalmente terrível.

Pelo menos era isso que Simon vinha dizendo a si ao longo dos últimos meses.

Mas até mesmo ele teve de admitir que quando a carta em questão era uma carta "mais ou menos" de amor, uma carta que incluía frases humilhantes e sinceras como "você é incrível" e "eu sei que eu sou aquele cara que você amou" — e quando a referida carta foi devolvida lacrada com um "DEVOLVER AO REMETENTE" escrito em batom vermelho —, "não--totalmente-terrível" poderia ser otimista além da conta.

Pelo menos ela se referira a Simon como "remetente". Ele tinha certeza de que Isabelle tinha inventado alguns outros nomes, nenhum tão amigável assim. Um demônio havia sugado todas as suas lembranças, mas suas faculdades de observação estavam intactas — e ele tinha observado que Isabelle Lightwood não era o tipo de garota que gostava de ser rejeitada. Simon, desafiando todas as leis da natureza e do bom senso, a rejeitou duas vezes.

Ele tentou se explicar na carta, pedir desculpas por afastá-la. Confessou o quanto queria lutar para voltar a ser a pessoa que tinha sido um dia. O Simon *dela*. Ou, pelo menos, um Simon digno dela.

Izzy, não sei por que você esperaria por mim, mas se esperar, prometo me fazer digno da espera. Pelo menos vou tentar. Posso prometer que vou tentar.

Um mês depois de ele enviar a carta, ela voltou fechada.

Quando a porta do quarto se abriu, Simon rapidamente enfiou a carta de volta na gaveta da escrivaninha, com cuidado para evitar as teias de aranha e bolsões de mofo que cobriam cada pedacinho da mobília, independentemente do esmero na limpeza. Ele não foi rápido o suficiente.

— A carta *de novo*? — resmungou George Lovelace, colega de quarto de Simon na Academia. Ele se jogou na cama, pousando o braço na testa de forma melodramática. — Ah, Isabelle, minha querida, se eu olhar o suficiente para esta carta, talvez eu consiga atraí-la telepaticamente de volta ao meu seio que chora.

— Não tenho seio — disse Simon com a máxima dignidade possível. — E tenho certeza de que se tivesse, não estaria chorando.

— Arfando, então? É isso que seios fazem, não é?

— Não tenho muita experiência com seios — admitiu Simon. Pelo menos não que se lembrasse. Teve aquela tentativa abortada de tocar no de Sophie Hillyer na nona série, mas a mãe dela o flagrou antes mesmo que ele conseguisse encontrar o fecho do sutiã, quanto mais aprender a dominá-lo. Teve, presumivelmente, Isabelle. Mas atualmente Simon tentava desesperadamente não pensar nisso. O fecho do sutiã de Isabelle; suas mãos no corpo de Isabelle; o sabor de...

Simon balançou a cabeça violentamente, quase forte o bastante para desanuviá-la.

— Podemos parar de falar em *seios*? Tipo, para sempre?

— Não tive a intenção de interromper seu tempo tão precioso se lamuriando por conta de Izzy.

— Não estou me lamuriando — mentiu Simon.

— Ótimo. — George sorriu triunfante, e Simon percebeu que tinha caído em alguma espécie de armadilha. — Então venha comigo até o campo de treinamento e me ajude a estrear as adagas novas. Vamos lutar, mundanos contra elite, e quem perder tem que repetir a sopa durante uma semana.

— Ah, claro, Caçadores de Sombras realmente sabem festejar. — Seu coração não estava concentrado no sarcasmo. A verdade era que seus colegas de Academia *sabiam* festejar, ainda que a ideia deles de diversão normalmente envolvesse armas pontudas. Com o fim das provas e a apenas uma semana da festa de fim de ano e das férias de verão, a Academia dos Caçadores de Sombras mais parecia um acampamento do que uma escola. Simon mal conseguia acreditar que já tinha passado um ano escolar inteiro ali; mal conseguia acreditar que tinha *sobrevivido* ao ano. Tinha aprendido latim, alfabeto dos símbolos e bastante ctoniano; tinha combatido pequenos demônios na floresta, tolerado uma noite de lua cheia com um lobisomem recém-transformado, montado (e quase sido derrubado por) um cavalo, tomado o equivalente ao seu próprio peso em sopa, e durante todo esse período não fora expulso nem tivera seu sangue drenado. Tinha até inchado o suficiente para trocar seu uniforme feminino por um masculino, muito embora ainda fosse o menor tamanho masculino disponível. Contra todas as probabilidades, passou a sentir-se em casa na Academia. Uma casa gosmenta, mofada e que parecia uma masmorra sem privadas funcionando, talvez, mas uma casa ainda assim. Ele e George tinham até dado nomes aos ratos que moravam atrás das paredes. Toda noite deixavam um pedaço de pão duro para Jon Cartwright III e IV, torcendo para que eles gostassem mais de pão do que de pés humanos.

Nesta última semana era hora de comemorar, de fazer farra até tarde e apostas mesquinhas em lutas com adagas. Mas Simon não conseguia encontrar disposição para se divertir. Talvez fosse a proximidade das férias — a perspectiva de voltar para casa, para um lugar que não parecia mais sua casa.

Ou talvez fosse, como sempre fora, Isabelle.

— Definitivamente, você vai se divertir bem mais aqui, se lamentando — disse George enquanto trocava de roupa. — Que tolice minha sugerir.

Simon suspirou.

— Você não entenderia.

George tinha um rosto de astro de cinema, sotaque escocês, era bronzeado de sol e possuía aqueles tipos de músculos que faziam meninas — mesmo as meninas Caçadoras de Sombras da Academia, que, até conhecerem Simon, aparentemente nunca tinham visto um homem humano sem tanquinho — darem risadinhas e suspirarem. Problemas com garotas, especialmente os que envolviam humilhação e rejeição, estavam muito além de sua compreensão.

— Só para entender — disse George, com o sotaque carregado que até Simon achava charmoso —, você não se lembra de nada sobre seu namoro com essa garota? Não se lembra de ter sido apaixonado por ela, não se lembra de como era quando vocês dois...

— Exatamente — interrompeu Simon.

— Nem mesmo *se* vocês...

— Correto de novo — respondeu Simon rapidamente. Ele detestava admitir, mas essa era uma das coisas que mais o incomodava em sua amnésia demoníaca. Que espécie de menino de dezessete anos não sabe se é virgem ou não?

— Porque você aparentemente está com os neurônios falhando, você *diz* para essa criatura maravilhosa que se esqueceu de tudo a respeito dela, a rejeita publicamente, e ainda assim, quando promete seu amor a ela numa carta romântica, você se surpreende por ela não aceitar. Aí então você passa os dois meses seguintes se lamuriando por ela. É isso?

Simon pousou a cabeça nas mãos.

— Tudo bem, quando você coloca dessa maneira, não faz o menor sentido.

— Ah, eu já *vi* Isabelle Lightwood; faz todo o sentido do mundo. — George sorriu. — Eu só queria apurar os fatos.

Ele saiu do quarto antes que Simon pudesse explicar que não tinha a ver com a aparência de Isabelle — embora para Simon ela fosse a garota mais linda do mundo. Mas não tinha a ver só com seus cabelos escuros sedosos ou com o castanho escuro profundo de seus olhos ou com a graça fluida fatal com que ela manejava seu chicote de electrum. Ele não sabia explicar *do que* se tratava, já que George estava certo: ele não se lembrava de nada da época de casal deles. Inclusive ainda tinha certa dificuldade em acreditar que eles *foram* um casal.

Ele só sabia, em algum grau sob a razão e a lembrança, que parte dele precisava estar com Isabelle. Talvez até pertencesse *a* Isabelle. Independentemente de ele conseguir se lembrar do motivo ou não.

Ele também tinha escrito uma carta para Clary, falando o quanto queria se lembrar de sua amizade — pedindo ajuda. Ao contrário de Isabelle, ela respondeu, contando a história de como se conheceram. Foi a primeira de muitas cartas, todas elas acrescentando episódios à história épica das grandes aventuras de uma vida inteira de Clary e Simon. Quanto mais Simon lia, mais ele se lembrava, e às vezes até escrevia de volta com outras histórias. Parecia seguro, de alguma forma, conversar por carta; não havia nenhuma chance de Clary esperar algo dele, e nenhuma chance de ele decepcioná-la, de ver a dor em seus olhos quando ela percebesse mais uma vez que o Simon *dela* tinha ido embora. Carta a carta, as lembranças de Simon com Clary começavam a se conectar.

Já com Isabelle era diferente. Parecia que suas lembranças com Isabelle estavam enterradas num buraco negro — algo perigoso e voraz, ameaçando consumi-lo caso ele se aproximasse demais.

Simon tinha ido para a Academia, em parte, para fugir desta visão dupla e confusa do passado, dessa dissonância cognitiva entre a vida da qual ele se lembrava e da que tinha vivido de fato. Era como aquela velha piada boba que seu pai adorava: "Doutor, meu braço dói quando mexo assim", dizia Simon, dando a deixa. O pai sempre respondia com um péssimo sotaque alemão, sua versão para a "voz do médico": "Então... *não mexa assim*".

Contanto que Simon não pensasse no passado, o passado não poderia feri-lo. Mas, cada vez mais, não conseguia se conter.

Tinha muito prazer na dor.

As aulas podiam ter se encerrado pelo ano, mas os professores da Academia continuavam encontrando novas maneiras de os torturarem.

— O que vocês acham que é agora? — perguntou Julie Beauvale enquanto todos se acomodavam nos bancos de madeira desconfortáveis no salão principal. Todo o corpo estudantil, tanto Caçadores de Sombras quanto mundanos, tinha sido convocado na segunda-feira logo cedo para uma reunião com toda a escola.

— Talvez finalmente tenham resolvido expulsar a escória — sugeriu Jon Cartwright. — Antes tarde do que nunca.

Simon estava cansado e descafeinado demais para pensar numa resposta sagaz. Então simplesmente falou:

— Não enche, Cartwright.

George riu.

Ao longo dos últimos meses de aulas, treinamento e desastres em caças a demônios, sua turma tinha se tornado muito próxima, especialmente o punhado de alunos que tinha mais ou menos a idade de Simon. George era George, é claro; Beatriz Mendoza era surpreendentemente doce para uma Caçadora de Sombras; e até mesmo Julie acabou se revelando um pouco menos arrogante do que fingia ser. Jon Cartwright, por outro lado... Assim que se conheceram, Simon concluiu que se aparência combinasse com personalidade, Jon Cartwright teria cara de bunda de cavalo. Infelizmente, não havia justiça no mundo, e ele parecia um boneco Ken ambulante. Às vezes, primeiras impressões eram enganosas; às vezes, elas contemplavam diretamente a alma de uma pessoa. Simon estava mais certo do que nunca: a alma de Jon era o traseiro de um cavalo.

Jon deu um tapinha desdenhoso no ombro de Simon.

— Vou sentir saudades das suas respostinhas espirituosas durante o verão, Lewis.

— E eu vou torcer para que você seja devorado por um demônio-aranha durante o verão, Cartwright.

George colocou um braço em volta de cada um, sorrindo feito um louco e cantarolando *Can you feel the love tonight?*.

George talvez tivesse incorporado o espírito de festa com um pouco de empolgação demais nos últimos tempos.

Na frente do salão, a reitora Penhallow pigarreou bem alto, olhando para todos severamente.

— Podem fazer silêncio, por favor?

A sala continuou tagarelando, a reitora Penhallow continuou pigarreando e pedindo nervosamente para que mantivessem a ordem, e as coisas poderiam ter continuado assim durante toda a manhã caso Delaney Scarsbury, o mestre de treinamento, não tivesse subido numa cadeira.

— Vamos fazer silêncio, ou faremos cem flexões — rosnou ele. Todo mundo calou-se imediatamente.

— Suponho que estejam todos imaginando como poderiam se ocupar agora que as provas terminaram? — perguntou a reitora Penhallow, a voz se elevando ao fim da frase. A reitora tinha um jeito de transformar quase tudo em pergunta. — Acho que todos reconhecerão o palestrante convidado desta semana?

Um homem intimidante e forte, vestindo túnica cinza, subiu no palanque improvisado. Todos engasgaram.

Simon também engasgou, mas não foi a aparência do Inquisidor que o impressionou. Foi a menina que vinha atrás dele, olhando ferozmente as suas vestes como se esperasse ateá-las em fogo com o poder da mente. Uma menina com uma cortina de cabelos pretos sedosos e olhos castanhos profundos: a filha do Inquisidor. Conhecida por amigos, familiares e ex-namorados humilhantemente rejeitados como Isabelle Lightwood.

George o acotovelou.

— Está vendo o que eu estou vendo? — sussurrou. — Quer um lencinho?

Simon não conseguiu evitar se lembrar da última vez em que Izzy apareceu na Academia, com o único propósito de avisar a todas as garotas da escola que ficassem longe dele. Ele ficou horrorizado. Agora, não conseguia imaginar nada melhor do que aquilo.

Mas Isabelle não parecia inclinada a dizer qualquer coisa à turma. Ela simplesmente sentou-se ao lado do pai, com os braços cruzados e um olhar ameaçador.

— Ela fica ainda mais bonita quando está irritada — sussurrou Jon.

Com um senso de controle milagroso, Simon não o golpeou no olho com uma caneta.

— Vocês praticamente completaram seu primeiro ano na Academia — disse Robert Lightwood aos alunos reunidos, de algum modo fazendo parecer menos uma felicitação e mais uma ameaça. — Minha filha me disse que um dos grandes heróis dos mundanos tem uma citação, "com grandes poderes vêm grandes responsabilidades".

Simon ficou boquiaberto. Só havia um jeito de Isabelle Lightwood, o mais distante que alguém poderia ser de uma nerd dos quadrinhos, conhecer uma frase (ainda que popular) do Homem-Aranha. Ela estava citando Simon.

Isso devia significar alguma coisa... certo?

Ele tentou capturar o olhar dela.

Falhou.

— Neste ano vocês aprenderam muito sobre poder — continuou Robert Lightwood. — Nesta semana vou falar sobre responsabilidade. E o que acontece quando o poder floresce sem controle, ou é dado livremente à pessoa errada. Vou falar sobre o Ciclo.

Com aquelas palavras, um silêncio se abateu sobre a sala. O corpo docente da Academia, assim como a maioria dos Caçadores de Sombras, eram muito cautelosos e evitavam falar sobre o Ciclo — o grupo de Caçadores de Sombras rebeldes que Valentim Morgenstern havia liderado na Ascensão. Os alunos sabiam sobre Valentim — *todo mundo* sabia sobre Valentim —, mas tinham aprendido rapidamente a não fazer muitas perguntas a respeito. Durante o último ano, Simon compreendera que os Caçadores de Sombras prefeririam acreditar que suas escolhas eram perfeitas, suas leis infalíveis. Eles não gostavam de pensar na época em que quase foram destruídos por um grupo dos seus.

Isso explicava, ao menos, por que a reitora estava presidindo esta sessão, e não a professora de história, Catarina Loss. A feiticeira parecia tolerar a maioria dos Caçadores de Sombras — *pouco*. Simon desconfiava que em se tratando de ex-membros do Ciclo, "pouco" era esperar muito.

Robert pigarreou.

— Gostaria que todos vocês se perguntassem o que teriam feito, caso fossem alunos daqui na mesma época de Valentim Morgenstern. Teriam se juntado ao Ciclo? Teriam ficado ao lado de Valentim na Ascensão? Levantem a mão se acham que isto é possível.

Simon não se surpreendeu ao ver que ninguém levantou a mão. Ele já tinha feito essa brincadeira na escola mundana, toda vez que a turma de História estudava a Segunda Guerra Mundial. Simon sabia que ninguém jamais seria um nazista.

Simon também sabia que, estatisticamente, a maioria deles estava errada.

— Agora eu gostaria que levantasse a mão quem se considera um Caçador de Sombras exemplar, que faria qualquer coisa para servir à Clave — disse Robert.

Sem qualquer surpresa, muito mais mãos se elevaram agora, a mais alta era a de Jon Cartwright.

Robert sorriu melancolicamente.

— Os mais ardentes e leais de nós foram os primeiros a se unir aos exércitos de Valentim — disse Robert. — Os mais dedicados à causa dos Caçadores de Sombras foram as presas mais fáceis.

Houve um rebuliço na multidão.

— Sim — disse Robert. — Eu digo *nós* porque eu estava entre os discípulos de Valentim. Eu fiz parte do Ciclo.

O rebuliço se transformou numa tormenta. Alguns dos alunos não pareceram surpresos, mas muitos reagiram como se uma bomba nuclear tivesse sido detonada em seus cérebros. Clary tinha contado a Simon que Robert Lightwood havia sido membro do Ciclo, mas para algumas pessoas era obviamente difícil conciliar tal informação com o cargo de Inquisidor, atualmente preenchido por aquele sujeito alto e assustador.

— O *Inquisidor*? — sussurrou Julie, os olhos arregalados. — Como podem permitir que ele...?

Beatriz pareceu espantada.

— Meu pai sempre disse que tinha alguma coisa estranha nele — murmurou Jon.

— Nesta semana vou ensinar sobre os maus usos do poder, sobre o grande mal e sobre como ele pode ter muitas formas. Minha competente filha, Isabelle Lightwood, vai ajudar com parte do trabalho da turma. — Ele gesticulou para Isabelle, que olhou brevemente para a multidão, seu olhar impossivelmente feroz de algum jeito ficando ainda mais feroz. — Acima de tudo, vou ensinar sobre o Ciclo, sobre como começou, e por quê. Se ouvirem com atenção, podem aprender alguma coisa.

Simon não estava ouvindo nada. Estava encarando Isabelle, desejando que ela olhasse para ele. Isabelle passou o tempo todo olhando para os próprios pés. E Robert Lightwood, o Inquisidor da Clave, árbitro de todas as leis, começou a contar a história de Valentim Morgenstern e daqueles que um dia o amaram.

1984

Robert Lightwood estava se alongando no campo, tentando não pensar em como tinha passado aquela mesma semana no ano anterior. Os dias que sucediam as provas e antecediam as férias de verão eram, tradicionalmente, uma descarga de energia bacântica, com o corpo docente fingindo que não via enquanto os alunos da Academia testavam todos os limites. Há um ano ele e Michael Wayland tinham escapulido do campus e mergulhado audaciosamente nus no Lago Lyn, à meia-noite. Mesmo com as bocas inteiramente fechadas, a água exercera seu efeito alucinógeno, deixando o céu elétrico. Ficaram deitados de costas, lado a lado, imaginando estrelas cadentes registrando rastros de néon pelas nuvens e sonhando que estavam num mundo mais estranho.

Isso fora há um ano, quando Robert ainda se imaginava jovem, livre para perder tempo com deleites infantis. Antes de compreender que, jovem ou não, ele tinha responsabilidades.

Um ano antes de Valentim.

Os membros do Ciclo tinham elegido esse canto quieto e escondido do campo, onde estariam protegidos de olhares curiosos — e onde, por sua vez, poderiam ser poupados da visão de seus colegas de turma se divertindo inutilmente. Robert lembrou-se que tinha sorte por estar ali à sombra, ouvindo Valentim Morgenstern se pronunciando.

Era um privilégio especial, recordou-se, ser integrante do grupo de Valentim e participar de suas ideias revolucionárias. Há um ano, quando Valentim inexplicavelmente se tornara seu amigo, ele sentiu apenas uma gratidão intensa e um desejo de se agarrar a cada palavra de Valentim.

Valentim dizia que a Clave era corrupta e preguiçosa, que atualmente se importava mais com a manutenção do próprio status quo e em suprimir a dissidência de forma fascista do que na condução de sua nobre missão.

Valentim dizia que os Caçadores de Sombras deveriam parar de se acovardar na escuridão e caminhar orgulhosos pelo universo mundano pelo qual viviam e morriam para proteger.

Valentim dizia que os Acordos eram inúteis e que o Cálice Mortal tinha sido construído para ser utilizado, e que a nova geração era a esperança de futuro, e que as aulas da Academia eram uma perda de tempo.

Valentim fazia o cérebro de Robert tremer e seu coração cantar; fazia Robert sentir-se como um guerreiro da justiça. Como *parte* de alguma coisa, algo extraordinário — como se ele e os outros tivessem sido escolhidos, não só por Valentim, mas pela mão do destino, para mudar o mundo.

Mesmo assim, muito de vez em quando, Valentim também deixava Robert desconfortável.

Valentim desejava a lealdade inquestionável do Ciclo. Queria que sua crença nele, sua convicção na causa, inundasse a alma de cada membro. E Robert queria desesperadamente dar isso a ele. Ele não queria questionar a lógica ou a intenção de Valentim; não queria se preocupar com a possibilidade de crer pouco nas coisas que Valentim dizia. Ou de crer demais. Mas ali, banhado em luz solar, com a possibilidade infinita do verão se abrindo diante de si, ele não queria se preocupar com nada. Então, enquanto as palavras de Valentim tomavam conta dele, Robert deixava sua concentração se perder, apenas por um instante. Era melhor se desconcentrar um pouco do que duvidar. Só por esse momento seus amigos poderiam ouvir e repassar a informação mais tarde. Não era para isso que serviam os amigos?

Eram oito deles então, a elite do Ciclo, todos ainda em silêncio enquanto Valentim falava sobre a gentileza da Clave para com os seres do Submundo: Jocelyn Fairchild, Maryse Trueblood, Lucian e Amatis Graymark, Hodge Starkweather e, claro, Michael, Robert e Stephen. Embora Stephen Herondale fosse o membro mais recente do grupo — o mais novo membro da Academia, vindo do Instituto de Londres no começo do ano —, ele também era o mais devoto à causa e a Valentim. Havia chegado à Academia vestido como um mundano: jaqueta de couro com tachas, calça jeans desbotada e apertada, cabelo louro arrepiado com gel, como as estrelas mundanas do rock nos pôsteres das paredes do seu dormitório. Em apenas um mês, Stephen havia adotado não só a estética simples e toda preta de Valentim, mas também seus maneirismos, de modo que a única grande diferença entre eles era o cabelo louro-branco de Valentim e os olhos azuis de Stephen. Antes da primeira geada, ele tinha renunciado a todas as coisas mundanas e destruído seu adorado pôster dos Sex Pistols numa fogueira de sacrifício.

— Os Herondale não lutam pela metade — dizia Stephen sempre que Robert o provocava em relação a isso, mas Robert desconfiava de que havia algo por baixo daquele tom leve. Algo mais sombrio, faminto. Valentim, notara ele, tinha talento para escolher seus discípulos, se aproximando daqueles alunos com alguma espécie de carência, algum vazio interior que Valentim seria capaz de preencher. Ao contrário do restante do bando de desajustados, Stephen era ostentosamente completo: um Caçador de Sombras bonito, gracioso e extremamente habilidoso, com um pedigree distinto e respeitado por todos no campus. Aquilo fazia Robert se perguntar... o que será que só Valentim conseguia ver?

Seus pensamentos vagaram para tão longe que, quando Maryse arquejou e disse, em voz baixa "Será que não é perigoso?", ele não soube bem ao que ela estava se referindo. No entanto, apertou a mão dela para tranquilizá-la assim mesmo, pois era isto que namorados deveriam fazer. Maryse estava deitada com a cabeça em seu colo, seu cabelo preto sedoso espalhado sobre o jeans dele. Ele afastou os fios do rosto dela carinhosamente, mais uma prerrogativa de um namorado.

Fazia quase um ano, mas Robert ainda achava difícil acreditar que essa garota — essa menina feroz, graciosa, ousada, de mente afiada como uma lâmina — *o* havia escolhido como seu. Ela caminhava pela Academia como uma rainha, concedendo favores, agraciando seus súditos babões. Maryse não era a garota mais bonita da turma, e certamente não a mais doce ou a mais charmosa. Ela não ligava para coisas como doçura ou charme. Mas em se tratando de campo de batalha, ninguém estava mais pronto para investir contra o inimigo, e certamente ninguém tinha mais talento com um chicote. Maryse era mais do que uma menina, ela era uma *força*. As outras meninas a adoravam; os caras a *desejavam*, mas só Robert a tinha.

Aquilo mudara tudo.

Às vezes Robert sentia como se toda sua vida fosse uma encenação. E como se fosse uma questão de tempo até seus colegas enxergarem além e perceberem o que ele realmente era, o que havia por baixo de tantos músculos: covardia. Fraqueza. Indignidade. Ter Maryse ao seu lado era como vestir um colete à prova de balas. Ninguém como *ela* escolheria uma pessoa indigna. Todo mundo sabia disso. Às vezes, até o próprio Robert acreditava em si.

Ele amava o jeito como ela o fazia sentir-se quando estavam em público: forte e em plena segurança. E ele amava ainda mais o jeito que ela o fazia sentir-se quando estavam a sós, quando ela pousava seus lábios na nuca de Robert e trilhava a língua até a curvatura da coluna vertebral. Ele adorava as curvas dos quadris dela e o farfalhar de seu cabelo; ele amava o brilho nos olhos quando ela partia para o combate. Ele amava o gosto dela. Então por que é que sempre que ela dizia "eu te amo", ele se sentia um mentiroso ao retribuir a declaração? Por que é que ele vez ou outra — talvez até mais do que vez ou outra — flagrava seus pensamentos desviando para outras meninas, para o sabor que *elas* poderiam ter?

Como ele podia adorar a forma com que Maryse o fazia sentir... e ao mesmo tempo ser tão inseguro, sem saber se o que sentia era amor?

Ele então passara a observar sorrateiramente os outros casais ao redor, tentando descobrir se eles sentiam a mesma coisa, se suas declarações de amor mascaravam a mesma confusão e dúvida. Mas a forma como a cabeça de Amatis se aninhava confortavelmente no ombro de Stephen, a maneira descuidada com que Jocelyn entrelaçava os dedos aos de Valentim, e até mesmo o jeito preguiçoso com que Maryse brincava com costuras desfiadas de seu jeans, como se sua roupa, seu corpo, fossem propriedade dela... todos eles pareciam tão seguros de si. Robert tinha segurança apenas do quão bem havia aprendido a fingir.

— Devemos nos glorificar no perigo, se isto significar uma chance de derrubar um rebelde e imundo do Submundo — disse Valentim, vorazmente. — Mesmo que essa alcateia de lobos não tenha pistas sobre o líder... — Ele engoliu em seco e Robert soube o que ele estava pensando, porque ultimamente parecia que Valentim só pensava nisso, a fúria irradiava dele como se o pensamento fosse escrito em fogo, *o monstro que matou meu pai.* — Mesmo que não saibam, faremos um grande favor à Clave.

Ragnor Fell, o feiticeiro de pele verde que ensinava na Academia há quase um século, pausou no meio do caminho e olhou para eles, quase como se conseguisse escutar o que discutiam. Robert disse a si que era impossível. Mesmo assim, não gostava da forma como os chifres do feiticeiro angulavam em direção a eles, como se marcassem um alvo.

Michael pigarreou.

— Talvez não devêssemos conversar sobre, hum, seres do Submundo aqui.

Valentim desdenhou.

— Espero que o velho bode não me ouça. É uma desgraça permitirem que ele lecione aqui. O único lugar que um ser do Submundo deveria possuir na Academia deveria ser a mesa de dissecação.

Michael e Robert trocaram um olhar. Como sempre, Robert sabia exatamente o que seu *parabatai* estava pensando — Robert estava pensando o mesmo. Quando se conheceram, Valentim era uma figura e tanto com seu cabelo platinado ofuscante e seus olhos pretos ardentes. Suas feições eram ao mesmo tempo suaves e proeminentes, como gelo esculpido, mas por baixo do verniz intimidador havia um menino surpreendentemente gentil cuja fúria só era despertada pela injustiça. Valentim sempre fora intenso, sim, mas era uma intensidade inclinada a fazer o que ele acreditava ser o correto, o que era *bom*. Quando Valentim disse que queria corrigir as injustiças e desigualdades que lhes eram impostas pela Clave, Robert acreditou nele, e ainda acreditava. E ainda que Michael tivesse uma solidariedade bizarra pelos seres do Submundo, Robert os desprezava tanto quanto Valentim; ele não conseguia imaginar por que, nesta era, a Clave ainda permitia que feiticeiros se intrometessem em assuntos de Caçadores de Sombras.

Mas havia uma diferença entre intensidade concisa e ódio irracional. Robert já estava esperando há um bom tempo pelo abrandamento do luto de Valentim. Em vez disso, continuava ardendo num fogo infernal.

— Então você não vai nos dizer de onde veio sua informação — disse Lucian, o único além de Jocelyn que podia questionar Valentim impunemente —, mas quer que a gente fuja do campus e cace esses lobisomens por conta própria? Se tem tanta certeza de que a Clave quer que alguém lide com eles, por que não deixar que eles se resolvam?

— A Clave é inútil — sibilou Valentim. — Você sabe disso melhor do que ninguém, Lucian. Mas se nenhum de vocês estiver disposto a se arriscar por isso, se preferem ficar aqui e ir a uma *festa*... — Ele retorceu a boca como se falar tal palavra fosse algo repulsivo. — Eu vou sozinho.

Hodge ajeitou os óculos e se levantou.

— Eu vou com você, Valentim — disse ele, alto demais. Hodge era assim, sempre muito efusivo, ou muito quieto, sempre interpretando equivocadamente as situações. Havia um motivo para ele gostar mais de livros do que de pessoas. — Estou sempre ao seu lado.

— Sente-se — rebateu Valentim. — Não preciso de *você* me atrapalhando.

— Mas...

— De que me serve sua lealdade quando ela vem acompanhada de uma boca grande e de dois pés esquerdos?

Hodge empalideceu e sentou-se de novo, os olhos piscando furiosamente atrás das lentes grossas.

Jocelyn apertou o ombro de Valentim — sempre com tanta delicadeza, e por apenas um segundo, mas foi o suficiente.

— Eu só quero dizer, Hodge, que suas habilidades específicas não se encaixam no campo de batalha — falou Valentim, mais gentilmente. A mudança de tom foi brusca, porém sincera. Quando Valentim oferecia seu sorriso mais caloroso, era impossível resistir. — E eu não conseguiria me perdoar se você saísse ferido. Eu não posso... Eu não posso perder mais ninguém.

Todos ficaram em silêncio então, por um instante, pensando no quão depressa tinha acontecido, a reitora chamando Valentim para fora do campo de treinamento para dar a notícia, do jeito que ele recebeu, silencioso e firme, como um Caçador de Sombras deve fazer. A maneira como ele se apresentou quando voltou ao campus depois do funeral, seus olhos vazios, sua pele pálida, o rosto envelhecendo anos em uma semana. Seus pais eram todos guerreiros, e eles sabiam: o que Valentim tinha perdido, qualquer um deles poderia perder. Ser um Caçador de Sombras era viver à sombra da morte.

Não podiam trazer seu pai de volta, mas se pudessem ajudá-lo a vingar sua morte, certamente deviam isto a ele.

Robert, pelo menos, devia tudo a ele.

— Claro que vamos com você — falou Robert com firmeza. — O que precisar.

— De acordo — disse Michael. Aonde Robert fosse, Michael iria.

Valentim assentiu.

— Stephen? Lucian?

Robert flagrou Amatis revirando os olhos. Valentim sempre tratava as mulheres com respeito, mas no campo de batalha preferia ter homens ao seu lado.

Stephen fez que sim com a cabeça. Lucian, que era *parabatai* de Valentim e a pessoa em quem ele mais se apoiava, se remexeu desconfortavelmente.

— Prometi a Céline que estudaria com ela hoje — confessou. — Posso cancelar, é claro, mas...

Valentim o descartou, rindo, e os outros fizeram o mesmo.

— Estudar? É assim que chamam hoje em dia? — provocou Stephen.

— Acho que ela já é mestre em tê-lo na palma da mão.

Lucian ruborizou.

— Não tem nada acontecendo entre a gente, podem acreditar — disse ele, e era sempre presumivelmente verdade. Céline, três anos mais nova, com as feições frágeis e delicadamente bonitas de uma boneca de porcelana, andava atrás deles como um cachorrinho perdido. Estava óbvio para todo mundo que ela era apaixonada por Stephen, mas ele era um caso perdido, seria de Amatis por toda a vida. Só que ela escolhera Lucian como seu prêmio de consolação, mas também era evidente que Lucian não tinha qualquer interesse romântico em ninguém além de Jocelyn Fairchild. Evidente para todos, exceto Jocelyn.

— Não precisamos de você nessa — disse Valentim a Lucian. — Pode ficar e *aproveitar*.

— Eu deveria ir com você — disse Lucian, a alegria tinha abandonado sua voz. Ele parecia aflito só de pensar em Valentim desbravando territórios perigosos sem ele, e Robert entendia. Os *parabatai* nem sempre lutavam lado a lado, mas saber que seu *parabatai* corria perigo e não estar presente para apoiá-lo e protegê-lo? Causava uma dor quase física. E o elo *parabatai* entre Lucian e Valentim era ainda mais intenso do que o da maioria. Robert quase conseguia sentir a corrente de poder fluindo entre eles, a força e o amor que trocavam a cada olhar. — Aonde você for, eu vou.

— Já está decidido, meu amigo — disse Valentim. E simplesmente assim, estava resolvido. Lucian ficaria no campus com os outros. Valentim, Stephen, Michael e Robert escapuliriam após o anoitecer, e se aventurariam na Floresta Brocelind em busca de um acampamento lobisomem que, supostamente, poderia levá-los ao assassino do pai de Valentim. Eles planejariam o restante à medida que fossem avançando.

Enquanto os outros se apressavam para o almoço no salão, Maryse agarrou a mão de Robert e o puxou.

— Vai ter cuidado, certo? — pediu ela com firmeza. Maryse dizia tudo com firmeza, era uma das características que ele mais gostava nela.

Ela pressionou seu corpo magro contra o dele, o beijou no pescoço, e ele sentiu, naquele momento, uma confiança extrema de que ali era seu lugar... pelo menos até ela sussurrar:

— Volte inteiro para mim.

Volte inteiro para mim. Como se ele pertencesse a ela. Como se, na cabeça dela, eles já fossem casados, com um lar, filhos, e uma vida de união, como se o futuro já estivesse decidido.

Era o apelo de Maryse, assim como era o apelo de Valentim, a tranquilidade de quem tinha tanta certeza de como as coisas deveriam ser e do que estaria por vir. Robert continuou torcendo para que um dia isso passasse para ele por osmose. Enquanto isso, quanto menos certeza tinha, mais seguro fingia estar — ninguém precisava saber a verdade.

Robert Lightwood não era muito didático. Ele lhes dera um relato limpo dos primeiros dias do Ciclo, definindo os princípios revolucionários de Valentim como se fossem uma lista de ingredientes para se preparar um bolo particularmente sem graça. Simon, dedicando em vão a maior parte de sua energia para a comunicação telepática com Isabelle, mal estava escutando. Ele se flagrou amaldiçoando o fato de os Caçadores de Sombras serem tão arrogantes com essa coisa toda do não-fazemos-mágica. Se ele fosse um feiticeiro, provavelmente seria capaz de controlar a atenção de Isabelle com um estalar de dedos. Ou, se ele ainda fosse um vampiro, poderia utilizar seus poderes vampirescos para atraí-la — mas isso era algo no qual Simon preferia não pensar, pois suscitava algumas dúvidas inquietantes sobre como ele havia conseguido atraí-la um dia.

O pouco que ele ouviu do conto de Robert não lhe interessou muito. Simon nunca tinha gostado muito de história, pelo menos na forma como era retransmitida para ele na escola. Soava muito como um panfleto, tudo perfeitamente definido e dolorosamente óbvio em retrospecto. Toda guerra tinha suas causas enumeradas de forma resumida; cada ditador megalomaníaco era tão malvado que Simon se perguntava o quão burras as pessoas do passado deviam ser para não perceberem isso. Simon não se recordava muito das próprias experiências históricas, mas lembrava o suficiente para saber que nada era tão nítido no ato da ocorrência. História, da forma como os professores gostavam, era uma pista de corrida, um tiro certeiro do início até a linha de chegada; a vida em si era mais como um labirinto.

Talvez a telepatia tivesse funcionado, afinal. Porque quando o discurso terminou e os alunos foram dispensados, Isabelle desceu do palanque e foi direto até Simon. Ela o cumprimentou com um aceno desafiador de cabeça.

— Isabelle, eu... talvez a gente pudesse...

Ela ofereceu um sorriso reluzente que, por um instante, o fez acreditar que toda sua preocupação tinha sido à toa. Então disse:

— Não vai me apresentar aos seus amigos? Principalmente os bonitos? Simon virou-se e flagrou metade da turma amontoada atrás dele, todos ansiosos por um encontro com a famosa Isabelle Lightwood. Na frente do bando estavam George e Jon, este praticamente babando.

Jon passou por Simon, dando-lhe uma cotovelada, e estendeu a mão.

— Jon Cartwright, ao seu dispor — disse ele com uma voz que vazava charme do mesmo jeito que um furúnculo vazava pus.

Isabelle o cumprimentou — e em vez de derrubá-lo com um golpe e um baque humilhante, ou de arrancar sua mão com o chicote, ela permitiu que ele desse um beijo nas costas de sua mão. E então ela *fez uma reverência*. E uma *piscadela*. Pior, ela *deu uma risadinha*.

Simon achou que fosse vomitar.

Minutos de insuportável tormento se passaram: George corou e se jogou em tentativas patéticas de fazer piadas; Julie perdeu a fala; Marisol fingiu estar acima de tudo aquilo; Beatriz tentou uma conversa vazia, porém educada, sobre conhecidos em comum; Sunil ficou saltitando na parte de trás do grupo, tentando se fazer enxergar; e em meio a tudo aquilo, Jon ficou sorrindo todo afetado e Isabelle ficou radiante, esvoaçando as pestanas numa exibição que só podia ter como intenção revirar o estômago de Simon.

Pelo menos, ele torcia desesperadamente para que fosse isso. Porque a alternativa — a possibilidade de Isabelle estar sorrindo para Jon simplesmente porque queria, e o fato de ela ter aceitado a proposta de apertar seus bíceps porque queria sentir os músculos contraindo sob seu toque — era impensável.

— Então, o que vocês fazem para se divertir aqui? — perguntou ela, em seguida semicerrou os olhos para Jon, flertando. — E não venham me dizer que eu já sou diversão suficiente.

Será que eu já morri?, pensou Simon, desamparado. *Isto aqui é o inferno?*

— Nem as circunstâncias, nem a população local se provaram propensas à diversão — respondeu Jon, pomposo, como se a turbulência na voz pudesse disfarçar o fogo nas bochechas.

— Hoje à noite tudo vai mudar — disse Isabelle, em seguida deu meia-volta e saiu.

George balançou a cabeça, soltando um assobio maravilhado.

— Simon, sua namorada...

— *Ex*-namorada — disse Jon.

— É magnífica — suspirou Julie, e pelo olhar dos outros, ela falava pelo grupo.

Simon revirou os olhos e correu atrás de Isabelle — esticando o braço para agarrá-la pelo ombro, mas acabou repensando no último instante. Agarrar Isabelle Lightwood por trás provavelmente significava um convite a uma amputação.

— Isabelle — disse ele com veemência. Ela acelerou. Ele também, imaginando para onde a garota ia. — Isabelle — repetiu.

Foram adentrando pela escola ainda mais, o ar denso com umidade e mofo, o piso de pedra cada vez mais escorregadio. Chegaram a uma bifurcação e ela fez uma pausa antes de escolher o corredor que ia para a esquerda.

— Normalmente não entramos neste — alertou Simon.

Nada.

— Basicamente por causa da lesma do tamanho de um elefante no final dele. — Não era muito exagero da parte dele. Rezava a lenda que um professor insatisfeito, um feiticeiro demitido quando a maré virou contra os seres do Submundo, a deixou ali como um presente de despedida.

Isabelle continuou andando, mais devagar agora, caminhando com cuidado sobre poças de lodo. Algo deslizou acima deles, fazendo um barulho alto. Ela não vacilou — porém olhou para cima, e Simon viu seus dedos tocando o chicote enrolado.

— Também por causa dos ratos — acrescentou. Ele e George tinham ido numa expedição por este corredor em busca da suposta lesma... e desistiram após o terceiro rato cair do teto e de algum jeito descer pelas calças de George.

Isabelle suspirou com pesar.

— Calma aí, Izzy, espere.

De algum modo ele trombara nas palavras mágicas. Ela virou-se para encará-lo.

— Não me chame assim — sibilou.

— Como?

— Meus amigos me chamam de Izzy — queixou-se. — Você perdeu esse direito.

— Izzy... Isabelle, quero dizer. Se você tivesse lido minha carta...

— Não. Você não me chama de Izzy, não me manda cartas, você não me segue por corredores escuros tentando me proteger contra ratos.

— Acredite, se encontrarmos um rato, será cada um por si.
Isabelle pareceu disposta a entregá-lo como comida à lesma gigante.
— Meu ponto, Simon Lewis, é que eu e você agora somos estranhos, exatamente como você queria.
— Se isso é verdade, então o que você está fazendo aqui?
Isabelle pareceu incrédula.
— Uma coisa é Jace acreditar que o mundo gira em torno dele, mas por favor. Sei que você adora fantasia, Simon, mas tudo tem limite.
— Esta é a minha escola, Isabelle — disse Simon. — E você é minha...
Ela simplesmente o encarou, como se o desafiasse a encontrar um adjetivo que justificasse o pronome possessivo.
Aquilo não estava saindo conforme o planejado.
— Tudo bem, então, por que você está aqui? E por que está sendo tão gentil com todos os meus, hum, amigos?
— Porque meu pai me *obrigou* a vir aqui — disse ela. — Porque acho que ele pensa que um pouquinho de intimidade entre pai e filha num buraco cheio de lodo vai me fazer esquecer que ele é um traidor vagabundo que abandonou a família. E estou sendo legal com seus amigos porque sou uma pessoa legal.
Agora foi Simon quem pareceu incrédulo.
— Tá, não sou — admitiu ela. — Mas eu nunca frequentei nenhuma escola, você sabe. Concluí que se tenho que vir até aqui, é melhor dar o melhor de mim. Descobrir o que estou perdendo. Isso é informação o suficiente para você?
— Entendo que esteja com raiva de mim, mas...
Ela balançou a cabeça.
— Você *não* entende. Não estou com raiva de você, não estou nada em relação a você, Simon. Você me pediu para aceitar que você é uma pessoa diferente agora, uma pessoa que desconheço. Então aceitei. Eu amava alguém, e agora ele se foi. Você não é nenhum conhecido meu, e até onde posso dizer, ninguém que eu precise conhecer. Só vou passar alguns dias aqui, e depois nunca mais precisaremos nos encontrar. Que tal se a gente não dificultar mais ainda as coisas?
Ele não conseguia recuperar o fôlego.
Eu amava alguém, dissera ela, e tinha sido o mais próximo que ela — ou qualquer outra garota — chegara de dizer um *eu te amo* para Simon.
Exceto que não tinha chegado nem perto disso, tinha?
Estava a um mundo de distância.

— Tudo bem — foi a única coisa que ele conseguiu expelir, mas ela já estava caminhando pelo corredor. Não precisava da permissão dele para ser uma desconhecida; ela não precisava dele para nada. — Você está indo pelo caminho errado! — berrou Simon atrás dela.

Ele não sabia para onde Isabelle queria ir, mas imaginava que fossem poucas as chances de ela querer ir para o mesmo lado da lesma.

— São todos errados — respondeu ela, sem se virar.

Ele tentou captar algum significado oculto nas palavras dela, uma ponta de dor. Algo que denunciaria sua alegação como mentirosa, que trairia os sentimentos que ela ainda nutria por ele — prova de que tudo isso era tão difícil para ela quanto para ele.

Mas tudo tinha limite.

Isabelle tinha dito que queria o melhor possível na Academia, e havia proposto que ambos não dificultassem as coisas mais ainda. Infelizmente, Simon logo descobriu, estas duas coisas eram mutuamente exclusivas. Porque a versão de Isabelle de fazer o melhor possível envolvia se deitar como uma gata num dos sofás de couro mofado da sala dos alunos, cercada por bajuladores, ficar bebericando do estoque ilícito de uísque de George e também convidar os outros a fazê-lo, de modo que logo todos os amigos e inimigos de Simon estavam bêbados, tontos e felizes demais para o gosto dele. Fazer o melhor aparentemente significava incentivar Julie a flertar com George, ensinar Marisol a destruir estátuas com um chicote e, pior de tudo, concordar em "talvez" ser o par de Jon Cartwright na festa de fim de ano no final da semana.

Simon não sabia ao certo se tudo isso dificultava mais ainda as coisas — quem saberia dizer o que era *dificultar mais ainda*? — mas era excruciante.

— Então, quando a diversão de verdade começa? — perguntou Isabelle afinal.

Jon meneou as sobrancelhas.

— É só você pedir.

Isabelle riu e o tocou no ombro.

Simon ficou imaginando se a Academia poderia expulsá-lo por assassinar Jon Cartwright durante o sono.

— Não esse tipo de diversão. Quero dizer, quando escapamos do campus? Dá pra farrear em Alicante? Nadar no Lago Lyn? Ir para... — Isabelle parou de falar, finalmente notando que os outros estavam olhando como se ela estivesse falando grego. — Estão me dizendo que não fazem *nada* disso?

— Não estamos aqui para nos divertir — disse Beatriz, um tanto formal. — Estamos aqui para aprender a ser Caçadores de Sombras. As regras existem por um motivo.

Isabelle revirou os olhos.

— Nunca ouviram que regras existem para serem quebradas? Alunos *têm* que fazer besteiras na Academia, pelo menos os melhores alunos fazem. Por que acham que as regras são tão rígidas? Para que só os melhores consigam burlar. Pensem nisso como um crédito extra.

— Como você sabe? — perguntou Beatriz. Simon se surpreendeu com o tom. Normalmente, ela era a mais calada de todos, sempre disposta a ficar tranquila. Mas agora tinha uma aspereza na voz, algo que fazia Simon se lembrar de que, por mais suave que parecesse, Beatriz continuava sendo uma guerreira nata. — Não é como se você estudasse aqui.

— Venho de uma linhagem de ex-alunos da Academia — disse Isabelle. — Sei o que preciso saber.

— Nem todos nós estamos interessados em seguir os passos do seu *pai* — disse Beatriz e em seguida se levantou e saiu.

Um silêncio seguiu em seu encalço, todos tensos à espera da reação de Isabelle.

Seu sorriso nem mesmo tremeu, mas Simon sentiu o calor que irradiava dela e entendeu que Isabelle estava se controlando muito para não explodir — ou sofrer um colapso. Ele não sabia qual dos dois seria; não sabia o que ela achava de seu pai um dia ter sido um dos homens de Valentim. Não sabia nada a respeito dela, na verdade. Ele tinha que admitir.

Mas continuava a querer tomá-la nos braços e abraçá-la até a tempestade passar.

— Ninguém nunca acusou meu pai de ser divertido — declarou Isabelle secamente. — Mas achei que minha reputação fosse conhecida. Se me encontrarem aqui amanhã, à meia-noite, mostrarei o que estão perdendo. — Ela pegou a mão de Jon e se permitiu ser levantada do sofá por ele. — Agora... Pode me mostrar onde fica meu quarto? É impossível circular por este lugar.

— Com todo prazer — disse Jon, dando uma piscadela para Simon.

E então foram.

Juntos.

Na manhã seguinte, o corredor ecoava com bocejos e o gemido das ressacas numa busca (vã) por gordura e café. Enquanto Robert Lightwood iniciava sua segunda palestra — alguma chatice tediosa sobre a natureza do mal e uma análise cuidadosa das críticas de Valentim aos Acordos —, Simon tinha que ficar se beliscando para se manter acordado. Robert Lightwood era possivelmente a única pessoa no planeta que conseguia deixar a história do Ciclo chata de doer. E não ajudava em nada o fato de Simon ter ficado acordado até o amanhecer, revirando-se no colchão nodoso, tentando afastar imagens assustadoras de Isabelle e de Jon da cabeça.

Tinha alguma coisa rolando com ela, Simon tinha certeza disso. Talvez não tivesse nada a ver com ele — talvez tivesse a ver com o pai dela ou era algum problema residual por ter estudado em casa, ou simplesmente algum problema feminino que ele não conseguia entender, mas Isabelle não estava agindo como ela mesma.

Ela não é sua namorada, repetia ele para si. Mesmo que houvesse algum problema, não era mais obrigação de Simon solucioná-lo. *Ela pode fazer o que quiser.*

E se o que ela queria era Jon Cartwright, então não valia a pena perder o sono por ela, para começo de conversa.

Quando o dia amanheceu, Simon praticamente já tinha conseguido se convencer disso. Mas lá estava ela outra vez, no palanque, ao lado do pai, seu olhar poderoso e ferozmente inteligente suscitando todos aqueles *sentimentos* irritantes outra vez.

Não eram exatamente lembranças. Simon não conseguia citar um único filme ao qual assistiram juntos; e não fazia ideia de quais eram os alimentos ou piadas internas favoritos de Isabelle, também não sabia qual era a sensação de beijá-la ou de entrelaçar os dedos aos dela. O que ele sentia quando olhava para ela era mais profundo do que isso, algo numa região mais profunda de sua mente. Ele sentia como se a *conhecesse*, por dentro e por fora. Sentia como se possuísse a visão do Super-Homem e pudesse radiografar sua alma. Ele sentia tristeza, perda, alegria e confusão; além de um impulso primitivo de abater um javali e colocá-lo aos pés dela; sentia a necessidade de fazer algo extraordinário e, na presença dela, acreditava que podia.

Sentia algo inédito — mas tinha a sensação profunda de que reconhecia o sentimento ainda assim.

Tinha quase certeza de que estava apaixonado.

1984

Valentim facilitou as coisas para eles. Induziu o reitor a permitir uma viagem de acampamento "educacional" à Floresta Brocelind — dois dias e duas noites livres para fazerem o que quisessem, contanto que trouxessem algumas páginas rabiscadas sobre os poderes curativos das ervas selvagens.

Por todos os motivos, com suas perguntas incômodas e teorias rebeldes, Valentim deveria ter sido a ovelha rebelde da Academia dos Caçadores de Sombras. Ragnor Fell certamente o tratava como uma criatura viscosa que tinha se arrastado de debaixo de uma rocha e deveria ser rapidamente devolvida ao seu lugar de origem. Mas o restante do corpo docente parecia cego pelo magnetismo pessoal de Valentim, incapaz, ou ao menos relutante, de enxergar através do desrespeito disfarçado. Ele vivia se esquivando de prazos e fugindo das aulas, desculpando-se com nada mais do que o brilho de um sorriso. Qualquer outro aluno ficaria grato pela liberdade de ação, mas isso só fazia Valentim detestar seus professores ainda mais — cada brecha que abriam para ele lhe soava apenas como mais uma evidência de fraqueza.

Ele não tinha pudores em se deliciar com as consequências.

De acordo com a informação de Valentim, o bando de lobisomens estava na velha mansão Silverhood, uma ruína decrépita no coração da floresta. O último dos Silverhood havia morrido em batalha há duas gerações, e era utilizado como um nome para assustar jovens Caçadores de Sombras. A morte de um soldado era uma coisa triste, mas era a ordem natural das coisas. A morte de uma linhagem era inimaginável.

Talvez todos estivessem secretamente apreensivos em relação a isso, a essa missão que parecia transgredir um limite invisível. Eles jamais haviam atacado seres do Submundo sem a permissão expressa ou a supervisão de seus superiores; haviam quebrado regras, mas nunca se aproximaram tanto de uma violação à Lei.

Talvez eles só quisessem passar mais algumas horas sendo adolescentes normais antes de ir longe demais, a ponto de não poderem mais voltar.

Por qualquer que fosse o motivo, os quatro percorreram o caminho através dos bosques com uma lentidão deliberada, montando acampamento a menos de um quilômetro da propriedade Silverhood. Valentim resolveu que eles iriam passar o dia vigiando o acampamento dos lobisomens, avaliando seus pontos fortes e fracos, mapeando o ritmo do bando, e então atacariam ao anoitecer, uma vez que o bando dispersasse para caçar. Mas este seria um problema para o dia seguinte. Naquela noite, eles se reuniram em volta de uma fogueira, assando salsichas nas chamas, relembrando o passado e especulando sobre o futuro, que ainda parecia impossivelmente longe.

— Vou me casar com Jocelyn, é claro — disse Valentim —, e vamos criar nossos filhos na nova era. Eles jamais sofrerão com as leis de uma Clave fraca e chorona.

— Claro, porque até lá, governaremos o mundo — disse Stephen alegremente. O sorriso sombrio de Valentim fez com que parecesse menos uma piada e mais uma promessa.

— Não conseguem visualizar? — disse Michael. — Papai Valentim, com pilhas de fraldas até os joelhos. Um bando de crianças.

— Quantas Jocelyn quiser. — A expressão de Valentim suavizou, como sempre acontecia quando ele dizia o nome dela. Estavam juntos há apenas poucos meses, desde a morte de seu pai, mas ninguém questionava o fato de que era pra valer. A maneira como ele olhava para ela... como se ela fosse de outra espécie, uma espécie *superior*. "Não consegue enxergar?", confidenciou Valentim certa vez, há tempos, quando Robert perguntou como ele podia ter tanta certeza do amor, tão cedo. "Há mais do Anjo nela do que no restante de nós. Há grandeza nela. Ela brilha como Raziel em pessoa."

— Você só quer inundar a piscina genética — disse Michael. — Acho que pensa que o mundo seria melhor se todos os Caçadores de Sombras tivessem um pouco de Morgenstern em si.

Valentim sorriu.

— Ouvi dizer que a falsa modéstia não combina comigo, então... sem comentários.

— Já que estamos no assunto — disse Stephen, enrubescendo. — Eu perguntei a Amatis. E ela disse sim.

— Perguntou o quê? — quis saber Robert.

Michael e Valentim apenas riram quando Stephen corou.

— Se ela aceita se casar comigo — disse ele. — O que vocês acham?

A pergunta fora ostensivamente dirigida a todos eles, mas seu olhar estava fixo em Valentim, que hesitou por um bom tempo antes de responder.

— Amatis? — disse ele afinal, franzindo o cenho como se tivesse que pensar seriamente no assunto.

Stephen prendeu a respiração, e naquele momento Robert quase achou que ele possivelmente precisaria da aprovação de Valentim — que muito embora tivesse pedido Amatis em casamento, apesar de amá-la tão profunda e desesperadamente a ponto de quase vibrar de emoção sempre que ela se aproximava, muito embora tivesse composto para ela uma canção de amor horrorosa, a qual Robert um dia achou amassada embaixo da cama, Stephen abriria mão dela se Valentim assim ordenasse.

Naquele momento, Robert quase achou ser possível que Valentim *ordenasse*, só para ver o que aconteceria.

Então o rosto de Valentim relaxou e exibiu um sorriso largo, daí ele passou um braço em volta de Stephen e falou:

— Já estava na hora. Não sei o que estava esperando, seu idiota. Quando se é sortudo o bastante para se ter um Graymark ao seu lado, você faz o possível para garantir que seja para sempre. Disso sei eu.

E então todos estavam rindo, brindando e bolando coisas para a festa de despedida de solteiro, e provocando Stephen quanto a sua curta carreira de compositor, e foi Robert quem se sentiu o idiota da história, por ter pensado, por um segundo que fosse, que o amor de Stephen por Amatis poderia ser abalado, ou que Valentim poderia ter em mente alguma coisa além da felicidade do amigo.

Estes eram seus amigos, os melhores que jamais teria, ou que qualquer pessoa jamais teria.

Eram seus camaradas, e noites como estas, explosões de alegria sob céus estrelados, eram a recompensa pela obrigação especial que tinham assumido.

Imaginar qualquer outra coisa era apenas um sintoma da fraqueza secreta de Robert, sua total falta de convicção, e ele resolveu que não faria isso de novo.

— E você, meu velho? — perguntou Valentim a Robert. — Como se eu precisasse perguntar. Todos sabemos que Maryse faz o que quer.

— E, inexplicavelmente, ela parece querer você — acrescentou Stephen.

Michael, que estava estranhamente calado, captou o olhar de Robert. Só Michael sabia o quanto Robert não gostava de pensar no futuro, principalmente nessa parte do futuro. O quanto ele temia ser obrigado a se casar, ter filhos, assumir responsabilidades. Se dependesse de Robert, ele ficaria na Academia para sempre. Não fazia muito sentido. Por causa do que lhe acontecera quando pequeno, ele era um pouco mais velho do que os amigos — ele deveria estar entrando em atrito com as restrições da juventude. Mas talvez — por causa do que se passara — parte dele sempre fosse sentir-se privada e desejar recuperar aquele tempo perdido. Ele havia passado tanto tempo desejando a vida que possuía agora. Não estava pronto para abrir mão dela ainda.

— Bem, esse velho está exausto — disse Robert, evitando a pergunta. — Acho que minha barraca me chama.

Enquanto extinguiam o fogo e arrumavam o local, Michael lançou-lhe um sorriso grato, tendo sido poupado do seu próprio interrogatório. Como o único ainda solteiro da turma, Michael não gostava dessa linha de conversa, assim como Robert. Era uma das muitas coisas que eles tinham em comum: ambos gostavam da companhia um do outro mais do que da de qualquer garota. Casamento parecia ser um conceito tão equivocado, pensava Robert às vezes. Como ele poderia cuidar de uma esposa mais do que de seu *parabatai*, a outra metade de sua alma? Por que alguém deveria esperar isso dele?

Ele não conseguiu dormir.

Quando saiu da barraca na madrugada silenciosa, Michael estava sentado perto das cinzas da fogueira. Ele se virou para Robert sem qualquer surpresa, quase como se estivesse esperando que seu *parabatai* se juntasse a ele. Talvez fosse o caso. Robert não sabia se era um efeito do ritual de ligação ou simplesmente a definição de melhor amigo, mas ele e Michael viviam e respiravam em ritmos idênticos. Antes de serem companheiros de quarto, eles muitas vezes se encontravam nos corredores da Academia, vagando sem conseguir dormir.

— Quer dar uma volta? — sugeriu Michael.

Robert assentiu.

Eles caminharam silenciosamente pela mata, deixando que os sons da floresta adormecida os envolvessem. Gritos de pássaros noturnos, chiados de insetos, o ruído do vento através das folhas farfalhantes, o estalo suave de grama e de galhos sob seus pés. Havia perigos à espreita, ambos sabiam disso muito bem. Muitas das missões de treinamento da Academia haviam sido na Floresta Brocelind, suas árvores densas um refúgio útil para lobisomens, vampiros e até mesmo demônios ocasionais, embora a maioria deles tivesse sido libertada pela própria Academia, um teste extremo para alunos particularmente promissores. Esta noite a floresta parecia segura. Ou talvez Robert simplesmente estivesse sentindo-se invencível.

Enquanto caminhavam, ele não pensou na missão que estava por vir, mas em Michael, que foi seu primeiro amigo de verdade.

Ele havia tido amigos quando jovem, supunha. As crianças que cresciam em Alicante se conheciam, e ele tinha vagas lembranças de ter explorado a Cidade de Vidro com pequenos grupos de crianças, suas faces intercambiáveis, sua lealdade inexistente. Conforme ele descobriu por si mesmo no ano em que completou doze anos e recebeu sua primeira Marca.

Este era, para a maioria das crianças Caçadoras de Sombras, um dia de orgulho, um dia pelo qual aguardavam ansiosamente e sobre o qual fantasiavam, da mesma forma que crianças mundanas inexplicavelmente tinham fixação por seus aniversários. Em algumas famílias, a primeira Marca era aplicada de forma rápida e eficiente, a criança era Marcada e seguia seu rumo; em outras, havia uma grande festa, presentes, balões, um banquete comemorativo.

E, é claro, em algumas poucas famílias, a primeira Marca era a última, o toque da estela queimando a pele da criança, causando choque ou loucura, uma febre tão intensa que o único jeito de salvar sua vida era atravessando a Marca. Tais crianças jamais seriam Caçadoras de Sombras; tais famílias nunca mais seriam as mesmas.

Ninguém nunca achava que isso fosse acontecer com elas.

Aos doze anos Robert era magricela, porém ágil, veloz para sua idade, forte para seu tamanho, certo da glória Nephilim que o aguardava. Enquanto toda sua família agregada assistia, seu pai traçava cuidadosamente o símbolo da Vidência na mão de Robert.

A ponta da estela talhou suas linhas graciosas sobre a pele pálida. A Marca completa brilhou intensamente, tanto que Robert fechou os olhos para protegê-los da luz.

Era a última coisa da qual se lembrava.

A última coisa de que se lembrava com clareza, pelo menos.

Depois veio tudo que tanto queria esquecer.

Dor.

Lá estava a dor que queimava por ele como o golpe de um raio, a dor que subia e descia feito as marés. Lá estava a dor em seu corpo, linhas de agonia que irradiavam da Marca, escavando a partir de sua carne até seus órgãos e seus ossos — e então, muito pior, lá estava a dor em sua mente, ou talvez fosse em sua alma, uma sensação inefável de *dor*, como se alguma criatura tivesse escavado nas profundezas do seu cérebro, ficando mais faminta com o disparo de cada neurônio e sinapse. Doía pensar, doía sentir, doía lembrar —, mas era necessário fazer estas coisas, porque mesmo no coração desta agonia, uma parte sombria de Robert permanecia alerta o suficiente para saber que, se ele não aguentasse, não sentisse a dor, iria escapar para sempre.

Mais tarde ele usaria todas essas palavras e mais para tentar descobrir a dor, mas nenhuma delas era capaz de traduzir a experiência. O que tinha acontecido, o que ele sentira, aquilo estava além de qualquer palavra.

Teve que suportar outros tormentos, durante aquela eternidade em que ficou na cama, insensível a todos ao seu redor, preso por sua Marca. Tinha visões. Viu demônios, insultando-o e torturando-o e, pior, viu os rostos daqueles que amava, dizendo que ele era indigno, dizendo que seria melhor que tivesse morrido. Viu planícies áridas carbonizadas e uma parede de fogo, a dimensão do inferno esperando por ele caso deixasse sua mente escapar, e assim, por tudo isso, de alguma forma, ele aguentou firme.

Ele perdeu todo o senso de si e do mundo ao redor, esqueceu as palavras e o próprio nome — mas aguentou firme. Até finalmente, um mês depois, a dor desaparecer. As visões desapareceram. Robert acordou.

Ele ficou sabendo — uma vez que se recuperou o suficiente para entender e se importar — que havia passado várias semanas semiconsciente, enquanto uma batalha era travada ao redor, os membros da Clave guerreando com seus pais sobre seu tratamento enquanto dois Irmãos do Silêncio faziam o melhor para mantê-lo vivo. Todos queriam arrancar sua Marca, contaram seus pais, e os Irmãos do Silêncio alertavam diariamente que essa seria a única maneira de garantir sua sobrevivência e de poupá-lo de ainda mais dor. Deixe-o viver a sua vida como um mundano: este era o tratamento convencional para Caçadores de Sombras que não toleravam Marcas.

— Não podíamos permitir que fizessem isso com você — dissera a mãe.

— Você é um Lightwood. Nasceu para isso — falou o pai. — Esta vida, e nenhuma outra.

O que eles não disseram, e não precisaram dizer: *preferíamos vê-lo morto a vê-lo mundano.*

Depois disso, as coisas ficaram diferentes entre eles. Robert era grato aos pais por terem acreditado nele — ele também teria preferido morrer. Mas alguma coisa mudou ao descobrir que o amor de seus pais tinha limite. E alguma coisa deve ter mudado para eles também, quando descobriram que parte de seu filho não suportava a vida de Caçador de Sombras, e foram obrigados a tolerar tal vergonha.

Agora Robert não conseguia mais se lembrar de como era sua família antes da Marca. Lembrava-se apenas dos anos seguintes, da frieza entre eles. Todos desempenharam seus respectivos papéis: pai amoroso, mãe coruja, filho obediente. Mas era na presença deles que Robert mais sentia-se solitário.

Durante aqueles meses de recuperação, ele sentia-se sozinho com frequência. As crianças que ele pensava serem suas amigas não quiseram nada com ele. Quando eram obrigadas a encontrá-lo, se esquivavam, como se ele fosse contagioso.

Não havia nada de errado com ele, disseram os Irmãos do Silêncio. Tendo sobrevivido à provação com a Marca intacta, não havia risco de perigo futuro. Seu corpo havia oscilado ao limite da rejeição, mas sua vontade virara a maré. Quando os Irmãos do Silêncio o examinaram pela última vez, um deles falou sombriamente dentro de sua cabeça. Uma mensagem só para ele:

Você ficará tentado a achar que essa provação o marca como um fraco. Em vez disso, pense nela como prova de sua força.

Mas Robert tinha doze anos. Seus ex-amigos estavam se enchendo de Marcas, ingressando na Academia, fazendo todas as coisas normais que os Caçadores de Sombras deveriam fazer — ao passo que Robert se escondia no quarto, abandonado pelos amigos, recebendo a frieza da família e com medo da própria estela. Em face de tantas provas de fraqueza, nem um Irmão do Silêncio seria capaz de fazê-lo sentir-se forte.

Desta forma, quase um ano se passou, e Robert começou a imaginar que sua vida seria assim para sempre. Ele seria um Caçador de Sombras apenas em nome; um Caçador de Sombras com medo das Marcas. Às vezes, na escuridão da noite, ele desejava que sua vontade não tivesse sido tão forte, que tivesse se entregado. Tinha que ser melhor do que esta vida para a qual ele tinha voltado.

Então ele conheceu Michael Wayland e tudo mudou.

Eles não se conheciam muito bem antes. Michael era um garoto esquisito, com permissão para andar com os outros, mas nunca aceito de fato. Era propenso a distrações e ideias estranhas, parava no meio de lutas de esgrima para pensar de onde vinham os Sensores, e quem tinha pensado em inventá-los.

Michael tinha aparecido na mansão dos Lightwood um dia perguntando se Robert gostaria de ir para um passeio a cavalo. Eles passaram várias horas galopando pelo campo, e depois que acabou, Michael disse: "A gente se vê amanhã", como se fosse uma conclusão inevitável. E depois continuou a aparecer. "Porque você é interessante", disse Michael quando Robert finalmente lhe perguntou o porquê.

Esta era outra característica de Michael. Ele sempre fazia exatamente o que pensava, por mais estranho e peculiar que pudesse parecer.

— Minha mãe me fez prometer que não perguntaria sobre o que aconteceu com você — acrescentou.

— Por quê?

— Porque seria grosseiro. O que você acha? Seria grosseiro?

Robert deu de ombros. Ninguém nunca havia lhe perguntado ou tocado no assunto, nem mesmo seus pais. Nunca lhe ocorrera pensar no motivo, ou se seria melhor assim. Era simplesmente o jeito como as coisas funcionavam.

— Não me importo de ser grosseiro — disse Michael. — Pode me contar? Como foi?

Estranho que pudesse ser tão simples. Estranho que Robert pudesse querer contar a alguém sem nem mesmo se dar conta disso. Que tudo do qual ele precisava era de alguém que perguntasse. As comportas foram abertas. Robert começou a falar sem parar, e quando se conteve, por medo de estar indo longe demais, Michael fez mais uma pergunta:

— Por que você acha que aconteceu com *você*? — quis saber. — Acha que é genético? Ou, tipo, que uma parte de você simplesmente não nasceu para ser Nephilim?

Este, claro, era o maior e mais secreto medo de Robert — mas ouvi-lo, assim, sendo dito de forma tão casual, o destituía de todo seu poder.

— Talvez — disse Robert, e em vez de censurá-lo, os olhos de Michael acenderam com uma curiosidade científica.

Ele sorriu.

— Acho que a gente deveria descobrir.

Fizeram disso uma missão: foram a bibliotecas, debruçaram-se sobre textos antigos, fizeram perguntas que nenhum adulto queria ouvir. Havia muito pouco registro de Caçadores de Sombras que tinham vivenciado o mesmo que acontecera a Robert — esse tipo de coisa era para ser segredo de família vergonhoso e jamais mencionado. Não que Michael se importasse com o que havia passado, ou quantas tradições tinha violado. Ele não era particularmente corajoso, mas parecia não ter medo.

A missão fracassou. Não havia nenhuma explicação racional para o motivo de Robert ter reagido tão fortemente à Marca, mas até o final daquele ano, isso já não importava mais. Michael tinha transformado um pesadelo num quebra-cabeça — e tinha se transformado no melhor amigo de Robert.

Eles executaram o ritual *parabatai* antes de partirem para a Academia, fazendo o juramento sem hesitar. Àquela altura já tinham quinze anos de idade, uma dupla que parecia improvável em termos físicos: Robert finalmente tinha passado por sua onda de crescimento, e ficou mais alto do que todos, com os músculos volumosos, a sombra de uma barba engrossando todos os dias. Michael era magrelo e esguio, seus cachos rebeldes e sua expressão sonhadora o faziam parecer mais jovem.

✳ ✳ ✳

*"Rogo não o deixar,
ou voltar após segui-lo;
Pois, para onde fores, irei,
E onde estiver, estarei;
Os teus serão os meus,
e teu Deus, o meu Deus,
Onde morreres, eu morrerei, e lá serei enterrado.
O Anjo o fez para mim, mas também,
nada senão a morte partirá a mim e a ti."*.

Robert recitou as palavras, mas elas eram desnecessárias. Seu vínculo havia sido cimentado no dia em que ele completara catorze anos, quando ele finalmente teve coragem de se Marcar novamente. Michael foi o único para quem contou, e ao segurar a estela sobre a pele, foi o olhar de Michael que lhe deu coragem para suportar.

Impensável que tivessem apenas mais um ano juntos antes de precisarem se separar. Seu vínculo *parabatai* permaneceria após a Academia, é claro. Eles sempre seriam melhores amigos; sempre entrariam na batalha lado a lado. Mas não seria a mesma coisa. Os dois se casariam com suas respectivas, se mudariam para as próprias casas, redirecionariam sua atenção e seu amor. Sempre teriam direito sobre a alma um do outro. Mas depois do próximo ano, eles já não seriam a pessoa mais importante na vida um do outro. Isso, Robert sabia, era simplesmente como a vida funcionava. Isso era crescer. Ele só não conseguia imaginar, e não queria.

Como se pudesse ouvir os pensamentos de Robert, Michael ecoou a pergunta que tanto havia evitado mais cedo:

— O que está realmente rolando entre você e Maryse? — quis saber.
— Acha que é sério? Tipo, definitivo?

Não havia necessidade de fazer teatro para Michael.

— Não sei — respondeu com sinceridade. — Nem sei como seria essa sensação. Ela é perfeita para mim. Adoro estar com ela, adoro fazer... *você sabe o que*, com ela. Mas isso quer dizer que a amo? Deveria, mas...

— Falta alguma coisa?

— Mas não entre a gente — disse Robert. — É como se faltasse alguma coisa em mim. Vejo como Stephen olha para Amatis, como Valentim olha para Jocelyn...

— Como *Lucian* olha para Jocelyn — acrescentou Michael com um sorriso tímido. Eles dois gostavam de Lucian, apesar de sua tendência irritante a agir como se o favorecimento de Valentim lhe conferisse uma sabedoria além de sua idade. Mas depois de tantos anos vendo Lucian sofrendo por Jocelyn, era difícil levá-lo totalmente a sério. O mesmo valia para Jocelyn, que de algum modo permanecia sem perceber. Robert não entendia como era possível que uma pessoa fosse o centro da vida de outra sem sequer se dar conta disso.

— Não sei — confessou ele, imaginando se algum dia uma garota seria o centro de seu mundo. — Às vezes me preocupo que haja algo errado comigo.

Michael colocou a mão em seu ombro e o olhou intensamente.

— Não tem *nada* errado com você, Robert. Queria que finalmente conseguisse enxergar isso.

Robert se esquivou da mão, assim como do peso do momento.

— E você? — perguntou com uma alegria forçada. — Já foram, o que, três encontros com Eliza Rosewain?

— Quatro — elucidou Michael.

Ele tinha feito Robert jurar segredo a respeito dela, dizendo que não queria que os outros caras soubessem até ele ter certeza de que era sério. Robert desconfiava que ele não quisesse que *Valentim* ficasse sabendo, pois Eliza era uma pedra no sapato de Valentim. Ela fazia quase tantas perguntas desrespeitosas quanto ele, e nutria um desprezo semelhante pelas políticas atuais da Clave, mas ao mesmo tempo não queria nada com o Ciclo ou seus objetivos. Eliza achava que a chave para o futuro era uma nova frente única com os mundanos e os seres do Submundo. Ela alegava — alto, e para o desgosto da maioria do corpo docente e dos estudantes — que os Caçadores de Sombras deveriam resolver os problemas do universo mundano. E era frequentemente flagrada no campus distribuindo folhetos indesejados para os alunos, discursando sobre testes nucleares, tiranos do petróleo do Oriente Médio, alguns problemas que ninguém entendia na África do Sul, uma doença que ninguém queria reconhecer na América... Robert tinha ouvido todas as palestras na íntegra, porque Michael sempre insistia em ficar para ouvir.

— Ela é muito esquisita — disse Michael. — Eu gosto.

— Ah. — Foi uma surpresa, e não totalmente agradável. Michael nunca tinha gostado de *ninguém*. Até aquele momento, Robert não tinha percebido o quanto havia contado com isso. — Então você deveria mandar ver — disse ele, torcendo para que tivesse soado sincero.

— Sério? — Michael pareceu bem surpreso.

— Sim. Definitivamente. — Robert lembrou-se: *quanto menos certeza tiver, mais certeza deve demonstrar.* — Ela é perfeita para você.

— Ah. — Michael parou de caminhar e se ajeitou sob a sombra de uma árvore. Robert acomodou-se no chão, ao lado dele. — Posso perguntar uma coisa, Robert?

— Qualquer coisa.

— Você já se apaixonou? De verdade?

— Sabe que não. Não acha que eu teria contado?

— Mas como pode ter certeza, se não sabe qual é a sensação? Talvez tenha se apaixonado sem perceber. Talvez você esteja resistindo a uma coisa que já sente.

Parte de Robert torcia para que fosse este o caso, para que seus sentimentos por Maryse *fossem* o tipo de amor eterno entre almas gêmeas sobre o qual todo mundo falava. Talvez ele simplesmente tivesse expectativas altas demais.

— Acho que não sei ao certo — admitiu. — E você? Acha que sabe como seria a sensação?

— Amor? — Michael sorriu para as próprias mãos. — Amor, amor verdadeiro, é ser visto. Ser *conhecido*. Conhecer a parte mais feia de alguém, e amá-la assim mesmo. E... Creio que imagino que duas pessoas apaixonadas se tornam algo mais, algo mais do que a soma de suas partes, sabe?

Que é tipo como se vocês estivessem criando um mundo novo que existe apenas para vocês dois. Vocês viram deuses do próprio universo. — Ele riu um bocadinho, como se sentisse tolo. — Isso deve soar ridículo.

— Não — disse Robert, sendo iluminado pela verdade. Michael não falava como alguém que estivesse chutando, falava como alguém que *sabia*. Seria possível que, após quatro encontros com Eliza, ele realmente tivesse se apaixonado? Seria possível que o mundo inteiro de seu *parabatai* tivesse mudado, e Robert não tivesse notado? — Parece... legal.

Michael levantou a cabeça para encarar Robert, seu rosto marcado por uma incerteza incomum.

— Robert, tenho que contar uma coisa... preciso te contar uma coisa, talvez.

— Qualquer coisa.

Michael não era de hesitar. Eles contavam tudo um para o outro; sempre fora assim.

— Eu...

Ele então parou, e balançou a cabeça.

— O que é? — pressionou Robert.

— Não, não é nada. Esqueça.

Robert sentiu um aperto no estômago. Era assim que ia ser agora que Michael estava apaixonado? Haveria uma nova distância entre eles, as coisas importantes não mais seriam ditas? Ele sentiu como se Michael o estivesse abandonando, cruzando a fronteira para uma terra onde seu *parabatai* não poderia seguir — e embora soubesse que não deveria culpar Michael, ele não conseguia evitar tal sentimento.

Simon estava sonhando que tinha voltado ao Brooklyn, fazendo um show com Rilo Kiley num clube cheio de fãs gritando, quando de repente sua mãe apareceu no palco em seu roupão de banho e disse, com um sotaque escocês perfeito:

— Você vai perder toda a diversão.

Simon piscou para acordar, confuso por um instante, sem saber por que estava numa masmorra que cheirava a mofo, e não em seu quarto no Brooklyn — depois, quando assimilou os arredores, voltou a ficar confuso, sem entender por que estava sendo acordado no meio da noite por um escocês de olhos arregalados.

— Está pegando fogo em algum lugar? — perguntou Simon. — Acho bom que seja um incêndio. Ou um ataque de demônios. E não estou falando de um demônio fracote não, só para constar. Se for para me acordar de um sonho no qual sou um astro do rock, é bom que seja um Demônio Maior.

— É Isabelle — disse George.

Simon saltou da cama — ou tentou, de forma galante, pelo menos. Meio que se embolou nos lençóis, então foi mais para um *tombo* da cama, mas por fim conseguiu se levantar, pronto para entrar em ação.

— O que aconteceu com Isabelle?

— Por que teria acontecido alguma coisa com ela?

— Você disse... — Simon esfregou os olhos, suspirando. — Vamos recomeçar. Você está me acordando porque...?

— Vamos encontrar Isabelle. Viver uma aventura. Está lembrado?

— Ah. — Simon tinha feito o possível para se esquecer disso. Voltou para a cama. — Amanhã você me conta.

— Você não vem? — perguntou George, como se Simon tivesse dito que ia passar a noite fazendo mais exercícios de relaxamento com Delaney Scarsbury, só por diversão.

— Adivinhou. — Simon puxou a coberta e cobriu a cabeça, e fingiu estar dormindo.

— Mas vai perder toda a diversão.

— E minha intenção é exatamente essa — declarou Simon, fechando os olhos até adormecer de verdade.

Desta vez ele estava sonhando com uma sala VIP nos bastidores do clube, cheia de champanhe e café, e um bando de groupies tentando arrombar a porta para arrancar sua roupa e agarrá-lo (no sonho, Simon de alguma forma sabia que era esta a intenção delas). Elas esmurravam a porta, gritando seu nome, *Simon! Simon! Simon...*

Simon abriu os olhos e viu tentáculos cinzentos da luz que precedia o amanhecer adentrando, e ouviu uma batida ritmada em sua porta, com uma garota gritando seu nome.

— Simon! Simon, acorda! — Era Beatriz, e ela não parecia muito a fim de agarrá-lo.

Sonolento, ele foi até a porta e a deixou entrar. As alunas mulheres definitivamente não podiam entrar nos quartos dos alunos do sexo masculino após o toque de recolher, e não era do feitio de Beatriz quebrar uma regra assim, então ele concluiu que devia ser algo importante. (Se as batidas e gritos não tivessem deixado isso claro.)

— O que houve?

— O que houve? O que houve é que são quase cinco da manhã e Julie e os outros ainda estão em algum lugar com a idiota da sua namorada, e o que você acha que vai acontecer se eles não voltarem antes da aula da manhã começar, e sabe-se lá o que pode ter acontecido com eles?

— Beatriz, respire — disse Simon. — De qualquer modo, ela não é minha namorada.

— É só isso que você tem a declarar? — Ela estava quase vibrando de raiva. — Ela os convenceu a sair... E até onde sei, podem ter bebido o equivalente ao próprio peso em água do Lago Lyn, e podem estar todos *loucos*. Podem estar *mortos*, até onde a gente sabe. Você não se importa?

— Claro que me importo — respondeu Simon, notando que estava sozinho no quarto. George também não tinha voltado. Seu cérebro, embaralhado de sono, estava funcionando em ritmo lento. — Ano que vem eu trago uma cafeteira — resmungou.

— Simon! — Ela bateu palmas com força a centímetros do rosto dele. — Foco!

— Você não acha que está sendo um pouco alarmista em relação a isso? — perguntou ele, embora Beatriz fosse uma das meninas mais sensatas que Simon já conhecera. Se ela estava alarmada, provavelmente havia um bom motivo, mas ele não conseguia enxergar o que poderia ser. — Eles estão com Isabelle. Isabelle Lightwood. Ela não vai deixar que nada de ruim aconteça.

— Ah, eles estão com *Isabelle*. — Sua voz transbordava sarcasmo. — Estou tão aliviada.

— Qual é, Beatriz. Você não a conhece.

— Conheço o que vejo — respondeu Beatriz.

— E o que é?

— Uma menina rica e metida que não precisa seguir regras, e que não precisa se preocupar com as consequências. Que diferença faz para ela se Julie e Jon forem expulsos daqui?

— Que diferença faz para *mim* se Julie e Jon forem expulsos? — murmurou Simon, um pouco alto demais.

— Você gosta de George — observou Beatriz. — E de Marisol, e de Sunil. Estão todos por aí em algum lugar, e confiam tanto em Isabelle quanto você parece confiar. Mas estou avisando, Simon, acho que tem algo errado. Aquela coisa toda que ela falou sobre a Academia querer que a gente faça besteira e se meta em encrencas. Acho que *ela* quer que a gente se encrenque. Ou quer *alguma coisa*. Não sei o que é, mas não estou gostando.

Alguma coisa nas palavras dela soaram mais verdadeiras do que ele gostaria — mas Simon não se permitiria seguir tal linha de pensamento. Parecia desleal, e ele já tinha sido desleal o suficiente. Esta semana seria sua chance de provar sua capacidade para Isabelle, de mostrar a ela que eles pertenciam à vida um do outro. Ele não ia estragar tudo duvidando dela, mesmo que ela não estivesse ali para ver.

— Eu confio em Isabelle — disse Simon a Beatriz. — Todos vão ficar bem, e tenho certeza de que voltarão antes que alguém perceba que saíram. Você deveria parar de se preocupar com isso.

— É isso? Isso é tudo que você vai fazer?

— O que *você* quer fazer?

— Não sei. Alguma coisa!

— Bem, eu vou fazer alguma coisa — disse Simon. — Voltar para a cama. Vou sonhar com café e com uma Fender Stratocaster novinha, e se George não voltar até o amanhecer, vou falar para a reitora Penhallow que ele está passando mal, para ele não se encrencar. E aí *então* eu começo a me preocupar.

Beatriz desdenhou.

— Obrigada por nada.

— De nada! — respondeu Simon. Mas esperou até a porta bater para pronunciar as palavras.

Simon estava certo.

Quando Robert Lightwood começou a aula naquela manhã, todos os alunos estavam presentes para ouvir, inclusive George, com os olhos totalmente vermelhos.

— Como foi? — sussurrou Simon quando seu colega de quarto sentou ao seu lado.

— Incrível — murmurou George. Quando Simon o pressionou por mais detalhes, George simplesmente balançou a cabeça e pôs o dedo nos lábios.

— Sério? Conta logo.

— Jurei segredo — sussurrou George. — Mas a coisa só vai melhorar. Se quiser participar, vem comigo hoje à noite.

Robert Lightwood pigarreou ruidosamente.

— Gostaria de começar a aula de hoje, presumindo que esteja tudo bem com o grupinho dos cabeças de camarão, se é que me entendem.

George olhou em volta freneticamente.

— Vão servir camarão hoje? Estou morrendo de fome.
Simon suspirou. George bocejou.
Robert começou outra vez.

1984

O bando era pequeno, só tinha cinco lobos. Em sua forma enganosamente humana: dois homens, um ainda maior do que Robert, com músculos do tamanho de sua cabeça, e outro curvado e envelhecido com pelos no nariz e na orelha, como se seu lobo interior estivesse expandindo gradualmente. Uma criança com tranças louras. A jovem mãe da menina, seus lábios brilhantes e corpo curvilíneo suscitando em Robert pensamentos que ele sabia que não deveria verbalizar, pelo menos não na presença de Valentim. E, finalmente, uma mulher musculosa, bronzeada e carrancuda que parecia estar no comando.

Era nojento, dissera Valentim, lobisomens empesteando uma mansão distinta de Caçador de Sombras. E embora a mansão estivesse decrépita e há muito tempo abandonada — com vinhas subindo pelas paredes e ervas daninhas brotando do chão, uma propriedade outrora nobre reduzida a ferrugem e cascalho — Robert entendia seu argumento. A casa tinha uma linhagem, havia sido o lar de uma linhagem de guerreiros intrépidos, homens e mulheres que arriscaram e, em algum momento, deram suas vidas para a causa da humanidade, para salvar o mundo de demônios. E cá estavam estas criaturas, infectadas por seu veneno demoníaco — estas criaturas rebeldes que tinham violado os Acordos e matado com descaso —, refugiando-se na casa de seu inimigo? A Clave se recusara a lidar com elas, explicou Valentim. Queriam mais provas — não porque não tinham certeza de que estes lobos eram imundos, criminosos e violentos, mas porque não queriam lidar com queixas do Submundo. Na verdade eles não queriam se explicar; não tinham coragem de dizer: *nós sabíamos que eles eram culpados, por isso lidamos com o problema.*

Eles eram, em outras palavras, fracos.

Inúteis.

Valentim dizia que eles deveriam estar orgulhosos por fazer o trabalho que a Clave não estivera disposta a realizar, que estavam servindo seu povo, ainda que contornando a Lei, e com suas palavras, Robert sentiu o orgulho florescer. Deixe os outros alunos da Academia com suas festas e seus melodramas mesquinhos de escola. Deixe-os pensar que crescer significava se formar, casar, participar de reuniões. *Isto* era crescer, como dissera Valentim. Ver uma injustiça e fazer algo a respeito, independentemente do risco, ou das consequências.

Lobos tinham olfato e instintos afiados, mesmo em sua forma humana, de modo que os Caçadores de Sombras foram cuidadosos. Eles rastejaram em torno da mansão decadente, olharam pelas janelas, aguardaram, observaram. Planejaram. Cinco lobisomens e quatro jovens Caçadores de Sombras — eram números que nem Valentim queria arriscar. Então eles foram pacientes e tiveram cuidado.

Esperaram até o anoitecer.

Era desconcertante ver os lobos em forma humana, se passando por uma família normal, o homem mais jovem lavando louça enquanto o mais velho preparava um chá, a criança sentada de pernas cruzadas no chão brincando com seus carrinhos. Robert lembrou-se de que os invasores estavam se apropriando de uma casa e de uma vida que não mereciam — que haviam matado inocentes, e talvez até mesmo ajudado a trucidar o pai de Valentim.

Ainda assim, ele ficou aliviado quando a lua subiu e eles voltaram à forma monstruosa. Robert e os outros ficaram nas sombras enquanto os pelos e presas brotavam nos três membros do bando e depois todos saltavam por uma janela quebrada, para a noite. Eles saíram para caçar — deixando os mais vulneráveis para trás, conforme Valentim havia desconfiado. O velho e a criança. Esses números agradavam mais a Valentim.

Não foi uma grande luta.

Quando os dois lobos que ficaram se deram conta do ataque, já estavam cercados. Nem tiveram tempo de se transformar. Acabou em poucos minutos. Stephen apagou o mais velho com um golpe na cabeça, e a criança se encolheu no canto, a poucos centímetros da ponta da espada de Michael.

— Vamos levar os dois para serem interrogados — avisou Valentim.

Michael balançou a cabeça.

— A criança não.

— São dois criminosos — discutiu Valentim. — Todos os membros do bando são culpados por...

— Ela é uma criancinha! — disse Michael, voltando-se para seu *parabatai*, em busca de apoio. — Diga a ele. Não vamos arrastar uma criança pela floresta e deixá-la à mercê da Clave.

Ele tinha um bom argumento... mas Valentim também. Robert não disse nada.

— Nós *não* vamos levar a criança — afirmou Michael, e seu olhar sugeria que ele estava disposto a endossar suas palavras com atitudes.

Stephen e Robert ficaram tensos, esperando a explosão. Valentim não gostava de ser desafiado; tinha pouquíssima experiência na área. Mas ele apenas suspirou e ofereceu um sorriso charmoso e maligno.

— Claro que não. Não sei o que passou pela minha cabeça. Só o velho, então. A não ser que você também se oponha a isso...?

Ninguém se opôs, e o velho inconsciente era pele e osso, Robert mal sentia seu peso em seus ombros largos. Trancaram a criança num armário, depois carregaram o velho até as profundezas da floresta, de volta ao acampamento.

Amarraram-no a uma árvore.

A corda era costurada com fios de prata — quando o velho acordasse, ia sentir dor. Talvez não fosse o suficiente para prendê-lo em forma de lobo, não se ele estivesse determinado a escapar. Mas serviria para atrasá-lo. As adagas de prata fariam o restante do serviço.

— Vocês dois, patrulhem o perímetro de um quilômetro — disse Valentim a Michael e Stephen. — Não queremos nenhum dos amiguinhos farejando seu fedor. Eu e Robert cuidaremos do prisioneiro.

Stephen assentiu com veemência, sempre pronto a fazer o que Valentim quisesse.

— E quando ele acordar? — perguntou Michael.

— Quando *a coisa* acordar, eu e Robert vamos interrogá-lo sobre seus crimes, e sobre o que ele sabe a respeito dos crimes dos companheiros — respondeu Valentim. — Depois que tivermos a confissão, ele será entregue à Clave para que ela imponha o castigo. Está bom para você, Michael?

Ele não parecia muito preocupado com a resposta e Michael não ofereceu nenhuma.

— Então agora vamos esperar? — perguntou Robert, quando estavam a sós.

Valentim sorriu.

Quando ele queria, o sorriso de Valentim conseguia penetrar o mais duro dos corações e derretê-lo de dentro para fora.

Aquele não era um sorriso caloroso. Era um sorriso frio, e fez Robert gelar.

— Estou cansado de esperar — disse Valentim, e sacou uma adaga. O luar refletiu na prata pura.

Antes que Robert pudesse dizer qualquer coisa, Valentim pressionou a parte lisa da lâmina contra o peito exposto do velho. Houve um chiado na carne, depois um uivo quando o prisioneiro acordou em agonia.

— Eu não faria isso — falou Valentim calmamente quando as feições do velho começaram a assumir características lupinas, os pelos crescendo em seu corpo nu. — Vou machucá-lo, sim. Mas se você se transformar em lobo, vou matá-lo.

A transformação parou tão subitamente quanto começou.

O velho tossiu tão violentamente que seu corpo magro tremeu da cabeça aos pés. Ele era magro, mas tão magro que suas costelas saltavam sob a pele muito pálida. Os olhos eram fundos e havia alguns poucos pelos cinzentos ao longo de sua cabeça. Nunca havia ocorrido a Robert que um lobisomem poderia ficar careca. Em outro contexto, talvez essa ideia o tivesse entretido.

Mas não houve nada de divertido no som produzido pelo sujeito quando Valentim percorreu a ponta da adaga da clavícula ao umbigo.

— Valentim, ele é só um homem velho — falou Robert hesitante. — Talvez devêssemos...

— Escute o seu amigo — disse o velho com a voz suplicante. — Eu poderia ser seu avô.

Valentim o agrediu no rosto com o cabo da adaga.

— Não é homem nenhum — disse ele para Robert. — Ele é um monstro. E anda fazendo coisas que não deveria, não é mesmo?

O lobisomem, provavelmente se dando conta de que bancar o velho fraco não o tiraria dessa, se levantou e exibiu presas afiadas. Quando falou, sua voz tinha perdido o tremor:

— Quem é você, *Caçador de Sombras*, para me dizer o que devo ou não fazer?

— Então você confessa — disse Robert, ansioso. — Você violou os Acordos.

Se ele confessasse facilmente, podiam terminar logo com aquela tarefa sórdida, entregar o prisioneiro à Clave e voltar para casa.

— Não faço acordo com assassinos e fracos — retrucou o lobisomem.

— Felizmente não preciso do seu acordo — declarou Valentim. — Só preciso de informações. Você me diz o que preciso saber, e nós o soltamos.

Não foi isso que tinham debatido, mas Robert ficou calado.

— Há dois meses um bando de lobisomens matou um Caçador de Sombras na parte oeste desta floresta. Onde posso encontrá-los?

— E como exatamente eu saberia disso?

O sorriso gelado de Valentim voltou.

— É melhor saber, pois do contrário não terá qualquer utilidade para mim.

— Bem, então, nesse caso, talvez eu tenha ouvido falar nesse tal Caçador de Sombras morto a quem você se refere. — O lobo vociferou uma risada. — Queria ter estado presente para vê-lo morrer. Provar sua carne doce. É o medo que tempera a carne, você sabe. Melhor ainda quando choram antes, para acrescentar um pouco de sal à doçura. E dizem que seu Caçador de Sombras condenado chorou muito. Ele era bastante covarde.

— Robert, segure a boca dele aberta. — A voz de Valentim soou firme, mas Robert o conhecia o suficiente para sentir a raiva implícita.

— Talvez devêssemos esperar um pouco para...

— *Segure a boca dele aberta.*

Robert agarrou a mandíbula fraca do sujeito e a abriu.

Valentim pressionou o lado plano da adaga sobre a língua do homem e a segurou ali enquanto o grito dele se transformava num uivo, enquanto os músculos esqueléticos inchavam e pelos brotavam por toda a pele, enquanto a língua efervescia e se enchia de bolhas; e então, quando o lobo totalmente transformado rompeu as cordas, Valentim lhe decepou a língua. E enquanto sua boca jorrava sangue, Valentim cortou uma linha nítida em toda a barriga do lobo. O corte foi certeiro e profundo, e o lobo caiu no chão, derramando as entranhas pela ferida.

Valentim saltou sobre a criatura que se contorcia, golpeando e cortando, rasgando a carne fraca até os ossos, mesmo enquanto a criatura já se debatia em espasmos impotentes debaixo dele, mesmo quando a luta terminou por completo, mesmo enquanto o olhar do lobo morria, mesmo enquanto o corpo dilacerado voltava à forma humana, imóvel sobre um solo sangrento, o rosto de um velho sangrando pálido e pousando inanimado sob o céu noturno.

— Chega — dizia Robert inutilmente, sem parar, baixinho. — Valentim, chega.

Mas não fez nada para contê-lo.

E quando seus amigos retornaram da patrulha e encontraram Valentim e Robert sobre um corpo eviscerado, ele não negou a versão de

Valentim para os fatos: o lobisomem tinha se libertado e tentado fugir. Lutaram uma batalha voraz e o mataram em legítima defesa.

Os contornos da história tecnicamente eram verdadeiros.

Stephen afagou as costas de Valentim, lamentando porque o amigo havia perdido a possível pista do assassino de seu pai. Michael encarou os olhos de Robert, e a pergunta foi tão clara quanto se ele a tivesse feito em voz alta. *O que realmente aconteceu?*

O que você deixou acontecer?

Robert desviou o olhar.

Isabelle estava evitando-o. Beatriz estava furiosa com ele. Todos os outros estavam num burburinho muito empolgado por causa da aventura da noite anterior e da aventura secreta que estava por vir. Julie e Marisol só faziam ecoar a promessa enigmática de George, de que algo de *bom* estava por vir, e se Simon quisesse saber mais, teria que se juntar a eles.

— Não acho que Isabelle me queira junto — disse ele a Sunil enquanto pegavam cuidadosamente os objetos cozidos que vagamente lembravam legumes e faziam o papel de almoço.

Sunil balançou a cabeça e sorriu. Ele não ficava bem sorrindo; Sunil com um sorriso era como um Klingon com um tutu de bailarina. Ele era um menino estranhamente sombrio que parecia encarar o bom humor como um sinal de falta de seriedade, e tratava as pessoas de maneira compatível com sua opinião.

— Ela falou que devíamos convencer você a ir. Disse para fazermos "o que for necessário". Então diga-me, Simon — o sorriso perturbador cresceu —, o que será necessário para te convencer?

— Você nem sequer a conhece — observou Simon. — Por que de repente está tão disposto a fazer o que quer que ela mande?

— Estamos falando da mesma garota, certo? Isabelle Lightwood?

— Sim.

Sunil balançou a cabeça, espantado.

— E você ainda pergunta?

Então essa era a nova ordem: o culto a Isabelle Lightwood. Simon tinha que admitir, ele compreendia totalmente como uma sala cheia de pessoas racionais conseguia ficar completamente enfeitiçada por ela e se entregar por completo.

Mas por que ela iria querer isso?

Ele concluiu que teria que conferir por conta própria. Simplesmente para entender o que estava acontecendo e certificar-se de que não era nada ruim.

Não porque ele queria desesperadamente estar perto dela. Ou impressioná-la. Ou agradá-la.

Pensando bem, talvez Simon entendesse o culto a Isabelle Lightwood mais do que gostaria de admitir.

Talvez ele até fosse um membro de carteirinha.

— Você pretende fazer *o quê*? — Na última palavra a voz de Simon subiu duas oitavas.

Jon Cartwright riu.

— Calma, mãe. Você ouviu bem.

Simon olhou ao redor, para seus amigos (e Jon). Durante o ano anterior, chegara a conhecê-los profundamente, ou pelo menos assim ele imaginava. Julie roía as unhas até sangrar quando estava nervosa. Marisol dormia com uma espada debaixo do travesseiro, para o caso de emergência. George falava durante o sono, geralmente sobre técnicas de tosquia de ovelhas. Sunil tinha quatro coelhos de estimação sobre os quais falava constantemente, sempre preocupado que o pequeno Ringo estivesse sendo atormentado por seus irmãos maiores e mais macios. Jon tinha coberto uma das paredes do seu quarto com pinturas a dedo de sua priminha, e escrevia uma carta para ela toda semana. Todos estavam comprometidos com a causa dos Caçadores de Sombras; tinham passado o diabo para se provar dignos para seus instrutores e para eles mesmos. Tinham quase terminado o ano sem um único ferimento fatal ou mordida do vampiro... e agora *isso*?

— Haha, muito engraçado — disse Simon, torcendo para que estivesse fazendo um bom trabalho de manter o desespero longe da voz. — É uma bela brincadeira comigo, vingança por eu ter me acovardado ontem à noite. Hilária. Qual é a próxima? Querem me convencer de que vão fazer uma refilmagem de O *último mestre do ar*? Se querem me ver surtar, existem maneiras mais simples.

Isabelle revirou os olhos.

— Ninguém quer ver você surtar, Simon. Francamente, para mim, não faz a menor diferença se você for.

— Então é sério — disse Simon. — Vocês estão falando sério, não estão de brincadeira com essa coisa de realmente *invocar um demônio*? Aqui, no meio da Academia dos Caçadores de Sombras? No meio da festa de fim de ano? Porque acham que vai ser... divertido?

— Obviamente não vamos invocar no meio da festa — disse Isabelle. — Isso seria uma tolice.

— Ah, claro — entoou Simon. — *Isso* seria uma tolice.

— Vamos invocar aqui na sala dos alunos — evidenciou Isabelle. — Depois vamos *levar* para a festa.

— Depois vamos matá-lo, é claro — observou Julie.

— Claro — ecoou Simon. Ficou imaginando se talvez estivesse sofrendo um derrame.

— Você está fazendo parecer pior do que de fato é — disse George.

— É, é só um demônio travesso — interveio Sunil. — Nada importante.

— Aham — resmungou Simon. — Total. Nada importante.

— Imagine a cara das pessoas quando virem o que a gente consegue fazer! — Marisol estava quase radiante só de pensar.

Beatriz não estava lá. Se estivesse, talvez pudesse ter colocado um pouco de juízo na cabeça deles. Ou pudesse ter ajudado Simon a amarrá-los e colocá-los no armário até o semestre terminar em segurança e Isabelle voltar para Nova York, onde era o lugar dela.

— E se alguma coisa der errado? — observou Simon. — Vocês nunca encararam um demônio em condições de combate, não sem os professores na retaguarda. Vocês não sabem...

— Nem você — disparou Isabelle. — Pelo menos, não se lembra, não é mesmo?

Simon permaneceu calado.

— Já *eu* acabei com meu primeiro demônio travesso aos seis anos de idade — disse ela. — Conforme eu informei aos seus amigos, não é grande coisa. E eles *confiam* em mim.

Eu confio em você — era isso que ele deveria dizer. Ele sabia que ela estava esperando por isso. Todos estavam.

Mas não conseguiu.

— Não tenho como convencê-la a não fazer? — foi sua pergunta, no fim das contas.

Isabelle deu de ombros.

— Pode continuar tentando, mas seria perda de tempo.

— Então vou ter que achar outra maneira de impedir — disse Simon.

— Vai dedurar? — Jon se irritou. — Vai bancar o bebê chorão e contar tudo para sua feiticeira favorita? — desdenhou. — Uma vez puxa-saco, sempre puxa-saco.

— Cale a boca, Jon. — Isabelle deu um tapinha leve no braço dele. Simon provavelmente deveria ter ficado satisfeito, mas um tapa ainda exigia que ela tocasse nele, e ele preferia que Isabelle e Jon jamais tivessem qualquer tipo de contato físico. — Você pode tentar contar, Simon. Mas vou negar. E em quem eles vão acreditar, em alguém como eu, ou alguém como você? Um mundano.

Ela pronunciou *"mundano"* exatamente como Jon sempre fazia. Como se fosse sinônimo de *"nada"*.

— Você não é assim, Isabelle. Esse não é o seu jeito. — Ele não sabia ao certo se estava tentando convencê-la ou a si mesmo.

— Você não sabe como eu sou, lembra?

— Sei o suficiente.

— Então sabe que deveria confiar em mim. Mas se não confia, pode ficar à vontade. Conte — disse ela. — Aí todo mundo vai ficar sabendo como *você* é. O tipo de amigo que é.

Ele tentou.

Sabia que era a coisa certa a fazer.

Na manhã seguinte, antes da aula, Simon foi até a sala de Catarina Loss — Jon tinha razão, ela era a sua feiticeira favorita, e a única em quem ele confiaria para tratar de um assunto desses.

Ela o recebeu, o convidou para sentar e ofereceu uma caneca de alguma coisa cujo vapor tinha um tom assustadoramente azul. Ele recusou.

— Então, Diurno, acho que você tem alguma coisa para me contar?

Catarina o intimidava um pouco menos do que em relação ao início do ano — o que era mais ou menos como dizer que Jar Jar Binks era "um pouco menos" irritante no Episódio II de *Star Wars* do que no Episódio I.

— É possível que eu saiba de alguma coisa que... — Simon pigarreou. — Quero dizer, se estivesse acontecendo alguma coisa que...

Ele não tinha se permitido pensar no que aconteceria quando as palavras saíssem. O que aconteceria com seus amigos? O que aconteceria com Isabelle, a líder do bando? Ela não podia exatamente ser expulsa de uma Academia onde não estava matriculada... mas Simon havia aprendido o suficiente sobre a Clave para saber que existiam castigos muito piores do que a expulsão. Invocar um demônio menor para usar numa festa era uma violação da Lei? Será que ele estava prestes a arruinar a vida de Isabelle?

Catarina Loss não era Caçadora de Sombras; ela era dona dos próprios segredos que escondia da Clave. Talvez estivesse disposta a guardar mais um, se isso significasse ajudar Simon e proteger Isabelle de um castigo?

Enquanto sua mente girava, cheia de possibilidades, a porta da sala foi aberta e a reitora Penhallow enfiou a cabeça loura no vão.

— Catarina, Robert Lightwood gostaria de falar com você antes da palestra dele... Ah, me desculpe! Não sabia que estava ocupada?

— Sente-se conosco — disse Catarina. — Simon estava prestes a me contar alguma coisa interessante.

A reitora entrou na sala, franzindo o cenho para Simon.

— Você parece tão sério — disse ela a ele. — Vá em frente, desembuche. Vai se sentir melhor. É como vomitar.

— O que é como vomitar? — perguntou ele, confuso.

— Você sabe, quando se está enjoado? Às vezes botar tudo para fora ajuda.

De algum jeito, Simon não achava que vomitar sua confissão diretamente para a reitora fosse ajudá-lo a se sentir melhor.

Isabelle já não tinha dado provas suficientes de sua ousadia — não apenas para ele, mas para a Clave, para todos? Afinal, ela basicamente havia salvado o mundo. Quantas outras provas seriam necessárias para que todos soubessem que ela era do time dos mocinhos?

De quantas provas *ele* precisava?

Simon se levantou e falou a primeira coisa que lhe veio à cabeça:

— Eu só queria dizer que todos nós gostamos muito do ensopado de beterraba que serviram no jantar. Deveriam fazer mais vezes.

A reitora Penhallow ofereceu um olhar estranho a ele.

— Aquilo não era beterraba, Simon.

Isso não o surpreendeu, considerando que o ensopado tinha uma consistência estranhamente granulada e um sabor remanescente de esterco.

— Bem... o que quer que fosse, estava uma delícia — falou ele rapidamente. — É melhor eu ir. Não quero perder o início da última palestra do Inquisidor Lightwood. Estão tão interessantes.

— De fato — disse Catarina lentamente. — Estão quase tão deliciosas quanto o ensopado.

1984

Durante quase todo seu período na Academia, Robert observava Valentim de longe. Muito embora Robert fosse mais velho, ele admirava Valentim, que era tudo o que ele queria ser. Valentim se destacava no treinamento sem esforço visível. Vencia qualquer pessoa com qualquer arma. Ele era relapso em termos de afeto, ou pelo menos parecia ser, e ainda assim era amado. Poucas pessoas se davam conta de como ele realmente retribuía o amor. Mas Robert notava, porque quando você fica assistindo de fora, invisível, é fácil enxergar claramente.

Jamais lhe ocorrera que Valentim também o estivera observando.

Isso só se deu no início do ano, no dia em que Valentim o encontrou sozinho num dos corredores escuros e subterrâneos da Academia e falou baixinho:

— Eu sei o seu segredo.

O segredo de Robert, que ele nunca contara a ninguém, nem mesmo a Michael: ele ainda tinha medo das Marcas.

Toda vez que ele desenhava um símbolo em si, tinha que prender a respiração, obrigar os dedos a não tremerem. Ele sempre hesitava. Em sala de aula, era quase imperceptível. Na batalha, aquela fração de segundo poderia significar a diferença entre a vida e a morte, e Robert sabia disso. O que o fazia hesitar ainda mais diante de tudo. Ele era forte, inteligente, talentoso; era um *Lightwood*. Ele deveria estar entre os melhores. Mas não conseguia relaxar e agir por instinto. Não conseguia impedir sua mente de acelerar para potenciais consequências. Não conseguia parar de sentir medo, e sabia que, no final, isto representaria seu fim.

— Eu posso ajudar — disse Valentim. — Posso ensinar o que fazer com o medo.

Como se fosse simples assim; e sob as instruções cuidadosas de Valentim, de fato foi.

Valentim lhe ensinou a se retirar para algum lugar de sua mente intocado pelo medo. A se separar do Robert Lightwood que sabia sentir medo — e em seguida domar esta versão mais fraca e detestável de si.

— Sua fraqueza o deixa furioso, tal como deveria — dissera Valentim. — Use a fúria para dominá-lo e, em seguida, a todo o restante.

De certa forma, Valentim tinha salvado a vida de Robert. Ou pelo menos a única parte de sua vida que importava.

Ele devia tudo a Valentim.

No mínimo devia a verdade a Valentim.

— Você não concorda com o que eu fiz — disse Valentim, tão baixinho quanto o sol que surgia sobre o horizonte. Michael e Stephen ainda estavam dormindo. Robert tinha passado as horas da escuridão encarando o céu, repassando mentalmente o que tinha acontecido, e o que deveria fazer em seguida.

— Você acha que me descontrolei — acrescentou Valentim.

— Aquilo não foi legítima defesa — declarou Robert. — Aquilo foi tortura. Assassinato.

Robert estava sentado em um dos troncos ao redor dos restos da fogueira. Valentim se abaixou ao lado dele.

— Você ouviu o que ele disse. Entende por que precisou ser calado — respondeu Valentim. — Tinha que aprender uma lição e a Clave não teria sido capaz. Sei que os outros não entenderiam. Nem mesmo Lucian. Mas você... nós nos entendemos, eu e você. Você é o único em quem realmente posso confiar. Preciso que guarde isso para si.

— Se você tem tanta segurança de que foi a coisa certa, então por que guardar segredo?

Valentim riu suavemente.

— Sempre tão cético, Robert. É o que mais amamos em você. — O sorriso desvaneceu. — Alguns dos outros estão começando a ter dúvidas. A respeito da causa, de mim... — Ele descartou as negativas de Robert com um aceno antes mesmo que o outro pudesse verbalizá-las. — Não ache que não sei. Todo mundo quer ser leal quando é fácil. Mas quando as coisas se complicam... — Ele balançou a cabeça. — Não posso contar com todo mundo como gostaria. Mas acho que posso contar com você.

— Claro que pode.

— Então você vai guardar segredo sobre o que aconteceu aqui essa noite — disse Valentim. — Não vai contar nem para Michael.

Mais tarde — tarde demais — ocorreria a Robert que Valentim provavelmente havia tido uma versão desta conversa com cada membro do Ciclo. Segredos uniam as pessoas, e Valentim era esperto o bastante para saber disso.

— Ele é meu *parabatai* — observou Robert. — Não guardo segredos dele.

Valentim ergueu as sobrancelhas.

— E você acha que ele não guarda segredos de você?

Robert se lembrou da noite anterior, e do que quer que Michael estivesse tentando desesperadamente esconder. Aquele era o primeiro segredo — quem sabe quantos mais seriam?

— Você conhece Michael melhor do que ninguém — disse Valentim. — E no entanto, imagino que existam coisas que sei a respeito dele que poderiam surpreendê-lo...

Um silêncio pairou entre eles enquanto Robert pensava no assunto.

Valentim não mentia, nem blefava. Se estava dizendo que sabia alguma coisa sobre Michael, algum segredo, então era verdade.

E era a tentação, dançando na frente de Robert.

Ele só precisava perguntar.

Ele queria saber... Não, não queria saber.

— Todos nós temos lealdades competitivas — disse Valentim, antes que Robert pudesse cair em tentação. — A Clave gostaria de simplificar essas coisas, mas é só mais um exemplo da estupidez da parte deles. Eu amo Lucian, meu *parabatai*. Eu amo Jocelyn. Se esses dois amores entrassem em conflito...

Não precisou completar o raciocínio. Robert sabia o que Valentim sabia, e entendia que Valentim amava seu *parabatai* o suficiente para permitir. Assim como Lucian amava Valentim o bastante para jamais fazer nada.

Talvez alguns segredos fossem misericordiosos.

Ele estendeu a mão para Valentim.

— Você tem minha palavra. Eu juro. Michael jamais ficará sabendo do que aconteceu.

Assim que proferiu tais palavras, ficou imaginando se teria cometido um erro. Mas não havia como recuar.

— Eu também conheço seu segredo, Robert — disse Valentim.

Com isso, um eco das primeiras palavras que Valentim lhe dissera, Robert sentiu o espectro de um sorriso.

— Acho que já falamos disso — lembrou Robert.

— Você é um covarde — acusou Valentim.

Robert se encolheu.

— Como pode falar isso depois de tudo que passamos? Você sabe que eu jamais me esquivaria da batalha ou...

Valentim balançou a cabeça, silenciando-o.

— Ah, não digo fisicamente. Já cuidamos disso, não? Em termos de riscos físicos você é o mais corajoso de todos. Uma supercompensação, talvez?

— Não sei do que você está falando — respondeu Robert duramente, com medo de saber bem demais.

— Você não tem medo de morrer ou de se machucar, Robert. Tem medo de *você mesmo*, da própria fraqueza. Você não tem fé, não tem *lealdade*, porque não tem força nas próprias convicções. E é culpa minha esperar por mais. Afinal, como podemos esperar que você acredite em alguma coisa ou em alguém, se não acredita nem em si mesmo?

De repente Robert sentiu-se transparente e não gostou nada disso.

— Uma vez tentei ensiná-lo a dominar seu medo e suas fraquezas — disse Valentim. — Agora vejo que foi um erro.

Robert abaixou a cabeça, esperando que Valentim o expulsasse do Ciclo. O exilasse dos amigos e de seu dever. Que arruinasse sua vida.

Era irônico que sua covardia tivesse sido responsável por transformar seus piores pesadelos em realidade.

Mas Valentim o surpreendeu.

— Pensei no assunto, e tenho uma proposta para você — disse.

— O que é? — Robert estava com medo de ter esperanças.

— Desista — disse Valentim. — Pare de enganar sua covardia, suas dúvidas. Pare de tentar despertar alguma paixão inabalável em você mesmo. Se não consegue encontrar a coragem de suas convicções, por que não aceita simplesmente a coragem das minhas?

— Não entendo.

— Minha proposta é a seguinte — disse Valentim. — Pare de se preocupar tanto com estar certo ou não. Deixe-me ter certeza por você. Confie na minha certeza, na *minha* paixão. Permita-se ser fraco e se apoie em mim, porque nós dois sabemos que eu consigo ser forte. Aceite que você está fazendo a coisa certa porque *eu* sei que é a coisa certa.

— Se fosse tão simples assim — disse Robert, e não conseguiu conter uma pontada de desejo.

Valentim pareceu ligeiramente entretido, como se Robert tivesse traído um engano infantil sobre a natureza das coisas.

— Só é tão difícil quanto você faz ser — falou gentilmente. — É tão fácil quanto você permitir que seja.

Isabelle passou por Simon quando ele estava saindo da aula.

— Nove horas da noite, no quarto de Jon — sussurrou ela ao ouvido dele.

— O quê? — Foi como se ela tivesse informando-o sobre o horário e local de sua morte, a qual seria iminente se ele se obrigasse a imaginar o que ela poderia estar fazendo no quarto de Jon Cartwright.

— Hora do demônio. Você sabe, caso ainda esteja disposto a estragar nossa diversão. — Ela ofereceu um sorriso malicioso. — Ou queira se juntar a nós.

Havia um desafio implícito em seu rosto, uma certeza de que ele não ousaria fazer nem uma coisa, nem outra. Simon foi lembrado de que apesar de ter esquecido que conhecia Isabelle, ela não havia se esquecido de nada a respeito dele. Inclusive, era possível dizer que ela o conhecia melhor do que ele conhecia a si mesmo.

Não mais, disse ele a si. Um ano na Academia, um ano de estudos, batalhas e abstinência de cafeína o fizeram mudar. Tinham que fazê-lo mudar.

A dúvida era: para o que ele havia mudado?

Isabelle tinha informado o horário errado.

Claro. Quando Simon entrou no quarto de Jon Cartwright, eles já estavam quase completando o ritual.

— Vocês não podem fazer isso — disse Simon a eles. — Todos vocês, parem e pensem.

— Por quê? — questionou Isabelle. — Dê apenas um motivo. Tente nos convencer, Simon.

Ele não tinha talento para discursos. E ela sabia disso.

De repente Simon se viu furioso. Esta era a escola *dele*; estes eram *seus* amigos. Isabelle não ligava para o que acontecia ali. Talvez não houvesse causa mais profunda, ou dor oculta. Talvez ela fosse exatamente o que parecia, e nada além: a pessoa frívola que se preocupava apenas consigo mesma.

Alguma coisa no âmago de Simon se revoltou contra tal pensamento, mas ele a conteve. Aquilo tudo não tinha a ver com seu não-relacionamento com sua não-namorada. Ele não podia permitir que esse fosse o motivo.

— Não é só por ser contra as regras — disse Simon. Como ele poderia explicar uma coisa que deveria ser óbvia? Era como tentar convencer a alguém de que um mais um são dois: era simplesmente *um fato*. — Não é só porque vocês podem ser expulsos, ou mesmo levados para depor diante da Clave. É *errado*. Alguém pode se machucar.

— Alguém sempre se machuca — observou George, esfregando o próprio cotovelo, que há poucos dias quase tinha sido arrancado pela espada de Julie.

— Porque não tem como aprender de outro jeito — disse Simon, exasperado. — Porque é a melhor opção. Isto? Isto é o oposto do necessário. É esse o tipo de Caçadores de Sombras que vocês querem ser? Do tipo que brinca com forças ocultas porque acha que dá conta? Nunca assistiram a filme nenhum? Nunca leram um quadrinho? É sempre assim que começa, uma pequena tentação, um gostinho do mal, e *pimba*, seu sabre de luz fica vermelho e você respira por uma máscara preta e decepa a mão do seu filho só por maldade.

Todos o encararam, confusos.

— Esqueçam.

Era engraçado, Caçadores de Sombras sabiam mais do que os mundanos a respeito de quase tudo. Sabiam mais sobre demônios, sobre armas, sobre as correntes de poder e magia que moldavam o mundo. Mas eles não entendiam de tentação. Não compreendiam como era fácil fazer uma pequena escolha terrível após a outra até sair escorregando pelo poço do inferno. *Dura lex* — a Lei é dura. Tão dura que os Caçadores de Sombras tinham que fingir que era possível ser perfeito. Era a única coisa que Simon havia extraído das palestras de Robert sobre o Ciclo. Uma vez que os Caçadores de Sombras começavam a escorregar, eles não paravam.

— A questão é que esta é uma situação sem vitória. Ou seu demônio idiota se descontrola e devora um grupo de estudantes, ou *não*, e então vocês concluem que da próxima vez podem invocar um demônio maior. E aí este devora vocês. Essa é a definição de uma situação sem vencedores.

— Ele tem um bom argumento — disse Julie.

— Não é tão burro quanto parece — admitiu Jon.

George pigarreou.

— Talvez...

— Talvez devêssemos continuar — disse Isabelle, e jogou os cabelos escuros sedosos de lado, e piscou seus olhos grandes e infinitos, e sorriu seu sorriso irresistível; e como se ela tivesse enfeitiçado a todos os presentes, eles esqueceram que Simon existia e se ocuparam com a tarefa de invocar um demônio.

Ele tinha feito o possível. Só restava uma opção.

Simon fugiu.

1984

Michael deixou que passasse uma semana antes de fazer a pergunta que Robert temia. Talvez ele estivesse esperando que Robert levantasse a questão por conta própria. Talvez tivesse tentado se convencer de que ele não precisa conhecer a verdade, de que amava Robert o suficiente para não se importar — mas aparentemente não deu certo.

— Pode dar uma volta comigo? — chamou Michael, e Robert concordou em dar um último passeio pela Floresta Brocelind, embora tivesse esperanças de poder ficar longe da floresta até o próximo semestre. Talvez até lá a lembrança do que tinha acontecido desbotasse. As sombras não parecessem tão sinistras, e o solo, tão ensopado de sangue.

As coisas andavam estranhas entre eles esta semana, silenciosas e tensas. Robert estava guardando o segredo sobre o destino do lobisomem, e remoendo a sugestão de Valentim, de que poderia ser a consciência e a força de Robert, de que seria mais fácil assim. Michael estava...

Bem, Robert não podia adivinhar o que Michael estava pensando — a respeito de Valentim, de Eliza, do próprio Robert. E era isso que deixava as coisas tão estranhas. Eles eram *parabatai*; eram metades de um mesmo ser. Robert não deveria ter que *imaginar*. Antes, ele sempre soubera.

— Tudo bem, então qual é a verdadeira história? — perguntou Michael assim que penetraram na floresta o bastante para que os sons do campus emudecessem. O sol continuava no céu, mas ali, em meio às árvores, as sombras eram longas e a escuridão crescia. — O que Valentim fez com aquele lobisomem?

Robert não conseguiu olhar para seu *parabatai*. Deu de ombros.

— Exatamente o que eu contei.

— Você nunca mentiu para mim — queixou-se Michael. Havia tristeza em sua voz, e mais alguma coisa, algo pior, um tom de definição, como se estivesse prestes a se despedir.

Robert engoliu em seco. Michael tinha razão: antes disso, Robert nunca havia mentido.

— E suponho que você nunca tenha mentido para mim? — atacou ele. Seu *parabatai* tinha um segredo, ele sabia disso agora. Valentim lhe contara.

Fez-se uma longa pausa. Em seguida Michael falou:

— Eu minto para você todos os dias, Robert.

Foi como um chute no estômago.

Aquilo não era só um segredo, não era só uma *garota*. Aquilo era... Robert nem sabia o que era.

Impenetrável.

Ele parou e voltou-se para Michael, incrédulo.

— Se você está tentando me chocar para que eu revele alguma coisa...

— Não estou tentando chocá-lo. Só estou... tentando falar a verdade. Finalmente. Eu sei que você está escondendo alguma coisa de mim, alguma coisa importante.

— *Não* estou — insistiu Robert.

— Está — disse Michael —, e dói. E se *me* machuca, então só posso imaginar... — Ele parou, respirou fundo, e se obrigou a continuar. — Eu não suportaria, se eu tivesse te machucando assim por todos esses anos. Mesmo que eu não percebesse. Mesmo que *você* não percebesse.

— Michael, você não está falando coisa com coisa.

Chegaram a um tronco caído, cheio de lodo. Michael sentou, parecendo cansado de repente. Como se tivesse envelhecido cem anos no último minuto. Robert sentou ao lado dele e colocou a mão no ombro do amigo.

— O que foi? — Ele bateu na cabeça de Michael suavemente, tentando sorrir, tentando dizer a si que era só Michael sendo Michael. Esquisito, mas sem qualquer consequência. — O que está acontecendo nesse hospício que você chama de cérebro?

Michael abaixou a cabeça.

Ele parecia tão vulnerável assim, com a nuca exposta, que Robert não conseguia suportar.

— Estou apaixonado — sussurrou Michael.

Robert gargalhou, aliviado.

— Só isso? Acha que não concluí isso, idiota? Eu já disse, Eliza é ótima...

Então Michael disse outra coisa.

Algo que Robert deve ter ouvido mal.

— O quê — disse ele, apesar de não querer ouvir.

Desta vez Michael levantou a cabeça, encontrou o olhar de Robert e falou com todas as letras:

— Estou apaixonado por *você*.

Robert ficou de pé antes mesmo de absorver as palavras.

De repente pareceu muito importante colocar algum espaço entre ele e Michael. O máximo possível.

— Você o quê?

Não foi sua intenção gritar.

— Não tem graça — acrescentou Robert, tentando conter o tom.

— Não é uma piada. Eu estou...

— Não diga isso outra vez. Você *nunca mais* vai dizer isso de novo.

Michael empalideceu.

— Sei que você provavelmente... Sei que você não sente o mesmo, que não poderia...

De súbito, com uma força que quase o derrubou, Robert foi inundado por uma onda de lembranças: a mão de Michael em seu ombro. Os braços de Michael o envolvendo. Michael praticando luta com ele. Michael ajustando gentilmente sua pegada no cabo da espada. Michael deitado na cama a alguns metros dele, noite após noite. Michael se despindo, dando a mão para ele, puxando-o para o Lago Lyn. Michael, com o peito nu, cabelo ensopado, olhos brilhando, deitado na grama ao seu lado.

Robert queria vomitar.

— Nada precisa mudar — disse Michael, e Robert teria rido se isso não fosse fazê-lo vomitar. — Continuo a mesma pessoa. Não estou pedindo nada. Só estou sendo honesto. Eu só precisava que você soubesse.

Eis o que Robert sabia: Michael era o melhor amigo que ele já havia tido, e provavelmente o dono da alma mais pura dentre todos que já tinha conhecido. Sabia que deveria sentar ao lado de Michael, prometer que estava tudo bem, que nada precisava mudar, que o juramento que haviam trocado era verdadeiro e eterno. Que não havia o que temer pelo *amor* — o estômago de Robert embrulhou diante daquela palavra — de Michael. Sabia que era totalmente heterossexual, que era o toque de *Maryse* que fazia seu corpo vibrar, que era a lembrança do peito nu de *Maryse* que fazia sua pulsação acelerar — e que a confissão de Michael não colocava nada disso em dúvida. Ele sabia que deveria dizer alguma coisa para tranquilizá-lo, algo como "não posso amá-lo dessa forma, mas o amarei para sempre".

Mas ele também sabia o que as pessoas pensariam.

O que iriam pensar de Michael... o que iam presumir dele.

As pessoas iam falar, iam fofocar, iam *desconfiar* de coisas. *Parabatai* não podiam namorar, é claro. E não podiam fazer... mais nada. Mas Michael e Robert eram tão íntimos; Michael e Robert estavam tão *sincronizados*; certamente as pessoas iam querer saber se Michael e Robert fossem *iguais*.

Certamente as pessoas ficariam *questionando*.

Ele não conseguia suportar. Tinha lutado demais para se tornar o homem que era, o Caçador de Sombras que era. Não poderia tolerar as pessoas olhando para ele daquele jeito outra vez, como se ele fosse diferente.

E não conseguiria suportar Michael olhando para ele *desse jeito*.

E se ele também começasse a se questionar?

— Você nunca mais vai dizer isso — declarou Robert friamente. — E se insistir, será a última coisa que vai me dizer. Entendeu?

Michael simplesmente o encarou, os olhos arregalados e confusos.

— E nunca mais vai falar sobre isso com mais ninguém. Não quero as pessoas pensando isso da gente. De *você*.

Michael murmurou alguma coisa incompreensível.

— O quê? — perguntou Robert com veemência.

— Eu perguntei o que elas vão pensar.

— Vão achar que você é nojento — disse Robert.

— Como você acha?

Uma voz no fundo da mente de Robert disse *Pare*.

Disse *Essa é sua última chance*.

Mas falou muito baixo.

Não tinha certeza.

— É — disse Robert, e falou com firmeza o bastante para que não houvesse dúvida de que era sério. — Acho você nojento. Fiz um juramento a você, e vou honrá-lo. Mas não se engane: as coisas nunca mais serão as mesmas entre nós. Inclusive, a partir de agora, não existe mais nada entre nós, ponto.

Michael não discutiu. Não disse nada. Simplesmente virou-se, correu para as árvores e deixou Robert sozinho.

O que tinha dito, o que tinha feito... era imperdoável. Robert sabia disso. Ele disse a si mesmo que era culpa de Michael, que tinha sido uma decisão de Michael.

Disse a si mesmo que só estava fazendo o que precisava para sobreviver.

Mas agora ele enxergava a verdade. Valentim tinha razão. Robert não era capaz de sentir amor absoluto ou lealdade. Achava que Michael fosse sua exceção, a prova de que ele tinha segurança em relação a seus sentimentos por alguém — que era capaz de ser *firme*, independentemente de qualquer coisa.

Agora isso tinha acabado.

Chega, pensou Robert. Chega de lutar, chega de duvidar das próprias escolhas, chega de ser presa fácil das próprias fraquezas, ou da própria falta de fé. Ele aceitaria a oferta de Valentim. Deixaria Valentim escolher por ele, deixaria Valentim *acreditar* por ele. Faria o que fosse necessário para estar ao lado de Valentim, e do Ciclo, e da causa.

Era tudo que lhe restava.

Simon disparou pelos corredores mofados, deslizou pelos pisos escorregadios e correu pelas escadarias amassadas, o tempo todo xingando a Academia por ser uma fortaleza cheia de labirintos e sem sinal de celular. Seus pés ressoavam contra o chão de pedra gasta, seus pulmões pesavam, e apesar de a jornada parecer interminável, apenas alguns minutos se passaram antes de ele invadir a sala de Catarina Loss.

Ela sempre estava lá, noite ou dia, e agora não era diferente.

Bem, um pouco diferente: hoje ela não estava sozinha.

Ela estava atrás da mesa com os braços cruzados, ladeada por Robert Lightwood e pela reitora Penhallow, os três tão sérios que pareciam até já estar esperando por ele. Ele não se permitiu hesitar, nem pensar nas consequências.

Nem em Izzy.

— Tem um grupo de alunos tentando invocar um demônio — arfou Simon. — Temos que impedir.

Ninguém pareceu surpreso.

Alguém pigarreou suavemente — Simon virou-se e flagrou Julie Beauvale atrás da porta que ele havia largado escancarada.

— O que você está fazendo aqui?

— A mesma coisa que você — disse Julie. Então ela enrubesceu e deu de ombros para ele, timidamente. — Acho que seu argumento foi bom.

— Mas como você chegou aqui antes de mim?

— Eu vim pela escada leste, é claro. Depois peguei aquele corredor atrás da sala de armas...

— Mas ela não desemboca na sala de jantar?

— Só se você...

— Talvez a gente possa deixar essa discussão cartográfica fascinante para mais tarde — sugeriu Catarina Loss calmamente. — Acho que temos um assunto importante a discutir.

— Como dar uma lição em seus alunos idiotas — rosnou Robert Lightwood, e saiu da sala. Catarina e a reitora foram atrás dele.

Simon trocou um olhar tenso com Julie.

— Acha, hum, que devemos ir atrás deles?

— Provavelmente — disse ela, e então suspirou. — É melhor deixar que nos expulsem de uma vez só.

Caminharam atrás dos professores, se permitindo ficar cada vez mais para trás.

Ao se aproximarem do quarto de Jon, os gritos de Robert já estavam audíveis do meio do corredor. Não conseguiam identificar as palavras através da porta grossa, mas o volume e a cadência deixavam a situação um tanto evidente.

Simon e Julie abriram a porta e entraram com toda a calma.

George, Jon e os outros estavam alinhados contra a parede, com rostos pálidos, olhos arregalados, todos parecendo enfileirados num paredão de fuzilamento. Enquanto Isabelle estava ao lado do pai... *sorrindo*?

— Fracassos, todos vocês! — vociferou Robert Lightwood. — Vocês deveriam ser os melhores e mais inteligentes desta escola, e é isso que apresentam? Eu *alertei* quanto aos perigos do carisma. Eu *disse* que precisam defender o que é certo, mesmo que isso machuque as pessoas que mais amam. E *todos vocês* falharam em aprender.

Isabelle tossiu.

— Todos, menos dois — concedeu Robert, meneando a cabeça para Simon e Julie. — Muito bem, Isabelle estava certa quanto a você.

Simon estava a mil.

— Foi tudo um *teste* idiota? — protestou Jon.

— Um teste bem inteligente, se querem minha opinião — disse a reitora Penhallow.

Catarina parecia ter algumas coisas a declarar sobre Caçadores de Sombras tolos brincando de gato e rato por conta própria, mas, como sempre, se conteve.

— Qual será a porcentagem da nota? — perguntou Sunil.

Com isso, houve muitos gritos. Muitas declarações sobre responsabilidades sagradas e negligência, e sobre como uma noite na masmorra da Cidade do Silêncio poderia ser desagradável. Robert trovejou como Zeus, a reitora Penhallow fez o possível para não soar como uma babá censurando suas crianças por terem roubado biscoitos, enquanto Catarina fez comentários sarcásticos ocasionais sobre o que acontecia com Caçadores de Sombras que achavam que seria divertido se meter em território de feiticeiros. Em dado momento, ela interrompeu o longo discurso de Robert Lightwood para acrescentar um comentário sobre Darth Vader — e um olhar astuto para Simon que o fez se perguntar, não pela primeira vez, o quão atentamente ela o vinha observando e por quê.

Durante todo o processo, Isabelle ficou olhando para Simon, com algo inesperado no olhar. Algo quase como... orgulho.

— Concluindo: da próxima vez, escutem os mais velhos — gritou Robert Lightwood.

— Por que alguém daria ouvidos a você quando o assunto é fazer a coisa certa? — disparou Isabelle.

Robert corou. Ele se voltou para ela lentamente, lançando um olhar gelado de Inquisidor que faria qualquer pessoa choramingar no chão em posição fetal. Isabelle não se mexeu.

— Agora que essa questão sórdida se concluiu, peço um pouco de privacidade com minha filha. Acho que temos alguns assuntos a tratar — disse Robert.

— Mas aqui é o meu quarto — resmungou Jon.

Robert não precisou falar, apenas dirigiu-lhe o olhar de Inquisidor, e Jon tremeu.

Ele saiu, assim como todo mundo, e Simon estava prestes a acompanhá-los quando os dedos de Isabelle o seguraram pelo pulso.

— Ele fica — disse ela ao pai.

— Não mesmo.

— Simon fica comigo, ou eu saio com ele — intimou Isabelle. — As opções são essas.

— Hum, estou contente por sair... — começou Simon, sendo *"contente"* a palavra mais educada que conseguiu usar no lugar de *"desesperado"*.

— *Você fica* — ordenou Isabelle.

Robert suspirou.

— Tudo bem. Você fica.

Isso encerrou a discussão. Simon sentou na beira da cama de Jon, desejando ser invisível.

— Está claro para mim que você não queria estar aqui — disse Robert à filha.

— Como você desconfiou? Foi o fato de eu ter falado um milhão de vezes que não queria vir? Que não queria fazer esse joguinho idiota? Que eu achava cruel, manipulador e uma perda de tempo?

— É — disse Robert. — Isso.

— E, mesmo assim, você me obrigou a vir.

— Sim — falou ele.

— Olha, se você achou que uma situação forçada fosse consertar as coisas ou compensar o que você...

Robert suspirou pesadamente.

— Eu já disse, o que aconteceu entre mim e sua mãe não tem nada a ver com você.

— Tem *tudo* a ver comigo!

— Isabelle... — Robert olhou para Simon, em seguida baixou a voz. — Eu preferia fazer isso sem plateia.

— Que pena.

Simon tentou desaparecer ainda mais, na esperança de que se tentasse o bastante, sua pele talvez assumisse o mesmo tom dos lençóis surpreendentemente floridos de Jon Cartwright.

— Você e eu nunca conversamos sobre meu período no Ciclo, ou sobre minhas razões para seguir Valentim — disse Robert. — Eu queria que vocês nunca tivessem que conhecer esse lado meu.

— Eu ouvi as aulas, assim como todo mundo — lembrou ela sombriamente.

— Nós dois sabemos que a história transmitida ao público nunca é a verdade completa. — Robert franziu o rosto. — O que não contei para a maioria daqueles alunos é que... o que nunca contei a ninguém é que ao contrário da maioria dos integrantes do Ciclo, eu não era o que se pode chamar de um verdadeiro discípulo. Os outros se consideravam a espada de Raziel em forma humana. Você devia ter visto sua mãe, ardendo em integridade.

— Então agora a culpa é toda da mamãe? Boa, pai. Muito boa. E eu devo acreditar que você é um cara incrível que sabia como Valentim era, mas o seguiu assim mesmo? Porque sua namorada *mandou*?

Ele balançou a cabeça.

— Você não está entendendo. *Eu* fui o principal culpado. Sua mãe, os outros, eles achavam que estavam fazendo a coisa certa. Eles amavam Valentim. Eles amavam a causa. Eles *acreditavam*. Eu nunca consegui ter toda aquela fé... mas segui assim mesmo. Não por achar que estava certo. Mas porque era *fácil*. Porque Valentim parecia tão seguro. Substituir a certeza dele pela minha parecia o caminho com menos obstáculos.

— Por que está me falando isso? — Parte do veneno havia abandonado a voz dela.

— Eu não entendia naquele momento o que significaria ter certeza de alguma coisa — disse Robert. — Eu não sabia o que era amar alguma coisa, ou alguém, sem nenhuma reserva. Incondicionalmente. Achei que talvez tivesse isso com meu *parabatai*, mas aí... — Ele engoliu em seco o que quer que estivesse prestes a falar. Simon ficou imaginando o que poderia ser pior do que o que ele já havia confessado. — Em algum momento presumi que eu não tinha isso. Que eu não tinha sido feito para esse tipo de amor.

— Se está prestes a me dizer que encontrou isso com a sua *amante*...

— Isabelle estremeceu.

— Isabelle. — Robert segurou a mão da filha. — Estou dizendo que encontrei isso com Alec. Com você. Com... — Ele olhou para baixo. — Com Max. Ter vocês, Isabelle... mudou tudo.

— Foi por isso que você passou anos tratando Alec como se ele tivesse contraído a peste? É assim que demonstra amor pelos seus filhos?

Com isso, se possível, Robert pareceu ainda *mais* envergonhado de si.

— Amar alguém não significa que você nunca vai cometer erros — disse ele. — Eu cometi muitos. Sei disso. E alguns deles eu nunca terei a chance de compensar. Mas eu estou tentando fazer o melhor junto ao seu irmão. Ele sabe o quanto o amo. O quanto me orgulho dele. Eu preciso que você saiba disso também. Vocês, crianças, vocês são a única coisa sobre a qual tenho sentimentos seguros, a única coisa que sempre será certa. Não é a Clave. Não é, infelizmente, meu casamento. *Vocês*. E se preciso, vou passar o restante da minha vida tentando provar a vocês que podem sentir-se seguros em relação aos meus sentimentos.

Foi uma festa fraca, tão fraca que até mesmo Simon teve que admitir que poderia ter sido animada por um demônio ou dois. As decorações — algumas flâmulas tristes, alguns balões de hélio murchos e um cartaz desenhado à mão que dizia (com erro) "PARABÉS" — pareciam ter sido feitas a contragosto e de última hora por um grupo de alunos do quinto ano sob detenção. A mesa de comida estava lotada de qualquer coisa que pudesse ter sobrado ao final do semestre, incluindo croissants velhos, uma travessa cheia de gelatina de laranja, uma panela de cozido e vários pratos repletos de produtos de carne não identificáveis. Como não havia eletricidade em Idris e ninguém tinha pensado em contratar uma banda, não havia música, mas alguns membros do corpo docente tomaram para si a tarefa de improvisar um quarteto a capella (isto, na opinião de Simon, não se qualificava como música). O grupo de invocadores de demônios de Isabelle tinha escapado com uma advertência severa, mas mesmo recebendo permissão para participar da festa, não pareciam muito em clima de folia — ou, compreensivelmente, de ficar na companhia de Simon.

Ele estava sozinho perto da tigela de ponche — que cheirava a peixe o suficiente para impedi-lo de provar —, quando Isabelle se aproximou.

— Evitando os amigos? — perguntou ela.

— Amigos? — Ele riu. — Acho que você está se referindo às "pessoas que me detestam". Sim, tendo a evitar o tipo.

— Eles não detestam você. Estão envergonhados, porque você estava certo e eles foram tolos. Vão superar. Sempre superam.

— Talvez. — Era improvável, mas, pensando bem, quase nada do que havia acontecido no último ano se encaixava na categoria de "*provável*".

— Então, acho, obrigada por ficar comigo durante toda aquela coisa com meu pai — disse Isabelle.

— Você não me deu muita escolha — observou ele.

Isabelle riu, quase afetuosamente.

— Você definitivamente desconhece a mecânica de uma interação social, não é mesmo? Eu digo "*obrigada*"; você diz "*de nada*".

— Tipo, se agradecesse por você enganar todos os meus amigos e fazer com que pensassem que você é uma louca que invoca demônios para eles se encrencarem com a reitora, você diria...?

— "De nada" pela valiosa lição. — Ela sorriu. — Uma lição que, aparentemente, você não precisava aprender.

— Sim. Tipo isso. — Muito embora tivesse sido um teste, e pelo visto Isabelle *quisesse* que ele denunciasse, Simon continuava a sentir-se culpado. — Desculpe por não ter descoberto o que você estava fazendo. Por não ter confiado em você.

— Foi um jogo, Simon. Não era para confiar em mim.

— Mas *eu* não deveria ter caído. Entre todas as pessoas...

— Não dá para esperar que você me conheça. — Havia uma gentileza impossível na voz de Isabelle. — Eu entendo isso, Simon. Sei que as coisas têm sido... difíceis entre a gente, mas não sou iludida. Posso não gostar da realidade, mas não tenho como negá-la.

Tinha tantas coisas que ele queria dizer a ela.

No entanto, nesse momento de muita pressão, deu branco.

O silêncio desconfortável pesou entre eles. Isabelle se remexeu.

— Bem, então se isso é tudo...

— Vai voltar para o encontro com Jon? — Simon não se conteve. — Ou... aquilo foi parte do jogo?

Ele torceu para que ela não notasse o tom patético de esperança em sua voz.

— Aquilo foi parte de outro jogo, Simon. Acorda. Nunca lhe ocorreu que eu simplesmente gosto de torturar você? — Lá estava aquele sorriso perverso outra vez, e Simon sentia que aquele sorriso tinha o poder de incendiá-lo; sentiu como se já estivesse queimando.

— Então você e ele nunca...

— Ele não faz meu tipo.

O silêncio seguinte foi um pouco mais confortável. O tipo de silêncio, pensou Simon, no qual você encara alguém até a tensão só poder ser quebrada com um beijo.

Vai, disse ele a si, porque mesmo que não conseguisse se *lembrar* de já ter tomado a iniciativa com uma garota como esta, ele obviamente já tinha feito isso. O que significava que capacidade ele tinha. Em algum lugar dentro dele. *Deixa de ser covarde e VAI.*

Ele ainda estava reunindo coragem quando o momento passou. Ela deu um passo para trás.

— Então... o que tinha naquela carta, afinal?

Ele sabia de cor. Poderia recitá-la agora mesmo, dizer que ela era incrível, que mesmo que seu cérebro não se lembrasse de tê-la amado, sua alma era permanentemente moldada para encaixar-se à dela, como se uma espécie de forma de biscoito de Isabelle tivesse cortado seu coração. Mas escrever era bem diferente de falar — ainda mais em público.

Ele deu de ombros.

— Não me lembro. Pedia desculpas por eu ter gritado daquela vez. E na outra. Eu acho.

— Ah.

Ela parecia decepcionada? Aliviada? Irritada? Simon examinou seu rosto em busca de pistas, mas ela não entregou nada.

— Bem... desculpas aceitas. E pare de me encarar como se eu estivesse com um inseto no nariz.

— Desculpa. De novo.

— E... acho que... *eu* devo pedir desculpas por ter devolvido sem ler.

Simon não conseguia se lembrar se ela já havia pedido desculpas a ele antes. Isabelle não parecia ser do tipo que pedia desculpas a alguém.

— Se me escrever outra um dia, posso até ler — disse ela com uma indiferença proposital.

— O semestre acabou, lembra-se? Volto para o Brooklyn neste fim de semana. — Parecia inimaginável.

— Não tem correio no Brooklyn?

— Acho que eu poderia mandar um cartão-postal da Ponte do Brooklyn — concedeu Simon, em seguida respirou fundo. — Ou posso entregar pessoalmente. No Instituto, quero dizer. Se você quiser. Algum dia. Ou alguma coisa.

— Algum dia. Alguma coisa... — Isabelle ponderou, deixando que ele sofresse por alguns segundos infinitos e agonizantes. Depois o sorriso dela se abriu tanto que Simon pensou que fosse explodir. — Então acho que está marcado.

Os reis e príncipes pálidos

por Cassandra Clare e Robin Wasserman

Hoje Mayhew tinha cedido a sala a uma garota que era só alguns anos mais velha do que Simon. Seu cabelo platinado caía em cachos nos ombros, os olhos azul-esverdeados brilhavam e a boca comprimida sugeria que ela preferia estar em qualquer outro lugar. O professor Mayhew ficou ao lado da convidada, mas Simon notou que ele manteve distância e teve o cuidado de não virar as costas para ela. Mayhew estava com medo.

Os reis e príncipes pálidos

O que eu fiz nas férias de verão
Por Simon Lewis

Neste verão, morei no Brooklyn. Todas as manhãs corri no parque. Um dia encontrei uma fada que morava em um canil. Ela...

Simon Lewis fez uma pausa para consultar seu dicionário de ctoniano a fim de aprender a palavra "loura" — não tinha definição. Aparentemente, palavras que se referiam à cor de cabelo não eram uma questão para criaturas das dimensões demoníacas. Bem como, descobriu ele, palavras relativas à família, amizade, programas de TV. Ele mordiscou a borracha, suspirou e em seguida se inclinou sobre a página outra vez. Quinhentas palavras sobre suas férias tinham que ser escritas para o professor de ctoniano até a manhã seguinte, mas após uma hora de trabalho ele tinha escrito aproximadamente... trinta.

Ela possuía cabelo. E...
... peitos enormes.

— Só estou tentando ajudar — disse George Lovelace, o colega de quarto de Simon, aproximando-se do ombro dele para ler e finalizar a frase.
— E está fazendo um péssimo trabalho — disse Simon, mas não conseguiu conter o sorriso.

Sentira saudade de George durante o verão, mais do que esperava. Sentira saudade de tudo, mais do que esperava — não só dos novos amigos, mas da Academia dos Caçadores de Sombras em si, dos ritmos previsíveis do dia, de todas as coisas sobre as quais tinha passado meses reclamando. O lodo, a umidade, os exercícios matutinos de relaxamento, as criaturas barulhentas presas nas paredes... sentiu saudade até da sopa. Simon tinha passado quase todo seu primeiro ano na Academia se preocupando com a possibilidade de estar deslocado — pensando que a qualquer minuto alguém importante ia entrar e perceber que havia cometido um erro terrível e mandá-lo de volta para casa.

Só quando voltou ao Brooklyn e tentou dormir nos lençóis do Batman com a mãe roncando no quarto ao lado, foi que percebeu que não estava mais num lar.

Seu lar, inesperada e inexplicavelmente, agora era a Academia dos Caçadores de Sombras.

Park Slope não era mais como ele se lembrava, não com os bandos de filhotes de lobisomens se juntando aos cachorros do Prospect Park, com o feiticeiro vendendo queijo artesanal e poções do amor no mercado Grand Army, com os vampiros relaxando à margem do Gowanus, jogando guimbas de cigarro em hipsters que passavam. Simon tinha que se lembrar todos os dias de que eles sempre haviam estado ali — Park Slope não tinha mudado; Simon mudara. Era Simon que tinha Visão agora. Era Simon que se encolhia ao ver sombras se mexendo, e Simon que, quando Eric tivera a infelicidade de chegar sorrateiramente por trás dele, instintivamente erguera o amigo e o derrubara sem esforço com um golpe de judô.

— Cara — engasgou Eric, arregalando os olhos para ele, do chão, sobre a grama agostina —, calma aí, soldado.

Eric, é claro, achava que ele tinha passado o ano na escola militar — assim como o restante do pessoal, assim como a mãe e a irmã de Simon. Mentir para praticamente todos que amava: eis aí mais uma diferença entre a vida atual no Brooklyn, e talvez o fator que mais contribuísse para ele querer escapar. Uma coisa era mentir sobre onde tinha passado o ano, inventar histórias sobre deméritos e sargentos de treinamentos, a maioria copiada de filmes trash dos anos 1980. Outra coisa era mentir sobre quem ele era. Tinha que fingir que era o cara de quem todos se lembravam, o Simon Lewis que achava que demônios e feiticeiros existiam apenas nas páginas dos quadrinhos, o Simon cuja experiência mais próxima da morte que já tivera envolvia a aspiração de um amendoim coberto de chocolate.

Mas ele não era mais esse Simon, nem de longe. Podia não ser um Caçador de Sombras, não ainda — mas também não era exatamente um mundano mais, e estava cansado de fingir que era.

A única pessoa para quem não precisava fingir era Clary, e com o passar das semanas ele foi ficando mais e mais com ela, explorando a cidade e ouvindo histórias sobre o menino que costumava ser. Simon não conseguia se lembrar do que tinham sido um para o outro naquela outra vida, aquela que ele esquecera magicamente — mas o passado parecia cada vez menos importante.

— Sabe, eu também não sou mais a pessoa que costumava ser — disse Clary a ele um dia enquanto tomavam o quarto café no Java Jones. Simon estava fazendo o possível para transformar seu sangue em cafeína, se preparando para setembro. A Academia era um lugar desprovido de café. — Às vezes aquela velha Clary parece tão distante de mim quanto o velho Simon deve ser de você.

— Você tem saudade dela? — perguntou Simon, mas o que ele queria dizer era: *você tem saudade* dele? Do velho Simon. Do outro Simon. Do Simon melhor, mais corajoso, o que ele sempre temia não conseguir voltar a ser.

Clary tinha balançado a cabeça, os cachos vermelhos flamejantes sacudindo nos ombros, os olhos verdes brilhando com confiança.

— E também não tenho mais saudade de você — disse ela com aquele talento impressionante para sacar o que estava se passando na cabeça dele. — Porque eu já tenho você de volta. Pelo menos espero que sim...

Ele apertou a mão dela. Foi uma resposta satisfatória para os dois.

— Vamos falar das férias de verão — dizia George agora, se jogando sobre o colchão —, você vai me contar?

— Contar o quê? — Simon se recostou na cadeira, daí, ao ouvir a madeira estalando, retornou para a frente bruscamente. Como alunos do segundo ano, Simon e George receberam a oportunidade de ficar com um quarto no andar superior, mas resolveram ficar na masmorra. Simon tinha se apegado àquela umidade sinistra e descoberto algumas vantagens em se manter longe dos olhares atentos do corpo docente. Sem falar nos olhares cheios de julgamento dos alunos da elite. Ao passo que os Caçadores de Sombras do seu ano, em sua maioria, já tinham se aberto para a ínfima possibilidade de que os colegas mundanos poderiam oferecer alguma coisa, tinha toda uma nova turma agora, e Simon não queria ter que ensinar uma lição a todos eles mais uma vez. Mesmo assim, enquanto sua cadeira decidia se ia quebrar ou não e alguma coisa cinza e peluda passava pelo seu pé, ele se perguntava se seria tarde demais para mudar de ideia.

— Simon. Cara. Quebra o meu galho. Sabe como eu passei as *minhas férias de verão?*

— Tosquiando ovelhas?

George tinha mandado alguns cartões-postais nos últimos meses. A frente de cada um tinha uma imagem idílica da paisagem campestre escocesa. E os versos vinham com mensagens que giravam em torno de um único tema:

> *Entediado.*
> *Tão entediado.*
> *Pode me matar.*
> *Tarde demais, já morri.*

— Tosquiando ovelhas — confirmou George. — Alimentando ovelhas. Pastorando ovelhas. Estercando cocô de ovelha. Enquanto você... sabe lá Deus o que estava fazendo com uma certa superguerreira de cabelos escuros. Não vai me deixar viver isso de forma indireta?

Simon suspirou. George tinha se segurado por quatro dias e meio. Simon supunha que isso fosse mais do que ele poderia ter pedido.

— O que te faz pensar que fiz alguma coisa com Isabelle Lightwood?

— Ah, não sei, talvez porque quando o vi pela última vez você só falava nela? — George tentou imitar o sotaque de Simon, sem sucesso. — "O que eu faço no meu encontro com Isabelle? O que eu digo no meu encontro com Isabelle? O que eu visto para meu encontro com Isabelle? Ah, George, seu Deus escocês bronzeado do amor, me diga o que fazer com Isabelle".

— Não me lembro dessas palavras saindo da minha boca.

— Eu estava parafraseando sua linguagem corporal — respondeu George. — Agora desembucha.

Simon deu de ombros.

— Não deu certo.

— Não deu certo? — George ergueu as sobrancelhas quase até o limite da testa. — *Não deu certo?*

— Não deu certo — confirmou Simon.

— Está me dizendo que sua épica história de amor com a Caçadora de Sombras mais gostosa da geração dela, que se expandiu por dimensões e inclui diversos incidentes sobre a salvação do mundo, acabou com um dar de ombros e um — imitou o sotaque — *não deu certo?*

— É. É isso que estou falando — Simon tentou soar casual a respeito do assunto, mas provavelmente fracassou porque George se pôs de pé e empurrou gentilmente o ombro do colega de quarto.

— Sinto muito, cara — falou George baixinho.

Simon suspirou de novo.

— Pois é.

Como passei minhas férias de verão
Por Simon Lewis.

Estraguei minhas chances com a garota mais incrível do mundo.
  Não uma, nem duas, mas três vezes.
  Ela me levou para sua boate favorita no nosso encontro, e eu fiquei lá como um idiota a noite inteira, e uma vez literalmente tropecei nos próprios pés. Depois a levei até o Instituto e ao desejar boa noite me despedi com um aperto de mão.
  Sim, você leu corretamente. Um. Aperto. De. Mão.
  Depois a levei em um segundo encontro, ao meu cinema favorito, onde a fiz assistir a uma maratona de Star Wars: A Guerra dos Clones *e não percebi quando ela dormiu, depois ofendi o gosto dela acidentalmente, porque como eu poderia saber que ela já tinha saído com um feiticeiro com uma cauda, não que eu quisesse saber disso, e depois: mais um aperto de mão de boa noite.*
  O terceiro encontro, mais uma das minhas ideias brilhantes: encontro duplo com Clary e Jace. Que até poderia ter sido bom, mas como Clary e Jace são mais apaixonados do que qualquer casal apaixonado na história do amor, e eu sei que eles estavam roçando as pernas por baixo da mesa, porque uma hora Jace começou a roçar o pé na minha perna por acidente (acho que foi acidente?). (Acho bom que tenha sido acidente.) E aí fomos atacados por demônios, porque aparentemente Clary e Jace são ímãs para demônios, e eu fui derrubado em trinta segundos, e meio que fiquei caído num canto enquanto eles salvavam a pátria e Isabelle foi a deusa guerreira que sempre é. Porque ela é uma deusa guerreira incrível — e eu sou um babaca.
  Depois disso eles partiram em alguma viagem maneira para perseguir os demônios que mandaram os outros demônios, e não me deixa-

ram ir (ver acima: minha babaquice). Depois quando eles voltaram, Isabelle não me ligou, provavelmente porque que tipo de deusa guerreira quer sair com um covarde babaca? E eu não liguei para ela pelo mesmo motivo... e também porque achei que talvez ela fosse me ligar.
Coisa que ela não fez.
Fim.

Simon resolveu pedir mais tempo para o professor de ctoniano.

O currículo do segundo ano, pelo visto, era bem parecido com o do primeiro — com uma exceção. Neste ano, à medida que os meses corriam rumo ao dia da Ascensão, os alunos da Academia dos Caçadores de Sombras tinham que aprender sobre eventos atuais. Embora a julgar pelo que tinham aprendido até o momento, concluiu Simon, a aula de atualidades poderia facilmente se chamar "Por que as fadas são péssimas".

Todos os dias, Caçadores de Sombras e mundanos do segundo ano enchiam uma das salas que tinham estado trancadas no ano anterior (algo sobre uma infestação de besouros demoníacos). Cada um se espremia numa carteira enferrujada que parecia projetada para alunos da metade do tamanho deles e ouvia enquanto o professor Freeman Mayhew explicava a Paz Fria.

Freeman Mayhew era um homem magrelo e careca com um bigodinho grisalho de Hitler, e apesar de ele iniciar a maioria das frases com "Na época em que *eu* estava combatendo demônios...", era difícil imaginá-lo combatendo até mesmo uma gripe. Mayhew achava que era responsabilidade dele convencer os alunos de que fadas eram astutas, frias e indignas de confiança, e — não que os "políticos desprezíveis" que comandavam a Clave fossem admitir — dignas de extinção.

Os alunos perceberam rapidamente que discordar — ou mesmo interromper para fazer alguma pergunta — alterava a pressão de Mayhew, fazendo brotar uma mancha vermelha feroz na testa dele quando rebatia irritado "você estava lá? *Acho* que não!".

Hoje Mayhew tinha cedido a sala a uma garota que era só alguns anos mais velha do que Simon. Seu cabelo platinado caía em cachos nos ombros, os olhos azul-esverdeados brilhavam e a boca comprimida sugeria que ela preferia estar em qualquer outro lugar. O professor Mayhew ficou ao lado da convidada, mas Simon notou que ele manteve distância e teve o cuidado de não virar as costas para ela. Mayhew estava com medo.

— Vá em frente — disse o professor, resmungando. — Diga seu nome a eles.

A garota manteve os olhos no chão e resmungou alguma coisa.

— Mais alto. — Mayhew se irritou.

Agora a garota levantava a cabeça e encarava a turma, e quando falou sua voz se projetou alta e nítida:

— Helen Blackthorn — disse. — Filha de Andrew e Eleanor Blackthorn.

Simon a fitou com mais atenção. Helen Blackthorn era um nome que ele conhecia bem das histórias que Clary havia lhe contado sobre a Guerra. Os Blackthorn perderam muito na batalha, mas ele tinha a impressão de que Helen e seu irmão Mark foram os que mais perderam

— Mentirosa! — gritou Mayhew. — Tente novamente.

— Se eu posso mentir, isso não deveria servir como prova para você? — perguntou ela, mas estava claro que já sabia a resposta.

— Você conhece as condições de sua presença aqui — retrucou ele. — Diga a eles a verdade, ou volte para casa.

— Lá não é minha casa — respondeu Helen, baixinho porém firmemente.

Depois da Guerra Maligna ela foi exilada — não que alguém usasse este termo oficialmente — para a Ilha Wrangel, uma base no Ártico que era o centro das barreiras protetoras do mundo. Também era, Simon ouvira, uma terra congelada e isolada. *Oficialmente,* Helen e sua namorada, Aline Penhallow, estavam estudando as barreiras protetoras que seriam reconstruídas depois da Guerra. Na verdade, Helen estava sendo castigada pelas circunstâncias de seu nascimento. A Clave tinha decidido que apesar de sua bravura na guerra, apesar de sua história impecável, apesar de seus irmãos mais novos serem órfãos e não terem ninguém para cuidar deles, exceto um tio que mal conheciam, Helen não era digna de confiança em seu meio. A Clave achava que apesar de sua pele suportar marcas angelicais, ela não era uma Caçadora de Sombras de verdade.

Simon achava todos uns idiotas.

Não importava que ela estivesse desarmada, vestindo uma camisa amarela clara e calça jeans e não tivesse nenhum símbolo visível. Era claro, simplesmente por sua postura e pelo controle que tinha sobre si, transformando ódio em dignidade, que Helen Blackthorn *era* uma Caçadora de Sombras. Uma guerreira.

— Última chance — resmungou Mayhew.

— Helen Blackthorn — repetiu a garota, e ajeitou o cabelo para trás, revelando orelhas claras e delicadas, cada qual com uma ponta élfica. — Filha de Andrew Blackthorn, Caçador de Sombras, e de Lady Nerissa. Da Corte Seelie.

Com isso, Julie Beauvale se levantou e, sem uma palavra, saiu da sala.

Simon teve pena dela, ou tentava ter. Nas últimas horas da Guerra Maligna, uma fada matou a irmã de Julie diante dela. Mas não era culpa de Helen. Helen era só metade fada, e esta não era a metade que contava.

Não que alguém na Clave — ou na turma — parecesse acreditar. Os alunos faziam um burburinho, com insultos a fadas pipocando entre eles. Na frente da turma, Helen continuou parada, com as mãos atrás das costas.

— Ah, calem a boca — falou Mayhew em voz alta. Simon se perguntou, não pela primeira vez, por que ele tinha virado professor se a única coisa que parecia odiar mais do que os jovens era a obrigação de lecionar para eles. — Não espero que nenhum de vocês respeite esta... *pessoa*. Mas ela está aqui para contar uma história. Vocês vão escutar.

Helen pigarreou.

— Meu pai e o irmão dele foram alunos daqui um dia, assim como vocês — falou ela suavemente, com pouco afeto, como se estivesse falando de desconhecidos. — E talvez como vocês, eles não tenham percebido o quão perigoso o Povo das Fadas pode ser. O que quase os destruiu.

— Era o segundo ano do meu pai, Andrew, na Academia — continuou Helen — e o primeiro de Arthur. Normalmente, só alunos do segundo ano seriam enviados numa missão no Reino das Fadas, mas todos sabiam que Arthur e Andrew lutavam melhor lado a lado. Isso foi muito antes da Paz Fria, obviamente, quando as fadas faziam parte dos Acordos. Mas isso não as impedia de violar as regras quando achavam que poderiam se safar. Uma criança Caçadora de Sombras tinha sido levada. Dez alunos da Academia, acompanhados por um de seus professores, foram enviados para recuperá-la.

"A missão foi um sucesso — ou teria sido, se uma fada esperta não tivesse feito uma armadilha para arranhar a mão do meu pai num espinho de um canteiro de frutas silvestres. Sem pensar, ele sugou o sangue de uma feridinha — e com isso, consumiu um pouco do suco.

"Tomar algo no Reino das Fadas o sujeitou à vontade da Rainha, e a Rainha o obrigou a ficar. Arthur insistiu em ficar com ele — os dois irmãos se amavam muito.

"O professor da Academia rapidamente firmou uma barganha com a Rainha: a prisão deles só duraria um dia.

"Os professores da Academia sempre foram muito espertos, é claro. Mas as fadas eram mais. O que se passava por um dia no mundo, durava muito mais no Reino das Fadas.

"Durou anos.

"Meu pai e meu tio sempre foram meninos quietos, estudiosos. Atuavam com coragem no campo de batalha, mas preferiam a biblioteca. Não estavam preparados para o que aconteceria em seguida.

"Até que encontraram Lady Nerissa, da Corte Seelie, a fada que se tornaria minha mãe, a fada cuja beleza só era superada por sua crueldade.

"Meu pai nunca me falou sobre o que aconteceu a ele nas mãos de Nerissa, nem meu tio. Mas ao voltarem, ambos apresentaram relatórios completos ao Inquisidor. Eu fui... *convidada* a ler esses relatórios e a contar os detalhes para vocês.

"Eis os detalhes: por sete longos anos, Nerissa fez do meu pai o seu brinquedinho. Ela o prendeu a si, não com correntes, mas com magia de fada. Enquanto os serventes dela o seguravam, colocou-lhe uma gargantilha de prata no pescoço. Era enfeitiçada. Fez com que meu pai a visse não como ela era, um monstro, mas como uma verdadeira maravilha. Enganou seus olhos e seu coração, e transformou o ódio por sua captora em amor. Ou, pelo menos, a versão distorcida das fadas sobre o amor. Uma adoração claustrofóbica. Ele faria qualquer coisa por ela. E de fato fez tudo por ela, ao longo daqueles sete anos.

"E então tinha Arthur, seu irmão, mais jovem do que Andrew, e que não aparentava a idade que tinha. Gentil, diziam. Delicado.

"Arthur não tinha utilidade para Lady Nerissa, exceto como um brinquedo, uma ferramenta, um meio de torturar meu pai e garantir sua lealdade.

"Nerissa obrigou meu pai a viver todos aqueles anos apaixonado; e obrigou Arthur a viver no sofrimento.

"Arthur foi queimado vivo, muitas vezes, já que o fogo das fadas corroía sua carne e seus ossos, mas não o matava.

"Arthur foi chicoteado, uma corrente cheia de espinhos abria feridas nas suas costas que jamais se curariam.

"Arthur foi acorrentado ao chão, com algemas o prendendo pelos pulsos e calcanhares, como se ele fosse uma fera selvagem, e foi obrigado a assistir aos seus piores pesadelos se desenrolando diante dos próprios olhos;

feitiços de fadas personificavam diante dele a morte das pessoas que ele mais amava, das piores formas possíveis.

"Meu tio achou que seu o irmão o tivesse abandonado e escolhido o amor de uma fada em detrimento de sua carne e seu sangue, e esta foi a pior de todas as torturas.

"Arthur sucumbiu. Levou apenas um ano. As fadas passaram os seis ou sete anos seguintes chutando e rindo dos restos de sua alma.

Por ora.

"Ele era um Caçador de Sombras, e estes jamais devem ser subestimados. Um dia, praticamente louco de dor e tristeza, ele teve uma visão do próprio futuro, de milhares de dias de agonia, décadas, séculos se passando no Reino das Fadas enquanto ele envelhecia e se tornava uma criatura encarquilhada, débil, e finalmente voltava ao seu mundo e descobria que só um dia tinha se passado. Que todos os seus conhecidos continuavam jovens e inteiros. Que torciam por sua morte, para que ele não tivesse que conviver com o que havia sido feito dele. O Reino das Fadas era uma terra além do tempo; eles poderiam roubar toda sua vida lá — poderiam dar a ele *dez* vidas de dor e tortura — e continuar cumprindo o que prometeram.

"O pavor deste destino era mais poderoso do que a dor, e deu a ele a força que precisava para se libertar das algemas. Ele foi obrigado a lutar contra o próprio irmão, que tinha sido enfeitiçado e acreditava que deveria proteger Lady Nerissa a qualquer custo. Arthur derrubou meu pai e usou a adaga da própria fada para cortá-la do pescoço ao esterno. Com a mesma adaga, ele cortou a prata enfeitiçada da garganta do meu pai. E juntos, finalmente livres, os dois escaparam do Reino das Fadas e voltaram para o mundo. Ambos ainda sustentavam suas cicatrizes.

"Depois que apresentaram seus relatos ao Inquisidor, deixaram Idris e se separaram. Estes irmãos, outrora tão próximos quanto dois *parabatai*, não suportavam mais se ver. Ambos eram lembretes do que o outro teve que suportar e perder. Nenhum conseguia perdoar o outro, nem por suas falhas nem pelos seus sucessos.

"Talvez acabassem se reconciliando, em algum momento.

"Mas Arthur foi para Londres, enquanto meu pai voltou para casa, em Los Angeles, onde logo se apaixonou por uma das Caçadoras de Sombras que treinava no Instituto. Ela também o amava e o ajudou a se esquecer daqueles pesadelos. Eles se casaram. Tiveram um filho. Eram muito felizes — e então, um dia, a campainha tocou. Minha mãe estaria amamentando o bebê Julian, ou colocando-o para dormir. Meu pai estaria enterrado nos livros. Um deles abriu a porta e encontrou duas cestas na entrada, cada qual com um bebê dormindo. Meu irmão Mark e eu. Meu pai, em seu estado enfeitiçado, não se deu conta de que Lady Nerissa havia tido dois filhos.

"Meu pai e a esposa, Eleanor, nos criaram como se fôssemos cem por cento Caçadores de Sombras. Como se fôssemos seus. Como se não fôssemos monstros mestiços entregues pelo inimigo. Como se não fôssemos lembretes constantes da destruição e tortura, do longo pesadelo que meu pai tanto lutara para esquecer. Fizeram de tudo para nos amar, talvez até *tenham* amado tanto quanto fosse possível. Mas sei que Andrew e Eleanor Blackthorn eram os melhores dos Caçadores de Sombras. Então seriam inteligentes o suficiente para saber que, no fundo, jamais poderiam confiar plenamente em nós dois.

"Confie numa fada por sua conta e risco, porque elas não se importam com nada além delas mesmas. Só semeiam destruição. E sua arma de escolha é o amor humano.

"Esta foi a lição que me pediram para ensinar. Então ensinei".

— Que diabo foi *aquilo*? — explodiu Simon assim que foram dispensados.

— Pois é! — George se apoiou na parede de pedras do corredor, em seguida repensou sua decisão quando uma coisa verde e gosmenta saiu de trás do seu ombro. — Quero dizer, eu sabia que fadas eram babacas, mas quem podia imaginar que eram *cruéis*?

— Eu sabia — disse Julie, com o rosto mais pálido do que de costume. Ela estava esperando por ele do lado de fora da sala, ou esperando Jon Cartwright, com quem parecia estar tendo um lance. Julie era ainda mais bonita do que Jon e quase tão esnobe quanto mas, mesmo assim, esperava Simon tinha achado que ela tivesse um gosto melhorzinho.

Jon colocou o braço em volta dela, que se aconchegou no seu peito musculoso.

Eles fazem parecer tão fácil, pensou Simon, impressionado. Mas essa é a questão com os Caçadores de Sombras — eles fazem tudo parecer fácil. Era ligeiramente nojento.

— Não posso acreditar que eles torturaram aquele pobre coitado por sete anos — disse George.

— E o irmão dele! — exclamou Beatriz Mendoza. — É pior ainda.

George pareceu incrédulo.

— Acha que ser obrigado a se apaixonar por uma fada sexy é *pior* do que ser queimado vivo centenas de vezes?

— Eu acho...

Simon pigarreou.

— Hum, na verdade eu quis dizer, que diabos foi aquilo de trazerem Helen Blackthorn, como se ela fosse alguma espécie de aberração de circo, obrigá-la a nos contar aquela história horrível sobre a própria mãe?

Assim que Helen terminou a história, o professor Mayhew basicamente a mandou sair da sala. Ela parecia louca para decapitá-lo, mas em vez disso abaixou a cabeça e obedeceu. Ele nunca tinha visto uma Caçadora de Sombras se comportar daquele jeito, como se estivesse... domada. Parecia doentio, parecia errado.

— "Mãe" me parece mais um termo técnico nesta situação, não acha? — perguntou George.

— Acha que isso significa que foi *divertido* para ela? — rebateu Simon, incrédulo.

— Eu acho que muitas coisas não são divertidas — disse Julie friamente. — Acho que ver sua irmã ser cortada ao meio também não é divertido. Então me perdoe se não me importo muito com essa coisa mestiça ou seus supostos sentimentos. — A voz de Julie tremeu na última palavra, então ela se desvencilhou do braço de Jon muito bruscamente e saiu em disparada pelo corredor.

Jon encarou Simon.

— Muito bem, Lewis. *Ótimo*. — Ele correu atrás de Julie, deixando Simon, Beatriz e George meio constrangidos em seu torpor silencioso.

Após um momento de tensão, George coçou o queixo com a barba por fazer.

— Mayhew *foi* muito duro ali. Agindo como se ela fosse uma criminosa. Deu para perceber que ele só estava esperando que ela o agredisse com um pedaço de giz ou coisa do tipo.

— Ela é fada — observou Beatriz. — Você não pode simplesmente baixar a guarda com elas.

— Metade fada — disse Simon.

— Mas não acha que é o bastante? A Clave deve achar — disse Beatriz. — Por que outro motivo a mandariam para o exílio?

Simon desdenhou.

— É, porque a Clave sempre tem razão.

— O irmão dela cavalga com a Caçada Selvagem — discutiu Beatriz.
— Quão mais fada dá para ser?
— Isso não é culpa dele — protestou Simon. Clary tinha contado toda a história da captura de Mark Blackthorn; como as fadas o levaram ao Instituto de Los Angeles durante o massacre. Como a Clave não se deu ao trabalho de tentar resgatá-lo. — Ele está lá contra a vontade.
Beatriz estava começando a parecer um pouco irritada.
— Você não sabe. Ninguém tem como saber disso.
— De onde veio isso? — perguntou Simon. — Você nunca apoiou essas porcarias contra o Submundo. — Simon podia não se lembrar muito bem de seus dias de vampiro, mas fazia questão de não fazer amizade com aqueles inclinados a atacar primeiro e perguntar depois.
— Eu *não* sou contra o Submundo — insistiu Beatriz, segura de si. — Não tenho nenhum problema com lobisomens ou vampiros. Ou feiticeiros, obviamente. Mas as fadas são diferentes. O que quer que a Clave esteja fazendo com elas, ou para elas, é para o *nosso* bem. Para nos proteger. Não acha possível que eles saibam um pouquinho mais do que você?
Simon revirou os olhos.
— Falou como uma verdadeira Caçadora de Sombras.
Beatriz lançou um olhar estranho a ele.
— Simon... você percebe que quase sempre diz "Caçador de Sombras" como se fosse um insulto?
Isso o fez parar. Beatriz raramente falava de maneira tão contundente assim com alguém, principalmente com Simon.
— Eu...
— Se acha tão ruim assim, ser Caçador de Sombras, não sei o que está fazendo aqui. — Ela partiu pelo corredor, em direção ao seu quarto que, como o restante dos quartos da elite do segundo ano, ficava no alto de uma das torres, com uma boa exposição do sul e vista para o pátio.
George e Simon viraram para o outro lado, em direção à masmorra.
— Você não está fazendo muitos amigos hoje — comentou George alegremente, dando um leve tapinha em seu colega de quarto. Era o jeito de George dizer *não se preocupe, vai passar.*
Eles atravessaram o corredor lado a lado. Um verão de limpezas não servira de nada para acabar com as goteiras do teto ou com as poças de um lodo de cheiro estranho que preenchia o caminho para a masmorra — ou talvez os serviços de zelador da Academia não se estendessem à ala da escória. Seja como for, a essa altura Simon e George poderiam percorrer

este corredor com os olhos vendados; eles desviavam de poças e evitavam canos expostos por puro hábito.

— Não tive a intenção de chatear ninguém — disse Simon. — Só não acho certo.

— Acredite, cara, você deixou isso bem claro. E obviamente concordo com você.

— Concorda? — Simon sentiu uma onda de alívio.

— Claro que sim — respondeu George. — Você não prende um bando inteiro só porque uma ovelha está comendo a grama errada, certo?

— Hum... certo.

— Só não sei por que você está tão incomodado com isso. — George não era do tipo que se incomodava muito com nada, ou pelo menos não o tipo que admitia isso. Ele alegava que a apatia era uma crença de família. — É a questão vampiresca? Você sabe que ninguém te enxerga assim.

— Não, não é isso — respondeu Simon. Ele sabia que, atualmente, seus amigos mal pensavam em seu passado de vampiro; consideravam irrelevante. Só que às vezes Simon não sentia tanta segurança assim. Ele estivera *morto*... como isto poderia ser irrelevante?

Mas isso não tinha nada a ver com a questão atual.

O professor Mayhew estar comandando Helen não parecia correto, como se ela fosse um cão treinado, ou mesmo a maneira como os outros se referiam ao Povo das Fadas — como se, porque *algumas* fadas traíram os Caçadores de Sombras, *todas* as fadas fossem culpadas, agora e para sempre.

Talvez fosse isso: a questão da culpa transmitida pelas linhagens, os pecados dos pais respingavam não só nos filhos, mas em seus amigos, vizinhos e conhecidos aleatórios que por acaso tinham orelhas com formato parecido. Não se podia simplesmente condenar todo um povo — ou nesse caso, uma espécie do Submundo — porque você não aprovava o comportamento de alguns deles. Simon tinha passado tempo suficiente na escola judaica para saber como esse tipo de coisa acabava. Felizmente, antes que pudesse formular uma explicação para George que não citasse Hitler, a professora Catarina Loss se materializou diante deles.

Materializou, literalmente, numa lufada de fumaça um tanto teatral. Prerrogativa de feiticeira, supôs Simon, muito embora o exibicionismo não fizesse o estilo de Catarina. Normalmente ela se misturava bem ao restante do corpo docente da Academia, tornando fácil esquecer que ela era uma feiticeira (pelo menos se você deixasse passar a pele azul). Mas

Simon já tinha notado que sempre que mais alguém do Submundo estava no campus, Catarina se esforçava para exibir seu dom.

Não que Helen fosse do Submundo, Simon lembrou a si mesmo.

Por outro lado, ele mesmo também não era do Submundo — há mais de um ano que não era — e Catarina insistia em chamá-lo de Diurno. Segundo ela, uma vez do Submundo, sempre, de algum jeito mínimo, subconsciente, marcado numa parte da alma, do Submundo. Ela soava tão segura disso, como se soubesse de algo que ele não sabia. Depois de conversar com ela, Simon costumava se flagrar passando a língua no dente canino, só para se certificar de que não tinha liberado presas.

— Posso falar com você um minutinho, Diurno? — pediu ela. — Em particular?

George, que ficava um pouco nervoso na presença de Catarina desde que ela o transformara, muito brevemente, numa ovelha, claramente estivera esperando um pretexto para fugir. Aproveitou a deixa.

Simon se flagrou surpreendentemente feliz por estar a sós com Catarina; *ela*, pelo menos, com certeza estaria do lado dele.

— Professora Loss, você não vai acreditar no que acabou de acontecer na sala do professor Mayhew...

— Como foi seu verão, Diurno? — Ela ofereceu a ele um sorriso fraco. — Agradável, imagino? Sem muito sol?

Desde que conheceu Catarina Loss, Simon pôde notar que ela nunca perdia tempo com conversas fúteis. Parecia um momento estranho para começar a fazê-lo.

— Você sabe que Helen Blackthorn esteve aqui, certo? — disse ele.

Ela assentiu.

— Sei de quase tudo que acontece por aqui. Achei que você já tinha entendido isso.

— Então imagino que você saiba como o professor Mayhew a tratou.

— Como algo abaixo de um humano, imagino?

— Exatamente! — exclamou Simon. — Como alguma coisa que você raspa da sola do seu sapato.

— Pela minha experiência, é assim que o professor Mayhew trata a maioria das pessoas.

Simon balançou a cabeça.

— Se você tivesse visto... isso foi pior. Talvez eu devesse contar à reitora Penhallow? — Ele só pensou nisso na hora que falou, mas gostou da ideia. — Ela pode, sei lá... — Não era como se ela pudesse colocá-lo na detenção. — *Alguma coisa.*

Catarina contraiu os lábios.

— Você deve fazer o que acha certo, Diurno. Mas posso adiantar que a reitora Penhallow tem pouca autoridade no que diz respeito ao tratamento dado a Helen Blackthorn aqui.

— Mas ela é a reitora. Ela deveria... Ah — Lenta, mas fatalmente, as peças foram se encaixando. A reitora Penhallow era prima de *Aline* Penhallow. Namorada de Helen. A mãe de Aline, Jia, a Consulesa, era supostamente tendenciosa no assunto Helen e tinha se esquivado de determinar seu tratamento. Se nem a Consulesa podia interceder por Helen, a reitora provavelmente tinha menos condições ainda. Simon achava terrivelmente injusto que as pessoas que mais amavam Helen fossem as menos envolvidas na decisão de seu destino. — Por que Helen viria aqui? — perguntou-se Simon. — Sei que a Ilha Wrangel deve ser um saco, mas será que pode ser pior do que ter que desfilar por aqui, onde todos parecem odiá-la?

— Você pode perguntar pessoalmente — disse Catarina. — Por isso eu quis falar com você. Helen pediu que eu o levasse até o quarto dela depois que suas aulas terminassem. Ela tem uma coisa para você.

— Tem? O quê?

— Isso você também terá que lhe perguntar. Ela está no alojamento ao final da ala oeste.

— Ela está hospedada no campus? — questionou Simon, surpreso. Ele não conseguia entender por que Helen tinha ido lá, mas era ainda mais difícil imaginar que ela quisesse ficar. — Ela deve ter amigos em Alicante com quem possa se hospedar.

— Tenho certeza que sim, mesmo agora — respondeu Catarina, com um tom amável e triste na voz, como se estivesse muito, muito gentilmente decepcionando uma criança. — Mas, Simon, você está presumindo que ela tenha tido escolha.

Simon hesitou à porta do quarto, querendo bater. Começou a se dar conta de que a coisa que menos gostava na vida era encontrar alguém que conhecia de sua vida anterior. Sempre havia o medo de que esperassem algo que ele não podia oferecer, ou presumissem que ele soubesse de algo do qual tinha se esquecido. Via, com frequência, uma ponta de esperança nos olhos das pessoas, que desaparecia assim que ele abria a boca.

Pelo menos, dissera ele a si, ele mal conhecia Helen. Ela não poderia esperar muito dele. A não ser que houvesse alguma coisa da qual Simon não soubesse.

Bem, devia haver *alguma coisa* que ele não sabia... Por que outro motivo ela o teria chamado?

Só havia um jeito de descobrir, pensou Simon, e bateu à porta.

Helen estava com um vestido de verão com estampa de bolinhas e parecia muito mais jovem do que na sala de aula. E também muito mais feliz. Seu sorriso se abriu significativamente quando ela viu quem estava à porta.

— Simon! Que bom. Entre, sente-se, quer alguma coisa para comer ou beber? Talvez um café?

Simon se acomodou no único sofá da salinha. Era desconfortável e puído, bordado com uma estampa desbotada de flores semelhante a algo que teria pertencido à sua avó. Ele se perguntou quem moraria ali normalmente, ou se a Academia simplesmente mantinha aquele chalé para professores visitantes. Muito embora ele não conseguisse imaginar quais professores visitantes fossem querer ficar numa cabana toda quebrada nos limites do bosque e parecida com uma casa em que a bruxa de João e Maria teria morado antes de descobrir a arquitetura feita de doces.

— Não, obrigado, estou bem. — Simon parou ao assimilar a última palavra. — Você disse *café*?

Mal tinha se passado meia semana do novo ano letivo e Simon já estava numa grave abstinência de cafeína. Antes que ele pudesse responder *sim, por favor, um balde inteiro*, Helen já tinha posto uma caneca quente em suas mãos.

— Foi o que pensei — disse ela.

Simon tomou com gula, a cafeína vibrando pelo seu corpo. Ele não sabia como alguém conseguia ser humano — muito menos, no caso dos Caçadores de Sombras, super humano — sem uma dose diária.

— Onde você conseguiu isso?

— Magnus me deu uma cafeteira não elétrica — disse Helen, sorrindo. — Uma espécie de presente de despedida antes de irmos para a Ilha Wrangel. Agora não sei mais viver sem ela.

— Como é lá? — perguntou Simon. — Na ilha?

Helen hesitou, e ele ficou imaginando se tinha cometido um erro. Será que era grosseiro perguntar para alguém como era o exílio numa selva quase siberiana?

— Frio — respondeu ela afinal. — Solitário.

— Ah — O que ele poderia responder? "Sinto muito" não parecia dar conta do recado, e ela não parecia querer a pena dele.

— Mas estamos juntas, pelo menos. Eu e Aline. Já é alguma coisa. É tudo, acho. Continuo não conseguindo acreditar que ela aceitou se casar comigo.

— Vocês vão se casar? — exclamou Simon. — Isso é maravilhoso!

— É, não é? — Helen sorriu. — É difícil acreditar quanta luz dá para se encontrar na escuridão quando você tem alguém que te ama.

— Ela veio com você? — perguntou Simon, olhando ao redor da salinha. Só tinha mais um cômodo, o quarto, presumiu ele, e a porta estava fechada. Ele não se lembrava de ter conhecido Aline, mas pelo que Clary havia contado, ele estava muito curioso.

— Não — respondeu Helen com veemência. — Não era parte do acordo.

— Que acordo?

Em vez de responder, ela mudou de assunto bruscamente.

— Então, gostou da minha aula hoje?

Agora era Simon quem hesitava, sem saber como responder. Não queria sugerir que tinha achado a aula chata — mas parecia igualmente errado sugerir que tinha gostado de ouvir aquela história terrível, ou de ver o professor Mayhew humilhando-a.

— Fiquei surpreso por você querer ministrar a aula — respondeu ele afinal. — Não deve ser fácil contar aquela história.

Helen ofereceu um sorriso torto.

— "Querer" é uma palavra forte. — Ela se levantou para servir mais uma xícara de café para ele, em seguida começou a mexer numa pilha de louças na pequena cozinha. Simon teve a sensação de que ela só estava tentando ocupar as mãos. E talvez para evitar encontrar seu olhar. — Fiz um acordo com eles. Com a Clave. — Ela passou as mãos pelo cabelo louro, nervosa, e Simon viu suas orelhas pontudas brevemente. — Disseram que se eu viesse até a Academia por alguns dias, se deixasse que desfilassem comigo como um pônei de feira meio-fada, então eu e Aline poderíamos voltar.

— De vez?

Ela riu amargamente.

— Por um dia e uma noite, para casar.

Simon pensou, de repente, no que Beatriz lhe perguntara mais cedo. Por que ele vinha se esforçando tanto para se tornar um Caçador de Sombras.

Às vezes ele não conseguia se lembrar.

— Não queriam nem deixar a gente vir — contou Helen amargamente. — Queriam que a gente se casasse na Ilha Wrangel. Se é que se poderia chamar de casamento, um inferno congelado, sem nenhuma pessoa amada presente. Acho que tenho que me sentir sortuda por ter conseguido tanto.

Menos sortuda do que enojada, ou talvez furiosa, pensou Simon, mas imaginou que falar isso em voz alta não fosse ajudar em nada.

— Fico surpreso que se importem tanto com uma aula — falou ele. — Quero dizer, não que não tenha sido educativa, mas o professor Mayhew poderia ter contado a história.

Helen deu as costas para sua função na cozinha e encontrou o olhar de Simon.

— Eles não se importam com a aula. Não é uma questão educacional. A questão é me humilhar. Só isso. — Ela estremeceu de leve, depois sorriu alegremente, os olhos brilhando. — Esqueça tudo isso. Você veio aqui receber algo de mim... aqui está. — Helen tirou um envelope do bolso e o entregou a Simon.

Curioso, ele abriu e pegou um papel marfim grosso, com uma letra familiar.

Simon parou de respirar.

Querido Simon, escreveu Izzy.

Sei que desenvolvi o hábito de emboscá-lo na escola.

Era verdade. Isabelle já tinha aparecido mais de uma vez, quando ele menos esperava. Toda vez que ela aparecia, eles brigavam; e em todas as vezes ele lamentou quando ela foi embora.

Eu me prometi que não ia mais fazer isso. Mas tem um assunto que eu gostaria de discutir com você. Então cá estou, avisando com antecedência. Se você aceitar minha visita, avise a Helen, e ela vai me passar o recado. Se não aceitar, pode avisar para ela também. Tanto faz. Isabelle.

Simon leu o bilhete várias vezes, tentando intuir o tom por trás das palavras. Afeto? Ansiedade? Profissionalismo?

Até esta semana ele estivera apenas a um e-mail ou um telefonema de distância — por que esperar seu retorno à Academia para procurá-lo? Por que procurá-lo, afinal?

Talvez por ser mais fácil rejeitá-lo quando ele estivesse em segurança em outro continente?

Mas nesse caso, por que pegar um Portal para Idris para fazer isso cara a cara?

— Talvez você precise de um tempo para pensar? — falou Helen, afinal. Ele tinha se esquecido de que ela estava lá.

— Não! — respondeu Simon apressadamente. — Quero dizer, não preciso de tempo para pensar, mas sim, sim, ela pode visitar. Claro. Por favor, diga a ela.

Pare de balbuciar, mandou a si mesmo. Já era ruim o bastante ficar feito um idiota toda vez que encontrava Isabelle — e agora ele também ficaria bobo só de ouvir o nome dela?

Helen riu.

— Viu, eu avisei — falou ela em voz alta.

— Hum, avisou o quê? — perguntou Simon.

— Você ouviu, pode vir! — chamou Helen, ainda mais alto, e a porta do quarto se abriu.

Não era do feitio de Isabelle Lightwood ficar acanhada. Mas o rosto dela estava fazendo o máximo esforço.

— Surpreso?

Quando Simon recuperou a fala, só tinha uma palavra disponível em seu cérebro.

— Isabelle.

O que quer que estivesse se passando entre eles aparentemente era tão palpável que Helen também sentiu, porque ela rapidamente passou por Isabelle, foi para o quarto e fechou a porta.

Deixando os dois a sós.

— Oi, Simon.

— Oi, Izzy.

— Você, hum, provavelmente está se perguntando o que estou fazendo aqui. — Não era do feitio dela soar tão insegura.

Simon fez que sim com a cabeça.

— Você não me ligou — disse ela. — Eu o salvei de ser decapitado por um demônio Eidolon, e você nem me *ligou*.

— Você também não me ligou — observou Simon. — E... hum, além disso, eu achei que deveria ter conseguido me salvar sozinho.

Isabelle suspirou.

— Achei que pudesse estar pensando isso.

— Porque eu *deveria* ter conseguido, Izzy.

— Porque você é um *idiota*, Simon — respondeu ela. — Mas este é seu dia de sorte, pois resolvi que não vou desistir ainda. Isso é importante demais para eu desistir só por causa de um encontro ruim.

— Três encontros ruins — observou ele. — Digo, *muito* ruins.
— Os piores — concordou ela.
— Os *piores*? Jace me contou que uma vez você saiu com um tritão que te fez jantar no rio — disse Simon. — Certamente nossos encontros não foram tão ruins quanto...
— Os *piores* — confirmou ela, e começou a rir. Simon achou que seu coração fosse explodir diante daquele som; havia algo de tão despreocupado, tão alegre na melodia de seu riso, era quase uma promessa. De que se eles conseguissem navegar pelo desconforto, pela dor e pelo fardo das expectativas, se conseguissem achar o caminho de volta um para o outro, algo puro e feliz estaria à espera dos dois.
— Eu também não quero desistir — disse Simon, e o sorriso com o qual ela o recompensou foi melhor do que a risada.
Isabelle se acomodou ao lado dele no pequeno sofá. De repente Simon teve muita consciência dos centímetros que separavam suas coxas. Será que ele deveria fazer alguma coisa *agora*?
— Concluí que Nova York estava muito cheia — disse ela.
— De demônios?
— De lembranças — frisou Isabelle.
— Excesso de lembranças não é exatamente o meu problema.
Isabelle deu uma cotovelada nele. Até isso liberava faíscas.
— Você entendeu.
Ele retribuiu a cotovelada.
Tocá-la assim, tão casualmente, como se não fosse nada demais...
Tê-la de volta, tão perto, tão disposta...
Ela o desejava.
Ele a desejava.
Deveria ser fácil assim.
Simon pigarreou, e sem saber por que, se levantou. Então, como se essa distância não fosse suficiente, foi para o outro lado da sala.
— Então o que faremos agora? — perguntou ele.
Ela pareceu confusa, mas só por um instante. Então prosseguiu.
— Vamos ter mais um encontro — declarou ela. Não foi um pedido, mas uma ordem. — Em Alicante. Território neutro.
— Quando?
— Eu estava pensando... agora.
Não era o que ele esperava, mas por que não? As aulas do dia já tinham terminado e alunos do segundo ano tinham autorização para deixar o

campus. Não havia razão para *não* sair com Isabelle imediatamente. Exceto que Simon não havia tido tempo para se preparar nem para estabelecer um plano de ação, nem para ficar obcecado com o próprio cabelo ou com sua aparência de "casualmente desalinhado", nem para elaborar uma lista de tópicos de discussão caso a conversa desandasse... mas pensando bem, nenhuma dessas coisas impedira que os últimos três encontros fossem desastrosos. Talvez fosse hora de experimentar um pouco de espontaneidade.

Principalmente porque não parecia que Isabelle estava lhe oferecendo muita escolha.

— Agora, então — concordou Simon. — Quer convidar Helen?

— Para o nosso *encontro*?

Idiota. Ele deu um tapa mental na própria cabeça.

— Helen, você quer ir de vela no nosso encontro romântico? — perguntou Isabelle.

Helen veio do quarto.

— Não existe nada de que eu gostaria mais do que ser uma vela constrangida — respondeu ela. — Mas eu não tenho permissão para sair.

— Como? — Os dedos de Isabelle brincaram com o chicote de *electrum* enrolado em seu pulso esquerdo. Simon não podia culpá-la por querer bater em alguma coisa. Ou alguém. — Por favor, diga que está brincando.

— Catarina fez um círculo de proteção em volta da cabana — disse Helen. — Não impede que vocês entrem e saiam, mas eu soube que será bem eficaz se eu tentar sair antes de ser convocada.

— Catarina não faria isso! — protestou Simon, mas Helen esticou a mão para calá-lo.

— Ela não teve escolha — disse Helen —, e eu pedi que ela fizesse. Era parte do acordo.

— Isso é *inaceitável* — disse Isabelle, mal conseguindo conter a fúria. — Esqueça o encontro, vamos ficar aqui com você.

Ela estava iluminada por um belo brilho de raiva justiceira, e de repente Simon teve uma vontade desesperada de tomá-la nos braços e beijá-la até o mundo acabar.

— Vocês definitivamente *não* vão cancelar o encontro — disse Helen. — Não vão passar mais nem um segundo aqui. Sem discussão.

Houve muito mais discussão, na verdade, mas Helen finalmente os convenceu de que ficar presa com eles, sabendo que estaria estragando o momento, seria pior do que ficar sozinha.

— Agora, por favor, e digo isso com muito amor, saiam daqui.

Ela deu um abraço em Izzy, e depois em Simon.

— Não estrague tudo — sussurrou ela em seu ouvido, empurrando-os pela porta para em seguida fechá-la.

Havia dois cavalos brancos relinchando no pátio da frente, como se estivessem esperando por Isabelle. Simon supunha que estivessem; animais se comportavam de um jeito diferente em Idris, quase como se conseguissem entender o que os humanos queriam; e se você pedisse com carinho, eles obedeciam de pronto.

— Então para onde vamos exatamente neste encontro? — perguntou Simon. Não tinha lhe ocorrido que fossem cavalgar até Alicante, mas claro, estavam em Idris. Não havia carros. Nem metrô. Nada além de transporte mágico ou medieval, e ele supunha que um cavalo fosse melhor do que uma moto vampira. Ligeiramente.

Isabelle sorriu e montou com a mesma facilidade com que subiria numa motocicleta. Simon, por outro lado, subiu desajeitadamente, resmungando e suando tanto que temeu que Isabelle fosse desistir caso desse uma olhadinha nele.

— Vamos fazer compras. — Isabelle o informou. — É hora de você ter uma espada.

— Não precisa ser uma espada — disse Isabelle quando entraram na FLECHA DE DIANA. A ida a Alicante foi como um sonho, ou pelo menos como um romance literário piegas. Os dois montados em cavalos brancos, galopando pelo campo, correndo pelos pastos cor de esmeralda e por uma floresta cor de fogo. O cabelo de Isabelle voava como um rio de tinta, e Simon até conseguiu não cair do cavalo — nunca uma conclusão precipitada. O melhor de tudo foi que entre o sopro do vento e o ruído dos cascos, estava barulhento demais para conversarem. Em movimento, as coisas pareciam fáceis entre eles — naturais. Simon quase conseguiu se esquecer de que este era um dos momentos mais importantes de sua vida e que qualquer coisa que ele fizesse ou dissesse poderia estragar tudo para sempre. Agora, de volta ao térreo, o peso retornava aos seus ombros. Era difícil pensar em alguma coisa inteligente para dizer quando seu cérebro só fazia ecoar as mesmas três palavras sem parar.

Não. Estrague. Tudo.

— Eles têm tudo aqui — continuou Izzy, provavelmente tentando preencher o silêncio causado pelos nervos de Simon. — Adagas, machados, estrelas-ninja... ah, e arcos, é claro. Todos os tipos de arco. É demais.

— É — respondeu Simon, baixinho. — Demais.

Ele aprendeu, em seu ano na Academia, a lutar quase tão bem quanto qualquer Caçador de Sombras iniciante, e tinha proficiência em todas as armas citadas por Isabelle. Mas tinha descoberto que saber usar uma arma era muito diferente de *querer* usá-la. Em sua vida anterior aos Caçadores de Sombras, Simon fez muitos discursos apaixonados sobre controle de armas, e a coisa que mais queria era que todas as armas da cidade fossem despejadas no East River. Não que uma arma de fogo fosse a mesma coisa que uma espada, e não que ele não amasse a sensação de soltar uma flecha e vê-la cortar o céu até chegar ao coração do alvo. Mas o jeito como Isabelle amava seu chicote, a forma como Clary falava sobre a própria espada, como se fosse um membro da família... a paixão dos Caçadores de Sombras por armas mortais era algo ao qual ele ainda precisava se acostumar.

A FLECHA DE DIANA, uma loja de armas na Flintlock Street, no coração de Alicante, era cheia de objetos mais mortais do que Simon jamais havia visto num único lugar — e isso incluía a sala de armas da Academia, que poderia abastecer um exército. Mas ao passo que o arsenal da Academia se assemelhava mais a um armazém, com espadas, adagas e lanças empilhadas de forma casual, ou lotando prateleiras perigosamente fragilizadas, a FLECHA DE DIANA parecia uma joalheria chique. As armas ficavam orgulhosamente expostas, lâminas brilhantes sobre caixas de veludo para exibir melhor seu brilho metálico.

— Então, o que estão procurando? — O sujeito atrás do balcão tinha um moicano espetado e uma camisa desbotada do Arcade Fire, e parecia se encaixar melhor numa loja de quadrinhos do que nesta. Simon presumiu que ele não fosse a Diana que dava o nome ao local.

— Que tal um arco? — perguntou Izzy. — Algo realmente espetacular. Para um campeão.

— Talvez não *tão* espetacular assim — disse Simon rapidamente. — Talvez algo mais... discreto.

— As pessoas costumam subestimar a importância de um bom estilo de batalha — disse Isabelle. — Você quer intimidar o inimigo antes mesmo do primeiro movimento.

— Você não acha que meu guarda-roupa intimidador vai fazer isso por mim? — Simon apontou para a própria camiseta, que tinha um gato de anime expelindo vômito verde.

Isabelle deu uma risada que pareceu de pena, depois voltou-se para o não-Diana.

— O que você tem de adagas? — perguntou ela. — Alguma coisa banhada a ouro?

— Não faço muito o estilo banhado a ouro — disse Simon. — Nem, hum, o estilo adaga.

— Temos algumas espadas legais — disse o sujeito.

— Você fica bem gato com uma espada — disse Isabelle. — Pelo que me lembro.

— Talvez? — Simon tentou soar animador, mas ela deve ter ouvido o ceticismo em sua voz.

Ela se virou para ele.

— Parece que você nem *quer* uma arma.

— Bem...

— Então o que estamos fazendo aqui? — rebateu Isabelle.

— Você sugeriu?

Isabelle parecia prestes a sapatear — na cara dele.

— Desculpe por tentar ajudá-lo a se comportar como um Caçador de Sombras respeitável. Esqueça. Podemos ir.

— Não! — disse ele rapidamente. — Não foi isso que eu quis dizer.

Com Isabelle, nunca era o que ele queria dizer. Simon sempre se considerara um homem de palavras, e não um homem de ações. Ou de espadas, por sinal. Sua mãe costumava dizer que ele conseguia convencê-la de quase qualquer coisa. Mas tudo que ele conseguia com Isabelle, aparentemente, era convencê-la a deixá-lo sem namorada.

— Eu, hum, vou deixá-los à vontade para olhar — disse o responsável pela loja, afastando-se rapidamente da situação desconfortável. Ele desapareceu nos fundos.

— Desculpe — disse Simon. — Vamos ficar, por favor. Claro que quero sua ajuda para escolher alguma coisa.

Ela suspirou.

— Não, eu é que peço desculpas. A escolha da primeira arma é algo muito pessoal. Eu entendo. Fique à vontade, pode olhar a loja. Vou ficar quieta.

— Não quero que fique quieta — disse ele.

No entanto ela balançou a cabeça e fechou o bico. E levantou três dedos no ar — palavra de escoteiro. O que não parecia um hábito Nephilim, e Simon ficou imaginando quem a teria ensinado a fazer aquilo.

Ele se perguntou se teria sido ele.

Às vezes ele odiava o Simon de antes e todas as coisas que este compartilhara com Isabelle, coisas que o Simon atual jamais poderia entender. Era esquisito e dava enxaqueca ter que competir com ele mesmo.

Eles passearam pela loja, considerando as opções: lanças, punhais, lâminas serafim, arcos elaborados, *chakhrams*, facas de arremesso, uma vitrine inteira de chicotes dourados, que quase fizeram Isabelle babar.

O silêncio era opressor. Simon nunca havia tido um encontro *bom* — pelo menos não que conseguisse se lembrar —, mas tinha quase certeza de que encontros costumavam envolver alguma conversa.

— Pobre Helen — disse ele, testando o peso e o equilíbrio de uma espada de aparência medieval. Pelo menos nesse assunto eles certamente concordariam.

— Odeio o que estão fazendo com ela — disse Isabelle, que estava acariciando um punhal de prata como se fosse um cachorrinho. — Como foi, na aula? Foi tão ruim quanto estou imaginando?

— Pior — admitiu Simon. — A expressão dela enquanto contava a história dos pais...

Isabelle apertou mais o punho do *kindjal*.

— Por que não conseguem enxergar como é horrível tratarem Helen assim? Ela *não é uma fada*.

— Bem, a questão não é essa, é?

Isabelle repousou o *kindjal* na caixa de veludo cuidadosamente.

— Como assim?

— Ela ser fada ou não. É irrelevante.

Ela encarou Simon com olhos flamejantes.

— Helen Blackthorn é uma *Caçadora de Sombras* — disparou. — Mark Blackthorn é um *Caçador de Sombras*. Se não pudermos concordar nisso, temos um problema.

— Claro que concordamos nisso. — Aquilo o fazia amá-la ainda mais, ver como ela se enfurecia em nome dos amigos. Por que ele não conseguia *dizer* isto a ela? Por que era tudo tão difícil? — Eles são tão Caçadores de Sombras quanto você. Só estou falando que mesmo que não fossem, mesmo que estivéssemos falando de fadas, ainda assim não seria certo tratá-la como se ela fosse inimiga por causa do que ela é, certo?

— Bem...

Simon ficou chocado.

— Como assim, "bem..."?

— Quero dizer que qualquer fada é potencialmente inimiga, Simon. Veja o que fizeram conosco. Veja toda a tristeza que causaram.

— Nem *todas* causaram isso, mas todas estão pagando por isso.

Isabelle suspirou.

— Olha, eu não gosto da Paz Fria mais do que você. E você tem razão, nem todas as fadas são inimigas. Óbvio. Nem todas nos traíram, e não é justo que todas tenham que ser punidas por isto. Acha que não sei disso?

— Ótimo — disse Simon.

— Mas...

— Não vejo como pode haver um "mas" — interrompeu Simon.

— *Mas* não é tão simples quanto você está tentando fazer parecer. A Rainha Seelie *de fato* nos traiu. Uma legião de fadas *de fato* se juntou a Sebastian na Guerra. Muitos bons Caçadores de Sombras foram mortos. Você tem que entender por que isto deixaria as pessoas irritadas. E com medo.

Cale a boca, disse Simon a si mesmo. Sua mãe certa vez disse que ele jamais deveria discutir religião ou política num encontro. Ele nunca sabia ao certo em qual destas categorias as políticas da Clave se encaixavam, mas de qualquer jeito, isso era como tentar defender J.J Abrams para um fanático por Star Trek: inútil.

Mas, inexplicavelmente, e apesar dos mais sinceros desejos do seu cérebro, a boca de Simon continuou se mexendo.

— Não me importa o quão irritado ou furioso você fique, ninguém tem o direito de punir todas as fadas pelos erros de algumas. Nem de discriminar pessoas...

— Não estou falando que as pessoas devam discriminar...

— Na verdade, é exatamente isso que está dizendo.

— Ah, ótimo, Simon. Então a Rainha Seelie e os capachos dela podem ferrar com a gente e permitir que centenas de Caçadores de Sombras morram, isso sem falar nos que eles próprios mataram, e *eu* sou má pessoa?

— Eu não disse que você é má pessoa.

— Mas está pensando — disse ela.

— Quer parar de querer dizer o que eu penso? — vociferou ele, mais ferozmente do que pretendia.

Isabelle calou-se.

Respirou fundo.

Simon contou até dez.

Um esperou o outro.

Quando Isabelle falou novamente, soou mais calma — mas também, de algum jeito, mais irritada.

— Eu já disse, Simon. Não gosto da Paz Fria. Detesto, se quer saber. Não só pelo que estão fazendo com Helen e Aline. Porque é errado. Mas... não é como se eu tivesse uma ideia melhor. Não é uma questão de em quem você ou eu queremos confiar; é uma questão de em quem a Clave pode confiar. Não se pode assinar acordos com líderes que se recusam a cumprir as próprias promessas. Simplesmente não dá. Se a Clave quisesse vingança — Isabelle olhou ao redor da loja, encarando cada arma —, acredite, poderia se vingar. A Paz Fria não envolve só o Povo das Fadas. Envolve todos nós. Posso não gostar, mas entendo. Melhor do que você, pelo menos. Se você tivesse presente, se soubesse...

— Eu estava — respondeu Simon baixinho. — Lembra-se?

— Claro que me lembro. Mas você *não*. Então não é a mesma coisa. Você não é...

— O mesmo — concluiu ele por ela.

— Não foi isso que eu quis dizer, eu só...

— Acredite, Izzy. Eu entendo. Não sou ele. Nunca serei.

Isabelle emitiu um som entre um sibilo e um uivo.

— Dá para parar com esse complexo de inferioridade de velho Simon/novo Simon? Já está começando a cansar. Por que não tenta ser mais criativo e encontrar um pretexto novo?

— Um pretexto novo para quê? — questionou ele, verdadeiramente confuso.

— Para não ficar comigo! — berrou ela. — Porque você obviamente está procurando um. Tem que se esforçar mais.

Ela marchou para fora da loja, batendo a porta atrás de si. A campainha de presença tilintou quando foi fechada e o não-Diana surgiu de lá de trás.

— Ah, é você ainda — disse ele, soando sinceramente decepcionado. — Já escolheu?

Simon poderia desistir agora; poderia parar de tentar, parar de lutar e simplesmente deixá-la ir. Seria a mais fácil das decisões. Ele só precisaria deixar acontecer.

— Há muito tempo — disse Simon, e correu para fora da loja.

Ele precisava encontrar Isabelle.

Não foi muito difícil. Ela estava sentada num banquinho do outro lado da rua, a cabeça nas mãos.

Simon sentou-se ao lado dela.

— Desculpe — disse ele num sussurro.

Ela balançou a cabeça sem levantá-la das mãos.

— Não dá para aceitar que fui burra o suficiente para acreditar que isto daria certo.

— Ainda pode dar — disse ele, com um tom constrangedor de desespero. — Eu ainda quero, se você...

— Não, não falo de mim e de você, idiota. — Ela finalmente olhou para ele. Graças a Deus, seus olhos estavam secos. Aliás, ela não parecia nem um pouco triste; parecia furiosa. — Essa ideia idiota de comprar armas. É a última vez que aceito conselhos românticos de *Jace*.

— Você deixou *Jace* planejar o nosso encontro? — perguntou Simon, incrédulo.

— Bem, não é como se eu e você estivéssemos nos saindo bem. Ele trouxe Clary até aqui para comprar uma espada, e acabou sendo uma coisa ridiculamente sexy... e eu achei que talvez...

Simon riu, aliviado.

— Detesto ter que informar, mas você não está namorando Jace.

— Hum, é. Que nojo.

— Não, quero dizer, você não está namorando um cara que se *pareça* com Jace em qualquer aspecto.

— Eu não sabia que eu estava namorando alguém — respondeu ela, a voz gelada. O coração dele entalou na garganta como se estivesse preso em arame farpado. Mas aí, sutilmente, ela derreteu. — Estou brincando. Essencialmente.

— Estou aliviado — disse ele. — Essencialmente.

Isabelle suspirou.

— Sinto muito que tenha sido um desastre.

— Não é culpa sua.

— Bem, obviamente não é tudo culpa minha — disse ela. — Nem na maior parte é minha culpa.

— Hum... achei que a gente já tivesse passado para a parte das desculpas do dia.

— Certo. Desculpe.

Ele sorriu.

— Viu, agora sim.

— E agora? Voltamos para a Academia?

— Está brincando? — Simon se levantou e estendeu a mão para ela. Milagre dos milagres, Isabelle aceitou. — Não vamos desistir até acertar.

Mas não vamos acertar fingindo que somos Jace e Clary. Nosso problema é todo esse, não é? Tentar ser quem não somos? Não sei ser um hipster descolado frequentador de boates.

— Acho que não existe "frequentador" de boates — respondeu Isabelle com um sorriso.

— Isso só prova meu argumento. E você nunca vai ser uma gamer que quer passar a noite acordada debatendo Naruto e combatendo orcs em *Dungeons & Dragons*.

— Agora você está simplesmente inventando palavras.

— E nunca seremos Jace e Clary...

— Graças a Deus — disseram em uníssono, e trocaram um sorriso.

— Então o que você está sugerindo? — perguntou Izzy.

— Alguma novidade — respondeu Simon, com a mente acelerando em busca de alguma ideia útil e concreta. Ele sabia que estava quase lá, só não sabia o que era. — Que não seja o seu mundo, nem o meu. Um mundo novo, só para nós dois.

— Por favor não me diga que quer tomar um Portal para outra dimensão. Porque não deu muito certo da última vez.

Simon sorriu, uma ideia surgindo.

— Talvez a gente consiga encontrar um lugar um pouco mais perto de casa...

À medida que o sol se punha no horizonte, as nuvens foram ganhando um tom rosado de algodão-doce. Os reflexos brilhavam nas águas cristalinas do Lago Lyn. Os cavalos relinchavam, os pássaros cantavam, e Simon e Isabelle comiam pipoca e pé de moleque. Isto, pensou Simon, era o som da felicidade.

— Você ainda não me contou como achou este lugar — comentou Isabelle. — É perfeito.

Simon não queria admitir que tinha sido Jon Cartwright quem lhe contara sobre essa entradinha isolada na beira do Lago Lyn; os salgueiros pendurados e um arco-íris de flores do campo faziam de lá um lugar perfeito para um piquenique romântico (mesmo que o piquenique fosse resumido em pé de moleque, pipoca e outros lanches que faziam mal para os dentes e entupiam artérias, todos comprados na saída de Alicante). Simon, que já não aguentava mais ouvir sobre as aventuras românticas de Jon, fazia o melhor possível para bloquear o babaca. Mas aparentemente alguns detalhes entraram em seu inconsciente. O suficiente para ele achar este lugar, pelo menos.

Jon Cartwright era desagradável e um palhaço — Simon acreditaria nisso até a morte.

Mas pelo visto ele tinha bom gosto para lugares românticos.

— Achei por acaso — resmungou Simon. — Dei sorte, eu acho.

Isabelle ficou encarando a água impossivelmente calma.

— Este lugar parece a fazenda de Luke — disse ela suavemente.

— É mesmo — respondeu ele. Naquela outra vida, da qual ele mal se lembrava, Simon e Clary tinham passado muitos dias longos e felizes na casa de veraneio de Luke, mergulhando no lago, deitando na grama, dando nomes para as nuvens.

Isabelle virou-se para ele. O casaco de Simon estava aberto entre eles como uma canga improvisada. Era um casaco pequeno — sem muita distância a percorrer se ele quisesse alcançá-la.

Ele nunca havia desejado tanto uma coisa.

— Penso muito nisso — falou Izzy. — A fazenda, o lago.

— Por quê?

A voz dela suavizou.

— Porque foi onde eu quase perdi você... onde tive certeza de que ia perder. Mas daí te recuperei.

Simon não sabia o que dizer.

— Sequer importa — disse ela, um pouco mais firme agora. — Não é como se você soubesse do que estou falando.

— Eu sei o que aconteceu lá. — Mais especificamente, Simon tinha invocado o Anjo Raziel, que de fato apareceu.

Ele gostaria de conseguir se lembrar; gostaria de saber qual era a sensação de falar com um anjo.

— Clary contou — disse ela secamente.

— É. — Isabelle era um pouco sensível quando o assunto era Clary. Ela definitivamente não precisava ouvir sobre todo o tempo que Simon havia passado com Clary no verão, as longas horas no Central Park, lado a lado, trocando histórias do passado; Simon contando o que lembrava; Clary contando o que de fato tinha acontecido.

— Mas ela nem estava lá — contestou Isabelle.

— Ela conhece as partes importantes.

Isabelle balançou a cabeça. Daí esticou o braço e colocou a mão no joelho de Simon. Ele se esforçou muito para conseguir escutar o que ela estava falando por causa do zumbido em seus ouvidos.

— Se ela não estava presente, não tem como saber o quanto você foi corajoso — disse Isabelle. — Não tem como saber o medo que senti por você. *Essa* é a parte importante.

Com isso, fez-se um silêncio entre os dois. Mas finalmente não foi do tipo desconfortável. Foi do tipo bom, o tipo do silêncio no qual Simon conseguia ouvir o que Isabelle estava dizendo sem que ela precisasse verbalizar, e ele podia responder da mesma maneira.

— Como é? — perguntou ela para ele. — Não se lembrar. Ser uma folha em branco.

A mão dela ainda estava calorosa no joelho dele.

Ela nunca tinha perguntado isso.

— Não é exatamente uma folha em branco — explicou ele, ou tentou explicar. — Está mais para... uma visão dupla. Como me lembrar de duas coisas diferentes ao mesmo tempo. Às vezes uma parece mais real, às vezes, a outra. Às vezes tudo é um borrão. E aí eu normalmente tomo um analgésico e tiro um cochilo.

— Mas você está começando a se lembrar de coisas.

— Algumas coisas — concedeu ele. — Jordan. Lembro muito de Jordan. De gostar dele. Perder... — Simon engoliu em seco. — Perdê-lo. Lembro da minha mãe tendo um ataque por eu ser vampiro. E de algumas coisas antes do sequestro da mãe de Clary. Nós dois sendo amigos, antes de tudo isso começar. Coisas normais do Brooklyn. — Ele parou de falar ao perceber que o rosto dela estava anuviando.

— Claro que você se lembra de *Clary*.

— Não é assim — disse ele.

— Assim como?

Simon não pensou. Simplesmente fez.

Ele pegou a mão dela.

Ela permitiu.

Ele não sabia ao certo como explicar isso — ainda estava tudo muito embaralhado em sua mente —, mas precisava tentar.

— Não é como se as coisas das quais me lembro fossem mais importantes do que as que não lembro. Às vezes parece aleatório. Mas às vezes... Não sei, às vezes parece que as coisas mais importantes vão ser as mais difíceis de recuperar. Pense nessas lembranças enterradas, como ossos de dinossauros, e eu tentando escavar. Algumas delas estão logo abaixo da superfície, mas as importantes, estas estão quilômetros abaixo.

— E você está dizendo que é lá que estou? A quilômetros da superfície?

Ele a segurou com firmeza.
— Você basicamente está no centro da Terra.
— Você é *tão estranho*.
— Faço o melhor que posso.
Ela entrelaçou os dedos aos dele.
— Tenho inveja, sabe. Às vezes. Por você poder esquecer.
— Está brincando? — Simon não conseguia nem começar a entender essa. — Tudo que você tem, todas as pessoas na sua vida... ninguém iria *querer* perder isso.
Isabelle olhou para o lago, piscando com força.
— Às vezes você perde pessoas, querendo ou não. E às vezes dói tanto que seria mais fácil esquecer.
Ela não precisou dizer o nome dele. Simon falou por ela.
— Max.
— Você se lembra dele?
Simon nunca tinha percebido como era triste esse som, da esperança. Ele balançou a cabeça.
— Mas queria.
— Clary contou a respeito dele — falou ela. Não foi uma pergunta. — E o que aconteceu com ele.
Ele fez que sim com a cabeça, mas os olhos dela continuavam fixos na água.
— Ele morreu em Idris, sabe. Eu às vezes gosto de estar aqui. Sinto-me mais perto dele aqui. Outras vezes eu queria que este lugar evaporasse. E que ninguém nunca mais pudesse encontrar.
— Sinto muito — comentou Simon, achando que estas deviam ser a palavras mais inúteis do mundo. — Queria poder dizer alguma coisa que ajudasse.
Ela o encarou, e então sussurrou:
— Você disse.
— Quê?
— Depois de Max. Você... disse uma coisa. Você ajudou.
— Izzy...
— Sim?
Era agora, este era O Momento — o momento em que a fala dava lugar à troca de olhares, que inevitavelmente levaria a um beijo. Tudo que ele precisava fazer era se inclinar levemente para a frente e se entregar.
Ele se inclinou para trás.

— Talvez devêssemos voltar para o campus.

Ela emitiu aquele ruído de gato irritado de novo, depois jogou um pedaço de pé de moleque nele.

— Qual é o seu *problema*? — queixou-se ela. — Porque sei que eu não tenho problema nenhum. Você seria louco de não querer me beijar, e se esse é algum joguinho para bancar o difícil, está perdendo seu tempo, pois pode confiar, eu sei quando um cara quer me beijar. E você, Simon Lewis, quer me beijar. Então o que está acontecendo?

— Não sei — admitiu ele, e por mais ridículo que fosse, era também totalmente verdade.

— É essa idiotice da memória? Você ainda está com medo de não conseguir corresponder a uma versão incrível e esquecida de você mesmo? Quer que eu fale sobre tudo que não era incrível em você? Para começar, você roncava.

— Mentira.

— Como um demônio Drevak.

— Isso é um absurdo — disse ele, indignado.

Ela riu.

— A questão, Simon, é que você já deveria ter superado tudo isso. Achei que já tivesse entendido que ninguém espera que você seja alguém além de quem você é. É só isso que eu preciso que você seja. Só quero você. Este Simon. Não é por isso que estamos aqui? Porque você finalmente conseguiu enfiar isso nessa sua cabeça dura?

— Acho que sim.

— Então do que tem medo? Obviamente tem alguma coisa.

— Como você sabe? — perguntou ele, curioso por como ela poderia ter tanta certeza, quando ele mesmo não fazia ideia.

Ela sorriu, e foi o tipo de sorriso que se oferecia a alguém que você queria esganar e beijar ao mesmo tempo.

— Porque eu conheço *você*.

Ele pensou em abraçá-la, em como ia ser — e foi então que percebeu do que tinha medo.

Era esse sentimento, a enormidade dele, como olhar para o sol. Como *cair* no sol.

— Me perder — disse ele.

— O quê?

— É disso que tenho medo. De me perder, nisso. Em você. Passei este ano inteiro tentando me encontrar, descobrir quem sou, e agora tem você, tem a gente, tem esse sentimento assustador que parece um buraco negro me consumindo, e se eu ceder... Parece que estou na beira do Grand Canyon, sabe? Tipo, eis aqui uma coisa maior, mais profunda do que a mente humana pode conceber. E eu tenho que... simplesmente pular?

Ele esperou pela reação dela, tenso, desconfiando de que garotas provavelmente não gostavam quando você assumia que tinha medo delas. Garotas como Izzy provavelmente não gostavam quando você assumia que tinha medo de qualquer coisa. Nada a assustava; ela merecia alguém tão corajoso quanto ela.

— Só isso? — O rosto dela se iluminou. — Simon, acha que eu também não tenho medo disso? Você não é o único nessa beira de precipício. Se pularmos, pularemos juntos. Cairemos *juntos*.

Simon tinha passado tanto tempo tentando encaixar as peças de si mesmo, montar o quebra-cabeça. Mas a última peça, a mais importante, havia estado diante de seus olhos o tempo todo. Perder-se em Izzy — será que este seria o único jeito de realmente se encontrar?

Será que aquilo, ali, era seu lar?

Chega dessas metáforas ruins, disse a si mesmo. *Chega de adiamentos. Chega de medo.*

Ele parou de pensar na pessoa que costumava ser ou na relação que eles costumavam ter; parou de cogitar se estava estragando tudo, ou por que queria estragar; parou de pensar na amnésia demoníaca, ou em Ascender como Caçador de Sombras, e no Povo das Fadas, na Guerra Maligna, em política, em dever de casa e no trânsito não regulamentado de objetos afiados mortais.

Ele parou de pensar no que poderia acontecer, e no que poderia dar errado.

Daí a tomou em seus braços e a beijou — beijou como queria beijar desde que a vira, não como um herói literário, ou um guerreiro Caçador de Sombras, ou algum personagem imaginário do passado, mas como Simon Lewis beijando a garota a quem amava mais do que tudo nesse mundo. *Foi* como cair no sol, cair junto com ela, os corações ardendo num fogo pálido, e Simon sabia que nunca deixaria de cair, sabia que agora que havia conseguido segurá-la outra vez, jamais soltaria.

A união de mentes não admite impedimentos — mas as sessões de amassos de adolescentes frequentemente sim. Principalmente quando um deles era aluno da Academia dos Caçadores de Sombras, com horário para voltar e lições de casa para fazer. E quando a outra era uma guerreira que combatia demônios com uma emboscada marcada para a manhã seguinte.

Se as coisas funcionassem segundo o desejo de Simon, ele teria passado a semana seguinte, ou possivelmente a eternidade seguinte, entrelaçado com Izzy na grama, ouvindo o lago bater na costa, se perdendo no toque de seus dedos e no sabor de seus lábios. Em vez disso, passou duas horas memoráveis assim, depois seguiu num galope acelerado para a Academia dos Caçadores de Sombras e passou mais uma hora num beijo de despedida antes de permitir que ela atravessasse o Portal sob a promessa de voltar assim que pudesse.

Simon teve que esperar até o dia seguinte para agradecer a Helen Blackthorn pela ajuda. Ele a alcançou quando ela estava arrumando as coisas para ir embora.

— Vejo que o encontro foi bom — disse ela assim que abriu a porta.

— Como você sabe?

Helen sorriu.

— Você está praticamente radioativo.

Simon agradeceu por ela ter levado o recado de Izzy e lhe entregou um saquinho de biscoitos surrupiado do salão de jantar. Era a única coisa na Academia que de fato tinha um gosto bom.

— Considere isto como um pequeno pagamento pelo que lhe devo — disse ele.

— Você não me deve nada. Mas se realmente quer me pagar, venha ao casamento, você pode ser o acompanhante de Izzy.

— Eu não perderia por nada — prometeu Simon. — Quando é o grande dia?

— Primeiro de dezembro — respondeu ela, mas ele ouviu uma nota de hesitação em sua voz. — Provavelmente.

— Talvez antes?

— Talvez não aconteça — admitiu.

— O quê? Você e Aline não vão terminar! — Simon se conteve, lembrando-se de que estava falando com alguém que mal conhecia. Ele não podia obrigá-la a ter um final feliz só porque de repente havia se apaixonado pelo amor. — Desculpe, não tenho nada com isso, mas... por que você viria até aqui e aturaria toda essa chateação se não quer se casar com ela?

— Ah, eu quero me casar com ela. Mais do que tudo. É que voltar aqui fez com que eu me perguntasse se estou sendo egoísta.

— Como pode ser egoísmo casar-se com Aline? — perguntou Simon.

— Veja só a minha vida! — explodiu Helen, a fúria acumulada do dia, ou talvez do ano, transbordando dela. — As pessoas me olham como se eu fosse uma espécie de aberração, e estes são os mais gentis, aqueles que não me olham como se eu fosse a grande inimiga. Aline já está presa naquele fim de mundo por minha causa. Ela precisa mesmo sofrer assim pelo resto da vida? Só por ter cometido o erro de se apaixonar por mim? Que tipo de pessoa isso me torna?

— Você não pode achar que isso é culpa *sua*. — Ele não a conhecia muito bem, mas nada disso soava correto para ele. Não como algo que ela diria ou no qual acreditaria.

— O professor Mayhew me disse que se eu realmente a amasse, terminaria tudo — confessou Helen. — Em vez de arrastá-la para este pesadelo comigo. Disse que continuar com ela só é prova de que sou mais fada do que penso.

— O professor Mayhew é um troll — disse Simon, e ficou imaginando o que seria preciso para Catarina Loss transformá-lo em um de fato. Ou talvez num sapo, ou num lagarto. Alguma coisa mais compatível com a natureza reptiliana de sua alma. — Se você ama Aline, fará qualquer coisa que puder para ficar com ela. E é exatamente isto que você está fazendo. Além disso, está presumindo que se tentar romper a relação pelo bem dela, ela vai permitir. Pelo que já ouvi sobre Aline, isso é bem improvável.

— Não — disse Helen com carinho. — Ela lutaria com unhas e dentes.

— Então por que não acelerar para o inevitável? Aceitar que está presa a ela. O amor da sua vida. Pobrezinha de você.

Helen suspirou.

— Isabelle me contou o que você disse sobre as fadas, Simon. E como você acha errado que sejam discriminadas. As fadas podem ser boas, tanto quanto qualquer pessoa.

Ele não estava entendendo aonde ela queria chegar, mas não lamentou pela chance de confirmar.

— É verdade, eu acho isso.

— Isabelle também acha, você sabe — disse Helen. — Ela tem feito o possível para me convencer.

— Como assim? — quis saber Simon, confuso. — Por que *você* precisaria ser convencida?

Helen entrelaçou os dedos.

— Sabe, eu não queria ter que vir até aqui para contar a história dos meus pais para um monte de alunos. Não fiz isso voluntariamente. Mas também não inventei nada. Foi o que aconteceu. É isso que minha mãe era, e é isso que metade de mim é.
— Não, Helen, não é...
— Você conhece o poema *"La Belle Dame Sans Merci"*?
Simon balançou a cabeça. A única poesia que conhecia era a do Dr. Seuss ou do Bob Dylan.
— É John Keats — explicou ela, e recitou algumas frases de cor:

Ela me levou para sua caverna de fada
E lá chorou e suspirou com dor,
E lá fechei seus selvagens olhos tão selvagens
Com quatro beijos

E lá ela cantou para que eu dormisse,
E lá sonhei — ah! Que sofrimento!
O último sonho que sonhei
No frio da colina

Vi reis pálidos e príncipes também,
Guerreiros pálidos, pálidos como a morte, todos eles;
Gritaram — "A Bela Dama sem Piedade
Tem você escravizado!"

— Keats escreveu sobre *fadas*? — indagou Simon. Se tivessem dito isso na aula de literatura, talvez ele tivesse prestado mais atenção.
— Meu pai recitava esse poema o tempo todo — contou Helen. — Era o jeito como contava para mim e para Mark sobre nossa origem.
— Ele recitava um poema sobre uma fada rainha do mal que atraía homens para a morte para contar sobre sua mãe? Repetidamente? — perguntou Simon, incrédulo. — Sem querer ofender, mas isso é meio... duro.
— Meu pai nos amava apesar de nossa origem — disse Helen como se estivesse tentando se convencer disso. — Mas sempre pareceu que ele guardava alguma parte de si. Como se estivesse esperando vê-la em mim. Com Mark era diferente, porque Mark era menino. Mas meninas puxam à mãe, certo?

— Não sei bem se essa é uma lógica científica precisa — disse Simon.
— É o que Mark dizia. Ele sempre me falava que as fadas não tinham direito sobre nós ou nossa natureza. E eu tentava acreditar, mas aí ele foi levado... depois que o Inquisidor contou a história da minha mãe biológica... fico me perguntando... — Helen estava olhando além de Simon, além das paredes de sua prisão domiciliar, perdida nos próprios medos. — E se eu estiver atraindo Aline para o frio da colina? E se essa necessidade de destruir, de usar o amor como arma, só estiver dormente dentro de mim, e eu não estiver me dando conta disso? Um dom herdado da minha mãe.
— Olha, eu não sei nada sobre fadas — disse Simon. — Não de verdade. Não sei qual era o problema da sua mãe, ou o que significa você ser metade uma coisa, metade outra. Mas sei que seu sangue não define você. O que define são as escolhas que você faz. Se tem uma coisa que aprendi nesse ano, foi isso. E também sei que amar alguém nunca é errado, mesmo quando é assustador, mesmo quando há consequências. Amar alguém é o oposto de machucar essa pessoa.

Helen sorriu para ele, seus olhos se enchendo de lágrimas contidas.
— Pelo nosso bem, Simon, eu realmente espero que você esteja certo.

Na Terra sob a Colina, na Época Anterior...

Era uma vez uma bela dama da Corte Seelie que perdera seu coração para o filho de um anjo.

Era uma vez dois meninos que vieram para o Reino das Fadas, irmãos nobres e corajosos. Um dos irmãos viu a dama e, assolado por sua beleza, se ofereceu para ela. Comprometeu-se a ficar. Este era o menino Andrew. Seu irmão, o menino Arthur, não saía de perto dele.

Então os meninos permaneceram sob a colina, e Andrew amava a dama, e Arthur a detestava.

Então a dama manteve seu menino ao seu lado, manteve essa bela criatura que jurou fidelidade a ela e, quando sua irmã reclamou o outro, a dama permitiu que ele fosse levado, pois este não era nada.

Ela deu a Andrew uma corrente prateada para usar no pescoço, um símbolo de seu amor, e lhe ensinou sobre o Povo das Fadas. Ela dançou com ele em festas sob os céus estrelados. Ela o alimentou com o brilho da lua e lhe ensinou a abrir o caminho para a natureza.

Em algumas noites ele ouvia os gritos de Arthur, e dizia a ele que era um animal com dor, a dor fazia parte da natureza dos animais.

Ela não mentiu, pois não conseguia mentir.

Humanos são animais.

A dor faz parte da natureza deles.

Por sete anos viveram felizes. Ela era dona de seu coração e ele do dela, e em algum lugar, ao longe, Arthur gritava e gritava. Andrew não sabia; a dama não se importava; e eles foram felizes.

Um dia um irmão descobriu a verdade sobre o outro.

A dama achou que seu amante fosse enlouquecer de dor e culpa. Então, por amá-lo demais, ela teceu uma história de verdades traiçoeiras, a história na qual ele ia querer acreditar. Que ele tinha sido enfeitiçado para amá-la; que ele jamais traíra o próprio irmão; que ele tinha sido apenas um escravizado; que os sete anos de amor não tinham passado de uma mentira.

A dama libertou o irmão inútil e permitiu que ele acreditasse que havia se libertado sozinho.

A dama se sujeitou ao ataque do irmão inútil e permitiu que ele acreditasse que a tinha matado.

A dama permitiu que seu amante renunciasse a ela e fugisse.

E então contemplou os frutos secretos de sua união, os beijou e tentou amá-los. Mas eles eram apenas um pedaço do seu menino. Ela o queria por inteiro, ou não queria nada.

Assim como ela deu a ele sua história, também deu a ele seus filhos.

Ela não tinha mais motivos para viver, então não viveu mais.

A história que ela deixou para trás, a história que seu amante nunca saberá; esta é a história que sua filha jamais conhecerá.

É assim que uma fada ama: com todo seu corpo e sua alma. É assim que uma fada ama: com destruição.

Eu te amo, dissera ela a ele, noite após noite, durante sete anos. Fadas não conseguem mentir, e ele sabia disso.

Eu te amo, dissera ele a ela, noite após noite, durante sete anos. Humanos sabem mentir, então ela permitiu que ele acreditasse que tinha mentido para ela, e permitiu que o irmão dele e os seus filhos também acreditassem, e morreu torcendo para que acreditassem para sempre.

É assim que uma fada ama: com um dom.

Língua afiada

por Cassandra Clare e Sarah Rees Brennan

Mais cavalos estavam se juntando a eles, mais e mais da Caçada Selvagem. Simon viu Kieran, uma presença branca silenciosa. O fada montado virou seu cavalo para o ponto onde Simon e Isabelle se encontravam, e Simon viu o animal farejar o ar como um cão.

Língua afiada

O sol brilhava, os pássaros cantavam, era um belo dia na Academia dos Caçadores de Sombras.

Bem, Simon tinha quase certeza de que o sol estava brilhando. Havia uma leve luminescência no ar do quarto subterrâneo dele e de George, projetando um brilho agradável no lodo verde que cobria as paredes.

E tudo bem, não dava para ouvir os pássaros em seu quarto subterrâneo, mas George voltou do banho cantarolando.

— Bom dia, Si! Vi um rato no banheiro, mas ele estava tirando um belo cochilo e nós não incomodamos um ao outro.

— Ou o rato estava morto por causa de uma doença muito contagiosa, que agora está se apresentando ao nosso encanamento — sugeriu Simon. — Pode ser que a gente passe semanas bebendo água suja de praga de rato.

— Ninguém gosta de um Senhor Negatividade — censurou George. — Ninguém gosta de um Si Carrancudo. Ninguém veio aqui atrás de um Maria Mau Humor. Ninguém gosta...

— Já saquei o tom do seu discurso, George — disse Simon. — Eu me oponho fortemente a ser chamado de Maria Mau Humor. Principalmente porque realmente me sinto como um Maria Relativamente Bom Humor agora. Vejo que está ansioso pelo seu grande dia?

— Tome um banho, Si — incentivou George. — Comece o dia renovado. Arrume o cabelo de repente. Não fará mal.

Simon balançou a cabeça.

— Tem um rato morto no banheiro, George. Eu não vou entrar.

— Ele não está morto — disse George. — Só está dormindo. Tenho certeza disso.

— As pragas nascem exatamente por causa desse otimismo insensato — disse Simon. — Pergunte aos camponeses europeus medievais. Ah, espere aí, não dá para perguntar.

— Eles eram felizes? — perguntou George, cético.

— Tenho certeza de que eram bem mais felizes antes da Peste — respondeu Simon.

Ele achava que estava dando ótimos argumentos, e que tinha respaldo histórico. Tirou a camisa que usava para dormir, que continha os dizeres VAMOS LUTAR! e embaixo, em letras pequenas, CONTRA NOSSOS INIMIGOS COM ARGUMENTOS INTELIGENTES. George estalou a toalha molhada nas costas de Simon, que ganiu de dor.

Simon sorriu ao tirar o uniforme do armário. Iam começar logo depois do café, então era melhor ele se trocar de uma vez. Além disso, todos os dias em que vestia um uniforme masculino eram dias vitoriosos.

Ele e George foram para o café de bom humor com todo mundo.

— Sabe, esse mingau não é tão ruim assim — disse Simon, comendo. George fez que sim com a cabeça, cheio de entusiasmo, a boca cheia.

Beatriz pareceu triste por eles, e possivelmente um pouco triste por meninos, em geral, serem burros.

— Não é mingau — declarou ela. — É ovo mexido.

— Ah, não — sussurrou George baixinho, com a boca ainda cheia e a voz terrivelmente triste. — Ah, não.

Simon derrubou a colher e olhou com pavor para as profundezas de sua vasilha.

— Se são ovos mexidos...? — começou ele. — E não estou discordando, Beatriz, só estou fazendo uma pergunta que considero muito razoável... se são ovos mexidos, por que estão cinzentos?

Beatriz deu de ombros e continuou comendo, evitando cuidadosamente os pedaços mais empelotados.

— Quem sabe?

Dava para se compor uma música melancólica, supôs Simon. *Se são ovos, por que estão cinzentos? Quem sabe, quem sabe?* Ele ainda se flagrava pensando em letras de músicas, muito embora tivesse saído da banda.

Verdade seja dita, "Por que os ovos são tão cinzentos?" podia não ser um grande hit, nem mesmo no circuito hipster.

Julie jogou sua vasilha na mesa, ao lado de Beatriz.

— Os ovos estão cinza — resmungou ela. — Não sei como conseguem fazer isso. Certamente a essa altura faria sentido não arruinar comida de vez em quando. Toda hora, todo dia, por mais de um ano? A Academia está amaldiçoada?

— Andei pensando que pode estar — respondeu George, animado. — Às vezes ouço uns barulhos sobrenaturais, como fantasmas balançando correntes terríveis. Sinceramente, eu estava torcendo para que a Academia *fosse* amaldiçoada, pois do contrário, provavelmente são criaturas nos canos — estremeceu George. — Criaturas.

Julie sentou-se. George e Simon trocaram uma olhadela confidencial satisfeita. Vinham contando quantas vezes Julie escolhia sentar-se com eles três, em vez de ficar com Jon Cartwright. No momento eles estavam ganhando, de sessenta contra quarenta por cento.

Julie escolher sentar-se com eles parecia um bom sinal, considerando que este era o grande dia de George.

Agora que eram Caçadores de Sombras trainees no segundo ano, e, nas palavras de Scarsbury, "não eram mais um caso totalmente perdido e suscetíveis a decepar as próprias cabeças tolas", então passaram a receber missões ligeiramente mais importantes. Toda missão tinha um líder, e este líder recebia o dobro dos pontos caso a missão fosse bem-sucedida. Julie, Beatriz, Simon e Jon já tinham sido líderes, e arrasaram: todos completaram suas missões, mataram demônios, salvaram pessoas, puniram severa, porém justamente seres do Submundo que transgrediram a Lei. De certa forma era uma pena que a missão de Jon tivesse ido tão bem, pois ele passara semanas se gabando, mas não podiam evitar. Eles eram bons demais, pensou Simon; mesmo enquanto batia na madeira, para não suscitar azar. Eles não podiam fracassar.

— Está nervoso, líder? — perguntou Julie. Simon tinha que admitir que ela às vezes era uma companhia perturbadora.

— Não — disse George, e sob o olhar severo de Julie: — Talvez. Estou. Você sabe, estou sentindo uma quantidade adequada de nervosismo, mas de um jeito descolado, recatado e sou-bom-em-lidar-com-pressão.

— Não surte — disse Julie. — Quero um placar perfeito.

Um silêncio constrangedor se seguiu. Simon se consolou olhando para a mesa de Jon. Quando Julie o abandonava, Jon tinha que comer sozinho. A menos que Marisol resolvesse sentar-se com ele e atormentá-lo. Coisa que, aliás, ela estava fazendo naquele momento, observou Simon. Diabinha. Marisol era hilária.

Jon fazia gestos desesperados pedindo ajuda, mas Julie estava de costas para ele e nem notava.

— Não estou falando isso para assustá-lo, George — disse ela. — Isso é um benefício colateral, obviamente. Esta é uma missão importante. Você sabe, fadas são o pior tipo de ser do Submundo. Fadas atravessando para o reino mundano e enganando os pobres coitados para comerem frutas de fada não é brincadeira. Mundanos podem definhar e morrer depois de comer essa fruta, sabe disso. Isso é assassinato; um tipo de assassinato pelo qual quase nunca conseguimos pegá-las, porque quando os mundanos morrem, as fadas já estão muito longe. Você está levando isso a sério, certo?

— Sim, Julie — disse George. — Eu sei que assassinato é uma coisa grave.

Julie contraiu o rosto daquele jeito alarmante que fazia às vezes.

— Lembre-se de que foi você que quase atrapalhou minha missão.

— Eu hesitei um pouco para abater aquela criança vampira — confessou George.

— Exatamente — disse Julie. — Chega de hesitação. Como líder do time, você tem que ter iniciativa. Não estou dizendo que você é ruim, George. Só estou falando que precisa aprender.

— Acho que ninguém precisa desse tipo de discurso motivador — interveio Beatriz. — Qualquer pessoa ficaria assustada. E já é fácil assustar George.

George, que estivera parecendo tocado pela defesa galante de Beatriz, parou de parecer tocado.

— Só acho que eles deveriam repetir líderes de equipe de vez em quando — resmungou Julie, deixando claro de onde vinha sua hostilidade. Ela espetou os ovos, saudosa. — Foi tão bom.

Simon ergueu as sobrancelhas.

— Você pegou um chicote de cavalo e ameaçou me bater na cabeça se eu não seguisse suas ordens.

Julie apontou a colher para ele.

— Exatamente. E você fez o que eu mandei. Isso é liderança, ponto. Além disso, eu *não* bati. Gentil, porém firme, essa sou eu.

Julie discursou bastante sobre a própria grandeza. Simon se levantou para pegar mais um copo de suco.

— De que você acha que é esse suco? — perguntou Catarina Loss, juntando-se a ele na fila.

— Fruta — respondeu Simon. — Só fruta. Foi tudo que me disseram. Também achei estranho.

— Eu gosto de fruta — disse Catarina, mas não soou muito segura. — Sei que está dispensado da minha aula esta tarde. O que vai fazer hoje de manhã?

— Vou partir numa missão para impedir que as fadas atravessem as fronteiras e façam coisas ilícitas — respondeu Simon. — George é o líder da equipe.

— George é o líder da equipe? — questionou Catarina. — Hum.

— Por que está todo mundo pegando no pé de George hoje? — quis saber Simon. — O que tem de errado com ele? Não há nada de errado com ele. É impossível encontrar defeitos nele. Ele é o perfeito anjo escocês. Ele sempre divide os lanches que a mãe manda, e é mais gato e charmoso que Jace. Pronto, falei. Não vou retirar o que disse.

— Vejo que está de bom humor — observou Catarina. — Muito bem, então. Vá em frente, divirta-se. Cuide bem do meu aluno favorito.

— Certo — respondeu Simon. — Calma, quem é?

Catarina gesticulou para que ele se afastasse dela e de seu suco indefinido.

— Vá logo, Diurno.

Todas as outras pessoas estavam animadas para mais uma missão. Simon também estava ansioso e feliz por George. Mas Simon estava mais animado com o fato de que depois da missão, tinha para onde ir.

O Povo das Fadas tinha sido visto pela última vez num pântano em Devon. Simon estava empolgado para atravessar o Portal até lá, e torcia para que fosse ter tempo de ver caixas de correio vermelhas e beber uma cerveja num pub.

Em vez disso, o pântano era um território imenso, com solo acidentado, pedras e colinas ao longe, sem qualquer caixa de correio ou Pub nos arredores. Todos receberam cavalos imediatamente do contato que aguardava por eles.

Muitos campos, muitos cavalos. Simon não sabia ao certo por que se deram o trabalho de sair da Academia, pois esta era uma experiência idêntica.

As primeiras palavras ditas por George enquanto cavalgavam foram:

— Acho que seria uma boa ideia nos dividirmos.

— Como em... um filme de terror? — perguntou Simon.

Julie, Beatriz e Jon lançaram a ele olhares de incompreensão irritada. A expressão insegura de Marisol sugeria que ela concordava com Simon, mas ela não se pronunciou e Simon não queria ser o único amotinado contra a liderança de seu amigo. Eles iam cobrir mais terreno caso se separassem. Talvez fosse mesmo uma ótima ideia. Mais terreno! Como poderia dar errado?

— Eu vou com Jon — declarou Marisol instantaneamente, com um brilho nos olhos escuros. — Quero continuar a conversa do café da manhã. Tenho muito mais a dizer a ele sobre videogames.

— Não quero ouvir mais nada sobre videogames, Marisol! — Jon se irritou, um Caçador de Sombras num pesadelo de informações excessivas sobre mundanos.

Marisol deu um sorriso.

— Eu sei.

Marisol tinha acabado de completar quinze anos. Simon não sabia direito como ela chegara à conclusão de que contar a Jon todos os detalhes sobre o universo mundano seria um terrorismo psicológico tão eficaz. O lado maléfico dela só tinha feito crescer no último ano. Simon a conhecia. Tinha que respeitar isso.

— E eu vou com Si — falou George.

— Hum — disse Simon.

Nem ele nem George eram Caçadores de Sombras ainda, e embora Catarina os tivesse auxiliado a enxergar através de feitiços de disfarce, nenhum mundano... hum, não-Caçador de Sombras... estava verdadeiramente protegido contra os feitiços das fadas quanto os Nephilim. Mas Simon não queria questionar a autoridade de George ou sugerir que não queria ser seu parceiro. Ele também estava com medo de ser emparelhado com Julie e por consequência ter seu rosto espancado.

— Ótimo — concluiu Simon sem muita empolgação. — Talvez a gente possa se dividir, mas ficar... ao alcance auditivo uns dos outros?

— Você quer separar, mas continuar junto? — questionou Jon. — Não sabe os significados das palavras?

— Você sabe os que as palavras "World of Warcraft" significam? — perguntou Marisol ameaçadoramente.

— Sim, eu sei — disse Jon. — Justapostas assim, não, não sei, e não quero saber.

Ele guiou o cavalo pelo terreno. Marisol foi atrás. Simon ficou olhando a traseira da cabeça de Jon, e temeu que ele fosse longe demais.

Só que eles já estavam se dividindo. Estava tudo bem.

George olhou em volta, para os outros membros da equipe, e pareceu tomar uma decisão.

— Nós vamos ficar ao alcance auditivo um do outro, e vasculhar pelos pântanos, e ver se conseguimos ver o Povo das Fadas em qualquer um dos lugares em que foram vistos espreitando. Copiaram, equipe?

— Copiarei até o fim, desde que não demore muito! Você sabe que vou ao casamento de Helen Blackthorn e Aline Penhallow — disse Simon.

— Eca, detesto casamentos — disse George, solidário. — Você tem que usar um terno feito um pinguim e passar horas sentado, enquanto todo mundo se odeia secretamente por conta de alguma briga sobre os arranjos de flores. Além disso, as gaitas de foles. Tipo, não sei como são os casamentos de Caçadores de Sombras. Têm flores? Têm gaitas de foles?

— Não posso conversar agora — disse Beatriz. — Estou imaginando Jace Herondale de smoking. Na minha cabeça, ele parece um espião lindo.

— James Bond — brincou George. — James *Blond*? Continuo não gostando dos ternos. Mas você não parece se incomodar, Si.

Simon tirou a mão das rédeas para apontar orgulhosamente para si, manobra que, se feita há um ano, o teria feito cair do cavalo.

— Este pinguim aqui vai acompanhar Isabelle Lightwood.

Só de falar essas palavras, Simon era tomado por uma sensação de êxtase. Em um mundo tão maravilhoso, como alguma coisa poderia dar errado?

Ele olhou para sua equipe: o grupo todo, usando uniforme de mangas compridas para se proteger do frio do inverno, figuras de preto com arcos pendurados nas costas e a respiração soltando lufadas brancas no ar frio, cavalgando velozmente pelo terreno numa missão para proteger a humanidade. Seus três amigos ao seu lado, e Jon e Marisol ao longe. George, tão orgulhoso por ser o líder da equipe. Marisol, a garota desdenhosa da cidade, montando seu cavalo com uma elegância natural. Mesmo Beatriz e Julie, até mesmo Jon, Caçadores de Sombras inatos, pareciam um pouco diferentes aos olhos de Simon agora que estavam evoluindo em seu segundo ano na Academia. Scarsbury os treinara, Catarina lecionara, e até mesmo seus colegas da Academia os tinham feito mudar. Agora os Caçadores de Sombras inatos cavalgavam com os mundanos e cumpriam missões com eles em união, e os supostos membros da escória conseguiam acompanhar.

O terreno estava ficando verde, havia uma fila de árvores à esquerda, todas com folhas balançando como se as árvores estivessem dançando na brisa leve. A luz do sol estava pálida e nítida, brilhando sobre suas cabeças e suas roupas pretas iguais. Simon se flagrou pensando, com carinho e orgulho, que agora eles pareciam potenciais Caçadores de Sombras, finalmente.

Ele notou, num acordo mútuo silencioso, que Beatriz e Julie aceleraram seus cavalos. Simon semicerrou os olhos para o horizonte, onde praticamente ainda conseguia distinguir Jon e Marisol, daí olhou de novo para as costas de Julie e de Beatriz. Mais uma vez sentiu aquela pontada de desconforto.

— Por que estão todos correndo na frente? — perguntou Simon. — Hum, sem querer opinar no seu trabalho, corajoso líder da equipe, mas talvez você devesse orientar para que não fossem muito longe.

— Ah, deixe que tenham um minuto — disse George. — Você sabe que ela meio que gosta de você.

— Quê? — assustou-se Simon.

— Não que ela vá fazer algo a respeito — disse George. — Ninguém que gosta de você nunca vai fazer alguma coisa a respeito. Por motivos de: ninguém quer ser decapitado por Isabelle Lightwood.

— Ela gosta de mim? — ecoou Simon. — Alguma coisa na maneira como você está falando sugere muitas pessoas. Que gostam *de mim*.

George deu de ombros.

— Aparentemente você é do tipo que vai conquistando as pessoas com o tempo. Não me pergunte. Eu achei que as garotas gostassem de tanquinhos.

— Eu poderia ter tanquinho — disse Simon a ele. — Olhei no espelho uma vez e consegui achar um pouquinho de definição na minha barriga. Estou falando, todo esse treinamento está fazendo bem para o meu corpo.

Não que Simon se achasse horroroso ou algo assim. Ele já tinha visto diversos demônios com tentáculos saindo dos olhos, e tinha quase certeza de que as pessoas não ficavam enjoadas só de olhá-lo.

Mas ele não era Jace, que fazia as meninas virarem a cabeça como se estivessem possuídas. Não fazia o menor sentido que, dentre todos os alunos da Academia, Beatriz pudesse gostar logo *dele*.

George revirou os olhos. George não entendia de fato o desenvolvimento lento da boa forma física. Ele provavelmente tinha nascido com um tanquinho. Alguns nasciam com tanquinhos, outros conquistavam tanquinhos, e alguns — como Simon — tinham tanquinhos impostos por professores cruéis.

— Sim, Si, você é de matar.
— Sente esse braço — disse Simon. — Durinho! Não quero me gabar, mas é puro osso. Todo osso.
— Si — disse George. — Eu não preciso sentir. Acredito em você, porque é isso que os amigos fazem. E fico feliz por sua misteriosa popularidade com as garotas, porque é isso que os amigos fazem. Mas sério, cuidado com Jon, porque acho que ele vai quebrar sua perna um dia desses. Ele não entende seu apelo estranho, porém inegável. Ele tem tanquinho até o pescoço, e achou que tinha todas as garotas da Academia ao seu dispor.

Simon continuou, meio tonto

Ele achava que a afeição de Isabelle por ele era uma ocorrência incrível e inexplicável, como um raio caindo em algum lugar (um raio lindo e corajoso, que por sorte caiu logo em cima dele!). Dadas as atuais circunstâncias, no entanto, ele estava começando a acreditar que era hora de reavaliar.

Ele havia sido informado por fontes seguras de que tinha namorado Maia, a líder do bando de lobisomens de Nova York, embora tivesse a impressão de que havia estragado tudo com ela. Ele tinha ouvido boatos sobre uma rainha vampira que poderia ter se interessado por ele. E até soube, por mais estranho que parecesse, que tinha chegado a ficar com Clary por um breve período. E agora, possivelmente, Beatriz gostava dele.

— Sério, George, diga a verdade — pediu Simon. — Eu sou gato?

George explodiu numa gargalhada, seu cavalo recuando alguns passos sob a luz do sol.

E Julie gritou:

— Fada!

E apontou. Simon olhou para a frente, para uma figura coberta e encapuzada, com uma cesta de fruta num braço, emergindo como que inocentemente da bruma atrás de uma árvore.

— Vamos! — rugiu George, e seu cavalo avançou atrás da figura, com Simon em seu encalço.

Marisol, bem à frente, gritou:

— Armadilha!

E em seguida soltou um grito de dor.

Simon olhou desesperadamente para as árvores. A fada, ele viu, tinha reforços. Eles tinham sido alertados de que o Povo das Fadas estava mais cauteloso e desesperado desde a Paz Fria. Deviam ter dado mais atenção ao alerta e pensado no assunto com mais cuidado. Deviam ter se planejado.

Simon, George, Julie e Beatriz estavam cavalgando em alta velocidade, mas ainda muito longe dela. Marisol estava bambeando na sela, o sangue escorrendo pelo braço: tiro de elfo.

— Marisol! — gritou Jon Cartwright. — *Marisol, para mim!*

Ela puxou o cavalo em direção ao dele. Jon ergueu-se em seu cavalo e saltou para o dela, com o arco já na mão e disparando flechas para as árvores, de pé sobre o cavalo e, assim, protegendo Marisol como uma espécie de arqueiro acrobata. Simon sabia que nunca seria capaz de fazer algo assim, nunca, a não ser que Ascendesse.

Julie e Beatriz viraram os respectivos cavalos para as árvores de onde as fadas atiravam escondidas.

— Eles acertaram Marisol — arfou George. — Ainda podemos pegar o vendedor de fruta.

— Não, George — começou Simon, mas George já tinha virado o cavalo para a figura encapuzada, que agora desaparecia por trás da árvore e da bruma.

Havia uma linha de luz solar entre o tronco e o ramo da árvore, uma linha branca deslumbrante entre o arco torto de galhos de árvores. Parecia refratar nos olhos de Simon, tornando-se ampla e clara, como a trilha da luz da lua no mar. A figura encapuzada estava escapando, um pouco sumida em meio ao brilho, e o cavalo de George estava a centímetros do perigo, a mão de George alcançando a borda da capa da figura, e George não parecia se importar com o caminho no qual havia se metido.

— *Não, George!* — gritou Simon. — Não vamos invadir o território das fadas!

Ele obrigou seu cavalo a seguir George, para fazer o amigo parar, mas estava tão concentrado que não levou em conta a vontade de seu cavalo, que agora estava apavorado, fugindo e louco para correr.

E então a luz branca ofuscante preencheu a visão de Simon. De repente ele se lembrou da sensação de cair no território das fadas, molhado até os ossos, numa piscina cheia de água: lembrou-se de Jace sendo gentil com ele, e do quanto havia se ressentido disso, e de como pensou: *não me mostre mais*, e seu peito ardia de ressentimento.

Agora ele estava caindo na terra das fadas com o urro de um cavalo apavorado em seus ouvidos, folhas e galhos cegando-o, arranhando seu rosto e seus braços. Ele tentou proteger os olhos e se viu arremessado sobre pedras e ossos, sendo perseguido pela escuridão. Ele teria ficado muito grato se Jace estivesse lá.

Simon acordou no Reino das Fadas. Seu crânio inteiro latejava igualzinho a um polegar atingido por um martelo. Ele torcia para que ninguém tivesse golpeado sua cabeça com um martelo.

Ele acordou numa cama que balançava suavemente, sentindo uma leve irritação abaixo da bochecha. Abriu os olhos e viu que não estava exatamente numa cama, mas deitado em meio a galhos e musgo espalhados por uma superfície oscilante construída por ripas de madeira. Havia estranhas listras escuras diante de sua visão, obscurecendo a paisagem além.

O Reino das Fadas quase se assemelhava ao pântano em Devon, mas ao mesmo tempo era completamente diferente. A bruma ao longe era levemente roxa, como nuvens de tempestade agarradas à terra, e havia movimentação na nuvem, sugerindo formas estranhas e ameaçadoras. As folhas das árvores eram verdes, amarelas e vermelhas, como as árvores do universo mundano, no entanto brilhavam fortemente, como joias, e quando o vento batia nelas, Simon quase conseguia distinguir palavras, como se elas estivessem cochichando entre si. Esta era a natureza rebelde, uma fusão alquímica entre magia e esquisitice

E Simon logo percebeu que estava numa jaula. Uma grande jaula de madeira. As listras escuras diante de sua visão eram barras.

O que mais o revoltava era o senso de familiaridade. Ele se lembrava de já ter estado preso assim antes. *Mais de uma vez.*

— Caçadores de Sombras, vampiros e agora fadas, todos loucos para me prender — falou. — Por que exatamente eu estava tão ansioso para recuperar todas essas lembranças? Por que sempre eu? Por que sou sempre o babaca na jaula?

A própria voz fez sua cabeça, já dolorida, doer mais.

— Está na minha jaula agora — disse uma voz.

Simon sentou-se num sobressalto, embora isso tenha feito sua cabeça latejar terrivelmente e todo o Reino das Fadas girar, como num torpor inebriado. Do outro lado de sua gaiola ele viu a figura encapuzada e coberta que George tinha tentado tão desesperadamente capturar. Simon engoliu em seco. Ele não conseguia ver o rosto sob o capuz.

Houve um redemoinho no ar, como uma sombra chicoteando o sol. Outra fada caiu do céu azul, as folhas do chão da floresta estalando sob seus pés descalços. A luz do sol banhava seus cabelos claros em esplendor, e uma faca longa brilhava em sua mão.

A fada encapuzada e coberta tirou o capuz e abaixou a cabeça numa reverência repentina. Sem o capuz, viu Simon, ele tinha orelhas grandes, tingidas de roxo, como se tivesse uma berinjela em cada lado do rosto, além de longos cabelos brancos que se curvavam sobre a orelha de berinjela como uma nuvem.

— O que aconteceu, e por que seus truques estão interferindo no trabalho de seus superiores, Hefeydd? Um cavalo do universo mundano atravessou o caminho da Caçada Selvagem — disse o novo fada. — Espero que o corcel não tenha grande significado emocional para vocês, porque os cães de caça estão com ele agora.

O coração de Simon sangrou pelo pobre cavalo. Ficou imaginando se ele próprio estava prestes a ser entregue aos cães.

— Lamento por ter perturbado a Caçada Selvagem — disse o fada encapuzado, abaixando ainda mais a cabeça branca.

— Deveria lamentar mesmo — respondeu o Caçador. — Aqueles que atravessam o caminho da Caçada sempre se arrependem.

— Este é um Caçador de Sombras — continuou o outro ansiosamente. — Ou pelo menos uma das crianças que eles querem transformar. Eles estavam me esperando no mundo mortal, e este aqui me perseguiu até o Reino das Fadas, então é meu prisioneiro por direito. Eu não pretendia perturbar a Caçada Selvagem e não tenho culpa!

Simon achou que este fosse um resumo impreciso e ofensivo da situação.

— É mesmo? Venha agora, estou de bom humor — disse o fada da Caçada Selvagem. — Apresente seus arrependimentos e algumas palavras com seu prisioneiro... Conforme você já sabe, tenho um leve interesse nos Caçadores de Sombras, e não entregarei sua língua ao meu Lorde Gwyn.

— Jamais houve barganha mais justa — disse o fada de capuz precipitadamente, e correu como se temesse que o Caçador pudesse mudar de ideia, quase tropeçando na própria capa.

Quanto a Simon, ele considerava que tinha saído da frigideira das fadas para cair na fogueira delas.

O novo fada parecia um menino de dezesseis anos, não muito mais velho do que Marisol e mais novo do que Simon — mas Simon sabia que a aparência das fadas não era nenhum indicador de sua idade. O garoto-fada tinha olhos incompatíveis, um deles num tom âmbar, como as contas encontradas no núcleo escuro das árvores, e o outro de um azul-esverdeado vívido, como um mar de águas atingido pela luz do sol. O contraste chocante entre seus olhos e a luz do Reino das Fadas, filtrada através das folhas verdes perversamente sussurrantes e de um toque de ouro falso, conferia um aspecto sinistro ao seu rosto magro e sujo.

Ele parecia uma ameaça. E estava se aproximando.

— O que um fada da Caçada Selvagem quer comigo? — resmungou Simon.

— Não sou fada — disse o menino de olhos sinistros, orelhas pontudas e folhas no cabelo. — Sou Mark Blackthorn do Instituto de Los Angeles. Não importa o que digam ou façam comigo. Ainda lembro quem eu sou. Eu sou Mark Blackthorn.

Ele olhou para Simon com avidez no rosto magricela. Seus dedos finos agarraram as grades da jaula.

— Está aqui para me salvar? — perguntou. — Os Caçadores de Sombras vieram atrás de mim, finalmente?

Ah, não. Este era o irmão de Helen Blackthorn, o que era metade fada, assim como ela, o que achava que sua família estivesse morta e que havia sido levado pela Caçada Selvagem para nunca mais voltar. Isso era muito desconfortável.

Era pior do que isso. Era terrível.

— Não — disse Simon, porque a esperança seria o golpe mais cruel que ele poderia aplicar em Mark Blackthorn. — Foi o que o outro fada disse. Vim parar aqui por acidente e fui capturado. Sou Simon Lewis. Eu... conheço seu nome, e sei o que aconteceu com você. Sinto muito.

— Sabe quando os Caçadores das Sombras virão atrás de mim? — perguntou Mark com uma ânsia de partir o coração. — Mandei uma mensagem, durante a guerra. Eu entendo que a Paz Fria dificulta todos os trâmites com fadas, mas eles devem saber que sou leal e seria valioso para eles. Eles devem estar chegando, mas já se passaram... já se passaram semanas e semanas. Diga-me: quando?

Simon olhou fixamente para Mark, a boca seca. Não havia semanas e semanas desde que ele havia sido abandonado pelos Caçadores de Sombras. Já fazia mais de um ano.

— Eles não vêm — sussurrou ele. — Eu não estava lá, mas meus amigos estavam. Eles me contaram. A Clave votou. Os Caçadores de Sombras não querem você de volta.

— Ah — disse Mark, um único murmúrio suave tão familiar a Simon. Era o tipo de som que criaturas emitiam quando morriam.

Ele deu as costas para Simon, com a coluna arqueada num espasmo de dor que parecia física. Simon notou em seus braços magros nus marcas antigas de um chicote. Muito embora Simon não pudesse enxergar seu rosto,

Mark o cobriu por um instante, como se não conseguisse sequer suportar olhar para o Reino das Fadas.

Ele virou e rebateu:

— E as crianças?

— O quê? — perguntou Simon, confuso.

— Helen, Julian, Livia, Tiberius, Drusilla, Octavian. E Emma — disse Mark. — Viu? Eu não me esqueci. Toda noite, independentemente dos acontecimentos daquele dia, não importa se eu esteja rasgado, ensanguentado ou tão exausto a ponto de preferir estar morto, eu batizo cada estrela com o nome de um irmão, ou o rosto de uma irmã. Não durmo enquanto não me lembrar de cada um. As estrelas terão que se apagar antes de eu me esquecer.

A família de Mark, os Blackthorn. Todos eram mais jovens do que ele, menos Helen; Simon sabia disso. E Emma Carstairs morava com os Blackthorn mais jovens no Instituto de Los Angeles, a garotinha loura que havia ficado órfã na guerra e que escrevia para Clary com frequência.

Simon gostaria de saber mais sobre eles. Clary tinha falado de Emma. Neste verão, Magnus tinha falado apaixonadamente sobre a Paz Fria, várias vezes, e havia citado os Blackthorn como um exemplo dos horrores que a decisão da Clave em punir as fadas havia causado sobre aqueles com sangue de fada. Simon tinha escutado Magnus e sentira pena dos Blackthorn, mas eles pareceram apenas mais uma tragédia da guerra: uma coisa terrível, porém distante, e, no fim das contas, fáceis de ser esquecidos. Simon sentiu que ele próprio tinha muito do que se lembrar. Ele quis ir para a Academia e se tornar um Caçador de Sombras para saber mais sobre a própria vida e se lembrar de tudo o que tinha perdido, para se tornar alguém mais forte e melhor.

Exceto que não era possível se tornar alguém mais forte e melhor somente pensando em si.

Ele não sabia o que estavam fazendo com Mark no Reino das Fadas para fazê-lo se esquecer da própria família.

— Helen está bem — disse ele com desconforto. — Estive com ela recentemente. Ela veio dar uma palestra na Academia. Sinto muito. Um demônio extraiu... muitas das minhas lembranças há pouco tempo. Sei como é, não se lembrar das coisas.

— Felizes os que sabem o nome de seus corações. São deles os corações que nunca se perdem. Eles sempre podem voltar para casa pelo coração — disse Mark, sua voz quase cantante. — Você se lembra do nome do seu coração, Simon Lewis?

— Acho que sim — sussurrou Simon.

— Como eles estão? — perguntou Mark com a voz baixa e desgastada. Parecia muito cansado.

— Helen vai se casar — contou Simon. Era a única coisa boa, ele achava, que tinha a oferecer para Mark. — Com Aline Penhallow. Eu acho que... elas se amam de verdade.

Ele quase mencionou que ia ao casamento, mas até isso parecia cruel. Mark não podia ir ao casamento da própria irmã. Não fora convidado. Sequer fora avisado.

Mark não pareceu irritado ou machucado. Ele sorriu, suavemente, como uma criança ouvindo uma história para dormir, e apoiou o rosto contra as barras da jaula de Simon.

— Doce Helen — disse ele. — Meu pai costumava nos contar histórias sobre Helena de Troia. Ela nasceu de um ovo e era a mulher mais bonita do mundo. Nascer de um ovo é muito incomum para os humanos.

— Eu conheço essa história — disse Simon.

— Ela foi muito infeliz no amor — prosseguiu Mark. — A beleza faz isso. Não se pode confiar na beleza. A beleza escapa pelos seus dedos como água, e queima em sua língua como veneno. A beleza pode ser o muro brilhante que o afasta de todos que você ama.

— Hum — disse Simon. — Realmente.

— Que bom que minha bela Helen vai ser mais feliz do que a bela Helena — disse Mark. — Que bom que ela vai receber beleza por beleza, amor por amor, e nenhuma moeda falsa. Diga a ela que seu irmão Mark deseja felicidades no dia de seu casamento.

— Se eu conseguir chegar, direi.

— E Aline também vai poder ajudá-la com as crianças — disse Mark.

Ele estava prestando pouquíssima atenção a Simon, seu rosto continuava com aquela expressão fixa e distante, como se ele estivesse ouvindo uma história ou revogando uma lembrança. Simon temia que as histórias e lembranças estivessem se tornando a mesma coisa para Mark Blackthorn: desejadas, belas e irreais.

— Ty precisa de atenção especial — continuou Mark. — Lembro-me de meus pais falando sobre isso. — Ele contorceu a boca. — Quero dizer, meu pai e a mulher que cantava para eu dormir todas as noites, apesar de não termos o mesmo sangue, a Caçadora de Sombras que não posso mais chamar de mãe. Canções não são sangue. Sangue é tudo que importa, tanto para Caçadores de Sombras quanto para fadas. As canções só importam para mim.

Sangue é tudo que importa para Caçadores de Sombras.

Simon não conseguia se lembrar do contexto, mas se lembrava do refrão constante, vindos das pessoas que amava agora, mas a quem não tinha amado antes. *Mundano, mundano, mundano.* E depois *vampiro, ser do Submundo.*

Ele se lembrava que a primeira prisão onde havia estado pertencera aos Caçadores de Sombras.

Ele queria poder dizer que algumas das coisas ditas por Mark Blackthorn estavam erradas.

— Sinto muito — disse ele.

Ele lamentava muito por não ter dado ouvidos, e por não ter se importado mais. Pensava que era a voz da razão na Academia, e não percebera o quão complacente havia se tornado, o quão fácil era ouvir seus amigos zombando de pessoas que — afinal — não eram mais como ele, e permitir que fizessem isso.

Simon gostaria de saber como dizer tais coisas para Mark Blackthorn, mas duvidava que ele fosse se importar.

— Se você lamenta, diga-me — disse Mark. — Como vai Ty? Não tem nada de errado com Ty, mas ele é diferente, e a Clave odeia tudo que é diferente. Eles vão tentar puni-lo por ser quem ele é. Eles puniriam uma estrela por brilhar. Meu pai estava lá para se colocar entre ele e nosso mundo cruel, mas meu pai se foi e eu também. Eu poderia muito bem estar morto, por todo o bem que eu faço para meus irmãos e irmãs. Livvy andaria sobre brasas e serpentes sibilantes por Ty, mas ela é tão jovem quanto ele. Ela não pode fazer e ser tudo para ele. Helen está tendo dificuldades com Tiberius? Tiberius é feliz?

— Não sei — respondeu Simon, impotente. — Acho que sim.

Tudo que ele sabia era que existiam muitas crianças Blackthorn: vítimas da guerra sem nome e sem rosto.

— E tem Tavvy — disse Mark.

Sua voz se tornou mais forte à medida que continuou falando, e ele usava apelidos para seus irmãos e irmãs, em vez dos nomes completos que Simon tinha se esforçado tanto para lembrar. Simon supunha que Mark normalmente não pudesse nem falar sobre sua vida mortal ou sua família

Nephilim. Ele não queria pensar no que a Caçada Selvagem poderia fazer com Mark caso ele tentasse.

— Ele é tão pequeno — disse Mark. — Não vai se lembrar do papai, ou da m... da mãe dele. Ele é muito pequeno. Eles me deixaram pegá-lo no dia em que nasceu, e a cabeça dele cabia na palma da minha mão. Ainda consigo sentir seu peso, mesmo quando não consigo lembrar o nome. Eu o segurei, e sabia que precisava sustentar a cabeça: que era minha a obrigação de segurá-lo e protegê-lo. Pela eternidade. Ah, mas a eternidade dura muito pouco no mundo mortal. Ele também não vai se lembrar de mim. Talvez até Drusilla vá acabar me esquecendo. — Mark balançou a cabeça. — Mas acho que não. Dru decora tudo, e ela tem o coração mais meigo de todos. Espero que as lembranças que guarde de mim permaneçam doces.

Clary deve ter mencionado a Simon todos os nomes dos Blackthorn, e falado um pouco sobre como cada um estava. Ela deve ter deixado escapar algumas informações tolas, as quais Simon teria descartado como inúteis, e que para Mark valeriam mais do que ouro.

Simon o encarou, impotente.

— Só me diga se Aline está ajudando com os mais jovens — disse Mark, sua voz cada vez mais nítida. — Helen não pode fazer tudo sozinha e Julian não vai ser capaz de ajudá-la! — A voz suavizou novamente. — Julian — disse ele. — Jules. Meu artista, meu sonhador. Coloque-o contra a luz e ele vai brilhar numa dúzia de cores diferentes. Tudo que importa para ele é sua arte e sua Emma. Ele vai tentar ajudar Helen, é claro, mas ainda é tão jovem. Eles são tão jovens, e podem se perder tão facilmente. Eu sei o que estou dizendo, Caçador de Sombras. Na terra sob a colina alvejamos os mais suaves e mais jovens. E eles nunca envelhecem conosco. Eles nunca têm a oportunidade de fazê-lo.

— Ah, Mark Blackthorn, o que estão fazendo com você? — sussurrou Simon.

Ele não conseguia afastar a dó de sua voz, e notou que aquilo feriu Mark: o rubor lento que surgiu em suas bochechas, e a forma como ele levantava o queixo, mantendo a cabeça erguida.

Mark disse:

— Nada que eu não consiga suportar.

Simon ficou em silêncio. Ele não tinha memória de tudo, mas se lembrava do quanto tinha mudado. Pessoas podiam suportar tanta coisa, mas Simon não sabia quanto do original restava depois de o mundo desfigurá-lo para um formato totalmente diferente.

— Eu me lembro de você — declarou Mark subitamente. — Nós nos conhecemos quando você estava a caminho do Inferno. Você não era humano.

— Não — respondeu Simon constrangido. — Não me lembro de muita coisa.

— Tinha um menino com você — prosseguiu Mark. — Cabelo como uma auréola, e olhos como fogo infernal, um Nephilim entre os Nephilim. Ouvi histórias a respeito dele. Eu... o admirava. Ele pressionou uma pedra de luz enfeitiçada em minha mão, e significou... significou muito para mim. Naquele momento.

Simon não se lembrava, mas sabia quem devia ser.

— Jace.

Mark fez que sim com a cabeça, quase distraidamente.

— Ele disse "mostre-me do que é feito um Caçador de Sombras; mostre a eles que não tem medo". Achei que estivesse mostrando, tanto ao Povo das Fadas quanto aos Caçadores de Sombras. Não podia fazer o que ele me pediu. Tive medo, mas não permiti que esse medo me travasse. Levei um recado para os Caçadores de Sombras e avisei que o Povo das Fadas estava cometendo uma traição e se aliando ao inimigo. Eu me certifiquei de que soubessem e conseguissem proteger a Cidade de Vidro. Eu os alertei, e os Caçadores poderiam ter me matado por isso, mas pensei que se morresse, morreria sabendo que meus irmãos foram salvos, e que todos ficariam sabendo que eu era um verdadeiro Caçador de Sombras.

— Sim — disse Simon. — Você deu o recado. Idris se protegeu, e seus irmãos foram salvos.

— Que herói eu sou — murmurou Mark. — Provei minha lealdade. E os Caçadores de Sombras me deixaram aqui para apodrecer.

Ele contorceu o rosto. Nas profundezas do coração de Simon, o medo se misturou à compaixão.

— Tentei ser um Caçador de Sombras, mesmo no coração do Reino das Fadas, e de que adiantou? "Mostre do que é feito um Caçador de Sombras!" Do que é feito um Caçador de Sombras, se eles abandonam os seus, se descartam o coração de um filho como se fosse lixo em beira de estrada. Diga-me, Simon Lewis, se Caçadores de Sombras são assim, por que você quer se tornar um?

— Porque nem todos são assim — respondeu Simon.

— E do que são feitas as fadas? Ouço Caçadores de Sombras dizendo que o Povo todo é mau agora, pouco mais do que demônios criados sobre a terra para fazerem o mal. — Mark sorriu, algo selvagem e enigmático no sorriso, como a luz solar brilhando através de uma teia de aranha. — E nós adoramos o mal, Simon Lewis, e às vezes a perversidade. Mas não é de todo ruim cavalgar pelos ventos, correr sobre as ondas e dançar nas montanhas, e é tudo o que me resta. Pelo menos a Caçada Selvagem ainda me quer. Talvez eu devesse mostrar aos Caçadores de Sombras do que é feita uma fada.

— Talvez — disse Simon. — Tem mais do que o mal em ambos os lados.

Mark sorriu, um terrível sorriso fraco.

— Para onde foram os bons? Tento me lembrar das histórias do meu pai, sobre Jonathan Caçador de Sombras, sobre todos os heróis maravilhosos que serviram como escudos para a humanidade. Mas meu pai está morto. Sua voz desbota pelo vento norte e a Lei que ele considerava sagrada é algo escrito na areia por uma criança. Nós rimos e comentamos que ninguém poderia ser tão tolo a ponto de acreditar que iria durar. Tudo o que é bom e verdadeiro se perdeu.

Simon nunca tinha considerado que poderia haver um lado bom em sua perda de memória. Ocorria-lhe agora que ele tinha desenvolvido uma leve compaixão acidental. Todas as suas lembranças tinham sido arrancadas de uma só vez, ao passo que as lembranças de Mark eram rasgadas e desbotadas, desmoronando uma a uma, na frieza sombria sob a montanha onde nada de bom durava.

— Queria me lembrar — disse Simon —, de quando nos conhecemos.

— Você não era humano — falou Mark amargamente. — Mas é humano agora. E se parece mais com um Caçador de Sombras do que eu.

Simon fez menção de falar e flagrou todas as palavras ausentes. Ele não sabia o que dizer: era verdade, como tudo que Mark tinha dito. Quando viu Mark, pensou em *fada*, e sentiu-se instintivamente desconfortável. A Academia dos Caçadores de Sombras devia estar fazendo mais efeito do que ele imaginava.

E o ambiente em que Mark estava também o tinha modificado, já o havia modificado profundamente. Havia uma característica estranha nele, que ia além dos ossos finos e das orelhas delicadamente pontudas das fadas. Helen também as possuía, mas no fim das contas ela agia como uma guerreira, tinha postura de Caçadora de Sombras, falava tal qual a Clave e as pessoas dos Institutos. Mark falava como um poema e caminhava como uma dança. Simon se perguntava se Mark seria capaz de se encaixar no mundo dos Caçadores de Sombras caso encontrasse seu caminho de volta.

Ele se questionava se Mark havia se esquecido de como mentir.

— O que pensa que sou, aprendiz de Caçador de Sombras? — perguntou Mark. — O que acha que devo fazer?

— Mostre do que Mark Blackthorn é feito — respondeu Simon. — Mostre a todos eles.

— Helen, Julian, Livia, Tiberius, Drusilla, Octavian. E Emma — sussurrou Mark, a voz baixa e reverente, uma voz que Simon reconhecia da Sinagoga, das mães chamando seus filhos, dos momentos e lugares em que ouvia pessoas invocando aquilo que viam como mais sagrado. — Meus irmãos e irmãs são Caçadores de Sombras, e em nome deles vou ajudar você. Eu vou.

Ele se virou e gritou:

— Hefeydd!

Hefeydd das orelhas roxas voltou para o campo visual, emergindo das árvores.

— Este Caçador de Sombras é meu parente — disse Mark, com alguma dificuldade. — Ousa insistir que tem propriedade sobre um parente da Caçada Selvagem?

Isso era ridículo. Simon nem era um Caçador de Sombras ainda, Hefeydd jamais iria acreditar — exceto que cá estava Mark, percebeu Simon. Ele era fada, com toda a aparência de fada, e uma fada temível. Nem Simon sabia se ele podia mentir.

— Claro que eu não insistiria — disse Hefeydd, fazendo uma reverência. — Isto é...

Simon estava olhando para o céu. Nem tinha se dado conta disso, de que estava examinando o céu desde que alguém caíra dali, até agora.

Agora que Simon estava observando, ele conseguia enxergar o que estava acontecendo mais claramente: não alguém caindo do céu, mas um cavalo selvagem celeste vindo para a terra e derrubando seu cavaleiro. Este cavalo era branco como uma nuvem ou uma bruma de formato brilhante, e o cavaleiro arremessado ao chão era deslumbrante de tão branco também. Ele tinha cabelo cobalto, o azul-escuro de fim de tarde antes de se transformar na obscuridade da noite, e um olho prateado reluzente.

— O príncipe — sussurrou Hefeydd.

— Mark da Caçada — disse o novo fada. — Gwyn o enviou para descobrir por que a Caçada tinha sido interrompida. Ele não sugeriu que você atrasasse a Caçada demorando-se mais um ano e um dia. Está fugindo?

A pergunta foi feita com emoção implícita, apesar de Simon não saber se era desconfiança ou outra coisa. Deu para perceber que a pergunta havia soado mais séria, talvez, do que seu interlocutor pretendia.

Mark apontou para si.

— Não, Kieran. Como pode perceber, Hefeydd capturou um Caçador de Sombras, e fiquei curioso.

— Por quê? — perguntou Kieran. — Os Nephilim são seu passado, e olhar para trás só traz feitiços quebrados e promessas desperdiçadas. Olhe para a frente, para o vento selvagem e para a Caçada. E para as minhas costas, porque provavelmente estarei na sua frente em qualquer caçada.

Mark sorriu, do jeito que se fazia com um amigo a quem se estava acostumado a provocar.

— Eu me lembro de várias caçadas nas quais isso não aconteceu. Mas vejo que você pretende ter sorte no futuro, enquanto eu me apoio em habilidades.

Kieran riu. Simon sentiu uma ponta de esperança — se aquele fada fosse amigo de Mark, então a missão de resgate ainda estava em curso. Ele se aproximou de Mark inconscientemente, a mão segurando uma das barras da jaula. O olho de Kieran foi atraído pelo movimento, e por um instante ele encarou Simon com olhos totalmente frios: olhos escuros e espelhados.

Simon sabia, sem a menor sombra de dúvida, e sem imaginar por que, que Kieran não gostava de Caçadores de Sombras e não desejava nenhum bem a Simon.

— Deixe Hefeydd com seu brinquedinho — disse Kieran. — Vamos.

— Ele me contou algo interessante — informou Mark a Kieran com a voz frágil. — Ele disse que a Clave votou contra virem atrás de mim. Meu povo, as pessoas que me criaram, me educaram e em quem eu confiava, concordou em me deixar aqui. Pode acreditar nisso?

— E você está surpreso? Seu povo sempre gostou de crueldade tanto quanto de justiça. A espécie dele não tem mais nada a ver com você — disse Kieran, com a voz suave e persuasiva, colocando a mão no pescoço de Mark. — Você é Mark da Caçada Selvagem. Você monta no ar, a cento e cinquenta vertiginosos quilômetros de altura de todos eles. Eles nunca mais vão te machucar, a não ser que você deixe. Não deixe. Vamos embora.

Mark hesitou, e Simon se flagrou duvidando. Kieran tinha razão, afinal. Mark Blackthorn não devia nada aos Caçadores de Sombras.

— Mark — disse Kieran, um fio de aço na voz. — Você sabe que existem membros da Caçada que procurariam qualquer razão para puni-lo.

Simon não sabia se as palavras de Kieran eram um aviso ou uma ameaça. Um sorriso cruzou o rosto de Mark, escuro como uma sombra.

— Melhor do que você — respondeu. — Mas agradeço a preocupação. Eu vou, e me explicarei para Gwyn. — Ele se virou para olhar para Simon, seus olhos bicolores ilegíveis, cor de mar e bronze. — Vou voltar. Não o machuque — disse ele a Hefeydd. — Dê água a ele.

Ele assentiu para Hefeydd, com uma leve ênfase no gesto, e assentiu para Simon, que retribuiu o gesto.

Kieran, a quem Hefeydd tinha chamado de príncipe, continuou segurando Mark e o virou de modo que ele ficasse de costas para Simon. Ele sussurrou algo para Mark, que Simon não conseguiu ouvir, e Simon não soube dizer se o aperto de Kieran era carinho, ansiedade ou desejo de aprisionar.

Simon não tinha dúvida de que se a vontade de Kieran fosse feita, Mark não voltaria.

Mark assobiou e Kieran imitou o som. Do vento, como uma sombra e uma nuvem, vieram um cavalo escuro e outro claro descendo para seus cavaleiros. Mark saltou no ar e desapareceu num lampejo de escuridão, com um grito de alegria e desafio.

Hefeydd riu, o ruído rastejando pela grama.

— Ah, darei água com prazer — disse ele, e se aproximou com um copo feito de casca de árvore, cheio até a borda com uma água que brilhava sob a luz.

Simon esticou o braço através das grades e aceitou a bebida, mas se atrapalhou e derrubou metade da água. Hefeydd praguejou e pegou o copo, levantando-o até os lábios de Simon, e deu um sorriso cheio de incentivo.

— Ainda tem um pouco — sussurrou ele. — Pode beber. Beba.

Só que Simon era treinado na Academia. Ele não tinha qualquer intenção de aceitar comida nem bebida das fadas, e tinha certeza de que Mark não queria que ele o fizesse. Mark tinha acenado para a chave pendurada na manga comprida da capa de Hefeydd.

Simon fingiu beber enquanto Hefeydd sorria. Ele enfiou a chave no uniforme sorrateiramente, e quando Hefeydd saiu, ele aguardou, e contou os minutos até concluir que a barra estava limpa. Então esticou o braço através das grades, meteu a chave na fechadura e abriu a jaula.

Daí ouviu um barulho, e congelou.

Emergindo das árvores verdes sussurrantes, vestindo uma jaqueta de veludo vermelho e um vestido longo de renda preta que se transformava em teias de aranha transparentes na altura dos joelhos, com botas de inverno e luvas vermelhas das quais Simon achava que conseguia se lembrar, graciosa como uma gazela e determinada como um tigre, vinha Isabelle Lightwood.

— Simon! — exclamou ela. — O que você pensa que está fazendo?

Simon sorveu Isabelle com os olhos, melhor do que a água de qualquer região. Ela viera para buscá-lo. Os outros provavelmente tinham voltado para a Academia e contado que Simon estava perdido no Reino das Fadas, e Isabelle correu para encontrá-lo. Antes de qualquer pessoa, quando ela deveria estar se arrumando para o casamento. Mas era Isabelle, e isso significava que ela estava sempre pronta para lutar e defender.

Simon se lembrava de ter sido tomado por uma sensação conflitante quando ela o salvara de uma vampira no ano passado. Neste momento ele não conseguia imaginar por quê.

Ele estava mais esperto agora, pensou, tinha conhecido o jeito de Isabelle outra vez e sabia por que ela sempre viria.

— Hum, eu estava agora mesmo fugindo do meu cativeiro horroroso — comentou Simon. Em seguida deu um passo para trás, encontrou os olhos de Isabelle, e sorriu. — Mas, você sabe... não se você não quiser.

Os olhos de Isabelle, que estavam duros de preocupação e determinação, se iluminaram de repente.

— O que está dizendo, Simon?

Simon esticou as mãos.

— Só estou dizendo que se você veio até aqui para me salvar, não quero parecer mal-agradecido.

— Ah, não?

— Não, sou do tipo que demonstra gratidão — respondeu ele com firmeza. — Então aqui estou, esperando humildemente pelo resgate. Espero que saiba direitinho como me salvar.

— Acho que posso ser persuadida — disse Isabelle. — Se receber algum incentivo.

— Ah, por favor — disse Simon. — Sofri na prisão, rezando para que alguma pessoa forte, corajosa e gata aparecesse para me salvar. Me salve!

— Forte, corajosa *e* gata? Você não é lá muito exigente, Lewis.

— É disso que preciso — disse Simon, com crescente convicção. — Eu preciso de uma heroína. Estou esperando por uma heroína, na verdade, até o amanhecer. E ela tem que vir mesmo, e tem que ser logo, porque fui sequestrado por fadas do mal, e ela tem que ser muito imponente.

Isabelle parecia muito imponente, como uma garota numa tela de cinema com seu batom brilhando como a luz das estrelas e música tocando para acompanhar cada movimento do seu cabelo.

Ela abriu a porta da jaula e entrou, galhos estalando sob suas botas, e cruzou a jaula para abraçar o pescoço de Simon. Simon a puxou e a beijou nos lábios. Ele sentiu a exuberância de sua boca rubi, o deslizar de seu corpo esguio, lindo e forte contra o dele. O beijo de Isabelle era como um vinho encorpado servido só para ele, como um desafio oferecido e uma promessa mantida.

Ele sentiu, curvando-se contra sua boca, o sorriso dela.

— Bem, Lorde Montgomery — murmurou Isabelle. — Fazia tanto tempo. Temi que nunca mais fosse voltar a vê-lo.

Simon desejou ter encarado o chuveiro da Academia de manhã. De que importavam os ratos em face do verdadeiro amor?

Ele sentiu o sangue pulsando em seus ouvidos e ouviu um pequeno rangido: a porta da jaula se fechando outra vez.

Simon e Isabelle se separaram subitamente. Isabelle parecia pronta para o ataque, como uma tigresa. Hefeydd não pareceu particularmente preocupado.

— Dois Caçadores de Sombras pelo preço de um, e mais uma ave para minha gaiola — disse Hefeydd. — E que bela ave.

— Acha que sua gaiola segura esta ave aqui? — perguntou Isabelle. — Está sonhando. Eu entrei, e posso sair.

— Não sem sua estela e sua bolsa de truques — disse Hefeydd. — Jogue para mim por entre as grades, ou dou um tiro no seu amante, e você assiste enquanto ele morre.

Isabelle olhou para Simon e, impassível, começou a se livrar de suas armas e empurrá-las através das barras da jaula. Agora Simon já estava — talvez perturbadoramente — consciente da localização de muitas das armas de Isabelle, e notou que ela havia pulado a faca no interior de sua bota esquerda. Ah! E a faca longa na bainha em suas costas.

Isabelle tinha muitas, muitas facas.

— Não vai demorar até você precisar de água para sobreviver, bela ave — disse Hefeydd. — Posso esperar.

Ele recuou. Isabelle se jogou no fundo da jaula como se suas cordas tivessem sido cortadas.

Simon a encarou, horrorizado.

— Isabelle...

— Estou tão humilhada — disse Isabelle, com o rosto nas mãos. — Sequer o ouvi entrar. Envergonhei o nome Lightwood. Envergonhei muito. Humilhação total, total.

— Estou extremamente lisonjeado, se isso ajuda.

— Eu me distraí beijando um garoto e então fui aprisionada por um duende — resmungou Isabelle. — Você não entende! Você não se lembra, mas eu nunca fui assim antes de você. Nenhum menino nunca significou nada para mim. Eu tinha classe. Eu tinha um propósito. Eu não tinha paixonites tolas, porque eu nunca fui tola. Eu era pura habilidade de batalha metida num bustiê. Ninguém era capaz de acabar com meu *autocontrole* na caça aos demônios. Eu era incrível antes de te conhecer! E agora gasto meu tempo correndo atrás de um cara com amnésia demoníaca e perdendo a cabeça em território inimigo! Agora sou uma pateta!

Simon esticou o braço para pegar uma das mãos de Isabelle, e logo depois a fez tirar a mão do rosto e entrelaçar os dedos aos dele.

— Podemos ser dois patetas juntos numa jaula.

— Você definitivamente é um pateta — disparou Isabelle. — Lembre-se, você continua sendo um mundano.

— Como eu poderia me esquecer?

— Não lhe ocorreu que eu pudesse ser uma fada disfarçada com um feitiço forte, enviada para enganá-lo?

Você se lembra do nome do seu coração?

— Não — disse Simon. — Sou um pateta, mas não tão pateta assim. Não me lembro de todo o nosso passado, mas me lembro de coisas suficientes. Ainda não aprendi tudo sobre você agora que temos uma segunda chance, mas aprendi o bastante. Reconheço você quando te vejo, Isabelle.

Isabelle olhou para ele por um longo instante, e em seguida ofereceu seu sorriso adorável e desafiador.

— Nós somos dois patetas indo para um casamento — disse ela. — Espero que você tenha notado que eu deixei que ele pensasse que entrei sozinha nesta jaula. Claro, eu guardei a chave antes de entrar. — Ela tirou a chave da frente do vestido e a ergueu, brilhante à luz das fadas. — Posso ser uma pateta, mas não sou burra.

Ela se levantou de um pulo, sua saia de renda balançando ao redor das pernas feito um sino, e os soltou da jaula. Depois pegou as armas e a estela do chão, e uma vez que seu arsenal foi guardado, ela pegou a mão de Simon.

Tinham dado apenas alguns passos na floresta das fadas quando uma sombra desceu sobre eles. Isabelle fez menção de sacar as facas, mas era apenas Mark.

— Ainda não fugiu? — perguntou Mark, parecendo cansado. — E parou para pegar uma amante?

Isabelle parou onde estava. Ela, ao contrário de Simon, o reconheceu imediatamente.

— Mark Blackthorn? — perguntou.

— Isabelle Lightwood — observou Mark, imitando o tom de voz dela.

— Nós já nos conhecemos — revelou Simon. — Ele me ajudou a conseguir a chave.

— Ah, sim — disse Mark, inclinando a cabeça igual a uma ave. — Não foi um acordo desvantajoso. Você me deu informações muito interessantes sobre os Caçadores de Sombras e a lealdade que dispensam aos seus.

Isabelle aprumou as costas, como fazia em qualquer desafio, o cabelo escuro esvoaçando como uma bandeira enquanto ela dava um passo em direção a ele.

— Você foi muito injustiçado — disse ela. — Sei que é um verdadeiro Caçador de Sombras.

Mark deu um passo para trás.

— Sabe? — indagou ele num sussurro.

— Se serve de consolo, não concordo com a decisão da Clave.

— Essa é a Clave, não é? Quero dizer, eu gosto de Jia Penhallow, e não que eu... desgoste do seu pai — falou Simon não muito à vontade, pois não gostava de Robert Lightwood. — Mas a Clave é basicamente formada por um bando de babacas, certo? Todos nós sabemos disso.

Isabelle estendeu a mão, com a palma para baixo, e a remexeu num gesto que dizia *Seu argumento faz sentido, mas me recuso a concordar em voz alta.*

Mark riu.

— É — disse ele, e soou um pouco mais são, um pouco mais humano, como se a risada o tivesse aterrado de algum jeito. Tinha um sotaque que não fazia Simon pensar em *fadas*, mas em "garoto de Los Angeles". — Basicamente uns babacas.

Houve um farfalhar nas árvores, o vento ganhando força. Simon pensou ter ouvido risadas e vozes, batidas de cascos nas nuvens, correntes de ar e o latido de cães. Os barulhos de uma caça, da Caçada, a caça mais impiedosa deste ou de qualquer mundo. Fracos, mas não distantes o suficiente, e se aproximando.

— Venha conosco — disse Isabelle de repente. — Qualquer que seja o preço a ser pago, eu pagarei.

Mark lançou a ela um olhar igualmente admirador e desdenhoso. Balançou a cabeça loura, folhas tremendo e a luz penetrando em seus cachos reluzentes.

— O que você acha que aconteceria se eu fosse? Eu iria para casa... casa... e a Caçada Selvagem iria me acompanhar até lá. Acha que nunca sonhei milhares de vezes em fugir para casa? Toda vez que isso acontece, vejo o doce Julian perfurado com as lanças da Caçada Selvagem. Vejo a pequena Dru e o bebê Tavvy pisoteados. Eu vejo meu Ty dilacerado pelos cães de caça. Não posso ir até que haja algum jeito de chegar até eles sem trazer destruição. Eu não irei. Vão vocês, e rápido.

Simon puxou Isabelle para trás, para perto das árvores. Ela resistiu, seus olhos ainda em Mark, mas daí se permitiu ser arrastada para o esconderijo entre as folhas enquanto mais fadas desciam, luzes entre as árvores, sombras contra o sol.

— Qual problema você está causando agora, Caçador de Sombras? — perguntou uma fada montada num cavalo Ruão, rindo enquanto o corcel rodopiava. — Que história é essa de outros da sua espécie?

— Não tem história — respondeu Mark.

Mais cavalos estavam se juntando a eles, mais e mais da Caçada Selvagem. Simon viu Kieran, uma presença branca silenciosa. O fada montado virou seu cavalo para o ponto onde Simon e Isabelle se encontravam, e Simon viu o animal farejar o ar como um cão.

O cavaleiro apontou.

— Então por que vejo Caçadores de Sombras em nossas terras, e que não respondem a nós? Devo perguntar o que querem?

Ele avançou, mas não chegou muito longe. Vestia uma capa bordada em prata, estampando constelações, a prata enfeitiçada para se mexer como se o tempo estivesse acelerado e os planetas girassem depressa demais para o olhar humano. O cavalo parou de súbito e o cavaleiro quase caiu quando sua bela capa prateada foi presa a uma árvore por uma flecha bem atirada.

Mark abaixou o arco.

— Não estou vendo nada — disse ele, pronunciando a mentira com certa satisfação. — E o nada tem que ir... agora.

— Ah, garoto, você vai pagar por isso — sibilou o cavaleiro.

Os cavalos e os cavaleiros gritaram como pterodátilos, circulando em volta dele, mas Mark Blackthorn do Instituto de Los Angeles se manteve firme.

— Corram! — gritou ele. — Voltem para casa em segurança! Digam à Clave que salvei mais vidas Nephilim, que serei um Caçador de Sombras e condenado por eles, que serei uma fada e os amaldiçoarei! E digam à minha família que os amo, os amo, e jamais me esquecerei. Um dia voltarei para casa.

Simon e Isabelle fugiram.

George se jogou em Simon assim que ele e Isabelle apareceram na Academia, abraçando-o com força. Beatriz, e até mesmo Julie, para choque de Simon, voaram para ele um segundo depois de George, e ambas socaram os braços dele sem dó.

— Ai — disse Simon.

— Estamos tão felizes que esteja vivo! — disse Beatriz, socando-o novamente.

— Por que me ferir com seu amor? — perguntou Simon. — Ai.

Ele se desvencilhou do abraço, emocionado, porém também levemente machucado, depois olhou em volta à procura de mais um rosto familiar. Sentiu o frio do medo.

— Marisol está bem? — perguntou.

Beatriz riu.

— Ah, ela está mais do que bem. Está na enfermaria com Jon fazendo tudo que ela quer. Porque vocês mundanos não podem se curar com símbolos, e ela está extraindo o máximo possível desta situação. Não sei se Jon está mais apavorado com a ideia da fragilidade dos mundanos, ou com o fato de ela não parar de ameaçar explicar a ele sobre o funcionamento das máquinas de raios X.

Simon ficou muito impressionado por nem mesmo um tiro ser capaz de abater Marisol e toda sua perversidade.

— Achamos que *você* pudesse estar morto — disse Julie. — O Povo das Fadas vai fazer qualquer coisa para descarregar a raiva que sente dos Caçadores de Sombras, aquelas cobras malignas e traiçoeiras. Poderiam ter feito qualquer coisa a você.

— E teria sido minha culpa — disse George, pálido. — Você estava tentando me conter.

— Teria sido culpa das fadas — disse Julie. — Mas você foi relapso. Tem que se lembrar do que elas são: menos humanas do que tubarões.

George estava assentindo, humilde. Beatriz parecia concordar totalmente.

— Quer saber? — disse Simon. — Para mim, já basta.

Todos o encararam com uma incredulidade confusa. Mas Isabelle olhou para ele e sorriu. Ele finalmente se achou capaz de compreender o fogo que ardia em Magnus, o que o fazia continuar falando quando a Clave não ouvia.

— Sei que todos vocês acham que vivo criticando os Nephilim — continuou Simon. — Eu sei que vocês acreditam que não valorizo o suficiente as tradições sagradas do Anjo e o fato de vocês estarem sempre prontos a arriscar suas vidas, em qualquer dia, para proteger seres humanos. Eu sei que vocês acham que não importa para mim, mas importa. Isso significa muito. Mas não me dou ao luxo de enxergar as coisas por apenas uma perspectiva. Vocês todos percebem quando eu critico os Caçadores de Sombras, mas nenhum de vocês repara quando falam sobre seres do Submundo. Eu *era* um ser do Submundo. Hoje fui salvo por alguém que a Clave resolveu condenar como um ser do Submundo, mesmo ele tendo sido tão corajoso quanto qualquer Caçador de Sombras, mesmo que ele ainda seja leal. Parece que vocês querem que eu simplesmente aceite que os Nephilim são ótimos e que nada precisa mudar, mas não vou aceitar nada disso.

Ele respirou fundo. Sentiu como se todo o consolo daquela manhã lhe tivesse sido arrancado. Mas talvez fosse melhor assim. Talvez ele estivesse ficando confortável demais.

— Eu não iria querer ser um Caçador de Sombras se pensasse que ia ser um Caçador de Sombras como seu pai ou o pai de seu pai. E eu não gostaria de nenhum de vocês tanto quanto gosto se eu achasse que vocês seriam Caçadores de Sombras como todos os Caçadores de Sombras antes de vocês. Eu quero que todos nós sejamos melhores. Eu ainda não descobri como mudar tudo, mas quero que tudo mude. E sinto muito se isso os chateia, mas eu vou continuar reclamando.

— Mais tarde — disse Isabelle. — Ele vai continuar reclamando mais tarde, porque agora vamos a um casamento.

Todos ficaram relativamente chocados pelo reencontro tão emotivo ter se transformado num discurso sobre os direitos dos seres do Submundo. Simon achou que Julie fosse bater nele, mas em vez disso ela lhe deu tapinhas nas costas.

— Tudo bem — disse ela. — Ouviremos seus resmungos tediosos mais tarde. Por favor, tente ser breve.

Ela saiu com Beatriz. Simon semicerrou os olhos por trás dela, e notou que Isabelle também estava imitando seu gesto, além de ostentar uma leve expressão de desconfiança.

Simon teve um instante de dúvida. George tinha falado sério quando mencionou que uma garota gostava de Simon, certo?

Certamente não era Julie. Não podia ser Julie.

Não, certamente não. Simon tinha certeza de que só estava sendo liberado porque tinha escapado por pouco do Reino das Fadas.

George recuou.

— Eu sinto muito mesmo, Si — falou para Simon. — Perdi a cabeça. Eu... talvez eu não estivesse pronto para ser líder de equipe. Mas um dia estarei pronto. Vou fazer o que você falou. Serei um Caçador de Sombras melhor do que os Caçadores de Sombras antes de nós. Você não terá mais que pagar pelos meus erros.

— George — disse Simon. — Tudo bem.

Nenhum deles era perfeito. Nenhum deles poderia ser.

O rosto alegre de George ainda parecia coberto por uma nuvem, ele estava mais infeliz do que nunca.

— Não vou fracassar de novo.

— Eu acredito em você — disse Simon, e sorriu para ele, até George finalmente sorrir de volta. — Porque é isso que os amigos fazem.

Assim que chegou em Idris, Simon se viu mergulhado na confusão do casamento. E a confusão do casamento parecia muito diferente dos tipos normais de confusão. Na verdade, havia muitas flores. Um maço de lírios caiu em cima de Simon e ele ficou segurando, com medo de se mexer, para o caso de as flores se soltarem e ele acabar sendo responsabilizado por estragar o casamento.

Muitos convidados estavam correndo de um lado a outro, mas só tinha um grupo composto inteiramente por crianças e nenhum adulto. Simon apertou os lírios e concentrou sua atenção nos Blackthorn.

Se não tivesse conhecido Mark Blackthorn, com certeza teria pensado neles como um bando de crianças anônimas.

Agora, no entanto, sabia que eram a família de alguém: o desejo do coração de alguém.

Helen, Julian, Livia, Tiberius, Drusilla, Octavian. E Emma.

Helen, magrinha e lourinha, Simon já conhecia. Ela estava num dos muitos quartos onde ele não podia entrar, recebendo tratamento misterioso de noiva.

Julian era o segundo mais velho, e ele era o núcleo calmo da multidão agitada dos Blackthorn. Estava com uma criança no colo, que era um pouco grande demais para ficar no colo, mas que ainda assim se agarrava ferozmente ao pescoço de Julian, como um polvo em território desconhecido. A criança devia ser Tavvy.

Todos os Blackthorn estavam arrumados para o casamento, mas já um pouco desalinhados, daquele jeito misterioso que acontecia com as crianças. Simon não sabia exatamente como. Com exceção de Tavvy, todos eram um pouco velhos demais para brincar na terra.

— Vou limpar Dru — ofereceu-se Emma, uma mocinha alta para seus quase catorze anos, com uma coroa de cabelo louro que a fazia se destacar entre os Blackthorn de cabelos escuros, como um narciso amarelo num canteiro de amores-perfeitos.

— Não, não perca seu tempo — disse Julian. — Sei que quer ficar um pouco com Clary. Você só fala nisso há, hum, sei lá, quinze mil anos, mais ou menos.

Emma o empurrou, brincalhona. Ela era mais alta do que ele: Simon também se lembrava de ter treze anos e ser mais baixo do que as garotas.

Todas as garotas, menos uma, lembrou-se ele lentamente, a verdadeira foto de seu ano de formatura se sobrepondo à falsa, da qual a pessoa mais importante de sua vida tinha sido removida digitalmente de um jeito meio porco. Clary sempre fora pequenina. Independentemente do quão baixinho ou desajeitado Simon se sentisse, ele sempre fora mais alto do que ela, e por isso sentia que era seu dever protegê-la.

Ele se perguntou se Julian desejava que Emma fosse mais baixa do que ele. Pelo olhar de Julian quando fitava Emma, ele não mudaria nadinha nela. *Sua arte e sua Emma*, dissera Mark, como se aqueles fossem os dois fatos essenciais sobre Julian. Seu amor pela beleza e seu desejo de criá-la, e sua melhor amiga no mundo. Eles seriam *parabatai*, Simon tinha certeza. Isso era legal.

Emma partiu na missão para encontrar Clary, dando um último sorriso para Julian.

Só que Mark estivera enganado. A arte e Emma claramente não eram as únicas coisas que ocupavam os pensamentos de Julian. Simon ficou observando enquanto ele segurava Tavvy e se inclinava sobre uma garotinha de rosto redondo e cabelos castanhos.

— Perdi minha coroa de flores e não consigo encontrar em lugar nenhum — sussurrou a menina.

Julian sorriu para ela.

— É isso que acontece quando você perde as coisas, Dru.

— Mas se eu não estiver de coroa, como Livvy, Helen vai achar que sou descuidada e que não ligo para as coisas, e que não gosto dela tanto quanto Livvy. Livvy ainda está com a coroa dela.

A outra garota no grupo, mais alta do que Dru e naquela fase em que os braços e pernas ficam finos como palitos e longos demais para o restante do corpo, de fato estava usando uma coroa de flores nos cabelos castanho-claros. Ela estava colada a um menino que usava fones de ouvido no meio do caos do casamento, e seus olhinhos acinzentados estavam fixos em alguma visão particular ao longe.

Livvy andaria sobre brasas e serpentes sibilantes por Ty, dissera Mark. Simon se lembrava da ternura infinita com que Mark dissera: *meu Ty*.

— Helen conhece você o suficiente para não achar nada disso — disse Julian.

— Sim, mas... — Drusilla puxou a manga dele para que ele se abaixasse e ela pudesse falar, num sussurro agonizante: — Tem tanto tempo que ela se foi. Talvez não se lembre... de tudo a meu respeito.

Julian virou a cara, de modo que nenhum de seus irmãos pudesse ver sua expressão. Só Simon notou a dor, e soube então que não era para ter percebido aquilo. Sabia que não teria percebido se não tivesse encontrado Mark Blackthorn, se não tivesse prestado atenção.

— Dru, Helen te conhece desde que você nasceu. Ela se lembra de tudo.

— Mas na dúvida — disse Drusilla. — Ela vai embora de novo em breve. Quero que ela me ache uma boa menina.

— Ela sabe que você é boa — disse Julian a ela. — A melhor. Mas vamos encontrar sua coroa de flores, tudo bem?

Os mais novos não conheciam Helen como Julian conhecia, como uma irmã sempre presente. Não podiam se apoiar em alguém que estava tão longe.

Julian era o pai deles, pensou Simon, horrorizado. Não havia mais ninguém.

Embora os Blackthorn tivessem uma família que queria desesperadamente estar presente para eles. A Clave tinha separado uma família, e Simon não sabia que efeitos isso poderia causar no futuro, ou como os machucados provocados pela Clave iriam se curar.

Ele pensou, novamente, como se ainda estivesse falando com seus amigos na Academia: *temos que ser melhores do que isso. Caçadores de Sombras têm que ser melhores do que isso. Temos que descobrir que tipo de Caçadores de Sombras queremos ser, e mostrar para eles.*

Talvez Mark não conhecesse Julian tão bem quanto imaginava. Ou talvez o irmãozinho de Mark tivesse mudado silenciosa e profundamente, por falta de opção.

Todos eles tiveram que mudar. Mas Julian era tão jovem.

— Oi — disse Simon. — Posso ajudar?

Os dois irmãos não se pareciam muito, mas Julian enrubesceu e levantou o queixo do mesmo jeito que Mark fazia: como se independentemente de qualquer coisa, ele fosse orgulhoso demais para admitir que estava sofrendo.

— Não — disse ele, e lançou a Simon um sorriso alegre e caloroso, que foi até bastante convincente. — Tudo bem. Eu resolvo.

Pareceu sincero, até Julian Blackthorn sair do alcance de Simon, e então Simon notou novamente que o menino carregava uma criança grande demais para ele, e que tinha mais outra criança agarrada à sua camisa. Simon conseguia enxergar de fato o tamanho do fardo naqueles pequenos ombros.

Simon não entendia totalmente as tradições dos Caçadores de Sombras.

Havia muita coisa na Lei que determinava com quem você poderia ou não poderia se casar: se você se casasse com um mundano que não Ascendesse, perderia as Marcas e ficaria por conta própria. Você podia se casar com um ser do Submundo numa cerimônia mundana ou do próprio Submundo, e não estaria por conta própria, mas todos ficariam envergonhados, e algumas pessoas iriam agir como se seu casamento não contasse, e sua terrivelmente tradicional tia-avó Nerinda ia começar a se referir a você como a vergonha da família. Além disso, com a Paz Fria funcionando como funcionava, qualquer Caçador de Sombras que quisesse se casar com uma fada provavelmente ficaria mal.

Mas Helen Blackthorn era uma Caçadora de Sombras, pela Lei deles mesmos, independentemente da quantidade de pessoas que não gostavam dela ou não confiavam nela por causa de seu sangue de fada. E os Nephilim não tinham nada em sua preciosa Lei que dizia que Caçadores de Sombras não podiam se casar com alguém do mesmo sexo. Possivelmente porque nos velhos tempos isso nunca havia ocorrido a ninguém nem mesmo como uma possibilidade.

Então Helen e Aline podiam se casar, numa cerimônia totalmente Nephilim, aos olhos de ambas as famílias e do mundo. Mesmo que fossem exiladas novamente logo depois, elas teriam o casamento.

Em um casamento Nephilim, Simon ficara sabendo, você se vestia de dourado e marcava o símbolo do casamento sobre as mãos e os corações um do outro. Havia uma tradição como aquela de entregar a noiva no altar que era válida para ambos os noivos. A noiva e o noivo (neste caso, a noiva e a noiva) escolheriam a pessoa mais importante da família — às vezes o pai, mas às vezes a mãe, um *parabatai*, um irmão ou um amigo escolhido, ou mesmo o próprio filho ou um ancião que representasse toda a família — e o escolhido, ou *suggenes* entregaria a noiva ou o noivo a seu amado, e acolheria o amado na própria família.

Isso nem sempre era possível em casamentos Nephilim, porque às vezes toda a família e os amigos tinham sido devorados por demônios. Quando o assunto era Caçadores de Sombras, nunca dava para saber. Mas Simon achava bem lindo que Jia Penhallow, Consulesa e membro mais importante da Clave, fosse estar presente como *suggenes* para entregar sua filha Aline aos escandalosos e envenenados Blackthorn, e para receber Helen no coração de sua família.

Aline fora ousada em sugerir. Jia fora ousada em aceitar. Mas Simon concluiu que a Clave já tinha exilado a filha de Jia: o que mais poderiam fazer? E que jeito melhor e mais educado de cuspir educadamente neles do que dizer: Helen, a menina-fada que vocês desprezaram e expulsaram, agora é como se fosse filha da Consulesa.

Do que é feito um Caçador de Sombras, se eles abandonam os seus, se descartam o coração de um filho como se fosse lixo em beira de estrada?

Julian foi o escolhido para entregar Helen. Ele estava ali com suas roupas bordadas em ouro, de braços dados com a irmã, e seus olhos que eram como um mar ao sol brilhavam como se ele estivesse tão feliz quanto uma criança poderia ser. Como se ele não tivesse qualquer preocupação no mundo.

Tanto Helen quanto Aline usavam vestidos dourados, fios dourados brilhando como a luz das estrelas no cabelo escuro de Aline. As duas estavam tão felizes que seus rostos brilhavam mais do que seus vestidos. Estavam no centro da cerimônia, sóis gêmeos, e por um momento todo o mundo pareceu girar e rodar em volta delas.

Helen e Aline desenharam os símbolos do casamento sobre os corações uma da outra com mãos firmes. Quando Aline puxou a cabeça esplendorosa de Helen para a dela, para um beijo, todo o salão aplaudiu.

— Obrigada por nos deixar vir — sussurrou Helen depois que a cerimônia acabou, abraçando a agora sogra.

Jia Penhallow abraçou a nora e disse, com uma voz consideravelmente mais alta do que um sussurro:

— Sinto muito por ter que permitir que a mandem embora de novo.

Simon não contou a Julian Blackthorn sobre ter encontrado Mark, assim como não contou a Mark que Helen não podia cuidar das crianças Blackthorn mais. Parecia uma crueldade terrível colocar mais um fardo sobre ombros que já carregavam mais fardos do que conseguiam tolerar. Parecia melhor mentir, tal como as fadas não conseguiam fazer.

Mas quando se aproximou de Helen e Aline para parabenizá-las, ele deu um beijo na bochecha de Helen para poder sussurrar ao seu ouvido:

— Seu irmão Mark mandou lembranças e felicitações pelo seu amor.

Helen o encarou, lágrimas repentinas em seus olhos, mas o sorriso ainda mais radiante do que antes.

Tudo vai mudar para os Caçadores de Sombras, pensou Simon. *Para todos nós. Precisa mudar.*

Simon recebeu permissão especial para passar a noite em Idris, assim não precisaria sair cedo do casamento.

Ia haver um baile mais tarde, mas por enquanto as pessoas estavam em pé em grupos, conversando. Helen e Aline estavam sentadas no chão, no centro dos Blackthorn, como duas flores douradas que tinham brotado e florescido. Tiberius estava descrevendo a Helen, com uma voz grave, como ele e Julian tinham se preparado para o casamento.

— Abordamos qualquer possível cenário que pudesse ocorrer — disse ele a ela. — Como se estivéssemos reconstruindo uma cena de crime, mas de trás para a frente. Então sei exatamente o que fazer, independentemente do que aconteça.

— Isso deve ter dado muito trabalho — disse Helen. Tiberius fez que sim com a cabeça. — Obrigada, Ty. Fico muito agradecida, de verdade.

Ty pareceu satisfeito. Dru, com sua coroa de flores e sorrindo de orelha a orelha, puxou a saia de Helen para chamar sua atenção. Simon pensou que raramente tinha visto um grupo com pessoas tão felizes.

Tentou não pensar no que Mark daria para poder estar presente.

— Quer dar uma volta pelo rio comigo e com Izzy? — perguntou Clary, cutucando-o.

— Como assim, sem Jace?

— Ah, vejo Jace o tempo todo — disse Clary, com o conforto de um amor familiar e confiável. — Ao contrário do meu melhor amigo.

Jace — que estava sentado conversando com Alec, que, mais uma vez, não tinha endereçado uma palavra a Simon — fez um gesto obsceno para Simon quando ele saiu com Isabelle e Clary, uma em cada braço. Simon não acreditou que Jace estivesse mesmo com raiva. Jace o abraçou quando o viu, e Simon estava cada vez mais convencido de que ele e Jace não tinham uma relação repleta de abraços antes.

Mas, aparentemente, agora eles se abraçavam.

Simon, Isabelle e Clary foram caminhar perto do rio. As águas pareciam cristais pretos, e ao longe as torres demoníacas brilhavam como colunas do próprio luar. Alicante era linda no inverno, uma cidade delicada onde o gelo complementava o vidro. Simon andava um pouco mais devagar do que as meninas, menos acostumado do que elas à estranheza e à magia da cidade, uma cidade que a maior parte do mundo nem sabia que existia, o coração esplendoroso de uma terra secreta e escondida.

Ele já estava adaptado à Academia agora. Sem dúvida aconteceria o mesmo em relação à Idris com o tempo.

Tanta coisa tinha mudado, e Simon também tinha. Mas no fim das contas, ele não perdera o que possuía de mais precioso. Tinha recuperado o nome de seu coração.

Isabelle e Clary olharam para ele, caminhando tão próximas que a cabeleira escura de Isabelle se misturava aos cachos flamejantes de Clary. Simon sorriu, ciente da sorte que tinha, em comparação a Mark Blackthorn, que estava preso, longe de quem mais amava, e em comparação a bilhões de outras pessoas que não sabiam qual era a coisa que mais amavam.

— Você vem, Simon? — perguntou Isabelle.

— Vou — respondeu ele. — Estou indo.

Ele tinha sorte por conhecê-las, e sorte por saber o que significavam para ele, e o que ele significava para elas: amado, lembrado e jamais esquecido.

O teste de fogo

por Cassandra Clare e Maureen Johnson

Simon olhou para baixo para mandar Clary olhar para a estátua, mas Clary tinha desaparecido. Ele deu uma volta completa em torno de si. Ela não estava em lugar nenhum.

O teste de fogo

Simon estava começando a questionar as lareiras. Lareiras não gostavam dele. As lareiras se movimentavam.

Isso parecia paranoia.

Lá fora, as árvores estavam nuas e a grama, marrom. Lá dentro, até o lodo tinha se refugiado do inverno entre as pedras nas paredes do porão. Caçadores de Sombras não acreditavam no poder de um aquecedor central. A Academia tinha lareiras, nunca muito próximas entre si, e nunca próximas o bastante de ninguém. Independentemente de onde Simon sentasse, elas ficavam no extremo oposto, crepitando ao longe. Os alunos da elite tendiam a chegar primeiro e sentavam perto do fogo. Mas mesmo quando não apareciam — mesmo quando todo mundo entrava ao mesmo tempo —, Simon sempre acabava longe do calor. Quando se está com frio, uma fogueira crepitando começa a soar como uma risada suave e zombeteira. Simon tentou descartar tal pensamento, porque claramente as lareiras não estavam rindo dele.

Porque *isto* era paranoia.

Havia várias lareiras no refeitório, mas George e Simon tinham parado de tentar conseguir lugares perto delas. Simon tinha muito com que se preocupar. Estava olhando para o prato. Ele também dissera a si que precisava parar com isso. Pare de pensar na comida. Basta comê-la. Mas ele não conseguia se conter. Todas as noites brincava com o jantar. Hoje parecia ser algum tipo de fritura, mas parecia ter pão no meio. Havia pimentões verdes. E algo vermelho.

Era pizza. Alguém tinha fritado uma pizza.

— Não — disse ele em voz alta.
— O quê?
Seu colega de quarto, George Lovelace, já estava devorando o jantar. Simon simplesmente balançou a cabeça. Tais coisas não incomodavam George. No Brooklyn, se Simon tivesse ouvido falar que alguém havia fritado uma pizza, ele não teria ficado chateado. Ele presumiria que algum restaurante metido a moderno tinha resolvido desconstruir a pizza porque é isso que os restaurantes hipsters do Brooklyn fazem. Simon teria rido, e talvez isso acabasse se tornando popular, aí surgiriam *food trucks* vendendo pizza frita, e ele comeria aquilo no fim das contas. Porque é assim que o Brooklyn funciona e porque era pizza.

O mais provável na atual situação? Certamente alguém tinha deixado a pizza cair ou quebrar no meio do preparo e por algum motivo a única solução concebível foi colocá-la numa panela e deixar rolar.

O problema não era a pizza, não de fato. O problema era que a pizza fazia com que ele se lembrasse de casa. Qualquer nova-iorquino que encontre uma pizza ruim irá retornar mentalmente para casa por pelo menos alguns instantes. Simon era nova-iorquino de nascença e criação, da mesma forma que as elites nasciam e eram criadas entre os Caçadores de Sombras. Era parte dele: o zumbido e a pulsação da cidade. Podia ser tão descortês como a Academia. Ele sabia que bastava olhar para o chão para ver ratos sobre os trilhos do metrô ou nos arredores das praças públicas. Ele havia sido instintivamente treinado para desviar dos banhos de neve e lama dados pelos táxis. Ele nem sequer precisava olhar para baixo para evitar os presentinhos deixados por cachorros.

Obviamente, havia partes melhores. Ele sentia saudade de atravessar a ponte do Brooklyn durante a noite e de ver aquilo tudo — a cidade iluminada para a noite; as montanhas imensas construídas pelo homem; o rio correndo abaixo. Ele sentia falta da sensação de estar cercado por tantas pessoas e de fazer coisas incríveis. Tinha saudade da sensação constante de a coisa toda ser sempre um espetáculo magnífico. E tinha saudade da família e dos amigos. Era época das festas de final de ano agora, e ele deveria estar em casa. Sua mãe já teria pegado a menorá que ele tinha feito na oficina de argila quando criança. Era brilhante, decorada com pinceladas grossas de tinta azul, branca e prateada. Ele e sua irmã estariam encarregados de preparar as panquecas de batata. Eles sentariam no sofá e trocariam presentes. E todo mundo que importava estaria a apenas uma curta caminhada de distância, a uma estação de metrô, no máximo.

— Você está com aquele olhar outra vez — disse George.

— Desculpe — respondeu Simon.

— Não peça desculpas. Não tem problema estar chateado. É fim de ano, e estamos aqui.

George era tão legal assim — ele sempre entendia e nunca julgava. Havia muitos aspectos negativos na Academia dos Caçadores de Sombras, mas George compensava a maioria deles. Simon já havia tido grandes amigos. George era como um irmão. Eles dividiram o quarto. Dividiram tristezas, pequenos triunfos e péssimas refeições. E, no ambiente competitivo da Academia, George sempre o apoiava. Ele nunca se gabava ao fazer algo melhor do que Simon (e tendo o físico de um dos deuses menores gregos, George frequentemente triunfava em atividades físicas). Simon sentiu o espírito se elevar novamente. Só de George saber o que ele estava pensando — apenas ter seu amigo presente — já era tudo.

— O que ela está fazendo aqui? — perguntou George, meneando a cabeça para alguém atrás de Simon.

A reitora Penhallow apareceu no canto oposto do recinto (perto da lareira zombeteira). Ela normalmente não vinha jantar no refeitório. Na verdade, nunca passava pelo local.

— Atenção, por favor — disse ela. — Temos ótimas notícias para dividir com todos os alunos da Academia. Julie Beauvale. Beatriz Mendoza. Por favor, venham aqui.

Julie e Beatriz se levantaram ao mesmo tempo e se entreolharam sorrindo. Simon já tinha visto aquele tipo de sorriso antes, aquele tipo de movimento sincronizado. Isto era totalmente a cara de Jace e Alec. As duas atravessaram a sala. Cadeiras se arrastavam à medida que as pessoas abriam espaço, e ouviu-se o mais leve burburinho. O fogo zombava e zombava, e crepitava, e gargalhava. Quando chegaram ao final do recinto, a reitora colocou um braço em torno de cada uma, e as três encararam todo o corpo estudantil.

— Tenho o prazer de anunciar que Julie e Beatriz decidiram se tornar *parabatai*.

Houve uma onda súbita de aplausos. Várias pessoas se levantaram, a maioria da elite, gritaram e urraram. A manifestação foi permitida por alguns instantes, e então a reitora levantou a mão.

— Como todos sabem, a cerimônia *parabatai* é um compromisso sério, um vínculo que só pode ser quebrado pela morte. Eu sei que esta notícia vai fazer com que muitos de vocês se perguntem se vão encontrar um *parabatai*. Nem todos os Caçadores das Sombras têm *parabatai*, ou mesmo desejam um. Na verdade, a maioria de vocês não terá. É muito importante se lembrar disso. Se vocês acharem, como Julie e Beatriz fizeram, que encontraram seu *parabatai*, ou se quiserem conversar com alguém sobre qualquer parte da cerimônia ou seu significado, podem falar com qualquer um de nós. Estamos todos aqui para ajudá-los a tomar essa decisão tão importante. Mas, novamente, parabéns a Julie e Beatriz. Em homenagem a elas, teremos um bolo esta noite.

Enquanto ela falava, o mal personificado — quer dizer, os cozinheiros da Academia — traziam um bolo malfeito.

— Podem acabar de comer seu jantar, e por favor aceitem um pedaço de bolo.

— De onde saiu *isso?* — perguntou George. — Aquelas duas? *Parabatai?*

Simon balançou a cabeça. Famílias Caçadoras de Sombras se interligavam como vinhas. Era mais fácil encontrar seu parceiro de vida quando você já convivia desde o berço com ele. Muitos alunos da Academia eram desconhecidos. Julie e Beatriz, da elite, eram mais ligadas, mas Simon nunca achou que fossem tão próximas.

— Bem, isso foi uma surpresa — comentou George com a voz baixa. — Está tudo bem com você?

Aquilo atingiu Simon como um golpe. Ele tinha pensado em convidar Clary para ser sua *parabatai*. Mas *parabatai* eram como Alec e Jace, treinavam juntos como Caçadores de Sombras desde a infância. Claro, Simon e Clary se conheciam desde sempre, mas não em termos de atirar facas e matar demônios (exceto em videogames, o que infelizmente não contava). Simon tinha começado a transferir a ideia de *parabatai* para a categoria mental de coisas que ele provavelmente jamais teria. Ele treinava o tempo todo. Não a via com frequência. Ele...

...era muito bom em arranjar pretextos.

Simon tinha amarelado. Via seu aniversário se aproximando, como um grande relógio em contagem regressiva. Todos os dias dizia a si que era tarde demais. Clary tinha vindo na véspera de seu aniversário e trazido um exemplar de *Sandman Omnibus* de presente. Nesse ponto Simon dissera a si que a contagem regressiva havia terminado. O alarme tocou em sua mente. Ele tinha dezenove anos.

Andava tentando não pensar no assunto. Mas agora, olhando para as duas *parabatai* anunciadas, ele se punia mentalmente.

— Não é para todos, Si — disse George. — Vamos. Coma, aí a gente volta e você pode me falar mais sobre *Firefly*.

Durante as noites, Simon vinha ampliando a educação cultural de George, explicando a trama de cada episódio de *Firefly*, um por um. Isso tinha se tornado um ritual agradável, mas também havia um prazo para tal. Só faltavam dois episódios.

Antes que pudessem seguir com a rotina, a reitora passou pela mesa deles e parou.

— Simon Lewis, pode me acompanhar um instante?

As pessoas das outras mesas começaram a olhar. George olhou para baixo e cutucou sua pizza frita.

— Claro? — disse Simon. — Estou encrencado?

— Não — respondeu ela, a voz seca. — Sem encrenca.

Simon arrastou a cadeira para trás e se levantou.

— Nos encontramos no quarto, certo? — disse George. — Levo bolo para você.

— Claro — respondeu Simon.

Muitos ficaram observando-o sair, porque é isso que acontece quando a reitora o chama no meio do jantar. A maior parte da elite, porém, tinha se agrupado em torno de Julie e Beatriz. Ouvia-se risos e gritinhos, e todo mundo estava falando bem alto. Simon contornou o grupo para chegar à reitora.

— Por aqui — disse ela.

Simon tentou fazer uma pausa perto da lareira só por um segundo, mas a reitora já estava indo em direção à porta que os professores usavam para entrar e sair do refeitório. Os professores não comiam com eles o tempo todo. Claramente existia algum outro lugar, alguma outra sala de jantar em algum lugar na Academia. Catarina Loss era a única que aparecia com frequência, e Simon tinha a impressão de que ela fazia isso porque preferia enfrentar a comida terrível dos alunos a sentar-se com Caçadores de Sombras numa salinha privada.

Simon nunca tinha estado no corredor para onde a reitora o levara. Era mais mal iluminado do que as salas dos alunos. Havia tapeçarias nas paredes de pedra, as quais certamente estavam tão desbotadas quanto as do restante da escola, mas também pareciam mais valiosas. As cores eram mais brilhantes e o ouro bordado tinha o brilho de ouro de verdade. Havia armas nestas paredes. As armas dos alunos ficavam todas na sala de armas, e possuíam algum tipo de segurança para mantê-las no lugar. Se você quisesse uma espada, precisaria soltar várias tiras para conseguir pegá-la. As armas daqui ficavam em suportes simples, fáceis de serem arrancadas num segundo.

O barulho do refeitório desbotou logo nos primeiros passos, e então ambos foram cercados por um silêncio completo.

— Para onde estamos indo? — quis saber Simon.

— Para o salão de recepção — respondeu a reitora.

Simon olhava pelas janelas enquanto atravessavam. Aqui, o vidro era uma colcha de pequenos painéis unidos por canos de chumbo. Cada vidro em formato de losango era velho e deformado, e o efeito geral era o de um caleidoscópio barato, que mostrava apenas a escuridão e uma neve que caía muito lentamente. Era o tipo de neve que não se acumulava no chão. Que só tocaria levemente a grama morta. O termo técnico para esse nível, concluiu Simon, era um "incômodo" de neve.

Eles chegaram a uma curva no corredor. A reitora abriu a primeira porta após a virada e revelou um salão pequeno, porém imponente, com móveis nada quebrados ou puídos. Cada cadeira no recinto tinha pernas do mesmo comprimento, e os sofás eram longos e aparentavam ser confortáveis, sem defeitos visíveis. Todos eram estofados por um veludo roxo-uva exuberante. Havia uma mesa baixa feita de cerejeira, e em cima dela um enorme e elaborado jogo de chá de prata com xícaras de porcelana. E sentados ao redor da mesa nas cadeiras de alta qualidade e sofás, encontrava-se Magnus Bane, Jem Carstairs, Catarina Loss e Clary, seu cabelo ruivo brilhante contrastando com seu casaco azul-claro. Magnus e Catarina estavam juntos no canto (perto da lareira — e é claro que a lareira ficava num cantinho, igual a todos os outros cômodos). Clary olhou para Simon, e embora tenha sorrido assim que o viu, sua expressão sugeria que seu convite para esta festinha também tinha sido recente e inexplicado.

— Simon — disse Jem. — É um prazer vê-lo. Por favor, sente-se.

Simon só tinha visto Jem Carstairs poucas vezes, e ele aparentemente era tão velho quanto sua esposa, Tessa Gray. Ambos estavam muito bem para 150 anos de idade. Tessa era bem gata inclusive (talvez Jem também fosse gato? Como Simon já havia considerado antes, ele provavelmente não era um bom juiz em termos de beleza masculina). Será que era estranho achar atraentes pessoas com o dobro da idade dos seus avós?

— Vou deixá-los à vontade — disse a reitora, e mais uma vez faltava alguma coisa em seu tom. Foi como se tivesse dito "tomem aqui esta cobra morta". Ela fechou a porta.

— Estamos bebendo chá — disse Magnus. Ele estava medindo colheres cheias de folhas de chá num potinho. — Uma para cada xícara. Uma para o bule.

Ele deixou o pequeno bule de lado, pegou um dos grandes de prata e serviu água fervente no menor. Catarina o observava fazer aquilo com um estranho fascínio.

Jem parecia confortável com um casaco branco e jeans escuros. Seus cabelos escuros tinham uma única mecha dramática prateada que contrastava com sua pele marrom.

— Como vão os treinamentos? — perguntou ele, se inclinando para a frente.

— Já não me machuco tanto — disse Simon, dando de ombros.

— Isso é ótimo — disse Jem. — Significa que está encontrando equilíbrio e evitando mais golpes.

— Sério? — retrucou Simon. — Achei que fosse porque eu estava morto por dentro.

Magnus colocou a tampa no bule subitamente, emitindo um ruído alto.

— Sinto muito por interromper o jantar — disse Jem. Ele tinha um jeito formal de falar que era a única coisa que entregava sua idade.

— Nunca lamente por isso — murmurou Simon.

— Suponho que a comida não seja o forte da Academia.

— Não sei se tem um *forte* aqui — respondeu Simon.

Jem sorriu, o rosto iluminando-se.

— Temos bolos e pães. Acho que são de uma qualidade um pouquinho superior aos que você anda se acostumando ultimamente.

Ele indicou um prato de porcelana cheio de bolinhos e biscoitos que pareciam bem apetitosos. Simon não hesitou. Ele pegou o bolinho mais próximo e o enfiou na boca. Estava um pouco seco, mas era melhor do que qualquer coisa que ele tinha comido há um bom tempo. Sabia que estava cuspindo migalhas em sua camiseta, mas não se importou.

— Então, Magnus — disse Clary. — Você disse que explicaria por que me trouxe aqui assim que Simon chegasse. Não que eu não fique feliz em vê-lo, mas está me deixando nervosa.

Simon assentiu e mastigou para mostrar que concordava e apoiava Clary cem por cento, como melhores amigos deveriam fazer. Pelo menos ele torcia para que estivesse transmitindo esta mensagem.

Magnus se levantou. Quando um feiticeiro muito alto e com olhos de gato se levanta, ele muda a atmosfera da sala. De repente havia um ar de propósito no recinto, com uma corrente de energia estranha. Catarina se afundou no sofá, ficando à sombra de Magnus. Não era do feitio de Catarina permanecer tão calada. Catarina era a voz da razão e da pequena rebelião nos salões da Academia.

— Me pediram para trazer um recado a vocês dois — disse Magnus, rodando um dos muitos anéis que adornavam seus dedos longos. — Emma Carstairs e Julian Blackthorn vão se tornar *parabatai*. A cerimônia requer duas testemunhas, e eles solicitaram vocês dois.

Clary ergueu uma sobrancelha e olhou para Simon.

— Claro — disse ela. — Emma é um amor. Com certeza estou dentro!

Simon estava quase alcançando mais um bolinho. Recolheu o braço.

— Claro — disse ele. — Eu também. Mas por que simplesmente não mandaram uma carta?

Magnus pausou por um instante e olhou para Catarina, em seguida se voltou para Simon com uma piscadela.

— Por que mandar uma carta quando você pode enviar algo realmente magnífico?

Era um típico comentário de Magnus, mas soara um pouco vazio. Alguma coisa em Magnus parecia vazia. A voz, talvez.

— A cerimônia será na Cidade do Silêncio amanhã — informou Jem. — Já obtivemos permissão para você ir.

— Amanhã? — disse Clary. — E só estão nos convidando agora?

Magnus deu de ombros elegantemente, indicando que essas coisas acontecem.

— O que temos que fazer? — perguntou Simon. — É complicado?

— Nem um pouco — disse Jem. — A posição da testemunha é amplamente simbólica, como num casamento. Não precisam dizer nada. É só uma questão de estar ali. Emma escolheu Clary...

— Isso eu entendo — disse Simon. — Mas Julian não me escolheria. Mal nos conhecemos. Por que não Jace?

— Porque Julian também não é particularmente próximo dele — disse Jem —, e Emma sugeriu que você e Clary, na condição de melhores amigos, seriam testemunhas importantes para eles. Julian concordou.

Simon assentiu, como se compreendesse, embora não tivesse certeza se entendia mesmo. Lembrava-se de ter falado com Julian no casamento de Helen e Aline, há não muito tempo. Lembrava-se de ter pensado no peso que ele tinha sobre seus ombros magros, e do quanto ele parecia guardar para si. Talvez simplesmente não houvesse mais ninguém de quem Julian gostasse o suficiente para atuar como sua testemunha? Ninguém que admirasse? Isso seria incrivelmente triste, se fosse o caso.

— Seja como for — disse Magnus. — Vocês deverão estar com eles enquanto passam pelo Teste de Fogo.

— O quê? — perguntou Simon.

— O verdadeiro nome da cerimônia — disse Jem. — Os dois *parabatai* entram em anéis de fogo.

— O chá está pronto — falou Magnus de repente. — Nunca deixe repousar por mais de cinco minutos. Hora de beber.

Ele serviu duas xícaras.

— Só tem duas xícaras — disse Clary. — E você?

— O bule é pequeno. Vou preparar mais um. Estes são para vocês dois. Podem tomar.

As duas xícaras foram entregues. Clary deu de ombros e bebericou. Simon fez o mesmo. Verdade seja dita: era um chá excepcional. Talvez por isso os ingleses sempre fossem tão empolgados com chá. Havia uma pureza maravilhosa de sabor. A bebida aqueceu o corpo deles ao descer pela garganta. A sala não estava mais fria.

— Está uma delícia — disse Simon. — Não sou muito de chá, mas adorei. Quero dizer, servem chá aqui, mas uma vez tomei uma xícara que tinha um osso dentro, e foi uma das melhores.

Clary riu.

— Então... o que devemos vestir? — perguntou ela. — Como testemunhas, quero dizer.

— Para a cerimônia, uniforme formal. Para o jantar em seguida, roupas normais. Alguma coisa bonita.

— Roupa de casamento — pronunciou-se Catarina afinal. — É bem parecido com um casamento, mas...

— ...sem o romance ou as flores.

Foi Jem quem falou.

Agora Magnus estava olhando atentamente para os dois, seus olhos de gato brilhando no escuro. Aliás, a sala tinha ficado muito escura. Simon lançou a Clary um olhar que pretendia dizer: *isso é esquisito*. Ela retribuiu com um olhar de resposta muito nítido que dizia: *superesquisito*.

Simon tomou o chá em poucos goles e colocou a xícara novamente sobre a mesa.

— É engraçado — disse ele. — Acabou de acontecer outro anúncio de *parabatai* no jantar. Duas alunas da elite.

— Não é incomum nesta época do ano — disse Jem. — À medida que o ano se aproxima do fim, as pessoas refletem, tomam decisões.

O recinto de repente ficou mais quente. Será que a chama da lareira tinha aumentado? Será que tinha se aproximado? Definitivamente estava crepitando mais alto, mas agora não parecia zombar deles — parecia vidro se quebrando. O fogo estava falando com eles.

Simon se conteve. O fogo estava *falando*? O que havia de errado com ele? Ele olhou ao redor da sala, tonto, e ouviu Clary emitindo um ruído estranho e surpreso, como se tivesse visto algo inesperado.

— Acho que está na hora de começar — disse Jem. — Magnus?

Simon ouviu Magnus suspirar ao se levantar. Magnus era *muito* alto. Simon sempre soubera disso. Agora ele parecia prestes a bater no teto. Ele abriu uma porta que Simon não havia notado.

— Por aqui — disse Magnus. — Vocês precisam ver umas coisas.

Clary se levantou e foi até a porta. Simon foi atrás. Catarina capturou o olhar dele enquanto Simon prosseguia. Todas as palavras estavam implícitas naquela sala. Ela não aprovava o que estava acontecendo. Nem Magnus.

O que quer que houvesse do outro lado da passagem, era muito escuro, e Clary hesitou por um segundo.

— Está tudo bem — disse Magnus. — Só um pouco frio aqui. Desculpem.

Clary entrou, e Simon a acompanhou. Estavam num espaço sombrio, definitivamente frio. Ele virou-se, mas não conseguiu mais ver a porta. Eram apenas ele e Clary. O cabelo de Clary brilhava rubro na penumbra.

— Estamos do lado de fora — disse Clary.

Sem dúvida. Simon piscou. Seus pensamentos estavam um pouco lentos e alongados. Claro que estavam do lado de fora.

— Talvez eles pudessem ter avisado que íamos sair — disse Simon, tremendo. — Ninguém aqui acredita no poder dos casacos.

— Vire para trás — disse Clary.

Simon virou-se. A porta que tinham acabado de atravessar — aliás, todo o edifício do qual tinham acabado de vir — tinha desaparecido. Eles simplesmente estavam ao ar livre, rodeados por algumas árvores. O céu era um pergaminho roxo-acinzentado que parecia iluminado no horizonte por uma névoa baixa de luzes, fora da vista. Havia uma rede de caminhos de tijolos ao redor, pontilhada por áreas com árvores e vasos que provavelmente exibiam flores quando o clima estava melhor, e que agora estavam ali como lembretes da estação.

Era familiar, no entanto, não era como nenhum lugar que Simon já tivesse visto.

— Estamos no Central Park — disse Clary. — Eu acho...

— Quê? Nós...

Mas assim que ele falou, ficou claro. As cercas baixas de metal que marcavam os caminhos de tijolos. Mas não havia bancos, nem latas de lixo, nem pessoas. Não tinha vista da paisagem urbana em lugar nenhum.

— Ok... — disse Simon. — Isso é estranho. Será que Magnus fez uma besteira completa? Isso pode acontecer? Vocês acabaram de vir de Nova York. Ele abriu o mesmo Portal?

— Talvez? — falou Clary.

Simon respirou fundo o ar de Nova York. Estava muito frio e queimou suas narinas, fazendo-o despertar.

— Eles já vão perceber — disse Clary, tremendo de frio. — Magnus não comete erros.

— Então talvez não tenha sido um erro. Talvez a gente tenha ganhado uma viagem grátis para Nova York. Ou eu ganhei. Vou presumir que a gente possa ir aonde quiser até que venham nos buscar. Você sabe que eles têm recursos. É melhor aproveitar!

Essa viagem inesperada e absolutamente repentina deixou Simon totalmente revigorado.

— Pizza — disse ele. — Meu Deus, eles fritaram pizza hoje. Foi horrível. Talvez um café; Talvez a gente tenha tempo de ir até a Forbidden Planet? Eu...

Ele apalpou os bolsos. Dinheiro. Não tinha dinheiro.

— Você? — perguntou ele.

Clary balançou a cabeça.

— Na minha bolsa. Ficou lá.

Não tinha importância. Estar em casa era o suficiente. O fator repentino só fazia deixar tudo mais maravilhoso. Agora que estava analisando com mais cuidado, Simon conseguia enxergar claramente os contornos dos arranha-céus que se alinhavam na extremidade sul do parque. Pareciam os blocos com os quais ele brincava quando era criança — uma porção de retângulos de vários tamanhos posicionados lado a lado. Alguns captavam o brilho fraco das placas luminosas acima, mas ele não conseguia ler os dizeres de nenhuma. Ele conseguia, no entanto, enxergar as cores das placas com uma nitidez incomum. Uma placa era uma rosa, uma flor reluzente. A seguinte tinha a cor da eletricidade. Não eram apenas as cores que estavam nítidas. Ele sentia o cheiro de tudo. O cheiro penetrante e metálico do frio. Sentia o aroma úmido do East River, a quadras de distância. Até mesmo os pedaços de rochas salientes que se erguiam e formavam as muitas pequenas montanhas do Central Park pareciam ter um cheiro. Mas não havia lixo, nem cheiro de comida ou tráfego. Esta era a Nova York básica. Esta era a ilha em si.

— Estou me sentindo um pouco esquisito — disse Simon. — Talvez eu devesse ter terminado o jantar. E agora que falei isso, sei que deve haver algo errado comigo.

— Você precisa comer — disse Clary, dando um soquinho nele. — Está virando um grande homem musculoso.

— Você notou?

— É difícil *não* notar, Super-Homem. Você parece a foto do "depois" dos comerciais de equipamento de ginástica.

Simon enrubesceu e desviou o olhar. Não estava nevando mais. Só estava escuro e aberto, com muitas árvores ao redor. Havia certa amargura esplendorosa no frio.

— Onde acha que estamos? — perguntou Clary. — Acho que... no meio do caminho?

Simon sabia que era possível caminhar no Central Park por um bom tempo sem saber direito onde se estava. Os caminhos eram sinuosos. As árvores criavam um toldo. O terreno subia e descia em aclives e declives agudos.

— Ali — disse ele, apontando para uma estampa baixa de sombras. — Abre ali. É a entrada para algum lugar. Vamos olhar.

Clary esfregou as mãos e se encolheu contra o frio. Simon queria ter um casaco para oferecer a ela, quase mais do que desejava ter um casaco para si. Ainda assim, sentir frio em Nova York era melhor do que sentir frio na Academia. Ele tinha que admitir, contudo, que Idris era mais temperada. O clima em Nem York era mais extremo. Este era o tipo de frio que provocaria gangrena caso você ficasse muito tempo do lado de fora. Eles provavelmente precisavam descobrir onde estavam e sair do parque, e então entrar em algum prédio — qualquer prédio. Uma loja, um café, qualquer coisa que conseguissem encontrar.

Eles caminharam em direção à abertura, que se revelou um conjunto de pedestais de pedra talhada de modo elaborado. Havia vários destes, em grupos. Por fim, eles levaram a uma escadaria igualmente talhada, a qual dava para um terraço amplo com um chafariz maciço. Havia um lago logo além, coberto de gelo.

— Bethesda Terrace — disse Simon, balançando a cabeça. — É onde estamos. Fica na altura da rua setenta e poucos, certo?

— Setenta e dois — disse Clary. — Já desenhei esse lugar.

O terraço era apenas uma grande área ornamental dentro do parque e não exatamente um lugar para se ficar numa noite fria — mas parecia ser o único lugar para se ficar. Se eles caminhassem até lá, pelo menos saberiam sua localização exata, em vez de ficar dando voltas pelas árvores. Desceram as escadas juntos. Estranhamente, o chafariz estava ligado esta noite. No inverno, costumava ficar desligado e certamente quando fazia frio como hoje. Mas a água fluía livremente e não havia gelo sobre a água da base do chafariz. As luzes estavam acesas, focadas na estátua do anjo no meio da fonte, em cima de um pedestal com quatro pequenos querubins abaixo dele.

— Talvez Magnus tenha feito besteira — disse ela.

Clary caminhou até a borda baixa do chafariz, sentou-se e abraçou o próprio corpo. Simon olhou para a cascata. Engraçado, pensou ele, como não tinham notado nenhuma luz até há poucos minutos, enquanto se aproximavam. Talvez eles tivessem acabado de acender. O anjo da Fonte Bethesda era uma das estátuas mais famosas de todo o Central Park — asas abertas, água escorrendo de suas mãos estendidas

Simon olhou para baixo para mandar Clary olhar para a estátua, mas Clary tinha desaparecido. Ele deu uma volta completa em torno de si. Ela não estava em lugar nenhum.

— Clary? — chamou.

Não havia lugares para se esconder no terraço, e Simon só tinha desviado o olhar por um instante. Ele percorreu a metade do caminho do contorno do chafariz, chamando o nome dela várias vezes. Daí olhou para a estátua outra vez. A mesma estátua, olhando para baixo com benevolência, a água ainda pingando de suas mãos.

Só que a estátua estava olhando para ele. E Simon caminhou para o outro lado. Ele deveria ter procurado atrás. Deu mais alguns passos. Apesar de não ver nenhum movimento, a cada passo a estátua continuava de frente para ele, sua expressão suave, vaga e angelical.

Alguma coisa estalou na cabeça de Simon.

— Tenho certeza de que não é real — disse ele. — Quase certeza.

As evidências agora pareciam ridiculamente óbvias. A geografia do parque estava sutilmente errada. Ele avaliou o céu brilhante, esplendoroso por um momento, o qual agora estava preenchido por nuvens brancas do tamanho de estados inteiros. Elas deslizavam pelo céu como se estivessem observando seu progresso em piloto automático. Ele tinha certeza de que conseguia sentir o cheiro do oceano Atlântico, bem como das rochas e pedras.

— Magnus! — gritou Simon. — Vocês estão de sacanagem? Magnus! Jem! Catarina!

Nada de Magnus. Nem Jem. Nem Catarina. Nem Clary.

— Tudo bem — disse Simon a si. — Você já passou por coisa pior. Isso é só esquisito. Nada mais. Só muito, muito estranho. Estranho é tranquilo. Estranho é normal. Estou em uma espécie de sonho. Alguma coisa aconteceu. E eu vou descobrir. O que eu faria se isto fosse uma partida de *Dungeons & Dragons*?

Era uma pergunta tão válida quanto qualquer outra, exceto que a resposta envolvia um D20, então talvez não ajudasse muito.

— Isso é uma armadilha? Por que nos mandariam para uma armadilha? Deve ser um jogo. É um quebra-cabeça. Se ela estivesse em perigo, eu saberia.

Isso era interessante. De repente Simon não tinha dúvida de que se Clary estivesse machucada, ele saberia. Ele não sentia nada. Mas sentia uma ausência, um impulso de encontrá-la.

Enquanto tal pensamento lhe ocorria, uma coisa muito incomum aconteceu — mais especificamente, o grande anjo de pedra da Fonte Bethesda bateu as asas e voou diretamente para o céu noturno. Enquanto ele voava, a base do ornamento permanecia conectada aos seus pés e içava o chafariz como se fosse uma planta. O grande reservatório do chafariz soltou e começou a subir. Os tijolos e a argamassa arrebentaram, uma base de canos foi revelada e um orifício cru na terra foi rapidamente preenchido por água. O gelo no lago rachou todo de uma vez e a esplanada inteira começou a inundar. Simon recuou para os degraus enquanto a água entornava. Ele se retirava lentamente, passo a passo, até que a água ficou num nível estável. O lago agora incorporava a esplanada, oito degraus acima. O chafariz e o anjo tinham ido embora.

— Isto aí — disse Simon — foi mais estranho do que o normal.

Quando ele falou, um som pareceu rasgar a noite em dois. Foi um acorde, harmonioso, límpido e trovejante que sacudiu os ossos timpânicos em sua cabeça e fez seus joelhos tremerem. As nuvens se espalharam, como que com medo, e a lua brilhou clara e cheia sobre ele. Era um amarelo brilhante, tão brilhante que Simon mal conseguia encará-lo. Teve de proteger os olhos e olhar para baixo.

Havia um barco a remo. Isto não era tão misterioso — tinha se soltado do ancoradouro, não muito longe dali. Todos os barcos boiavam livremente, animados por estarem passeando por conta própria naquela noite. Mas este barco tinha vindo até ele e parado perto de onde Simon estava.

Além disso, ao contrário dos outros barcos a remo, este tinha formato de cisne.

— Suponho que eu deva entrar — disse ele, se encolhendo para o caso de o céu resolver fazer mais algum ruído aterrorizante. Não obteve resposta do céu, então pegou o pescoço do cisne usando as duas mãos e cuidadosamente entrou e sentou-se no meio. A água não tinha como ser muito funda. Ele certamente conseguiria ficar de pé caso o barco virasse. Mas mesmo assim... a noite estava gelada, tinha um chafariz voando, um barco mágico e Clary estava desaparecida. Não havia razão para acrescentar "cair na água gelada" ao montante.

Assim que Simon entrou, o barquinho de cisne seguiu, como se soubesse que deveria ir para algum lugar. Foi flutuando pelo lago, evitando os outros barcos soltos. Simon se encolheu, abraçando o próprio corpo para se proteger do frio enquanto fazia a viagem suave pelo lago. A superfície estava completamente lisa, refletindo a lua e as nuvens. Simon nunca tinha feito isso. A coisa do "barco no Central Park" parecia voltada para turistas. Mas em sua lembrança, o lago era relativamente pequeno e largo. Ele ficou surpreso quando de repente se estreitou e se transformou num canal sob um toldo de árvores densas. Uma vez sob as árvores, não houve absolutamente nenhuma luz por alguns minutos. Aí tudo se iluminou de uma vez — fileiras de lâmpadas superbrilhantes enfileiradas nas laterais do canal, e diante dele via-se um túnel baixo com as palavras TÚNEL DO AMOR escritas no arco com luzes. Corações cor-de-rosa brilhantes cercavam as palavras.

— Você só pode estar de sacanagem — falou Simon, pelo que pareceu a milionésima vez.

O ar agora estava espesso com o cheiro de pipoca e maresia, e ouvia-se os sons de brinquedos de parques de diversão. O barco-cisne deu um solavanco, como se tivesse passado para uma faixa que o levaria ao passeio do túnel. Simon deslizou para dentro. A luz atrás dele desbotou e o túnel ganhou um brilho azulado suave. Alguma música clássica indefinida cheia de violinos tocava. O barco se acomodou na pista. As paredes eram pintadas com cenas antiquadas de amantes — pessoas sentadas em balanços de varanda se beijando, mulheres deitadas numa representação de uma lua crescente, namorados se inclinando sobre um sundae para se beijar. A água era iluminada de baixo e brilhava numa tonalidade verde, a qual também refletia no teto. Simon olhou pela lateral do barco para ter uma noção da profundidade, ou para ver se havia algo embaixo dele, mas parecia superficial, como qualquer brinquedo aquático.

— Este é um lugar bem esquisito para se encontrar alguém — disse uma voz.

Simon virou-se e viu que estava dividindo seu pequeno cisne com Jace. Ele estava na proa do barco, inclinado contra a cabeça do cisne. Por ser Jace, tinha perfeito equilíbrio, então o barco nem balançou.

— Então... — disse Simon. — Isso aqui realmente está tomando um rumo inesperado.

Jace deu de ombros e olhou em volta do túnel.

— Imagino que estas coisas já tenham tido alguma utilidade um dia — comentou ele. — Provavelmente era bem picante fazer esse passeio. Rolavam quatro minutos de *pegação* sem a supervisão de ninguém.

A palavra "pegação" era aceitável. Ouvir Jace dizê-la era inqualificável.

— Então — começou Jace —, você quer falar, ou falo eu?

— Falar do quê?

Jace indicou o túnel ao redor, como se fosse totalmente óbvio.

— Eu não vou te beijar — disse Simon. — Nunca.

— Nunca ouvi isso de ninguém — ponderou Jace. — Foi uma experiência única.

— Desculpe. — Simon não se sentia nem um pouco culpado. — Se eu *gostasse* de homem, acho que você não entraria nem no meu top 10.

Jace soltou a cabeça do cisne e sentou-se ao lado de Simon.

— Lembro-me de como nos conhecemos. Você se lembra?

— Você está jogando comigo a brincadeira do *Do que você se lembra?* — perguntou Simon. — Que formidável.

— Não é uma brincadeira. Eu vi você. Você não me viu. Mas eu vi. Vi tudo.

— Isso é divertido — disse Simon. — Eu e você no túnel do *Do que diabos você está falando*.

— Você precisa tentar se lembrar disso — falou Jace. — É importante. Você precisa se lembrar de como nos conhecemos.

O que quer que isso fosse — um sonho, algum tipo de estado alterado — estava tomando um rumo muito estranho.

— Como é essa coisa de tudo girar em torno de você? — questionou Simon.

— Isso não tem nada a ver comigo. Isso tem a ver com o que eu vi. Tem a ver com o que você sabe. Você consegue. Precisa recuperar isto. Precisa dessa lembrança.

— Está pedindo para eu me lembrar de um lugar onde eu *não te vi*?
— Exatamente. Por que você não me veria?
— Porque você estava disfarçado por um feitiço — respondeu Simon.
— Mas alguém me viu
Só podia ser Clary. Uma escolha óbvia. Mas...
Agora havia algo sacudindo no fundinho da mente de Simon. Ele estava em algum lugar com Clary, e Jace estava lá... exceto que Jace não estava lá.
Isso acontecia tanto em sua lembrança quanto no presente. Jace tinha ido embora. O barco girou, dobrando uma esquina e mergulhando de volta na escuridão. Surgiu um pequeno declive e uma explosão de nevoeiro, em seguida, o *uuuuuuuhhhhhh* de um fantasma de desenhos animados e da entrada zombeteira de algum tipo de mansão gótica. A viagem tinha ido de caminho dos amantes a mansão assombrada. Simon prosseguiu viagem, através dos frames dos quartos da mansão. Na biblioteca, fantasmas se dependuravam de fios e um esqueleto pulou de um relógio de pêndulo.
Esta fantasia, fosse o que fosse, parecia estar cutucando suas lembranças de infância da *Haunted Mansion* da Disney. No entanto, à medida que mudavam de cômodo, as coisas iam parecendo mais familiares — as paredes de pedra rachando, as tapeçarias puídas... a casa mal-assombrada foi se transformando na Academia. Havia uma versão fantasmagórica do refeitório e das salas de aula.
— Aqui, Simon.
Era Maia, acenando do que parecia ser um escritório elegante com painéis de madeira. Havia uma placa na parede atrás dela, algum tipo de verso de poesia. Simon só captou uma linha: "*tão antiga e verdadeira quanto o céu*". Maia usava um terno elegante, cabelo preso para trás e pulseiras de ouro nos pulsos. Ela olhava para Simon melancolicamente.
— Você realmente vai nos deixar? — perguntou ela. — Deixar de ser do Submundo? Se tornar um deles?
— Maia — disse Simon, com um nó na garganta. Ele se lembrava apenas de pequenos fragmentos de sua amizade com ela... mais do que amizade, talvez? Ela era corajosa, e foi sua amiga quando ele mais precisou.
— Por favor — disse ela. — Não vá.
O barco seguiu velozmente para outro ambiente, uma sala de um apartamento completamente normal, com móveis baratos. Era o apartamento de Jordan. Jordan apareceu à entrada do quarto. Tinha um ferimento no peito; sua camiseta estava preta de tanto sangue.

— E aí, parceiro — cumprimentou ele.

Foi como se o coração de Simon tivesse parado no peito. Ele tentou falar, mas antes que pudesse dizer uma palavra, tudo caiu numa escuridão. Ele sentiu o barco deslizar do caminho com um leve solavanco, como se ele tivesse chegado ao fim do passeio. O tempo se adiantou. O túnel se abriu e o barco balançou para a frente de repente, e começou a acelerar, como se levado por uma corrente. Simon agarrou o banco em que se sentara para se firmar.

Ele havia sido despejado para uma corrente de água, um rio, muito largo. Próximo a ele, o horizonte de Nova Iorque estava escuro — os edifícios estranhamente apagados —, no entanto ele conseguia enxergar suas silhuetas. Não muito longe, do lado esquerdo, ele via a silhueta do Empire State. À frente dele, talvez a pouco mais de um quilômetro ou coisa assim, havia uma ponte sobre o rio que ele navegava. Conseguiu até mesmo identificar o contorno sombrio de uma placa antiga da Pepsi, na margem direita. Isso ele conhecia. A placa ficava perto da ponte para o Queens.

— O East River — disse ele para si mesmo, olhando em volta.

O East River não era para ser navegado à noite, no frio, num barquinho a remo em formato de cisne. O East River era perigoso, veloz e fundo.

Ele sentiu algo bater na traseira de seu pequeno cisne e se virou, esperando uma barcaça de lixo ou um cargueiro. Em vez disso, era outro barco em formato de cisne. Este trazia uma jovem, de talvez uns treze ou catorze anos, usando um vestido esfarrapado de baile. Ela ostentava um longo cabelo loiro preso em tranças irregulares, dando a impressão de um desequilíbrio constante. Ela guiou o cisne para o lado do de Simon e, aparentemente, sem qualquer preocupação, levantou a saia e foi de um barco para o outro. Simon instintivamente esticou uma das mãos para ajudá-la, e usou a outra para se firmar. Ele tinha certeza de que a transferência poderia derrubar seu cisne, e embora o veículo tivesse mesmo chegado a balançar com a mudança da distribuição do peso, de alguma forma eles conseguiram continuar em pé. A menina sentou-se ao lado de Simon no banco. O cisne era projetado para que as pessoas se aconchegassem uma à outra, de modo que ela ficou grudada nele.

— Oi! — falou ela alegremente. — Você voltou!

— Eu... voltei?

Havia algo de errado no rosto da menina. Ela era pálida demais. Tinha olheiras fundas e os lábios eram ligeiramente acinzentados. Simon não sabia ao certo quem era, mas sentiu-se muito desconfortável.

— Faz um tempão! — disse ela. — Mas você voltou. Eu sabia que voltaria para mim.

— Quem é você?

Ela deu um soquinho de brincadeira no braço dele, como se Simon tivesse contado uma piada ótima.

— Ah, sem essa — falou ela. — Você é muito engraçado. É por isso que eu te amo.

— Você me ama?

— Sem essa! — repetiu. — Você sabe que amo. Sempre fomos nós dois. Eu e você para sempre.

— Sinto muito — disse Simon. — Não me lembro.

A garota olhava em volta para o rio turbulento e os prédios escuros como se fosse tudo maravilhoso e como se ali fosse exatamente o lugar onde queria estar.

— Tudo valeu a pena — falou ela. — Você vale a pena.

— Obrigado?

— Quero dizer, me mataram por você. Me jogaram em uma lata de lixo. Mas não o culpo.

O gelo agora estava dentro de Simon também.

— Mas você está procurando por ela, não está? Ela é tão irritante.

— Clary? — confirmou Simon.

A menina abanou a mão como se estivesse afastando uma fumaça indesejada de cigarro.

— Você podia ficar comigo. Ser meu rei. Ficar com a rainha Maureen. Rainha Maureen, rainha da morte! Rainha da noite! Eu governei isso tudo!

Ela gesticulou para a linha do horizonte. Ao mesmo tempo que parecia muito improvável esta jovem menina ter reinado sobre Nova York, alguma coisa na história parecia verdadeira. Simon sabia disso. Era culpa dele. Ele não fez nada exatamente, mas era capaz de sentir a culpa — uma culpa terrível e sufocante, além da responsabilidade.

— E se você pudesse me salvar? — perguntou ela, se inclinando para ele. — Você salvaria?

— Eu...

— E se tivesse que escolher? — pressionou Maureen, sorrindo diante da ideia. — Poderíamos fazer um jogo. Você poderia escolher. Ou eu ou ela. Quero dizer, eu morri por sua causa, então... você deveria me escolher. Me salvar.

As nuvens, sempre atentas quando alguma coisa interessante acontecia, retornaram. O vento aumentou e o rio se agitou, sacudindo o barco de um lado a outro.

— Ela está na água, sabe — disse Maureen. — A água do chafariz que vem do lago. A água do lago que vem do rio. A água do rio que vem do mar, na água...

Simon sentiu uma tremenda dor no peito, como se alguém tivesse lhe socado bem no esterno. Ao lado do barco, algo apareceu, algo como pedra e alga. Não. Um rosto, e uma coroa de fios ruivos. Era Clary, boiando de costas, olhos fechados, o cabelo flutuando. Ele esticou o braço para alcançá-la, mas a água estava muito veloz e ela foi arrastada corrente acima.

— Você pode consertar tudo! — gritou Maureen, pulando. O barco balançou. — Quem você vai salvar, Diurno?

Com isso, ela mergulhou junto à outra lateral do barco. Simon agarrou o longo pescoço do cisne para manter o equilíbrio e examinou as águas. Clary já tinha flutuado uns seis metros ou mais adiante, e Maureen flutuava do mesmo jeito, agora quieta, e aparentemente adormecida, à metade da distância de Clary.

Não havia muito tempo para pensar. Ele não era um grande nadador, e a correnteza do rio provavelmente o puxaria para baixo. O frio o deixaria dormente e talvez o matasse antes.

E havia duas pessoas que precisava salvar.

— Isso não é real — disse ele a si mesmo. Mas a dor no peito falava outra coisa. A dor o chamava. Ele também estava certo de que, real ou não, quando pulasse no rio, ia doer mais do que tudo que ele jamais sentira. O rio era *suficientemente* real.

O que era real? O que ele tinha que fazer? Tinha que nadar e *passar* por uma jovenzinha e deixá-la? Se é que chegaria até lá.

— Escolhas difíceis — disse uma voz atrás dele.

Simon não precisou se virar para saber que era Jace, elegantemente equilibrado na cauda do cisne de madeira.

— Tudo se resume a isso. Escolhas difíceis. Nunca ficam mais fáceis.

— Você não está ajudando — queixou-se Simon, tirando os sapatos.

— Então você vai pular? — Jace olhou para a água e fez uma careta. — Até eu pensaria duas vezes nisso. E eu sou incrível.

— Por que você tem que se meter em tudo? — perguntou Simon.

— Eu vou aonde Clary está.

Os dois corpos continuaram boiando.

— Eu também — disse Simon. E saltou da lateral do barco, tapando o nariz. Sem mergulho. Sem dramatização. Pular era o suficiente, e pelo menos o manteria de pé.

A dor ao contato com a água foi ainda pior do que ele havia imaginado. Foi como atravessar uma parede de vidro. O frio gelado crepitou por todo o corpo, arrancando todo o ar de seus pulmões. Ele estendeu a mão para o barco, mas o barco se afastou, com Jace na cauda, acenando. As roupas de Simon o puxavam para baixo, mas ele precisava lutar. Por mais difícil que fosse movimentar os braços, ele os esticou para tentar nadar. Seus músculos se contraíram, incapazes de funcionar àquela temperatura.

Nenhum deles seria capaz de sobreviver a isso. E não parecia um sonho. Estar nesta água, que estava puxando mais forte agora, puxando para baixo — era quase como estar morto. Mas algo estalou em sua mente, algum conhecimento que tinha sido muito, muito afastado. Ele sabia como era estar morto. Foi preciso cavar para sair da terra. Ele tinha terra nos olhos e na boca. A menina, Maureen, estava morta. Clary não. Ele sabia disso porque o próprio coração ainda estava batendo — fora do ritmo, mas ainda batendo.

Clary.

Simon esticou o braço de novo e lutou contra a água. Uma braçada.

Clary.

Duas braçadas. Duas braçadas era ridículo. A água estava mais veloz e mais forte e seus braços estavam trêmulos e pesados. Começou a sentir-se sonolento.

— Você não pode desistir agora — disse Jace. O barco deu a volta e agora estava do lado direito de Simon, fora do alcance por muito pouco.

— Me diga o que você sabe.

Simon não estava a fim de fazer prova oral. O rio e a própria terra o puxavam para baixo.

— Diga o que você sabe — insistiu Jace.

— Eu... eu...

Simon não conseguia formar palavras.

— Diga!

— C... C... Clar...

— Clary. E o que você sabe a respeito dela?

Simon definitivamente não conseguia mais falar. Mas sabia a resposta. Ele iria até ela. Vivo. Morto. Lutando contra o rio. Mesmo que seu corpo morto flutuasse ao lado dela, isto de algum modo teria que bastar. Saber disso fez seu corpo se aquecer, só um bocadinho. Ele bateu os pés na água.

— Isso! — disse Jace. — Agora você está entendendo. Agora, vá.

O corpo inteiro de Simon tremeu violentamente. A cabeça dele mergulhou por um instante e ele bebeu água, que o queimou por dentro. Esticou a cabeça e cuspiu.

Uma braçada. Duas. Três. Não estava mais tão inútil agora. Ele estava nadando. Quatro. Cinco. Foi contando. Seis. Sete.

— Conheço a sensação — disse Jace, boiando ao lado dele. — É difícil explicar. Não fazem cartões de felicitações para isso.

Oito. Nove.

A cidade começou a se iluminar. As luzes surgiram a partir do nível do chão, alcançando o céu.

— Quando você percebe — disse Jace —, você sabe que pode fazer qualquer coisa, porque precisa. Porque é você. Você é único.

Dez. Onze.

Não era necessário contar mais. Jace e o cisne estavam para trás, e agora Simon estava sozinho, nadando, seu corpo pulsando com a adrenalina. Ele virou-se para procurar Maureen, mas ela havia sumido. Clary, no entanto, continuava nitidamente visível, flutuando, logo adiante. Flutuando, não.

Estava nadando. Em direção a ele. Ela estava fazendo exatamente o que ele estava fazendo, incitando o corpo, tremendo, avançando pela água.

Simon deu as últimas braçadas e sentiu o toque da mão dela. Ele iria... ele iria com ela. E ela estava sorrindo, seus lábios azuis.

E então Simon sentiu o chão debaixo de si — alguma superfície sob a água, coisa de uns trinta ou quarenta centímetros para baixo. Clary reagiu no mesmo momento, e ambos agarraram um ao outro se esforçando para levantar. Eles estavam de pé na Fonte Bethesda, a estátua do anjo olhando para eles, derramando água sobre suas cabeças.

— V... você... — disse Clary.

Simon não tentou falar. Ele a abraçou, e eles ficaram tremendo juntos antes de saírem cuidadosamente do chafariz e deitarem nos tijolos da esplanada, arfando. A lua agora estava grande — muito grande e muito perto.

Mentalmente, Simon disse à lua para parar de ficar tão perto e de brilhar tanto e simplesmente parar com sua *luísse*. Ele estendeu a mão e pegou a de Clary, que já estava esticada, à espera.

Quando abriu os olhos, Simon não estava ao ar livre. Ele estava num lugar bastante confortável e macio. Simon esticou o braço e sentiu uma superfície aveludada debaixo de si. Ele sentou e percebeu que estava num sofá no salão de recepção. O jogo de chá estava lá, na frente dele. Magnus e Catarina estavam de pé contra a parede, conversando, e Jem estava na cadeira entre eles e observava os dois.

— Sente-se lentamente — instruiu ele. — Respire fundo.

— Que diabos...? — falou Simon.

— Você bebeu água do Lago Lyn — respondeu Jem baixinho. — Essa água provoca alucinações.

— Fizeram a gente beber água do *Lago Lyn*? Onde está Clary?

— Ela está bem — respondeu Jem baixinho outra vez. — Beba um pouco de água. Você deve estar com sede.

Já tinha um copo nos lábios de Simon. Catarina o estava segurando.

— Está brincando? — disse Simon. — Quer que eu beba isto? Depois do que acabou de acontecer?

— Está tudo bem — atenuou Catarina. Ela bebeu um gole caprichado do mesmo copo e então o segurou na frente da boca de Simon. Ele realmente estava com a boca muito seca. Sua língua estava espessa. Ele pegou o copo e virou num gole só, aí encheu novamente, e de novo, usando a jarra sobre a mesa. Só depois do terceiro copo se julgou capaz de falar novamente.

— Isso aí não enlouquece as pessoas? — questionou ele, sem se dar ao trabalho de disfarçar a raiva.

Jem sentou-se calmamente, com as mãos apoiadas nos joelhos. Simon notava a idade dele agora, não no rosto, mas por trás dos olhos. Eram espelhos escuros que refletiam a passagem de incontáveis anos.

— Se alguma coisa tivesse dado errado, você estaria com os Irmãos do Silêncio em menos de uma hora. Eu posso não ser mais um Irmão do Silêncio, mas já tratei de pessoas que consumiram a água. Magnus preparou o chá pois ele já trabalhou com as mentes de vocês dois. Catarina, é claro, é enfermeira. Vocês sempre estiveram em segurança. Desculpe. Nenhum de nós queria enganá-los. Isso foi feito para o bem de vocês.

— Não quero uma explicação — disse Simon. — Quero ver Clary. Quero saber o que está acontecendo.

— Clary está bem — assegurou Catarina. — Vou ver como ela está. Não se preocupe.

Ela se retirou, e Jem se inclinou para a frente na cadeira.

— Antes de Clary entrar, preciso saber: o que você *viu*?

— Quando vocês me drogaram?

— Simon, isso é importante. O que você viu?

— Eu estava em Nova York. Eu... achei que estivesse em Nova York. A gente foi para Nova York? Vocês abriram um Portal?

Jem balançou a cabeça.

— Você ficou nesta sala durante o tempo todo. Por favor. Me diga.

— Eu e Clary estávamos no Central Park, perto da Fonte Bethesda. O anjo da fonte voou para longe e a fonte transbordou, e Clary desapareceu. Aí apareceu um barco e eu fiz um passeio por um "túnel do amor" com Jace, e ele ficou dizendo para eu me lembrar de onde nos conhecemos, muito embora eu não o tivesse visto na ocasião.

— Espere um pouco — disse Jem. — O que isso significa para você?

— Não faço ideia. Só sei que ele ficava repetindo que eu tinha que lembrar.

— E você se *lembra*?

— Não — rebateu Simon. — Não me lembro de quase nada. Sei que provavelmente estava com Clary. Ela conseguia vê-lo.

— Continue — disse Jem. — E aí o que aconteceu?

— Eu vi Maia — relatou. — E vi Jordan. Ele estava coberto de sangue. Aí o barco me jogou no East River, e uma tal de Maureen disse que morreu por minha culpa e eu pulei na água. Clary estava flutuando e eu...

Ele estremeceu de novo, e Jem imediatamente sacou um cobertor, colocando-o sobre os ombros de Simon.

— Vá mais para perto da lareira — disse Jem, guiando-o até uma poltrona. Quando Simon se acomodou e se aqueceu um pouco, Jem o incentivou a continuar.

— Maureen disse que eu tinha que escolher qual das duas deveria salvar. Jace apareceu de novo e fez um discurso sobre como as escolhas são difíceis. Eu pulei.

— Quem você escolheu salvar? — perguntou Jem.

— Eu não... escolhi... nada. Eu sabia que tinha que pular. E acho que eu sabia que Maureen estava morta. Mas Clary não estava. Eu só precisava chegar até ela. De repente achei toda essa energia e consegui nadar até ela. E quando nadei para ela, levantei os olhos e ela estava nadando para mim.

Jem se recostou e juntou os dedos por um instante.

— Quero ver Clary — disse Simon entre dentes cerrados. Seu corpo estava quente, provavelmente nunca estivera com frio, na verdade, no entanto as águas do rio ainda pareciam uma realidade.

Catarina reapareceu um instante mais tarde, com Clary, que também estava enrolada num cobertor. Jem imediatamente levantou e ofereceu sua cadeira para ela. Os olhos de Clary estavam arregalados e brilhando, e ela olhou aliviada para Simon.

— Aconteceu com você também? — disse ela. — O que quer que tenha sido aquilo.

— Acho que nós dois passamos por isso — respondeu ele. — Está tudo bem?

— Estou bem. Só estou... com muito frio. Achei que estivesse no rio.

Simon parou de tremer.

— Achou que estivesse no rio?

— Eu estava tentando nadar até você — relatou Clary. — Estávamos no Central Park, e você foi sugado para o solo, como se estivesse sendo enterrado vivo. E Raphael apareceu, e eu estava na moto dele, e a gente sobrevoou o rio, e eu te vi. E pulei...

De trás da cadeira de Clary, Catarina fez que sim com a cabeça.

— Eu vi uma coisa tipo isso — contou Simon. — Não igualzinha, mas... parecida o suficiente. E eu te alcancei. Você estava nadando para mim. Aí voltamos...

— ... para o Central Park. O chafariz com o anjo.

Magnus também se juntou ao grupo e se acomodou no sofá.

— A Fonte Bethesda — disse ele. — Os Caçadores de Sombras podem ter tido alguma coisa a ver com a construção dela. Só estou mencionando.

— O que isso tudo quer dizer? — perguntou Simon. — O que foi isso?

— Vocês dois são diferentes — disse Magnus. — Existem coisas no passado de vocês que significam que... as coisas têm que ser feitas de um jeito diferente. Para começar, vocês dois tiveram bloqueios nas respectivas memórias. Clary tem uma quantidade incomum de sangue de anjo. E você, Simon, foi um vampiro.

— Nós sabemos disso. Mas por que precisaram nos drogar para fazer uma coisa simbólica?

— Não foi simbólico. O teste *parabatai* é um teste de fogo — disse Catarina. — Vocês ficam em círculos de fogo e firmam o laço. Este... este é o teste da água. A natureza do teste exige que não saibam sobre sua aplicação. Fazer um preparo mental para o teste pode afetar o resultado. Este teste não teve a ver com Julian e Emma. Teve a ver com vocês dois. Pensem no que viram, no que aprenderam. Pensem no que sentiram. Pensem em quando conseguiram nadar um para o outro, quando não tinham mais nada, quando deviam ter sucumbido.

Simon e Clary se entreolharam. A névoa começou a sumir.

— Vocês engoliram água — disse Jem. — E se uniram no mesmo lugar em suas mentes. Conseguiram se encontrar. Ficaram ligados. "E eis que a alma de Jonathan foi costurada à de David, e Jonathan o amou como à própria alma."

— *Parabatai?* — disse Simon. — Calma, calma, calma. Estão tentando me dizer que isso tem a ver com o lance de ser *parabatai?* Não posso ter um *parabatai.* Fiz dezenove há dois meses.

— Não exatamente — disse Magnus.

— Como assim *não exatamente?*

— Simon — respondeu Magnus calmamente —, você morreu. Ficou morto por quase seis meses. Podia estar andando por aí, mas não estava vivo, não como um ser humano. Esse período não conta. Segundo os Caçadores de Sombras, você continua com dezoito anos. E tem o ano inteiro até completar dezenove para encontrar um *parabatai.* — Ele olhou para Clary. — Clary, conforme você já sabe, ainda está no limite da idade. Tem tempo para você Ascender e para vocês se tornarem *parabatai* imediatamente, se assim desejarem. Algumas pessoas são particularmente adequadas para se tornar *parabatai* — continuou Magnus. — Nascem para isso, pode-se dizer. As pessoas pensam que é uma questão de se darem bem, de sempre concordarem, de estarem sempre em sintonia. Não é. É uma questão de serem melhores juntos. Lutarem melhor juntos. Alec e Jace nem sempre concordam, mas sempre foram melhores juntos.

— Já me falaram muitas vezes — disse Jem com sua voz suave —, o quanto vocês dois são dedicados um ao outro. A maneira como sempre se defenderam e sempre colocaram o outro em primeiro lugar. Quando um laço *parabatai* é verdadeiro, quando a amizade é profunda e sincera, pode ser... transcendente. — Havia tristeza nos olhos dele, uma tristeza tão profunda que era quase assustadora. — Precisávamos descobrir se o que havia sido observado sobre vocês dois era verdadeiro, pelo bem de vocês. Vocês estão prestes a testemunhar a cerimônia. Isso pode causar uma forte reação em verdadeiros *parabatai*. Precisávamos ter certeza de que era verdade e que vocês conseguiriam suportar. O teste nos disse o que precisávamos saber.

Os olhos de Clary estavam completamente arregalados.

— Simon... — sussurrou ela. Sua voz estava rouca.

— É só um detalhe técnico — acrescentou Magnus —, mas Caçadores de Sombras não têm problemas com detalhes técnicos. Adoram detalhes técnicos. Vejam só Jem. Jem é um detalhe técnico em carne e osso. As pessoas também não voltam depois que se tornam Irmãos do Silêncio, mas aqui está ele.

Jem sorriu diante da observação e a tristeza em seus olhos recuou.

— *Parabatai* — repetiu Clary.

E naquele instante algo decaiu sobre Simon. Algo como um cobertor num dia frio. Algo totalmente reconfortante.

— *Parabatai* — disse ele.

Uma longa pausa pairou entre eles, e naquele momento tudo foi decidido. Não havia necessidade de discutir o assunto. Você não precisa perguntar se seu coração deve bater, ou se você deve respirar. Ele e Clary eram *parabatai*. Toda a ira de Simon se foi. Agora ele sabia. Ele tinha Clary, e ela teria a ele. Para sempre. Suas almas costuradas.

— Como souberam? — perguntou Simon.

— Não é difícil ver — respondeu Magnus, e finalmente a leveza habitual voltou à voz dele. — Além disso, eu sou mágico, literalmente.

— É bem óbvio — acrescentou Catarina.

— Até eu sabia — disse Jem. — E eu nem os conheço tão bem. Tem sempre alguma coisa nos verdadeiros *parabatai*. Eles não precisam se falar para se comunicar. Eu já vi vocês dois terem conversas inteiras sem dizer uma palavra. Era assim com o meu *parabatai*, Will. Eu nunca precisei perguntar o que ele estava pensando. Na verdade, geralmente era *melhor* não perguntar a Will o que ele estava pensando...

Isso arrancou um sorriso de Magnus e Catarina.

— Mas enxergo em vocês. Verdadeiros *parabatai* são ligados desde muito antes de a cerimônia acontecer.

— Então podemos... podemos fazer a cerimônia? — perguntou Clary.

— Podem — respondeu Jem. — Não hoje. Algumas discussões a respeito do assunto serão feitas na Cidade do Silêncio, claro, porque este é um caso incomum.

— Muito bem — disse Catarina. — Agora a enfermeira vai assumir. Por hoje chega. Vocês dois precisam dormir. A água é muito agressiva. Acordarão melhores amanhã, mas precisam descansar. Descansar e se hidratar. Vamos.

Simon foi se levantar e descobriu que sua perna o tinha abandonado e sido substituída por uma substância molenga em forma de perna. Catarina o apoiou por baixo do ombro e o ajudou. Magnus ajudou Clary a se levantar.

— Você pode ficar aqui por hoje, Clary — disse Catarina. — Pela manhã traremos os uniformes para vocês, para a cerimônia de Julian e Emma.

— Esperem — disse Simon enquanto era levado. — Jace ficou repetindo que eu tinha que me lembrar de como eu e ele nos conhecemos. O que isso significa?

— Isso é você quem tem que descobrir — disse Jem. — As visões provocadas pelo Lago Lyn podem despertar sentimentos muito poderosos.

Simon assentiu. Seu corpo estava sucumbindo. Ele permitiu que Catarina o ajudasse a voltar ao seu quarto.

— O que aconteceu com você? — perguntou George quando Catarina chegou à porta com ele.

— Quanto tempo passei longe? — retrucou Simon, se jogando de cara na cama. Era um sinal de exaustão ele estar achando boa aquela sua cama horrorosa e cheia de molas incômodas. Parecia que tinham colocado cem travesseiros num pula-pula.

— Talvez duas horas — disse George. — Você está péssimo. O que foi?

— A comida — resmungou Simon. — Finalmente me abateu.

E então dormiu.

Simon estava sentindo-se surpreendentemente bem quando abriu os olhos. Acordou antes de George, até. Então saiu da cama em silêncio e pegou a toalha e os apetrechos de banheiro. No chão do lado de fora, numa caixa preta, encontrou um uniforme formal. O uniforme formal dos Caçadores de Sombras se assemelhava muito aos uniforme normais — era apenas mais leve em termos de peso, de algum modo mais profundamente preto, e mais limpo do que a maioria dos uniformes. Sem lágrimas. Sem linfa. Coisa fina. Ele pousou a caixa na cama e continuou indo calmamente até o banheiro. Ninguém estava acordado ainda, então Simon tinha todo o lugar mofado para si. Acontece que se você acordasse primeiro, de fato dava para se conseguir um pouco de água quente, então ele ficou embaixo do chuveiro, fingiu que não tinha gosto de ferrugem, e deixou o corpo relaxar no calor. Tinha luz suficiente entrando pela janela no alto da parede para ele conseguir um barbeado quase regular.

Simon atravessou os corredores vazios da Academia, suavizados pela luz do amanhecer. Nada parecia tão austero esta manhã. Estava quase aconchegante. Ele até encontrou a lareira de um dos salões acesa, e ficou ao lado dela para se aquecer antes de sair para tomar um arzinho.

Não ficou surpreso ao encontrar Clary lá, já vestida, sentada no degrau mais alto, olhando para fora, para a bruma que flutuava sobre o jardim ao amanhecer.

— Você também acordou cedo, hein? — disse ela.

Ele sentou-se ao lado dela.

— É. Sair da cama antes de a cozinha começar a operar. É o único jeito de escapar. Mas estou morrendo de fome.

Clary vasculhou a bolsa por um momento e encontrou um pão enrolado em vários guardanapos.

— Isto é... — começou Simon.

— Acha que eu viria de Nova York de mãos vazias? Não tem cream cheese, mas, tipo, já é alguma coisa. Eu sei do que você precisa.

Simon segurou o pão por um instante.

— Faz sentido — disse ela. — Eu e você. Sinto como se sempre tivesse sido um fato. Sempre fomos. Você não... Sei que não se lembra de tudo, mas sempre fomos eu e você.

— Mas me lembro do suficiente — respondeu ele. — Sinto o suficiente.

Ele queria falar mais, mas a grandiosidade da coisa... era melhor deixar algumas coisas implícitas. Pelo menos por enquanto. Essa sensação ainda estava muito fresca na mente de Simon. Esse sentimento de *plenitude*.

Então ele comeu o pão. Sempre coma o pão.

— Emma e Julian — falou Simon entre os pedaços. — Eles têm só catorze anos.

— Jace e Alec tinham quinze.

— Mesmo assim, parece... Quero dizer, eles passaram por muita coisa. O ataque ao Instituto de Los Angeles.

— Eu sei — disse Clary, assentindo. — Mas coisas ruins... aproximam as pessoas às vezes. Tiveram que amadurecer rápido.

Uma carruagem puxada por cavalos pretos apareceu na beira da estrada que leva à Academia. À medida que se aproximavam, Simon notava uma figura sob um manto simples cor de pergaminho segurando as rédeas. Quando a carruagem parou e a figura se virou para eles, Simon viu os símbolos que selavam a boca do homem. Quando falou, não foi com palavras normais, mas com uma voz que caiu bem dentro da mente de Simon.

Sou o Irmão Shadrach. Estou aqui para levá-los à cerimônia. Por favor, entrem.

— Sabe — disse Simon baixinho quando entraram na carruagem —, provavelmente houve uma época em que teríamos achado isso assustador.

— Eu não me lembro mais dessa época — respondeu Clary.
— Acho que finalmente empatamos em algo do qual não lembramos.
A carruagem era simples, com seda preta, cortinas pretas, tudo preto. Mas era espaçosa e confortável, tanto quanto carruagens podem ser. O Irmão Shadrach não tinha medo de velocidade, e logo a Academia estava longe e Simon e Clary estavam olhando um para o outro de lados opostos do veículo enquanto sacolejavam. Simon tentou falar algumas vezes, mas sua voz vacilava com o impacto, o constante *bate bate bate* da carruagem atravessando a Planície Brocelind. As estradas em Idris não eram as rodovias planas às quais Simon estava acostumado. Elas eram pavimentadas em pedra, e não havia paradas para descanso com banheiros e Starbucks. Não tinha aquecimento, mas cada um havia recebido um cobertor de pele pesada. Como vegetariano, Simon realmente não queria usá-lo. Mas como uma pessoa sem muita escolha que estava congelando, ele o fez.

Simon também estava sem relógio, sem telefone, nada para marcar a passagem do tempo, exceto o nascer do sol de fim de outono. Ele estimava que estivessem viajando há uma hora, talvez mais. Entraram na sombra plácida da Floresta Brocelind. O cheiro das árvores e folhas era quase atordoante, e o sol entrava em fachos, iluminando o rosto, os cabelos e o sorriso de Clary.

Sua *parabatai*.

Pararam não muito longe da floresta. A porta se abriu e o Irmão Shadrach estava lá.

Chegamos.

De algum modo, foi pior quando parou. Simon tinha a sensação de que sua cabeça e seu corpo tremiam. Ele levantou os olhos e viu que estavam perto dos pés de uma montanha, que se esticava além das árvores.

Por aqui.

Acompanharam irmão Shadrach por uma trilha — um rasto leve mal marcado, com alguns centímetros de largura, por onde vários pés já tinham passado, deixando apenas a cicatriz mais ínfima no chão. Através de um bosque de árvores contra a encosta da montanha, havia uma porta de cerca de uns quatro ou cinco metros de altura. Era mais larga na base e estreita no topo. Logo acima do batente havia a escultura de um anjo, em baixo-relevo. O Irmão Shadrach pegou uma das argolas e bateu com força, uma vez só. A porta se abriu, aparentemente por vontade própria.

Eles caminharam por um corredor estreito com paredes de mármore liso, e desceram por uma escadaria de pedra. Não tinha corrimão, então

Simon e Clary tiveram de apoiar as mãos nas paredes para não cair. O Irmão Shadrach, em sua túnica longa, não tinha esse medo de cair. Ele parecia deslizar para baixo. De lá, chegaram a um espaço maior, que Simon inicialmente pensou ser feito com pedras. Depois de um momento, ele viu que as paredes formavam um mosaico com os ossos, alguns num tom branco-giz, alguns mais antigos, outros num tom de cinza, e alguns com uma cor acastanhada perturbadora. Longos ossos formavam arcos e colunas, e crânios com o lado superior virado para fora formavam a maioria das paredes. Eles finalmente foram deixados numa sala onde a arte óssea era ambiciosa — grandes padrões circulares de crânios e ossos davam forma ao recinto. Acima, pequenos ossos formavam estruturas mais delicadas, como lustres, que brilhavam com luz enfeitiçada. Era como assistir ao pior programa de decoração sobre o fim do mundo.

Devem esperar aqui.

O Irmão Shadrach se retirou, e Simon e Clary ficaram a sós. Um dado sobre a Cidade do Silêncio: fazia jus ao nome. Simon nunca tinha visto um lugar tão desprovido de som. Simon temia que se falasse, as paredes de ossos cairiam sobre suas cabeças e enterrariam os dois. Provavelmente não cairiam — seria uma falha estrutural grave —, mas era uma sensação forte.

Depois de vários momentos a porta se abriu novamente e Julian apareceu sozinho. Julian Blackthorn podia ter apenas catorze anos, mas parecia mais velho, ainda mais velho do que Simon. Ele tinha crescido um pouco, e agora Simon conseguia olhá-lo nos olhos. Julian tinha o cabelo castanho-escuro denso e cacheado característico de sua família, e seu rosto carregava um tipo de seriedade tranquila. Era uma seriedade que fazia Simon se lembrar da aparência de sua mãe quando seu pai morrera e ela passara noites acordada se preocupando em como pagar a hipoteca e alimentar seus filhos, em como criá-los sozinha. Ninguém ficava daquele jeito por opção. O único sinal de que Julian não era um adulto era o caimento um pouco solto de seu uniforme, além do jeito meio desengonçado.

— Julian! — disse Clary, que pareceu cogitar a hipótese de abraçá-lo e depois descartou a ideia. Ele parecia digno demais para ser abraçado. — Onde está Emma?

— Falando com o Irmão Zachariah — respondeu Julian. — Quero dizer, Jem. Ela está falando com Jem.

Julian parecia muito confuso em relação a isso, mas não parecia disposto a questionar.

— Então — disse Clary —, como está se sentindo?

Julian simplesmente assentiu e olhou em volta. Depois hesitou.

— Eu só quero... fazer logo. Quero acabar logo com isso.

Pareceu uma resposta um pouco estranha. Agora que Simon estava pensando na própria cerimônia com Clary, a perspectiva parecia incrível. Algo a ser aguardado ansiosamente. Mas Julian tinha passado por muita coisa. Ele havia perdido seus pais, seu irmão e irmã mais velhos. Provavelmente não era fácil enfrentar algo tão importante sem a presença deles.

Era difícil para Simon olhar para Julian e não se lembrar de que tinha visto o irmão de Julian, Mark, há não muito tempo — Mark, preso e meio louco. Que ele tinha decidido não compartilhar este fato com Julian, porque teria sido incrivelmente cruel fazê-lo. Simon ainda acreditava que sua decisão havia sido acertada, mas, ainda assim, aquilo pesava como uma pedra em sua alma.

— Como está Los Angeles? — quis saber ele, e imediatamente se arrependeu. Como está Los Angeles? Como está o lugar onde você mora, onde você viu seu pai ser assassinado e seu irmão ser sequestrado para sempre por fadas? Como está?

Julian deu um sorriso de canto de boca. Como se pressentisse que Simon estivesse desconfortável, e fosse solidário, mas também achasse engraçado.

Simon estava acostumado a isso.

— Muito calor — respondeu Julian.

Justo.

— Como vai sua família? — perguntou Clary.

O rosto de Julian se iluminou, os olhos brilhando como a superfície da água.

— Todo mundo bem. Ty realmente gosta de coisas de detetive, Dru gosta de terror... Assiste a todos os tipos de filmes mundanos que ela não deveria ver. Mas aí ela fica com medo e tem que dormir com a pedra de luz enfeitiçada acesa. Livvy está ficando muito boa com o sabre e Tavvy...

Ele parou quando Jem e Emma desceram as escadas. Os passos de Emma pareciam mais leves. Havia algo em Emma que fazia Simon pensar em verões eternos numa praia — o cabelo clareado pelo sol, seu jeito gracioso de se movimentar, o bronzeado invernal. Na parte interna de um de seus braços havia uma longa cicatriz assustadora.

Ela olhou para Julian, que fez que sim com a cabeça antes de começar a andar de um lado a outro. Emma abraçou Simon imediatamente. Seus braços, apesar de menores do que os dele, o envolveram como cabos de aço. Ela cheirava a praia.

— Obrigada por estarem aqui — disse ela. — Eu quis escrever, mas eles... — Olhou para Jem por um instante. — Disseram que iam avisar. Muito obrigada, aos dois.

Julian correu a mão pela parede de mármore liso. Ele parecia ter dificuldades em olhar para Emma. Emma foi até ele, e Jem a acompanhou logo em seguida, dando uma palavrinha com os dois por um momento. Clary e Simon ficaram para trás, observando. Algo na forma como Emma e Julian estavam agindo não era bem o que Simon esperava. Claro, eles ficariam tensos, mas...

Não, era outra coisa.

Clary puxou a manga de Simon, indicando que ele deveria se inclinar para baixo para que ela pudesse sussurrar para ele.

— Eles parecem tão... — Clary parou no meio da frase e inclinou a cabeça um pouco para o lado. — Jovens.

Havia algo em sua voz que dizia que esta não era uma declaração completamente satisfatória. Tinha algo errado. Mas Simon não teve tempo de descobrir o quê. Jem, Emma e Julian se juntaram a eles novamente.

— Vou acompanhá-los até a câmara — informou Jem. — Clary vai com Emma. Simon com Julian. Estão prontos para continuar?

Tanto Emma quanto Julian engoliram em seco visivelmente e arregalaram bem os olhos, mas ambos conseguiram responder afirmativamente.

— Então vamos continuar. Por favor, sigam-me.

Mais corredores, mas os ossos deram lugar a mais mármore branco, e então a um mármore que se parecia com ouro. Eles chegaram a um grande par de portas, que foi aberto pelo irmão Shadrach. A sala na qual entraram foi a maior até o momento, com um imponente teto abobadado. Havia mármores de todas as cores — branco, preto, rosa, dourado, prateado. Todas as superfícies eram lisas. A sala estava ocupada por um círculo de Irmãos do Silêncio, talvez vinte ao todo, que se separaram para permitir que eles passassem. A luz do quarto estava fraca e vinha de velas douradas trepidantes. O ar estava carregado por causa do incenso.

— Simon Lewis e Julian Blackthorn — ressoou a voz de Jem; por um momento, Simon quase pensou ter ouvido dentro de sua mente, do jeito como um dia ouvira o irmão Zachariah. Ele ainda tinha uma profundidade em si que parecia mais opulenta do que a de um humano. — Atravessem para o outro lado do círculo, onde eles abriram espaço para vocês.

Quando chegarem, permaneçam lá. Vocês serão informados sobre o que fazer.

Simon olhou para Julian, que tinha ficado branco feito papel. Embora parecesse prestes a desmaiar, Julian cruzou o cômodo com muita segurança, e Simon foi atrás. Clary e Emma tomaram seus lugares no lado oposto. Jem se juntou ao círculo de Irmãos do Silêncio, todos deram um passo atrás de forma sincronizada, ampliando o círculo. Agora os quatro estavam no centro.

De repente, dois círculos de fogo branco e dourado surgiram do chão, as chamas subiram apenas alguns centímetros, mas eram totalmente esplendorosas e quentes.

Emma Carstairs, dê um passo à frente.

As vozes ressoaram na cabeça de Simon — todos os Irmãos falando em uníssono. Emma olhou para Clary, depois deu um passo para dentro de um dos círculos de fogo. Ela fixou os olhos em Julian e deu um sorriso largo.

Julian Blackthorn, dê um passo à frente.

Julian entrou no outro círculo. Seu passo foi mais rápido, mas ele manteve a cabeça abaixada.

Testemunhas, vocês ficarão nas asas do anjo.

Isso Simon levou um instante para entender. Ele finalmente viu que no topo do círculo, talhado no chão, havia mais uma figura de um anjo com asas abertas. Ele subiu em uma, e Clary, na outra. O gesto o aproximou um pouco do anel de fogo. Ele sentiu o calor subir agradavelmente por seus pés gelados. Deste ponto de observação, dava para notar as expressões de Emma e Julian.

O que ele estava vendo? Era algo que ele conhecia.

Começamos o Teste de Fogo. Emma Carstairs, Julian Blackthorn, entrem no círculo central. Neste círculo, vocês serão unidos.

Um círculo central apareceu, juntando os dois. Um diagrama de Venn de fogo. Assim que Emma e Julian entraram, o círculo central queimou mais alto, se elevando até a altura da cintura.

Algo tremeluziu entre Julian e Emma naquele momento. Foi tão breve que Simon não soube dizer de qual direção tinha vindo, mas ele vira de soslaio. Algum olhar, algo sobre a maneira como um deles se colocou, alguma coisa — mas era um olhar ou uma postura ou *alguma coisa* que ele já tinha visto.

O fogo ardeu mais alto. Estava na altura dos ombros agora.

Vocês agora recitarão o juramento.
Emma e Julian começaram a falar em uníssono, ambas as vozes com um pequeno tremor enquanto recitavam as antigas palavras sagradas.
"*Para onde fores, irei...*"

Simon foi atingido por um raio de ansiedade. O que ele tinha acabado de ver? Por que era tão familiar? Por que aquilo o deixou tão ansioso? Ele estudou Emma e Julian novamente, da melhor forma que dava para fazê-lo em meio ao fogo. Pareciam duas crianças tensas por estarem fazendo algo muito grave enquanto permaneciam num círculo flamejante.

E aconteceu de novo. Tão rápido. A direção foi obscurecida pela cintilação na parte superior do círculo. Que diabos era aquilo? Talvez isto fosse precisamente o que as testemunhas deveriam fazer. Talvez elas devessem prestar atenção a esse tipo de coisa. Não. Jem tinha dito que era uma formalidade. Uma formalidade. Talvez Simon devesse ter feito esta pergunta antes de subir ao lado do grande círculo de fogo.

"*Onde morreres, eu morrerei, e lá serei enterrado.*"
Rituais Nephilim, sempre alegres.
"*O anjo o fez para mim, mas também.*"
Julian tropeçou nas palavras "o fez para mim". Ele pigarreou e terminou um segundo depois de Emma.

Alguma coisa estalou na mente de Simon. Ele se lembrou de Jace, subitamente, em sua alucinação, falando sobre quando se conheceram. E então a lembrança passou por sua mente como uma daquelas faixas na traseira dos aviõezinhos que sobrevoavam as praias em Long Island...

Ele estava sentando com Clary no Java Jones. Estavam vendo Eric recitar poesia. Simon tinha decidido que aquele era o momento: ele ia contar para ela. Tinha que contar. Tinha buscado café para os dois e as xícaras estavam quentes. Seus dedos queimaram. Ele teve que soprar, o que não foi um movimento suave.

Ele sentiu a queimadura. A sensação de que precisava falar.

Eric lia algum poema que continha as palavras "lombos nefastos". *Lombos nefastos, lombos nefastos...* as palavras dançaram em sua mente. Ele precisava falar.

— Tem um assunto que eu queria conversar com você — disse ele.

Clary fez alguma observação sobre o nome de sua banda, e ele teve que trazê-la de volta ao assunto.

— É sobre aquilo que estávamos conversando antes. Sobre eu não ter uma namorada.

— Bem, eu não sei. Você poderia convidar a Jaida Jones para sair. Ela é legal e gosta de você.

— Não quero convidá-la para sair.

— Por que não? Você não gosta de garotas inteligentes? Ainda está procurando um corpão?

Será que ela era cega? Como é que ela podia não enxergar? O que exatamente ele precisava fazer? Ele tinha que se controlar. Além disso... "procurando um corpão"?

Mas quanto mais ele tentava, mais sem noção ela parecia. Então ela fixou o olhar num sofá verde. Era como se o sofá contivesse tudo no mundo. Ali estava ele, tentando professar seu amor de toda a vida, e Clary estava apaixonada pelo móvel. Mas era mais do que isso. Alguma coisa estava errada.

— O que foi? — perguntou ele. — Tem algo errado? Clary, o que houve?

— Já volto — disse ela. E com isso, repousou o copo de café e saiu correndo. Ele ficou olhando para ela através da janela, e de algum modo soube que o momento tinha se acabado, para sempre. E então ele viu...

O círculo de fogo se extinguiu. Acabou. O juramento estava feito, e Emma e Julian estavam diante de todos eles. Julian tinha uma Marca na clavícula e Emma, no braço.

Clary estava puxando o braço de Simon. Ele olhou para ela e piscou algumas vezes.

Tudo bem?, dizia a expressão dela.

Sua memória escolheu um momento e tanto para voltar.

Após a cerimônia, eles retornaram a Alicante, onde foram levados à mansão Blackthorn para trocar de roupa. Emma e Julian foram levados aos quartos no andar principal. Clary e Simon foram conduzidos pela grande escadaria.

— Não sei qual roupa devo vestir — disse Simon. — Não pude me preparar com muita antecedência.

— Eu trouxe um terno para você — disse Clary. — Peguei emprestado.

— De Jace, não.

— Eric.

— Eric tem um terno? Promete que não é, tipo, do avô morto dele?

— Não posso prometer nada, mas acho que cabe.

Simon foi levado a um quartinho no segundo andar, cheio de móveis, papel de parede e os olhares penetrantes de alguns Blackthorn há muito falecidos, os quais agora viviam em pinturas solenes. O saco do terno estava na cama. Eric tinha mesmo um terno — um preto e liso. A camisa também tinha sido fornecida, juntamente a uma gravata azul-metálica e sapatos. O terno ficou curto uns poucos centímetros. A camisa estava bastante apertada — o treinamento diário de Simon o tinha transformado numa dessas pessoas que rasgam camisas. Os sapatos não serviram de jeito nenhum, então ele manteve os sapatos pretos macios que faziam parte do uniforme formal. A gravata ficou boa. Gravatas eram boas por isso.

Ele sentou-se na cama por um instante e se permitiu pensar em tudo que tinha acontecido. Fechou os olhos e combateu a ânsia de dormir. Sentia-se pescando em cochilos breves quando ouviu uma batida na porta. Ele roncou quando despertou de seu microssono.

— Claro — disse, sendo que não era o que pretendia dizer. — Sim. Quero dizer, entre.

Clary estava com um vestido verde que realçava seus cabelos, sua pele, tudo nela. E Simon tinha uma revelação. Se ele ainda se sentisse romanticamente atraído por Clary, vê-la daquele jeito o teria feito suar e gaguejar. Agora ele via uma pessoa que amava, que estava linda, e que era sua amiga. E nada mais.

— Ouça — disse ela, fechando a porta —, na cerimônia você pareceu... estranho. Se não quiser fazer... a coisa de *parabatai*. Foi um choque, e não quero que você seja...

— Quê? Não. Não.

Ele pegou a mão dela instintivamente. Ela apertou com força.

— Certo — disse ela. — Mas aconteceu alguma coisa lá. Eu vi.

— Na minha alucinação, com a água do lago, vi Jace, e ele ficava me dizendo que eu tinha que me lembrar de quando a gente se conheceu — falou. — Então fiquei tentando. E aí, bem no meio da cerimônia, veio a lembrança. Meio que... baixou.

Clary franziu o rosto, torcendo o nariz, confusa.

— A lembrança de quando você conheceu Jace? Não foi no Instituto?

— Sim e não. A lembrança na verdade foi de nós dois, eu e você. A gente estava no café, Java Jones. Você estava sugerindo garotas com quem eu deveria sair, e eu estava... eu estava tentando contar que era de você que eu gostava.

— Sim — disse Clary, olhando para baixo.
— E aí você saiu correndo. Simplesmente.
— Jace estava lá. Você não conseguia enxergar.
— Foi o que pensei. — Simon examinou o rosto dela. — Você correu justamente quando eu ia falar dos meus sentimentos. O que não tem problema. Não era para a gente ser... aquilo. Acho que era isso que meu inconsciente, sob a forma de Jace, queria que eu soubesse. Porque acho que a gente tem que ficar *junto*. *Parabatai* não podem ficar juntos assim. Por isso que era importante que eu me lembrasse. Eu tinha que me lembrar que era assim que me sentia. Eu tinha que saber que agora é diferente. Não de um jeito ruim. Do jeito certo.
— É — disse Clary. Seus olhos estavam levemente marejados. — Do jeito certo.
Simon assentiu uma vez. Era grandioso demais para ser exposto em palavras. Era tudo. Todo o amor que via nos olhos de Jem quando ele falava em Will, e o amor no olhar de Alec quando ele olhava para Jace, mesmo quando Jace estava enchendo o saco, e a lembrança nítida que ele tinha de Jace segurando Alec enquanto ele estava ferido, e o desespero nos olhos de Jace, o horror que só existe quando você teme perder alguém sem o qual não consegue viver.
Eram Emma e Julian, se olhando.
Alguém os estava chamando lá de baixo. Clary limpou uma lágrima e se levantou para ajeitar o vestido, que já estava ajeitado.
— Isso é como um casamento — disse ela. — Tenho a impressão de que vão nos mandar posar para o fotógrafo daqui a pouco.
Clary entrelaçou o braço no dele.
— Mais uma coisa — disse Simon, lembrando-se de Maia e de Jordan. — Mesmo quando eu for um Caçador de Sombras, vou continuar sendo um pouquinho do Submundo. Nunca vou dar as costas para eles. É esse o tipo de Nephilim que quero ser.
— Eu jamais esperaria algo diferente — disse Clary.
Lá embaixo, os dois novos *parabatai* se examinavam do outro lado da sala. Emma estava de um lado, com um vestido marrom coberto por flores douradas. Julian do outro, se ajeitando em seu terno cinza.
— Vocês estão lindos — disse Clary a ambos, e eles olharam timidamente para baixo.
No Salão dos Acordos, Jace estava aguardando por eles na escadaria da frente, com cara de Jace de terno. Jace de terno era insuportável. Ele olhou Clary de cima a baixo.

— Este vestido é...

Teve que pigarrear. Simon curtiu sua falta de jeito. Pouca coisa perturbava Jace, mas Clary sempre conseguia deixá-lo abobado. Os olhos dele praticamente ostentavam aqueles coraçõezinhos de desenhos animados.

— Muito bonito — completou ele. — Como foi a cerimônia? O que acharam?

— Definitivamente tem mais fogo do que um bar-mitzvá — respondeu Simon. — Mais fogo do que um churrasco. Quero dizer que é o Evento Formal com Mais Fogo.

Jace fez que sim com a cabeça.

— Eles foram incríveis — falou Clary. — E...

Ela olhou para Simon.

— Temos uma novidade — disse ela.

Jace inclinou a cabeça, interessado.

— Mais tarde — falou ela, sorrindo. — Acho que estão todos nos esperando para sentar.

— Então temos que trazer Emma e Julian para cá.

Emma e Julian estavam espreitando no canto do salão, com as cabeças próximas, mas um espaço desconfortável entre os corpos.

— Vou falar com eles — disse Jace, acenando para Julian e Emma. — Transmitir alguns conselhos másculos e profundos.

Assim que Jace se afastou, Clary começou a falar e Alec e Magnus apareceram imediatamente. Magnus estava prestes a começar a lecionar na Academia e eles queriam saber sobre a comida. Os irmãos mais novos de Julian — Ty, Livvy, Drusilla e Octavian — estavam agrupados ao redor da mesa com os canapés. Simon olhou para trás e notou Jace dando conselhos *jaceais* aos novos *parabatai*. Havia um aroma delicioso de carne assando. Grandes pratos estavam sendo postos na mesa, juntamente a legumes, batatas, pães e queijos. O vinho estava sendo servido. Era hora de comemorar. Era legal, pensou Simon, em meio a tantas coisas terríveis que poderiam acontecer, e às vezes aconteciam, tinha isso. Tinha muito amor.

Ao virar-se, Simon viu Julian se apressando para fora do salão. Jace voltou, com o braço sobre os ombros de Emma.

— Tudo bem? — perguntou Clary.

— Tudo bem. Julian precisava respirar. Essa cerimônia é intensa. Tanta gente. Você precisa comer.

As palavras tinham sido para Emma, que sorriu, mas continuou olhando para a porta pela qual seu *parabatai* tinha acabado de sair. Então ela virou-se e viu Ty correndo pelo salão com uma bandeja que continha um queijo inteiro.

— Ai — queixou-se —, isso é ruim. Ele consegue de fato comer aquele queijo todo, mas depois vai vomitar. É melhor eu buscar, ou isso vai acabar mal para Jules.

E ela correu atrás de Ty.

— Eles têm muitas responsabilidades — disse Jace, vendo-a se afastar. — Que bom que têm um ao outro. Sempre terão. *Parabatai* é isso. — Ele sorriu para Alec, que retribuiu, o rosto iluminado.

— Por falar em *parabatai* — disse Clary. — É melhor contarmos logo a novidade...

Nascido para a noite sem fim

por Cassandra Clare e Sarah Rees Brennan

Magnus tinha deixado para trás uma criança adormecida e seu amor extenuado, e abriu a porta para ver uma cena de caos absoluto. Por um momento, era como se houvesse mil pessoas nos cômodos, e então Magnus se deu conta de que a situação real era muito pior.

Nascido para a noite sem fim

Toda Noite e toda Manhã
Alguns Nascem para a Adversidade
Toda Manhã e toda Noite
Alguns Nascem para o doce regalo
Alguns Nascem para o doce regalo
Alguns Nascem para a Noite Sem Fim
— Augúrios de Inocência, William Blake

Magnus acreditava que muitas coisas antigas eram fruto da beleza eterna. As pirâmides. O David de Michelangelo. Versalhes. Ele mesmo.

No entanto, só porque uma coisa era antiga e tinha muitos anos de tradição não *significava* que era uma obra de arte. Nem mesmo se você fosse um Nephilim e acreditasse que por ter o sangue do Anjo seria feito de algo melhor do que os outros.

A Academia dos Caçadores de Sombras não era uma criação da beleza eterna. Era um lugar horrível.

Magnus não gostava da região rural no início da primavera, antes de o inverno acabar de fato. Toda a paisagem era monocromática como um filme antigo, sem a energia narrativa. Campos cinzentos e escuros se estendiam sob um céu cinza-claro e as árvores eram reduzidas a garras cinzentas segurando as nuvens de chuva. A Academia combinava com seu entorno, agachada na paisagem como uma grande rã de pedra.

Ele estivera ali umas poucas vezes antes, visitando amigos. E não tinha gostado. Magnus se lembrava de ter caminhado, há muito tempo, sob o olhar frio dos alunos que tinham sido treinados com os modos estreitos e obscuros da Clave e do Pacto, e que eram jovens demais para compreender que o mundo poderia ser mais complicado do que isso.

Pelo menos naquela época o local não estava em ruínas. Magnus fitou uma das torres esguias que ficava em cada um dos quatro cantos da Academia. Ela não se erguia reta; na verdade, parecia a prima pobre da Torre de Pisa.

Magnus a encarou, concentrado, e estalou os dedos. A torre pulou de volta para o lugar como se fosse uma pessoa que, depois de ficar agachada, subitamente se empertigasse. Ouviu-se uma série de gritinhos baixos, vindos das janelas das torres. Magnus não tinha percebido que havia pessoas em seu interior. E se deu conta de que não era seguro.

Ora, os moradores da antiga torre inclinada logo perceberiam que ele lhes fizera um favor. Magnus avistou o anjo no vitral acima da porta. O anjo o encarou, espada reluzente e expressão de reprovação, como se reprovasse o gosto de Magnus para se vestir e estivesse pedindo para ele trocar de roupa.

Magnus passou pelo anjo avaliador e pelo salão de pedra, assobiando baixinho. O salão estava vazio. Ainda era muito cedo, o que talvez explicasse parte daquele clima cinza. Magnus tinha esperança de que o dia clareasse antes de Alec chegar.

Ele deixara o namorado em Alicante, na casa do pai. A irmã de Alec, Isabelle, também ia ficar lá. Na noite passada, Magnus tinha dormido mal na casa do Inquisidor, e tinha dito que os deixaria tomando o café a sós — apenas a família. Durante anos, ele, Robert e Maryse Lightwood tinham organizado a vida de modo a nunca se encontrarem, a não ser por dever ou para fazer grandes pagamentos em dinheiro a Magnus.

Magnus tinha certeza de que Robert e Maryse sentiam falta daquela época e que desejavam que ela voltasse. Magnus sabia que eles nunca o escolheriam para o próprio filho, e mesmo que o filho fosse namorar um homem, teriam preferido que não fosse um do Submundo, e certamente que não fosse um ser do Submundo que estivesse por aí na época do Ciclo de Valentim nem que os tivesse visto numa época da qual não se orgulhavam agora.

Magnus porém, não se esquecia. Ele podia até amar um Caçador de Sombras, mas era impossível amar a todos eles. E torcia para muitos anos mais evitando-os educadamente e, se necessário, tolerando educadamente os pais de Alec. Era um preço muito baixo a se pagar para ficar com o rapaz.

Neste momento Magnus tinha escapado de Robert Lightwood e tinha uma oportunidade de inspecionar os quartos que solicitara à Academia pra eles. Pelo estado do restante do lugar, as previsões de Magnus eram sombrias em relação aos cômodos.

Ele correu delicadamente escadaria acima naquele local silencioso e cheio de eco. Sabia para onde estava indo. Ele tinha concordado em vir e fazer uma série de palestras como convidado a pedido de Catarina Loss, sua amiga de longa data, mas, no fim das contas, ele era o Alto Feiticeiro do Brooklyn e adepto a certas regras. Magnus não tinha a menor intenção de abandonar o namorado por semanas, e deixara claro que queria uma suíte para ele e para Alec, e que a suíte deveria incluir uma cozinha. Ele não ia comer nenhuma das refeições que Catarina tinha descrito em suas cartas. Se possível, ele pretendia evitar até mesmo ver alguma das refeições que Catarina descrevera.

O mapa que ela desenhara era preciso: o feiticeiro encontrou os quartos no topo do edifício. Os quartos interligados do sótão valeriam por uma suíte, imaginava Magnus. E havia uma cozinha pequena, embora Magnus temesse que nenhuma melhoria tivesse ocorrido ali desde os anos 1950. Havia um rato morto na pia.

Talvez alguém o tivesse deixado ali para dar as boas-vindas. Talvez fosse um presente festivo.

Magnus perambulou pelos cômodos, acenando para incentivar as janelas e os tampos das mesas a se limparem. Ele estalou os dedos e enviou o rato morto de presente para seu gato, Presidente Miau. Maia Roberts, a líder do bando de lobisomens de Nova York, estava tomando conta do gato para eles. Magnus tinha esperanças de que ela fosse considerar Presidente Miau um poderoso caçador.

Então ele abriu a pequena geladeira. A porta pesada tombou, até Magnus lhe dar uma olhada severa e ela pular de volta para o lugar. Magnus examinou o interior da geladeira, fez um gesto e viu, para sua satisfação, que agora ela estava cheia, com um monte de produtos do supermercado de orgânicos Whole Foods.

Alec jamais precisaria saber, e, de qualquer modo, mais tarde Magnus mandaria o dinheiro para o pessoal do Whole Foods. Ele passou rapidamente pelos cômodos mais uma vez, acrescentando almofadas às cadeiras tristonhas de madeira e empilhando os cobertores multicoloridos de casa na cama torta com dossel.

Depois de terminar a missão de decoração emergencial e sentindo-se muito mais animado, Magnus desceu até o salão principal da Academia, na esperança de encontrar Catarina ou de ver Alec chegando. Não havia sinal de atividade, por isso, apesar da desconfiança, Magnus foi atrás de Catarina no salão de jantar.

Ela não estava lá, mas alguns poucos alunos Nephilim, dispersos, tomavam café da manhã. Magnus imaginou que as pobres criaturas tinham acordado cedo para atirar lanças ou algum outro negócio sem graça.

Uma garota magra e loura empilhava em seu prato uma substância cinzenta que poderia ser mingau ou ovos. Magnus observou com um pavor silencioso enquanto ela trazia o prato até a mesa, agindo como se realmente tivesse a intenção de comer aquilo.

Então ela notou Magnus.

— Ah, *olá* — cumprimentou a loura, parando subitamente como se tivesse sido atingida por um lindo caminhão.

Magnus abriu seu sorriso mais charmoso para ela. Por que não?

— Olá.

Ele praticamente tinha inventado a palavra "flertar". E sabia o que aquele olhar significava. As pessoas já o tinham despido com os olhos antes.

A intensidade daquele olhar em particular o impressionou. Era mais raro que as pessoas rasgassem suas roupas e as atirassem pelos cantos utilizando apenas os olhos para isso.

E nem eram roupas particularmente interessantes. Magnus tinha decidido se vestir com uma dignidade tranquila, apropriada a um professor, por isso usava uma camisa preta e calça de alfaiataria. E para ser um professor estiloso, também vestia um robe curto por cima da camisa, mas o fio dourado brilhante que percorria a peça era muito sutil.

— Você deve ser Magnus Bane — começou a loura. — Simon falou muito de você.

— Não posso culpá-lo por contar vantagem.

— Ficamos muito contentes por tê-lo aqui — emendou ela. — Meu nome é Julie. Sou praticamente a melhor amiga do Simon. Me dou muito bem com seres do Submundo.

— Que bom pra gente — murmurou Magnus.

— Estou muito animada com suas palestras. E com o fato de passarmos um tempo juntos. Você, eu e Simon.

— Que trio, hein? — falou Magnus.

Pelo menos ela estava tentando, e nem todos os Nephilim faziam isso. E ela mencionava Simon sem parar, embora ele fosse um mundano. Além disso, a atenção era lisonjeira. Magnus abriu o sorriso um pouquinho mais.

— Estou ansioso para conhecer você melhor, Julie.

Era possível que ele tivesse julgado mal o sorriso. Julie esticou a mão como se fosse apertar a de Magnus e deixou sua bandeja cair. Os dois baixaram o olhar para a tigela quebrada e o conteúdo triste e cinzento.

— Foi melhor assim — falou Magnus com convicção.

Ele fez um gesto e toda aquela bagunça desapareceu. Em seguida, gesticulou para a mão esticada de Julie e apareceu um pote de iogurte de mirtilo, junto a uma colherzinha.

— Ah! — exclamou Julie. — Ah, uau, obrigada.

— Ora, como a alternativa era voltar e pegar mais da comida da Academia, acho que você tem uma dívida imensa comigo. Talvez você me deva seu primogênito. Mas não se preocupe, não estou no mercado para o primogênito de ninguém.

Julie deu uma risadinha.

— Você quer sentar?

— Obrigado pela oferta, mas na verdade estou procurando uma pessoa.

Magnus examinou o recinto que ia ficando mais cheio aos poucos. Ele ainda não via Catarina, mas notou Alec à porta, com expressão de recém-chegado e conversando com um garoto mundano indiano que parecia ter uns dezesseis anos.

Magnus captou a atenção de Alec e sorriu.

— Ali está a pessoa que procuro — falou. — Foi um prazer conhecer você, Julie.

— Digo o mesmo, Magnus — enfatizou ela.

Enquanto Magnus se aproximava de Alec, o outro garoto apertava a mão dele.

— Eu só queria agradecer — falou, assentindo para Magnus antes de sair.

— Você o conhece? — perguntou Magnus.

Alec pareceu ligeiramente confuso.

— Não — respondeu. — Mas ele sabia tudo a meu respeito. A gente estava falando de... todos os meios que existem para ser um Caçador de Sombras, sabe?

— Olha só — falou Magnus. — Meu famoso namorado é inspiração para as massas.

Alec sorriu, um pouquinho constrangido, mas em geral achando tudo muito divertido.

— Então... aquela garota estava dando em cima de você.
— Jura? — perguntou Magnus. — Como é que você sabe?

Alec deu uma olhadela desconfiada.

— Bem, todo mundo sabe que isso acontece. Eu ando por aí há muito tempo — falou Magnus. — E sou lindo há muito tempo.

— É mesmo? — perguntou Alec.

— Muita gente me querendo. O que é que você vai fazer a respeito?

Há alguns anos ele não poderia (e nem iria) provocar Alec desse jeito. Amor era algo novo para Alec, que tropeçava no próprio pavor em relação a quem ele era e a como se sentia, e Magnus tinha sido tão cuidadoso com ele, como só Magnus sabia ser, temendo magoar Alec e abalar o sentimento entre eles, o qual era tão novidade para Magnus quanto para Alec.

Era uma alegria recente provocar Alec e saber que ele não ficaria magoado, ver Alec agir diferente, relaxado, casual e confiante na própria pele, sem a arrogância do *parabatai*, mas com uma segurança discreta que lhe era própria.

O salão de jantar mal iluminado, o estardalhaço dos estudantes comendo e fofocando desapareceram, nada além de pano de fundo para o sorriso de Alec.

— Isto — falou Alec. E esticou os braços, segurando Magnus pela frente do robe, reclinando-se contra a moldura da porta e puxando o feiticeiro lentamente para beijá-lo.

A boca de Alec era macia e segura, o beijo lento, as mãos fortes mantinham Magnus perto, encostado nos contornos quentes de seu corpo. Sob os olhos fechados de Magnus, a manhã passava de cinzenta a dourada.

Alec estava aqui. Tal como Magnus se recordava, até uma dimensão infernal melhorava muito com a presença de Alec. A Academia dos Caçadores de Sombras ia ser moleza.

Simon apareceu tarde para tomar café e descobriu que Julie só conseguia falar de Magnus Bane.

— Feiticeiros são sexy — observou ela com o tom de voz de quem havia tido uma revelação.

— A Sra. Loss é nossa professora, e eu estou tentando comer. — Beatriz fitou seu prato, desanimada.

— Vampiros são nojentos e mortos, lobisomens são nojentos e peludos, e as fadas são traiçoeiras e dormiriam até com sua mãe — observou Julie. — Feiticeiros são do Submundo e são sexy. Pense só. *Todos* eles têm problemas edipianos. E Magnus Bane é o mais sexy de todos. Ele pode ser o Alto Feiticeiro da minha calcinha.

— Hum, Magnus tem namorado — ressaltou Simon.

Houve um lampejo assustador no olhar de Julie.

— Tem algumas montanhas que você ainda quer escalar, mesmo que haja placas de "não ultrapasse".

— Acho isso nojento — falou Simon. — Sabe, o que você acha dos vampiros.

Julie fez uma careta para ele.

— Você é tão sensível, Simon. Por que você sempre tem que ser tão sensível?

— Você é tão terrível, Julie — emendou ele. — Por que você sempre tem que ser tão terrível?

Alec estava com Magnus, informara Julie. Simon estava pensando mais nisso do que no fato de Julie ser terrível, o que, afinal, não era novidade nenhuma. Alec ia ficar na Academia durante semanas. Normalmente ele se encontrava com Alec no meio de muita gente, e nunca parecia a hora certa para procurá-lo. Agora era a hora certa. Era hora de conversar sobre o problema entre eles que Jace insinuara de maneira tão sombria. Ele não queria que algo saísse errado entre ele e Alec, que parecia um cara legal, até onde conseguia se lembrar. Alec era o irmão mais velho de Isabelle, que era a namorada de Simon — ele tinha quase certeza disso.

Ele queria que ela fosse.

— Será que a gente devia treinar um pouco de arco e flecha antes da aula? — perguntou George.

— Você parece um desses atletas universitários falando — retrucou Simon. — Eu já pedi pra você não fazer isso. Mas claro.

Todos se levantaram, empurrando suas tigelas, e foram até a porta principal da Academia, rumo ao campo de treinamento.

Esse era o plano, mas nenhum deles conseguiu chegar ao campo de treinamento naquele dia. Nenhum deles conseguiu ultrapassar os limites da Academia. Todos pararam no degrau da entrada, num amontoado horrível.

Na pedra do degrau da frente, via-se um pacote, enrolado num cobertor amarelo de pelúcia. Os olhos de Simon o enganaram de um modo que nada tinha a ver com seus óculos e tudo a ver com pânico, com a recusa em registrar o que realmente estava diante dele. *É um pacote de lixo*, foi o que Simon disse para si. Alguém tinha deixado um pacote de lixo na entrada.

Só que o pacote estava se mexendo, com pequenos movimentos graduais. Simon observou a agitação debaixo do cobertor, encarou os olhos reluzentes que espiavam pelo casulo de pelúcia amarela, e sua mente aceitou o que via, mesmo quando ele foi atingido por outro choque. Um punho minúsculo emergiu dos cobertores, agitando-se como se protestasse contra tudo que estava ocorrendo.

O punho era azul, o azul intenso do mar aberto e você num barco ao cair da noite. O azul da roupa do Capitão América.

— É um bebê — murmurou Beatriz. — É um bebê feiticeiro.

Havia um bilhete preso no cobertor amarelo do bebê. Simon viu no exato momento em que o vento o pegou, arrancando-o do cobertor e carregando-o para longe. Simon agarrou o papel em meio ao vento frio e leu o que estava escrito, um garrancho apressado num pedaço de papel rasgado.

O bilhete dizia: *Quem um dia poderia amá-lo?*

— Ah, não, o bebê é azul — falou George. — O que nós vamos fazer?

Ele franziu a testa, como se não tivesse desejado rimar. Em seguida se ajoelhou porque George era o não-tão-secreto coração mole do grupo e, desajeitado, tomou nos braços o embrulhinho amarelo. Ele se pôs de pé, com o rosto pálido, segurando o bebê.

— O que é que nós vamos fazer? — trinou Beatriz, ecoando George.

— O que a gente vai fazer?

Julie estava colada contra a porta. Simon já presenciara a menina arrancando a cabeça de um demônio imenso com uma faca muito pequena, mas agora parecia que Julie ficaria apavorada caso alguém lhe pedisse para segurar o bebê.

— Eu sei o que fazer — concluiu Simon.

Ele ia achar Magnus, pensou. Sabia que Magnus e Alec tinham chegado e estavam acordados. De qualquer forma, ele precisava conversar com Alec. Magnus tinha dado um jeito na amnésia demoníaca. Magnus estava por aí há séculos. Era o adulto mais adulto que Simon conhecia. Um bebê feiticeiro abandonado nesta fortaleza de Caçadores de Sombras era um problema que Simon não tinha ideia de como resolver, e ele sentia que precisava de um adulto. Simon já estava dando meia-volta para correr.

— Será que eu deveria fazer respiração boca a boca no bebê? — perguntou George.

Simon congelou.

— Não, não faça isso. O bebê está respirando. O bebê está respirando, está bem?

Todos eles se ergueram e fitaram o pacotinho. O bebê agitou o punho de novo. Se ele estava se mexendo, pensou Simon, devia estar respirando. Desta vez Simon não ia pensar em zumbis bebês.

— Será que eu deveria arranjar uma mamadeira de água quente? — perguntou George.

Simon respirou fundo.

— George, não perca a cabeça — pediu ele. — O bebê não está azul nem de frio nem porque não consegue respirar. Bebês mundanos não são azuis desse jeito. Este bebê é azul porque é um feiticeiro, igual à Catarina.

— Ele não é igual à Srta. Loss — falou Beatriz em voz alta. — Ela é mais azul-celeste e este bebê é mais azul-marinho.

— Você parece saber muita coisa — concluiu George. — Devia segurar o bebê.

— Não! — guinchou Beatriz.

Ela e Julie ergueram as mãos, como se em rendição. Até onde sabiam, era evidente que George segurava um bebê com a fralda cheia e não deveria fazer nenhum movimento brusco.

— Todo mundo fica onde está — falou Simon, tentando manter a voz calma.

Julie se animou.

— Oooh, Simon! — zombou. — Boa ideia!

Simon disparou pelo salão e subiu correndo os degraus, num ritmo que teria impressionado o maligno professor de educação física Caçador de Sombras. Scarsbury nunca lhe teria dado uma motivação como esta.

Ele sabia que Magnus e Alec tinham ficado com uma suíte chique lá no sótão.

Assim que chegou, ouviu murmúrios e movimento atrás da porta e a abriu com força.

Então ficou lá de pé, congelado bem à entrada pela segunda vez no dia.

Alec e Magnus estavam cobertos por um lençol, mas dava para ver o suficiente. Ele conseguia ver os ombros brancos, Marcados por símbolos, de Alec e o cabelo preto e selvagem de Magnus espalhado no travesseiro. Deu para notar Alec congelando, então, ele virou a cabeça e lançou um olhar de absoluto horror a Simon.

Os olhos dourados e felinos de Magnus brilharam por cima do ombro claro de Alec. Ele soou quase divertido ao perguntar:

— O que podemos fazer para ajudar?

— Ai, meu Deus — falou Simon. — Ah, uau. Ah, uau. Eu sinto muito mesmo.

— Saia, por favor — falou Alec, numa voz rouca e controlada.

— Certo! — falou Simon. — Claro! — Fez uma pausa. — Não posso ir embora.

— Pode acreditar — falou Alec. — Você pode.

— Tem um bebê abandonado nos degraus da frente da Academia e eu acho que é um feiticeiro! — cuspiu Simon.

— Por que você acha que o bebê é um feiticeiro? — quis saber Magnus. Ele era o único no quarto que tinha se recomposto.

— Hum, porque o bebê é azul-marinho.

— Essa é uma evidência bastante convincente — cedeu Magnus. — Você poderia nos dar um momento para nos vestirmos?

— Sim! Claro! — emendou Simon. — Mais uma vez, eu sinto muito.

— Saia agora — sugeriu Alec.

Simon se retirou.

Depois de um pequeno intervalo, Magnus emergiu da suíte do sótão usando roupas pretas muito justas e um robe dourado brilhante. Seu cabelo ainda estava bagunçado, apontando para todos os lados, como se Magnus tivesse sido pego numa pequena tempestade pessoal, mas Simon não ia questionar o cabelo de seu salvador em potencial.

— Sinto muito mesmo mais uma vez — falou.

Magnus fez um gesto lânguido.

— Ver a sua cara não foi o melhor momento do meu dia, Simon, mas essas coisas acontecem. Pra falar a verdade, nunca aconteceram a Alec, e ele precisa de mais alguns minutos. Mostre onde está a criança.

— Venha comigo — falou Simon.

Ele desceu as escadas correndo, da mesma forma que tinha subido, de dois em dois degraus. E encontrou o quadro vivo à entrada tal como havia deixado, com Beatriz e Julie como a plateia horrorizada para George, que, apavorado e sem conhecimento algum, segurava o bebê.

— Por que você demorou tanto? — sibilou Beatriz.

Julie ainda parecia muito abalada, mas conseguiu dizer:

— Olá, Magnus.

— Olá de novo, Julie — falou Magnus, mais uma vez a única pessoa calma no ambiente. — Deixe que eu seguro o bebê.

— Ah, obrigado — murmurou George. — Não que eu não goste do bebê. Mas não tenho ideia do que fazer com ele.

Parecia que George tinha se afeiçoado durante o tempo que Simon levara para subir e descer correndo um lance de escadas. Ele lançou um olhar sentimental ao bebê, apertou o pacotinho por um instante, e então, ao entregá-lo a Magnus, se desequilibrou e quase derrubou a criança no piso de pedra.

— Pelo Anjo! — exclamou Julie, com a mão contra o peito.

Magnus deteve a queda e pegou a criança, segurando o embrulhinho enrolado no cobertor bem perto do peito com bordados dourados. Magnus segurava a criança com mais prática do que George, o que significava que Magnus apoiava a cabeça do bebê e parecia já ter segurado uma criança uma ou duas vezes na vida. George não tinha potencial para vencer nenhum campeonato de segurar bebês.

Com uma das mãos brilhando por causa dos anéis, Magnus puxou o cobertor um pouquinho e Simon prendeu a respiração. Os olhos de Magnus percorreram o bebê: as mãos e os pés inacreditavelmente pequenos, os olhos grandes no rosto minúsculo, os cachos na cabeça de um azul tão escuro que eram quase pretos. O som baixinho de queixa do bebê ficou um pouquinho mais alto, reclamando mais, e Magnus alisou o cobertor de volta no lugar.

— É um menino — anunciou o feiticeiro.

— Ah, um menino — repetiu George.

— Eu diria que tem uns oito meses — emendou Magnus. — Alguém o criou até não aguentar mais, e suponho que, graças ao recrutamento de mundanos para a Academia, achou que conhecia o lugar ideal para criar o bebê que não queria.

— Mas uma pessoa não abandonaria seu bebê... — começou George, mas se calou sob o olhar de Magnus.

— Abandonaria. As pessoas abandonam. E as escolhas que uma pessoa faz são diferentes com crianças feiticeiras — falou Magnus em voz baixa.

— Então não tem chance nenhuma de alguém voltar para recuperar o bebê — falou Beatriz.

Simon pegou o bilhete que tinha encontrado dobrado no cobertor da criança e o entregou a Magnus. Ao olhar para o rosto do feiticeiro, ele sentiu que não poderia ter dado o bilhete a mais ninguém. Magnus olhou o papel e assentiu. *Quem um dia poderia amá-lo?* lampejou entre seus dedos, e em seguida ele o enfiou no robe.

Outros estudantes se juntavam ao redor deles, bem como uma mistura crescente de barulho e confusão. Se Simon estivesse em Nova York, imaginava que as pessoas iriam tirar fotos do bebê com seus celulares. Ele se sentia um pouco como um animal exibido num zoológico, e era grato por Magnus estar ali.

— O que é que está acontecendo? — perguntou uma voz do alto da escada.

A reitora Penhallow estava parada ali, com o cabelo louro-avermelhado caindo nos ombros, apertando ao redor do corpo um robe de seda preta com desenhos de dragões. Catarina estava de pé ao seu lado, vestindo um jeans e uma blusa branca.

— Parece que alguém deixou um bebê em vez de garrafas de leite — falou ela. — Que negligência. Bem-vindo, Magnus.

Magnus fez um gesto breve com a mão livre e lhe ofereceu um sorriso irônico.

— O quê? Por quê? Por que alguém faria uma coisa dessas? O que é que nós devemos fazer? — perguntou a reitora.

Algumas vezes, Simon esquecia que a reitora Penhallow era muito jovem; jovem para ser professora, o que dirá reitora. Outras vezes, ele era obrigado a se recordar de tal fato. Ela parecia tão em pânico quanto Beatriz e Julie.

— Ele é jovem demais para ser instruído — falou Scarsbury, fitando-o do alto da escadaria lotada. — Talvez devêssemos entrar em contato com a Clave.

— Se o bebê precisar de um berço, Simon e eu podemos deixá-lo na nossa gaveta das meias — sugeriu George.

Simon lançou um olhar estarrecido. George parecia aflito.

Alec Lightwood moveu-se como uma sombra em meio à multidão de alunos, com a cabeça e os ombros acima da maioria deles, mas sem empurrar ninguém para o lado. Ele se movimentou rápida e insistentemente até estar onde queria estar: ao lado de Magnus.

Quando Magnus viu Alec, seu corpo inteiro relaxou. Simon nem mesmo se dera conta da tensão que percorria todo o corpo do outro até notar o momento em que a calma retornou.

— Esta é a criança feiticeira da qual Simon estava falando — disse Alec em voz baixa ao mesmo tempo que inclinava a cabeça para o bebê.

— Como você vê — falou Magnus —, o bebê não seria capaz de se passar por um mundano. É evidente que a mãe não o queria. Ele está num ninho dos Nephilim, e eu não consigo pensar, em meio a fadas, Caçadores de Sombras ou lobisomens, onde diabos ele poderia ficar à vontade.

A calma e a diversão de Magnus tinham parecido infinitas até alguns minutos atrás. Agora Simon ouvia a voz do feiticeiro falhar, uma corda na qual muita tensão fora posta, e que em breve ia arrebentar.

Alec pôs uma das mãos no braço de Magnus, pouco acima do cotovelo. Ele apertou com firmeza, quase sem querer, oferecendo apoio silencioso. Daí ergueu o olhar para Magnus, baixando-o em seguida, por um longo e pensativo momento, para o bebê.

— Posso segurar? — perguntou Alec.

A surpresa percorreu o rosto de Magnus, mas não permaneceu ali.

— Claro — respondeu ele, e colocou o bebê nos braços de Alec, que os esticara para recebê-lo.

Talvez fosse o fato de Alec ter segurado um bebê mais recentemente do que Magnus e certamente com mais frequência do que George. Talvez fosse o fato de Alec estar vestindo o que parecia um suéter incrivelmente velho, amaciado pelos anos e já desbotado do verde-escuro para o cinza, com apenas vestígios remanescentes da cor original.

Não importava qual fosse a razão: assim que Alec segurou o bebê, o ruído baixinho e contínuo de choro cessou. Ainda havia o zumbido de murmúrios urgentes pelo corredor, mas o grupinho em torno da criança subitamente se flagrou em meio a uma bolha de silêncio.

O bebê ergueu os olhos severos, apenas um tom mais escuros do que os de Alec. Alec olhou de volta para o bebê. Pareceu tão surpreso quanto qualquer um ali por conta do silêncio repentino da criança.

— Então — falou Delaney Scarsbury —, devemos entrar em contato com a Clave e explicar o problema ou o quê?

Magnus se virou num redemoinho dourado e encarou Scarsbury com um olhar que fez o professor se encolher junto à parede.

— Eu não pretendo deixar uma criança feiticeira à mercê da Clave — declarou Magnus com voz extremamente fria. — Vamos ficar com ele, não vamos, Alec?

Alec ainda estava fitando o bebê. Ele ergueu o olhar quando Magnus o chamou, brevemente confuso, como o de um homem que desperta no meio de um sonho, mas sua expressão era firme, como se tivesse tomado uma súbita decisão.

— Sim — respondeu ele. — Nós vamos.

Magnus imitou o gesto que Alec tinha feito antes, apertando seu braço num agradecimento silencioso, ou numa demonstração de apoio. Alec voltou a baixar os olhos para o bebê.

Era como se um peso imenso tivesse sido tirado do peito de Simon. Não que ele realmente tivesse ficado preocupado que ele e George fossem precisar criar o bebê na gaveta das meias — bem, talvez um pouquinho preocupado —, mas o fantasma de uma imensa responsabilidade havia se agigantado diante dele. Era um bebezinho abandonado e indefeso. Simon sabia muito bem como os seres do Submundo eram vistos pelos Caçadores de Sombras. Simon não tinha ideia do que fazer. Magnus assumira a responsabilidade. Havia tirado o bebê deles, metafórica e efetivamente. E não movera um fio de cabelo ao fazer isso. Ele agira como se não fosse nada demais.

Magnus era um cara muito legal.

Simon sabia que Isabelle dormira em Alicante, portanto, ela e Alec passaram a noite inteira com o pai. Ela ia para a casa onde vivera Ragnor Fell, onde havia um telefone que funcionava. Catarina instalara outro telefone na Academia e dissera que ele podia usar desta vez. Eles tiveram um encontro por telefone. Simon planejava contar como Magnus e o irmão dela tinham sido legais.

Magnus achava que poderia se tornar o primeiro feiticeiro registrado na história a ter um ataque cardíaco.

Ele caminhava pelos campos de treinamento da Academia dos Caçadores de Sombras à noite porque não conseguia mais ficar ali dentro e respirar o ar abafado com centenas de Nephilim.

Aquela pobre criança. Magnus mal conseguira olhar para o bebê; ele era tão pequeno e tão completamente indefeso. Ele não conseguia fazer nada além de pensar em como a criança era vulnerável e em quão profunda deve ter sido a tristeza e a dor de sua mãe. Ele sabia em que tipo de trevas os feiticeiros eram concebidos e nasciam. Catarina fora criada por uma família amorosa que sabia o que ela era e a criara para ser quem ela era. Magnus tinha sido capaz de se passar por humano, até não conseguir mais.

Magnus sabia o que acontecia a crianças feiticeiras que nasciam visivelmente não humanas, a quem as próprias mães e o mundo inteiro não conseguiam aceitar. Ele não era capaz de calcular quantas crianças, durante todas as idades das trevas do mundo, teriam sido mortas, e que poderiam ter sido mágicas, que poderiam ter sido imortais, mas que nunca tiveram a chance de viver. Crianças abandonadas como esta tinham sido afogadas como o próprio Magnus quase fora; crianças que nunca deixaram sua marca mágica e reluzente na história, que nunca receberam nem deram amor, que nunca foram outra coisa além de um murmúrio desaparecido ao vento, uma lembrança da dor e do desespero que sumia na escuridão. Nada mais restava daquelas crianças perdidas, nem um feitiço, nem uma risada, nem um beijo.

Sem sorte, Magnus estaria entre os perdidos. Sem amor, Catarina e Ragnor estariam entre os perdidos.

Magnus não tinha ideia do que fazer com esta última criança perdida.

Ele agradeceu, e não foi a primeira vez, a qualquer que fosse a sina bela e estranha que havia lhe enviado Alec. Foi Alec quem carregou o bebê feiticeiro escadas acima até o sótão, e quando Magnus conjurou um berço, foi Alec quem pôs o bebê delicadamente dentro dele.

Então quando o bebezinho azul abriu o berreiro, Alec o tirou do berço e caminhou pelo soalho com ele, dando-lhe tapinhas nas costas e murmurando para ele. Magnus pedira mantimentos e tentara preparar leite em pó. Ele tinha lido em algum lugar que você testava a temperatura do leite em si mesmo e acabou queimando o próprio pulso.

O bebê chorara por horas a fio. Magnus imaginava que não poderia culpar a pequena alma perdida.

O bebê estava finalmente dormindo agora que o sol tinha se posto através das minúsculas janelas do sótão, e todo o dia estava perdido. Alec estava sonolento, recostado no berço do bebê, e Magnus pressentiu que tinha que sair. Alec simplesmente assentira quando o feiticeiro falou que ia dar uma volta para tomar ar. Provavelmente Alec estava exausto demais para se importar com o que Magnus fazia.

A lua brilhava, redonda como uma pérola, tornando o cabelo do anjo no vitral prateado e transformando os campos vazios invernais em extensões de luz. Magnus ficou tentado a uivar para a lua como um lobisomem.

Ele não conseguia pensar em lugar algum para onde pudesse levar a criança, nem alguém a quem pudesse confiá-la e que fosse querer ficar com ela, que fosse capaz de amá-la. Ele mal conseguia pensar num lugar qualquer neste mundo hostil onde a criança poderia ficar em segurança.

Ouviu o som de vozes altas e passos apressados, tarde assim, diante da Academia. *Mais uma emergência*, pensou. *Só passou um dia, nesse ritmo a Academia vai me matar.* Ele correu dos campos de treinamento até a frente da porta, onde viu a última pessoa que já esperava ver em Idris: Lily Chen, a líder do clã dos vampiros, com mechas azuis no cabelo que combinavam com o colete azul e os saltos altos que deixavam marcas profundas na terra.

— Bane — falou ela. — Preciso de ajuda. Onde está ele?

Magnus estava cansado demais para discutir com ela

— Venha comigo — falou Magnus, caminhando de volta para as escadas. Mesmo enquanto caminhava, ele pensava que todo o barulho que tinha ouvido do lado de fora da Academia não poderia ter sido apenas Lily.

Até pensou isso, mas não desconfiou do que estava por vir.

Magnus tinha deixado para trás uma criança adormecida e seu amor extenuado, e abriu a porta para ver uma cena de caos absoluto. Por um momento, era como se houvesse mil pessoas nos cômodos, e então Magnus se deu conta de que a situação real era muito pior.

Todos os membros da família Lightwood estavam lá, e todos faziam barulho suficiente por dez. Robert Lightwood falava alguma coisa com sua voz retumbante. Maryse Lightwood segurava uma mamadeira e parecia agitá-la no ar ao mesmo tempo que fazia um discurso. Isabelle Lightwood estava de pé sobre um banco, e Magnus não conseguia imaginar o motivo. Jace Herondale, ainda mais misteriosamente, estava deitado no piso de pedra e aparentemente tinha trazido Clary, que encarava Magnus como se ela também estivesse confusa com a própria presença ali.

Alec estava de pé no meio do cômodo, em meio à tempestade humana que era sua família, e segurava o bebê de modo protetor contra o peito. Magnus não acreditava que seu coração pudesse ficar ainda mais apertado, mas, por alguma razão, o fato de o bebê estar acordado era o maior desastre para ele.

Magnus parou à soleira da porta e fitou o caos, inseguro em relação ao que fazer em seguida.

Lily não hesitou.

— LIGHTWOOD! — berrou, partindo para cima.

— Ah, sim, Lily Chen, suponho? — falou Robert Lightwood, virando-se para ela com a dignidade do Inquisidor e nenhum sinal de surpresa. — Eu me lembro que você foi a representante interina dos vampiros no Conselho durante um tempo. Que bom vê-la de novo. Em que posso ajudar?

Obviamente Robert fazia o possível para demonstrar toda cortesia com uma importante líder dos vampiros. Magnus até que gostou um pouquinho da atitude.

Lily não deu a mínima.

— Não é você! — berrou ela. — E quem é você?

As grossas sobrancelhas pretas se ergueram até o céu.

— Eu sou o Inquisidor — falou Robert. — Sou o diretor do Instituto de Nova York há mais de uma década.

Lily revirou os olhos escuros.

— Ah, parabéns, você quer uma medalha? Eu preciso de *Alexander* Lightwood, obviamente — emendou Lily, e passou por Robert e Maryse, que ficaram observando enquanto ela ia até o filho do casal. — Alec! Você conhece aquele traficante fada, Mordecai? Ele anda vendendo frutas para os mundanos nos arredores do Central Park. De novo! Ele está nisso de novo! E então Elliot mordeu um mundano que tinha consumido também.

— Ele revelou sua natureza de vampiro a alguém enquanto estava drogado? — perguntou Robert asperamente.

Lily fulminou Robert com o olhar, como se quisesse saber por que ele ainda estava ali, depois voltou a atenção para Alec.

— Elliott fez uma dança chamada "A Dança dos 28 Véus" em plena Times Square. Está no YouTube. Muitos comentaristas descreveram como a dança erótica mais tediosa já feita na história mundial. Nunca fiquei tão constrangida na minha não vida. Estou pensando em deixar de ser líder do clã para virar uma freira vampira.

Magnus notou que Maryse e Robert, que não tinham o melhor dos relacionamentos e mal se falavam, murmuraram sobre o que poderia ser o YouTube.

— Como a atual diretora do Instituto de Nova York — falou Maryse, tentando aparentar firmeza —, se ocorrer atividade ilegal do Submundo, eu devo ser informada.

— Eu não *falo* com *Nephilim* sobre os *negócios do Submundo* — falou Lily com ar severo.

Os pais dos Lightwood a encararam e então balançaram a cabeça em sincronia para então observar o filho.

Lily fez um gesto indiferente na direção deles.

— A não ser Alec, ele é um caso especial. O restante de vocês, Caçadores de Sombras, apenas chega, cospe nos outros suas Leis preciosas e corta a cabeça das pessoas. Nós, do Submundo, sabemos lidar com nossos próprios negócios. Vocês, Nephilim, podem continuar cortando cabeças de demônios e eu vou consultar vocês assim que o próximo grande mal ocorrer, em vez de o próximo grande aborrecimento, o que provavelmente vai acontecer, e com o qual eu, Maia e Alec vamos lidar. Obrigada. Por favor, parem de me interromper. Alec, dá para ao menos confiar nessas pessoas?

— São meus pais — respondeu Alec. — Eu sei sobre a fruta das fadas. O Povo das Fadas tem se arriscado cada vez mais ultimamente. Já mandei um recado para Maia. Ela tem Bat e os outros garotos estão circulando pela região do parque. Bat é amigo de Mordecai; pode conversar com ele. E você mantém Elliot bem longe do parque. Você sabe como ele fica com a fruta das fadas. Você sabe que ele mordeu aquele mundano de propósito.

— Poderia ter sido um acidente — resmungou Lily.

Alec deu uma olhadela profundamente desconfiada em Lily.

— Ah, poderia ter sido seu décimo sétimo acidente? Ele tem que parar, ou vai perder o controle quando estiver drogado, e acabar matando alguém. Ele não matou o homem, matou?

— Não — retrucou Lily, mal-humorada. — Eu impedi Elliott a tempo. Sabia que você o mataria e que me daria seu olhar de decepção. — Ela fez uma pausa. — Você tem certeza de que os lobisomens estão cuidando disso?

— Tenho — respondeu Alec. — Você não precisava correr até Idris e cuspir os negócios do Submundo na frente de toda minha família.

— Se eles são sua família, sabem que você consegue lidar com uma coisinha como essa — falou Lily com desdém. Ela passou os dedos através do cabelo preto e lustroso, afofando-o. — É um alívio. Ah — emendou ela, como se tivesse acabado de notar. — Você está segurando um bebê.

Lily tendia a prestar muita atenção.

Após a guerra com Sebastian, os Caçadores de Sombras tinham sido deixados para lidar com a traição das fadas e a crise de como muitos Institutos tinham caído e quantos Nephilim eram Crepusculares e foram perdidos na guerra, a segunda guerra em um ano.

Eles não estavam em condição de ficar de olho nos seres do Submundo, mas o Submundo tinha perdido muita coisa também. As antigas estruturas que haviam mantido a sociedade no lugar durante séculos, como a Praetor Lupus, foram destruídas na guerra. As fadas estavam esperando para se revoltar. E os clãs de vampiros e os bandos de lobisomens de Nova York tinham novos líderes. Lily e Maia eram jovens para serem líderes e, de modo totalmente inesperado, foram bem-sucedidas na liderança. Ambas se meteram em encrenca, mas devido à inexperiência e não à falta de tentativas.

Maia tinha ligado para Magnus e perguntado se poderia visitá-lo para pedir conselhos sobre algumas coisas. Quando ela apareceu, tinha arrastado Lily junto.

Lily, Maia e Magnus então se sentaram à volta da mesa de café de Magnus e gritaram um com o outro durante horas.

— Você não pode simplesmente matar alguém, Lily! — repetia Maia.
Lily continua retrucando:
— Explique por quê.

Alec ficara de mau humor naquele dia, depois de praticamente ter torcido o braço durante uma luta contra um demônio dragão. Ele estava apoiado na bancada da cozinha, ouvindo, cuidando do braço e mandando mensagens de texto para Jace, tais como: VC DIZ QUE AS COISAS TÃO EXTINTAS QUANDO NÃO TÃO e P Q VC É DO JEITO QUE É?

Até perder a paciência.

— Sabe, Lily — falou ele com voz fria, baixando o telefone — você passa mais da metade do seu discurso provocando Magnus e Maia, em vez de oferecer sugestões. E faz com que eles percam esse mesmo tempo tentando argumentar contra você. Com isso você deixa tudo, no mínimo, duas vezes mais demorado. O que significa que está fazendo todo mundo perder tempo. Essa não é a maneira eficiente de uma líder agir.

Lily ficou tão assustada que pareceu quase sem cor por um momento, quase verdadeiramente jovem, antes de sibilar:

— Ninguém te perguntou nada, Caçador das Sombras.

— Eu sou um Caçador das Sombras — falou Alec, ainda calmo. — Agora, o problema que vocês têm com as sereias. Há uns anos o Instituto do Rio de Janeiro teve o mesmo problema. Sei tudo sobre isso. Você quer que eu conte? Ou quer terminar com meia dúzia de turistas afogados num barco rumo a Staten Island, muitos Caçadores de Sombras fazendo perguntas constrangedoras e uma vozinha em sua mente dizendo: "Uau, eu devia ter dado ouvidos a Alec Lightwood quando tive a oportunidade."?

Fez-se silêncio. Maia enfiou um biscoito inteiro na boca enquanto esperavam. Lily mantinha os braços cruzados e parecia de mau humor.

— Não me faça perder tempo, Lily — disse Alec. — O que você quer?

— Eu quero que você sente aí e me ajude, suponho — resmungou Lily.

Alec sentou-se.

Magnus não imaginava que as reuniões acontecessem mais do que umas poucas vezes, muito menos ver alguma afinidade surgir entre Alec e Lily. Antigamente, Alec não costumava ficar totalmente à vontade com vampiros. Mas ele sempre reagia quando confiavam nele ou se voltavam para ele. Sempre que Lily aparecia com um problema, no início com ar arrogante e relutante, e depois com confiança crescente, Alec não descansava até resolver tudo.

Numa noite de quinta-feira, Magnus ouvira a campainha e saíra de seu quarto, deparando-se com Alec arrumando os copos, foi então que percebeu que as ocasionais reuniões de emergência tinham se tornado encontros regulares. Que Maia, Lily e Alec tinham desenvolvido um mapa de Nova York para assinalar as áreas problemáticas e ter discussões intensas (nas quais Lily fazia piadas sujas sobre lobisomens), e que um sempre chamaria o outro quando tivesse um problema que não sabia como resolver. Que os seres do Submundo e os Caçadores de Sombras viriam igualmente a Nova York sabendo que havia um grupo do Submundo e de Caçadores de Sombras dotado de poder e cooperação para resolver problemas. Eles viriam para uma consulta e descobririam que o grupo podia ajudá-los também.

Magnus percebeu que agora essa era a sua vida, e que ele não queria que fosse diferente.

— Eu gosto tanto de Alec — comentou Lily com Magnus, meses depois, ligeiramente bêbada e com purpurina no cabelo. — Principalmente quando ele é impertinente. Ele me lembra Raphael.

— Como você ousa?! — retrucou Magnus. — Você está falando do homem que eu amo.

Ele estava preparando e servindo as bebidas. O smoking tinha um colete que brilhava sob a luz negra e facilitava um pouco seu trabalho na escuridão artificial da festa. Ele tinha falado sem pensar, casualmente, e então parou, o copo em sua mão piscando em turquesa sob as luzes da festa. Ele estivera conversando alegremente sobre Raphael, xingando-o casualmente, como se Raphael ainda estivesse vivo.

Lily tinha sido aliada e substituta de Raphael durante décadas. Ela ainda era totalmente fiel a ele.

— Bem, eu amava Raphael — falou Lily. — E Raphael nunca amou ninguém, sei disso. Mas ele era meu líder. Se eu comparo qualquer um a Raphael, é um elogio. Eu gosto de Alec. E gosto de Maia. — Ela encarou Magnus com olhos arregalados, pupilas dilatadas até ficarem praticamente pretas. — Eu nunca gostei muito de você. Só que Raphael sempre dizia que você era um idiota, mas que era confiável.

Raphael tinha amado muitas pessoas, Magnus sabia. Tinha amado sua família mortal. Talvez Lily não soubesse da existência deles: Raphael tinha muito cuidado em relação a isso. Magnus achava que talvez Raphael tivesse amado Lily, mas não do jeito que ela desejara.

Ele sabia que Raphael confiara nela. E Raphael confiara em Magnus. Eles ficaram juntos, as duas pessoas em quem Raphael tinha confiado, num desses momentos terríveis e silenciosos nos quais você se lembra dos mortos e sabe que nunca voltará a vê-los.

— Quer mais uma bebida? — perguntou Magnus. — Pode confiar em mim para preparar mais um drink para você.

— Manda ver, estou animada — falou Lily. Ela fitou a distância enquanto Magnus preparava a bebida, os olhos fixos na chuva de purpurina que descia do teto de vez em quando, mas sem enxergá-la de fato. — Nunca pensei que precisaria liderar o clã. Pensei que Raphael sempre estaria à disposição. Se eu não tivesse os encontros com Alec e Maia, não sei o que faria por boa parte do tempo. Um lobisomem e um Caçador de Sombras? Você acha que Raphael sentiria vergonha?

Magnus empurrou a bebida de Lily pelo balcão.

— Não — falou ele.

Lily sorriu, presas aparecendo sob o batom cor de vinho e, segurando o drink, ela caminhou até Alec.

Agora Lily estava perto de Alec, depois de acompanhá-lo a Idris, e fitava o bebê em seus braços.

— Olá, bebê — murmurou Lily, pairando. Ela estalou as presas para o bebê.

Jace rolou ligeiramente, erguendo-se do chão. Robert, Maryse e Isabelle botaram a mão em suas armas. Lily estalou os dentes novamente, sem perceber que a família Lightwood estava evidentemente pronta para agir e parti-la em pedacinhos. Alec encarou a família por cima da cabeça de Lily e balançou a sua com um gesto breve e firme. O bebê ergueu o olhar para as presas reluzentes e riu. Lily estalou os dentes novamente para ele, que voltou a rir.

— O quê? — perguntou Lily, erguendo o olhar para Alec e soando constrangida de repente. — Eu sempre gostei de crianças quando era viva. As pessoas diziam que eu tinha jeito com elas. — Ela deu uma risadinha, um pouco constrangida. — Faz tempo.

— Isso é ótimo — falou Alec. — Então você vai querer tomar conta do bebê de vez em quando.

— Ha, ha, eu sou a líder do clã dos vampiros de Nova York e importante demais — disse Lily a ele. — Mas vou vê-lo quando for visitar vocês.

Magnus se perguntava quanto tempo Alec achava que se passaria até ele encontrar um lar para o bebê. Alec provavelmente acreditava que isso demoraria um pouco, e Magnus temia que o namorado estivesse certo.

Magnus ficou observando Alec, com a cabeça abaixada sobre o bebê em seus braços, inclinando-se na direção de Lily enquanto cochichavam alguma coisa juntos para o bebê. Alec não parecia aborrecido, pensou ele. Foi Lily quem, depois de um tempo murmurando para o bebê, começou a parecer um pouco inquieta.

— Ocorreu-me que talvez eu esteja atrapalhando — falou Lily.

— Ah, sério? — perguntou Isabelle, com os braços cruzados. — Você acha?

— Desculpe, Alec — falou Lily, evidentemente sem pedir desculpas a ninguém. — Vejo você em Nova York. Volte logo ou algum idiota vai botar fogo no lugar. Adeus, Magnus e Lightwood aleatórios. Tchau, bebê. Adeus, bebezinho.

Ela ficou na ponta das botas de salto alto, deu um beijo na bochecha de Alec e saiu, caminhando casualmente.

— Eu não gosto da postura dessa vampira — falou Robert no silêncio que se seguiu à partida de Lily.

— Lily é legal — retrucou Alec baixinho.

Robert não disse outra palavra contra Lily. Ele era muito cuidadoso com o filho, Magnus observara, era um cuidado doloroso, mas Robert fora o responsável por tornar a dor necessária. No passado, Robert não pensara no filho. Seria um longo período de dor e cuidados até que as coisas ficassem bem entre eles.

Pai e filho estavam tentando. Por essa razão, Alec tinha ficado para tomar o café da manhã com Robert.

Embora Magnus não tivesse plena certeza do que Robert estava fazendo aqui na Academia dos Caçadores de Sombras na escuridão da noite.

Sem falar em Maryse, que deveria estar cuidando do Instituto de Nova York. Sem falar em Isabelle e Jace.

Magnus sempre ficava contente em ver Clary.

— Olá, docinho — falou ele.

Clary se esgueirou até a porta e deu um sorriso para ele, quilos de problemas encaixados num corpinho minúsculo.

— Oi.

— O quê...

Magnus pretendia perguntar discretamente que diabos estava acontecendo, mas foi interrompido por Jace, que voltara a se deitar bem esticado no chão. Magnus baixou os olhos, distraído.

— O que é que você está fazendo?

— Estou preenchendo as fissuras com pedacinhos de tecido — falou Jace. — Foi ideia de Isabelle.

— Rasguei umas das suas camisas para fazer isso — contou Isabelle.

— Obviamente não foi uma das camisas bonitas. Uma daquelas que não servem e que você nunca mais devia usar.

Por alguns instantes, o mundo virou um borrão diante dos olhos de Magnus.

— Você fez o quê?

Isabelle o encarou do banquinho no qual estava empoleirada, com as mãos nos quadris.

— Nós tornamos toda a suíte à prova de balas. Se você puder chamar isso de suíte. A Academia inteira é uma armadilha mortal para bebês. Depois que terminarmos aqui, vamos tornar seu apartamento à prova de crianças.

— Você não pode entrar no nosso apartamento — disse Magnus a ela.

— Alec me deu um molho de chaves que diz outra coisa — falou Isabelle.

— Eu dei mesmo — confirmou Alec. — Eu dei as chaves. Desculpe, Magnus, amo você, eu não sabia que ela ia agir assim.

Normalmente Robert parecia levemente inquieto sempre que Alec expressava seu carinho para com Magnus. Desta vez, porém, ele não pareceu ouvir, mantendo os olhos no bebê.

Magnus estava começando a ficar ainda mais perturbado pelas reviravoltas que a noite dava.

— Por que você está agindo assim? — perguntou Magnus a Isabelle. — *Por quê?*

— Pense só — falou Isabelle. — Nós temos que lidar com as fissuras. O bebê poderia engatinhar por aí e prender a mão ou o pé numa fissura! Poderia se machucar. Você não quer que o bebê se machuque, quer?

— Não — respondeu Magnus. — Nem pretendo deixar minha vida em ruínas e reconstruí-la por causa de um bebê.

Aquelas palavras soaram totalmente racionais para ele. Magnus ficou surpreso quando Robert e Maryse sorriram.

— Ah, eu me lembro de pensar assim — falou Maryse. — Você vai aprender, Magnus.

Havia alguma coisa estranha no modo como Maryse falava com ele. Ela parecia carinhosa. Normalmente era cuidadosamente educada ou formal. Nunca havia sido carinhosa antes.

— Eu imaginava isso — declarou Isabelle. — Simon me contou sobre o bebê pelo telefone. Eu sabia que vocês ficariam confusos e esgotados. Então busquei a mamãe, e ela entrou em contato com Jace, e Jace estava com Clary, e todos nós viemos na mesma hora para ajudar.

— É realmente muita bondade sua — falou Alec.

Havia uma expressão de surpresa nele, a qual Magnus compreendeu plenamente. Mas Alec parecia emocionado, e isto Magnus não compreendia.

— Ah, o prazer é nosso — disse Maryse ao filho. Ela caminhou até Alec, com as mãos esticadas. Ela fazia Magnus se lembrar de uma ave de rapina, com as garras esticadas, dominada pela fome. — O que você acha — falou ela numa voz assustadoramente doce —, posso segurar o bebê? Afinal, neste cômodo, sou eu quem tem mais experiências com bebês.

— Isso não é verdade, Alec — falou Robert. — Isso não é verdade! Eu fiquei muito envolvido com todos vocês quando eram pequenos. Sou excelente com bebês.

Alec piscou para o pai, que tinha aparecido ao seu lado com a velocidade de um Caçador de Sombras.

— Até onde eu me lembro, você *sacudia* as crianças.

— Bebês adoram isso — afirmou Robert. — Bebês adoram balançar.

— Balançar vai fazer o bebê vomitar.

— Balançar vai fazer o bebê vomitar *com alegria* — emendou Robert.

Por diversas vezes, Magnus acreditara que a única explicação possível era que a família inteira estivesse bêbada. Agora ele chegava a uma conclusão muito pior.

Isabelle tinha vindo, num tornado de arrumação, para deixar toda a suíte à prova de crianças. Ela havia conseguido persuadir Jace e Clary a virem também. E Maryse, além de falar com o companheiro do filho com um carinho inédito, agora queria segurar o bebê.

Ela estava sofrendo de febre das avós em seu nível máximo.

Os Lightwood achavam que ele e Alec iam ficar com o bebê.

— Preciso me sentar — falou Magnus com voz rouca, se apoiando na moldura da porta para não cair.

Alec deu uma olhadela para ele, assustado e preocupado. Seus pais aproveitaram para atacar, as mãos esticadas para pegar o bebê, e Alec recuou um passo. Jace deu um pulo, se erguendo do chão, para apoiar as costas de seu *parabatai*, e Alec evidentemente se decidiu e pôs o bebê nos braços de Jace para ficar com as mãos livres e defender-se dos pais.

— Mãe, pai, talvez seja melhor não ficar em cima dele. — Magnus ouviu Alec sugerir.

Magnus percebeu, por alguma razão, que sua atenção passara para o bebê. Era uma preocupação natural, disse para si. Qualquer um ficaria preocupado. Jace, até onde Magnus sabia, não estava acostumado com crianças. Caçadores de Sombras não costumavam tomar conta das crianças da vizinhança.

Jace estava segurando o bebê de forma esquisita. A cabeça dourada, o cabelo cheio de penugem e poeira de ficar deitado no chão lidando com as fissuras, inclinava-se sobre o bebê e fitava a carinha solene.

Magnus notou que o bebê estava usando um macacão laranja e os pés da roupa tinham o formato de patinhas de raposa. Jace esfregou uma das patas com a mão marrom, os dedos cheios de cicatrizes como os de um guerreiro e finos como os de um músico, e o bebê se contorceu súbita e vigorosamente.

Magnus se moveu num borrão, só percebendo que ele tinha se movido quando já estava no meio do cômodo. Além disso, percebeu que todos os outros também avançaram para pegar o bebê.

Menos Jace, que continuou segurando a criança, apesar do movimento.

Por um minuto, Jace pareceu apavorado, depois, relaxou e olhou ao redor com sua usual expressão de leve superioridade.

— Ele está bem — falou Jace. — Ele é durão.

E fitou Robert, evidentemente se recordando de suas primeiras palavras, e balançou o bebê com cuidado. O bebê se agitou; um pequeno punho batendo na bochecha de Jace.

— Isso é bom — incentivou o rapaz. — Muito bem. Talvez com um pouco mais de força da próxima vez. Não demora e você estará dando socos na cara de demônios. Você quer dar socos na cara dos demônios comigo e com Alec? Quer? Sim, você quer.

— Jace, querido — murmurou Maryse. — Me dê o bebê.

— Você quer segurar o bebê, Clary? — perguntou Jace no tom de quem oferece um presente fantástico à amada.

— Estou bem aqui no meu canto — retrucou Clary.

Todos os Lightwood, incluindo Jace, olharam para ela com um tipo de espanto tristonho, como se ela tivesse acabado de demonstrar que estava tragicamente louca.

Isabelle tinha pulado do banco no mesmo momento que todos avançaram, prontos para segurar o bebê. Agora ela encarava Magnus.

— Você vai atirar nas pernas dos seus pais para poder segurar o bebê? — perguntou Magnus.

Isabelle riu baixinho.

— Não, claro que não. Logo o leite vai estar pronto. Então... — A expressão de Isabelle mudou e assumiu uma determinação assustadora. — *Eu* vou dar a mamadeira para o bebê. Até lá, posso esperar e ajudar vocês dois a dar o nome perfeito para ele.

— Estávamos conversando sobre isso no trajeto de Alicante para cá — falou Maryse, com a voz ansiosa.

Robert fez outro de seus movimentos estranhos e breves, como os passos de um gato, desta vez para o lado de Magnus. Ele pôs a mão pesada no ombro de Magnus. O feiticeiro fitou a mão de Robert e sentiu-se profundamente inquieto.

— Claro, isso é com você e Alec — tranquilizou Robert.

— Claro — reiterou Maryse, que nunca concordava com Robert em nada. — E nós não queremos que vocês façam algo sobre o qual não estejam à vontade. Eu nunca ia querer que esta gracinha tivesse um nome associado a... tristeza em vez de alegria, ou que um de vocês se sentisse obrigado a fazer isso. Mas achamos que... bem, feiticeiros escolhem os próprios sobrenomes um pouco depois, então "Bane" não é parte de uma tradição de família... Nós achamos que talvez vocês pudessem considerar, como uma lembrança, mas não como um fardo...

Isabelle falou, em alto e bom som:

— Max Lightwood.

Magnus se flagrou piscando, em parte com perplexidade, mas em parte por causa de outro sentimento que descobriu ser muito mais complicado de se definir. Sua visão ficou turva e novamente alguma coisa se contorceu em seu peito.

O erro que os Lightwood cometeram era ridículo, e ainda assim Magnus não conseguia deixar de se impressionar com aquela oferta e de como havia soado sincera e genuína.

Aquela era uma criança feiticeira e todos eles eram Caçadores de Sombras. Lightwood era um sobrenome antigo e dotado de orgulho na linhagem dos Caçadores de Sombras. Max Lightwood tinha sido o filho caçula dos Lightwood. Aquele tinha sido o nome de um dos seus.

— Ou se você não gostar... Michael. Michael é um belo nome — sugeriu Robert em meio ao longo silêncio. Ele pigarreou depois de falar e olhou pelas janelas do sótão, para os bosques que contornavam a Academia.

— Ou você podia usar hífen — falou Isabelle, a voz um pouco mais animada. — Lightwood-Bane ou Bane-Lightwood?

Alec caminhou e esticou a mão, não para pegar o bebê, mas para tocá-lo. A criança agitou a mão, os dedinhos se fechando em torno do dedo de Alec, como se retribuíssem o toque. O rosto do rapaz, emocionado desde a menção ao nome do irmão, ficou mais caloroso devido a um súbito esboço de sorriso.

— Magnus e eu ainda não conversamos, e precisamos fazer isso — comentou em voz baixa. Sua voz tinha autoridade mesmo quando estava tranquila. Magnus viu Robert e Maryse assentindo, quase inconscientemente. — Mas eu também estava pensando que talvez pudesse ser Max.

Foi então que Magnus se deu conta da magnitude da situação. Não era apenas uma conclusão selvagem à qual Isabelle havia chegado e da qual, de forma improvável, tinha convencido a todos. Não era apenas os Lightwood.

Alec também achava que ele e Magnus iam ficar com o bebê.

Magnus então sentou-se numa das cadeiras bambas acolchoada com uma almofada da casa deles.

Robert Lightwood o acompanhou.

— Não pude deixar de notar que o bebê é azul — falou Robert. — Os olhos de Alec são azuis. E quando você faz a... — Ele fez um gesto estranho e perturbador, e em seguida fez o som de *whoosh, whoosh* — ...magia, algumas vezes ela tem uma luz azul.

Magnus o encarou.

— Não estou entendendo.

— Se você criou o bebê para você e Alec, pode me contar — falou. — Eu sou um homem de mente aberta. Ou... estou tentando ser. Gostaria de ser. Eu entenderia.

— Se eu criei... o... bebê...? — repetiu Magnus.

Ele não tinha certeza de por onde começar. Imaginava que Robert Lightwood sabia como eram feitos os bebês.

— Com magia — murmurou Robert.

— Vou fingir que você nunca me disse isso — falou Magnus. — Vou fingir que nunca tivemos essa conversa.

Robert piscou, como se eles se entendessem. Magnus estava sem palavras.

Os Lightwood continuaram em sua missão de tornar a suíte à prova de crianças, alimentar o bebê e todos segurarem a criança ao mesmo tempo. Com pedras de luz enfeitiçadas por todos os cantos, preenchendo totalmente o pequeno espaço do sótão brilhava e fazia arder a visão de Magnus. Alec achava que eles iam ficar com o bebê. E queria chamá-lo de Max.

— Eu vi Magnus Bane e uma vampira sexy no corredor — anunciou Marisol ao passar pela mesa de Simon.

Jon Cartwright carregava a bandeja dela, e quase a derrubou.

— Uma vampira — repetiu ele. — Na *Academia*?

Marisol ergueu o olhar para o rosto escandalizado dele e assentiu.

— Uma vampira sexy.

— São as piores — sussurrou Jon.

— Então você não era tão ruim assim, Simon — observou Julie enquanto Marisol seguia em frente, contando sua história de uma vampira atraente.

— Sabe — disse Simon —, algumas vezes acho que Marisol exagera. Sei que ela está fazendo pouco de Jon, mas ninguém é burro o suficiente para acreditar num bebê feiticeiro e numa vampira no mesmo dia. É demais. Não faz sentido. Jon vai perceber.

Ele cutucou um calombo misterioso em sua sopa. Hoje o jantar havia sido servido muito tarde e muito coagulado. Essa coisa de Marisol inventar histórias de vampiros deve ter lhe dado ideias: Simon cogitou beber sangue e achou que não poderia ser tão ruim quanto esta gororoba.

— Dava para pensar que ela teria agitação suficiente por um dia — concordou George. — Fico me perguntando como está o pobre bebezinho. Andei pensando, você acha que eles podem mudar de cor feito um camaleão? Seria legal, hein?

Simon se animou.

— Muito legal.

— Nerds — falou Julie.

Simon tomou como um elogio. Ele sentia que George realmente tinha melhorado sob sua tutela. Tinha até comprado gibis voluntariamente quando esteve na Escócia para o Natal. Talvez um dia o pupilo se tornasse o mestre.

— Isso não é bom para você — falou George. — Sei que você queria conversar com Alec.

O breve momento de alegria acabou e ele afundou o rosto na mesa.

— Esqueça essa história de conversar com Alec. Quando fui contar a Magnus sobre o bebê, encontrei ele em momentos íntimos com Alec. Se antes ele não gostava de mim, agora *definitivamente* ele me odeia.

Mais um lampejo de uma lembrança antiga brilhou na mente de Simon, totalmente indesejada. O rosto pálido, furioso de Alec, quando este fitava Clary. Talvez Alec odiasse Clary também. Talvez depois que alguém cruzasse seu caminho, ele nunca fosse capaz de esquecer nem perdoar, e para sempre iria odiar os dois.

Tais ideias terríveis foram interrompidas por uma comoção ao redor da mesa de jantar.

— O quê? Onde? Quando? Como? Magnus parecia um amante atlético, porém ainda carinhoso? — quis saber Julie.

— Julie! — falou Beatriz.

— Obrigada, Beatriz — disse Simon.

— Não diga uma palavra, Simon — falou ela. — Não até eu conseguir caneta e papel para anotar tudo o que você diz. Sinto muito, Simon, mas eles são famosos, e celebridades têm que lidar com esse interesse em suas vidas amorosas. Eles são como Brangelina.

Beatriz remexeu na bolsa até encontrar um caderno e então o abriu, encarando Simon com expectativa.

Julie, que era nascida e criada em Idris, fez uma careta.

— O que é Brangelina? Parece um demônio.

— Não parece, não! — protestou George. — Eu acredito no amor deles.

— Eles não são como Brangelina — retrucou Simon. — Como é que você os chamaria? Algnus? Parece doença de pé.

— Obviamente você os chamaria Malec — retrucou Beatriz. — Você é idiota, Simon?

— Eu não vou aceitar distrações! — falou Julie. — Será que Magnus tem piercings? Claro que tem; quando é que ele perderia uma oportunidade de brilhar?

— Eu nunca notei e, mesmo que tivesse notado, não discutiria isso — retrucou Simon.

— Ah, porque pessoas no universo mundano nunca ficam obcecadas com as celebridades e suas vidas amorosas — zombou Beatriz. — Além disso, veja Brangelina. E aquela *boy band* pela qual o George é obcecado. Tem todos os tipos de teorias sobre o romance deles.

— O quê... *boy band*... pela qual George é obcecado? — perguntou Simon lentamente.

George pareceu evasivo.

— Eu não quero falar disso. A banda está passando por um momento difícil ultimamente, e isso me entristece.

Coisas muito mais perturbadoras e terríveis já tinham acontecido a Simon. Ele resolveu parar de pensar em George e na *boy band*.

— Fui eu que cresci a uma viagem de metrô da Broadway, sei que as pessoas ficam meio obcecadas com celebridades. Mas é esquisito quando garotas ficam obcecadas com Jace ou Magnus. É estranho quando Jon caminha atrás de Isabelle com a língua de fora.

— A paixonite de George pela Clary também é esquisita? — perguntou Beatriz.

— Hoje é o Dia de Trair o George, Beatriz? — quis saber George. — Si, eu posso ter algumas ideias sobre alguma pequena harpia, mas eu nunca diria nada a respeito! Não quero tornar as coisas estranhas!

— Pequena harpia? — Simon o encarou. — Parabéns! Você conseguiu deixar as coisas estranhas.

George baixou a cabeça, envergonhado.

— É estranho porque todo mundo age como se eles fossem pessoas famosas, mas eu conheço mesmo essas pessoas. Não são imagens, feito pôsteres para pendurar na parede. Eles não são nem um pouco parecidos com o que vocês acham que são. Eles têm direito à privacidade. É esquisito porque eu vejo todo mundo agindo como se soubesse como meus amigos são, quando conhecem apenas uma minúscula parte deles, e é esquisito ver alguém agindo como se tivesse algum tipo de direito sobre meus amigos e a vida deles.

Beatriz hesitou, em seguida abaixou a caneta.

— Muito bem — falou. — Dá para ver que é esquisito para você, mas... isso acontece porque todo mundo admira o que eles fizeram. As pessoas agem como se os conhecessem porque querem conhecê-los. E ser admirado significa que eles têm um bocado de influência sobre outras pessoas. Eles podem fazer muita coisa boa com isso. Alec Lightwood é a inspiração de Sunil para ser um Caçador de Sombras. E você, Simon. Um monte de gente segue você porque o admira. Talvez até exista um pouco de esquisitice nessa coisa de ser admirado assim, mas acho que tem mais coisas boas.

— Ah, não é a mesma coisa para mim — resmungou Simon. — Quero dizer, eu nem me lembro direito do que rolou. Eu estava falando dos meus amigos. Até de Alec, que é... o amigo que não gosta de mim. Eles são especiais.

Ele não conseguia ser legal e seguro como Magnus ou Jace. E não entendia direito do que Beatriz estava falando. De repente Simon sentiu-se paranoico, se perguntando se as pessoas ficavam imaginando se ele tinha piercings.

Ele não tinha piercings. Costumava ser músico no Brooklyn. Provavelmente deveria ter piercings.

Beatriz hesitou mais um instante, então arrancou a página que tinha escrito e fez uma bolinha de papel com ela.

— Você também é especial, Simon — falou, corando. — Todo mundo sabe disso.

Simon olhou para o rosto vermelho dela e se lembrou de George dizendo que alguém tinha uma paixonite por ele. Por um momento, ele achara que talvez fosse Julie, e embora fosse ao mesmo tempo bizarro e bizarramente lisonjeiro ter mudado o coração de uma princesa gélida dos Caçadores de Sombras com seu charme masculino, ele imaginava que fazia mais sentido ser Beatriz. Ele e Beatriz eram muito bons amigos. Beatriz tinha o sorriso mais bonito na Academia. Se ainda morasse no Brooklyn, Simon teria ficado encantado por ter uma amiga atraente apaixonada por ele.

Agora ele sentia-se sobretudo constrangido. E se perguntava se decepcionaria Beatriz facilmente.

Julie pigarreou.

— E por isso, sabe — começou ela —, as pessoas têm feito perguntas intrometidas a seu respeito. Além disso, teve um incidente no qual uma pessoa tentou roubar uma de suas meias e guardar como um troféu.

— Quem é a pessoa da meia? — quis saber Simon. — Isso é meio nojento.

— Nunca contamos nada às pessoas — falou Julie. — E podem perguntar uma vez, mas não perguntam de novo. — Julie franziu os lábios e mostrou os dentes. Ela parecia um tigre louro rosnando. — Para nós, você é uma pessoa de verdade. E é nosso amigo.

Ela esticou o braço por cima da mesa e tocou na mão de Simon, depois retirou-a como se tivesse sido queimada. Beatriz puxou a mão de Julie logo depois e a puxou da cadeira, em direção ao canto do salão onde a comida fora posta.

Nenhuma das duas queria mais comida, pois mal tinham tocado na sopa. Simon as observou se afastando e então conversando em cochichos ansiosos.

— Bem, as duas parecem estranhamente tensas.

George revirou os olhos.

— Ora, Si, não seja tão bobo.
— Você não está dizendo... — começou Simon. — Não é possível que as duas... gostem de mim?
Fez-se um longo silêncio.
— Nenhuma delas gosta de você? — insistiu Simon. — Você malha. E MAIS! Você tem sotaque escocês.
— Não esfregue isso na minha cara. Talvez as garotas tenham medo de mim porque meus olhos sagazes enxergam muito fundo em suas almas — falou George. — Ou talvez minha boa aparência as intimide. Ou talvez... Por favor, não me faça falar mais o quanto eu sou solitário.

Ele olhou para Julie e Beatriz com um pouco de melancolia. Simon não sabia dizer se George estava melancólico em relação a Julie ou Beatriz, ou simplesmente melancólico sobre o amor em geral. Ele não fazia ideia de que seus amigos viviam num emaranhado emocional tão intenso.

Ele ficou surpreso. Sentia-se estranho. E então não sentia mais coisa alguma.

Ele gostava muito de Beatriz. Julie era terrível, mas Simon pensava nela contando sobre sua irmã, e tinha de admitir: Julie era terrível, mas ele também gostava dela. As duas eram lindas e duronas, e não tinham um monte de lembranças perdidas nem emoções confusas.

Ele nem ao menos estava satisfeito por elas gostarem dele. Nem mesmo ligeiramente tentado.

Ele queria, com uma intensidade obcecada, que Isabelle estivesse ali — não por carta, nem por telefone, mas presente.

Ele encarou a expressão tristonha de George e sugeriu:
— Quer conversar sobre quando Magnus e Alec forem embora e nós formos roubar a suíte deles e passarmos a preparar as refeições na nossa própria cozinha?

George suspirou.
— Será que dá mesmo para fazer isso, Simon, ou também é só um sonho lindo? Todos os dias seriam como numa canção. Eu só quero um sanduíche, Simon. Apenas um humilde sanduíche, com presunto, queijo e talvez uma pitada de... ai, meu Deus.

Simon se perguntou qual seria o gosto de uma pitada de "ai, meu Deus". George ficara imóvel, com a colher nos lábios, os olhos fixos num ponto acima do ombro de Simon.

Simon girou no banco e viu Isabelle emoldurada à entrada do salão de jantar da Academia. Ela usava um vestido longo lilás e estava de braços abertos, com as pulseiras reluzindo. O tempo pareceu diminuir a velocidade, como num filme, como magia, como se ela fosse um gênio capaz de aparecer num sopro de fumaça com purpurina para realizar desejos, e todos os desejos seriam ela.

— Surpresa — falou Isabelle. — Sentiram minha falta?

Simon ficou de pé num pulo. Ele quase jogou a tigela do outro lado da mesa, no colo de George. Lamentava, mas ia deixar para pedir desculpas mais tarde.

— Isabelle — falou. — O que você está fazendo aqui?

— Parabéns, Simon, é uma pergunta muito romântica — disse Isabelle a ele. — Será que é para eu tomar como "Não, eu não senti sua falta e estou saindo com outras garotas?" Se for isto, não se preocupe. Por que se preocupar, se a vida é curta? Especificamente a sua vida porque eu vou cortar a sua cabeça.

— Estou confuso com o que você está dizendo — retrucou Simon.

Isabelle ergueu as sobrancelhas e abriu a boca, mas antes que pudesse falar Simon a pegou pela cintura e a puxou, beijando sua boca, surpresa. A boca de Isabelle relaxou e sorriu sob a dele. Ela passou os braços em torno do pescoço de Simon e retribuiu o beijo de modo ao mesmo tempo sensual e exuberante, uma *femme fatale* e uma princesa guerreira, todas as garotas com que ele sonhava em suas fantasias nerd. Simon se afastou por um momento e olhou nos olhos cor da noite de Isabelle.

— Eu não sabia que havia outras garotas no mundo além de você — falou ele.

Mas ficou constrangido assim que as palavras saíram. De modo algum era uma frase romântica. Era ridiculamente sincera, tentando dizer a Isabelle que ele acabara de se dar conta disso. Mas ele viu os olhos dela brilhando como estrelas novas surgindo na noite, sentiu o braço dela em seu pescoço puxando-o para mais um beijo, e pensou que talvez a frase fosse um pouquinho romântica. Afinal, o fizera ganhar uma garota, *a* garota. A única que Simon queria.

Somente à meia-noite Magnus fez todos os Lightwood saírem da suíte. Isabelle os havia abandonado para ver Simon um pouco antes, e Clary e Jace normalmente podiam ser persuadidos a ir embora juntos, mas por algum tempo ele achou que fosse precisar usar magia em Robert e Maryse. Ele os empurrou porta afora enquanto os dois ainda lhe davam dicas úteis para o bebê.

Assim que se foram, Alec cambaleou até a cama e deitou com o rosto virado para baixo, dormindo imediatamente. Magnus ficou sozinho com o bebê.

Era possível que o bebê também estivesse espantado com os Lightwood. Ele estava deitado no berço e observava o mundo com olhos arregalados. O berço ficava debaixo de uma janela, e ele se encontrava numa pequena poça de luz, com o luar brilhando no cobertor amarrotado e nas perninhas gordas. Magnus se ajoelhou ao lado do berço e o admirou, esperando a próxima erupção de gritos que significava a necessidade de trocar suas fraldas e de alimentá-lo. Em vez disso, ele adormeceu, com a boca aberta, um minúsculo botão de rosa.

Quem um dia poderia amá-lo?, escrevera a mãe do bebê, mas o bebê ainda não sabia disso. E dormia, inocente e sereno como qualquer outra criança confiante no amor. A mãe de Magnus talvez tivesse pensado as mesmas palavras desesperadas.

Alec pensava que eles iam ficar com ele.

Jamais ocorrera a Magnus ficar com ele. Ele achava que vivia a vida acreditando que havia milhares de possibilidades à sua espera, mas nunca tinha pensado nisto: uma família, como os mundanos e os Nephilim tinham, com um amor tão sólido que poderia ser compartilhado com alguém tão jovem e indefeso.

Ele testava mentalmente a ideia agora.

Ficar com ele. Ficar com o bebê. Ter um bebê, com Alec.

Horas se passaram. Magnus mal notou; o tempo passava muito suavemente, como se alguém tivesse esticado o tapete da noite para abafar os passos do tempo. Ele não registrou nada além daquele rostinho até sentir um toque suave em seu ombro.

Magnus não se levantou, mas se virou e viu Alec fitando-o. A luz da lua deixara a pele de Alec prateada e seus olhos ganharam um azul mais escuro e profundo, infinitamente suave.

— Se você achou que eu estava pedindo a você para ficar com o bebê — começou Magnus —, eu não estava.

Alec arregalou os olhos. Ele assimilou o que ouviu em silêncio.

— Você ainda é... muito jovem — explicou Magnus. — Eu sinto muito se algumas vezes parece que eu não me lembro disso. É estranho; ser imortal significa que ser jovem e ser velho são coisas estranhas a mim. Sei que algumas vezes pareço estranho para você.

Alec assentiu, pensativo, mas sem mágoa.

— Parece mesmo — respondeu ele, daí se inclinou e com uma das mãos apertou a lateral do berço, ao mesmo tempo que tocou o cabelo de Magnus, dando-lhe um beijo suave ao luar. — E eu nunca quis nada além disso. Nunca quis um amor menos estranho.

— Mas você não tem que ter medo de um dia eu te deixar — falou Magnus. — Não tem que ter medo do que vai acontecer com o bebê ou de que eu possa ficar magoado por causa do bebê... é um feiticeiro e não é bem-vindo. Você não tem que se sentir preso. Não tem que ficar com medo nem precisa fazer isso.

Alec se ajoelhou ao lado do berço, na sombra e sobre as tábuas empoeiradas do sótão, daí encarou Magnus.

— E se eu quiser? — perguntou ele. — Eu sou um Caçador de Sombras. Nós nos casamos jovens e temos filhos jovens porque talvez a gente morra jovem, porque queremos cumprir nossas obrigações para com o mundo e obter todo o amor que pudermos. Eu costumava... costumava pensar que nunca poderia fazer isso, que nunca teria isso. Eu costumava me sentir preso. Não me sinto preso agora. Nunca poderia pedir que você morasse num Instituto, e nem quero isso. Quero ficar em Nova York, com você, Lily e Maia. Quero continuar fazendo o que estamos fazendo. Quero que Jace lidere o Instituto depois da minha mãe e quero trabalhar com ele. Quero ser parte da ligação entre o Instituto e o Submundo. Por muito tempo pensei que nunca poderia ter as coisas que eu queria, a não ser que eu conseguisse manter Jace e Isabelle em segurança. Pensei que poderia protegê-los numa luta. Agora tenho cada vez mais gente para cuidar, e... eu quero que todos de quem cuido... quero que pessoas que eu nem conheço, quero que todos nós... saibamos que temos uns aos outros, então não temos que lutar sozinhos. Eu não estou preso. Estou feliz. Estou exatamente onde quero estar. Sei o que quero e tenho a vida que desejo. Não tenho medo das coisas que você está dizendo.

Magnus respirou fundo. Era melhor perguntar a Alec do que imaginar a coisa errada.

— Do que é que você tem medo, então?

— Você lembra quando mamãe sugeriu chamar o bebê de Max?

Magnus assentiu, cautelosamente calado.

Ele nunca chegara a conhecer o irmão caçula de Alec, Max. Robert e Maryse sempre tentaram manter os filhos longe dos seres do Submundo e Max era pequeno demais para desobedecer.

A voz de Alec era baixa, por causa do bebê e de suas lembranças.

— Eu nunca fui o irmão legal. Eu me lembro que mamãe costumava deixar Max comigo, quando ele era bem pequeno e estava aprendendo a andar, e eu sempre morria de medo que ele caísse e eu levasse a culpa. Constantemente eu tentava fazê-lo obedecer às regras e fazer o que mamãe dizia. Isabelle era ótima com ele, sempre fazia Max rir e, pelo Anjo, ele queria ser *exatamente* como Jace. Ele considerava Jace o melhor, o Caçador de Sombras mais legal que já viveu, que o sol nascia e se punha nele. Uma vez Jace lhe deu um soldadinho de brinquedo, e Max costumava dormir com ele. Eu sentia ciúme do amor que ele tinha pelo brinquedo. Costumava dar outras coisas, brinquedos que eu considerava melhores, mas ele sempre amou o soldado. Ele morreu segurando o brinquedo para ter conforto. Fico feliz que o tivesse, que tivesse alguma coisa que amava para confortá-lo. Sentir ciúme foi estúpido e mesquinho.

Magnus balançou a cabeça. Alec ofereceu um sorriso arrependido, e então abaixou a cabeça com cabelo preto, fitando o chão.

— Eu sempre pensei que haveria mais tempo — falou Alec. — Achei que Max cresceria, treinaria mais com a gente e eu o ajudaria a treinar. Pensei que ele viria nas missões e que eu estaria com ele, do mesmo jeito que tentei ter Jace e Isabelle comigo. Ele saberia então que o irmão entediante servia para alguma coisa. Saberia que podia contar comigo, não importando quando nem onde. Ele poderia contar comigo.

— Ele podia contar com você — falou Magnus. — Eu sei disso. Ele sabia disso. Ninguém que já conheceu você duvidaria disso.

— Ele nunca nem soube que sou gay — falou Alec. — Ou que eu amo você. Queria que ele pudesse ter te conhecido.

— Eu queria ter podido conhecê-lo — disse Magnus. — Mas ele conhecia você e te amava. Sabe disso, não sabe?

— Sei — confirmou Alec. — É só que... eu sempre quis poder ser mais para ele.

— Você sempre tentou ser mais para todos que ama — falou Magnus. — Não vê como sua família te procura, como eles contam com você. Eu conto com você. Até *Lily* conta com você, pelo amor de Deus. Você ama tanto as pessoas que quer ser um ideal impossível para elas. Não percebe que você é mais do que suficiente.

Alec deu de ombros, meio involuntariamente.

— Você me perguntou do que eu tinha medo. Eu tenho medo de que ele não goste de mim — falou Alec. — Tenho medo de decepcioná-lo. Mas quero tentar ficar ao lado dele. Eu quero o bebê. Você quer?

— Eu não esperava por isso — retrucou Magnus. — Não esperava que algo assim fosse acontecer comigo. Ainda que algumas vezes eu tenha pensado como seria se você e eu tivéssemos uma família, eu achava que não aconteceria tão cedo. Mas sim. Sim, eu também quero tentar.

Alec sorriu, um sorriso tão brilhante que Magnus percebeu o quanto ele ficou aliviado e notou tardiamente o quanto ele temia uma negativa.

— Foi rápido — confessou Alec. — Pensei em ter uma família, mas talvez sempre tenha achado que... bem, creio que nunca imaginei que algo assim acontecesse antes de a gente se casar.

— O quê? — falou Magnus.

Alec simplesmente o encarou. Uma das mãos, comprida e forte de arqueiro balançava o berço, mas Alec estava concentrado em Magnus, os olhos azul-escuros mais escuros do que nunca nas sombras, um olhar de Alec era mais importante do que um beijo de qualquer um. Magnus percebia que o outro falava seriamente.

— Alec — falou ele. — Meu Alec. Você precisa saber que isso é impossível.

Alec pareceu confuso e horrorizado. Magnus começou a falar, as palavras brotavam de sua boca com rapidez maior, tentando fazer com que Alec entendesse.

— Caçadores de Sombras podem se casar com seres do Submundo em cerimônias mundanas ou do submundo. Eu vi isso acontecer. Eu vi outros Caçadores dispensarem as cerimônias, dizendo que nada significavam, e vi alguns Caçadores se curvarem à pressão e violarem os votos que tinham feito. Sei que você nunca cederia nem violaria os votos. Sei que esse tipo de casamento significaria muito para você. Sei que você manteria as promessas feitas a mim. Mas eu era vivo antes dos Acordos. Eu me sentei, comi e conversei com Caçadores de Sombras sobre a paz entre nossos povos, e então os mesmos Caçadores jogaram fora os pratos em que comi porque acreditavam que eu contaminava tudo que tocava. Não vou ter uma cerimônia que todos considerem inferior. Não quero que você tenha menos do que você poderia ter, honrando seus votos a um Caçador de Sombras. Cansei de fazer acordos para tentar obter a paz. Quero que a Lei mude. Não quero me casar até que possamos nos casar de verdade.

Alec ficou em silêncio, com a cabeça abaixada.

— Você entende? — quis saber Magnus, sentindo-se quase desesperado. — Não é que eu não queria. Não é que eu não te ame.

— Eu entendo — falou Alec. E respirou fundo, erguendo o olhar. — Mudar a Lei talvez demore um pouco — falou simplesmente.

— Talvez — concordou Magnus.

Os dois ficaram em silêncio por alguns instantes.

— Posso dizer uma coisa? — perguntou Magnus. — Ninguém nunca quis casar comigo antes.

Ele tivera amantes, mas nenhum deles jamais propusera casamento, e ele tivera o bom senso de jamais propor isso a eles, pois sentira, com uma sensação de pesar fria, que seria inútil. Ou porque eles pressentiam que não poderiam prometer um "até que a morte nos separe", pois Magnus não morreria, ou porque não davam importância a Magnus ou achavam que, na condição de imortal, Magnus não dava importância a eles. Ele nunca soubera as razões pelas quais ninguém desejara se casar com ele, mas eis a questão: alguns amantes se mostraram dispostos a morrer com ele, mas ninguém jamais desejara jurar viver com ele todos os dias enquanto os dois tivessem que viver.

Ninguém até este Caçador de Sombras.

— Eu nunca pedi alguém em casamento antes — falou Alec. — Isso é um não?

Ele deu uma risada ao perguntar; uma risada baixa, cansada, porém satisfeita. Alec sempre tentava oferecer um caminho ou uma porta aberta a quem ele amava; tentava dar o que a pessoa quisesse. Eles ficaram sentados ali, recostados contra o berço de seu bebê.

Magnus ergueu a mão e Alec a segurou em pleno ar, seus dedos se entrelaçando. Os anéis de Magnus brilharam e as cicatrizes de Alec se iluminaram sob a luz da lua. Os dois ficaram firmes.

— É um sim. Um dia — disse Magnus. — Para você, Alec, é sempre sim.

Depois das aulas, no dia seguinte, Simon sentou-se em sua masmorra úmida e escura, como nos jogos de RPG, resistindo à tentação praticamente incontrolável de sair para se encontrar com Isabelle, e juntou coragem.

Ele marchou pelos muitos lances de escada e bateu à porta da suíte de Alec e de Magnus.

Magnus abriu a porta. Ele vestia um jeans e uma camiseta larga e desbotada, segurava o bebê e parecia muito cansado.

— Como é que você sabia que ele acabou de acordar de um cochilo? — perguntou o feiticeiro ao abrir a porta.

— Hum, eu não sabia — retrucou Simon.

Magnus piscou para ele, lentamente, como as pessoas cansadas faziam, como se tivessem que pensar profundamente na hora de piscar.

— Ah, peço desculpas — falou ele. — Pensei que fosse Maryse.

— A mãe de Isabelle está aqui? — exclamou Simon.
— Shhhh! — fez Magnus. — Ela pode ouvir você.
O bebê estava resmungando, sem chorar, porém, fazia um som semelhante ao de um pequeno trator descontente. Ele esfregou o rostinho úmido no ombro de Magnus.
— Lamento muito interromper — desculpou-se Simon. — Eu estava me perguntando se poderia ter uma palavrinha a sós com Alec.
— Alec está dormindo — falou Magnus simplesmente, e começou a fechar a porta.
A voz de Alec foi ouvida antes que a porta fosse completamente fechada. Ele falou como se estivesse no meio de um bocejo.
— Não. Não estou. Estou acordado. Posso conversar com Simon.
Ele apareceu à porta, abrindo-a novamente.
— Saia e dê uma longa caminhada. Pegue um pouco de ar fresco. Isso vai te despertar.
— Eu estou ótimo — falou Magnus. — Não preciso dormir. Nem despertar. Me sinto ótimo.
O bebê agitou as mãos gordas para Alec, os gestos frouxos e descoordenados, mas inconfundíveis. Alec parecia assustado, mas sorriu; um sorriso súbito e inesperadamente gentil, e esticou a mão para pegar o bebê nos braços. Assim que o fez, o bebê parou de resmungar.
Magnus balançou um dedo na carinha do bebê.
— Considero sua atitude um insulto — informou ele, beijando Alec rapidamente. — Não vou me demorar.
— Leve o tempo que precisar — falou Alec. — Tenho a sensação de que talvez meus pais venham ajudar em breve.
Magnus saiu, e Alec se afastou da porta e parou perto da janela com o bebê.
— Então — falou Alec. A camisa estava amarrotada (era evidente que tinha dormido com ela), e ele ninava um bebê. Simon sentiu-se mal por incomodá-lo. — O que é que você queria conversar comigo?
— Desculpe mais uma vez pelo outro dia — falou Simon.
Então ele se perguntou se era terrível que ele tivesse mencionado sexo na frente do bebê de Alec. Talvez Simon estivesse apenas condenado a ofender Alec mortalmente sem parar. Para sempre.
— Está tudo bem — falou Alec. — Uma vez eu flagrei você e Isabelle. Acho que é uma reviravolta justa. — Ele franziu a testa. — Mas vocês dois estavam no meu quarto na hora, então, na verdade, acho que você ainda me deve uma.

Simon ficou alarmado.

— Você me flagrou com Isabelle? Mas nós não... quero dizer, nós não... Fizemos?

Típico na vida de Simon, pensou ele. De todas as coisas no mundo, ele ia se esquecer logo disso.

Alec parecia aborrecido por ter essa conversa, mas Simon o encarou com um olhar de súplica, e Alec aparentemente ficou com pena do grande ridículo pelo qual Simon estava passando.

— Eu não sei — falou Alec por fim. — Você estava tirando a roupa, pelo que me lembro. E eu tento não me lembrar. E você parecia estar envolvido em algum tipo de encenação.

— Ah. Uau. Tipo uma encenação profissional? Tinha fantasias? Tinha cenários? O que exatamente Isabelle espera disso aqui?

— Eu não vou falar sobre isso — retrucou Alec.

— Mas se você pudesse apenas me dar uma pequena pista...

— Saia daqui, Simon — falou Alec.

Simon sobressaltou-se do limite do pânico pela encenação e se recompôs.

Isso era mais do que ele havia falado com Alec em anos.

Alec havia ordenado que ele saísse do quarto, e Simon tinha que admitir que as coisas não iam exatamente bem.

— Eu sinto muito — falou Simon. — Quero dizer, eu sinto muito pelas perguntas inadequadas. E sinto muito por ter flagrado vocês... err... ontem de manhã. Desculpe por tudo. Por algo que tenha dado errado entre a gente. Seja lá pelo que tenha deixado você bravo. Eu sinceramente não me lembro, mas me lembro de como você fica quando está zangado, e não quero que as coisas sejam assim entre nós. Eu lembro que você não gosta de Clary.

Alec encarou Simon como se ele estivesse louco.

— Eu gosto de Clary. Clary é uma de minhas melhores amigas.

— Ah — falou o outro. — Desculpe. Pensei que eu lembrasse... eu devo ter entendido mal.

Alec respirou fundo e admitiu:

— Não. Você não entendeu errado. No início, eu não gostava de Clary. Uma vez fui... grosseiro com ela. Eu a empurrei contra uma parede. Ela bateu a cabeça. Eu era um guerreiro treinado e ela não tinha treinamento algum na época. Tenho o dobro do tamanho dela.

Simon tinha vindo para fazer as pazes com Alec, portanto, não estava preparado para a vontade imensa de lhe dar um soco. Ele não faria isso. Alec estava com um bebê no colo.

440

Tudo que conseguiu fazer foi fitá-lo num silêncio furioso por causa da mera ideia de saber que alguém pôs as mãos em sua melhor amiga.

— Não é desculpa — emendou Alec. — Mas eu estava com medo. Ela sabia que eu era gay e me disse que sabia. Ela não estava dizendo nada que eu não soubesse, mas fiquei apavorado porque eu não a conhecia. Na época, ela não era minha amiga. Era apenas uma mundana que tinha invadido minha família, e eu conhecia os Caçadores de Sombras, era amigo de Caçadores de Sombras que, se um dia descobrissem... contariam correndo para meus pais, para que eles me fizessem tomar juízo. Eles teriam contado a todo mundo. E iam achar que estavam fazendo a coisa certa.

— Isso não teria sido a coisa certa — falou Simon, ainda furioso e abalado. — Clary *nunca* faria isso. Ela nunca nem me contou.

— Eu não a conhecia na época — prosseguiu Alec. — Ela nunca contou nada a ninguém. Tinha todo o direito de dizer que eu tinha sido grosseiro com ela. Jace teria me dado um soco na cara se soubesse. Eu temia que ela contasse a Jace que eu era gay porque eu não estava preparado para que Jace soubesse isso de mim. Mas você tem razão. Ela nunca diria, e não disse. — Ele olhou pela janela, afagando as costas do bebê. — Eu gosto de Clary — falou simplesmente. — Ela sempre tenta fazer o que é certo, e nunca deixa ninguém dizer a ela o que é certo. Ela faz o meu *parabatai* se lembrar de que quer viver. Vez ou outra eu gostaria que ela se arriscasse menos, mas se eu odiasse pessoas incansáveis, loucas e corajosas, eu odiaria...

— Deixa eu adivinhar — falou Simon. — O nome começa com Jace e termina com Herondale.

Alec deu risada e Simon se parabenizou mentalmente.

— Então você gosta de Clary — confirmou Simon. — Sou o único de quem você não gosta. O que foi que eu fiz? Sei que você tem que lidar com um monte de problemas, mas se pudesse apenas me dizer o que fiz, para que eu pudesse pedir desculpas por isso e a gente pudesse ficar de bem, eu realmente agradeceria.

Alec o encarou, depois, se virou e foi até uma das cadeiras que havia no sótão. Eram duas cadeiras bambas de madeira, com almofadas bordadas com pavões, além de um sofá um pouco torto. Alec pegou uma das cadeiras, e Simon resolveu não se arriscar no sofá e pegou a outra.

Alec colocou o bebê nos joelhos, um braço cuidadosamente ao redor do corpinho rechonchudo. Com a mão livre, ele brincava com as mãozinhas dele, dando batidinhas nelas com as pontas dos dedos, como se ensinasse o bebê a brincar daquilo. Era evidente que Alec se preparava para fazer uma confissão.

Simon respirou fundo, se preparando para o que viesse. Ele sabia que poderia ser muito ruim, e tinha que estar preparado.

— O que foi que você fez? — perguntou Alec. — Você salvou a vida de Magnus.

Simon estava confuso. Um pedido de desculpas não parecia apropriado.

— Magnus foi raptado e eu entrei numa dimensão infernal para salvá-lo. Esse era todo o meu plano. Tudo que eu queria era resgatá-lo. No caminho, Isabelle se feriu gravemente. Durante toda minha vida, sempre quis proteger as pessoas que eu amava, ter certeza de que estavam em segurança. Eu deveria ter sido capaz disso. Mas não fui. Não fui capaz de ajudá-los. Você foi. Você salvou a vida de Isabelle. Quando o pai de Magnus tentou levá-lo, e não havia nada que eu pudesse fazer, absolutamente nada, você assumiu a responsabilidade. Eu não te dei valor no passado e você fez tudo que eu queria ter feito, e depois foi embora. Isabelle ficou arrasada. Clary ficou pior. Jace ficou tão chateado. Magnus sentiu-se culpado. Todos estavam tão magoados, e eu queria ajudar, aí você voltou, mas não se lembrava do que tinha feito. Não sou muito bom com estranhos e você foi um estranho muito complicado. Eu não conseguia falar com você. Não que você tivesse feito algo errado. É que não havia nada que eu pudesse fazer para acertar as coisas entre nós. Eu devia mais a você do que poderia pagar e nem mesmo sabia como agradecer. Não teria significado algum. Você nem mesmo se lembrava.

— Ah — falou Simon. — Uau.

Era esquisito pensar em estranhos sem rosto achando que Simon era um herói. Era mais esquisito ainda ver Alec Lightwood, que Simon tinha achado que nem mesmo gostava dele, falando dele como se ele fosse um herói.

— Então você não me odeia, nem odeia Clary. Você não odeia todo mundo.

— Eu odeio que as pessoas me obriguem a falar sobre sentimentos — explicou Alec.

Simon o encarou por um instante, com um pedido de desculpas na ponta da língua, mas não falou nada. Em vez disso, sorriu, e Alec retribuiu o sorriso timidamente.

— Eu andei fazendo isso à beça desde que entrei na Academia.

— Dá para imaginar — falou Simon.

Ele não sabia muito bem o que aconteceria com o bebê do qual Alec e Magnus estavam cuidando, mas por tudo que Isabelle dissera, ela estava segura de que eles iam ficar com ele. Isso deve ter exigido uma boa conversa.

— Eu gostaria de poder passar um ano sem falar sobre sentimentos. E também dormir por um ano inteiro. Os bebês acabam pegando no sono em algum momento?

— Às vezes eu tomava conta de crianças — falou Simon. — Pelo que me lembro, os bebês dormem um bocado, mas quando você menos espera. Bebês: mais parecidos com a Inquisição espanhola do que você imagina.

Alec assentiu, embora parecesse confuso. Simon fez uma nota mental de que agora era seu dever, como amigo reconhecido de Alec, apresentá-lo ao Monty Python o quanto antes. O bebê deu um gritinho, como se estivesse satisfeito com a comparação.

— Ei — disse Alec —, sinto muito se fiz você pensar que eu estava furioso só porque eu não sabia o que dizer.

— Bem, o negócio é o seguinte: não fui o único a pensar assim.

Alec parou de brincar com o bebê. E ficou completamente imóvel.

— O que você quer dizer com isso?

— Você não conversava muito comigo, e eu estava meio preocupado — explicou Simon. — Então perguntei ao meu amigo, só entre nós, se você tinha um problema comigo. Perguntei ao meu bom amigo Jace.

Houve uma pausa enquanto Alec assimilava as notícias.

— Você perguntou.

— E Jace — falou Simon —, Jace me contou que havia um grande problema, obscuro e secreto, entre nós. Ele falou que não era o local para conversarmos sobre isso.

O bebê olhou para Simon, depois para Alec. Seu rostinho parecia pensativo, como se ele fosse balançar a cabeça e dizer: *Esse Jace, o que é que ele vai fazer a seguir?*

— Deixe isso comigo — falou Alec calmamente. — Ele é meu *parabatai* e nós temos uma ligação sagrada etc., mas agora ele foi longe demais.

— Que legal — falou Simon. — Por favor, vingue-se por nós dois, pois eu tenho certeza que ele daria conta de me encarar numa briga.

Alec assentiu, admitindo essa verdade. Simon não conseguia acreditar que tinha ficado tão preocupado com Alec Lightwood. Alec era incrível.

— Bem — falou Alec —, como eu disse... eu te devo uma.

Simon fez um gesto com a mão.

— Pare com isso... Estamos quites.

Magnus estava tão cansado que cambaleou até o salão de jantar da Academia dos Caçadores de Sombras e pensou em comer ali.

Então ele viu a comida e recobrou seu bom senso.

Ainda não era hora do jantar, mas alguns estudantes se reuniram cedo, embora Magnus não imaginasse que fosse haver uma corrida pela meleca de lasanha. O feiticeiro viu Julie e os amigos sentados à uma das mesas. Julie olhou Magnus de cima a baixo, assimilando o cabelo bagunçado e a camiseta de Alec, e Magnus notou uma decepção profunda no rosto dela.

Era assim que os sonhos de uma garota morriam. Magnus admitia, após uma noite insone e usando uma das camisetas de Alec porque Isabelle destruíra algumas das camisetas dele e o bebê vomitara em muitas outras, que talvez ele não estivesse mesmo muito glamouroso.

Provavelmente era bom que Julie encarasse a realidade, embora Magnus estivesse determinado a, em algum momento, tomar um banho, vestir uma camisa melhor e impressionar com seu resplendor.

Magnus visitara Ragnor na Academia e sabia como as refeições funcionavam ali. Ele semicerrou os olhos, tentando descobrir quais mesas pertenciam às elites e quais à escória, os humanos que aspiravam ser Nephilim, mas que não eram aceitos pelos Nephilim até que Ascendessem. Magnus sempre achara que a escória demonstrava imenso autocontrole ao não se revoltar contra a arrogância dos Caçadores de Sombras, incendiar a Academia e fugir no meio da noite.

Era possível que a Clave tivesse razão quando chamava Magnus de insurgente.

No entanto, ele não conseguia descobrir quais mesas pertenciam a quem. Anos atrás, era muito nítido, mas ele tinha certeza de que a loura e a garota de cabelos escuros que Simon conhecia eram Nephilim, e quase certeza de que o idiota lindo que queria criar um bebê com Simon numa gaveta de meias não era.

A atenção de Magnus foi atraída pelo som de uma voz rouca e imperiosa, vinda de uma garota latina, que parecia ter 15 anos. Era mundana, Magnus soube só de olhar. E outra coisa que ele poderia dizer só de olhar: em alguns anos, Ascendendo ou não, ela seria um terror.

— Jon — estava dizendo ela ao garoto do outro lado da mesa. — Estou com tanta dor no dedo do pé cortado! Preciso de aspirina.

— O que é aspirina? — perguntou o garoto, parecendo em pânico.

Obviamente ele era um Nephilim, da cabeça aos pés. Magnus soube disso sem ver suas Marcas. Na verdade, ele apostava que o garoto era um Cartwright. Magnus conhecera muitos Cartwright ao longo dos séculos. A família tinha o pescoço irritantemente grosso.

— Você compra numa farmácia — falou a garota. — Não. Não me diga. Você também não sabe o que é uma farmácia. Alguma vez já saiu de Idris em toda sua vida?

— Sim! — respondeu Jon, provavelmente Cartwright. — Em muitas missões de caça a demônios. E uma vez minha mãe e meu pai me levaram à praia na França!

— Incrível — falou a garota. — Falo sério. Vou explicar toda a medicina moderna para você.

— Por favor, não faça isso, Marisol — pediu Jon. — Não fiquei nada bem depois que você explicou sobre apendicectomia. Eu não conseguia comer.

Marisol fez uma careta para o prato.

— Então está dizendo que eu te fiz um grande favor.

— Eu gosto de comer — observou Jon com pesar.

— Muito bem — falou Marisol. — Então eu não explico a medicina moderna e aí uma emergência médica acontece comigo. Poderia ser resolvida com a aplicação dos primeiros socorros, mas você não sabe disso, então eu morro. Morro aos seus pés. É isso que você quer, Jon?

— Não — retrucou Jon. — O que são primeiros socorros? Existem... segundos socorros?

— Não dá para acreditar que você vai me deixar morrer quando minha morte poderia ser facilmente evitada, se simplesmente tivesse me dado ouvidos — prosseguiu Marisol impiedosamente.

— Está bem, está bem! Eu vou ouvir.

— Ótimo. Pegue um pouco de suco porque vou passar um tempinho falando. Ainda estou muito magoada por você sequer ter cogitado me deixar morrer — emendou Marisol enquanto Jon se apressava até a lateral do salão onde estavam dispostas a comida pouco apetitosa e as bebidas potencialmente tóxicas. — Pensei que Caçadores de Sombras tivessem um mandato para proteger os mundanos! — gritou ela atrás do rapaz. — Eu não quero suco de laranja. Quero de maçã!

— Você acreditaria que o garoto dos Cartwright é o grande valentão da Academia? — falou Catarina, postando-se perto do cotovelo de Magnus.

— Parece que ele encontrou uma valentona ainda maior — murmurou Magnus.

Ele se parabenizou por acertar que era um Cartwright. Era difícil ter certeza, no que se refere a famílias de Caçadores de Sombras. Certos traços pareciam percorrer as linhagens, por serem inatos, mas sempre havia exceções.

Por exemplo, Magnus sempre considerara os Lightwood esquecíveis. Ele gostava de alguns deles: Anna Lightwood e seu desfile de jovens damas de coração partido, Christopher Lightwood e suas explosões, e agora Isabelle — mas nunca tinha havido um Lightwood que tocasse seu coração como tinham feito alguns Caçadores de Sombras: Will Herondale, Henry Branwell ou Clary Fray.

Até o Lightwood que era inesquecível; até o Lightwood que não apenas tocara como roubara seu coração.

— Por que você está sorrindo sozinho? — quis saber Catarina, com desconfiança na voz.

— Eu só estava pensando que a vida é cheia de surpresas — falou Magnus. — O que foi que aconteceu com esta Academia?

A garota mundana não poderia tratar o garoto Cartwright daquele jeito, a menos que ele se importasse com o que acontecia a ela — a menos que ele a enxergasse como uma pessoa e não a desprezasse do mesmo modo que Magnus vira muitos Nephilim desprezarem mundanos e seres do Submundo também.

Catarina hesitou.

— Venha comigo. Tem uma coisa que quero te mostrar — falou.

Ela segurou a mão dele e o conduziu até a cantina da Academia, os dedos azuis dela entrelaçados aos dedos com anéis azuis dele. Magnus pensou no bebê e se flagrou rindo novamente. Ele sempre considerara azul a cor mais bonita.

— Eu estive dormindo no antigo quarto de Ragnor — explicou Catarina.

Ela mencionou o velho amigo de maneira brusca e prática, sem traços de sentimento. Magnus apertou um pouco mais a mão dela enquanto eles subiam os dois lances de escada e percorriam os corredores de pedra. Nas paredes, viam-se tapeçarias ilustradas com os grandes feitos dos Caçadores de Sombras. Havia buracos em várias delas, incluindo um que deixara o Anjo Raziel sem cabeça. Magnus temia que ratos sacrílegos tivessem andado pelos tapetes.

Catarina abriu uma imensa e escura porta de carvalho, o conduzindo a um cômodo de pedra abobadado, no qual havia alguns quadros pendurados nas paredes que Magnus reconheceu como sendo de Ragnor: um esboço de um macaco, uma paisagem marinha com um navio pirata. A cama de carvalho entalhada estava coberta com os lençóis brancos hospitalares austeros de Catarina, mas as cortinas roídas por mariposas eram de veludo verde e havia uma escrivaninha com tampo forrado em couro verde abaixo da imensa e única janela do cômodo.

Havia uma moeda em cima, um círculo de cobre escurecido pelo tempo, e dois pedaços amarelados de papel com as pontas viradas.

— Eu examinava os papéis de Ragnor na escrivaninha e encontrei esta carta — explicou Catarina. — Era a única coisa realmente pessoal no cômodo. Achei que você gostaria de ler.

— Gostaria sim — falou Magnus, e ela colocou a carta nas mãos dele.

Magnus desdobrou a carta e olhou a escrita preta e pontiaguda bem funda na superfície amarela, como se o escritor tivesse ficado irritado com a própria página. Era como se Magnus estivesse ouvindo uma voz que pensara estar silenciada para sempre.

A Ragnor Fell, eminente educador da Academia dos Caçadores de Sombras, ex-Alto Feiticeiro de Londres,

Lamento, mas não estou surpreso por saber que o mais recente grupo de filhos mimados de Caçadores de Sombras promete tão pouco quanto o anterior. Nephilim, sem imaginação e curiosidade intelectual? Você me espanta.

Em anexo segue uma moeda entalhada com uma guirlanda, um símbolo de educação no mundo antigo. Me disseram que as fadas colocaram boa sorte nela e você certamente vai precisar de sorte para aprimorar os Caçadores de Sombras.

Sua paciência e dedicação ao trabalho, bem como o constante otimismo com o aprendizado de seus alunos me impressiona. Gostaria de poder ter sua visão alegre da vida, mas infelizmente não consigo evitar olhar ao redor e notar que estamos cercados por idiotas. Se ensinássemos crianças Nephilim imagino que, algumas vezes, eu me sentiria forçado a falar rispidamente com elas e ocasionalmente fosse obrigado a drenar todo o sangue delas.

(Nota a qualquer Nephilim que leia ilegalmente as cartas do Sr. Fell, invadindo sua privacidade; obviamente estou brincando. Sou um fanfarrão.)

Você me pergunta como é a vida em Nova York e eu somente posso lhe contar as coisas de sempre: fedida, lotada e povoada praticamente por maníacos. Quase apanhei de um grupo de feiticeiros e lobisomens na Bowery Street. Um feiticeiro em particular estava na frente, acenando um boá feminino de penas roxas reluzentes acima da cabeça como uma bandeira. Fiquei muito constrangido por conhecê-lo. Algumas vezes, finjo para outros seres do Submundo que não o conheço. Espero que acreditem em mim.

A razão principal pela qual estou escrevendo é, claro, para que nós possamos continuar com suas aulas de espanhol. Em anexo, segue uma nova lista de palavras, e posso garantir que você está indo muito bem. Se um dia você tomar a terrível decisão de acompanhar novamente ao Peru um certo feiticeiro conhecido nosso que se veste muito mal, desta vez estará preparado.
Atenciosamente,
Raphael Santiago

— Ragnor só teria como saber que a Academia ia fechar depois do ataque do Ciclo de Valentim à Clave — explicou Catarina. — Ele guardou a carta para poder estudar espanhol e então nunca conseguiu voltar para pegá-la. Pela carta, porém, parece que eles se escreviam com bastante frequência. Ragnor deve ter queimado as outras, pois incluíam comentários que teriam criado problemas para Raphael Santiago. Sei que Ragnor gostava daquele vampirozinho de língua afiada. — Ela encostou a bochecha no ombro de Magnus. — Sei que você também gostava.

Magnus fechou os olhos por um instante e se lembrou de Raphael, a quem tinha feito um favor; Raphael que, em troca, morrera por ele. Ele o conhecera na primeira transformação; uma criança impertinente com vontade de ferro, e o conhecera com o passar dos anos, quando Raphael liderou informalmente o clã dos vampiros.

Magnus não conhecera o jovem Ragnor. Magnus era bem mais jovem e, à época em que se encontraram pela primeira vez, o outro já havia se tornado eternamente mal-humorado. Ragnor gritava com as crianças para saírem de seu gramado antes mesmo de os gramados serem inventados. Ele sempre fora gentil com Magnus, disposto a entrar em qualquer um de seus esquemas desde que pudesse reclamar enquanto estivessem em ação.

Ainda assim, apesar da visão sombria a respeito da vida em geral e dos Caçadores de Sombras, em particular, Ragnor fora a Idris para treiná-los. Mesmo depois de a Academia fechar, ele permanecera em sua casinha, fora da Cidade de Vidro, e tentara ensinar aos Nephilim que estavam dispostos a aprender. Ele sempre tinha esperança, mesmo quando se recusava a admitir.

Ragnor e Raphael. Ambos deveriam ser imortais. Magnus tinha pensado que os dois durariam para sempre, tal como ele, pelos séculos, que sempre haveria mais um encontro e mais uma chance. Mas eles se foram, e os mortais que Magnus amava estavam vivos. Era uma lição, pensou ele, amar enquanto era possível, amar o que era frágil, belo e ameaçado. Ninguém estava por perto para sempre.

Ragnor e Magnus não voltaram ao Peru e agora nunca voltariam. Claro, Magnus tinha sido banido de lá, sendo assim não poderia ir de qualquer forma.

— Você veio para a Academia por causa de Ragnor — falou Magnus para Catarina. — Pelo bem dos sonhos de Ragnor, para ver se você poderia ensinar os Caçadores a mudar. Desta vez, parece um lugar bem diferente. Você acha que conseguiu?

— Eu nunca pensei que conseguiria — falou Catarina. — Esse sempre foi o sonho de Ragnor. Eu fiz por ele e não pelos Caçadores de Sombras. Sempre pensei que a dedicação de Ragnor à docência era uma tolice. Não dá para ensinar a alguém que não deseja aprender.

— O que te fez mudar de ideia?

— Eu não mudei de ideia — revelou Catarina. — Desta vez, eles queriam aprender. Eu não teria conseguido isso sozinha.

— Quem ajudou? — insistiu Magnus.

Catarina sorriu.

— Nosso ex-Diurno, Simon Lewis. É um bom garoto. Poderia ter evitado isso por ser um herói de guerra, mas se declarou membro da escória, e continuou se manifestando mesmo sem ganhar nada. Eu tentei ajudá-lo, mas era tudo que eu poderia fazer, e só me restava esperar que fosse o suficiente. Um a um, os estudantes seguiram sua liderança e começaram a cair por causa dos modos estritamente Nephilim, feito um conjunto de dominós rebeldes. George Lovelace se mudou para o dormitório da escória com Simon. Beatriz Velez Mendoza e Julie Beauvale se juntaram a eles na hora das refeições. Marisol Rojas Garza e Sunil Sadasivan começaram a brigar com os garotos da elite em todas as oportunidades. As duas correntes se tornaram um grupo, um time, incluindo Jonathan Cartwright. Não era só Simon. São crianças que sabiam que os Caçadores de Sombras haviam lutado lado a lado com os seres do Submundo quando Valentim atacou Alicante. São crianças que viram a reitora Penhallow me receber na Academia. São as crianças de um mundo novo. Mas acho que precisavam de Simon aqui, para ser o catalisador.

— E de você, para ser a professora deles — emendou Magnus. — Você acha que encontrou uma nova vocação?

Ele baixou o olhar para ela, esbelta e da cor do céu azul no antigo quadro de pedra e limo do amigo deles. Ela fez uma careta horrível.

— Droga, não — retrucou Catarina Loss. — A única coisa mais horrível que a comida são todos esses adolescentes reclamões. Verei Simon Ascender em segurança e então cairei fora daqui, de volta ao hospital, onde há problemas mais fáceis de se lidar, como gangrena. Ragnor devia ser louco.

Magnus levou a mão de Catarina, que ele ainda segurava, até os lábios.

— Ragnor ficaria orgulhoso.

— Ah, pare com isso — falou Catarina, empurrando-o. — Você ficou sentimental depois que se apaixonou. E agora vai ficar pior ainda porque vocês têm um *bebê*. Eu me lembro de como era. Eles são tão pequenos e põe-se tanta esperança neles.

Magnus a encarou, assustado. Ela quase nunca mencionava a criança que tinha criado: o filho de Tobias Herondale. Em parte porque não era seguro. Não era um segredo que os Nephilim pudessem um dia saber, nem um pecado que pudessem perdoar. Em parte, Magnus sempre desconfiara: Catarina não falava dele porque doía demais.

Catarina captou o olhar do feiticeiro.

— Eu contei a Simon a respeito dele — explicou ela. — Sobre o meu garoto.

— Você deve confiar muito em Simon — falou Magnus lentamente.

— Quer saber? Confio sim. Tome, leve isto. Eu quero que você fique com elas. Já cansei disso.

Ela pegou a moeda antiga na escrivaninha e pôs na palma da mão de Magnus, que já segurava a carta de Raphael para Ragnor. Magnus fitou a moeda e a carta.

— Você tem certeza?

— Tenho — respondeu ela. — Li a carta um monte de vezes durante meu primeiro ano na Academia, para me lembrar do que eu estava fazendo aqui e do que Ragnor queria. Eu honrei o meu amigo. Quase completei minha tarefa. Fique com elas.

Magnus guardou a carta e o amuleto de boa sorte, enviado por um de seus amigos mortos a outro.

Ele e Catarina saíram juntos do quarto de Ragnor. Catarina falou que ia jantar, e Magnus considerou isso extremamente imprudente da parte dela.

— Não dá para você fazer algo seguro e relaxante, como pular de *bungee jump?* — perguntou ele, mas ela insistiu. Ele deu-lhe um beijo na bochecha. — Venha até o sótão mais tarde. Os Lightwood estarão lá e vou precisar de proteção. Vamos dar uma festa.

Ele se virou e a deixou, sem vontade de entrar no salão de jantar e encarar a meleca de lasanha novamente. Enquanto subia as escadas, encontrou Simon, que descia.

Magnus o encarou com ar pensativo, e Simon pareceu assustado com isso.

— Venha comigo, Simon Lewis — ordenou Magnus. — Vamos conversar.

Simon parou no topo de uma das torres da Academia dos Caçadores de Sombras com Magnus Bane, fitando o crepúsculo e sentindo-se vagamente inquieto.

— Eu poderia jurar que esta torre costumava ser torta.

— Hum. A percepção é uma coisa engraçada — falou Magnus.

Simon não sabia muito bem o que Magnus queria. Ele gostava do feiticeiro, mas nunca se abrira com ele, e agora Magnus lhe dava uma olhadela que dizia: *Qual é a sua, Simon Lewis?* Magnus até fazia a camiseta cinza velha que vestia parecer ligeiramente estilosa. Simon tinha certeza de que Magnus era descolado demais para se importar com *qual era a dele*.

Ele olhou para Magnus, que estava parado perto de uma das imensas janelas sem vidro da torre, com o vento noturno soprando seu cabelo para trás.

— Eu te disse uma vez — começou Magnus — que um dia, dentre todas as pessoas que nós conhecemos, nós dois talvez fôssemos os últimos a sobrar.

— Eu não me lembro — retrucou Simon.

— Por que deveria? — perguntou Magnus. — A não ser que algum tornado estranho leve todos a que você ama, isso não é verdade mais. Agora você é mortal. E mesmo um imortal pode ser assassinado. Talvez a torre desabe e faça todo mundo chorar por nós.

Era linda a visão da torre, das estrelas sobre os bosques. Simon queria descer.

Magnus enfiou a mão no bolso e retirou uma velha moeda entalhada. Simon não conseguia ler a inscrição no escuro, mas dava para ver que ela possuía uma.

— Ela pertenceu a Raphael. Você se lembra dele? — perguntou Magnus. — O vampiro que transformou você.

— Pouca coisa — disse Simon. — Lembro que ele me disse que Isabelle não era para mim.

Magnus virou o rosto, sem conseguir esconder um sorriso.

— Isso parece típico de Raphael.
— Eu me lembro de... ter sentido a morte dele — emendou Simon, e sua voz ficou presa na garganta. Essa era a pior das lembranças roubadas, o peso da memória permanecendo quando tudo o mais tinha ido embora, sentir a perda sem saber o que tinha perdido. — Ele era importante para mim, mas não sei se gostava de mim. Não sei se eu gostava dele.
— Ele sentia-se responsável por você — falou Magnus. — Hoje me ocorreu que talvez eu devesse me sentir responsável por você da mesma forma. Fui eu quem fez o feitiço que trouxe suas lembranças de volta; fui eu quem determinou seu caminho até a Academia dos Caçadores de Sombras. Raphael foi o primeiro a colocar você em outro mundo, mas eu também o fiz.
— Eu fiz minhas escolhas — retrucou Simon. — Você me deu a oportunidade de fazer isso. Não lamento que você tenha feito. Você lamenta por ter restaurado minhas lembranças?
Magnus sorriu.
— Não. Não lamento. Catarina me contou um pouco do que está acontecendo na Academia. Parece que você tem se saído bem tomando suas decisões sem mim.
— Eu tenho tentado — falou Simon.
Ele ficara impressionado com o fato de Alec tê-lo elogiado, e não imaginava que Magnus fosse fazer o mesmo. Mas ficou emocionado com as palavras de Magnus, e subitamente sentiu calor por toda parte, apesar do vento que descia da friagem cristalina no céu. Magnus não estava falando sobre seu passado meio esquecido, mas sobre o que ele era agora e o que tinha feito com sua vida desde então.
Não era nada impressionante, mas ele vinha tentando.
— Também ouvi dizer que você teve uma aventurazinha no Reino das Fadas — observou Magnus. — Também tivemos problemas em Nova York com vendedores de frutas das fadas. Parte da loucura das fadas é por causa da Paz Fria em si. Um povo traiçoeiro se torna indigno de qualquer confiança. Além disso, tem mais uma coisa errada. O Reino das Fadas não é um reino sem leis e sem governantes. A Rainha aliada de Sebastian desapareceu e há muitos rumores obscuros sobre o motivo. Nenhum dos quais eu repetiria para a Clave porque eles apenas imporiam punições mais severas para as fadas. Eles se tornam mais severos, as fadas, mais loucas, e o ódio de ambos os lados aumenta diariamente. Há tempestades atrás de você, Simon. Mas tem outra tempestade maior vindo. Todas as regras antigas estão caindo. Você está pronto para outra tempestade?
Simon ficou em silêncio. Não sabia como responder.

— Eu vi você com Clary e com Isabelle — prosseguiu Magnus. — Sei que você está em vias de Ascensão, para ter um *parabatai* e um amor entre os Caçadores de Sombras. Você está feliz com isso? Tem certeza?

— Não sei o que é ter certeza — retrucou Simon. — Nem sei o que é estar pronto. Não dá para dizer que eu não tenho tido dúvidas, que eu não tenho pensado em voltar e ser um garoto numa banda do Brooklyn. Algumas vezes acho que é muito difícil acreditar em si mesmo. Você simplesmente faz as coisas que não tem certeza se sabe fazer. Você simplesmente age, apesar de não ter certeza. Eu não acredito que possa mudar o mundo... Isso soa tolo até mesmo na hora de falar, mas vou tentar.

— Nós todos mudamos o mundo ao viver nele todos os dias — explicou Magnus. — Você só tem que decidir *como* quer mudar o mundo. Eu te trouxe para este mundo, pela segunda vez, e embora suas escolhas sejam pessoais, assumo um pouco da responsabilidade. Mesmo que você se comprometa, há opções. Eu poderia providenciar para você voltar a ser vampiro ou lobisomem. As duas são arriscadas, mas nada é tão arriscado quanto a Ascensão.

— Sim. Eu quero tentar mudar o mundo como um Caçador de Sombras — falou Simon. — De verdade. Quero tentar mudar a Clave de dentro dela. Quero esse poder em particular de ajudar as pessoas. Vale o risco.

Magnus assentiu.

Simon falava sério, pensou Magnus, quando dissera que suas escolhas eram pessoais. Ele tinha deixado que Simon decidisse, naquele dia no Brooklyn em que ele e Isabelle o abordaram diante da escola. Agora ele não o questionava, embora temesse que escolher ser um Caçador de Sombras e não um ser do Submundo pudesse tê-lo ofendido. Ele não queria ser como os Caçadores de Sombras, que agiam como se fossem melhores. Ele queria ser um tipo totalmente diferente de Caçador de Sombras.

Magnus não parecia ofendido. Ele parou no topo da torre, na pedra sob a luz das estrelas, virando várias vezes entre os dedos a moeda que tinha pertencido ao morto. Parecia pensativo.

— Você já pensou em seu nome de Caçador de Sombras?

— Hum... — retrucou Simon timidamente. — Um pouco. Na verdade, eu estava me perguntando... qual é seu nome verdadeiro?

Magnus lhe deu uma olhadela de soslaio. Ninguém dava essa olhadela como alguém com olhos de gato.

— Magnus Bane — falou ele. — Eu sei que você esqueceu um bocado de coisas, Smedley, mas *sério*.

Simon aceitou a súbita reprovação. Ele compreendia por que Magnus contestaria a implicação de que o nome que escolhera para se definir, mantido ao longo dos anos e tornado-se tanto infame quanto ilustre, não era verdadeira.

— Desculpe. É que minha mente fica voltando aos nomes. Se eu sobreviver à Ascensão, terei que escolher um nome de Caçador de Sombras. Não sei como escolher o nome certo... Não sei como escolher aquele que vá significar alguma coisa, que vá significar mais do que qualquer outro nome significaria.

Magnus franziu a testa.

— Eu não sei bem se sou talhado para esse negócio de conselhos sábios. Talvez eu devesse usar uma barba branca falsa para me convencer de que sou um sábio. Escolha o que parecer certo e não se preocupe demais — disse Magnus finalmente. — Vai ser o seu nome. Você vai ter que conviver com ele. Você vai dar significado a ele, e não o contrário.

— Vou tentar — falou Simon. — Tem algum motivo pelo qual "Magnus Bane" foi o nome certo?

— Magnus Bane foi o nome certo por um monte de motivos — retrucou o feiticeiro, o que não era exatamente uma resposta. Ele pareceu perceber a decepção de Simon e teve pena dele, pois acrescentou: — Eis uma delas.

Magnus girou a moeda entre os dedos, o círculo de metal se movimentando cada vez mais depressa. Linhas azuis de magia pareciam brotar de seus anéis, uma pequena tempestade surgindo na palma da mão e capturando a moeda numa rede de raios.

Então Magnus jogou a moeda da torre, em meio ao vento noturno. Simon viu a moeda caindo, ainda tocada pelo fogo azul, indo além dos limites do terreno da Academia.

— Existe um fenômeno científico para descrever algo que acontece quando um objeto está em movimento. Você acha que sabe exatamente qual caminho ele vai tomar e onde vai terminar. Então subitamente, sem motivo, você vê... a trajetória mudar. Ele vai para alguma parte que você nunca imaginou.

Magnus estalou os dedos e a moeda ziguezagueou no ar, retornando para eles enquanto Simon observava, sentindo como se estivesse vendo a magia pela primeira vez. O feiticeiro deixou a moeda cair na mão do rapaz e sorriu, um sorriso ardente e rebelde, e os olhos dourados como um tesouro recém-descoberto.

— Esse fenômeno se chama efeito Magnus — explicou ele.

✳ ✳ ✳

— Fzzzz — falou Clary, a cabeça ruiva e brilhante pairando sobre a cabecinha azul-escura do bebê. Ela deu beijinhos nas bochechas do bebê e zumbiu como uma abelha ao fazer isso, e o bebê deu risadinhas e segurou os cachos do cabelo dela. — Fzzzz, fzzz, fzzzz. Eu não sei o que estou fazendo. Nunca convivi muito com bebês. Durante dezesseis anos pensei que fosse filha única, bebê. E depois disso, bebê, você não vai querer saber o que eu passei. Por favor, me perdoe se eu estiver fazendo isso errado, bebê. Você gosta de mim, bebê? Eu gosto de você.

— Me dá o bebê — pediu Maryse, enciumada. — Você já ficou com ele por quatro minutos inteiros, Clarissa.

Era uma festa na suíte de Magnus e Alec, e o jogo escolhido era "passar o bebê". Todos queriam segurá-lo. Simon tentara descaradamente bajular o pai de Isabelle ao ensinar Robert Lightwood a usar o cronômetro do relógio digital de Simon. Agora Robert segurava o relógio com um aperto mortal e o examinava cuidadosamente. Em dezesseis minutos seria a vez de ele pegar o bebê outra vez. Robert apertou o ombro de Simon e agradeceu.

— Obrigado, filho. — Simon considerou isso uma bênção ao fato de ele estar saindo com a filha de Robert. E não lamentou a perda do relógio.

Clary devolveu o bebê e se recostou no sofá entre Simon e Jace. O sofá rangia perigosamente enquanto ela se ajeitava. Talvez Simon estivesse mais seguro na antiga torre torta, mas ele estava disposto a correr perigo se pudesse ficar perto de Clary.

— Ele é tão fofo — murmurou Clary para Jace e Simon. — Mas é esquisito pensar que ele é de Alec e Magnus. Quero dizer, dá pra imaginar?

— Não é tão esquisito assim — falou Jace. — Quero dizer, eu consigo *imaginar*.

Um rubor percorreu as maçãs do rosto dele. E Jace foi bem para o cantinho do sofá enquanto Simon e Clary se viravam e o encaravam.

Clary e Simon continuaram a olhá-lo com ar de reprovação. Isso deixou Simon feliz. Julgar as pessoas era uma parte essencial das melhores amizades.

Então Clary se inclinou para a frente e deu um beijo em Jace.

— Vamos retomar esta conversa em dez anos — falou ela. — Talvez em mais tempo! Vou dançar com as garotas.

Ela se juntou a Isabelle, que já dançava ao som da música baixinha em meio a um círculo de admiradores que tinham vindo porque ouviram dizer que ela havia voltado. Na frente de todos eles estava Marisol, que, Simon tinha certeza, estava determinada a ser como Isabelle quando crescesse.

A comemoração pela chegada do bebê Lightwood estava em seu auge. Simon sorriu, observando Clary. Ele se lembrava de algumas vezes em que ela ficara cautelosa perto de outras garotas, e em vez disso eles ficavam juntos. Era bom ver Isabelle esticando as mãos para Clary e ver a outra apertá-las sem hesitar.

— Jace — falou Simon enquanto o outro observava Clary e sorria. Jace o encarou e pareceu aborrecido. — Você se lembra de quando me contou que queria que eu conseguisse me lembrar?

— Por que você está me perguntando se eu tenho memória das coisas? — perguntou Jace, falando como se definitivamente estivesse aborrecido. — Não sou eu quem tem problemas para recordar das coisas. Lembra-se?

— Só fiquei pensando no que você queria dizer com isso.

Simon esperou, dando a Jace uma oportunidade de tirar vantagem de sua amnésia demoníaca, contando-lhe mais um falso segredo. Em vez disso, Jace pareceu incrivelmente inquieto.

— Nada — falou. — O que eu quis dizer com aquilo? Nada.

— Será que você apenas queria que eu me lembrasse do passado em geral? — quis saber Simon. — Então eu me lembraria de todas as aventuras que tivemos e de quantos laços masculinos nós dois criamos?

Jace continuou com a expressão de inquietação. Simon se lembrou de Alec comentando que ele estava muito aborrecido.

— Espera aí, será que foi isso mesmo? — perguntou Simon, incrédulo. — Você sentiu saudade de *mim*?

— Claro que não! — berrou Jace. — Eu nunca sentiria sua falta. Eu, hum, estava falando sobre uma coisa específica.

— Tudo bem. Então... que coisa específica você queria que eu me recordasse? — quis saber Simon. E fitou Jace, desconfiado. — Tem a ver com a mordida?

— Não! — retrucou Jace.

— Foi um momento especial para você? — insistiu. — Um momento que nós compartilhamos?

— Lembre-se desse momento — falou Jace. — Na próxima oportunidade, vou deixar você morrer no fundo de um barco demoníaco. E eu quero que você se lembro do porquê.

Simon sorriu para si.

— Você não vai, não. Você nunca me deixaria morrer no fundo de um barco demoníaco — resmungou ele enquanto Alec caminhava até o sofá torto e Jace parecia ultrajado pelo que estava ouvindo.

— Simon, normalmente é um prazer conversar com você — falou Alec. — Mas será que eu poderia dar uma palavrinha com Jace?

— Ah, claro — retrucou Simon. — Jace, eu tinha me esquecido do que estava tentando falar com você. Mas agora me lembro muito claramente. Alec e eu conversamos um pouco sobre o problema dele comigo. Você sabe, aquele que você me disse que ele tinha. O segredo terrível.

Os olhos dourados de Jace ficaram inexpressivos.

— Ah — falou.

— Você se acha muito engraçado, não acha?

— Embora eu entenda que vocês dois estão um pouco aborrecidos comigo, e que talvez esta não seja a hora de elogiar a mim mesmo — falou Jace lentamente —, a sinceridade me obriga a dizer: sim, eu acho que sou engraçado. As pessoas dizem: "Lá vai Jace Herondale. Humor cortante, e totalmente mordaz. É um fardo que Simon nunca vai poder entender."

— Alec vai matar você — informou Simon, e deu um tapinha no ombro de Jace. — E eu acho justo. Pelo conjunto da obra, sentirei sua falta, amigão.

Ele levantou do sofá. E Alec foi para cima de Jace.

Simon confiava em Alec para se vingar pelos dois. Já havia perdido tempo suficiente com a piada boba de Jace.

George dançava com Julie e Beatriz, fazendo palhaçadas para que elas rissem. Beatriz já gargalhava, e Simon achava que Julie riria em breve.

— Vamos, dançar comigo não é tão ruim — falou George para Julie. — Posso não ser Magnus Bane... — Ele fez uma pausa e deu uma olhadela para Magnus, que vestia uma camisa preta de gaze com lantejoulas azuis brilhantes por baixo. — Com certeza eu não ia conseguir vestir aquilo — emendou ele. — Mas eu malho! E tenho sotaque escocês.

— Você sabe que está certo — falou Simon. Ele fez um "toca aqui" com George e sorriu para as garotas, mas já passava por elas a caminho do centro dos dançarinos.

Ao encontro de Isabelle.

Ele chegou por trás e passou o braço ao redor da cintura dela, que se reclinou para ele. Usava pela segunda vez o vestido do dia em que ele a conhecera, lembrando-o da noite estrelada acima da Academia dos Caçadores de Sombras.

— Ei — murmurou ele. — Quero te dizer uma coisa.

— O que é? — sussurrou Isabelle em resposta.

Simon a virou para si e ela permitiu. Ele achava que deviam conversar cara a cara.

Atrás dela, ele podia ver Jace e Alec. Estavam se abraçando, e Alec dava risadas. Jace dava tapinhas em suas costas, como se o parabenizasse. Pior para a terrível vingança, embora Simon realmente não pudesse dizer que se importava.

— Eu queria dizer, antes de tentar Ascender... — começou ele.

O sorriso desapareceu do rosto de Isabelle.

— Se este é um discurso do tipo se-eu-morrer, nem quero ouvir — falou ela com hostilidade. — Você não vai fazer isso comigo. Não vai nem pensar em morrer. Você vai ficar bem.

— Não — retrucou Simon. — Você entendeu tudo errado. Eu queria dizer isso agora porque, se eu Ascender, vou ter minhas lembranças de volta.

Isabelle pareceu confusa em vez de irritada, o que era uma melhoria.

— O que é então?

— Não importa se as lembranças voltarem ou não — falou Simon. — Não importa se outro demônio me causar amnésia amanhã. Eu conheço você. Você vai me encontrar novamente, vai me resgatar, não importa o que aconteça. Você vai atrás de mim, e eu vou descobrir você de novo. Eu te amo. Eu te amo sem as lembranças. Eu te amo neste minuto.

Fez-se uma pausa, interrompida por coisas irrelevantes como a música e o murmúrio de todas as pessoas ao redor deles. Ele não conseguia interpretar a expressão no rosto de Isabelle.

A menina falou numa voz calma:

— Eu sei.

Simon a encarou.

— Será que isso foi... — começou ele lentamente. — Será que foi uma citação de *Star Wars*? Porque se foi, eu queria declarar mais uma vez o meu amor.

— À vontade então — falou Isabelle. — Eu falei sério. Diga tudo de novo. Já faz um tempinho que estou esperando.

— Eu te amo — repetiu Simon.

Isabelle estava rindo. Simon teria pensado que ficaria horrorizado de dizer tais palavras para uma garota e vê-la rindo dele. Mas Isabelle o surpreendia sempre. Ele não conseguia parar de olhar para ela.

— Sério? — perguntou ela, e seus olhos brilhavam. — Sério?

— Sério — falou Simon.

Ele a puxou para mais perto, então eles dançaram juntos, no último andar da Academia, no coração da família de Isabelle. Como já fazia um tempinho que ela vinha esperando por isso, ele ficou repetindo sem parar.

Magnus não encontrava o bebê. Isso não parecia um bom sinal para o futuro. Magnus tinha certeza de que o correto era saber exatamente onde ele estava.

Finalmente ele localizou o bebê com Maryse, que o agarrara em triunfo e correra para papariscar seu tesouro na cozinha.

— Ah, olá — falou ela, com expressão um pouco culpada.

— Olá, você — respondeu Magnus, e passou a mão em concha sobre a cabecinha azul, sentindo os cachinhos. — E olá para você.

O bebê soltou um breve gemido irritado. Magnus achava que estava aprendendo a distinguir dentre os diferentes gemidos e, com magia, fez aparecer no mesmo instante uma mamadeira com leite. O pequeno esticou os braços e Maryse visivelmente reuniu força de vontade para entregar o bebê.

— Você é bom com ele — comentou Maryse enquanto Magnus enfiava o bebê no canto do braço e colocava a mamadeira em sua boquinha.

— Alec é melhor — retrucou Magnus.

Maryse sorriu e pareceu orgulhosa.

— Ele é muito maduro para a idade que tem — falou carinhosamente, e hesitou. — Eu... não era... na idade dele, quando fui mãe... Eu não... me comportava de um jeito que gostaria que qualquer um dos meus filhos visse. Não que isso seja desculpa.

Magnus baixou o olhar para o rosto de Maryse. Ele se lembrou de tê-la enfrentado uma vez, há muito tempo, quando ela era uma das discípulas de Valentim e ele sentira como se fosse odiá-la e a qualquer um ligado a ela para sempre.

Ele também se lembrou de escolher perdoar outra mulher que estivera ao lado de Valentim, e que fora até ele com uma criança nos braços, querendo consertar as coisas. Esta mulher era Jocelyn, e o bebê tinha se tornado Clary, a primeira e única criança que Magnus já vira crescer.

Ele nunca tinha imaginado que teria o próprio filho para ver crescer.

Maryse retribuiu o olhar, de pé, muito aprumada. Talvez ele estivesse enganado ao imaginar como ela se sentira durante todos esses anos; talvez ela nunca tivesse resolvido ignorar o passado, e pensou, com orgulho

Nephilim, que ele deveria seguir o que ela dizia. Talvez ela sempre tivesse querido se desculpar, mas sempre fosse orgulhosa demais.

— Ah, Maryse — falou Magnus. — Esqueça. Falo sério, nem mencione isso de novo. Numa dessas viradas inesperadas, nós agora somos uma família. Todas as belas surpresas é que fazem a vida digna de ser vivida.

— Você ainda se surpreende?

— Todos os dias — falou Magnus. — Em especial, desde que conheci seu filho.

Ele saiu da cozinha com o filho nos braços e Maryse o seguiu, retornando para a festa.

Seu amado Alec, modelo de maturidade, parecia bater repetidamente na cabeça de seu *parabatai*. Da última vez que Magnus os vira, eles estavam abraçados, portanto ele imaginava que Jace tivesse feito uma de suas muitas piadas infelizes.

— Qual é o seu problema? — quis saber Alec. Ele riu e continuou dando golpes enquanto Jace desabava no sofá e fazia as almofadas voarem; uma visão da graça dos Caçadores de Sombras. — Sério, Jace, qual é o seu problema?

Parecia uma pergunta razoável para Magnus.

Ele olhou ao redor do cômodo. Simon dançava muito mal com Isabelle, e ela não parecia se importar. Clary pulava com Marisol, e mal superava a estatura da outra. Perto da janela, Catarina parecia estar arrancando todo o dinheiro de Jon Cartwright nas cartas.

Robert Lightwood estava de pé ao lado de Magnus. Robert tinha que parar de se aproximar assim das pessoas. Alguém ia ter um ataque do coração.

— Olá, rapazinho — falou Robert. — Aonde vocês foram?

E deu uma olhadela desconfiada a Maryse, que revirou os olhos.

— Magnus e eu estávamos conversando — falou ela, tocando o braço de Magnus.

O comportamento dela fazia total sentido para Magnus: conquiste o genro, ganhe mais acesso ao neto. Ele tinha visto esse tipo de interação familiar antes, mas nunca tinha imaginado tomar parte nela.

— Ah? — falou Robert, ansioso. — Vocês já escolheram o nome dele?

A música parou de tocar justamente quando Robert fez a pergunta. A voz retumbante soou no silêncio.

Alec saltou por cima de Jace e do encosto do sofá para ficar ao lado de Magnus. O sofá tombou delicadamente, com Jace ainda preso nas almofadas.

Magnus olhou para Alec, que retribuiu o olhar, a esperança brilhando em seu rosto. Isso era algo que não tinha mudado em Alec durante o tempo que os dois estavam juntos: ele não tinha nenhuma astúcia, nem usava truques para esconder seus sentimentos. Magnus esperava que ele nunca perdesse aquilo.

— Na verdade, nós conversamos sobre isso — falou Magnus. — E gostamos da ideia de vocês.

— Vocês querem dizer... — começou Maryse.

Magnus inclinou a cabeça o mais próximo que conseguiu de uma reverência enquanto segurava o bebê.

— Tenho o prazer de apresentar todos vocês — falou ele — a Max Lightwood.

Magnus sentiu a mão de Alec apoiada em suas costas, calorosa com gratidão e segura como o amor. Ele baixou o olhar para o rosto do bebê. A criança parecia muito mais interessada na mamadeira do que no próprio nome.

Chegaria o momento em que a criança, por ser feiticeira, escolheria o nome que portaria ao longo dos séculos. Até então, quando ele tivesse idade suficiente para decidir quem queria ser, Magnus achava que poderia escolher um nome bem pior do que este, sinal de amor e aceitação, tristeza e esperança.

Max Lightwood.

Uma das belas surpresas da vida.

Eles ouviram um burburinho baixinho, satisfeito, murmúrios de prazer e aprovação. Então Maryse e Robert começaram a brigar pelo nome do meio.

— Michael — repetiu Robert, um homem teimoso.

Catarina se aproximou, enfiando um rolo de notas de dinheiro no sutiã e por conseguinte deixando de parecer a professora mais adequada da história.

— Que tal Ragnor? — perguntou ela.

— Clary — falou Jace do sofá que desabara. — Me ajude. Está tudo escuro.

Magnus se afastou do debate porque a mamadeira de Max estava quase vazia e o bebê começava a chorar.

— Não lhe dê uma mamadeira de magia, prepare uma de verdade — sugeriu Alec. — Se ele se acostumar com você dando a mamadeira mais rápido, vai querer que você o alimente sempre.

— Isso é chantagem! Não chore — pediu Magnus ao filho, voltando para a cozinha para poder preparar uma mamadeira manualmente.

Preparar o leite em pó não foi tão difícil. Magnus tinha observado Alec fazer isso diversas vezes e descobriu-se capaz de preparar imitando os movimentos de Alec.

— Não chore — falou ele baixinho para Max enquanto o leite aquecia. — Não chore nem cuspa na minha camisa. Se fizer uma dessas coisas, eu posso perdoar, mas ficarei chateado. Quero que a gente se dê bem.

Max continuou chorando. Magnus agitou os dedos da mão livre acima do rosto do bebê, desejando que não fosse errado fazer um feitiço para calá-lo.

Para sua surpresa, Max parou de chorar, do mesmo modo que tinha feito no dia anterior ao ser transferido para os braços de Alec. Com um olhar transparente, interessado, ele observou as fagulhas lançadas pelos anéis de Magnus sobre seu rosto.

— Viu? — perguntou o feiticeiro, devolvendo a mamadeira novamente cheia para o bebê. — Eu sabia que a gente ia se entender.

Magnus foi até a porta da cozinha e ficou parado ali, aninhando Max em seus braços, para assim poder observar a festa. Três anos atrás, ele não teria pensando que isto seria possível. Neste cômodo havia tantas pessoas com as quais ele tinha alguma ligação. Tanta coisa tinha mudado e havia tanto potencial para a mudança. Era assustador pensar que tudo isso poderia ser perdido e revigorante pensar em tudo que ele ganhara.

Ele olhou para Alec, de pé entre os pais, a postura confiante e relaxada, e a boca curvada num sorriso por causa de alguma coisa que eles disseram.

— Talvez um dia sejamos apenas eu e você, minha bolinha azul — falou Magnus em tom casual. — Mas ainda vai demorar muito, muito. Vamos tomar conta dele, você e eu. Não vamos?

Max Lightwood fez um som de gorgolejo feliz, que Magnus tomou como concordância.

O cômodo luminoso e quente não era um mau começo para uma criança saber que havia mais na vida do que algumas pessoas jamais aprendiam, que havia amor infinito para se encontrar e tempo para descobri-lo. Magnus tinha que acreditar nisto também, que haveria tempo, por seu filho, por seu amado, por todos os mortais que brilhavam e se apagavam, pelos imortais que lutavam e persistiam e que ele conhecia.

Ele pôs a mamadeira de lado e encostou os lábios nos cachos arrepiados que cobriam a cabeça do filho. Ouviu Max resmungar baixinho em seu ouvido:

— Não se preocupe — murmurou Magnus em resposta. — Estamos todos juntos nisso.

Anjos que caem duas vezes

por Cassandra Clare e Robin Wasserman

Simon sabia que se olhasse para cima, poderia encontrar os olhos de Isabelle e captar a força deles. Poderia perguntar em silêncio para eles se este era o caminho certo, e eles o tranquilizariam.
Mas esta escolha não poderia pertencer a eles. Tinha que ser de Simon, e só dele.

Anjos que caem duas vezes

— Acho que a gente devia fazer um funeral — falou George Lovelace, a voz tremendo na última palavra. — Um funeral adequado.

Simon Lewis interrompeu suas tarefas e deu uma olhadela para o colega de quarto. George era o tipo de cara que Simon antigamente costumava odiar à primeira vista, supondo que qualquer um com aquele brilho bronzeado, abdômen de tanquinho, aquele sotaque escocês absurdamente sexy (pelo menos de acordo com todas as garotas e alguns garotos com quem Simon tinha verificado) provavelmente tinha um cérebro do tamanho de um cocô de rato e uma personalidade igualmente atraente. Mas diariamente George fazia Simon mudar de ideia. Tal como neste momento, limpando alguma coisa que estranhamente se assemelhava a uma lágrima.

— Você está... *chorando?* — perguntou Simon, incrédulo.

— Claro que não. — George limpou os olhos furiosamente mais uma vez. — Bem, em minha defesa — emendou ele, com voz apenas ligeiramente constrangida —, a morte é uma coisa terrível.

— É um rato morto — observou Simon. — Um rato morto no *seu sapato*, eu deveria acrescentar. — Simon e George descobriram que a chave da felicidade no relacionamento de colegas de quarto era uma divisão de trabalho bem definida. Por isso George era o responsável por retirar todas as criaturas (ratos, lagartos, baratas, a ocasional criatura que parecia uma estranha mistura dos três e cujo ancestral, provavelmente, insultara um feiticeiro), encontradas nos armários ou debaixo das camas. Simon lidava com todas aquelas criaturas que rastejavam no meio das peças de roupa e, ele estremeceu ao se recordar do momento em que se dera conta de que esta tarefa precisava ser feita debaixo dos travesseiros. — Além disso, é bom registrar, somente um de nós realmente *já foi* um rato... e você vai notar que ele não está chorando.

— Este pode ser o último rato morto que encontraremos! — fungou George. — Pense nisso, Si. — Este poderia ser o último rato morto compartilhado em nossas vidas.

Simon suspirou. Conforme o Dia da Ascensão se aproximava (o dia em que eles deixariam oficialmente de ser alunos e começariam a ser Caçadores de Sombras), George vinha apontando, em tom de lamento, a última vez que eles faziam qualquer coisa. Agora, quando a lua nascia naquela última noite dos dois na Academia, ele aparentemente tinha perdido a cabeça. Um pouco de nostalgia fazia sentido para Simon: naquela manhã, na última (para sempre) sessão de educação física, Delaney Scarsbury o chamara de merenda do diabo, quatro olhos, braços de espaguete e pernas arqueadas pela última vez, e quase Simon respondera com um *obrigado*. E naquela noite a última tigela de creme "sabor carne" efetivamente lhes dera um nó na garganta.

Mas se descontrolar por causa de um rato com patas rígidas e pé de atleta? Isso era levar as coisas longe demais.

Usando a capa sobressalente do antigo manual de demonologia, Simon conseguiu retirar o rato do sapato sem tocar nele. Ele o despejou em um dos sacos plásticos que Isabelle trouxera especificamente para esta finalidade, amarrou o saco bem apertado, depois, cantarolando, o jogou na lata de lixo.

— Descanse em paz, Jon Cartwright XXXIV — falou George solenemente.

Eles chamavam todos os ratos de Jon Cartwright — um fato que enlouqueceria o Jon Cartwright original. Simon sorriu ao pensar na testa do colega irritantemente confiante ficando vermelha de raiva, e naquela veia no pescoço nojento e musculoso começando a pulsar. Talvez George tivesse razão.

Talvez, um dia, eles fossem até mesmo sentir falta dos ratos.

Simon nunca se dedicara muito a imaginar o dia de sua formatura, muito menos a véspera. Como se a formatura e o baile parecessem rituais destinados a um tipo de adolescente muito diferente: os atletas e as líderes de torcida com letras bordadas nos casacos e cheios de espírito escolar, figuras que ele conhecia basicamente de filmes ruins. Nada de festas com bebidas para ele, nem despedidas chorosas ou sexo irresponsável, tudo repleto de nostalgia e cerveja barata. Dois anos atrás, se tivesse se dado ao trabalho de pensar nisso, Simon teria imaginado que passaria aquela noite como a maioria de suas noites no Brooklyn, no Java Jones, com Eric e os outros caras, bebendo muito café e pensando em nomes para a banda. (*Rato Morto no Tênis*, pensou Simon, por força do hábito. *Ou talvez Funeral do Roedor.*)

Claro, isso era na época que ele achava que sairia do colégio diretamente para a universidade, e que chegaria a ser um astro do rock... ou pelo menos ter um emprego relativamente legal numa gravadora relativamente legal. Mas isso foi antes de ele saber da existência dos tais demônios, antes de saber que havia uma raça de guerreiros superpoderosos com sangue de anjo que juraram solenemente combatê-los — e definitivamente, antes de ele se oferecer para ser um deles.

Por isso, em vez do Java Jones, ele estava na sala de estar dos alunos da Academia, semicerrando os olhos à luz das velas, inspirando poeira de dois séculos e evitando os olhares intimidadores de nobres Caçadores de Sombras, cujas retratos cobriam o cômodo, com expressões que pareciam dizer: *Como é que você poderia imaginar que seria um de nós?* Em vez de Eric, Matt e Kirk, que ele conhecia desde o jardim de infância, Simon tinha amigos que havia conhecido apenas dois anos antes; um deles tinha um carinho imenso por ratos e o outro partilhava seu nome com eles. Em vez de especular sobre seu futuro no rock, eles estavam se preparando para uma vida de combates com o mal multidimensional. Supondo, claro, que eles sobrevivessem à formatura.

O que não era exatamente uma suposição segura.

— Como você acha que vai ser? — perguntava Marisol Garza agora, aninhada sob o braço musculoso de Jon Cartwright, e ela parecia quase feliz por estar ali. — A cerimônia, quero dizer. O que você acha que vamos ter que fazer?

Jon, assim como Julie Beauvale e Beatriz Mendoza, descendia de uma longa linhagem de Caçadores de Sombras. Para eles, o dia de amanhã era apenas mais um dia, a despedida oficial da vida estudantil. Hora de parar de treinar e começar a lutar.

Mas para George, Marisol, Simon, Sunil Sadasivan e um bocado de outros alunos mundanos, o dia de amanhã se agigantava como o dia em que eles Ascenderiam.

Ninguém sabia ao certo o que isso queria dizer: Ascensão. Muito menos o que impunha. Disseram muito pouco a respeito: que eles iam beber do Cálice Mortal. Que beberiam do sangue de um anjo, assim como o primeiro da raça guerreira — Jonathan Caçador de Sombras. Que, se tivessem sorte, se transformariam ali mesmo em Caçadores de Sombras, de sangue puro e genuínos. Que diriam adeus para sempre às vidas mundanas e se dedicariam a uma vida destemida de serviços à humanidade.

Ou, se tivessem muito azar, teriam uma morte imediata e provavelmente repugnante.

Isso não deixava a noite exatamente festiva.

— Fico me perguntando: o que tem no Cálice? — quis saber Simon. — Vocês não acham que é sangue de verdade, acham?

— Essa não é sua especialidade, Lewis? — zombou Jon.

George suspirou, melancólico.

— É a última vez que Jon faz uma piada idiota sobre vampiros.

— Eu não contaria com isso — resmungou Simon.

Marisol bateu no ombro de Jon.

— Cala a boca, idiota — falou. Mas disse com ternura demais para o gosto de Simon.

— Aposto que é água — observou Beatriz, sempre bancando a pacificadora. — Água que você deveria fingir que é sangue ou que o Cálice transforma em sangue ou coisa assim.

— Não importa o que tem no Cálice — falou Julie do seu melhor jeito sabe-tudo e antipático, embora fosse evidente que ela não sabia mais do que o restante deles. — O Cálice é mágico. Provavelmente vocês beberiam ketchup dele e ainda assim funcionaria.

— Então eu torço para que seja café — disse Simon com um de seus suspiros melancólicos. A Academia era uma zona livre de cafeína. — Eu seria um Caçador de Sombras bem melhor se Ascendesse com muita cafeína.

— Sunil contou que ouviu dizer que é água do Lago Lyn — falou Beatriz, desconfiada. Simon torcia para ela estar certa em seu ceticismo; seu último encontro com a água do Lago Lyn tinha sido perturbador, para dizer o mínimo. E dado que havia uma porcentagem desconhecida de mundanos que morriam na Ascensão, parecia que o Cálice não precisava de ajuda extra no front ocasionalmente fatal.

— E por falar nisso, onde está Sunil? — perguntou Simon. Eles não tinham exatamente planejado se encontrar hoje à noite, mas a Academia oferecia opções limitadas de diversão, pelo menos, se você não gostasse de passar seu tempo livre acidentalmente trancado nas masmorras ou perseguindo a lesma gigante mágica, que diziam que se arrastava pelos corredores horas antes da aurora. Na maior parte das noites dos últimos meses, Simon e os amigos tinham terminado aqui, conversando sobre o futuro, e ele tinha achado que eles passariam a última noite do mesmo jeito.

Marisol, que era quem conhecia melhor Sunil, deu de ombros.

— Talvez ele esteja "pensando nas opções". — Ela torceu os dedos diante da frase. Era assim que a reitora Penhallow tinha aconselhado os alunos mundanos a passar sua última noite, assegurando que não era vergonha desistir no último segundo.

— Humilhação. Constrangimento pelo resto da vida pela covardia mundana e culpa por perder todo nosso precioso tempo — rosnara Scarsbury para eles, e então quando a reitora lançou um olhar de reprovação, ele emendou: — Mas, claro, não é vergonha alguma.

— Ora, ele não deveria estar "repensando"? — perguntou Julie. — Será que nós todos não deveríamos? Não é, tipo, frequentar a faculdade dos doutores e fazer o juramento de Hipócrita ou coisa assim. Você não muda de ideia.

— Para começo de conversa, é juramento de Hipócrates — corrigiu Marisol.

— E se chama faculdade *de medicina* — emendou Jon, parecendo muito orgulhoso de si. Marisol o havia introduzido à vida mundana. Contra a vontade dele, ou assim Jon fizera os outros acreditarem.

— Em segundo lugar — acrescentou Marisol —, por que você acharia que um de nós pode mudar de ideia sobre ser um Caçador de Sombras? Por acaso *você* está planejando mudar de ideia sobre ser um Caçador de Sombras?

Julie pareceu afrontada pela ideia.

— Eu *sou* uma Caçadora de Sombras. Você poderia muito bem ter perguntado se eu pretendo mudar de ideia sobre estar viva.

— Então o que te faz pensar que é diferente de nós? — questionou Marisol com veemência. Ela era dois anos mais nova e muito mais baixa do que eles, mas algumas vezes Simon a considerava a mais corajosa. Certamente era alguém em quem ele apostaria numa luta. (Marisol lutava bem — e quando era necessário também lutava sujo.)

— Ela não estava falando sério — disse Beatriz gentilmente.

— Não estava mesmo — retrucou Julie com rapidez.

Simon sabia que era verdade. Julie não conseguia evitar soar como uma esnobe que odiava mundanos às vezes, da mesma forma que Jon não conseguia evitar falar como... bem, como um babaca às vezes. Era isso que eles eram, e Simon percebia que, de modo inexplicável, ele não queria que fosse diferente. Para melhor ou para pior, esses eram os seus amigos. Em dois anos, eles tinham enfrentado muita coisa juntos: demônios, fadas, Delaney Scarsbury, a comida do refeitório. Era quase como uma família, refletiu Simon. Você não necessariamente gostava deles o tempo todo, mas sabia que, se fosse necessário, ele os defenderia até a morte.

Embora ele torcesse muito para que não chegasse a este ponto.

— Ora, você não está um pouco nervosa? — quis saber Jon. — Quem consegue se lembrar da última vez que alguém Ascendeu? Soa tremendamente ridículo quando você pensa nisso: um gole de um Cálice e... puff... *Lewis* é um Caçador de Sombras?

— Eu não acho ridículo — falou Julie baixinho, e todos ficaram em silêncio. A mãe de Julie fora transformada durante a Guerra Maligna. Um gole do Cálice Infernal de Sebastian e ela se tornara uma Crepuscular. A casca de uma pessoa, nada mais do que um recipiente vazio para os comandos malignos de Sebastian.

Todos eles sabiam o que um gole de um cálice era capaz de fazer.

George pigarreou. Ele não conseguia tolerar um climão por mais de trinta segundos — era uma das coisas da qual Simon sentiria mais falta no que dizia respeito a conviver com ele.

— Bem, eu, por exemplo, não estou totalmente preparado para reclamar meu direito de nascimento — falou animadamente. — Vocês acham que vou me tornar insuportavelmente arrogante no primeiro gole ou vai levar um tempo para me igualar ao Jon?

— Não é arrogância se for certeiro — falou Jon, sorrindo, e como num passe de mágica a noite tomou o rumo certo mais uma vez.

Simon tentou prestar atenção às brincadeiras dos amigos e fez o possível para não pensar na pergunta de Jon, se ele estava nervoso ou não... se ele devia ou não passar a noite pensando sobriamente em suas "opções".

Quais eram as opções? Como, depois de dois anos na Academia, depois de todo o treinamento e estudo, depois de ter jurado repetidas vezes que queria ser um Caçador de Sombras, ele poderia simplesmente ir embora? Como ele era capaz de decepcionar Clary e Isabelle assim... e se ele fizesse isso, como elas conseguiriam voltar a amá-lo?

Ele tentou não pensar em como seria ainda mais difícil para elas amá-lo — ou pelo menos para ele valorizar isto — caso algo desse errado e ele acabasse morrendo.

Tentou não pensar em todas as *outras* pessoas que o amavam; aquelas que, de acordo com a Lei dos Caçadores de Sombras, ele deveria jurar nunca mais ver. Sua mãe. Sua irmã.

Marisol e Sunil não tinham ninguém esperando por eles em casa, uma coisa que sempre parecera insuportavelmente triste para Simon. Mas talvez fosse mais fácil; ir embora quando não se estava deixando nada para trás. E havia George, o sortudo; os pais adotivos dele eram Caçadores de Sombras, mesmo que nunca tivessem brandido uma espada. Ele ainda poderia ir para casa, para os jantares normais de domingo; e não teria nem que escolher um nome novo.

George vinha provocando Simon ultimamente, dizendo que ele não deveria se preocupar em escolher um nome novo. "Lightwood soa bem, não acha?", ele costumava dizer. Simon estava ficando muito bom em fingir surdez.

Em segredo, porém, suas bochechas ficavam vermelhas e ele pensava: *Lightwood... talvez.* Um dia. Se ele ousasse ter esperança.

No entanto, nesse meio tempo, ele tinha inventado um novo nome, um novo nome para seu novo eu de Caçador de Sombra — o que era aproximadamente tão incompreensível quanto todo o restante neste processo.

— Hum, posso entrar? — Uma garota magrela, de óculos, de mais ou menos treze anos, estava parada à porta. Simon achava que seu nome era Milla, mas não tinha certeza; a nova turma da Academia era tão grande e tão inclinada a observar Simon de longe, que ele nem sequer conhecia muitos deles. A garota tinha a aparência ansiosa, mas confusa de uma mundana, que, mesmo depois de todos esses meses, ainda não conseguia acreditar estar na Academia.

— É um lugar público — falou Julie, com um tom arrogante (ou melhor, mais arrogante-do-que-o-normal). Julie adorava bancar a mandona com os novatos.

A garota se arrastou até eles timidamente. Simon se flagrou pensando como alguém assim tinha acabado na Academia; daí se conteve. Ele sabia muito bem que não devia julgar pelas aparências. Sobretudo se considerasse a própria aparência de dois anos atrás, quando era tão magro que somente cabia no uniforme de combate feminino. *Você está pensando como um Caçador de Sombras,* censurou-se.

Engraçado como isso nunca parecia ser uma coisa boa.

— Ele me falou para lhe dar isto — murmurou a garota, que entregou a Marisol um pedaço de papel dobrado e depois recuou com rapidez. Marisol, concluiu Simon, era um tipo de heroína para os jovens mundanos.

— Quem foi? — perguntou Marisol, mas a garota já tinha ido embora. Marisol deu de ombros e abriu o bilhete. Ao ler a mensagem, seu queixo caiu.

— O que foi? — perguntou Simon, preocupado.

Marisol balançou a cabeça.

Jon segurou a mão dela, e Simon achou que Marisol fosse dar um tapa nele, mas em vez disso ela a apertou com força.

— É de Sunil — falou ela com voz rouca e raivosa. Ela passou o bilhete para Simon. — Acho que ele "pensou nas opções".

Não consigo fazer isso, dizia o bilhete. *Sei que provavelmente isto me torna um covarde, mas não consigo beber do Cálice. Não quero morrer. Sinto muito. Despeça-se de todos por mim, está bem? E boa sorte.*

Eles passaram o bilhete de mão em mão, como se precisassem ver as palavras em branco e preto antes de realmente acreditar. Sunil tinha fugido.

— Não podemos culpá-lo — falou Beatriz finalmente. — Todos têm que fazer suas escolhas.

— Eu posso culpá-lo — falou Marisol, franzindo a testa. — Ele está nos fazendo parecer malvados.

Simon não pensou que fosse por isso que ela estivesse com raiva, não exatamente. Ele também estava com raiva; não porque achasse Sunil um covarde ou que tinha traído a todos. Simon estava com raiva porque ele mesmo havia se esforçado muito tentando não pensar no que poderia acontecer, ou em como essa era sua última oportunidade de fugir, e agora Sunil havia tornado isso impossível.

Simon se levantou.

— Acho que preciso de um pouco de ar.

— Quer companhia, amigão? — perguntou George.

Simon balançou a cabeça, sabendo que George não ficaria ofendido. Era outra coisa que os tornava bons colegas de quarto: um sabia quando devia deixar o outro em paz.

— Vejo vocês de manhã — falou Simon. Julie e Beatriz sorriram e acenaram um boa-noite, e até Jon acenou ironicamente. Mas Marisol nem sequer olhou, e Simon se perguntou se ela achava que ele seria o próximo a fugir.

Ele quis tranquilizá-la de que não havia chance disso. Queria jurar que, de manhã, ele estaria ali, ao lado do restante deles na Sala do Conselho, pronto a levar o Cálice aos lábios sem hesitar. Mas juramentos eram coisa

séria para os Caçadores de Sombras. Você nunca fazia promessas se não tivesse certeza.
Então Simon deu um último boa-noite e deixou seus amigos.

Simon se perguntava se, na história do tempo, alguém já tinha dito "preciso de um pouco de ar" e de fato estava falando sério. Sem dúvida, a expressão somente era usada como código para "tenho que ir para outro lugar". E foi isso que Simon fez. O problema era que nenhum lugar parecia o lugar certo para se estar; por isso, por falta de ideia melhor, ele concluiu que seu quarto no dormitório teria que servir. Ao menos lá ele poderia ficar sozinho.
Pelo menos esse era o plano.
Mas quando entrou no quarto, flagrou uma garota sentada em sua cama. Uma garota pequena, de cabelos ruivos, cujo rosto se iluminou ao vê-lo.
De todas as coisas esquisitas que tinham acontecido a Simon nos últimos anos, a mais estranha delas era o fato de que isso — garotas bonitas aguardando-o com ansiedade em seu quarto — não parecia mais esquisito.
— Clary — falou ao envolvê-la num abraço vigoroso. Era tudo que ele precisava dizer, porque ter uma melhor amiga era assim. Ela sabia exatamente quando ele mais precisava vê-la e como ele ficava grato e aliviado... sem precisar dizer uma única palavra.
Clary sorriu para ele e deslizou a estela para dentro do bolso novamente. O Portal que ela havia criado ainda brilhava na parede decrépita de pedra, de longe a coisa mais brilhante no cômodo.
— Surpreso?
— Você queria dar uma última olhada antes que eu ficasse todo fortão pra enfrentar demônios? — provocou Simon.
— Simon, você sabe que a Ascensão não é como ser picado por uma aranha radioativa ou coisa assim, certo?
— Então você está dizendo que não vou ser capaz de saltar por prédios altos com um único impulso? Nem vou ter meu Batmóvel? Quero meu dinheiro de volta.
— Sério, Simon...
— Falando sério, Clary. Sei o que a Ascensão significa.
As palavras se assentaram pesadamente entre eles, e como sempre, Clary escutou o significado implícito nas palavras dele: que aquilo era importante demais para ser discutido seriamente. Que naquele momento, fazer piada era a melhor atitude a se tomar.

— Além disso, Lewis, eu diria que você já é fortão o suficiente. — Ela cutucou os bíceps dele, que, ele mesmo não conseguia evitar notar, estava inflando. — Mais um pouco e você vai ter que comprar roupas novas.

— Nunca! — falou ele com indignação, e alisou a camiseta, que tinha treze buracos no algodão macio, na qual se lia COSPLAY DE MIM em letras quase desbotadas demais para se distinguir. — Você, hum, por acaso trouxe Isabelle? — Ele tentou manter a esperança longe da voz.

Era difícil acreditar que, dois anos atrás, ele tinha vindo para a Academia em parte para fugir de Clary e Isabelle, do modo como olhavam para ele, como se elas o amassem mais do que a qualquer um no mundo — mas também como se ele tivesse afogado o cachorrinho delas numa banheira. Elas amavam a outra versão dele, aquela da qual ele não conseguia mais se lembrar, e aquela versão as amara também. Ele não duvidava disso; apenas não conseguia sentir. Elas eram desconhecidas para ele. Desconhecidas terrivelmente lindas que queriam que ele fosse alguém que não era.

Era como se fosse outra vida. Simon não sabia se um dia teria suas lembranças de volta; mas, de alguma forma, havia encontrado um meio de voltar para Clary e Isabelle. Ele tinha encontrado uma melhor amiga que parecia ser sua metade, e que um dia, em breve, seria sua *parabatai*. E ele tinha encontrado Isabelle Lightwood, um milagre em forma humana, que dizia "eu te amo" sempre que o via e incompreensivelmente parecia estar falando sério.

— Ela queria vir — falou Clary —, mas teve que lidar com uma armação das fadas em Chinatown, alguma coisa com bolinhos de sopa e um cara com cabeça de bode. Não fiz muitas perguntas e... — Ela sorriu para Simon como se soubesse de tudo. — Você parou de me ouvir em "bolinhos de sopa", não é?

O estômago de Simon roncou alto o suficiente para responder por ele.

— Bem, talvez a gente possa pegar uns bolinhos para você no caminho — emendou Clary. — Ou pelo menos umas fatias de pizza e um *latte*.

— Não brinque comigo, Fray. — Simon andava muito sensível nos últimos dias quando o assunto era pizza (ou a falta dela). Ele desconfiava que um dia seu estômago fosse pedir demissão em protesto. — No caminho para onde?

— Ah, eu me esqueci de explicar. É por isso que estou aqui, Simon. — Clary pegou a mão do garoto. — Eu vim levar você para casa.

Simon estava parado na calçada fitando o edifício com fachada de arenito, no qual sua mãe morava, e seu estômago revirou. Viajar pelo Portal sempre o fazia sentir-se como se estivesse botando as vísceras para fora, mas desta vez ele não achava que poderia culpar a magia interdimensional. Não totalmente, pelo menos.

— Tem certeza de que é uma boa ideia? — falou ele. — Está tarde.

— São onze da noite — falou Clary. — Você sabe que ela ainda está acordada. E mesmo que não estivesse, você sabe...

— Eu sei.

Sua mãe queria vê-lo. Assim como a irmã que, de acordo com Clary, estava em casa durante o fim de semana porque *alguém* (provavelmente uma pessoa de cabelo ruivo, bem-intencionada, com o número de celular da irmã de alguém) tinha dito que Simon ia fazer uma visita.

Ele se encolheu contra ela por um instante e, embora pequena, Clary suportou o peso.

— Não sei como fazer isso. Não sei como dizer adeus para elas.

A mãe de Simon pensava que ele tinha ido para a academia militar. Ele sentia-se culpado por mentir para ela, mas sabia que não havia opção; ele sabia muito bem o que acontecia quando se arriscava a contar coisas demais para a mãe. Mas isso... era diferente. Ele era proibido, pela Lei dos Caçadores de Sombras, de contar sobre sua Ascensão, sobre sua nova vida. A Lei também proibia que ele entrasse em contato com ela depois de se tornar Caçador de Sombra, e embora nada dissesse que ele não poderia comparecer ao Brooklyn para se despedir dela para sempre, a Lei proibia que ele explicasse o motivo.

Sed lex, dura lex.

A Lei é dura, mas é a Lei.

A lex é uma droga, pensou Simon.

— Quer que eu vá com você? — perguntou Clary.

Ele queria mais do que tudo — mas algo lhe dizia que essa era uma das coisas que ele precisava fazer sozinho.

— Mas obrigado. Por me trazer aqui, por saber que eu precisava disso, por... bem, por tudo.

— Simon...

Clary pareceu hesitante, e Clary nunca parecia hesitante.

— O que foi?

Ela suspirou.

— Tudo que aconteceu a você, Simon, tudo... — Ela fez uma pausa, longa o suficiente para ele dimensionar o tamanho daquilo tudo: ser transformado em rato e depois em vampiro; encontrar Isabelle; salvar o mundo um bocado de vezes (pelo menos assim lhe contaram); ficar trancado numa jaula e ser atormentado por todos os tipos de criaturas sobrenaturais; matar demônios; encarar um anjo; perder a memória e agora ficar parado na entrada do único lar que ele tinha conhecido, se preparando para deixá-lo para sempre.

— Não consigo deixar de pensar que tudo isso foi culpa minha — falou Clary, baixinho. — Que eu sou o motivo. E...

Ele a interrompeu antes que ela pudesse prosseguir, porque ele não conseguia suportar pensar que ela precisava pedir desculpas.

— Você está certa. Você é o motivo. De tudo. — Simon lhe deu um beijo delicado na testa. — É por isso que estou te agradecendo.

— Você tem certeza de que não quer que eu esquente pra você? — perguntou a mãe de Simon enquanto ele levava à boca mais uma colherada de macarrão frio.

— Hum? O quê? Não, está bom.

Estava mais do que bom. Era tomate picante, alho fresco, pimenta forte e queijo derretido, melhor do que a sobra de macarrão da pizzaria da esquina tinha o direito de ser. Tinha gosto de *comida* de verdade, o que já era bem melhor do que ele andara comendo nos últimos meses. Mas não era só isso. A quentinha do Giuseppi era uma tradição para Simon e a mãe; depois que o pai de Simon faleceu e sua irmã foi para a faculdade, quando eram apenas os dois perambulando num apartamento que ganhava um aspecto bem cavernoso com apenas duas pessoas, eles perderam o hábito de fazer as refeições diárias juntos. Era mais fácil simplesmente pedir comida sempre que pensavam no assunto, entrando ou saindo do apartamento, a mãe requentando o jantar para comer na frente da TV depois do trabalho, Simon pegando um pouco de *pho* ou um sanduíche a caminho do ensaio da banda. Provavelmente porque era mais fácil não encarar as cadeiras vazias à mesa todas as noites. Mas eles tinham uma regra de comer juntos pelo menos uma noite na semana, engolindo o espaguete do Giuseppi e empapando pãezinhos de alho no molho picante.

As sobras frias tinham gosto de lar, de família, e Simon odiava pensar em sua mãe sentada no apartamento vazio, semana após semana, comendo sozinha.

Os filhos crescem e vão embora, disse ele para si. Simon não estava fazendo nada errado; ele não estava fazendo nada que não deveria fazer.

Mas havia uma parte dele que se questionava. Talvez os filhos devessem sair de casa. Mas não para sempre. Não dessa forma.

— Sua irmã tentou esperar você — explicou a mãe —, mas aparentemente ela passou a semana inteira acordada estudando para as provas. Dormiu no sofá às nove horas.

— Talvez a gente devesse acordá-la — sugeriu Simon.

Ela balançou a cabeça.

— Deixe a pobrezinha dormir. Ela vai te ver de manhã.

Ele não tinha *exatamente* mencionado à mãe que ia passar a noite lá. Mas tinha que fazer com que ela acreditasse nisso, o que, imaginava, era quase a mesma coisa: mais uma mentira.

Ela estava acomodada na cadeira ao lado dele e enfiou o garfo no macarrão.

— Não conte à minha dieta — resmungou ela em voz alta, em seguida levou o garfo à boca.

— Mãe, o motivo pelo qual estou aqui... Eu queria conversar com você sobre uma coisa.

— Engraçado, na verdade... Eu andei esperando para conversar com você sobre uma coisa também.

— É? Ótimo! Hum, você fala primeiro.

A mãe suspirou.

— Você se lembra de Ellen Klein? Sua professora hebraica?

— Como eu poderia esquecer? — falou Simon com ironia. A Sra. Klein fora a desgraça de sua existência do segundo ao quinto ano. Toda terça-feira depois da escola, eles travavam uma guerra silenciosa, tudo porque, num infeliz incidente no parquinho, Simon acidentalmente tirara a peruca dela do lugar, fazendo com que a cabeleira voasse até um ninho de pombos. Ela passara os três anos seguintes determinada a destruir a vida dele.

— Você sabe que ela era só uma velhinha simpática tentando fazer você prestar atenção nas aulas — falou a mãe, agora com um sorriso sábio.

— Velhinhas simpáticas não jogam suas cartas de Pokémon na lixeira — observou Simon.

— Elas fazem isso quando você troca as cartas por vinho *kiddush* nos fundos do santuário — falou ela.

— Eu nunca faria isso!

— Simon, uma mãe sempre sabe.

— Tá bem. Muito bem. Mas era um Mew muito raro. O único Pokémon que...

— *Em todo caso*. A filha de Ellen Klein acabou de se casar com a namorada; uma mulher adorável, você ia gostar dela... todos gostamos dela. Mas...

Simon revirou os olhos.

— Mas, deixe-me adivinhar: a Sra. Klein é uma homofóbica furiosa.

— Não, não é isso... A garota é católica. Ellen deu um ataque, não foi ao casamento e agora usa luto e diz a todo mundo que a filha poderia muito bem estar morta.

Simon abriu a boca para se gabar de que estivera certo o tempo todo, que a Sra. Klein era mesmo de uma velha grosseira, mas sua mãe ergueu um dedo para impedi-lo.

Uma mãe, aparentemente, sempre sabe.

— Sim, sim, é horrível, mas não estou contando isso para você se sentir vingado. Estou contando... — Ela entrelaçou os dedos e pareceu tensa de súbito. — Tive a sensação mais estranha ao ouvir a história, Simon, como se eu soubesse que ela se arrependeria... porque *eu* me arrependi. Não é estranho? — Ela soltou uma risadinha nervosa, mas não havia humor nenhum nela. — Sentir culpa por algo que você não fez? Não sei dizer o porquê, Simon, mas sinto como se tivesse traído você de algum modo terrível do qual não consigo me lembrar.

— Claro que você não traiu, mãe. Isso é ridículo.

— Claro que é ridículo. Eu *nunca* faria isso. Um genitor deveria amar o seu filho incondicionalmente. — Os olhos brilhavam com lágrimas contidas. — Você sabe que é assim que te amo, Simon, não sabe? Incondicionalmente?

— Claro que sei disso.

Ele falava seriamente... e estava falando seriamente mesmo. Mas claro, era só mais uma mentira. Porque nessa outra vida, naquela que fora apagada de suas mentes, ela *havia* traído Simon, sim. Ele lhe contara a verdade, que fora transformado em vampiro, e ela o expulsara de casa. Dissera até que ele não era mais seu filho. Que seu filho estava morto. E provara, aos dois, as condições de seu amor.

Ele não conseguia se lembrar do fato acontecendo em si, mas, em algum nível mais profundo do que o consciente, ele se lembrou da sensação: da dor, da traição, da perda. Nunca lhe ocorrera que ela também poderia se lembrar.

— Isso é ridículo. — Ela limpou uma lágrima e estremeceu levemente, como num despertar de um transe. — Não sei por que estou tão sensível por causa dessa história. Eu só... só fiquei com essa *sensação* de que precisava te falar isso, aí você apareceu aqui como se isso tivesse que acontecer e...

— Mãe. — Simon ergueu a mãe da cadeira e lhe deu um abraço apertado. Ela pareceu tão pequena de repente, e ele pensou em como ela se esforçara durante todos esses anos para protegê-lo e que agora ele faria qualquer coisa para retribuir e protegê-la. Ele era uma pessoa diferente de dois anos atrás, um Simon diferente daquele que tinha confessado a verdade à mãe e que fora expulso de casa; talvez a mãe estivesse diferente também. Talvez ter que tomar aquela decisão uma vez fosse suficiente para garantir que ela nunca voltaria a tomá-la; talvez fosse hora de parar de usar isso contra ela, essa traição da qual nenhum dos dois conseguia se lembrar direito. — Mãe, eu sei. E eu também te amo.

Então ela se afastou, apenas o suficiente para encará-lo.

— E quanto a você? O que você tinha para me dizer?

Ah, nada de mais, só que estou me juntando a um culto sobrenatural de guerreiros contra demônios que me proibiu de voltar a ver você, te amo.

Falando assim não soava muito bem.

— Conto de manhã — disse ele. — Você parece exausta.

Ela sorriu e o cansaço tingiu-lhe o rosto.

— De manhã — repetiu. — Bem-vindo ao lar, Simon.

— Obrigado, Mãe — respondeu ele, e milagrosamente conseguiu dizer isto sem engasgar. Ele aguardou até ela desaparecer detrás da porta do quarto e ficou esperando que o ronco baixinho começasse. Aí escreveu um bilhete rapidamente, pedindo desculpas por ter que ir embora de forma tão abrupta. Sem se despedir.

A irmã roncava também, embora, como a mãe, negasse isso. Se ficasse em silêncio, dava para ouvi-la até na cozinha. Ele poderia acordá-la, se quisesse, e até quem sabe poderia contar-lhe a verdade ou uma versão da verdade. Dava para confiar em Rebecca — não apenas para guardar seus segredos, mas para compreendê-los. Ele poderia fazer o que tinha vindo fazer ali, o que era *esperado* que ele fizesse, se despedir dela, dizer que a amava e pedir que protegesse a mãe pelos dois.

— Não. — Ele falou isso em voz baixa, mas a palavra pareceu ecoar na cozinha vazia.

A Lei era dura, mas também era crivada de brechas. Clary não tinha ensinado isso? Alguns Caçadores de Sombras encontravam um meio de manter as pessoas queridas em sua vida — o próprio Simon era prova disso. Talvez por esta razão Clary o tivesse levado ali naquela noite. Não para dizer adeus, mas para se dar conta de que não poderia fazer isso. De que não faria isso.

Não é definitivo, prometeu Simon à mãe e à irmã ao passar pela porta. Ele jurou a si que não era covardia sair sem dizer nada. Era uma promessa silenciosa: aquilo não era o fim. Ele daria um jeito. E apesar de não haver ninguém para apreciar seu sotaque impecável de Schwarzenegger, ele jurou em voz alta:

— Eu voltarei.

Clary tinha dito para Simon telefonar quando ele estivesse pronto para voltar à Academia, mas ele ainda não estava pronto. Era estranho: em qualquer outro dia, não haveria nada que o impedisse de voltar para Nova York de uma vez por todas. Depois da Ascensão, ele seria um Caçador de Sombras de verdade. Sem escola, sem missões de treinamento, sem longos dias e noites em Idris sentindo falta de café puro de manhã. Ele não tinha pensado muito no que aconteceria a seguir, mas sabia que iria à cidade e que ficaria no Instituto ao menos temporariamente. Não havia razão para ficar com tanta saudade de Nova York quando ele estava *tão perto* de voltar de uma vez por todas.

Mas ele não estava bem certo de quem seria quando voltasse. Quando Ascendesse. *Se* ele Ascendesse, se nada terrível acontecesse quando ele bebesse do Cálice Mortal.

O que significava realmente tornar-se um Caçador de Sombras? Ele seria mais forte e mais veloz, sabia disso muito bem. Seria capaz de suportar as Marcas na pele, de enxergar através dos encantamentos sem a ajuda de um feiticeiro. Ele sabia de um monte de coisas que seria capaz de fazer — mas não sabia nada sobre como se sentiria. Sobre quem seria quando se tornasse um Caçador de Sombras. Não que ele achasse que beber um gole de um cálice mágico o transformaria instantaneamente num esnobe egocêntrico, extraordinariamente belo, tremendamente imprudente como... bem, como praticamente todos os Caçadores de Sombras que ele conhecia e amava. Nem esperava que se transformar em Caçador de Sombras fosse fazê-lo desprezar automaticamente uma partida de Dungeons & Dragons, *Star Trek* e toda a tecnologia e a cultura pop inventadas depois do século XIX. Mas quem poderia ter certeza disso?

E não era apenas a confusa transformação de humano para anjo-guerreiro. Garantiram que, com todas as probabilidades, se ele sobrevivesse à

Ascensão, teria as lembranças de volta. Todas aquelas lembranças do Simon original, do Simon "real", do cara que ele tinha se esforçado para persuadir as pessoas que havia sumido para sempre, ia voltar como numa torrente à sua cabeça. Ele imaginava que isto deveria deixá-lo contente, mas Simon descobriu que sentia ciúmes da própria mente como era agora. E se aquele Simon — o Simon que tinha salvado o mundo, o Simon por quem Isabelle se apaixonara primeiro — não gostasse deste Simon que ele se tornara? E se ele bebesse do Cálice e se perdesse de novo?

Pensar em si mesmo como tantas pessoas diferentes lhe deu dor de cabeça.

Ele queria uma última noite na cidade simplesmente como Simon Lewis, o mundano míope, leitor de mangás.

Além disso, ele ainda queria um pouco de bolinho de sopa.

Simon caminhou pelo bairro de Flatbush, assimilando o barulho familiar de Nova York à noite, sirenes, britadeiras e buzinas furiosas, além de sons ligeiramente menos familiares de cães enfeitiçados pelas fadas latindo para os pombos. Ele cruzou a Ponte de Manhattan, o metal chacoalhando debaixo de seus pés quando o metrô passou roncando, as luzes do Distrito Financeiro reluzindo através do nevoeiro. Mesmo antes de saber alguma coisa sobre demônios e seres do Submundo, pensou Simon, ele sempre soubera que Nova York estava cheia de magia. Talvez por esta razão tivesse sido tão fácil aceitar a verdade sobre o universo dos Caçadores de Sombras: nesta cidade, qualquer coisa era possível.

Convenientemente, a ponte o deixou no coração de Chinatown. Quando ele entrou em seu pé-sujo favorito e devorou uma porção de bolinhos para viagem, sua mente divagou até Isabelle, se perguntando se ela estava por perto, retalhando malfeitores com seu chicote. Isso o impressionava; se você pensasse bem, ele basicamente estava namorando uma super-heroína.

Obviamente namorar uma super-heroína significava não poder pedir para ela dar um tempo nessa história de salvar o mundo só porque você estava a fim de uma saidinha de última hora. Então Simon continuou andando, mergulhando no ritmo da cidade à meia-noite, e deixou que sua mente vagasse sem rumo, assim como seus pés. Pelo menos ele achava que estivesse caminhando sem rumo, até que se flagrou num quarteirão familiar da avenida D, passando por um mercadinho que sempre vendia leite azedo, mas que o cara atrás do balcão dava café de graça caso você comprasse uma rosquinha e soubesse bem como pedir.

Espera aí, como é que eu sei disso?, pensou Simon. A resposta veio praticamente junto com a pergunta. Ele sabia disso porque, em alguma vida esquecida, tinha morado ali. Ele e Jordan Kyle dividiram um apartamento num prédio deteriorado de tijolos vermelhos na esquina. Um vampiro e um lobisomem morando juntos: soava como o começo de uma piada ruim, mas a única piada ruim era que Simon tinha praticamente se esquecido de que isso acontecera.

E Jordan estava morto.

Doía tanto agora quanto tinha doído a primeira vez que ele ouvira: Jordan estava morto. E não apenas Jordan. Raphael estava morto. Max, irmão de Isabelle, morto. Sebastian, irmão de Clary, morto. A irmã de Julie. O avô, o pai e o irmão de Beatriz, o pai de Julian Blackthorn, os pais de Emma Carstairs — todos eles estavam mortos e eram apenas aqueles de quem Simon ouvira falar. Quantos outros com os quais ele se preocupara, ou pessoas importantes para as pessoas que ele amava tinham sido perdidos em uma ou outra guerra dos Caçadores de Sombras? Ele ainda era um adolescente, não devia conhecer um monte de gente que tinha morrido.

E eu, pensou subitamente. *Não se esqueça deste.*

Porque era verdade, não era? Antes de sua vida como vampiro, tinha havido uma morte. Fria, desprovida de sangue e clandestina.

E depois tinha havido a amnésia, e isso também era um tipo de morte.

Simon não era nem um Caçador de Sombras ainda e a vida já tinha tirado tanto dele.

— Simon, achei mesmo que você estaria aqui.

Simon se virou e se recordou que, apesar de todas as perdas, tinha havido alguns ganhos importantes.

— Isabelle — sussurrou ele, e então, por alguns instantes, seus lábios ficaram ocupados demais para falar.

Eles voltaram para o apartamento de Magnus e Alec. O casal tinha levado o bebê de férias para Bali, o que significava que Simon e Isabelle poderiam ter o apartamento para eles.

— Tem certeza de que não é um problema a gente ficar aqui? — perguntou Simon, olhando ao redor do apartamento com apreensão. Da última vez que o vira, a decoração era metade Studio 54, metade bordel: um monte de globos de discoteca, cortinas de veludo e espelhos terrivelmente posicionados. Agora a sala de estar parecia vomitada por uma dessas lojas de artigos para bebês — cobertores, fraldas, móbiles e coelhinhos de pelúcia onde quer que você olhasse.

Ele ainda não conseguia acreditar que *Magnus Bane* era pai de alguém.

— Tenho certeza — respondeu ela, tirando o vestido num único movimento fluido e revelando trechos intermináveis de pele clara e macia.

— Mas se você quiser ir embora...

— Não — retrucou Simon, puxando ar suficiente para conseguir falar.

— Sem dúvida. Não. Aqui está bom. Muito bom.

— Muito bem, então. — Isabelle varreu uma família de gatinhos de pelúcia para o chão, então se esticou como uma gata muito satisfeita e perigosa. Ela olhou fixamente para a camisa de Simon, que ainda estava no corpo.

— Muito bem. Então. — Simon assomava-se sobre o corpo dela, sem saber ao certo o que fazer em seguida.

— Simon.

— Sim?

— Eu estou olhando fixamente para sua camisa.

— Aham.

— Que ainda está no seu corpo.

— Ah, claro. — Ele resolveu o problema. Deixou a peça cair ao lado de Isabelle no sofá.

— Simon.

— Sim? Ah, claro. — Simon se inclinou para Isabelle e a puxou para lhe dar um beijo, e ela se permitiu isso por cerca de trinta segundos, antes de se desvencilhar.

— Qual é o problema? — perguntou ele.

— É você quem tem que me dizer. Eu, sua namorada incrivelmente sexy, que você nunca consegue ver, estou aqui, deitada, na sua frente, seminua, e você parece estar vendo um jogo de beisebol.

— Eu odeio beisebol.

— Exato. — Isabelle sentou-se, no entanto, felizmente, não voltou a se vestir. Não ainda. — Você sabe que pode conversar comigo sobre qualquer coisa, certo?

Simon fez que sim com a cabeça.

— Então se, hipoteticamente, você estiver um pouco tenso com toda essa história de Ascensão amanhã e ficar se perguntando se ainda gostaria de passar por isso, pode conversar comigo.

— Hipoteticamente — falou Simon.

— Só pegando um assunto ao acaso — retrucou Isabelle. — A gente podia conversar sobre *Avatar: o último golpe de ar*, se você quisesse.

— É *O último mestre do ar* — retrucou Simon, disfarçando um sorriso —, e eu te amo até quando você não é nem um pouco nerd.

— E eu te amo mesmo se você for um mundano — falou ela. — Mesmo que você permaneça mundano. Você sabe disso, não é?

— Eu... — Para ela, era fácil dizer isso, e ele achava que provavelmente ela falava sério. Mas isso não tornava a declaração verdadeira. — Você acha que amaria? *Sério?*

Isabelle deixou o ar sair numa bufada irritada.

— Simon Lewis, você está se esquecendo de que era um mundano quando comecei a sair com você? Um mundano muito magrelo com um senso de moda horrível, devo dizer. E então você virou *vampiro*, e eu continuei namorando você. Depois você voltou a ser mundano, mas dessa vez com uma amnésia bizarra. E ainda assim, inexplicavelmente, eu me apaixonei de novo por você. O que poderia fazer você pensar que sobrou algum tipo de critério quando se trata de você?

— Hum, obrigado, eu acho.

— "Obrigado" é a resposta correta. Além de "eu também te amo, Isabelle, e amaria mesmo que você perdesse a memória ou que tivesse bigode ou coisa assim."

— Bem, obviamente. — Simon puxou o queixo dela. — Embora uma barba seja o meu limite.

— Nem precisa dizer. — Então ela ficou séria de novo. — Você acredita em mim, não é? Não pode estar fazendo isso por mim.

— Não estou fazendo isso por você — retrucou Simon, e era verdade. Talvez ele tivesse ido para a Academia, em parte, por causa de Isabelle, mas permaneceu lá por si mesmo. Quando Ascendesse, não seria por ter que provar alguma coisa a ela. — Mas... se eu desistisse, e eu nunca faria isso, mas se eu fizesse, isso me tornaria um covarde? Você namoraria um mundano, talvez. Mas eu te conheço, Izzy. Você não conseguiria namorar um covarde.

— E você, Simon Lewis, não conseguiria *ser* um covarde. Nem se tentasse. Não é covardia escolher como você quer que sua vida seja. Escolher o que é certo para você talvez seja a coisa mais corajosa que você pode fazer. Se você escolher ser um Caçador de Sombras, eu vou te amar por isto. Mas se você escolher permanecer mundano, também vou continuar te amando.

— E se eu simplesmente escolher não beber do Cálice Mortal porque estou com medo de que isso me mate? — perguntou Simon. Foi um alívio finalmente dizer aquilo em voz alta. — E se não tivesse nada a ver com o jeito como quero passar o restante da minha vida? E se fosse apenas porque estou apavorado?

— Bem, nesse caso, você é um idiota. Porque o Cálice Mortal nunca poderia te machucar. Ele sabe o que eu já sei: que você vai se tornar um Caçador de Sombras incrível. O sangue do Anjo *nunca* poderia machucar você — falou ela, a intensidade ardia em seus olhos. — Não é possível.

— Você acredita mesmo nisso?

— Acredito.

— Então o fato de que estamos aqui, e de você estar, você sabe...

— Seminua e me perguntando por que a gente ainda está jogando conversa fora?

— ... não tem nada a ver com o fato de você achar que esta poderia ser nossa última noite juntos?

Isso mereceu mais um suspiro exasperado da parte dela.

— Simon, você sabe quantas vezes tive certeza de que um de nós não sobreviveria pelas próximas 24 horas?

— Hum, várias?

— Várias — confirmou ela. — E em nenhuma dessas ocasiões nós fizemos algum tipo de sexo de despedida, desesperado e ansioso.

— Espera aí... nós não fizemos?

Nos últimos meses, Simon e Isabelle tinham ficado muito íntimos. Mais íntimos, pensou ele, do que já haviam sido, não até onde ele conseguia se lembrar. Pelo menos não em conversas. Quanto ao outro tipo de proximidade — conversar ao telefone e trocar cartas não levava exatamente a perder a virgindade.

E ainda havia o fato angustiante de que Simon não tinha certeza se ainda possuía uma virgindade para perder.

Durante todo o tempo ele ficara constrangido demais para perguntar.

— Você está brincando? — perguntou Isabelle.

Simon podia sentir suas bochechas queimando.

— Você *não* está brincando!

— Por favor, não fique brava — pediu ele.

Isabelle deu uma risada.

— Não estou brava. Se a gente tivesse transado, e você tivesse se *esquecido*... o que, por sinal, eu posso garantir que não seria possível, com ou sem amnésia demoníaca... Aí talvez eu estivesse brava.

— Então a gente nunca...?

— Isso, a gente nunca — confirmou Isabelle. — Eu sei que você não se lembra, mas as coisas ficaram um pouco agitadas por aqui, com a guerra e todas as pessoas tentando nos matar e coisa e tal. E como eu disse, não acredito em "sexo de despedida".

Simon sentiu como se a noite inteira — provavelmente a noite mais importante de sua jovem e infelizmente inexperiente vida — estivesse pendendo na balança, e ele tinha muito medo de dizer a coisa errada.

— Então, hum, em que tipo de sexo você acredita?

— Acho que deveria ser o começo de alguma coisa — falou Isabelle. — Tipo, digamos, hipoteticamente, se toda sua vida fosse mudar amanhã, se fosse o primeiro dia do restante da sua vida, eu gostaria de fazer parte disso.

— Do restante da minha vida.

— Isso.

— Hipoteticamente.

— Hipoteticamente. — Ela tirou os óculos dele e lhe deu um beijo com vontade nos lábios, depois, muito de leve, no pescoço. Exatamente onde uma vampira enfiaria as presas, pensou parte dele. A maior parte, porém, pensava: *Isso vai mesmo acontecer.*

Isso vai mesmo acontecer hoje à noite.

— Além disso, e mais importante do que tudo, acredito em fazer isso porque quero fazer — falou Isabelle sem rodeios. — Assim como todas as outras coisas. E eu quero. Supondo que você queira também.

— Você nem imagina o quanto — retrucou Simon com sinceridade, e agradeceu a Deus que o sangue dos Caçadores de Sombra não proporcionava telepatia. — Eu só acho que deveria te avisar, não, tipo, eu não fiz, quero dizer, esta seria a primeira vez que eu, então...

— Você vai tirar de letra. — Ela voltou a beijar o pescoço dele, depois seu pomo de adão. Em seguida, o peito. — Eu garanto.

Simon pensou em todas as oportunidades presentes para sofrer uma humilhação, que ele não fazia ideia do que estava fazendo e de como, normalmente, quando não tinha ideia do que estava fazendo, ele costumava ferrar tudo. Andar a cavalo, brandir uma espada, saltar de uma árvore — todas essas coisas que as pessoas diziam que ele ia tirar de letra normalmente lhe rendiam calombos, machucados e, mais de uma vez, um monte de esterco na cara.

Mas ele não tinha tentado nenhuma dessas coisas com Isabelle ao seu lado. Ou em seus braços.

No fim das contas, isso fez toda a diferença.

✳ ✳ ✳

— Bom dia! — cantarolou Simon, saindo do Portal e entrando em seu quarto na Academia, bem na hora de flagrar Julie saindo pela porta.

— Err, bom dia — resmungou George, enfiado debaixo das cobertas. — Eu não tinha certeza se você ia voltar.

— Por acaso eu acabei de ver...?

— Um cavalheiro não revela suas conquistas. — George sorriu. — E por falar nisso, será que eu deveria perguntar onde o senhor esteve durante toda a noite?

— Não deveria, não — falou Simon com firmeza. Enquanto ele cruzava o cômodo até o closet para pegar uma roupa limpa e vestir, fez o possível para disfarçar um sorriso tristonho, sonhador e ridículo.

— Você está *saltitando* — falou George em tom de acusação.

— Não estou, não.

— E você estava *cantarolando* — emendou George.

— Eu tenho quase certeza de que não estava.

— Seria uma boa hora para dizer que Jon Cartwright XXXIV parece ter deixado umas lembranças na sua gaveta de camisetas?

Mas nesta manhã nada poderia estragar o humor de Simon. Não quando ele ainda conseguia sentir o vestígio do toque de Isabelle. A pele estremecia diante da sensação. Os lábios pareciam inchados. O coração parecia inflado.

— Eu sempre posso arranjar camisetas novas — falou Simon animadamente. Ele pensava que, a partir daquele momento, seria capaz de dizer tudo com animação.

— Acho que este lugar oficialmente te deixou com um parafuso a menos. — Então George suspirou, soando um pouco tristonho também. — Sabe, vou sentir falta disto aqui.

— Você não vai chorar de novo, vai? Se você quer mesmo chorar, pode ser pelo mofo melequento que parece estar crescendo nos fundos da minha gaveta de meias.

— Alguém usa meias quando se transforma numa máquina de luta super-humana e metade anjo? — provocou George.

— Não com sandálias — respondeu Simon prontamente. Ele não tinha namorado Isabelle durante todos esses meses sem aprender alguma coisa sobre calçados adequados. — Nunca com sandálias.

Eles se vestiram para a cerimônia — depois de alguma deliberação, acabaram escolhendo as roupas mais parecidas com Simon e George. O que para George significava jeans e uma camisa de rúgbi; e para Simon, uma camiseta desbotada que ele tinha feito na época em que a banda se chamava Gangue do Porquinho da Índia Morto. (Por sorte, ela havia passado uma semana no chão, por isso, estava livre do cocô de rato.) Aí, sem muita conversa, eles começaram a arrumar suas coisas. A Academia não incentivava grandes comemorações — o que, provavelmente, era uma coisa boa, refletiu Simon, pois na última festa com a escola toda, um dos alunos do primeiro ano errara a mira do arco em chamas e incendiara o telhado acidentalmente. Não haveria cerimônia de formatura, nem caretas para as câmeras com pais orgulhosos, nem assinatura no livro do ano ou capelos sendo jogados para cima. Só o ritual de Ascensão, independentemente do que significasse, e ponto. O fim da Academia; o começo do resto da vida deles.

— Não é que a gente não vá se ver de novo — falou George de repente, num tom de voz que sugeria que ele andava se preocupando justamente com isso.

Simon ia voltar para Nova York, e George ia para o Instituto de Londres, onde, diziam, um Lovelace sempre era bem-vindo. Mas o que era um oceano de distância quando você podia usar o Portal? Ou pelo menos mandar um e-mail?

— Claro que não — falou Simon.

— Mas não vai ser a mesma coisa — observou George.

— Não. Acho que não.

George se ocupava em enfiar cuidadosamente as meias num dos compartimentos da mala, o que Simon considerou alarmante, pois era a primeira vez em dois anos que George fazia alguma coisa com cuidado.

— Sabe, você é meu melhor amigo — falou George sem erguer o olhar. Então rapidamente, como se quisesse evitar uma discussão: — Não se preocupe, eu sei que não sou o *seu* melhor amigo, Si. Você tem Clary. E Isabelle. E seus companheiros de banda. Eu entendo. Apenas achei que você devia saber.

De alguma forma, Simon já sabia disso. Ele nunca tinha se dado ao trabalho de pensar demais no assunto — ele não pensava muito em George. Ponto. Porque esta era a beleza de George. Simon nunca precisava *pensar* nele, descobrir o que ele faria ou como reagiria. Ele era apenas o George confiável, firme, sempre ali, sempre cheio de alegria e ansioso para espalhá-la. Agora Simon pensava nele e em como o conhecia bem, e vice-versa — não apenas de maneiras grandiosas: seus temores na calada da noite de fracassar na Academia, o coração partido de Simon por causa de Isabelle, o coração ainda mais partido de George, embora menos entusiasmado, por quase todas as garotas que cruzavam seu caminho. Eles se conheciam de modo detalhado: que George era alérgico a castanha de caju, que Simon era alérgico ao dever de casa de latim, que George tinha um medo paralisante de aves grandes... E por alguma razão, isso parecia importar mais ainda. Nos últimos dois anos, eles tinham desenvolvido uma linguagem praticamente silenciosa, taquigráfica, de colegas de quarto. Não exatamente como um *parabatai*, pensou Simon, e não exatamente como um melhor amigo. Mas não era *menos que* isso. Não era algo que ele queria abandonar para sempre.

— Você tem razão, George. Eu tenho melhores amigos em número mais do que suficiente.

O queixo de George caiu, tão levemente que apenas alguém que o conhecia tão bem quanto Simon teria percebido.

— Mas tem uma coisa que eu nunca tive — emendou. — Pelo menos, até agora.

— O que é?

— Um irmão.

A palavra parecia certa. Não era alguém que você escolhia — alguém que o destino lhe dava, alguém que, em outras circunstâncias, você talvez nunca fosse olhar duas vezes, nem ele a você. Alguém por quem você morreria e mataria sem vacilar só porque a pessoa era da família. A julgar pelo sorriso radiante de George, a palavra pareceu certa para ele também.

— Agora a gente vai ter que se abraçar ou algo assim? — quis saber George.

— Acho que pode ser inevitável.

O Salão do Conselho era belo de uma forma intimidadora, a luz da manhã irradiava através de uma janela no teto alto e abobadado. Simon se lembrou das fotos que tinha visto do Panteão, mas aquele local parecia ainda mais antigo do que a Roma antiga. Parecia atemporal.

Os alunos da Academia estavam amontoados em grupinhos, e todos eles pareciam muito tensos e distraídos para fazer mais do que comentar baixinho sobre o clima. (Que, como sempre em Idris, estava perfeito.) Marisol abriu um sorriso largo para Simon e assentiu com força quando o viu entrando na câmara, como se dissesse: *eu nunca duvidei de você... Quase nunca.*

Simon e George foram os últimos a chegar, e pouco depois todos se acomodaram em seus lugares para a cerimônia. Os sete mundanos foram organizados por ordem alfabética na frente da câmara. Deveria haver dez deles, mas aparentemente Sunil não tinha sido o único a repensar no último minuto. Leilana Jay, uma menina muito pálida e muito alta, de Memphis, e Boris Kashkoff, um garoto do Leste Europeu com músculos e bochechas vermelhas, escapuliram em algum momento da madrugada. Ninguém falou deles, nem os professores, nem os alunos. Era como se nunca tivessem existido, pensou Simon — e então imaginou Sunil, Leilana e Boris em algum local do mundo lá fora, vivendo sozinhos com seu conhecimento do Mundo das Sombras, conscientes do mal, mas sem a vontade ou a habilidade para combatê-lo.

Tem mais de um meio de combater o mal neste mundo, pensou Simon, e era a voz de Clary, de Isabelle, de sua mãe, além da própria voz em sua mente. *Não faça isso porque você acha que precisa fazer. Faça porque você quer.*

Somente *se você quiser.*

Os alunos da Academia (Simon não pensava mais neles como as "elites", da mesma forma que não pensava mais em si e nos outros mundanos como a "escória") sentaram-se nas duas primeiras fileiras da plateia. Os estudantes não eram mais dois grupos; eram um único corpo. Um time. Até mesmo Jon Cartwright parecia orgulhoso (e um pouco tenso) por causa dos mundanos na frente da câmara — e quando Simon o flagrou trocando olhares com Marisol, levando dois dedos aos lábios e depois ao peito, pareceu quase certo (ou, pelo menos, não era um crime total contra a natureza, o que já era um começo). Não havia parentes na plateia; os mundanos com parentes vivos (e tristemente havia poucos deles) obviamente tinham rompido os laços. Os pais de George, que eram Caçadores de Sombras de sangue se não por opção, poderiam ter comparecido, mas ele tinha pedido para não fazerem isso.

— Para o caso de eu explodir, amigão — confidenciara ele a Simon. — Não me entenda mal, os Lovelace são durões, mas não acho que iriam gostar de um George liquefeito.

Mesmo assim, o recinto estava quase cheio. Era a primeira turma de mundanos da Academia a Ascender em décadas, e um bocado de Caçadores de Sombras desejava presenciar isto. A maioria era desconhecida de Simon, mas nem todos. Amontoados atrás das fileiras de alunos estavam Clary, Jace e Isabelle, além de Magnus e Alec — que tinham feito uma surpresa, voltando de Bali para a ocasião —, trazendo consigo o bebê azul que se contorcia no colo. Todos eles (o bebê também) estavam intensamente concentrados em Simon, como se pudessem fazê-lo passar pela Ascensão somente com força da vontade.

Simon percebeu que era isso que a Ascensão significava. Era isso que significava ser um Caçador de Sombras. Não apenas arriscar a vida, não apenas desenhar Marcas, lutar contra demônios e ocasionalmente salvar o mundo. Não apenas se juntar à Clave e concordar em seguir suas regras draconianas. Significava juntar-se aos seus *amigos*. Fazer parte de uma coisa maior do que você mesmo, de uma coisa ao mesmo tempo incrível e apavorante. Sim, sua vida era muito menos segura do que tinha sido dois anos antes, mas também era muito mais plena. Como o Salão do Conselho, estava cheia de pessoas que ele amava e que retribuíam este amor.

Você quase poderia chamá-las de família.

E então começou.

Um por um, os mundanos foram chamados ao palanque onde os professores aguardavam de pé numa fila sombria, esperando para apertar as mãos e desejar boa sorte a eles.

Um por um, os mundanos se aproximaram dos círculos duplos traçados no palanque e se ajoelharam no centro, cercados por símbolos. Dois Irmãos do Silêncio estavam por ali caso algo saísse errado. Sempre que um mundano tomava posição, eles se inclinavam por cima dos símbolos e rabiscavam um novo para simbolizar o nome do aluno. Em seguida voltavam para a beirada do palanque, imóveis feito estátuas nos robes cor de pergaminho, observando. Esperando.

Simon aguardava também enquanto, um a um, seus amigos levavam o Cálice Mortal aos lábios. Enquanto uma chama ofuscante de luz azul os envolvia e se apagava.

Um a um.

Gen Almodovar. Thomas Daltrey. Marisol Garza.

Todos os alunos beberam.

Todos os alunos sobreviveram.

A espera era interminável.

Mas quando o Cônsul chamou seu nome, pareceu cedo demais.

Os pés de Simon eram blocos de concreto. Ele se obrigou a ir até o palanque, um passo de cada vez, os batimentos cardíacos pulsando como um *subwoofer* e fazendo seu corpo inteiro tremer. Os professores apertaram sua mão, até mesmo Delaney Scarsbury, que murmurou:

— Sempre soube que você trazia isso consigo, Lewis. — Uma mentira deslavada.

Catarina Loss lhe apertou a mão com força e o puxou para mais perto, o cabelo branco e brilhante roçando nos ombros dele enquanto os lábios mal tocavam seu ouvido:

— Termine o que você começou, Diurno. Você tem o poder de mudar estas pessoas para melhor. Não o desperdice.

Como a maior parte das coisas que Catarina lhe falava, não fazia o menor sentido, mas uma parte dele entendia totalmente.

Simon se ajoelhou no centro dos círculos e se lembrou de respirar.

A Consulesa se assomou a ele, o robe vermelho tradicional roçando o chão. Ele manteve os olhos nos símbolos, mas dava para sentir Clary ali, torcendo por ele; dava para ouvir o eco da risada de George; o vestígio do toque cálido de Izzy em sua pele. No centro dos círculos, cercado por símbolos, aguardando que o sangue do divino percorresse suas veias e o transformasse de algum jeito incompreensível, Simon sentiu-se profundamente solitário — e ainda assim, ao mesmo tempo, menos solitário do que já havia se sentido em sua vida.

Sua família estava aqui, apoiando-o.

Eles não iam deixar que ele caísse.

— Você jura, Simon Lewis, renunciar ao universo dos mundanos e seguir a trilha dos Caçadores de Sombras? — quis saber a Consulesa Penhallow.

Simon havia encontrado a Consulesa quando ela havia ministrado uma palestra na Academia, e mais uma vez no casamento de sua filha com Helen Blackthorn. Em ambas ocasiões, ela se assemelhara bastante a uma mãe normal: enérgica, eficiente, simpática o suficiente, e nem um pouco surpreendente. Agora ela parecia assustadora e poderosa, menos um indivíduo e mais o depósito ambulante de milênios de tradição dos Caçadores de Sombras.

— Você vai beber o sangue do Anjo Raziel e honrá-lo? Você jura servir à Clave, seguir a Lei estabelecida pelo Pacto e obedecer à palavra do Conselho? Vai defender o que é humano e mortal, sabendo que não haverá recompensa nem agradecimentos aos seus serviços, além da honra?

Para os Caçadores de Sombras, jurar era uma questão de vida e morte. Se ele fizesse esta promessa, não haveria meio de voltar para a vida anterior, para Simon Lewis, o nerd mundano aspirante a astro de rock. Não havia opções a considerar. Havia somente um juramento, e o esforço eterno para honrá-lo.

Simon sabia que se olhasse para cima, poderia encontrar os olhos de Isabelle e captar a força deles. Poderia perguntar em silêncio para eles se este era o caminho certo, e eles o tranquilizariam.

Mas esta escolha não poderia pertencer a eles. Tinha que ser de Simon, e só dele.

Ele fechou os olhos.

— Eu juro. — Sua voz não tremeu.

— Você é capaz de ser um escudo para o fraco, uma luz na escuridão, uma verdade em meio a falsidades, uma torre na enchente, um olho para enxergar quando todos os outros estão cegos?

Simon imaginou toda a história por trás de tais palavras, todos os Cônsules antes de Jia Penhallow, décadas ou séculos atrás, erguendo este mesmo cálice diante de um mundano após o outro. Tantos mortais se oferecendo para unir-se à luta. Simon sempre os considerou tão corajosos, arriscando a vida, sacrificando seu futuro a uma grande causa, não porque tivessem *nascido* numa grande batalha entre o bem e o mal, mas porque tinham *escolhido* não viver à margem, deixando que outros lutassem por eles.

E lhe ocorreu que se eles eram corajosos o bastante para tomar a decisão, talvez ele também fosse.

Mas não parecia coragem, não agora.

Parecia simplesmente dar o próximo passo. Simples assim.

Inevitável assim.

— Sim, sou capaz — respondeu Simon.

— E quando você morrer, vai deixar que os Nephilim queimem seu corpo, para que suas cinzas possam ser usadas para construir a Cidade dos Ossos?

Mesmo essa ideia não o assustou. Subitamente, parecia uma honra que seu corpo fosse útil após a morte, que a partir de então o mundo dos Caçadores de Sombras tivesse um direito sobre ele pela eternidade.

— Sim — falou Simon.

— Então beba.

Simon pegou o Cálice com as duas mãos. Era até mais pesado do que parecia e, curiosamente, era quente ao tato. O que quer que estivesse dentro dele, felizmente, não se parecia muito com sangue, mas também não se parecia com qualquer outra coisa que ele conseguisse reconhecer. Se já não soubesse, Simon teria dito que o Cálice estava cheio de luz. Ao observá-lo, o estranho líquido praticamente parecia pulsar com um leve brilho, como se dissesse: *Vá em frente, beba.*

Ele não conseguia se lembrar da primeira vez que tinha visto o Cálice Mortal — esta era uma das lembranças perdidas para ele —, mas sabia o papel que o Cálice desempenhara em sua vida, sabia que, se não fosse por isso, ele e Clary talvez nunca tivessem descoberto a existência dos Caçadores de Sombras, para começo de conversa. Tudo tinha começado com o Cálice Mortal; parecia adequado que tudo terminasse aqui também.

Não *termina*, pensou Simon rapidamente. Com sorte, não *termina*.

Diziam que quanto mais jovem você fosse, menor era a probabilidade de morrer depois de se beber do Cálice. Simon tinha, subjetivamente, dezenove anos, mas recentemente descobrira que, pelas regras dos Caçadores de Sombras, ele tinha apenas dezoito. Os meses que passara como vampiro aparentemente não contavam. Só lhe restava esperar que o Cálice compreendesse isso.

— Beba — repetiu a Consulesa em voz baixa, com uma nota de humanidade se esgueirando em sua voz.

Simon levou o Cálice aos lábios.

E bebeu.

Ele está enrolado nos braços de Isabelle, o cabelo dela cai como uma cortina, ele está tocando o corpo de Isabelle, está perdido em Isabelle, em seu cheiro, gosto e na seda de sua pele.

Ele está no palco, a música tocando, o chão tremendo, o público gritando, o coração dele batendo batendo batendo no ritmo da percussão.

Ele está gargalhando com Clary, dançando com Clary, comendo com Clary, correndo pelas ruas do Brooklyn com Clary, são crianças juntos, são metade de um todo, dão as mãos, apertando com força e jurando nunca soltar.

Ele está ficando frio, rígido, a vida está se esvaindo dele, ele está no fundo, no escuro, abrindo caminho até a luz com as mãos, as unhas arranham a terra, a boca está cheia de terra, os olhos lutam com a terra, ele está se esticando, alcançando, se arrastando em direção ao céu, e quando o alcança, abre muito a boca, mas não consegue respirar, pois não precisa mais respirar, somente se alimentar. E ele está com muita fome.

Ele afunda os dentes no pescoço de um filho do anjo, ele está bebendo a luz.

Ele traz uma Marca, e ela arde.

Ele ergue o rosto para encontrar o olhar de um anjo, a fúria do fogo do anjo arranca sua pele, e ainda assim, impertinente e drenado de seu sangue, ele vive.
Ele está numa jaula.
Ele está no inferno.
Ele está curvado sobre o corpo destroçado de uma garota bonita, ele pede a qualquer deus que possa ouvir, por favor, deixe-a viver, qualquer coisa para deixá-la viver.
Ele está oferecendo aquilo que lhe é mais precioso e está fazendo isso com tanta vontade, para que os amigos sobrevivam.
Mais uma vez ele está com Isabelle, sempre com Isabelle, a chama sagrada de seu amor envolvendo os dois, e tem dor e tem uma alegria radiante, suas veias ardem com fogo do anjo e ele é o Simon que um dia foi, o Simon que ele então se tornou e o Simon que agora vai ser, ele suporta e renasce, ele é sangue, carne e uma faísca do divino.
Ele é Nephilim.

Simon não viu o clarão de luz que esperara — viu apenas a torrente de lembranças, o tsunami que ameaçava afogá-lo no passado. Não era simplesmente uma vida que passava diante de seus olhos; era uma eternidade, todas as versões dele mesmo que já poderiam ter existido, que já existiriam. E então acabou. Sua mente se acalmou. A alma silenciou. E suas lembranças — as partes dele mesmo que ele temia estarem perdidas para sempre — tinham voltado para casa.

Ele tinha passado dois anos tentando se convencer de que não seria um problema caso nunca mais se lembrasse, que poderia viver colando fragmentos do passado, confiando em outras pessoas para lhe contar quem ele havia sido um dia. Mas nunca pareceu a coisa certa. O buraco em sua memória era como um membro que faltava; ele tinha aprendido a compensar, mas nunca ia parar de sentir sua ausência ou sua dor.

Agora finalmente ele voltava a ser inteiro.

Simon percebeu que era mais do que inteiro, como a Consulesa dissera com orgulho:

— Agora você é um Nephilim. Eu o nomeio Simon Caçador de Sombras, do sangue de Jonathan Caçador de Sombras, filho dos Nephilim. — Era um nome provisório até que ele escolhesse o novo. Momentos antes, isto parecera impensável, mas agora simplesmente era verdade. Ele era alguém novo.

— Levante-se.

Ele sentia... ele não sabia como se sentia, além de tonto. Tomado de alegria e confusão, e o que parecia uma luz bruxuleante, que ficava mais brilhante a cada segundo.

Sentia-se forte.

Sentia-se preparado.

Era como se sua barriga ainda fosse apenas um abdômen normal, mas ele supunha que até mesmo um cálice mágico só poderia levá-lo até ali.

A Consulesa pigarreou.

— Levante-se — repetiu ela. Em seguida, baixou a voz a um sussurro:

— Isso significa que você se levanta e dá o lugar para outra pessoa.

Simon ainda estava tentando se livrar da confusão alegre enquanto voltava para perto dos outros. George era o próximo e, ao passarem um pelo outro, fizeram um *high five* discreto.

Simon se perguntava o que George veria dentro da luz, se seria tão maravilhosa. Ele se perguntava se, após o fim da cerimônia, eles comparariam notas — ou se era o tipo de coisa que você deveria guardar para si. E imaginou que provavelmente havia algum tipo de protocolo dos Caçadores de Sombras a seguir — os Caçadores de Sombras tinham um protocolo para tudo.

Nós, ele se corrigiu sarcasticamente. *Nós temos um protocolo para tudo.*

Levaria algum tempo até se acostumar.

George estava de joelhos no interior dos círculos, com o Cálice Mortal nas mãos. Era estranho ser um Caçador de Sombras enquanto George ainda era mundano, como se agora houvesse uma divisória invisível entre eles. *Isto é o mais afastado que iremos ficar*, pensou Simon, e ansiou silenciosamente que seu colega de quarto bebesse logo.

A Consulesa falou as palavras tradicionais. George jurou lealdade aos Caçadores de Sombras sem hesitação, respirou fundo, em seguida, ergueu animadamente o Cálice Mortal como se brindasse.

— *Slàinte!* — gritou ele; enquanto os amigos irrompiam numa risada indulgente, ele bebeu um gole.

Simon ainda ria quando os gritos começaram.

O recinto ficou em absoluto silêncio, mas na mente de Simon, havia uma sirene de dor. Um grito inumano e irracional.

O grito de George.

No palanque, George e a Consulesa foram envolvidos por um clarão impossível, de escuridão ofuscante. Quando ela desapareceu, a Consulesa estava de pé, com os Irmãos do Silêncio já ao lado dela, todos fitando alguma coisa horrível, uma coisa com a forma de uma pessoa, mas não com seu rosto nem sua pele. Uma coisa com veias pretas inchando através da pele rachada, uma coisa que ainda apertava o Cálice Mortal no punho rígido, uma criatura ressequida, contorcida, que se desfazia, com o cabelo e os tênis de George, mas no lugar do sorriso de George, um ricto desdentado e torturado de onde saía uma substância escura demais para ser sangue. *Não era George,* pensou Simon furiosamente enquanto a coisa parava de se contorcer e tremer e caía imóvel. E, por alguma razão, na cabeça de Simon, George não parava de gritar.

A câmara era uma tempestade de movimento — adultos responsáveis empurrando alunos para fora do cômodo, suspiros, gritos e gemidos —, mas Simon mal registrava o que ocorria à sua volta. Ele estava avançando para aquela coisa que não podia ser George, se aproximando do palanque com a força e velocidade de um Caçador de Sombras. Simon ia salvar seu colega de quarto porque agora ele era um Caçador de Sombras, e é isso que os Caçadores de Sombras fazem.

Ele não notou a aproximação de Catarina Loss logo atrás, não até as mãos dela estarem em seus ombros, o aperto leve o suficiente para Simon se livrar facilmente dele — só que ele não podia se mexer.

— Me solte! — enfureceu-se Simon. Agora os Irmãos do Silêncio estavam ajoelhados perto da coisa, do corpo, mas não estavam *fazendo* nada por ele. Não estavam ajudando. Apenas olhavam fixamente para a teia de veias coloridas que se espalhavam pela carne. — Eu tenho que ajudá-lo!

— Não. — A mão de Catarina pousou na testa dele e os gritos em sua mente silenciaram. Ela ainda o segurava; ele ainda não conseguia se mexer. Ele era um Caçador de Sombras, mas ela era uma feiticeira. Ele estava impotente. — É tarde demais.

Simon não conseguia sequer olhar para as veias pretas comendo a pele ou os olhos ocos se misturando ao crânio. Ele se concentrou nos tênis de George. Um deles estava desamarrado, como sempre. De manhã, George tinha tropeçado no cadarço, e Simon o havia segurado para que não caísse.

— É a última vez que você vai me salvar — dissera George com mais um de seus suspiros nostálgicos, e Simon retrucara:

— Acho improvável.

As veias estavam estalando, com um som parecido ao de sucrilhos no leite. O corpo começava a escorrer.

Agora Simon também abraçava Catarina. E abraçava com força.

— Qual é o sentido disso? — falou ele com desespero, porque qual era o sentido de morrer assim, sem ser em batalha, sem ser por uma boa causa, sem ser para salvar um amigo guerreiro ou o mundo; por *nada*? E qual era o sentido de viver como um Caçador de Sombras, qual era o sentido de ter habilidade, coragem e poderes incríveis, se você não podia fazer mais do que ficar parado e *observar*?

— Algumas vezes não faz sentido — falou Catariana gentilmente. — Apenas é o que é.

O *que é*, pensou Simon, a onda de raiva, frustração e horror praticamente o consumindo. Ele não se deixaria consumir; não desperdiçaria este momento, se isso era tudo que tinha. Tinha passado dois anos se fortalecendo — ele agora seria forte por George, do único modo que lhe restara. Ele daria seu testemunho.

Simon invocou sua vontade. O *que é*.

E se obrigou a não desviar o olhar.

O *que é*. George. Corajoso, gentil e *bom*. George, morto. George, que se foi.

E embora ele não soubesse o que a Lei tinha a dizer sobre morrer por causa do Cálice Mortal, não fazia diferença se a Clave ia considerar George um deles e lhe dar o direito de ser enterrado como Caçador de Sombras, ele não ligava. Sabia o que George era, o que estava destinado a ser e o que ele merecia.

— *Ave atque vale*, George Lovelace, filho dos Nephilim — murmurou ele. — Para todo o sempre, meu irmão, salve e adeus.

Simon passou um dedo sobre a plaquinha de madeira, contornando as letras entalhadas: GEORGE LOVELACE.

— É bonita, não é? — falou Isabelle, atrás dele.

— Simples — emendou Clary. — Ele teria gostado disso, não acha?

Simon achava que George teria preferido ser enterrado na Cidade dos Ossos, como o Caçador de Sombras que era. (Para ser sincero, ele teria preferido não estar morto.) A Clave o recusara. Ele morrera no ato da Ascensão, coisa que, aos olhos deles o marcava como alguém indigno. Simon estava se esforçando muito para não ficar zangado com isso.

Ultimamente ele vinha passando muito tempo tentando não ficar zangado.

— Foi gentil da parte do Instituto de Londres oferecer um lugar para ele, você não acha? — quis saber Isabelle. Simon podia ouvir em sua voz o quanto ela estava tentando, o quanto estava preocupada com ele.

Eles disseram que um Lovelace sempre é bem-vindo no Instituto de Londres, dissera George quando ouviu falar sobre o lugar onde seria alocado.
Após sua morte, o Instituto cumpriu a promessa.
Houve um funeral, o qual Simon apenas tolerou. Houve uma infinidade de encontros, grandes e pequenos, com os amigos da Academia; Simon e os outros contavam histórias e trocavam lembranças, tentando não pensar no último dia. Jon quase sempre chorava.

Então houve todo o restante: a vida como um Caçador de Sombras, felizmente ocupada treinando e testando a nova graça e energia física, além de lutar contra um ou outro demônio ou vampiros rebeldes. Houve longos dias com Clary, desfrutando do fato de que agora ele era capaz de se recordar de cada segundo de sua amizade, preparando-se para a cerimônia *parabatai*, dali a alguns dias. Houve numerosos períodos de treinamento com Jace, que costumavam terminar com Simon deitado de costas enquanto Jace ficava pairando acima dele, orgulhando-se de sua habilidade superior, porque este era o jeito como Jace demonstrava carinho. Houve noites tomando conta do filho de Magnus e Alec, ajeitando o bebezinho azul no peito e cantando para ele dormir, sentindo-se, por alguns preciosos minutos, quase em paz.

Houve Isabelle, que o amava, e isto tornava todos os dias radiantes.

Houve tantas coisas que fizeram a vida valer a pena, e então Simon viveu, o tempo passou — e George ainda estava morto.

Simon tinha pedido que Clary usasse o Portal e o levasse ali, até Londres, por razões que ele não conseguia compreender. Ele tinha se despedido tantas vezes de George, mas por alguma razão, nenhuma das despedidas parecera a última — não parecia certo.

— Levo você lá — dissera Clary. — Mas vou também.

Isabelle havia insistido também, e Simon ficou contente.

Uma brisa suave soprava no jardim do Instituto, farfalhando as folhas e trazendo o leve odor de orquídeas. Simon achou que George ficaria contente, pelo menos, de passar a eternidade num lugar onde não havia ameaça de ovelhas.

Simon se pôs de pé, ladeado por Clary e Isabelle. As duas lhe deram as mãos e ficaram em silêncio, paradas e unidas ali. Agora que Simon recobrara o passado, ele conseguia se lembrar de todas as vezes em que quase perdera uma delas — tal como conseguia se recordar, vividamente, de todas as pessoas que *tinha* perdido. Para batalhas, para assassinatos, para doenças. Ser um Caçador de Sombras, ele sabia, significava ser íntimo da morte.

Mas e daí, ser humano era assim também.

Um dia ele perderia Clary e Isabelle, ou elas o perderiam. Nada poderia impedir isso. Então qual era o sentido?, perguntara ele a Catarina, mas sabia muito bem. O sentido não era você tentar viver para sempre, o sentido era que você *viveu*, e fez tudo ao alcance para viver bem. O sentido eram as escolhas que você fazia e as pessoas que amava.

Simon arfou.

— Simon? — chamou Clary, alarmada. — O que foi?

Mas Simon não conseguia falar; só conseguia olhar, boquiaberto, para a sepultura, onde o ar estava brilhando e uma luz translúcida tomava a forma de dois vultos. O primeiro, uma menina com mais ou menos a idade dele, com cabelo louro comprido, olhos azuis e anáguas de antigamente, dignas de uma duquesa da BBC. O outro vulto era George, e sorria para Simon. A mão da menina estava em seu ombro e havia alguma coisa gentil no gesto, alguma coisa cálida e familiar.

— George — murmurou Simon. Em seguida piscou e os vultos desapareceram.

— Simon, *o que* você está olhando — perguntou Isabelle naquele tom rouco, irritado que usava apenas quando estava tentando não sentir medo.

— Nada. — O que é que ele deveria dizer? Que tinha visto o fantasma de George surgindo da névoa? Que não tinha visto apenas George, o que quase teria feito sentido, mas uma desconhecida linda e com roupas antigas? Ele sabia que Caçadores de Sombras podiam ver fantasmas quando fantasmas queriam ser vistos, mas também sabia que pessoas de luto frequentemente enxergavam o que queriam ver.

Simon não sabia o que pensar. Mas sabia o que *queria* pensar.

Ele queria um belo espírito Caçador de Sombras do passado, talvez até um Lovelace morto há muito tempo, que levasse George para onde quer que os espíritos fossem. Ele queria acreditar que George fora bem recebido nos braços de seus ancestrais, onde alguma parte dele continuaria a viver.

É improvável, recordou-se Simon. George era adotado, não era um Lovelace de sangue. E para os Caçadores de Sombras — provavelmente até para os mortos que assombravam os jardins ingleses —, tudo vinha pelo sangue.

— Simon... — Isabelle encostou os lábios na bochecha dele. — Sei o quanto você... sei que ele era como um irmão. Queria poder tê-lo conhecido melhor.

Clary apertou a mão dele.

— Eu também.

As duas, lembrou-se Simon, também tinham perdido um irmão. E as duas se importavam com muito mais do que linhagens de sangue. As duas compreendiam que a família podia ser uma questão de escolha — uma questão de amor. Assim fora com Alec e Magnus, que levaram o filho de outra pessoa para casa e para seus corações. Assim fora com os Lightwood, que adotaram Jace quando ele não tinha mais ninguém.

E assim fora com Simon, que agora também era um Caçador de Sombras. Que poderia mudar o significado de ser um Caçador de Sombras simplesmente fazendo escolhas novas. Escolhas Melhores.

Agora ele compreendia por que sentira necessidade de ir até ali, quase como se tivesse sido chamado. Não era para se despedir de George; era para encontrar um meio de manter um pedaço dele.

— Acho que sei qual nome de Caçador de Sombras quero ter — falou.

— Simon Lovelace — anunciou Clary, como sempre conhecendo sua mente tão bem quanto ele mesmo. — É estiloso.

Os lábios de Isabelle formaram um bico.

— Tem uma coisa sexy.

Simon riu e piscou para afastar uma lágrima. Por um momento, com a visão turvada, pensou ter visto George sorrindo mais uma vez através da névoa, e então ele se foi. George Lovelace se foi.

Mas Simon Lovelace ainda estava ali, e era hora de dar importância a isso.

— Estou preparado — disse para Clary e Isabelle, as duas maravilhas que haviam mudado sua vida, as duas guerreiras que arriscariam tudo e qualquer coisa pelas pessoas que amavam, as duas garotas que tinham se tornado suas heroínas e sua família. — Vamos para casa.

Este livro foi composto na tipografia
Berling LT Std, em corpo 10,5/14,3, e impresso em
papel off-white no Sistema Digital Instant Duplex da
Divisão Gráfica da Distribuidora Record.